F
G
D
H
C
H

Susan Sontag

Der Liebhaber des Vulkans

Roman

Aus dem Amerikanischen
von Isabell Lorenz

Carl Hanser Verlag

Titel der Originalausgabe:
The Vulcano Lover, A Romance
Farrar, Straus & Giroux, New York, 1992

1 2 3 4 5 97 96 95 94 93

ISBN 3-446-16017-5

Satz: Fotosatz Reinhard Amann, Aichstetten
Druck und Bindung: Franz Spiegel Buch GmbH, Ulm
Printed in Germany

Für David
geliebter Sohn, Gefährte
und
für meinen Freund Alf Bold

Dorabella (beiseite):
Nel petto un Vesuvio d'avere mi par.

Così fan tutte, 2. Akt, 5. Szene

Prolog

Am Eingang zu einem Flohmarkt. Keine Gebühr. Eintritt frei. Lässige Leute. Schlau und listig, heiter und ausgelassen. Warum reingehen? Was hoffst du zu sehen? Ich schaue. Ich prüfe nach, was noch auf der Welt ist. Was noch übriggeblieben ist. Was die Leute weggeworfen haben. Was sie nicht mehr wollen. Was geopfert werden mußte. Wovon jemand glaubte, es könne einen anderen interessieren. Doch es ist nur wertloses Zeugs. Wenn es dort, hier landet, ist es schon durchgesehen worden. Aber es könnte doch noch etwas Wertvolles darunter sein. Nicht wirklich wertvoll. Aber doch etwas, das *ich* haben möchte. Das ich retten möchte. Etwas, das zu mir spricht. Zu meinen Sehnsüchten. Zu mir spricht, von etwas spricht. Ach ...

Warum reingehen? Hast du so viel freie Zeit? Du wirst dich umsehen. Du wirst herumschlendern. Du wirst die Zeit vergessen. Du glaubst, du hast Zeit genug. Aber so etwas dauert immer länger, als man glaubt. Und dann wirst du dich verspäten. Du wirst dich über dich selber ärgern. Du wirst bleiben wollen. Du wirst in Versuchung geführt werden. Du wirst angewidert sein. Die Sachen sind schmutzig. Manche zerbrochen. Nur dürftig repariert oder gar nicht. Sie werden mir von Leidenschaften, von Neigungen erzählen, von denen ich nichts zu wissen brauche. Brauchen. Ach nein. Nichts davon kann ich brauchen. Manches werde ich mit dem Auge liebkosen. Manches muß ich in die Hand nehmen und streicheln. Während ich von den jeweiligen Verkäufern mit kundigem Blick beobachtet werde. Ich bin kein Dieb. Und höchstwahrscheinlich auch kein Käufer.

Warum reingehen? Nur um zu spielen. Ein Spiel des Wiedererkennens. Um zu erraten, was es war und wie teuer es war, wie teuer es sein dürfte und wie teuer es tatsächlich ist. Aber wahrscheinlich nicht, um ein Angebot zu machen, nicht um zu feilschen, nicht um zu kaufen. Nur um zu schauen. Nur um herumzugehen. Mir ist leicht ums Herz. Ich habe nichts Bestimmtes im Sinn.

Warum reingehen? Es gibt viele Orte wie diesen. Ein Feld, ein Platz, eine überdachte Straße, eine Turnhalle, ein Parkplatz, ein Pier. Es könnte überall sein, auch wenn es hier passiert. Es wird voller Überall sein. Doch zufällig gehe ich hier rein. In Jeans, Seidenbluse und Turnschuhen: Manhattan, Frühjahr 1992. Eine schwache Erfahrung der bloßen Möglichkeit. Der hier mit seinen Filmstar-Postkarten, diese mit ihrem Bauchladen voller Navajo-Schmuck, der da mit dem Gestell mit den Fliegerjacken aus dem Zweiten Weltkrieg, der dort mit den Messern. Seine Modellautos, ihr Kristallgeschirr, seine Rattanstühle, ihre Zylinderhüte, seine römischen Münzen, und da ... ein Juwel, ein Schatz. Es könnte passieren, ich könnte es sehen, ich könnte es vielleicht haben wollen. Ich könnte es als Geschenk kaufen, für jemand anderen. Immerhin hätte ich erfahren, daß es existiert und daß es hier aufgetaucht ist.

Warum reingehen? Ist schon genug da? Ich könnte womöglich feststellen, daß es nicht hier ist. Was immer es ist, oft bin ich mir nicht sicher, vielleicht lege ich es auf den Tisch zurück. Verlangen treibt mich. Ich sage mir, was ich hören will. Ja, es ist schon genug da.

Ich gehe rein.

✶

Ende einer Gemäldeauktion. London, Herbst 1772. Das Bild in dem wuchtigen Blattgoldrahmen lehnt an der Wand ganz weit vorn in dem riesigen Saal, eine *Venus, Cupido entwaffnend*; es war Correggio zugeschrieben, und sein Besitzer hatte so große Hoffnungen darauf gesetzt – nicht verkauft. Fälschlicherweise Correggio zugeschrieben. Der Raum leert sich allmählich. Ein zweiundvierzigjähriger Mann, groß (für die damalige Zeit war er groß), mit scharfgeschnittenem Gesicht, geht langsam nach vorne, in respektvoller Entfernung folgt ihm ein Mann, der halb so alt ist wie er und eine ausgeprägte Familienähnlichkeit aufweist. Beide sind schlank, von vornehmer Blässe, mit kaltem, aristokratischem Gesichtsausdruck.

Meine Venus, sagte der Ältere. Ich war so zuversichtlich, sie würde einen Käufer finden. Das Interesse war groß.

Ja, schade, bemerkte der Jüngere.

Kaum zu verstehen, wunderte sich der Ältere, wo man doch zweifelsfrei sieht, daß es sich um ein Kunstwerk von Rang handelt. Es bereitet ihm echtes Kopfzerbrechen. Der jüngere hörte mit einem der Situation angemessenen Stirnrunzeln zu.

Da es mir Kummer macht, mich von ihr zu trennen, sollte ich eigentlich froh sein, daß es nicht verkauft worden ist, fuhr der Ältere fort. Doch ich mußte der Not gehorchen, und ich bin überzeugt, der Preis, den ich verlangt habe, war nicht zu hoch.

Er blickte unverwandt auf seine Venus. Äußerst schwierig, fuhr der Ältere fort, bezog sich jetzt aber nicht auf die Schwierigkeit zu verstehen, warum das Bild nicht verkauft worden war (auch nicht auf das schwierige Unterfangen, die Gläubiger in Schach zu halten), sondern auf die Entscheidung, überhaupt zu verkaufen; denn ich war ganz vernarrt in dieses Bild, sagte er. Dann wußte ich, daß ich es verkaufen mußte, und habe mich darauf eingestellt, es fortzugeben; und nun, da niemand ein Gebot gemacht hat, das seinem tatsächlichen Wert entspricht, da es immer noch mir gehört, sollte ich es lieben wie zuvor, doch ich fürchte, daß mir das nicht gelingen wird. Nachdem ich aufgehört habe, es zu lieben, um es verkaufen zu können, kann ich mich nicht mehr auf dieselbe Weise daran erfreuen, doch wenn ich es nicht verkaufen kann, möchte ich es auch wieder lieben. Es wäre unfein von mir, wenn ich seine Schönheit durch dieses Mißgeschick beeinträchtigt fände.

Was kann ich tun? Wie sehr kann ich es lieben? fragte er sich. Wie kann ich es jetzt noch lieben.

Ich glaube, Sir, sagte der Jüngere, die einzige Frage ist, wo man es lagern soll. Es wird sich ganz gewiß ein Käufer finden. Habe ich Eure Erlaubnis, mich in Eurem Namen in meinem Bekanntenkreis bei Sammlern umzuhören, die Ihr vielleicht nicht kennt? Ich würde nach Eurer Abreise sehr gern diskrete Erkundigungen einziehen.

Ja, es ist Zeit zu gehen, sagte der Ältere.

Sie gingen hinaus.

*

Es ist der Mund eines Vulkans. Ja, der Mund; und die Lavazunge. Ein Leib, ein monströser, lebendiger Leib, sowohl männlich als auch weiblich. Er bringt hervor, stößt aus. Er ist auch etwas Inneres, ein Abgrund. Etwas Lebendiges, das sterben kann. Etwas Träges, das in Bewegung gerät, dann und wann. Etwas, das nur mit Unterbrechungen existiert. Eine ständige Bedrohung. Wenn vorhersagbar, meist nicht rechtzeitig vorhergesagt. Launenhaft, unbezähmbar, übelriechend. Ist es das, was man unter primitiv versteht? Nevado del Ruiz, Mount Helen, La Soufrière, Mount Pelée, Krakatoa, Tambora. Der dösende

Riese, der erwacht. Der tösende Riese, der *dir* seine Aufmerksamkeit zuwendet. King Kong. Er speit Zerstörung aus und sinkt dann in Schläfrigkeit zurück.

Mir? Aber ich habe doch gar nichts getan. Ich bin ganz zufällig hier, steckengeblieben in meinem bäuerlichen Einerlei. Wo sollte ich sonst leben, ich bin hier geboren, jammert der dunkelhäutige Dorfbewohner. Irgendwo muß man ja leben.

Natürlich könnten wir es auch als grandioses Feuerwerk betrachten. Es ist alles nur eine Frage der Verhältnisse. Eines ausreichenden Abstands. Es gibt Reizvolles, das man nur von ferne bewundern kann, sagt Dr. Johnson; es gibt kein erhabeneres Schauspiel als ein loderndes Feuer. Aus sicherer Entfernung ist es das höchste Schauspiel, lehrreich und aufregend zugleich. Nach einem Imbiß im Hause von Sir * * * gingen wir auf die mit Fernrohren bestückte Terrasse hinaus, um zuzusehen. Die weiße Rauchwolke, das oft mit dem fernen Dröhnen von Kesselpauken verglichene Grollen: die Ouvertüre. Dann beginnt das ungeheure Schauspiel, die Wolke rötet sich, bläht sich auf, schwingt sich empor, ein Baum aus Asche, der höher und höher steigt, bis er unter dem Gewicht der Stratosphäre breit und flach wird (wenn wir Glück haben, sehen wir orangefarbene und rote Skispuren sich den Hang hinunterziehen) – stundenlang, tagelang nur dies. Dann, *calando*, versiegt es. Doch wenn man ganz nah ist, wühlt es einem die Eingeweide auf. Dieses Geräusch, dieses lähmende Geräusch, man kann es sich nicht vorstellen, kann es nicht fassen. Ein stetes Niederprasseln körnigen, titanengleichen Donners, das an Lautstärke immer mehr zuzunehmen scheint, obwohl es unmöglich lauter werden kann, als es schon ist; ein himmelüberspannendes, ohrenbetäubendes, speiendes Tosen, das einem das Mark aus den Knochen saugt und die Seele erschüttert. Selbst wer nur zuschauen will, kann dem Ansturm von Schrecken und von heftigsten Reaktionen, wie man sie nie zuvor erlebt hat, nicht entgehen. In einem Dorf am Fuß des Berges – vielleicht werden wir einen Ausflug dorthin wagen – ist das, was von weitem wie ein reißender Strom erscheint, in Wirklichkeit ein sich langsam vorwärtsschiebendes Feld zähflüssiger Schwärze, roten Schlamms und sacht aneinanderstoßender Wände, das einen Augenblick lang stillsteht und sich dann mit einem bebenden, saugenden Plopp über seine eigene wogende Kante wälzt; dabei die Atome von Häusern, Autos, Waggons, Bäumen nach und nach an sich ziehend, einatmend, verschlingend, aus ihrer Verankerung lösend. Das also ist das Unerbittliche.

Paß auf. Halte dir ein Tuch vor den Mund. Duck dich! Ein nächtlicher Aufstieg auf einen mäßig und sporadisch tätigen Vulkan ist ein großartiger Ausflug. Nachdem wir mühsam die Seite des Bergkegels erklettert haben, stehen wir auf der Lippe (ja, Lippe) des Kraters, starren hinunter und warten darauf, daß der innerste feurige Kern in Bewegung gerät. Was alle zwölf Minuten der Fall ist. Nicht zu nah! Es geht los. Wir hören ein tiefes Glucksen, die graue Schlackenkruste beginnt zu glühen. Gleich wird der Riese ausatmen. Der stickige Schwefelgestank ist unerträglich, fast unerträglich. Lava strömt zusammen, fließt aber nicht über. Asche und glimmende Steine fliegen auf, aber nicht sehr hoch. Die Gefahr hat, wenn sie nicht zu gefährlich ist, etwas Faszinierendes.

Neapel, 19. März 1944, vier Uhr nachmittags. Im Haus bleiben die Zeiger der großen Pendeluhr in einer weiteren schicksalsschweren Stunde stehen. Wieder einmal? Er hatte sich so lange ruhig verhalten.

Wie die Leidenschaft, deren Emblem er ist, kann er sterben. Wenn es auch inzwischen mehr oder weniger bekannt ist, ab wann eine Remission als Heilung gelten darf, scheuen sich die Experten doch, einen seit langem schon nicht mehr tätigen Vulkan für tot zu erklären. Der Haleakala, der zum letzten Mal im Jahr 1790 ausgebrochen war, gilt offiziell immer noch als untätig. Friedlich, weil er schläft? Oder weil er tot ist? So gut wie tot – es sei denn, er ist es nicht. Der Strom aus Feuer wird, nachdem er alles auf seinem Weg verschlungen hat, zu einem Strom aus schwarzem Stein. Hier werden nie mehr Bäume wachsen, niemals mehr. Der Berg wird zum Friedhof seiner eigenen Gewalt: Die Zerstörung, die der Vulkan herbeiführt, schließt seine eigene mit ein. Jedesmal, wenn der Vesuv ausbricht, wird ein riesiges Stück vom Gipfel weggerissen. Er verliert mehr und mehr seine Form, wird kleiner, düsterer.

Pompeji wurde unter einem Aschenregen begraben, Herkulaneum unter einem Erdrutsch aus Schlamm, der mit einer Geschwindigkeit von fünfzig Stundenkilometern den Hang hinunterraste. Die Lava jedoch frißt eine Straße ganz langsam, nur ein paar Meter in der Stunde, Zeit genug für jeden, ihr aus dem Weg zu gehen. Wir haben sogar Zeit, unsere Habe zu retten, jedenfalls einen Teil davon. Den Altar mit den Heiligenbildern? Das Stück Huhn, von dem wir noch nicht einmal abgebissen haben? Die Spielsachen der Kinder? Meine neue Tunika? Alles Selbstgemachte? Den Computer? Die Töpfe? Das Manuskript? Die Kuh? Das einzige, was wir brauchen, um von vorn anzufangen, ist unser Leben.

Ich glaube nicht, daß Gefahr für uns besteht. Es geht in die andere Richtung. Seht doch.

Gehst du? Ich bleibe. Es sei denn, es … da!

Es ist passiert. Es ist vorbei.

Sie sind geflohen. Sie haben getrauert. Bis auch das Leid zu Stein geworden war, und sie sind zurückgekehrt. Starr vor Entsetzen angesichts der Vollständigkeit der Zerstörung stehen sie und schauen auf die fruchtbar gewordene Erde, unter der ihre Welt begraben liegt. Die noch warme Asche unter ihren Füßen versengt ihre Schuhe nicht mehr. Sie hat sich noch weiter abgekühlt. Alle Bedenken haben sich in Luft aufgelöst. Schon bald nach dem Jahr 79 – als sich ihr duftender Berg, mit Wein bewachsen und von Wäldern gekrönt, in denen sich Spartakus und Tausende von Sklaven, die zu ihm gestoßen waren, vor den sie verfolgenden Legionen verstecken wollten, zum ersten Mal als Vulkan zu erkennen gab – machten sich die meisten Überlebenden daran, wieder aufzubauen, wieder aufzuleben; dort. Ihr Berg hatte jetzt ein häßliches Loch auf dem Gipfel. Die Wälder waren zu Asche verbrannt. Doch auch sie würden wieder wachsen.

Ein Aspekt der Katastrophe. Es war geschehen. Wer hätte mit so etwas gerechnet. Niemals, niemals. Keiner. Es ist das Schlimmste. Und wenn auch das Schlimmste, so doch einzigartig. Und das heißt unwiederholbar. Wir wollen es vergessen. Wir wollen keine Schwarzseher sein.

Ein anderer Aspekt. Einzigartig bis jetzt: Was einmal geschehen ist, kann wieder geschehen. Wirst schon sehen. Wart's ab. Es kann natürlich sein, daß du ziemlich lange warten mußt.

Wir kommen zurück. Wir kommen zurück.

Erster Teil

1

Sein erster Heimaturlaub war vorüber. Der Mann, der in der neapolitanischen Gesellschaft von nun an als Il Cavaliere, der Ritter, bekannt sein würde, trat gerade seine Rückreise zu seinem Posten an, in das »Königreich der Asche«. So hatte es einer seiner Londoner Freunde genannt.

Als er angekommen war, hatte er, so meinten seine Freunde, sehr viel älter ausgesehen. Er war immer noch genauso schlank: Ein von Makkaroni und Zitronentorten aufgeschwemmter Körper hätte zu einem solch schmalen, schlauen Gesicht mit der Adlernase und den buschigen Augenbrauen nur schwerlich gepaßt. Doch er hatte die Blässe seiner Klasse eingebüßt. Die Tatsache, daß seine weiße Haut seit seiner Abreise vor sieben Jahren braun geworden war, wurde fast mit Mißbilligung zur Kenntnis genommen. Nur die Armen – also die Masse der Menschen – waren sonnengebräunt. Nicht aber der Enkel eines Herzogs, der jüngste Sohn eines Lords, der Jugendfreund des Königs selbst.

Neun Monate in England hatten seinem knochigen

Gesicht wieder ein gefälliges Weiß verliehen, die von der Sonne gezogenen Furchen auf seinen schlanken, das Musizieren gewohnten Händen gebleicht.

Die geräumigen Koffer, der neue elegante Kaminsims von Robert Adam, die drei Kisten mit Möbeln, die zehn Kästen mit Büchern, die acht Kisten voller Geschirr, Medikamente, Lebensmittelvorräte, zwei kleine Fässer Dunkelbier, das Cello und Catherines aufpoliertes Shudi-Cembalo hatten England vor vierzehn Tagen auf einem Frachtschiff verlassen, um in zwei Monaten in Neapel anzukommen, während er eine gemietete Bark besteigen würde, die ihn und die Seinen nach Boulogne bringen sollte, von wo aus sie über Land weiterreisen und beinahe ebenso lange unterwegs sein würden – mit Zwischenaufenthalten, vor allem um sich Bilder anzusehen, in Paris, Ferney, Wien, Venedig, Florenz und Rom.

Im Hof des Hotels in der King Street, in dem sein Onkel und seine Tante für diese letzten geschäftigen Wochen in London abgestiegen waren, stand Charles, der Neffe des Cavaliere, auf seinen Spazierstock gelehnt und sah mürrisch den letzten Vorbereitungen der beiden Reisewagen zu. Jeder ist erleichtert, wenn anspruchsvolle ältere Verwandte, die im Ausland leben, ihren Besuch beenden. Doch niemand bleibt gern zurück.

Catherine hat es sich mit ihrer Zofe bereits in der großen Postkutsche bequem gemacht und stärkt sich für die anstrengende Reise mit einem Trank aus Laudanum und eisenhaltigem Wasser. Die breitere, tiefer liegende Kutsche dahinter ist mit dem größten Teil des Gepäcks beladen. Die Diener des Cavaliere, denen es widerstrebte, sich die kastanienbraune Reiselivree zu verknittern, hielten sich im Hintergrund und machten sich an ihren eigenen umfangreichen Gepäckstücken zu schaffen. Es blieb den Hotelportiers und einem Lakai, der bei Charles in Diensten stand, überlassen, auf die Kutsche zu klettern und dafür zu sorgen, daß die etwa zwölf kleinen Kisten, Schachteln,

Handkoffer, die Truhe mit Leinen und Bettzeug, das elfenbeinerne Schreibpult und schließlich die Taschen mit der Kleidung der Dienstboten ordnungsgemäß mit Seilen und eisernen Ketten auf dem Dach und an der Rückwand der Kutsche befestigt wurden. Nur die lange, flache Lattenkiste mit den drei Gemälden, die der Cavaliere vor gerade einer Woche erst gekauft hatte, wurden auf dem Dach der ersten Kutsche festgezurrt, damit sie so sacht wie nur irgend möglich zu der Bark in Dover befördert wurde. Einer der Diener warf zum Schein während der ganzen Fahrt von unten prüfende Blicke zu der Kiste herauf. Die Kutsche mit der asthmakranken Frau des Cavaliere durfte nicht erschüttert werden.

Inzwischen wurde ein weiterer großer Lederkoffer, den man beinahe vergessen hätte, im Laufschritt vom Hotel hergebracht und zu den anderen Gepäckstücken gezwängt, die die Kutsche zu tragen hatte, so daß sie noch ein wenig mehr schaukelte und sich noch ein wenig tiefer senkte. Der Lieblingsneffe des Cavaliere dachte an das Frachtschiff, das noch weit mehr Kisten mit den Besitztümern seines Onkels in seinem Laderaum trug und das Cadiz bereits erreicht haben mochte.

Selbst für die damalige Zeit, in der Anzahl und Gewicht der vom Reisenden für unverzichtbar gehaltenen Dinge im Verhältnis zur gesellschaftlichen Stellung anstiegen, reiste der Cavaliere mit ungewöhnlich umfänglichem Gepäck. Doch mit den insgesamt siebenundvierzig großen Kisten trug er weniger mit sich fort, als er hergebracht hatte. Einer der Gründe für die Reise des Cavaliere – denn er wollte nicht nur Freunde und Verwandte und seinen geliebten Neffen wiedersehen, seiner heimwehkranken Frau einen Gefallen tun, nützliche Kontakte bei Hofe erneuern, sicherstellen, daß die Minister die Geschicklichkeit besser zu schätzen wußten, mit der er die britischen Interessen an diesem so anderen Königshof vertrat, an Zusammenkünften der Royal Society teilnehmen und die Veröffentlichung des Buches mit sieben seiner Briefe den Vulkan betreffend überwachen – hatte darin bestanden, einen großen Teil der Schätze, die er gesammelt hatte, einschließlich siebenhundert (antiker, fälschlicherweise etruskisch genannter) Vasen, herzubringen und zu verkaufen.

Er hatte reihum all seine Verwandten besucht und hatte das Vergnügen gehabt, einen großen Teil seiner Zeit mit Charles zu verbringen, und zwar meist auf Catherines Landsitz in Wales, den Charles jetzt für ihn verwaltete. Er hatte mehr als einen Minister beeindruckt, dachte er jedenfalls. Zweimal war er bei Hofe empfangen worden, und einmal hatte er allein mit dem König diniert, der ihn immer noch ›Ziehbruder‹ nannte und der ihn im Januar zum Ritter des Bath-Ordens ernannt hatte, was dieser vierte Sohn nur als den ersten Schritt auf der Leiter von Titeln betrachtete, die er sich durch seine eigenen Verdienste zu erwerben gedachte. Andere Mitglieder der Royal Society hatten ihn zu seiner wagemutigen Heldentat, das Ungeheuer mitten bei einem Ausbruch von nahem beobachtet zu haben, beglückwünscht. Er hatte an einigen Gemäldeauktionen teilgenommen und einige kluge Käufe getätigt. Und das Britische Museum hatte seine etruskischen Vasen, die komplette Sammlung, erworben sowie einige weitere unbedeutende Gemälde, die goldenen Halsketten und Ohrringe aus Herkulaneum und Pompeji, einige bronzene Speere und Helme, Bernstein- und Elfenbeinwürfel, kleine Statuen und Amulette, alles zusammen für die erfreuliche Summe von achttausendvierhundert Pfund (ein wenig mehr als ein Jahreseinkommen aus dem Landsitz, dessen Erbin Catherine war), wenn auch das Gemälde, auf das er seine größten Hoffnungen gesetzt hatte, unverkauft geblieben war. Er ließ die wollüstige, nackte Venus, die Cupidos Bogen triumphierend über ihrem Kopf hielt und für die er dreitausend Pfund verlangt hatte, in Wales bei Charles zurück.

Er ging nicht nur leicht, sondern auch erbleicht zurück.

Die Diener und der Koch des Cavaliere reichten heimlich untereinander eine Flasche herum und schwatzten in einer Ecke des Hofes mit den Portiers. Die von einem Strahlenkranz umgebene Septembersonne wurde heller. Ein Nordostwind hatte eine Rauchwolke und den Geruch von Kohle nach Whitehall getragen und so die üblichen übelriechenden Ausdünstungen des frühen Morgens überdeckt. Das Rattern anderer Equipagen, Wagen, Handkarren, abfahrender Postkutschen war von der Straße her zu hören. Eines der Ponys vor dem ersten Wagen bewegte sich unruhig hin und her, und der Kutscher zog die Zügel des Deichselpferdes an und ließ die Peitsche knallen. Charles sah sich suchend nach Valerio, dem Kammerdiener seines Onkels, um, damit er unter der übrigen Dienerschaft für Ordnung sorge. Er runzelte die Stirn und zog seine Uhr hervor.

Einige Minuten später trat der Cavaliere aus dem Hotel, gefolgt von dem unterwürfigen Gastwirt und dessen Frau sowie von Valerio, der die Lieblingsvioline des Cavaliere in einem verzierten Lederetui trug. Unter den Dienstboten kehrte Ruhe ein. Charles stand da und wartete auf ein Zeichen, sein Gesicht nahm einen wacheren Ausdruck an, was die Ähnlichkeit zwischen ihnen beiden noch verstärkte. Das ergebene Schweigen hielt an, als der Cavaliere stehenblieb, zu dem fahlen Himmel aufsah, die übelriechende Luft einatmete und zerstreut ein Staubkörnchen von seinem Ärmel zupfte. Dann drehte er sich um und schenkte seinem Neffen ein dünnlippiges Lächeln, woraufhin dieser rasch zu ihm trat, und Arm in Arm gingen die beiden Männer zu der Kutsche.

Charles bedeutete Valerio zur Seite zu treten und hielt seinem Onkel die Tür auf, damit dieser hochklettern, sich bücken und einsteigen konnte, dann folgte er, um die Stradivari hineinzureichen. Während der Cavaliere sich auf dem grünen, samtbezogenen Sitz niederließ, lehnte Charles sich hinein, fragte mit unverstellter Zuneigung und Sorge, wie seine Tante sich fühle, und sagte noch ein letztes Mal lebwohl.

Kutscher und Postillions sind auf ihren Plätzen. Valerio und die anderen Diener stiegen in den größeren Wagen, der sich geräuschvoll ein paar Zentimeter mehr dem Boden näherte. Auf Wiedersehen, Charles. Das Fenster ist vor der für den Asthmakranken so gefährlichen kohleverseuchten Luft, vor dem Lärmen des Abfahrens und Vorwärtstreibens geschlossen. Die Tore werden geöffnet, und Gegenstände und Tiere, Dienstboten und Herren drängen hinaus auf die Straße.

Der Cavaliere zog seine gelben Handschuhe aus, bewegte rhythmisch die Finger. Er war bereit zurückzukehren, ja er freute sich auf die Reise – bei allen Anstrengungen blühte er auf – und auf die neuen Begegnungen und die Neuerwerbungen, die diese Reise mit sich bringen würde. Die Unruhe des Fortgehens war in dem Augenblick von ihm abgefallen, als er in die Kutsche gestiegen war, und in die freudige Erregung der Abreise übergegangen. Doch da er ein durchaus rücksichtsvoller Mann war, zumindest seiner Frau gegenüber, der er so zärtlich zugetan war wie nur je einem Menschen, zeigte er die aufkommende Freude nicht, eine Freude, die er immer stärker empfand, als sie nun langsam, hermetisch von der Außenwelt abgeschlossen, durch den aufkommenden Tumult immer geschäftigerer Straßen fuhren. Er wollte auf Catherine warten, die die Augen geschlossen hatte und flach durch den halbgeöffneten Mund atmete.

Er hustete – Ersatz für ein Seufzen. Sie öffnete die Augen. Die blaue Ader, die an ihrer Schläfe pulsierte, hat nichts Bestimmtes zu sagen. In der Ecke auf einem niedrigen Hocker beugte die Zofe, die nur sprechen darf, wenn sie angesprochen wird, das rosige, feuchte Gesicht über Alleines *Warnung an die nicht Bekehrten*, ein Buch, das ihre Herrin ihr gegeben hatte. Er langte mit einer Hand nach der Kiste an seiner Seite, die einen gefalteten, ledergebundenen Reiseatlas, das Schreibetui, die Pistole und einen Band Voltaire enthielt, den er gerade zu lesen begonnen hatte. Es gibt keinen Grund, warum der Cavaliere seufzen sollte.

Wie seltsam, murmelte Catherine, daß mir an einem solch lauen Tag kalt ist. Ich fürchte – sie hatte die aus dem Wunsch zu gefallen geborene Neigung, einer stoischen Äußerung eine bescheiden abwehrende folgen zu lassen – ich fürchte, ich habe mich an unsere unmenschlich heißen Sommer gewöhnt.

Ihr seid möglicherweise zu warm für die Reise gekleidet, bemerkte der Cavaliere mit seiner hohen, ein wenig näselnden Stimme.

Ich bete darum, daß ich nicht krank werde, sagte Catherine und zog sich eine Kamelhaardecke über die Beine. Ich werde nicht krank werden, wenn ich es nur irgend vermeiden kann, verbesserte sie sich und lächelte, als sie sich über die Augen strich.

Auch ich empfinde Trauer darüber, unsere Freunde zu verlassen und besonders unseren lieben Charles, erwiderte der Cavaliere sanft.

Nein, sagte Catherine, es tut mir nicht leid, daß wir zurückfahren. Wenn ich auch die Überfahrt fürchte und erst recht die Mühsal der – sie schüttelte den Kopf, unterbrach sich selbst – ich weiß, daß ich bald freier atmen werde. Die Luft ... Sie schloß einen Augenblick lang die Augen. Und, was mir noch wichtiger ist, Ihr freut Euch darauf zurückzukehren, fügte sie hinzu.

Ich werde meine Venus vermissen, sagte der Cavaliere.

Schmutz, Gestank, Lärm sind außen – wie der Schatten der vorüberfahrenden Kutsche, der die Fensterscheiben der Geschäftsfassaden verdunkelt. London erscheint dem Cavaliere wie ein Schauspiel, Zeit, die in den Raum zurückweicht. Die Kutsche schaukelt, schiebt sich vorwärts, quietscht, schlingert; die Straßenhändler und die schubkarrenschiebenden Jungen und andere Kutscher rufen und schreien, aber in einer Klangfarbe, die sich von den Schreien, die er hören wird, unterscheidet; dies sind die vertrauten Straßen, die er entlangzugehen pflegt, um an einer Versammlung der Royal Society teilzunehmen, bei einer Auktion hineinzuschauen oder seinen Schwager zu besuchen, doch heute geht er nicht entlang, sondern fährt entlang – er war eingetreten in das Königreich der Abschiede, der Endgültigkeiten, der privilegierten letzten Blicke, die sogleich als Erinnerungen verbucht werden; der Erwartung. Jede Straße, jede lärmende Gasse sendet eine Botschaft aus: das Schon, das Bald-Eintreffende. Er schwankte zwischen dem Wunsch zu schauen, wie um seinem Gedächtnis noch etwas einzuprägen, und der Neigung, seine Wahrnehmungen auf die kühle Kutsche zu beschränken und sich selbst (was er in Wirklichkeit ja auch ist) als bereits abgereist zu betrachten.

Der Cavaliere mochte komische Käuze und hätte wohl so manches Exemplar entdeckt – in der unaufhörlich größer werdenden Menge von Bettlern, Dienstmägden, Hausierern, Lehrjungen, Leuten, die ihre Einkäufe erledigten, Taschendieben, Kundenschleppern, Türstehern, Laufburschen, die gefährlich nah an und zwischen sich bewegenden Hindernissen und Rädern vorwärtsströmten. Hier eilen selbst die Ärmsten der Armen geschäftig hin und her. Sie schließen sich nicht zusammen, drängen sich nicht aneinander, kauern nicht auf dem Boden oder tanzen, um sich zu vergnügen: einer der vielen Unterschiede zwischen den Menschenmengen hier und denen in der Stadt, in die er zurückkehrte, ein Unterschied, der offensichtlich war und über den man nachdenken konnte – wenn man überhaupt Anlaß hatte, ihn zur Kenntnis zu nehmen. Doch der Cavaliere hatte nicht die Angewohnheit, über Londons Lärmen und Tosen nachzusinnen; es ist recht unwahrscheinlich, daß man seine eigene Stadt als malerisch wahrnimmt. Als seine Kutsche eine lärmende Viertelstunde lang zwischen Obstkarren und dem Wagen eines zornigen Messerschleifers aufgehalten wird, wendet er seine Aufmerksamkeit nicht dem blinden, rothaarigen Mann zu, der sich ein paar Meter weiter vorn auf die Kreuzung gewagt hat und seinen Stock vor sich ausstreckt und nicht auf die Fuhrwerke achtet, die immer näher auf ihn zukommen. Dies tragbare, parfümierte Interieur, das mit genügend Luxusgegenständen ausgestattet ist, um die Sinne zu beschäftigen, sagt: Sieh nicht hin. Da draußen gibt es nichts, was das Hinsehen lohnt.

Wenn er nicht weiß, was er mit seinen hungrigen Augen anfangen soll, hat er immer noch dies andere Innere, das stets zur Hand ist: ein Buch. Catherine hat einen Band über päpstliche Greueltaten aufgeschlagen. Die Zofe ist mit ihrer Warnpredigt beschäftigt. Ohne hinzusehen, ließ der Cavaliere seinen Daumen über einen kostbaren Ledereinband, die Goldprägung von Titel und Lieblingsautor gleiten. Der Bettler, den eine der Kutschen überholt, wird nach hinten geworfen und kommt unter die Räder des schwerfällig dahinziehenden Wagens eines Böttchers. Der Cavaliere hatte nicht hingesehen. Er hatte weggesehen.

In dem Buch: Candide, der sich jetzt in Südamerika befindet, ist mit seiner doppelläufigen spanischen Flinte gerade rechtzeitig und auf ritterliche Weise zwei nackten Mädchen zu Hilfe gekommen, die er leichtfüßig am Rand einer Wiese entlanglaufen sieht und denen zwei Affen folgen, die ihnen in die Hinterbacken beißen. Kaum hat er die beiden vor ihren Verfolgern gerettet, werfen sich die Mädchen auf die Kadaver der Affen, küssen sie zärtlich, benetzen sie mit ihren Tränen und erfüllen die Luft mit herzzerreißendem Geschrei, wodurch Candide erkennt, daß die Verfolgung, eine Verfolgung aus Liebe, eine durchaus willkommene war. Affen als Liebhaber? Candide ist nicht nur erstaunt, er ist entrüstet. Doch der weise, welterfahrene Cacambo bemerkt respektvoll, daß es wohl besser gewesen wäre, wenn sein lieber Herr eine zweckmäßige, weltoffene Erziehung genossen hätte, so daß er nicht ständig von allem in Erstaunen versetzt würde. Von allem. Denn die Welt ist weit und bietet Sitten, Geschmäckern, Prinzipien, Bräuchen jeglicher Art Raum genug, und all diese Dinge, beläßt man sie nur in der Umgebung, aus der sie stammen, sind durchaus sinnvoll. Beobachtet sie. Vergleicht sie, tut es, um Euch zu erbauen. Doch was auch immer Euer eigener Geschmack ist, von dem Ihr Euch ja nicht lossagen müßt, bitte, lieber Herr, unterlaßt es, sie mit dem Maßstab allgemein gültiger Gebote zu messen.

Catherine lachte leise. Der lächelnde Cavaliere, der an nackte Hintern dachte – zuerst an die von Frauen, dann an die von Affen –, sah auf. Oftmals hatten sie die gleichen Empfindungen, wenn auch aus unterschiedlichen Gründen. Es geht Euch besser, fragte er. Der Cavaliere hatte keinen Affen geheiratet. Die Kutsche fuhr weiter. Es fing an zu regnen. London verblaßte hinter ihnen. Die Begleiter des Cavaliere wandten sich wieder ihren Leidenschaften zu – den sie beherrschenden Leidenschaften. Der Cavaliere reiste mit Candide und seinem Diener weiter nach Eldorado, Catherine blickte starr und unverwandt in ihr eigenes Buch, der Zofe fiel das Kinn auf die Brust, die keuchenden Pferde versuchten, vor der Peitsche davonzulaufen, die Diener in der hinteren Kutsche kicherten und sprachen dem Alkohol zu, Catherine rang weiter nach Atem, und bald war London nur noch eine Landstraße.

2

Sie waren seit sechzehn Jahren verheiratet und kinderlos geblieben.

Wenn der Cavaliere, wie so viele besessene Sammler ein geborener Junggeselle, das einzige Kind eines wohlhabenden Landadligen aus Pembrokeshire geheiratet hatte, um die politische Karriere zu finanzieren, die er nach zehn aus Opportunismus in militärischem Rock verbrachten Jahren eingeschlagen hatte, so war dies nicht sehr zweckdienlich gewesen. Das Unterhaus, in dem er vier Jahre lang eine Gemeinde in Sussex vertrat, in die er nie einen Fuß gesetzt hatte, bot ihm schließlich doch keinen größeren Wirkungskreis für seine ausgeprägten Begabungen als die Armee. Zweckdienlich: Die Heirat hatte ihm das Geld eingebracht, mit dem er Bilder kaufen konnte. Zudem besaß er nun etwas noch Wertvolleres als Geld. Als er der Notwendigkeit zu heiraten nachgegeben hatte – ein wenig gegen meine Neigung, sollte er viele Jahre später einem anderen mittellosen jüngeren Sohn, seinem Neffen, erzählen –, hatte er etwas gefunden, was er als dauerhaften Komfort bezeichnete. Am Tage ihrer

Hochzeit schloß Catherine ein Armband um ihr Handgelenk, in dem Haar von ihm eingefaßt war. Sie liebte ihn unterwürfig, doch ohne Selbstmitleid. Er entwickelte den unwahrscheinlichen, doch gerechtfertigten Ruf, ein hingebungsvoller Gatte zu sein. Die Zeit verfliegt, Geld wird immer benötigt, Tröstungen finden sich, wo man sie nicht vermutet hat, und Reizvolles wird aus unfruchtbarer Erde gegraben.

Er kann nicht wissen, was wir über ihn wissen. Für uns ist er Teil der Vergangenheit, in groben Zügen skizziert, mit gepuderter Perücke und langem, elegantem Mantel und Schnallenschuhen, das Vogelschnabelprofil intelligent hochgereckt, schauend, beobachtend, fest in seiner Distanz. Erscheint er kalt? Er kommt einfach nur zurecht, kommt ausgezeichnet zurecht. Er läßt sich fesseln, begeistern von dem, was er sieht – er hat einen wichtigen, wenn auch nicht erstrangigen diplomatischen Posten im Ausland inne –, und stets ist er mit etwas beschäftigt. Er hat die überschwengliche Aktivität des heldenhaften, aber depressiv veranlagten Menschen. Mit Hilfe seiner erstaunlich breit gefächerten Interessen umschifft er einen Strudel der Melancholie nach dem anderen.

Er interessiert sich für alles. Und er lebt in einer Stadt, die, allein schon was die Menge des Sehenswerten betrifft – sei es geschichtlich, landschaftlich oder gesellschaftlich –, kaum übertroffen werden kann. Sie war größer als Rom, sie war die wohlhabendste und auch die dichtbesiedelste Stadt auf der italienischen Halbinsel und, nach Paris, die zweitgrößte Stadt auf dem europäischen Festland, sie war die Hauptstadt der Naturkatastrophen, und sie hatte den unanständigsten, ordinärsten Herrscher, die besten Eissorten, die fröhlichsten Müßiggänger, die seichteste Trägheit und unter den jüngeren Adligen die größte Anzahl künftiger Jakobiner. Ihre unvergleichliche Bucht beherbergte die wunderlichsten Meerestiere, aber auch den üblichen Fischreichtum. Es gab Straßen, die mit Lavagestein gepflastert waren, und einige Kilometer weiter außerhalb die auf schauerliche Weise intakten und vor kurzem erst entdeckten Überreste zweier toter Städte. Ihr Opernhaus, das größte in Italien, bot mit seinen Kastraten, einem weiteren heimischen Produkt von internationalem Ruf, stets Grund zum Entzücken. Ihre gutaussehenden Aristokraten, die unablässig auf sexuelle Abenteuer aus waren, trafen sich reihum in ihren Villen zu nächtlichen Kartenspielen, die irreführenderweise *conversazioni* genannt wurden und die selten vor Morgengrauen ein Ende fanden. Auf den Straßen staute sich das Leben, wurde ausgestoßen, floß über. Anläßlich bestimmter höfischer Feste wurde vor dem königlichen Palast ein künstlicher, mit Fleisch, Wild, Kuchen und Obst geschmückter Berg errichtet, den das ausgehungerte Volk auf das Zeichen einer Kanonensalve hin plünderte, ein Schauspiel, dem die mehr als Wohlgenährten von den Balkons applaudierten. Während der großen Hungersnot im Frühjahr 1764 gingen die Leute mit langen, unter ihren Hemden versteckten Messern in die Bäkkereien, denn um eine kleine Brotration zu ergattern, mußte man töten und verstümmeln.

Der Cavaliere trat seinen Posten im November eben jenes Jahres an. Die Bußprozessionen von Frauen, die Dornenkronen auf dem Kopf und Kreuze auf dem Rücken trugen, waren vorüber, und die plündernden Banden waren zersprengt. Die Granden und ausländischen Diplomaten hatten sich ihr Silber, das sie in Klöstern versteckt hatten, zurückgeholt. Der Hof, der sich sechsundzwanzig Kilometer nach Norden in die riesige, schrecklich langgezogene Residenz in Caserta geflüchtet hatte, war wieder in den Königspalast der Stadt zurückgekehrt. In der Luft hingen die berauschenden Gerüche von Meer und Kaffee und Geißblatt und Exkrementen, tierischen wie menschlichen, und nicht mehr die Gerüche von Leichen, die zu Hunderten auf den Straßen verwest waren. Auch die dreißigtausend Toten, die während der auf die Hungersnot folgenden Pest gestorben waren, hatte man begraben. Und die Tausende im Hospiz der Unheilbaren verhungerten nun nicht mehr, bevor sie an der Epidemie starben, wie kurz zuvor noch sechzig bis siebzig am Tag. Weizenvorräte aus dem Ausland hatten das annehmbare Niveau der Armut wiederhergestellt. Die Armen tanzten wieder mit Tamburinen durch die Straßen und sangen aus vollem Hals, doch viele hatten die langen Messer unter ihren Hemden behalten, mit denen sie sich auf die Suche nach Brot gemacht hatten, und töteten einander jetzt öfter aus ordentlichen, zivilisierten Gründen. Und die abgezehrten Bauern, die es im Frühjahr von überall her in die Stadt gezogen hatte, waren geblieben und vermehrten sich. Abermals würde die Cucagna errichtet, wild und übermütig geplündert und verschlungen werden. Der Cavaliere überreichte dem dreizehnjährigen König und den Regenten seine Beglaubigungsschreiben, mietete einen geräumigen, dreistöckigen Palazzo mit atemberaubendem Blick auf die Bucht und auf Capri und auf den ruhigen Vulkan für umgerechnet einhundertfünfzig Pfund im Jahr und begann, für seine erwachenden Energien so viele Beschäftigungen wie irgend möglich zu finden.

Im Ausland zu leben, macht es einem leichter, das Leben als Schauspiel zu sehen – das ist einer der Gründe, warum finanziell Gutgestellte ins Ausland gehen. Wo die von den Schrecken der Hungersnot und der Brutalität und der Wirkungslosigkeit der Regierungsmaßnahmen Niedergeschmetterten nicht enden wollende Untätigkeit, Lethargie, eine verhärtete Lava aus Unwissenheit sahen, sah der Cavaliere ein Fließen. Die tanzende Stadt, die der Ausländer sieht, ist für den ortsansässigen Reformer oder Revolutionär oft die erstarrte, schlecht regierte, der Ungerechtigkeit preisgegebene Stadt. Verschiedener Abstand, verschiedene Städte. Der Cavaliere war noch nie so aktiv, so angeregt, geistig so rege gewesen. So angenehm entrückt. In den Kirchen, in den engen steilen Straßen, bei Hof – es gab hier so viele Vorstellungen. In dem ungewöhnlichen Tierleben in der Bucht entdeckte er voller Entzücken (für diesen unermüdlichen Kenner gab es keine Rivalität zwischen Kunst und Naturwissenschaft) einen Fisch mit winzigen Füßen, einen Überflieger der Evolution, der es dennoch nicht geschafft hatte, aus dem Wasser herauszukommen. Die Sonne brannte unbarmherzig nieder. Er schritt über dampfenden, sumpfigen Boden, den er heiß unter seinen Schuhen spürte. Und über knochigen Boden, durchzogen von Spalten voller Schätze.

Die Anforderungen des gesellschaftlichen Lebens, über die so viele sich pflichtgemäß beschweren, der Unterhalt eines großen Hauswesens mit etwa fünfzig Dienstboten einschließlich mehrerer Musiker, treiben seine Ausgaben in die Höhe. Sein Botschaftergehalt war kaum ausreichend für die luxuriösen Veranstaltungen, die er ausrichten mußte, um Eindruck auf die wirklich wichtigen Leute zu machen und um deren Phantasie zu beflügeln, was ein unumgänglicher Teil seiner Aufgabe war; für die Erwartungen der Maler, denen er Protektion gewährte; für den Preis von Antiquitäten und Gemälden, bei deren Erwerb er mit einer großen Anzahl anderer Käufer konkurrieren mußte. Natürlich muß er schließlich die besten der erworbenen Stücke wieder verkaufen – und tut es auch. Eine ausgleichende Gerechtigkeit: Das Sammeln der meisten Dinge erfordert Geld, doch dann verwandeln sich die gesammelten Dinge selbst in Geld. Obwohl Geld das ein wenig anrüchige, notwendige Nebenprodukt seiner Leidenschaft war, konnte das Sammeln immer noch als eine sehr herrenhafte Beschäftigung gelten: den Wert von Dingen nicht nur erkennen, sondern den Dingen Wert verleihen, indem man sie der eigenen Sammlung hinzufügte. Diese Auffassung rührte von einer eher herrischen Selbsteinschätzung her, über die Catherine – wie tatsächlich nur sehr wenige Frauen – kaum verfügen konnte.

Seine Reputation als Kunstkenner und als Mann von Bildung, sein umgängliches Wesen, die Gunst, in der er bald bei Hofe stehen sollte und in deren Genuß außer ihm kein anderer Gesandter kam, hatten den Cavaliere zum einflußreichsten Ausländer in der Stadt gemacht. Es gereichte Catherine zur Ehre, daß sie für ein Leben bei Hofe nicht geschaffen war, daß sie sich abgestoßen fühlte von den abgeschmackten Späßen des Königs, eines Jünglings von bestürzender Grobheit, und von seiner blasierten, fruchtbaren, intelligenten Frau, die die eigentliche Macht ausübte. So wie es ihm zur Ehre gereichte, daß er den König zu amüsieren vermochte. Es gab keinen Grund für Catherine, ihn zu den lebensmittelvergeudenden Banketten in den königlichen Palast zu begleiten, zu denen er drei- oder viermal in der Woche geladen wurde. Er langweilte sich nie, wenn er mit ihr zusammen war; doch er genoß es auch, allein zu sein, ganze Tage draußen in der Bucht zu verbringen und von seinem Boot aus Fische mit der Harpune zu fangen, wobei sein Kopf in der Sonne ganz ruhig wurde, oder in seinem kühlen Studierzimmer oder im Lagerraum seine Schätze zu betrachten, zu inspizieren, zu verzeichnen, oder die neuen Bücher über Fischkunde oder Elektrizität oder alte Geschichte durchzusehen, die er sich aus London hatte kommen lassen. Man konnte nie genug wissen, nie genug sehen. Da war viel Sehnsucht im Spiel. Ein Gefühl, das ihm in seiner Ehe erspart geblieben war – eine im übrigen ganz und gar erfolgreiche Ehe, in der alle Bedürfnisse, denen aufzukommen erlaubt war, befriedigt wurden. Es gab keine Enttäuschungen, jedenfalls nicht, was ihn betraf, und sie verspürten beide nicht die Sehnsucht, das Bedürfnis, so oft wie nur möglich beieinander zu sein.

Hochherzig, wo er zynisch war, leidend, während er kräftig war, sanft, wenn er vergaß, es zu sein, korrekt wie die für sechzig Gäste geschmückte Tafel – die liebenswerte, nicht allzu häßliche, Cembalo spielende Erbin, die er geheiratet hatte, erschien ihm als die vollendetste Gattin, soweit er sich ein solches Wesen überhaupt vorstellen konnte. Er genoß es, daß alle sie bewunderungswürdig fanden. Nicht so sehr schwach, als vielmehr moralisch von ihm abhängig, fehlte es ihr nicht an Selbstvertrauen. Die Religion belebte sie; ihre Bestürzung über seine Gottlosigkeit ließ sie zuweilen achtunggebietend erscheinen. Neben seiner eigenen Person und seiner Karriere war vor allem die Musik das sie verbindende Interesse. Als Leopold Mozart und sein Wunderkind vor zwei Jahren in die Stadt gekommen waren, hatte Catherine vor Aufregung gezittert – was ihr sehr gut stand –, als sie sich anschickte, für sie zu spielen, und dann hatte sie so ausgezeichnet gespielt wie stets. Anläßlich der Konzerte, die wöchentlich in der Residenz des britischen Gesandten stattfanden und zu denen jeder, der in der Stadt Rang und Namen hatte, eine Einladung zu erhalten hoffte, kamen alle, die bei den Opernaufführungen in der Saison am lautesten redeten und aßen, und lauschten plötzlich aufmerksam. Catherine zähmte sie. Der Cavaliere spielte vorzüglich Cello und Violine – er hatte als Zwanzigjähriger in London bei dem großen Giardini Stunden genommen –, doch sie war die bessere Musikerin, wie er freimütig eingestand. Er war dankbar für jeden Anlaß, sie zu bewundern. Mehr noch als bewundert zu werden, wollte er bewundern.

Wenn auch seine Phantasie in vertretbaren Grenzen ausschweifend war, so war doch sein Blut, wie er meinte, gemäßigt. Zu jener Zeit waren Männer seines Ranges für gewöhnlich korpulent, sobald sie das dritte oder vierte Lebensjahrzehnt erreicht hatten. Doch der Cavaliere hatte kein Jota der Lust auf körperliche Betätigung eingebüßt, die ihm in jungen Jahren eigen war. Er sorgte sich um Catherines kränkliche, durch keinerlei körperliche Übung gestärkte Konstitution, was soweit ging, daß er bisweilen Unbehagen empfand bei der Bereitwilligkeit, mit der sie seine regelmäßigen Umarmungen willkommen hieß. Es gab kaum sexuelle Leidenschaft zwischen ihnen. Und doch reute es ihn nicht, daß er sich keine Geliebte genommen hatte – was auch immer andere in solch einer Situation tun mochten. Zuweilen bot sich ihm eine Gelegenheit unverblümt dar; die Leidenschaft erwachte; und auf einmal fuhr er von feuchter Handfläche zu Schichten von Kleidungsstücken, hakte auf, knöpfte auf, fingerte, drängte. Doch das Wagnis gab ihm kaum je den Wunsch ein weiterzumachen; er fühlte sich zu einer anderen Art des Erwerbs, des Besitzes hingezogen. Daß Catherine nicht mehr als ein wohlwollendes Interesse an seiner Sammelleidenschaft zeigte, war vielleicht ganz gut so. Für Musikliebhaber war es nur normal, wenn sie Freude daran hatten, mit anderen zu arbeiten, mit anderen zu spielen. Aber ein Mit-Sammler zu sein war alles andere als normal. Man will allein besitzen (und besessen werden).

*

Das Sammeln liegt in meiner Natur, sagte er einmal zu seiner Frau.

»Bilder-verrückt«, so nannte ihn ein Jugendfreund – die Natur des einen war des anderen Vorstellung von Verrücktheit; von maßlosem Verlangen.

Als Kind hatte er Münzen, dann Automaten, dann Musikinstrumente gesammelt. Sammeln ist Ausdruck eines freischwebenden Verlangens, das Verbindungen und immer wieder neue Verbindungen sucht – es ist eine Folge verschiedener Verlangen. Der wahre Sammler ist im Bann nicht dessen, was gesammelt wird, sondern des Sammelns selbst. Als der Cavaliere Anfang Zwanzig war, hatte er bereits mehrere kleine Gemäldesammlungen zusammengetragen und war, um seine Schulden zu begleichen, gezwungen gewesen, sie wieder zu verkaufen.

Als er seinen Posten als Gesandter antrat, begann er erneut mit dem Sammeln. Pompeji und Herkulaneum, nur einen einstündigen Ritt entfernt, waren schnell umgegraben, bloßgelegt und gründlich durchgesehen; doch alles, was die unwissenden Grabenden zutage förderten, hatte unverzüglich in die Lagerräume des nahe gelegenen königlichen Palastes in Portici zu gehen. Es gelang ihm, eine umfangreiche Sammlung griechischer Vasen von einer Adelsfamilie aus Rom zu erstehen, in deren Besitz sie sich seit Generationen befunden hatte. Sammeln bedeutet, Dinge zu retten, wertvolle Dinge, vor der Vernachlässigung zu retten, vor der Vergessenheit oder einfach nur vor dem schändlichen Schicksal, sich in der Sammlung eines anderen statt in der eigenen zu befinden. Doch eine vollständige Sammlung zu erstehen, statt die Beute Stück für Stück zu erjagen – das war kein eleganter Zug. Sammeln ist auch ein Sport, und seine Schwierigkeiten sind Teil dessen, was ihm Würde und Reiz verleiht. Ein wahrer Sammler lehnt es ab, in großen Mengen zu kaufen (wie Jäger es ablehnen, sich das Wild einfach vor das Gewehr treiben zu lassen), empfindet keine Befriedigung dabei, die Sammlung eines anderen zu sammeln: lediglich kaufen oder anhäufen ist nicht sammeln. Doch der Cavaliere war ungeduldig. Es gibt nicht nur innere Bedürfnisse und Erfordernisse. Und er wollte vorankommen mit dem, was nur seine erste neapolitanische Sammlung sein sollte.

Niemand in England wunderte sich darüber, daß er fortfuhr, Gemälde zu sammeln oder nach Antiquitäten zu suchen, als er in Neapel angekommen war. Doch sein Interesse an dem Vulkan offenbarte eine neue Seite seines Wesens. Vulkan-verrückt zu sein war verrückter, als bilder-verrückt zu sein. Vielleicht war die Sonne ihm zu Kopf gestiegen oder die sprichwörtliche Lässigkeit des Südens. Dann wurde die neue Besessenheit schnell einem vernünftigen Grund untergeordnet und als wissenschaftliches Interesse deklariert, später dann als ästhetisches, denn ein Vulkanausbruch kann, im weitesten Sinn des

Wortes, als schön bezeichnet werden. Es lag nichts Ungewöhnliches darin, wenn er abends Gäste einlud und mit ihnen von der Terrasse seiner in der Nähe des Berges gelegenen Villa aus das Schauspiel beobachtete, ganz so wie die den Mond betrachtenden edlen Höflinge im Japan der Heian-Zeit. Ungewöhnlich war, daß er immer noch näher an den Berg heran wollte.

Der Cavaliere hatte in sich eine Vorliebe für alles Plutonische entdeckt. Es begann damit, daß er mit einem Reitknecht zu einem Gebiet mit schwefelhaltigem Boden westlich der Stadt ritt und nackt in dem See badete, der sich im Kegel eines versunkenen, erloschenen Vulkans gebildet hatte. Während jener ersten Monate auf die Terrasse hinauszutreten und in der Ferne den sich ruhig verhaltenden Berg zu sehen, der dort unter der Sonne lag, führte wohl zu träumerischen Betrachtungen über die Ruhe, die der Katastrophe folgt. Seine weiße Rauchwolke, das gelegentliche Rumoren und der immer wieder aufschießende Dampfstrahl schienen *dermaßen* beständig, so gar nicht bedrohlich zu sein. Achtzehntausend Dorfbewohner waren 1631 in Torre del Greco gestorben, bei einer Eruption, die noch tödlicher gewesen war als jene andere, die Herkulaneum und Pompeji in Schutt und Asche versenkt hatte und bei der Plinius der Ältere, der gelehrte Admiral der römischen Flotte, ruhmvoll sein Leben verloren hatte. Doch seitdem keine mehr, die den Namen Katastrophe verdient hätte.

Der Berg mußte erwachen und beginnen, Feuer zu speien, um die volle Aufmerksamkeit dieses vielbeschäftigten, vielabgelenkten Mannes auf sich zu ziehen. Und das tat er auch ein Jahr nach seiner Ankunft. Die Dämpfe, die vom Gipfel aufstiegen, verdichteten sich und nahmen zu. Dann vermischte sich schwarzer Rauch mit den Dampfwolken, und in der Nacht hatte sich der Lichtschein um den Kegel rot verfärbt. Bis zu diesem Augenblick vertieft in die Jagd nach Vasen und allerlei kleineren

Funden aus den Ausgrabungen, die er unerlaubterweise in seinen Besitz bringen konnte, begann er nun, auf den Berg zu steigen und Aufzeichnungen zu machen. Bei seinem vierten Aufstieg kam er, als er den obersten Hangabschnitt erreicht hatte, an einem kleinen, knapp zwei Meter hohen Hügel ganz aus Schwefel vorüber, der in der Woche zuvor noch nicht dortgewesen war. Bei seinem nächsten Aufstieg auf den schneebedeckten Berg – es war November – stieg aus der Spitze dieses kleinen Hügels eine blaue Flamme empor. Er trat näher heran, stellte sich auf die Zehenspitzen, dann griff ein Geräusch wie Artilleriefeuer über ihm – hinter ihm? – nach seinem Herzen, und er machte einen Satz nach hinten. Kaum vierzig Meter weiter oben, aus der Krateröffnung, war eine schwarze Rauchsäule emporgeschossen, der ein prasselnder Steinschlag folgte, und einer der Steine fiel ganz in seiner Nähe zu Boden. Ja.

Er hatte etwas gesehen, was er sich immer wieder vorgestellt hatte, immer schon hatte wissen wollen.

Als sich im März des folgenden Jahres tatsächlich ein Ausbruch ereignete, als eine Wolke in Gestalt einer riesigen Schirmpinie – genau wie der Neffe des Plinius sie in einem Brief an Tacitus beschrieben hatte – aus dem Berg aufstieg, war er im Haus und übte Cello. Als er in jener Nacht vom Dach aus den Berg beobachtete, sah er, wie der Rauch glutrot wurde. Einige Tage später gab es eine donnernde Explosion, und rotglühende Felsbrocken wurden hervorgestoßen, und am selben Abend gegen sieben Uhr begann die Lava aus der Spitze des Berges überzukochen und sich in Richtung Portici zu bewegen. Nur in Begleitung eines Dieners, eines Reitknechtes und eines örtlichen Führers, verließ er zu Pferde die Stadt und verbrachte die ganze Nacht am Fuß des Berges. Zischendes, flüssiges Metall, auf dem glühende Aschepartikel wie Boote auf und ab tanzten, strömte kaskadenartig keine zwanzig Meter von ihm entfernt herab. Er erlebte sich als furchtlos, immer eine angenehme Illusion. Die Morgendämmerung brach an, und er machte sich auf den Weg nach unten. Knapp zwei Kilometer weiter unten holte er die Spitze des Lavastromes ein, der sich in einem tiefen Erdloch gesammelt hatte und zum Stillstand gekommen war.

Von dem Tag an sah man den Berg nie mehr ohne seinen rauchenden Kranz, das gelegentliche Ausstoßen glühender Schlacke, den Feuerstrahl, das feine Rieseln von Lava. Und nun wußte er, was zu tun war, wenn er den Berg bestieg. Er sammelte Proben erkalteten Lavagesteins und steckte sie in einen mit Blei ausgelegten Lederbeutel, er füllte kleine Mengen von Salzen und Schwefel (dunkelgelb, rot, orange), die er von brennendheißen Felsspalten der Kraterspitze holte, in Flaschen. Beim Cavaliere nahm bald jede Leidenschaft, und das war dann ihre Rechtfertigung, die Form einer Sammlung an. (Bald nahmen sich auch andere Leute bei ihrem einzigen Aufstieg auf den Berg Erinnerungsstücke von dem neuerdings interessanten Vulkan mit; doch Souvenirs anzuhäufen ist nicht dasselbe wie sammeln.) Hier handelte es sich um Sammeln in seiner reinsten Form, ohne jegliche Aussicht auf Gewinn. Hier gab es nichts zu kaufen oder zu verkaufen. Den Vulkan konnte er nur verschenken, zu seinem Ruhm und zum Ruhme des Vulkans.

Wieder war Feuer auf der Bergspitze zu sehen: Eine noch heftigere Demonstration der Macht des Vulkans kündigte sich an. Er rumorte, röchelte und zischte; seine Steinschläge zwangen selbst diesen kühnsten aller Beobachter mehr als einmal, den Gipfel zu verlassen. Als es im folgenden Jahr zu einer mächtigen Eruption kam, der ersten ernstzunehmenden Eruption seit 1631, trug er noch mehr Beute zusammen, eine Sammlung von Vulkangestein, die umfangreich und mannigfaltig genug war, um sie dem Britischen Museum anzubieten, und die er auf eigene Kosten nach England verschiffte. Den Vulkan zu sammeln war ihm zur selbstlosen Leidenschaft geworden.

Neapel war inzwischen Station der großen Bildungsreise geworden, die junge Adlige durch Europa führte, und alle, die kamen, hofften, die toten Städte unter der Führung des gelehrten britischen Gesandten bewundern zu dürfen. Nun, da der Berg gezeigt hatte, daß er immer noch gefährlich sein konnte, wollten sie diese großartige, schaurige Erfahrung nicht missen. Er war zu einer weiteren Attraktion geworden und schuf Arbeitsplätze für die stets Notleidenden: Führer, Sänftenträger, Gepäckträger, Lebensmittellieferanten, Reitknechte und Laternenträger, für den Fall, daß der Aufstieg bei Nacht gemacht wurde – die beste Zeit, um das Schlimmste zu sehen. Alles andere als unbezwingbar im Vergleich mit richtigen Bergen, wie den Alpen oder selbst dem Ätna, der wenigstens dreimal so hoch war, bot der Vesuv höchstens für Ungeübte eine Anstrengung, einen Sport. Der Todbringende konnte von jedermann bestiegen werden. Für den Cavaliere war der Vulkan ein Vertrauter. Weder fand er den Aufstieg sehr anstrengend noch die Gefahren allzu abschreckend, während die meisten Menschen die Schwierigkeiten unterschätzten, mit Entsetzen auf die Mühsal und mit Schrecken angesichts der Verwüstungen reagierten. Bei ihrer Rückkehr bekam er Geschichten von der großen Gefahr zu hören, in die sie sich begeben hatten, von den Feuergarben, dem Steinhagel (oder Steinregen), den ständigen Geräuschen (Geschützlärm, Donner), dem infernalischen und stickigen Schwefelgestank. Ein wahrer Höllenschlund, jawohl! Genau das glauben die Menschen hier, pflegte er dann zu sagen. Ach, aber ich meine das doch nicht im wörtlichen Sinn, erwiderte dann der Besucher (der, wenn es sich um einen Engländer handelte, gewöhnlich Protestant war).

Und wenn er sich auch wünschte, der Vulkan möge nicht von den Schnaufenden, den Übergewichtigen und den sich selbst Beglückwünschenden entweiht werden, sehnte er sich doch – wie jeder Sammler – danach, ihn zur

Schau zu stellen. Und solange der Vesuv sich derart zur Schau stellte, war er gezwungen, genau das zu tun, wenn es sich bei dem Besucher um einen Freund oder Verwandten aus England oder um einen ausländischen Würdenträger handelte. Es wurde von ihm erwartet, daß er seinen Besucher bei einem Aufstieg begleitete. Frederic Hervey, sein exzentrischer Schulfreund aus Westminster, der bald Bischof werden sollte, verbrachte einen ganzen, langen Monat in Neapel; er führte ihn an einem Ostersonntag hinauf, und Herveys Arm wurde von einem Stück hervorgeschleuderten Vulkangesteins versengt; der Cavaliere vermutete, er würde für den Rest seines Lebens damit angeben.

Kaum vorzustellen, daß man sich wie der Eigentümer dieser sagenumwobenen Bedrohung mit zweifachem Bukkel fühlen konnte, die etwa eintausendfünfhundert Meter hoch war und knapp dreizehn Kilometer von der Stadt entfernt lag, auf die jedermann freien Blick hatte, ja die so etwas wie das Wahrzeichen der ganzen Region war. Nichts war weniger geeignet, in Besitz genommen zu werden. Nur wenige Naturwunder waren berühmter. Maler aus dem Ausland strömten nach Neapel: Der Vulkan hatte viele Bewunderer. Er machte sich daran, ihn sich zu eigen zu machen, und zwar durch die besondere Art, mit der er sich um ihn bemühte. Er dachte mehr als jeder andere über ihn nach. Mein geliebter Berg. Ein Berg als Geliebter? Ein Monstrum? Was die Vasen oder die Gemälde oder die Münzen oder die Statuen betraf, so konnte er mit einiger Anerkennung rechnen. Doch diese Leidenschaft richtete sich auf etwas, das stets überraschte, beunruhigte; das alle Erwartungen übertraf; und das niemals die Reaktion auslöste, die der Cavaliere erwartete. Doch dem besessenen Sammler erscheinen die Würdigungen anderer immer als mit dem falschen Ton gesagt, zurückhaltend, nie würdigend genug.

*

Sammlungen verbinden. Sammlungen trennen.

Sie verbinden alle, die denselben Gegenstand lieben. (Doch keiner liebt so wie ich; genug.) Sie trennen einen von allen, die die eigene Leidenschaft nicht teilen. (Ach, also beinahe von jedermann.)

Also werde ich versuchen, nicht über das zu sprechen, was mich am meisten interessiert. Ich werde über das sprechen, was dich interessiert.

Doch das wird mich – oft – an das erinnern, was ich nicht mit dir teilen kann.

Ach, hör doch. Siehst du denn nicht. Siehst du denn nicht, wie schön er ist.

*

Man kann nicht genau sagen, ob er ein geborener Lehrer, ein geborener Erklärer war (keiner war ein besserer Führer durch Pompeji und Herkulaneum), oder ob er dies alles erst lernte, weil so viele Menschen, die ihm nahestanden, jünger waren als er und meist bei weitem nicht so gebildet. Es war in der Tat sein Schicksal, daß der Cavaliere alle wichtigen Beziehungen in seinem Leben, ob man Catherine nun mitzählte oder nicht, zu Leuten unterhielt, die wesentlich jünger waren als er. (Catherine war, bei einem Altersunterschied von acht Jahren, der einzige Mensch in seinem Leben, von dem vorherzusehen war, daß er jünger sein würde: Eine Ehefrau sollte immer jünger als der Mann sein.) Der königliche Spielgefährte seiner Kindertage war siebeneinhalb Jahre jünger gewesen; der König von Neapel war einundzwanzig Jahre jünger. Jüngere fühlten sich zum Cavaliere hingezogen. Und immer schien er an ihnen interessiert, darum bemüht, ihre Begabungen, was immer diese sein mochten, zu fördern; er schien so sehr sich selbst zu genügen. Er war eher onkelhaft als väterlich – er hatte nie Kinder haben wollen –, und er konnte sich interessiert zeigen, sogar Verantwortung übernehmen, ohne allzuviel zu erwarten.

Charles, der Sohn seiner Schwester Elizabeth, war zwanzig, als er auf der südlichsten Station seiner großen Bildungsreise ankam. Der blasse, selbstbewußte kleine Junge, den der Cavaliere einige Male nur flüchtig zu Gesicht bekommen hatte, war ein hochintelligenter, entwaffnend verwöhnter junger Mann geworden, der über einen bescheidenen, klug zusammengestellten Fundus an Bildern und Kunstgegenständen sowie über eine extravagante Sammlung wertvoller Steine und Mineralien verfügte. Er wollte Eindruck auf seinen Onkel machen, und das gelang ihm auch. Der Cavaliere erkannte den geistesabwesenden, umherschweifenden, angespannt freundlichen Blick des Sammlers – die Mineralogie sollte die beherrschende Leidenschaft im Leben von Charles werden – und fand auf der Stelle Gefallen an ihm. Pflichtgemäß absolvierte er sein Vergnügungsprogramm, erkaufte sich die sexuellen Dienste einer örtlichen Kurtisane namens Madame Tschudi (entfernt verwandt mit der Familie der Cembalo-Bauer), ertrug einige Opernabende in der Loge seines Onkels, kaufte Eis und Wassermelonen von den Straßenhändlern auf dem Toledo und bekannte, daß er Neapel weder reizvoll noch malerisch fände, sondern nur armselig, langweilig und schmutzig. Hingebungsvoll lauschte er dem Cembalospiel seiner Tante (Kuhnau, Royer, Couperin). Voller Neid betrachtete er eingehend die zahllosen Gemälde, Statuen und Vasen seines Onkels; doch unbearbeitetes Tuffgestein mit eingeschlossenen Lavastücken oder Muscheln, die Überreste von Steingeschossen, die bei einem Vulkanausbruch herausgeschleudert worden waren, oder die hellgelben und orangefarbenen Salze, die man ihm zeigte, ließen ihn voller Leidenschaft an seine kristallisierten Rubine, Saphire, Smaragde, Diamanten denken – sie durfte man schön nennen. Häufig wusch er sich die Hände. Und er weigerte sich ganz entschieden, den Berg zu besteigen.

Ein imposanter, wenn auch wohlwollender Onkel wäre

zu einschüchternd, verfügte er nicht auch über eine wie auch immer geartete schrullige Eigenheit, die es einem erlaubte, auch einmal den Beschützer zu spielen. Charles lehnte auch die zweite Einladung des Cavaliere, ihn bei einem Aufstieg zu begleiten, ab, indem er zu seiner Entschuldigung eine Darmschwäche und einen Mangel an Abenteuerlust vorschützte. Er hoffte, es würde nicht als unverschämt, sondern eher als schmeichelhaft aufgefaßt, wenn er die naheliegende klassische Anspielung bemühte (etliche Freunde des Cavaliere in England machten es so): Bedenkt, ich möchte nicht, daß Ihr das Schicksal von Plinius dem Älteren erleidet. Und nun konnte der Cavaliere, der gerade einen Lieblingsneffen gewonnen hatte, das Kompliment zurückgeben: Dann werdet Ihr Plinius der Jüngere sein und der Welt von meinem Tod berichten.

*

Damals wie heute bestand der Aufstieg aus mehreren Etappen. Die Straße, die in unserem Jahrhundert eine Autobahn wurde, gab es noch nicht. Doch es gab bereits einen Pfad, auf dem man etwa zwei Drittel der Strecke zurücklegen konnte, bis zu der natürlichen Mulde zwischen dem Hauptkegel und dem Monte Somma. In diesem Tal, das heute von einem Teppich schwarzer Lava vom Ausbruch des Jahres 1944 bedeckt ist, wuchsen Bäume, Brombeersträucher und hohe Gräser. Dort ließ man die Pferde grasen, während die Vulkanpilger ihren Weg auf den Krater zu Fuß fortsetzten.

Nachdem er sein Pferd bei dem Reitknecht zurückgelassen, den Spazierstock ergriffen und die Tasche geschultert hatte, marschierte der Cavaliere festen Schrittes den Hügel hinan. Es kommt darauf an, einen guten Rhythmus zu finden, es ganz automatisch zu machen, wie in einem Tagtraum. Gehen so natürlich wie atmen. Es zu etwas werden lassen, was der Körper will, was die Luft will, was die Zeit will. Und das gelingt ihm beinahe an diesem Morgen, früher Morgen diesmal, abgesehen von der Kälte, abgesehen von den Schmerzen in seinen Ohren, vor denen auch sein breiter Hut ihn nicht schützt. Wenn alles automatisch geht, sollte es keine Schmerzen geben. Er ging an Bäumen vorüber (ein Jahrhundert zuvor waren die Hänge dicht bewaldet und voller Wild gewesen) und überschritt die Baumgrenze, von wo an der Wind noch stechender wurde. Der Pfad wurde dunkler und steiler, führte vorüber an Spuren schwarzer Lava und an Erhebungen aus Vulkangestein. Jetzt wurde es wie richtiges Bergsteigen, er schritt langsamer aus, das Ziehen in den Muskeln machte sich auf angenehme Weise bemerkbar. Er mußte nicht stehenbleiben, um wieder zu Atem zu kommen, doch bisweilen machte er halt, um den rotbraunen Boden nach den spitzen, von farbigen Streifen durchzogenen Felsbrocken abzusuchen.

Der Boden wurde grau, locker, morastig – behinderte jeden Schritt, indem er ihm nachgab. Der Wind wehte ihm heftig um den Kopf. Als er dem Gipfel immer näher kam, schmerzten seine Ohren so sehr, daß er sich Wachs hineinstopfte.

Als er sich der von Erhebungen aus Vulkangestein umstandenen Spitze näherte, hielt er inne und rieb seine empfindlichen, eisigen Ohren. Er schaute hinaus und hinunter auf die schillernd blaue Fläche der Bucht. Dann drehte er sich um. Niemals näherte er sich dem Krater ohne leichte Besorgnis – teils aus Furcht vor der Gefahr, teils aus Furcht, enttäuscht zu werden. Wenn der Berg Feuer spie, sich selbst in die Luft schleuderte, sich in lodernde Flammen und einen Wall aus bewegter Asche verwandelte, war das eine Einladung zuzuschauen. Der Berg stellte sich zur Schau. Doch wenn der Berg sich eher ruhig verhielt, wie es seit einigen Monaten der Fall war, wenn er dazu einlud, ihn eingehender zu betrachten, suchte er nach etwas Neuem, wollte aber auch prüfen, ob nicht doch alles beim alten war. Der neugierige Blick will belohnt werden. Selbst in den friedfertigsten Seelen weckte der Vulkan den Wunsch, Zerstörung zu sehen.

Er kletterte bis zur Spitze des Kegels und sah hinunter. Das riesige Loch, einige hundert Meter tief, war immer noch von frühmorgendlichem Nebel umkränzt. Er nahm den Hammer aus seiner Tasche und suchte am Rand des Abgrunds nach einer Farbschicht. Der Nebel stieg, als die Sonne die Luft erwärmte. Mit jedem Windstoß, der klare Luft heranbrachte, konnte der Blick tiefer und tiefer hinabgehen, ohne daß Feuer zu sehen war. Schmutzigweiße Dampffontänen stiegen aus Rissen in den immer höher werdenden Kraterwänden auf. Der glühende innerste Kern lag unter der Schlackenkruste verborgen. Nicht einmal ein Aufglimmen. Nur massives Gestein – grau, träge. Der Cavaliere seufzte und steckte den Hammer in die Tasche zurück. Anorganische Materie stimmt uns höchst melancholisch.

Womöglich ist es gar nicht die zerstörerische Kraft des Vulkans, die das größte Gefallen erregt, obwohl jeder eine Feuersbrunst genießt, sondern die Tatsache, daß er dem Gesetz der Schwerkraft trotzt, dem jede anorganische Materie unterworfen ist. Was uns beim Anblick der Pflanzenwelt auf Anhieb gefällt, ist das vertikal nach oben Weisende. Deshalb lieben wir Bäume. Vielleicht erregt ein Vulkan durch sein In-die-Höhe-Streben unsere Aufmerksamkeit wie ein Ballett. Wie hoch die geschmolzenen Felsbrocken sich emporschwingen, wie weit über uns die pilzförmige Wolke steht. Der Reiz liegt darin, daß sich der Berg selbst in die Luft sprengt, auch wenn er danach wie der Tänzer wieder auf die Erde zurück muß; wenn er auch nicht einfach hinabsteigt – er fällt, fällt auf uns. Doch zuerst steigt er empor, fliegt. Während alles andere nach unten drängt, unten zurückbleibt. Unten.

3

Sommer. Tatsächlich, durch einen unbedeutenden Zufall, der 24. August – ein Jahrestag der großen Eruption des Jahres 79 n. Chr. Das Wetter: stickig und schwül, fliegenverpestet. Schwefelgestank in der Luft. Hohe Fenster öffnen sich weit auf die ganze Bucht hin. Vögel singen im Garten des königlichen Palastes. Eine zarte Rauchsäule tanzt über der Bergspitze hin und her.

Der König sitzt auf der Toilette. Die Hosen baumeln ihm um die Knöchel, er runzelt die Stirn, während er sich anstrengt, aus seinem Gesäß spritzt und prustet es. Wenn auch nicht älter als vierundzwanzig, ist er doch fett, richtig fett. Sein Bauch, von Streifen durchzogen wie der seiner Frau (die bereits sechs von den schließlich siebzehn Schwangerschaften durchgemacht hat), wogt auf der riesigen *chaise percée* aus Porzellan von einer Seite auf die andere. Er hatte sich durch ein üppiges Mahl, bestehend aus Schweinefleisch und Makkaroni und Wildeber und Zucchiniblüten und Sorbet, geschaufelt, das vor über zwei Stunden begonnen hatte. Er hatte einen Lieblingsdiener mit Wein bespieen und mit Brotkügelchen auf seinen verschrumpelten, zänkischen Premierminister geschossen. Der Cavaliere, auch ohne einen solch abstoßenden Anblick ein genügsamer Esser, verspürte schon seit geraumer Zeit einen lastenden Druck im Magen. Und da verkündete der König, daß er, nachdem er sich an einem exzellenten Mahl delektiert habe, nun hoffe, eine ebenso exzellente Reinigung seiner Gedärme zu erleben, und wünsche, daß einer der vornehmsten Gäste an seiner Tafel, sein Freund und exzellenter Jagdgefährte, der bevollmächtigte Gesandte Großbritanniens, ihm dabei Gesellschaft leiste.

Oh, oh, meine Gedärme! (Stöhnen, Furzen, Seufzen.)

Der Cavaliere steht in feuchter und feuchter werdender Hoftracht mit Stern und rotem Band an eine Wand gelehnt und atmet die stinkende Luft durch seine dünnen Lippen ein. Es könnte schlimmer sein, denkt der Cavaliere, ein Gedanke, mit dem er sich in seinem Leben schon oft getröstet hat. Was er diesmal meint, ist, daß der König Durchfall haben könnte.

Es kommt! Es kommt!

Das alberne Kleinjungenspiel des Königs, mit dem er abstoßend sein, mit dem er schockieren will. Das Aristokratenspiel des englischen Ritters, der einfach nicht darauf eingeht, der so tut, als sei er nicht schockiert. Ich gäbe ein besseres Bild ab, dachte der Cavaliere, wenn ich nicht fast soviel schwitzte wie er.

Nein, es kommt nicht. Es geht nicht. Ich kann nicht. Ach, was soll ich bloß tun?

Vielleicht könnte Eure Majestät dem Ruf der Natur besser Folge leisten, wenn Ihr allein wärt.

Ich hasse es, allein zu sein!

Der Cavaliere, der die Schweißperlen, die durch die Wölbung der Brauen gedrungen waren, fortblinzelte, fragte sich, ob dies vielleicht nicht nur einer von des Königs derben Späßen sei.

Vielleicht war das Essen nicht gut, sagte der König. Ich

war so sicher, daß es ein gutes Essen war. Wie kann es auch kein gutes Essen sein, wenn es so gut geschmeckt hat?

Der Cavaliere bestätigte, daß es sehr gut geschmeckt habe.

Der König sagte: Erzählt mir eine Geschichte.

Eine Geschichte, fragte der Cavaliere.

(Ein Höfling: jemand, der immer das letzte Wort oder die letzten Worte von dem wiederholt, was der andere gesagt hat.)

Ja, erzählt mir von einem Berg aus Schokolade. Einem riesigen Berg ganz aus Schokolade. Auf so etwas möchte ich gern einmal klettern.

Es war einmal ein Berg, der war schwarz wie die Nacht.

Wie Schokolade!

Und in seinem Innern war alles ganz weiß, voller Höhlen und Labyrinthe und –

War es kalt im Innern, unterbrach der König. Wenn es heiß ist, schmilzt doch die Schokolade.

Es ist kalt, fuhr der Cavaliere fort und wischte sich mit einem seidenen, mit Tuberosenessenz getränkten Taschentuch über die Stirn.

Ist es wie eine Stadt? Wie eine eigene Welt?

Ja.

Aber eine kleine Welt. Ganz klein und gemütlich. Ich müßte dann nicht so viele Diener haben. Ich hätte gern eine Welt mit Leuten – vielleicht wären ja auch die Leute klein –, die alles tun würden, was ich verlange.

Das tun die Leute doch jetzt schon, bemerkte der Cavaliere.

O nein, ganz und gar nicht, protestierte der König. Ihr wißt doch, wie ich herumkommandiert werde – von der Königin, von Tanucci, von allen, nur von Euch nicht, mein lieber guter Freund. Ich brauche eine Schokoladenwelt, jawohl! Das ist meine Welt. Das ist alles, was ich will. Und Frauen, wann immer ich wollte. Und sie könnten auch aus Schokolade sein, und ich würde sie essen. Stellt Ihr Euch nie vor, wie es wäre, Menschen zu essen?

Er leckte sich die fette, weiße Hand. Hmm, meine schmeckt nach Salz! Dann steckte er die Hand unter die Achselhöhle und fuhr fort: Und es gäbe eine große Küche. Und die Königin würde mir beim Kochen helfen, das würde sie schrecklich finden. Sie würde Knoblauch schälen, Millionen glänzender Knoblauchzehen, und ich würde sie ihr reinstecken, und dann würden wir Knoblauchbabys haben. Und die Leute würden mir hinterherlaufen und mich anflehen, ihnen zu essen zu geben, und ich würde ihnen Lebensmittel hinwerfen, ich würde sie essen lassen.

Er runzelte die Stirn und ließ den Kopf hängen. Eine wahre Kaskade prustender Geräusche gipfelte in einem tiefen, dumpfen Entleeren der Gedärme.

Das tat gut, sagte der König. Er holte aus und gab dem Cavaliere einen Schlag auf das magere Hinterteil. Der Cavaliere nickte und verspürte ein Rumoren in seinen eigenen Därmen. Doch so ist nun einmal das Leben eines Höflings. Der Cavaliere gehörte nicht zu denen, die die Welt regierten.

Hilf mir, sagte der König zum Aufseher über das königliche Schlafgemach, der an der offenstehenden Tür wartete. Er hatte Mühe, auf die Beine zu kommen, so fett war er.

Der Cavaliere sann darüber nach, wie viele Möglichkeiten, auf das Abstoßende zu reagieren, dem Menschen zur Verfügung standen. An dem einen Ende befand sich Catherine, die sich abgestoßen fühlte von dem manisch Vulgären des Königs, wie auch von vielen anderen Dingen bei Hofe. An dem anderen Ende befand sich der König, für den alles Abstoßende ein Quell des Entzückens war. Und er selbst befand sich in der Mitte, wie es sich für einen Höfling gehörte, weder entrüstet noch gefühllos. Entrüstung zu zeigen wäre selbst schon vulgär, ein Zeichen von Schwäche, von schlechter Erziehung. Exzentrische Gewohnheiten bei den Großen der Welt muß man ertragen.

(War der Cavaliere in seinen Kindertagen nicht der, wenn auch um sieben Jahre ältere, Spielgefährte eines anderen Königs gewesen, der bisweilen Zeichen regelrechten Wahnsinns erkennen ließ?) Nichts ändert sich im menschlichen Verhalten. Niemand ändert sich, das weiß jeder.

*

Der plumpe König ist leicht zu beeindrucken, und zwar von der Unerschütterlichkeit des schlanken englischen Ritters fast so sehr wie von der Schlauheit der habsburgischen Gattin, die man für ihn aus Wien hatte kommen lassen, als er siebzehn war, die seit der Geburt ihres ersten Sohnes im Staatsrat sitzt und die der wahre Herrscher des Königreiches ist. Wie angenehm wäre es doch gewesen, wenn statt des ehrfurchtgebietenden, herablassenden, düsteren Mannes auf dem Madrider Thron jemand wie der Cavaliere sein Vater gewesen wäre. Der Cavaliere liebt Musik, nicht wahr? Der König auch; Musik ist für ihn wie Nahrung. Ist der Cavaliere nicht auch ein Sportsmann? Abgesehen davon, daß er ständig diesen scheußlichen Berg hochklettert, geht er gern zum Fischen, zum Reiten und auf die Jagd. Und die Jagd ist die alles beherrschende Leidenschaft des Königs, eine Leidenschaft, der er frönt, indem er alle Anstrengungen, alle Schwierigkeiten und jegliche Gefahren meidet, die dem Erlebnis Grenzen auferlegen, die ihm erst den wahren Reiz verleihen und das Abschlachten von Tieren rechtfertigen. Die Treiber pferchten unzählige Eber, Hirsche und Hasen zusammen und trieben sie an dem König vorüber, der in einem Schilderhaus aus solidem Mauerwerk, aber ohne Dach, im Park seines Landsitzes stand oder inmitten einer Wiese auf einem Pferd saß. Von hundert Schüssen verfehlte nie mehr als einer sein Ziel. Dann stieg er ab, machte sich, nachdem er die Ärmel bis zu den Ellenbogen hochgekrempelt hatte, an die Arbeit und zerlegte die dampfenden, blutigen Kadaver.

Der König liebte den Geruch des Blutes, der von den Tierkadavern aufstieg, den Geruch von Kutteln oder von Makkaroni, die im Kessel aufquollen, von seinen eigenen Ausscheidungen oder denen seiner Brut kleiner Kinder, den Geruch der Pinien und den berauschenden Duft des Jasmins. Das lange, knollenförmige Organ, das ihm den Spitznamen König Großnase eingetragen hatte, war eindruckgebietend, aber auch erschreckend häßlich. Strenge Gerüche zogen ihn an: stark gewürztes Essen, noch nicht erkaltete tote Tiere, eine vor Sehnsucht vergehende feuchte Frau. Aber auch der Geruch seines schrecklichen Vaters, der Hauch der Melancholie. (Ihn hatte er ganz vage bei dem Cavaliere wahrgenommen, bei dem er viel schwächer, nicht so ausgeprägt war.) Der beruhigende tierähnliche Geruch seiner Frau zog ihn hinein in ihren Körper, doch hinterher, wenn er eingeschlafen war, weckte ihn oft ein anderer Geruch (oder der Traum eines Geruchs). Die beißenden Geruchspartikel strichen über das Innere seiner fleischigen Nasenlöcher, flogen in sein Hirn. Er mochte alles, was formlos, im Überfluß vorhanden war. Gerüche bündeln sich, zerstreuen sich wieder. Gerüche bleiben haften, hängen nach. Sie breiten sich aus, vermischen sich. Eine Welt der Gerüche ist unregierbar – einen Geruch beherrscht man nicht, man wird von ihm beherrscht –, und der König hatte ja auch keinen Spaß am Regieren. Ach, was gäbe er nicht für ein winziges Königreich!

Seine Sinnlichkeit war die einzige Intelligenz, die er besaß; von seinem Vater absichtlich in fast völliger Unwissenheit gehalten, war er dazu ausersehen, ein schwacher Regent zu werden. Weil er sich so gerne mit der riesigen Menge von Tagedieben in der Stadt verbündete, nannte man ihn scherzhaft auch den Bettlerkönig, doch seinen Aberglauben teilten hier alle, nicht nur die Ungebildeten. Seine Vergnügungen waren schon ein wenig origineller. Neben üblen Späßen und den Sportarten, bei denen getötet wurde – Beschäftigungen, die er in einzigartig großem Stil betrieb –, lenkten ihn Dienstbotentätigkeiten von den Zwängen königlichen Mummenschanzes ab. Als der Cavaliere einmal in dem großartigen Palast von Caserta eintraf, fand er den König damit beschäftigt, die Lampen von den Wänden zu nehmen und zu putzen. Als einmal ein Eliteregiment auf dem Gelände des Palastes von Portici stationiert war, richtete der König mitten in dem Zeltlager eine Taverne ein und schenkte Wein an die Soldaten aus.

Der König benimmt sich nicht wie ein König (was für eine Enttäuschung!), er setzt seinen Unterschied von den anderen nicht in Szene: kein Esprit, keine Würde, keine Distanz. Nur Grobheit und Appetit. Doch Neapel schokkierte oft, selbst wenn es bezauberte. Leopold Mozart, jener gute Katholik aus dem provinziellen, unbarmherzig klerikalen Salzburg, war entsetzt über den heidnischen Aberglauben des Adels und über die wildwuchernde Götzenverehrung des Kirchenzeremoniells. Reisende aus England empörten sich über die unanständigen Wandmalereien und die phallusähnlichen Gegenstände in Pompeji. Alle waren voller Verachtung für die Launen des jugendlichen Königs. Und wo alle schockiert sind, erzählen auch alle Geschichten.

*

Wie jeder ausländische Diplomat verfügte auch der Cavaliere über einen fein ausgeschmückten Vorrat an Geschichten über die Abscheulichkeiten des Königs, mit denen er vornehme Besucher ergötzen konnte. Nicht der skatologische Humor des Königs ist es, der ihn ungewöhnlich macht, mochte der Cavaliere eine solche Geschichte wohl beginnen. Späße über die Darmentleerung sind, soweit ich weiß, an den meisten italienischen Höfen gang und gäbe. Tatsächlich, fragte dann meist sein Besucher.

Der Cavaliere fuhr wohl fort mit einer Version der Geschichte, in deren Verlauf er den König zur Toilette begleitet hatte, und ging schließlich zu einer anderen Geschichte über, in der Schokolade eine Rolle spielte.

In dieser Geschichte, die er schon vielen Besuchern erzählt hatte, ging es um Ereignisse, die sich drei Jahre nach seiner Ankunft in Neapel zugetragen hatten. Nachdem Karl III. von Spanien, der Vater des neapolitanischen Königs, und Maria Theresia von Österreich ihre Verhandlungen über eine Verbindung der beiden Dynastien abgeschlossen hatten, nachdem die Kaiserin eine ihrer vielen Töchter ausgewählt hatte, nachdem die Mitgift, die dem Wert von einem Morgen Land entsprach, zusammengestellt worden war und nachdem die in Tränen aufgelöste Braut und ihr zahlreiches Gefolge für die Abreise vorbereitet worden waren und nachdem in Neapel die Vorbereitungen der königlichen Vermählung mit all ihrem Prunk und Pomp ein weit fortgeschrittenes Stadium erreicht hatten (öffentliche Plätze waren geschmückt, allegorische Feuerwerke und Torten entworfen, Musikstücke für Prozessionen und Bälle komponiert worden) und nachdem der Adel und die Kolonie der Diplomaten sich für die zusätzlichen Ausgaben für Bankette und neuen Hofstaat gerüstet hatten … war niemand vorbereitet gewesen auf das Erscheinen eines schwarzgewandeten Abgesandten des habsburgischen Hofes, der mit der enttäuschenden Botschaft eintraf, daß die fünfzehnjährige Erzherzogin noch am Vorabend ihrer Abreise den Pocken erlegen sei, die damals in Wien grassierten und die beinahe auch die Kaiserin dahingerafft hätten.

Der Cavaliere, der am Morgen dieses Tages die Nachricht erhalten hatte, legte seinen Hofstaat an und machte sich in seiner besten Equipage auf den Weg, um den König seines aufrichtigen Beileids zu versichern. Als er den Palast betrat, bat er darum, zum König geleitet zu werden, doch er wurde nicht in die königlichen Gemächer geführt, sondern zu einer Nische in dem hohen Bogengang, durch die man zu einer weitläufigen, etwa hundert Meter langen Galerie gelangte, in der Jagdbilder hingen und wo der Fürst von San * * *, der Privatlehrer des Königs, stand und grübelte. Nein, nicht grübelte, sondern wütend war. Vom äußersten Ende der Galerie her näherte sich ihnen eine geräuschvolle, aromatischen Duft verströmende, goldfunkelnde Prozession, die von Kerzen und Fackeln erleuchtet war.

Ich bin gekommen, um meine aufrichtigen –

Spöttischer Blick des Fürsten.

Wie Ihr seht, kennt der Schmerz Seiner Majestät keine Grenzen, sagte der Fürst.

Es näherten sich ihnen sechs junge Männer, die auf ihren Schultern einen in scharlachroten Samt eingeschlagenen Sarg trugen. Ihnen folgte ein Priester, der ein Weihrauchfaß schwenkte. Zwei hübsche Mägde trugen goldene Vasen voller Blumen. Als letzter kam der sechzehnjährige König, der ganz in Schwarz gekleidet war und sich ein schwarzes Taschentuch vor das Gesicht hielt.

(Ihr wißt doch, wie die Leute es hier mit Begräbnisfeiern halten, warf der Cavaliere an dieser Stelle stets in dem eifrigen Bemühen ein, seine Kenntnisse weiterzuvermitteln. Schmerzbekundungen können gar nicht übertrieben genug sein.)

Die Prozession näherte sich dem Cavaliere. Setzt sie ab, befahl der König.

Er machte einen Satz auf den Cavaliere zu und ergriff dessen Hand. Kommt, Ihr könnt einer der Trauergäste sein.

Majestät!

Kommt! brüllte der König. Ich darf nicht auf die Jagd, sie erlauben mir nicht, mit dem Boot zum Fischen hinauszufahren –

Doch nur heute, unterbrach ihn der alte Fürst voller Wut.

Den ganzen Tag – der König stampfte mit dem Fuß

auf – muß ich im Haus bleiben. Eine Weile haben wir Bockspringen und dann Ringen gespielt, aber das hier ist besser. Viel besser.

Er zog den Cavaliere hinüber zu dem Sarg, in dem ein junger Mann in einem spitzenbesetzten weißen Gewand lag, die Augen mit den seidigen Wimpern hatte er fest geschlossen, die rosigen Wangen und die über der Brust gefalteten Hände waren mit winzigen cremig-braunen Tupfen gesprenkelt.

(Der jüngste der Hofkämmerer, wegen seines mädchenhaften guten Aussehens von den anderen oft gehänselt, war dazu ausersehen worden, die tote Erzherzogin zu spielen, merkt der Cavaliere an. Pause. Und die Schokoladenpunkte … Ihr könnt euch denken, was sie zu bedeuten haben. Eigentlich nicht, sagt sein Besucher. Das waren, so erklärt der Cavaliere, die Pockenpusteln.)

Die Brust des Jungen hob und senkte sich sacht.

Seht nur, seht nur, ganz wie im Leben!

Der König riß einem der Diener eine Fackel aus der Hand und nahm eine operettenhafte Pose ein. Ach, meine Liebste. Meine Braut ist tot!

Die Sargträger kicherten.

Aber nein, ihr dürft nicht lachen. Licht meines Lebens! Wonne meines Herzens! So jung. Eine Jungfrau noch – hoffe ich zumindest. Und tot! Mit solch wundervollen weißen Händen, mit denen sie hierhin gefaßt hätte – er deutete auf die gewisse Stelle an seinem Körper.

(Der Cavaliere fügt nicht hinzu, daß er schon mehr als einen Blick auf die königlichen Lenden geworfen hatte – auf des Königs weiße Haut, die von Herpes-Bläschen gezeichnet war, was sein Arzt als Zeichen bester Gesundheit deutete.)

Habt Ihr denn kein Mitleid mit mir, rief der König dem Cavaliere zu.

(Auch berichtet der Cavaliere nicht, wie er sich schließlich aus der Affäre gezogen hatte, doch er erwähnt noch, daß während dieser ganzen Farce ein zwergenhaft kleiner Priester die Totenmesse zelebriert hatte. Doch wohl kein richtiger Priester, warf hier meist der Besucher ein. Sicher nur ein weiterer Hofkämmerer, der sich als Priester verkleidet hat. Wenn man bedenkt, zu welchem Unfug sich Priester hierzulande bereit finden, erwidert dann wohl der Cavaliere, kann es durchaus ein richtiger Priester gewesen sein.)

Der Jüngling in dem Sarg schwitzte, und die Schokoladenpünktchen begannen zu schmelzen. Der König versuchte, das Lachen zu unterdrücken und hielt sich die Hand vor den Mund. Ich werde zu diesem Thema eine Oper in Auftrag geben, erklärte er.

Und so weiter ..., schloß der Cavaliere.

Und vielleicht erinnert das Wort Oper den Cavaliere an eine Szene, deren Zeuge er gemeinsam mit Catherine vor kurzem erst in der Oper von San Carlo anläßlich der Premiere eines neuen Werkes von Paisiello geworden war. Es war der letzte Tag der Karnevalszeit. Zwei Logen weiter saß der König, der regelmäßig kam, um zuzuschauen und mitzusummen und zu schreien und zu essen; doch statt ruhig in der königlichen Loge sitzen zu bleiben, beanspruchte er oft eine der oberen Logen für sich, und die Abonnenten, die für gewöhnlich auf diesen Plätzen saßen, betrachteten es als Ehre, auf diese Weise vertrieben zu werden. An jenem Abend hatte der König befohlen, man solle ihm ein Makkaronigericht bringen, so daß er zunächst allen, die in seiner Nähe saßen, die Gerüche von Öl, Käse, Knoblauch und Fleischsoße aufgezwungen hatte. Dann lehnte sich der König über die Brüstung und fing an, das kochendheiße Essen mit beiden Händen ins Parkett hinunterzuwerfen.

(Der Cavaliere hält inne und wartet auf eine Reaktion. Und was haben da die armen Zuschauer gemacht, fragt der Besucher. Man sollte meinen, sie würden Anstoß daran nehmen, sagt der Cavaliere, doch die Späße des Königs scheinen hier alle zu erfreuen.)

Während sich manche über die Fettflecken, die sich auf ihrem besten Ausgehstaat ausbreiteten, aufzuregen schienen – ihre Bemühungen, sich zu säubern, ließen den König in schallendes Gelächter ausbrechen –, sahen viele in dem Nudelregen ein Zeichen königlicher Gunst, und statt ihm auszuweichen, drängten sie einander beiseite, um etwas davon essen zu können.

(Wirklich erstaunlich, sagt dann stets der Besucher. Hier scheint wohl ständig Karneval zu sein. Ist aber wohl ganz harmlos, nehme ich an.)

Und laßt mich Euch, fährt der Cavaliere dann wohl fort, von einer anderen, vom König angestifteten Balgerei um Essen erzählen, die weniger komisch war. Sie fand ein Jahr nach der Scheinbeerdigung statt, die ich Euch geschildert habe, als die jüngere Schwester der toten Verlobten, die als Ersatz ausersehen war – und die noch ausgiebiger weinte als ihre ältere Schwester, nachdem sie erfahren hatte, mit wem sie verlobt worden war –, sich von Wien aus auf den Weg hatte machen müssen; glücklicherweise traf diese Erzherzogin unversehrt hier ein, und es folgten die Tage der Hochzeitsfeierlichkeiten. Erklären muß ich an dieser Stelle, erklärt der Cavaliere, daß zu allen bedeutenden höfischen Festen in Neapel das Errichten eines künstlichen, mit Lebensmitteln beladenen Berges gehört.

(Eines Berges, fragte dann stets der Besucher.)

Ja, eines Berges. Ein riesiges, pyramidenförmiges Gerüst aus Balken und Brettern wurde von etlichen Zimmerleuten mitten auf dem großen Platz vor dem Palast errichtet, und dieser Platz wurde dann mit allerlei Zierat in einen richtigen kleinen Park mit schmiedeeisernen Gittern und allegorischen Statuen zu beiden Seiten des Tores verwandelt.

(Darf ich fragen, wie hoch dieser Berg war? – Ich weiß nicht genau, antwortet der Cavaliere. Auf jeden Fall über zehn Meter.)

Sobald der Berg fertig war, begannen ganze Heerscharen von Lieferanten, mit ihren Gehilfen hinauf- und hinunterzuklettern. Die Bäcker am Fuß des Berges stapelten riesige Brotlaibe auf. Bauern hievten Kisten mit Wassermelonen und Pfirsichen und Orangen hoch. Geflügelhändler nagelten lebende Hühner, Gänse, Kapaune, Enten und Tauben mit den Flügeln an die hölzernen Zäune, die den Weg zum Gipfel säumten. Und Tausende von Menschen kamen und begannen auf dem Platz ihr Lager aufzuschlagen, während der Berg in genau festgesetzter Rangfolge mit Lebensmitteln überhäuft und mit Blumengirlanden und Fähnchen geschmückt wurde. Rund um die Uhr bewachten ihn bewaffnete Soldaten auf nervösen Pferden. Am zweiten Tag der Festivitäten im Inneren des Palastes hatte sich die Menge verzehnfacht, und ihre Messer, Dolche, Äxte und Scheren waren deutlich zu sehen. Ein Rumoren ging durch die Massen, als gegen Mittag die Schlachter den Platz betraten und hinter sich eine ganze Prozession von Ochsen, Schafen, Ziegen, Kälbern und Schweinen herzogen. Als sie die Tiere mit Stricken am Fuß des Berges befestigten, senkte sich ein raunendes Schweigen über die Menge.

(Ich sehe schon, ich muß mich gefaßt machen auf das, was nun kommt, sagt der Besucher, als der Cavaliere eine Kunstpause einlegt.)

Dann trat der König mit seiner Braut an der Hand auf den Balkon hinaus. Ein weiteres Rumoren stieg auf, ganz ähnlich dem, mit dem die Tierprozession begrüßt worden war. Als der König sich für den Jubel und die *vivas* der Menge bedankte, füllten sich auch die anderen Balkone und die oberen Fenster des Palastes mit den ranghöchsten Höflingen, mit einigen der bedeutenderen Aristokraten, mit den Mitgliedern des diplomatischen Corps, die in besonderer Gunst standen –

(Ich habe gehört, niemand steht beim König in größerer Gunst als Ihr, unterbricht der Besucher. Ja, sagt der Cavaliere, ich war dort.)

Dann ertönte die Kanone von den Zinnen der Festung von Sant'Elmo zum Zeichen, daß der Sturm auf den Berg beginnen könne. Die ausgehungerte Menge antwortete mit Geheul und durchbrach den Ring der Soldaten, die ihre sich aufbäumenden Pferde bei der Palastmauer in Sicherheit brachten. Die kräftigsten Knaben und jungen Männer, die sich mit Ellenbogen und Knien schlagend und schiebend vorwärtsbewegten, drängten sich an die Spitze und begannen den Berg zu erklimmen, der bald von einem ganzen Menschenschwarm übersät war, manche kämpften sich immer höher hinauf, andere kletterten mit ihrer Beute hinunter, wieder andere kauerten auf halbem Weg und rissen das Geflügel in Stücke, aßen es roh oder warfen Teile davon in die ausgestreckten Arme ihrer unten wartenden Frauen und Kinder. In der Zwischenzeit rammten andere ihre Messer in die am Fuß des Berges festgebundenen Tiere. Es war schwer zu sagen, welches Sinnesorgan brutaler attackiert wurde: die Nase, durch den Geruch von Blut und von den Exkrementen der verängstigten Tiere; die Ohren, durch das Gebrüll der Tiere, die abgeschlachtet wurden, und durch das Geschrei der Leute, die von dem Berg fielen oder gestoßen wurden; oder die Augen, durch den Anblick der armen, im Todeskampf wild zappelnden Geschöpfe oder durch den Anblick eines Elenden, der durch all diese Sinneseindrücke zur Raserei getrieben wurde – wobei man hinzufügen muß, daß sich diese Raserei noch durch den Applaus und die ermunternden Zurufe von den Fenstern und Balkonen verstärkte – und der, statt sein Messer einem Schwein oder einer Ziege in den Bauch zu stoßen, es seinem Nachbarn in den Hals gestoßen hatte.

(Ich hoffe, meine Erzählung verleitet Euch nicht dazu, jetzt allzu schlecht von den unteren Schichten zu denken, wirft der Cavaliere ein. Meist sind sie recht liebenswert. Ach wirklich, ruft der Besucher aus – und, mehr über die Brutalität des Menschen als über die Ungerechtigkeit nachdenkend, sagt er nichts mehr.)

Ihr würdet Euch wundern, fährt der Cavaliere fort, wie schnell der Berg geplündert wurde. Heutzutage geht es sogar noch schneller. Denn das war damals das letzte Jahr, in dem die Tiere bei lebendigem Leib in Stücke gerissen wurden. Unsere junge österreichische Königin war angewidert von dem Spektakel und beschwor den König, der Barbarei dieses Brauches Grenzen zu setzen. Der König ordnete an, daß die Ochsen und Kälber und Schweine von nun an zuerst von den Schlachtern getötet und bereits in Viertel zerlegt auf das Gerüst gehängt werden sollten. Und so geschieht es bis zum heutigen Tag. Wie Ihr seht, schließt er dann seinen Bericht, gibt es selbst hier, in dieser Stadt, so etwas wie Fortschritt.

*

Wie kann der Cavaliere einem Besucher wirklich verständlich machen, *wie* abscheulich der König ist. Das kann man nicht beschreiben. Er kann den ekelerregenden Geruch, den der König verbreitet, nicht auf Flaschen ziehen und sie vor der Nase seines Besuchers hin und her schwenken oder sie seinen Freunden in England, die er mit seinen Geschichten unterhält, schicken, so wie er das mit dem Schwefel- und Salzgestein des Vulkans tat, das er regelmäßig der Royal Society zukommen ließ. Auch kann er nicht den Dienern befehlen, einen Eimer voller Blut zu bringen und dann, indem er seine Arme bis zu den Ellenbogen hineintaucht, den Anblick demonstrieren, den der König bietet, wenn er nach der Abschlachtorgie eines Tages, die er Jagd nennt, eigenhändig Hunderte von Tieren ausweidet. Auch wird er nicht den König nachmachen, wie er bei Sonnenuntergang auf dem Marktplatz am Hafen steht und die Schwertfische verkauft, die er den Tag über gefangen hat. (Er verkauft seinen Fang? Ja, und er feilscht um den Preis. Doch ich sollte hinzufügen, sagte der Cavaliere, daß er seine Einkünfte der Horde von Tagedieben hinwirft, die ihm ständig hinterherläuft.)

Wenn der Cavaliere auch ein Höfling ist, so ist er doch kein Schauspieler. Er kann nicht in die Gestalt des Königs schlüpfen, nicht einmal für einen kurzen Augenblick, um etwas vorzuführen oder zu zeigen. Das ist keine Tätigkeit für einen Mann. Er berichtet nur, und durch diesen Bericht schrumpft die ganze Abscheulichkeit zu einer Geschichte zusammen, da gibt es nichts mehr, über das man sich aufregen müßte. In diesem Königreich der Maßlosigkeit, des Exzesses, des Überflusses ist der König nur ein Detail von vielen. Da ihm ja nur Worte für seine Schilderung zur Verfügung stehen, kann er erklären (die absichtlich vernachlässigte Erziehung des Königs, den stumpfsinnigen Aberglauben des Adels), er kann herablassend, er kann ironisch sein. Er kann sich eine Meinung erlauben (schließlich kann er ja nicht beschreiben, ohne angesichts des Beschriebenen selber Stellung zu beziehen), und diese Meinung wird sich den Fakten der Sinneseindrücke bereits als überlegen gezeigt, wird sie gereinigt, ihren Spektakel gedämpft, ihren Geruch getilgt haben.

Ein Geruch. Ein Geschmack. Eine Berührung. Unmöglich zu beschreiben.

*

Hier eine Sage, die der Cavaliere in dem Buch eines jener gottlosen französischen Autoren gelesen hatte, deren bloße Erwähnung Catherine seufzen und Grimassen schneiden ließ. Stellt euch einen Park mit der wunderschönen Statue einer Frau vor, nein, mit der Statue einer wunderschönen Frau, die Statue, das heißt die Frau, hält Pfeil und Bogen in den Händen, sie ist nicht nackt, aber so gut wie nackt (so wie die marmorne Tunika sich um Brüste und Hüften schmiegt), sie ist nicht Venus, aber Diana (zu ihr gehören die Pfeile). Selber schön, mit dem Stirnband über den Locken, ist sie aller Schönheit gegenüber tot. Nun, so heißt es in der Sage, wollen wir uns jemanden vorstellen, der sie zum Leben erwecken kann. Wir stellen uns einen Pygmalion vor, der kein Künstler ist, er hat sie ja nicht erschaffen, sondern sie nur im Garten, auf ihrem Sockel, ein wenig größer als eine wirkliche Frau, gefunden und sich entschlossen, ein Experiment an ihr durchzuführen: ein Pädagoge, ein Wissenschaftler also. Ein anderer hat sie erschaffen und sie dann verlassen. Nun gehört sie ihm. Und er ist ihr nicht verfallen. Doch er hat eine didaktische Ader und möchte ihre besten Fähigkeiten sich entfalten sehen. (Vielleicht wird er sich danach in sie verlieben, wahrscheinlich wider besseres Wissen, und möchte dann mit ihr ins Bett gehen, doch das ist eine andere Geschichte.) So geht er langsam und behutsam vor, ganz im Sinn des Experiments. Kein Verlangen treibt ihn voran, läßt ihn alles auf einmal wollen.

Was tut er also? Wie erweckt er sie zum Leben? Äußerst vorsichtig. Er will ihr Bewußtsein wecken, und da er die eher schlichte These vertritt, daß alle Erkenntnis sich über die Sinne vollzieht, beschließt er, ihr Empfindungsvermögen zu entwickeln. Sehr, sehr langsam. Er wird ihr, für den Anfang, nur ein Sinnesorgan geben. Und welches wählt er aus? Nicht das Sehvermögen, den edelsten der Sinne, nicht das Gehör – nun, es besteht kein Grund, die ganze Liste durchzugehen, so kurz sie auch ist. Beeilen wir uns zu berichten, daß er ihr als erstes, und das ist vielleicht etwas kleinlich, den primitivsten Sinn, nämlich den Geruchssinn, gibt. (Vielleicht will er ja nicht gesehen werden, jedenfalls noch nicht jetzt.) Und es sei hinzugefügt, daß wir, wenn das Experiment glücken soll, davon ausgehen müssen, daß dieses göttliche Geschöpf unter der undurchdringlichen Oberfläche über eine Art innerer Existenz oder Empfänglichkeit verfügt; aber dies ist nur eine Hypothese, wenn auch eine unabdingbare. Bislang können keine Mutmaßungen über dieses innere Leben angestellt werden. Die Göttin, die personifizierte Schönheit, rührt sich nicht.

Die Göttin der Jagd kann nun also riechen. Die ovalen, leicht vorstehenden Marmoraugen unter den schweren Brauen können nicht sehen, die leicht geöffneten Lippen und die zarte Zunge können nicht schmecken, die seidige Marmorhaut kann deine oder meine Haut nicht spüren, ihre reizenden, an Muscheln erinnernden Ohren können nicht hören, doch ihre gemeißelten Nasenlöcher nehmen alle Gerüche, ob nah oder fern, wahr. Sie riecht die Platanen und Pappeln, ihren harzigen, herben Duft, sie kann den winzigen Würmerdreck riechen, sie riecht die Schuhwichse auf Soldatenstiefeln und geröstete Kastanien und anbrennenden Speck, sie kann Glyzine und Heliotrop und Zitronenbäume riechen, sie kann den beißenden Geruch von Hirschen und Ebern riechen, die vor den königlichen Hunden und vor den dreitausend Treibern im Dienst des Königs fliehen, die Ausdünstungen eines in den nahe gelegenen Büschen koitierenden Paares, den süßen Geruch frisch gemähten Rasens, den Rauch aus den Kaminen des Palastes, von ganz weit her den fetten König auf der Toilette, sie riecht sogar den regengepeitschten, ausgewaschenen Marmor, aus dem sie gemacht ist, den Geruch des Todes (wenn sie auch nichts weiß vom Tod).

Es gibt auch Gerüche, die sie nicht wahrnimmt, weil sie in einem Garten steht – oder weil sie in der Vergangenheit existiert. Erspart bleiben ihr Großstadtgerüche, wie der des Spülwassers und der Exkremente, die nachts aus den Fenstern auf die Straße gekippt werden. Und die kleinen Autos mit den Zweitaktmotoren und die Braunkohlebriketts (der Geruch Osteuropas in der zweiten Hälfte unseres Jahrhunderts), die Chemiewerke und Raffinerien außerhalb von Newark, Zigarettenrauch … Aber warum erspart? Auch diese Gerüche würde sie genießen. Ja, in der Tat, es kommt aus einer weiten Ferne, sie riecht die Zukunft.

Und all diese Gerüche, die wir in gut oder schlecht, ekelerregend oder betörend einteilen, ergießen sich über sie, durchströmen noch den kleinsten Marmorpartikel, aus dem sie besteht. Sie würde vor Vergnügen erbeben, wenn sie nur könnte, doch man hat ihr nicht die Kraft, sich zu bewegen, auch nicht die Kraft zu atmen verliehen. Hier handelt ein Mann, er unterrichtet, er befreit und entscheidet, was am besten ist für – eine Frau, und daher geht er behutsam zu Werke, er ist nicht bereit, bis zum Äußersten zu gehen, er fühlt sich ganz wohl dabei, nur ein eingeschränktes Wesen zu erschaffen – ein Wesen, für das es das beste ist, schön zu sein, schön zu bleiben. (Mit einer Wissenschaftlerin und einer schönen Statue des Hippolyt kann man sich diese Sage nicht vorstellen; das heißt mit einer Statue des schönen Hippolyt.) So verfügt die Göttin der Jagd also nur über den Geruchssinn, über die Welt in ihrem Innern, nicht über Raum; doch Zeit wird geboren, denn ein Geruch wechselt den anderen ab, überlagert ihn. Und mit der Zeit kommt die Ewigkeit. Einen Geruchssinn zu haben, und nur den Geruchssinn, bedeutet, sie ist ein Wesen-das-riecht und deshalb immer mehr riechen will (das Verlangen will Dauerhaftigkeit bis in alle Ewigkeit erzwingen). Doch Gerüche verflüchtigen sich zuweilen (ja, tatsächlich, manche entschwanden so schnell!), wenn auch einige wiederkehren. Und wenn ein Geruch sich auflöst, fühlt sie sich – ist sie – weniger geworden. Sie fängt an zu träumen, dieses Bewußtsein-das-riecht, davon zu träumen, wie sie die Gerüche bewahren kann, indem sie sie in ihrem Innern speichert, so daß sie sie nie mehr verlieren kann. Und so tritt später der Raum in Erscheinung, ein innerer Raum nur, als Diana sich allmählich wünscht, verschiedene Gerüche an verschiedenen Stellen ihres Marmorkörpers aufheben zu können: den Hundekot in ihrem linken Bein, den Heliotrop in einem Ellenbogen, die Süße des frischgemähten Rasens in ihrem Schoß. Sie liebte sie, wollte sie alle. Sie empfindet Schmerz, nicht den Schmerz (oder besser gesagt das

Mißfallen) über einen schlechten Geruch, denn sie kennt weder gut noch schlecht, sie kann es sich nicht leisten, eine so luxuriöse Unterscheidung zu treffen (jeder Geruch ist gut, denn jeder Geruch ist besser als gar kein Geruch, als das Nichtriechen), sondern empfindet den Schmerz des Verlustes. Jedes Vergnügen – und all das zu riechen, was sie riecht, ist reinstes Vergnügen – wird zu einer Erfahrung vorweggenommenen Verlustes. Sie will, wenn sie nur wüßte wie, ein Sammler werden.

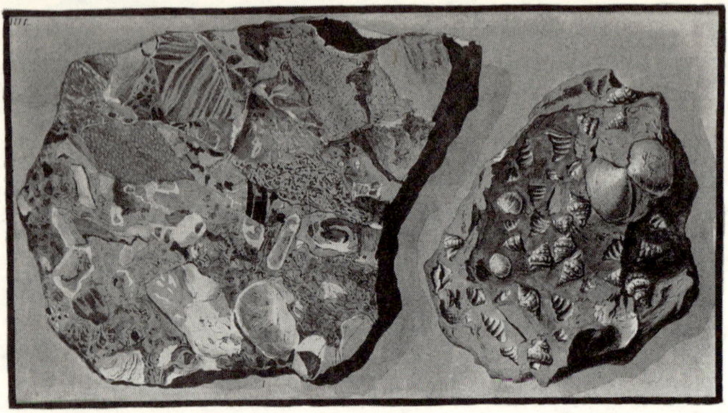

4

Wieder ein Winter. Ein Monat des Tiereabschlachtens mit dem König am Fuß des Apennin, Weihnachtsbälle, einige bedeutende ausländische Besucher, die unterhalten werden mußten, seine ständig zunehmende Korrespondenz mit gelehrten Gesellschaften, eine Exkursion mit Catherine nach Apulien, um einige neue Ausgrabungsstätten zu besichtigen, ihre wöchentlichen Konzerte (aber Catherine ist leidend). Der schneebedeckte Berg grollte und rumorte. Zu der Bildersammlung des Cavaliere, die bislang ihren Schwerpunkt eindeutig bei den alten Meistern hatte, gehörten inzwischen auch einige Dutzend Gouachen und Ölbilder örtlicher Künstler, die den Vulkan aus den verschiedensten Blickwinkeln sowie vergnügte Einheimische in farbenfroher Tracht darstellten. Er erstand sie sehr preiswert (bezahlt wurde je nach dem, wieviel Handbreit oder wieviel Meter Leinwand bemalt war) und hängte sie in die Galerie, die zu seinem Studierzimmer führte. Zweimal im Jahr war er Zeuge des Wunders, das in der Kathedrale aufgeführt wurde und von dem, so glaubten viele, das Wohlergehen der Stadt abhing: ein Blutklumpen des Schutzheiligen der Stadt verflüssigte sich. Der bekannteste Klumpen Aberglaube der Stadt. Der Cavaliere sah sich nach weniger bekannten Zurschaustellungen örtlicher Rückständigkeit um und verabredete eine Sitzung bei Efrosina Pumo, der berühmten Sibylle.

Zuerst war alles nur Atmosphäre, die gewundene Straße, das zerbröckelnde Mauerwerk, die abgenutzte Tür mit dem unleserlichen Schriftzug darauf, das niedrige, feuchte Zimmer der Frau mit getünchten Wänden und einer Decke voller Rußflecken, mit den tropfenden Votivkerzen, dem großen Kessel auf dem Herd, der Strohmatte auf den Steinplatten des Fußbodens, dem schwarzen Hund, der angelaufen kam und an seiner Leistengegend schnüffelte. Dem Cavaliere, der Valerio draußen gelassen hatte, bei einer ganzen Brut von Kunden der Sibylle, die auf ihre Ration Wahrsagen und Heilen warteten, war recht, nun ja, Voltaire-haft zumute: er war in ethnologischer Stimmung. Ganz auf sich gestellt. Ein Tourist in anderer Leute Aberglauben. Er fühlte sich überlegen, genoß das Gefühl, überlegen zu sein, verachtete jeglichen Aberglauben, jegliche Magie, jeglichen fanatischen Eifer und jegliche Unvernunft, war jedoch der Aussicht, überrascht, verwirrt zu werden, nicht abgeneigt. Er war darauf vorbereitet, die Stimme eines Toten zu hören, einen Tisch auf und ab tanzen zu sehen, diese völlig fremde Frau den Namen sagen zu hören, mit dem er als kleines Kind seine Mutter gerufen hatte, sie das himbeerrote Muttermal an seinen Leisten beschreiben zu hören … denn dann wäre es wenigstens, wenn auch nicht in dem vulgären Sinn, in dem man dies hier versteht, eine Welt des Übernatürlichen.

Statt dessen, und damit muß man sich zufriedengeben, war es eine Welt des Erstaunlichen. Der Schönheit. Der Wunder, unter ihnen vor allem der Vulkan. Aber nichts Übernatürliches, nein.

Man sagt, daß die Frau vor einigen Jahren Monat und Jahr der beiden Eruptionen, der kleineren und der größeren, vorausgesagt hat, die kürzlich den langen Schlummer des Vulkans gestört hatten. Er hat vor, sie darüber zu befragen. Aber natürlich kann er nicht gleich auf diesen Punkt zu sprechen kommen, was er sehr wohl weiß, da er ja schon über ein Jahrzehnt unter diesen trägen, durchtrieben-schlauen Menschen verbracht hat. Er muß es über sich ergehen lassen, daß diese Frau sich unterwürfig vielmals dafür bedankt, daß er sie mit seinem Besuch beehrt, er, der außerordentlich vornehme und erhabene Cavaliere, der teuerste Freund und Ratgeber des jungen Königs (das Alter möge ihm Weisheit bringen!), er, der geruht, seinen Kopf zu senken und ihre bescheidene Bleibe zu betreten. Er muß ein süßliches Gebräu schlürfen, das sie Tee nennt und das von einem schmächtigen, etwa fünfzehnjährigen Jungen serviert wird, dessen linkes Auge aussieht wie ein Wachtelei, und er muß seine Hand offen auf ihrer plüschigen Handfläche ruhen lassen.

Als erstes sagte sie ihm, daß er ein langes Leben haben werde, woraufhin der Cavaliere die Augenbrauen hochzog und die Nase rümpfte.

Ein langes Leben hier, murmelte sie. Das war nicht gerade das, was der Cavaliere sich gern vorstellte, und dies hier war eine Übung in Vorstellungskraft. Er rechnete noch immer damit, daß dem Posten in Neapel ein besserer folgen würde: etwa Madrid. Oder Wien.

Dann sagte sie ihm, daß großes Glück vor ihm läge.

Laßt uns von etwas anderem als meinem Schicksal sprechen, sagte der Cavaliere und entzog seine Hand ihrer Betrachtung. Eigentlich bin ich nicht gekommen, um Informationen über mich selbst einzuholen.

Tatsächlich? Dann sind Eure Exzellenz wirklich ein ungewöhnlicher Mann, was anzunehmen ich guten Grund habe. Denn welcher Mann ist nicht an sich selbst interessiert?

Ach, sagte der Cavaliere. Ich erhebe keinerlei Anspruch auf Uneigennützigkeit. Ich kenne ebensoviel Eigenliebe wie jedermann.

Er schätzte sie auf etwa fünfzig, wenn man auch bei den Einwohnern, die man »die Leute« nannte (also fast alle Leute), so etwas nie genau sagen konnte, da sie, besonders die Frauen, für gewöhnlich älter aussahen, als sie tatsächlich waren. Ein kluges, hübsches Gesicht mit gelbbraunen, nein, grünen Augen, mit einem kräftigen Kinn, mit ergrauendem Haar, das geflochten und hochgesteckt war; ein eckiger Körper, dessen Umrisse unter diversen Schichten rosafarbener und rostroter Schals, die ihr von den Schultern herabhingen, nur undeutlich zu sehen waren. Sie saß vor einer gewölbten Wand auf einem großen Eichenstuhl. Dem Cavaliere hatte man feierlich einen Stuhl angewiesen, auf dem sich einige zerschlissene Kissen häuften, die seiner Bequemlichkeit dienen sollten.

Die meisten, die mich aufsuchen, wollen wissen, wann sie sich verlieben, sagte sie. Oder eine Erbschaft antreten. Oder sterben.

Der Cavaliere erwiderte, daß er seiner Frau äußerst zugetan sei, daß er wisse, seine Aussichten auf eine Erbschaft seien gleich Null. Und daß nur ein Narr den Wunsch verspüren könne, den Tag seines Todes zu kennen und sich so die ihm noch verbleibende Zeit zu vergiften.

Euer Exzellenz scheinen zu denken, sie sei alt.

Ich habe mich nie jung gefühlt, entgegnete er gereizt. Das schien ihm ein ganz neuer Gedanke zu sein. Nicht diese Möchtegern-Sibylle hatte ihn überrascht, er selbst hatte jetzt schon für eine Überraschung gesorgt.

Und solche Gedanken erhalten Euch jünger, als Ihr jetzt seid, sagte sie mit einem recht theatralischen Schwung ihres Armes. Was Jugend und Alter betrifft, ist Efrosina ... eine Expertin! Ich habe Euer Exzellenz gesagt, daß sie noch viele Jahre leben wird. Ist das nicht etwas, das jeder hören möchte?

Er antwortete nicht.

Euer Exzellenz sind nicht neugierig?

Ganz im Gegenteil, sagte er scharf, ich bin außerordentlich neugierig. Neugierde hat mich ... hierher geführt.

Er machte eine Geste, die besagte: in diesen Raum, in dieses Land, zu diesem Unsinn. Ich muß geduldiger sein, dachte er bei sich. Ich bin unter Wilden. Er schaute weg und fing den einäugigen Blick des Jungen auf – ein Diener? ihr Schüler? –, der in der Ecke hockte und denselben durchdringenden Blick hatte wie sie, aber beredter, weil halbiert.

Ich bin neugierig und möchte gern wissen, wie Ihr eigentlich vorgeht. Legt Ihr die Karten, oder befragt Ihr die Eingeweide von Tieren, oder kaut Ihr auf bitteren Blättern und fallt dann in Trance –

Ihr seid ungeduldig, Mylord. Ein wahrer Sohn des Nordens.

Wie interessant, dachte der Cavaliere. Die Frau ist keine Närrin. Sie will sich mit mir unterhalten und mir nicht nur ihre Tricks vorführen.

Efrosina senkte für einen Augenblick den Kopf, seufzte, nickte dann dem Jungen zu, der von dem Regal in der Ecke etwas nahm, das in malachitgrünes Tuch gewickelt war, und auf die auf Böcken stehende Tischplatte legte, die sich zwischen ihnen befand. Unter dem Tuch, das sie langsam fortzog, lag ein deckelloses Kästchen aus dickem milchigem Glas. Gebannt starrte sie auf das Kästchen, legte sich das Tuch wie einen Latz über die Brust, murmelte einige unverständliche Worte, machte ein paar beschwörende Gesten in die Luft, bekreuzigte sich dann und senkte wieder den Kopf. Die Vorstellung hatte begonnen. Ah, sagte der Cavaliere aufmunternd.

Ich sehe zuviel, flüsterte sie.

Der Cavaliere, der immer noch mehr sehen möchte, lächelte in sich hinein und freute sich über den Unterschied.

Sie hob den Kopf, die Augen waren weit aufgerissen, der Mund zitterte.

Nein, ich will keine Katastrophen sehen! Nein!

Der Cavaliere nickte in Anerkennung für dieses Schauspiel eines Kampfes gegen die Gewißheit, das eigens für ihn erdacht worden war. Seufzend hob sie den würfelförmigen Kasten mit beiden Händen vor ihr Gesicht.

Ich sehe ... ich sehe Wasser! Ihre Stimme wurde heiser. Ja! Und auf dem Meeresgrund verstreut offene Kisten, die ihre Schätze preisgeben. Ich sehe ein Schiff, ein riesiges Schiff –

Ach, Wasser, unterbrach er sie. Dann Erde. Dann Luft, und ich nehme an, wir werden zum Feuer kommen, noch bevor die Nacht hereinbricht.

Sie setzte das Kästchen ab. Ihre Stimme kehrte zurück zu der üblichen einschmeichelnden Sanftheit. Aber Euer Exzellenz lieben das Wasser. Ganz Neapel freut es, Euer Exzellenz in ihrem kleinen Boot den ganzen Tag beim Fischen in unserer herrlichen Bucht zu sehen.

Und ich klettere auf den Berg. Auch das ist bekannt.

Ja, alle bewundern Eure Exzellenz wegen ihres Mutes.

Er antwortete nicht.

Vielleicht interessieren sich Eure Exzellenz schließlich doch noch für ihren Tod.

Tod. Tod. Er schloß die Ventile seiner Aufmerksamkeit.

Falls ich Euch nicht beruhigen kann, kann ich Euch dann vielleicht ängstigen, Mylord?

Ich ängstige mich nicht so leicht.

Aber Ihr habt Euch bereits geängstigt, mehr als einmal sogar, einmal wärt Ihr beinahe von einem glühenden Gesteinsbrocken getroffen worden. Ihr könntet Euch vorlehnen und das Gleichgewicht verlieren. Ihr könntet hinabsteigen und nicht in der Lage sein, wieder herauszuklettern.

Ich bin ein sehr sicherer Kletterer.

Ihr wißt, wie launisch der Berg ist. Alles kann passieren von einem Moment auf den andern.

Ich bin sehr anpassungsfähig, sagte er. Und zu sich: Ich beobachte, ich sammle Beweise. Er verlagerte sein Gewicht in dem Rohrstuhl.

Ich spüre meinen Atem, sagte er.

Von der stickigen Luft im Zimmer wurde ihm schwindlig. Er hörte ihr Flüstern, hörte, wie der Junge das Zimmer verließ, hörte eine große Uhr ticken, eine Fliege summen, einen Hund bellen, Kirchenglocken, ein Tamburin, die Rufe eines Wasserverkäufers. Ein Magma von Geräuschen, das abebbte und dann völlige Stille offenbarte, und dahinter, aber deutlicher noch, als wäre jedes Geräusch einzeln verhüllt, die Uhr, die Stimmen, die Glocken, der Hund, das Rufen, der Junge, der zurückkommt, das Geräusch seines eigenen Herzschlages, und dann Stille. Der Cavaliere versuchte eine Stimme zu hören, eine sehr schwache, kaum vernehmbare Stimme, während diese kräftige, voluminöse Stimme eintönig immer weiter über die Gefahren des Berges sprach. Er versucht immer noch, die Stimme zu hören. Fest entschlossen, Erfahrung zu suchen, hat der Cavaliere großes Talent, aufmerksam zu lauschen. Man läßt seine Gedanken immer um dasselbe kreisen, übt sich darin, sie auf einen festen Punkt zu richten: geistiges Starren. Ganz einfach, wenn man weiß, daß man es kann. Es muß nicht einmal dunkel dazu sein. Es ist alles innerlich.

Seid Ihr noch wach?

Ich bin immer wach, erklärte der Cavaliere. Er hatte seine Augen geschlossen.

Nun hört Ihr erst richtig zu, Mylord.

Tief im Innern seines Kopfes erinnerte er sich daran, daß er sich fragen wollte, warum er hier saß, und dann fiel ihm ein, daß es amüsant wäre, dieses Abenteuer seinen Freunden zu berichten.

Sollen wir mit der Vergangenheit beginnen, fragte Efrosinas Stimme.

Was? fragte er verdrießlich. Die Frage wurde wiederholt. Er schüttelte den Kopf. Nicht die Vergangenheit!

Auch nicht, fragte sie, wenn ich den Geist Eurer Mutter beschwören könnte?

Gott behüte! rief der Cavaliere aus, öffnete seine Augen und begegnete ihrem seltsam durchdringenden Blick. Da die Leute hier immer behaupten, sie würden ihre Mutter anbeten, und es vielleicht auch wirklich tun, konnte sie nicht wissen, wie unlieb ihm selbst ein auch nur eingebildeter Besuch jener so wenig zärtlichen, hoheitsvollen Schönheit wäre, von der er, das hatte er als kleines Kind schon gelernt, nichts erwarten durfte. Nichts.

Ich möchte lieber etwas über die Zukunft hören, murmelte er. Er hatte vergessen, sich darüber zu wundern, wieso Efrosina annehmen konnte, seine Mutter sei tot, bis ihm einfiel: Er war alt, also würde sie jetzt sehr alt sein. Und nicht schön.

Die nahe Zukunft, fügte er vorsichtig hinzu.

Wieder schloß er die Augen, ohne es eigentlich zu wollen, und öffnete sie dann bei einem wilden Durcheinander wirrer Geräusche.

Efrosina war erbleicht. Sie starrte in den würfelförmigen Kasten, stöhnte und zischte.

Mir gefällt nicht, was ich sehe. Mylord, warum habt Ihr mich gebeten, in die Zukunft zu schauen? Nein. Nein. Nein …

Zitternd, schweißüberströmt, von heftigem Husten und Schluckauf gequält, spielte sie ihm eine Frau vor, der es äußerst unbehaglich zumute war. Nein, das stimmte wohl nicht, denn jemandem, der zittert, der schwitzt, der hustet und der Schluckauf hat, *ist* unbehaglich zumute. Und trotzdem spielt sie ihm etwas vor.

Machen wir weiter mit dem Spiel.

Seht Ihr etwas? Etwas über den Vulkan?

Nun kann sie nicht mehr umhin, zu dem springenden Punkt zu kommen.

Ich habe dem Cavaliere gesagt, er ist nicht alt, murmelte sie heiser. *Ich* bin alt! Mein Gott, was für einen Anblick ich biete. Ach. Jetzt sehe ich es, gerade, wenn ich zu alt geworden bin, werde ich gerettet. Ich werde wieder jung. Ich werde viele Jahrhunderte leben! Als nächstes – sie fing an zu lachen –, als nächstes werde ich Emilia sein. Dann Eusapia. Ja, dann werde ich zu vielen Orten reisen, als Eusapia Paladino werde ich überall berühmt sein, und selbst dieser amerikanische Professor wird sich für mich interessieren. Dann ... wo bin ich stehengeblieben – sie rieb sich die Augen mit dem Zipfel des Schals –, ja, Eleonora. Eleonora ist sehr schlecht – sie lacht. Aber ... dann verlasse ich Neapel und ziehe nach London, und ich bin Ellie und leite eine große –

Der Vulkan! rief der Cavaliere. Nachdem er Efrosina so gelenkt hatte, daß die Séance sich nicht mit seinem persönlichen Schicksal befaßte, hatte er kaum damit gerechnet, von ihr dies unverständliche Palaver über ihr eigenes Schicksal zu hören.

Könnt Ihr sehen, wann er wieder ausbricht?

Efrosina sah ihn recht unverschämt an. Mylord, ich werde sehen, was Ihr zu sehen mir befehlt.

Sie lehnte sich vor, blies die Kerze auf dem Tisch aus und schaute in den Würfel. Und jetzt sehe ich es auch. Oh – sie schüttelte den Kopf in ostentativer Verwunderung – oh, wie häßlich.

Was?

Ich sehe schwärzliche Trümmer. Der Kegel ist nicht mehr da.

Er fragte, wann das geschehen würde.

Alles ganz verändert, fuhr sie fort. Alle Wälder sind verschwunden. Es gibt keine Pferde mehr. Da ist eine schwarze Straße. Und jetzt sehe ich etwas wirklich Komisches. Ganze Herden von Menschen mühen sich den Berg hinauf und stoßen sich gegenseitig. Alle wirken so groß. So groß wie Ihr, Mylord. Aber sie tragen alle so merkwürdige Kleider, man kann die vornehmen Leute gar nicht von den Dienstboten unterscheiden, sie sehen alle wie Dienstboten aus. Und nah am Gipfel ... da ist jemand in einem kleinen Häuschen und verkauft Lavagestein und Kästchen aus farbigen Steinen, blau und rot und gelb, und Schals und Teller mit Bildern vom Berg. Ach, ich fürchte, ich bin zu weit in die Zukunft gegangen.

Nein, bitte, sagte der Cavaliere.

Die Zukunft ist ein Loch, murmelte Efrosina. Wenn man hineinfällt, weiß man nie genau, wie weit man fallen wird. Ihr habt mich gebeten zu schauen, und es liegt nicht in meiner Gewalt zu entscheiden, wie weit ich sehe. Aber ich sehe ... Ja.

Was?

Sechsundzwanzig.

Und sie schaute auf.

Sechsundzwanzig Eruptionen? So viele könnt Ihr sehen?

Jahre, Mylord.

Jahre?

Wieviele Ihr noch habt. Es ist eine gute Zahl. Seid mir nicht böse, Mylord.

Sie bemühte sich, die Kerze wieder anzuzünden, als wolle sie vermeiden, ihn ansehen zu müssen. Der Cavaliere funkelte vor Wut. War da noch mehr? Nein. Sie nahm sich das Tuch von der Brust, sie bedeckte das Kästchen.

Ich weiß, ich habe Euch enttäuscht. Aber ihr solltet wiederkommen. Ich sehe jedesmal etwas anderes. Vergebt Efrosina, daß Sie Euch heute nicht mehr über den Vulkan erzählt.

Wütender Lärm vor der Tür.

Die Menschen kommen zu mir mit vielen Sorgen, sagte sie. Ich kann nicht allen helfen.

Jemand klopfte. Vielleicht war das Valerio.

Ich verspreche, wir werden uns beim nächsten Mal darüber unterhalten, sagte sie. (Über die Sorgen? Über den Vulkan?) Sie wird mit ihrem Sohn sprechen, der schon als Kind begonnen hatte, auf den Berg zu klettern und der all seine Geheimnisse kennt.

Der Cavaliere verstand nicht, von wem sie da sprach. Doch er erkannte, daß er schon genug Zeit mit dieser unergiebigen Zurschaustellung wahrsagerischer Kräfte vertan hatte, und langte in seine Börse, um etwas Geld auf den Tisch zu legen. Efrosina gebot ihm mit gebieterischer Geste Einhalt und erklärte, die Tatsache, daß Seine Exzellenz sie mit seinem Besuch beehrt habe, sei Bezahlung genug, und fügte hinzu, daß vielmehr sie ihm ein Geschenk machen wolle, und befahl Tolo, oder war es Barto – wie hatte sie den einäugigen Jungen genannt –, den Cavaliere und seinen Diener nach Hause zu begleiten.

*

Der Cavaliere sah sich als – nein, er war – ein Botschafter des guten Geschmacks und der Vernunft. (Ist es nicht das, was uns das Studium antiker Kunst lehrt?) Abgesehen von der höchst gewinnbringenden Investition und der Verwirklichung seiner Sammelleidenschaft war etwas durchaus Moralisches in diesen Steinen, diesen Tonscherben, diesen verblaßten Objekten aus Marmor und Silber und Glas: sie waren Muster an Vollkommenheit und Harmonie. Die Antike, die ungeschlacht und hellwach für alles Dämonische war, blieb diesen frühen Mäzenen der Antike weitgehend verborgen. Was er in der Antike übersah, was zu sehen er nicht vorbereitet war, schätzte er an dem Vulkan: die ungeschlachten Löcher und Abgründe, die dunklen Schlünde, Spalten und Abhänge und Wasserfälle, Höhlen in Höhlen, Felsen unter Felsen – die Unordnung und die Gewalt, die Gefahr, die Unvollkommenheit.

Nur wenige sehen, was nicht schon in ihren Köpfen ist. Athanasius Kircher, der große Vorgänger des Cavaliere, der ein Jahrhundert zuvor Vulkane liebte, hatte den Ätna und den Vesuv bei Ausbrüchen beobachtet und hatte sich an einem Flaschenzug in die Krateröffnungen hinuntergelassen. Doch diese kühnen Betrachtungen aus allernächster Nähe, unter derartigen Gefahren und unter so viel Mühsal unternommen (wie muß ihm der Rauch in den Augen gebrannt, wie müssen die Seile in seinen Leib geschnitten haben), hielten den schlauen Jesuiten nicht davon ab, einen gänzlich der Phantasie entsprungenen Bericht über das Innere des Vulkans vorzulegen. Die Zeichnungen, mit denen sein *Mundus Subterraneus* bebildert ist, zeigen den Vesuv im Querschnitt als eine hohle Muschel, die eine andere Welt umschließt, eine Welt mit Himmel, Bäumen, Bergen, Tälern, Höhlen, Flüssen aus Wasser und auch aus Feuer.

Der Cavaliere fragte sich, ob er wohl einen Abstieg in den Vulkan wagen könne, solange er sich ruhig verhielt. Natürlich erwartete er weder, Kirchers Unterwelt vorzufinden, noch glaubte er, daß der Vulkan der Höllenschlund sei oder daß ein Vulkanausbruch, so wie eine Hungersnot, als Strafe Gottes hereinbreche. Er war ein Mann der Vernunft, und er trieb in einem Meer von Aberglauben. Er war ein Kenner von Ruinen, wie sein Freund Piranesi in Rom, denn was war der Berg anderes als eine große Ruine? Eine Ruine, die lebendig werden und noch mehr Ruinen entstehen lassen konnte.

Auf den Stichen, die er in Auftrag gegeben hatte und die in den beiden großformatigen Bänden, zu denen er kürzlich seine »Briefe, den Vulkan betreffend« für die Royal Society zusammengefaßt hatte, als Illustrationen dienen sollten, erscheint ab und zu auch der Cavaliere zu Fuß oder zu Pferde. Auf einem der Bilder sieht er seinem Reitknecht beim Baden im Averner See zu; auf einem anderen – ein denkwürdiger Anlaß – begleitete er die königliche Gesellschaft an den Rand eines Abgrundes, in den die Lava strömte. In einer verschneiten Landschaft, in der der Berg besonders friedlich wirkt, gibt es keinen Betrachter, doch auf den meisten Bildern, die die merkwürdigen, auf vulkanische Aktivität zurückzuführenden Formen und Veränderungen zeigen, gibt es menschliche Gestalten: Ein Schauspiel verlangt die Anwesenheit eines Betrachters. Auszubrechen liegt in seiner Natur, der Natur eines Vulkans, selbst wenn es nur dann und wann geschieht. Das wäre dann das Bild ... wenn man nur ein einziges haben möchte.

Als sich ein weiterer Ausbruch des Vesuv ankündigte, kletterte der Cavaliere öfter hinauf, auch um zu erproben, wie furchtlos er geworden war. Weil die Sibylle ihm ein langes Leben vorausgesagt hatte? Zuweilen fühlte er sich sicherer als irgendwo sonst, wenn er den siedenden und brodelnden Berg bestieg.

Der Berg bot eine völlig neue Erfahrung, einen völlig neuen Maßstab. Das Land hat sich ausgebreitet, der Himmel ist gewachsen, der Golf ist breiter geworden. Man braucht nicht mehr daran zu denken, wer man ist.

Er steht am späten Nachmittag auf dem Gipfel. Und er beobachtet das unaufhaltsame Versinken der noch größeren, noch röteren, noch kraftvolleren Sonne im Meer. Und er wartet auf den erhabensten Moment, den Moment, den er gern hinauszögern würde; wenn die Sonne auf den Horizont fällt und eine Sekunde lang wie auf einem eigenen Sockel zu sitzen scheint – bevor sie mit schrecklicher Endgültigkeit hinter den Rand des Meeres fällt. Um ihn herum das furchterregende Getöse des Vulkans, der sich auf die nächste Eruption vorbereitet. Allmachtsphantasien. Dies andauern lassen. Jenes zum Stillstand bringen. Das Geräusch abstellen. Wie der Paukenschläger ganz hinten im Orchester, der den beiden großen Trommeln vor ihm eine Kaskade anschwellender Klänge entlockt und dann die Schlegel fortlegt und die

Klänge zum Schweigen bringt, indem er seine Handflächen ganz sacht, und zugleich ganz fest, auf die bespannte Fläche des Instruments legt, dann sein Ohr der Trommel nähert, um sicherzugehen, daß sie immer noch richtig gestimmt ist (die Zartheit dieser Gesten nach den gewaltigen Bewegungen des Schlagens und Hämmerns) – so müßte man einen Gedanken, ein Gefühl, eine Angst zum Schweigen bringen können.

*

Die enge Gasse. Ein Leprakranker, der in der Sonne liegt. Winselnde Hunde. Weitere Besuche bei Efrosina Pumo in ihrem niederen Zimmer.

Der Cavaliere ist immer wieder überrascht. Er, den jedermann, auch er selbst, für so skeptisch hielt, für so unempfänglich – zu Catherines großem Kummer auch allen Appellen der Religion gegenüber, ein Atheist aufgrund seines Naturells, aber auch aus Überzeugung –, er war der heimliche Kunde einer ganz gewöhnlichen Wahrsagerin. Das mußte ein Geheimnis bleiben, denn wenn er jemandem davon erzählte, wäre er gezwungen, es ins Lächerliche zu ziehen. Und dann wäre es Unsinn. Seine Worte würden den Zauber töten. Doch solange über seine Besuche nicht berichtet wurde, konnte die Erfahrung in seinem Kopf in der Schwebe bleiben. Wahr und gleichzeitig nicht wahr. Überzeugend und gleichzeitig nicht überzeugend.

Der Cavaliere genoß es, ein Geheimnis zu haben, eine kleine Schwäche, der er nachgeben konnte, eine reizende Marotte. Kein Mensch sollte ganz und gar konsequent sein. Wie sein Jahrhundert, so war auch der Cavaliere weniger vernunftorientiert als allgemein überliefert.

Der Schlaf der Vernunft gebiert Ungeheuer. Diese vollbusige Frau mit den abgebrochenen Fingernägeln und dem merkwürdigen Blick ärgerte ihn, amüsierte ihn, forderte ihn heraus. Er stritt sich zu gern mit ihr.

Sie sprach orakelhaft von ihren Kräften, sie behauptete, sowohl in der Vergangenheit als auch in der Zukunft zu Hause zu sein. Die Zukunft existiert in der Gegenwart, sagte sie. Die Zukunft, so wie sie sie beschrieb, schien die fehlgeschlagene Vergangenheit zu sein. Eine schreckliche Aussicht, fand er. Glücklicherweise werde ich nicht viel davon sehen. Dann fiel ihm ein, daß sie ihm noch ein weiteres Vierteljahrhundert prophezeit hatte. Mochte die Zukunft erst danach beginnen!

*

Bei seinem dritten oder vierten Besuch bot sie endlich an, ihm die Karten zu legen.

Der Junge brachte ein hölzernes Kästchen. Efrosina öffnete den Deckel, nahm die Tarot-Karten heraus und legte sie mitten auf den Tisch. Sie waren in ein Stück purpurfarbener Seide eingewickelt. (Alles Wertvolle muß eingewickelt aufbewahrt und sehr, sehr langsam ausgewickelt werden.) Nachdem sie die Karten ausgewickelt hatte, breitete sie das Seidentuch auf dem Tisch aus. (Alles Wertvolle muß vor der Berührung mit einer gewöhnlichen Oberfläche geschützt werden.) Sie mischte die Karten und reichte sie dann dem Cavaliere, damit er sie noch einmal mische.

Sie fühlten sich fettig an. Und im Gegensatz zu den prächtigen handbemalten Karten, die er in den Salons von Adelsfamilien gesehen hatte, waren auf diesen Holzschnitte in groben, fleckigen Farben.

Als sie sie zurücknahm, legte sie sie behutsam in Fächerform aus, starrte sie einen Augenblick an und schloß dann die Augen.

Ich lasse die Farben in meinem Kopf leuchten, murmelte sie.

Ja, sagte der Cavaliere, die Farben sind in der Tat verblaßt.

Ich stelle mir die Figuren vor, sagte sie. Ich kenne sie.

Sie fangen an, sich zu bewegen. Ich sehe zu, wie sie sich bewegen, ich sehe, wie ein Windstoß ihre Kleider aufbauscht. Ich sehe den Pferdeschweif auf und ab peitschen.

Sie öffnete ihre Augen und hielt den Kopf schräg. Ich rieche das Gras, ich höre die Vögel im Wald, das Geräusch von Wasser und von laufenden Füßen.

Das sind doch nur Bilder, sagte der Cavaliere, verblüfft über seine Ungeduld. Mit Efrosina? Oder mit den Bildern?

Sie schob die Karten wieder zusammen, hielt sie ihm hin, damit er sich eine aussuche.

Ist es nicht üblich, die Karten auszulegen?

Efrosina macht es so, Mylord.

Er zog eine Karte und drehte sie um. Ah, rief sie, Eure Exzellenz haben sich selbst gezogen.

Der Cavaliere lächelnd: Und was erfahrt Ihr aus dieser Karte über mich?

Sie sah auf die Karte hinab, zögerte, sagte dann in näselndem Singsang: Daß Ihr ... ein Mäzen der Künste und Wissenschaften seid ... Euch darauf versteht, die Wechselfälle des Geschicks in Bahnen zu lenken, die Euren Zielen dienlich sind ... daß Ihr nach Macht strebt ... daß Ihr lieber hinter den Kulissen wirkt ... daß es Euch widerstrebt, andere ins Vertrauen zu ziehen ... ich könnte noch weitermachen – sie sah auf –, doch Mylord, sagt Efrosina, ob sie recht hat?

Ihr sagt das alles, weil Ihr wißt, wer ich bin.

Mylord, das sagt die Karte, ich erfinde nichts.

Und ich, ich erfahre nichts. Laß mich sehen.

Auf der Karte, die sie ihm eingeklemmt zwischen Zeige- und Mittelfinger hinhielt, sah man die plumpe Zeichnung eines Mannes, der elegant gekleidet war, in der rechten Hand einen großen Kelch oder eine Vase hielt, während er den linken Arm lässig an die eine Seite seines Thrones lehnte. Nein.

Aber es *ist* Eure Exzellenz. Der Kelchkönig. Es hätte kein anderer sein können.

Sie legte alle Karten offen hin und breitete sie auf dem großen Seidentuch aus, um ihm zu zeigen, daß sie alle verschieden waren, daß er ihr irgendeine von den achtundsiebzig Karten hätte geben können. Doch er hatte diese gewählt.

Nun gut. Die nächste Karte.

Efrosina mischte die Karten und hielt sie ihm hin. Diesmal schaute er die Karte an, die er gezogen hatte, bevor er sie ihr gab. Es war eine Frau, die in der linken Hand einen großen Kelch oder eine Vase hielt, eine Frau in einem langen, fließenden Gewand auf einem etwas bescheideneren Thron.

Sie nickte. Die Gattin Eurer Exzellenz.

Warum, fragte er gereizt.

Die Kelchkönigin ist künstlerisch sehr begabt, sagte Efrosina. Ja, und sehr zärtlich ... und romantisch ... ein wenig wie von einer anderen Welt, das spürt man ... und ungewöhnlich scharfsichtig ... von einer inneren Schönheit, die nicht von äußerlichen Hilfsmitteln abhängig ist ... und ohne jede –

Genug, sagte der Cavaliere.

Beschreibe ich die Gattin Eurer Exzellenz oder nicht?

Ihr beschreibt eine Frau so, wie alle Frauen beschrieben werden möchten.

Vielleicht. Aber nicht so, wie alle Frauen sind. Sagt Efrosina, ob sie richtig beschrieben hat oder nicht.

Eine gewisse Ähnlichkeit ist vorhanden, gab der Cavaliere widerwillig zu.

Ist Eure Exzellenz bereit für eine weitere Karte?

Warum nicht, dachte der Cavaliere, mit der nächsten Karte werden wir wenigstens meine Familie verlassen. Er zog eine weitere Karte.

Ah ...

Was?

Begeisterungsfähig ... liebenswert ... ein Überbringer von Ideen, Angeboten, günstigen Gelegenheiten ... künstlerisch veranlagt und feinsinnig ... oft gelangweilt, braucht stets Anregungen ... hat feste Prinzipien, läßt sich aber leicht lenken ... Das ist der Kelchritter!

Efrosina musterte die Karten einen Moment lang eingehend. Jemand, der durchaus der Doppelzüngigkeit fähig ist, Mylord.

Sie sah ihn an. Eure Exzellenz erkennen den Mann, den ich beschreibe, ich sehe es an Eurem Gesicht. Jemand, mit dem Eure Exzellenz eng verwandt sind. Kein Sohn. Kein Bruder. Vielleicht –

Laßt mich die Karte sehen, sagte der Cavaliere.

Die Karte zeigte Charles als jungen Mann zu Pferde, ohne Hut, das lange Haar fiel ihm auf die Schultern, er trug eine einfache Tunika und einen kurzen Umhang, er hielt einen Kelch oder eine Vase vor sich, als wolle er sie einem vor ihm Stehenden anbieten. Der Cavaliere gab Efrosina die Karte zurück.

Ich habe keine Ahnung, wer das sein könnte, sagte er.

Sie sah ihn fragend an. Sollen wir noch eine versuchen? Ihr glaubt Efrosina nicht. Aber die Karten lügen nicht. Seht mir zu, während ich sie gründlich mische.

Eine weitere Karte, ein weiterer junger Mann, so schien es.

Aber das ist wirklich verblüffend, rief Efrosina. Mein ganzes Leben lang lege ich schon die Karten, und noch niemals hat jemand vier aufeinanderfolgende Karten derselben Sequenz gezogen.

Die Karte, die er gezogen hatte, zeigte einen jungen Mann, der einen Pfad entlangging, starr auf das große Gefäß blickte, das er in der linken Hand hielt und mit der rechten Handfläche stützte. Der obere Teil des Kelches war mit einer Falte seines Umhangs bedeckt, als wolle er den Inhalt verbergen. Er trug eine kurze Tunika, unter der seine Hüften und die Schwellung seiner Genitalien sichtbar waren.

Der Kelchbube, sagte sie feierlich, ist ein romantischer Jüngling, er neigt sehr zu ... Nachdenklichkeit und ernsthaften Betrachtungen ... ist voller Aufgeschlossenheit für alles Schöne, aber wohl nicht ... ehrgeizig und fleißig genug, um Künstler zu werden ... ob ein weiterer junger Verwandter ... kann ich nicht sehen, doch ich glaube, er ist ein Freund Eurer Frau ... der bald –

Der Cavaliere winkte voller Ungeduld ab. Zeigt mir noch etwas, ein anderes Kunststück, sagte er. Ich interessiere mich für all Eure Tricks.

Eine Karte noch, Mylord.

Nun gut, eine noch. Er seufzte hörbar, streckte die Hand aus und zog noch eine Karte, eine letzte.

Oh, die ist für mich, rief Efrosina. Aber auch für Euch, welch ein Glück!

Doch nicht schon wieder jemand aus der Vasen-Familie, hoffe ich.

Sie schüttelte den Kopf, lächelte und hielt die Karte hoch.

Erkennen Eure Exzellenz denn nicht den blonden Jüngling, der eine blaue Ledertasche über der Schulter und ein Schmetterlingsnetz trägt?

Der Cavaliere antwortete nicht.

Sehen Eure Exzellenz denn nicht, daß der Jüngling in einen Abgrund stürzt?

In einen Abgrund?

Aber es besteht keine Gefahr, fuhr sie fort, denn er ist unsterblich.

Ich erkenne nichts dergleichen! Wer ist es?

Der Narr.

Und wer ist der Narr? rief der Cavaliere erregt. Der einäugige Junge trat aus den Schatten der Ecke hervor.

Mein Sohn.

*

Ein anderes Mal bei Efrosina.

Sie sagte ihm, sie könne ihn in Trance versetzen, obwohl sie nicht genau wisse, ob ihm das gefallen würde. Eure Exzellenz wollen sehen, was sie bereits sieht.

Nur mit einigem Nachdruck konnte er sie überreden. Alle Lichter mit Ausnahme der Votivkerzen wurden gelöscht. Der junge Pumo brachte einen Trank. Der Cavaliere lehnte sich in seinen Stuhl zurück.

Ich sehe nichts, sagte er.

Schließt Eure Augen, Mylord.

Er ließ sich treiben. Er ließ es zu, daß die Lethargie, die unter der Energie ruhte, erwachte und ihn durchströmte. Er ließ es zu, daß sich sein ganzes Wesen wie eine Zugbrücke öffnete, damit das große Schiff einer Vision hindurchsegeln konnte.

Öffnet Eure Augen …

Das Zimmer war verschwunden. Eine Art Opiat mußte in dem Trank gewesen sein, denn auf einmal war ihm, als befände er sich in einem riesigen Verlies, in einer Grotte, einer Höhle. Überall war ein Schimmer wie von Bildern. Die Wände waren milchigweiß wie das gläserne Kästchen, das sie ihm bei seinem ersten Besuch gezeigt hatte, wie die fetten Hände des Königs. Auf der einen Wand sah er eine Gruppe tanzender Gestalten.

Seht Ihr Eure Mutter, fragte Efrosinas Stimme. Immer sehen die Leute ihre Mütter.

Natürlich sehe ich meine Mutter nicht, sagte der Cavaliere und rieb sich die Augen.

Aber seht Ihr denn den Vulkan?

Allmählich hörte er ein tiefes, undeutliches Zischen, Röcheln. Ein beinah unhörbares Geräusch, wie die fast unmerkliche Bewegung der Tänzer.

Geräusch und Bewegung der Melancholie.

Ich sehe Feuer, sagte der Cavaliere.

Er wollte Feuer sehen. Und so sah er denn den schwärzlichen Gipfel ohne Spitze, von dem sie gesprochen hatte.

Den begrabenen Berg, in seinen Trümmern liegend. Er sah sie einen Augenblick lang, obwohl er sie später vergessen würde: die entsetzliche Zukunft. Die Bucht ohne Fische, ohne schwimmende Kinder; die Spitze des Berges ohne seine Rauchwolke als trauriger Haufen Asche. Was ist mit der wunderbaren Welt geschehen, rief der Cavaliere und ließ seine Hand zu der Kerze auf dem Tisch vorschnellen, als wolle er sie dazu bringen, daß sie wieder leuchtete.

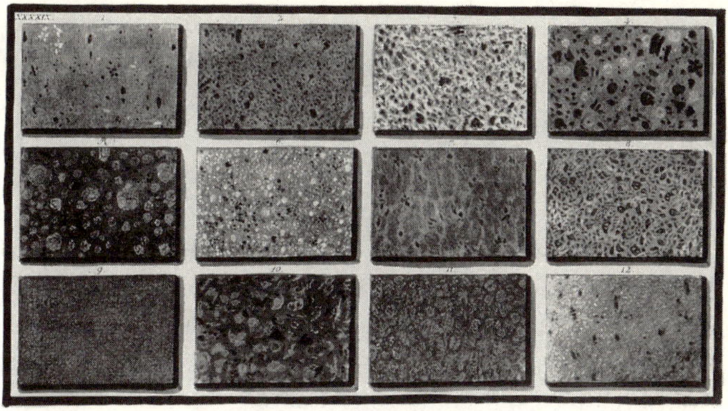

5

Der Marquis de Sade beschrieb Italien – er war 1776 dort und begegnete dem Cavaliere, der gerade einen weiteren Heimaturlaub antreten wollte – als »das schönste Land der Welt, bewohnt vom rückständigsten Volk der Welt«. Glücklich der weitgereiste Ausländer, der kommt und geht, mit Eindrücken gesättigt, die in Urteile und schließlich in wehmütige Erinnerungen verwandelt werden. Doch jedes Land ist liebenswert, und auch jedes Volk. Jede Wesensart, jede Lebensart hat etwas Liebenswertes an sich!

*

Vier Jahre nach seinem ersten Heimaturlaub waren der Cavaliere und Catherine wieder nach England gereist und wieder beinah ein Jahr dort geblieben. Während die Belanglosigkeit seines Postens noch offensichtlicher geworden war – die Minister hatten sich inzwischen um die Revolte in den amerikanischen Kolonien und die Rivalität mit Frankreich zu kümmern –, fanden seine Beiträge zur Wissenschaft und zur Vervollkommnung des Geschmacks größeren Beifall denn je. Er war zu einem hehren Symbol geworden, ganz so wie Stern und rotes Band des Bath-Ordens, den er trug, als er Sir Joshua Reynolds Modell saß; man konnte ihn an den Zeichen seiner Passionen erkennen. Das Porträt zeigt den Cavaliere, wie er an einem offenen Fenster sitzt, im Hintergrund den Vesuv mit winziger weißer Rauchwolke, und auf seinem Knie, über einer wohlgeformten Wade in weißem Strumpf, ein geöffnetes Exemplar des Buches über seine Vasensammlung.

Zuweilen, mitten in einer Versammlung oder bei einer Auktion in Gesellschaft von Charles, oder im Theater, dachte er an den Vulkan. Dann fragte er sich, in welchem Zustand sein aufgewühltes Inneres in diesem Augenblick wohl sei. Er stellte sich vor, wie die Hitze auf seinen Wangen brannte, wie der Boden unter seinen Stiefeln bebte, wie die Ader an seinem Hals nach der Anstrengung des Aufstiegs pulsierte und wie die unterirdische Lava pulsierte. Er erinnerte sich an die von Lavagestein umrahmte Aussicht auf die Bucht, die langgezogene Linie der Stadt. Auf der Gesellschaft floß das Geplauder unterdessen weiter. Es war ein merkwürdiges Gefühl, daß er hier und der Vulkan dort war. Ein Vesuv konnte aus England nicht hervorgehen, wo es zwar Naturkatastrophen gab (einen ungewöhnlich kalten Winter, die zugefrorene Themse), aber keine urtümliche Katastrophe, keine, die so autokratisch, so herrisch auftrat.

Wo war er? Ja. Hier. In London. Und hier gab es Freunde, die er besuchen, Bilder, die er kaufen wollte, und Vasen, die er, um sie zu verkaufen, mitgebracht hatte, es gab einen Vortrag über die jüngsten Eruptionen, den er vor der Royal Society halten wollte, eine Audienz in Windsor, ein Frühstück mit seinen Verwandten, Besuche auf Catherines Gütern in Wales. Kaum etwas hatte sich verändert. Nichts hatte sich durch seine Rückkehr geändert, wenn auch Catherines Asthma schlimmer geworden war. Seine Freunde schienen sich an seine Abwesenheit gewöhnt zu haben. Niemand hielt seine gebräunte, schlanke, jugendliche Erscheinung der Erwähnung wert. Sie beglückwünschten ihn zu seiner beneidenswerten Lage, daß er in der Sonne sein und da leben durfte, wohin jeder reisen wollte. Wie wohltuend für die liebe Catherine. Er war jemand, der ständig im Ausland lebte. Er war von Wichtigkeit, weil er dort lebte. Die Freunde des Cavaliere tadelten ihn immer noch für das, was sie für Leichtsinn hielten. Sichere dir die wertvollsten Schätze dieses sagenumwobenen Landes und bring sie zu uns, aber nimm bei deinen Studien des Vulkans nicht zu viele Risiken auf dich. Denk an das Schicksal von Plinius dem Älteren. Es war eher wie ein Besuch, nicht wie ein Heimaturlaub.

*

Er war seit einem Jahr wieder zurück. Charles schrieb, daß Catherines Anwesen dieses Jahr eine gute Rendite abwerfe, und berichtete über seine jüngste Erwerbung einer kleinen Sammlung seltener Edelsteine und Skarabäen. Sein Freund Walpole schrieb, daß er nicht in der Lage sei, die Reise zu ihm, die er geplant hatte, anzutreten. Einen Monat dauerte es, bis ein Brief den Weg von oder nach London zurückgelegt hatte.

Die Korrespondenz des Cavaliere – auf englisch, französisch und italienisch – nahm jeden Morgen etwa drei bis vier Stunden in Anspruch. Da waren Depeschen an seine Vorgesetzten in London mit bitterbösen Porträts der Hauptakteure auf der örtlichen Szene; die freimütigeren waren verschlüsselt. Ein richtiger Brief – an Charles etwa oder an Walpole oder an seinen Freund Joseph Banks, den Präsidenten der Royal Society – war lang und berührte wohl zahlreiche Themen. Was Bemerkenswertes bei Hofe geschah (»Die Politik steht gegenwärtig nicht in sehr hohem Kurs hier«), der Stand der Ausgrabungen in den untergegangenen Städten, Catherines angegriffene Gesundheit, die neuesten sexuellen Abenteuer zwischen

Adligen und ausländischen Einwohnern, reizvolle Eindrücke von einer jüngst unternommenen Exkursion nach Capri oder an die Küste Amalfis, »herrliche« oder »wirklich anmutige« oder »kuriose« Objekte, die er erworben hat, und der Vulkan (»ein Fundus an Unterhaltsamem und Lehrreichem«). Amouröse Verwicklungen waren in dieser Gegend eine Vollzeitbeschäftigung, bemerkte er in einem Brief an Lord Palmerston. Er beschäftige sich auf andere Art und denke daran, wie unangenehm ein solcher Gebrauch seiner Freizeit für Catherine wäre, auch sei er vollauf abgelenkt durch sein Studium der Naturgeschichte, der Antiquitäten und des Vulkans. Er berichtete über die Launen des Berges, über ein Experiment mit Elektrizität, das eines von Franklins Experimenten bestätigte, über die Entdeckung einer neuen Seeigel-Art unter den exotischen Fischen, die ihm in einem felsigen Tümpel nahe dem kleinen Sommerhaus, das er inzwischen am Kap von Posillipo gemietet hatte, ins Netz gegangen waren, und über die Anzahl von Ebern und Hirschen, die er in Gesellschaft des jungen Königs abgeschlachtet hatte, und über Billardpartien, bei denen es ihm klugerweise gelungen war, gegen den König zu verlieren. Briefe, die Anlaß weiterer Briefe waren. Die einen verlangen Klatsch, die anderen übermitteln Klatsch. Briefe, die besagen: Ich bin immer noch derselbe. Kein Grund zur Klage. Ich amüsiere mich prächtig. Dieser Ort hat mich nicht verändert, ich habe immer noch dieselben schlichten Vorlieben, ich bin kein Einheimischer geworden.

Zuweilen fühlte er sich wie im Exil, zuweilen wie zu Hause. Alles hier war so ruhig. Neapel war immer so schön wie auf einem Gemälde. Die Hauptbeschäftigung der Reichen war es, sich zu amüsieren. Der König war der zügelloseste aller Selbstunterhalter, der Cavaliere der wählerischste.

Er verfaßte Empfehlungsschreiben ... für einen Musiker, der seine Anstellung in der Oper verloren hatte, für einen Geistlichen, der ein kirchliches Amt anstrebte, für die deutschen und englischen Maler, die, angelockt von der Fülle der Motive, in die Stadt strömten, für einen Bilderhändler, für einen jungen irischen Tenor mit rötlichem Haar, der knapp fünfzehn Jahre alt, ohne jeden Pfennig und außerordentlich talentiert war (er sollte bald eine beachtliche internationale Karriere machen): Der Cavaliere war ein unverdrossener Wohltäter. Er sorgte dafür, daß dem König ein Paar erst vor kurzem geworfener Irischer Wolfshunde geschickt wurde. Dem widerstrebenden Premierminister schwatzte er Unmöglich-zu-beschaffende-Karten für einen Maskenball bei Hofe für fünfzehn empörte Engländer ab, die man nicht eingeladen hatte.

Er schrieb hastig, in schiefen Reihen und mit großen Buchstaben, fast ohne Interpunktion; selbst in den Reinschriften seiner Briefe fanden sich Tintenkleckse und durchgestrichene Wörter – unter zwanghafter Ordnungsliebe litt er nicht. Doch wie viele, die in ihrer Kindheit zur Melancholie geneigt hatten, war er zu großer Selbstdisziplin fähig. Niemals verweigerte er sich einer Anstrengung, auch wies er niemals eine Aufgabe zurück, die sich mit seinem immensen Sinn für Pflicht, Planung und Wohltätigkeit vereinbaren ließ.

Keine Woche verging ohne mehrere Dutzend von Bitten um Hilfe oder Fürsprache oder Spenden aller Art, einschließlich vieler Bittbriefe aus der anderen, sogar noch exotischeren Hälfte des Königreichs, über das der Hof von Neapel herrschte. Ein sizilianischer Graf erbat die Hilfe des Cavaliere bei der Wiedereinsetzung in das Amt des Leiters der archäologischen Studien in Syrakus, ein Amt, aus dem man ihn, so behauptete er jedenfalls, durch ein in Palermo geschmiedetes Komplott verdrängt habe. Dieser selbe Graf war Mittelsmann des Cavaliere gewesen, als es darum ging, verschiedene Gemälde, darunter seinen geliebten »Correggio« (immer noch unverkauft!), aus den Sammlungen neuerdings verarmter sizilianischer Adliger zu schätzen. Einige Bittsteller versüßten ihre Gesuche mit Geschenken in Form von Informationen oder auch mit handfesteren Gaben. Ein Monsignore aus Catania, der den Cavaliere bat, ihm das Erzbistum Monreale zu verschaffen, berichtete ihm von einer Tonschicht zwischen zwei Lavaschichten auf dem Ätna. Ein Kanonikus aus Palermo, der den Cavaliere bei seinem bisher einzigen Aufstieg auf den Ätna begleitet hatte, übersandte ihm mitsamt seiner Bitte, ihm bei einer Beförderung innerhalb der kirchlichen Hierarchie behilflich zu sein, einen Bericht über Altertumsforschungen in Sizilien, einige Proben aus seiner Sammlung von Meeresfossilien, eine Abschrift eines Registers über eine in den letzten zwölf Jahren zusammengetragene Steinsammlung, zwei Klumpen Lavagestein vom Ätna und einen Achat.

Der Cavaliere stand nicht nur in dem Ruf, ein idealer Möglichmacher zu sein, er war auch bekannt als ein Mann, bei dem man mit dem Bericht über eine Leidenschaft, ein Interesse, ein pittoreskes Erlebnis gut aufgehoben war. Ein Franzose, der in Catania lebte, sandte ihm einen Bericht über den jüngsten Ausbruch des Ätna. Ein Mönch aus Monte Cassino ließ ihn wissen, er werde ihm ein Wörterbuch neapolitanischer Dialekte schicken. Jemand, der ausdauernd genug, begehrlich genug ist, um sich als jemanden zu sehen, der an »allem« interessiert ist, kann mit zahllosen Briefen von Fremden rechnen.

Die Leute schickten ihm Gedichte und Proben vulkanischer Asche; boten an, ihm Gemälde, Bronzehelme, Vasen, Totenurnen zu verkaufen. Bibliotheksdirektoren schrieben ihm, um sich für das vierbändige Werk zu bedanken, das er über seine Vasensammlung herausgebracht hatte, oder für die erweiterte zweibändige Ausgabe seiner Briefe, den Vulkan betreffend, mit den herrlichen Kupferstichen eines einheimischen Künstlers, der seine Protektion genoß und den er hatte ausbilden lassen – oder um ihn um Exemplare dieser Bücher zu bitten. Ein Pappkartonfabrikant aus Birmingham schrieb ihm und ließ den Cavaliere wissen, wie dankbar er ihm sei, daß er ihm und Josiah Wedgwood die Muster der antiken Vasen in seiner Sammlung überlassen hatte, diese Muster machten jetzt im ganzen Land die Runde, und zwar auf seinen Pappkartons (er hoffe, mit einer Bestellung beehrt zu werden) und auf Wedgwoods etruskischem Porzellan, was zur Verfeinerung des Geschmackssinns seiner Zeit beitrage. Seine Bewunderungsfähigkeit und sein Talent für Wohltätigkeit brachten ihn mit mancherlei Welten in Verbindung. Man bot ihm an, Ehrenmitglied in der Accademia Italia in Siena zu werden, aber auch in der Gesellschaft naturforschender Freunde zu Berlin (der Brief war auf französisch geschrieben), deren Präsident den Cavaliere ebenfalls darum bat, er möge ihnen doch einige Proben seines Vulkangesteins für ihre Sammlung schicken. Ein junger Mann aus Lecce bat den Cavaliere, ihm Gerechtigkeit für seine Schwester, die man vergewaltigt hatte, zu verschaffen und schickte ihm eine Zauberformel, die den Milchfluß erhöhen sollte. Einer seiner Mittelsmänner in Rom schickte ihm einen Kostenvoranschlag über einhundertundfünfzig Scudi für die Restaurierung der drei Skulpturen – ein Basrelief mit einer bacchantischen Szene, ein kleiner Marmorfaun und der Kopf einer Cupido-Statue –, die der Cavaliere kürzlich erworben hatte. Aus Verona kam der Prospekt einer neuen Reihe über Fischfossilien, deren Herausgeber, die Società dei Litologi Veronesi, den Cavaliere als Abonnenten gewinnen wollte. Ein Gesandter in Rom bat im Namen des Fürsten von Anhalt-Dessau um Hilfe bei der Beschaffung der schwer erhältlichen Bände über die Funde in Herkulaneum, die in den letzten zwanzig Jahren von der Königlichen Herkulaneum-Akademie veröffentlicht worden waren. Aus Resina schrieb jemand dem Cavaliere, daß er ihm Proben vulkanischer Asche schicken werde. Ein Weinhändler in Beaune fragte höflichst an, wann die

Rechnung über die einhundert Kisten Chambertin, die er dem Cavaliere vor achtzehn Monaten geschickt hatte, beglichen würde. Der Seidenfabrikant aus Paterson, New Jersey, der ihn im vergangenen Jahr besucht hatte, schickte wie versprochen ein Exemplar seines Berichts über die verschiedenen Methoden der Farbstoffixierung mittels Alumit, das auch von neapolitanischen Seidenherstellern benutzt wurde. Ein einheimischer Informant berichtete ihm darüber, wie die Franzosen auf neapolitanischen Feluken Schmuggelware in die Gegend brachten. Ein anderer Informant lieferte einen Bericht über Aufstieg und Tod des kalabrischen Räuberhauptmanns Tito Greco. Aus Neapel schickte ihm jemand ein Amulett, um den bösen Blick abzuwenden. Und aus Positano bat ihn jemand, der den bösen Blick hatte und dessen Nachbarn ihm Nacht für Nacht Abfälle vor die Tür warfen, um seinen Schutz.

*

Der Cavaliere verfügte über ein erstaunliches Gedächtnis. Er schrieb sich kaum etwas auf. Er hatte alles im Kopf: das Geld, die Beträge, die Gegenstände ... eine erstaunliche Fülle. Er schickte Listen der Bücher, die er brauchte, an Händler in London und Paris. Er korrespondierte mit Antiquaren und Kunsthändlern. Er feilschte mit Restauratoren, Packern, Spediteuren, Versicherern. Geld war stets ein Problem, das einem Sammler zu schaffen machte: sowohl Maßstab als auch Verfälscher des Wertes der Objekte.

Bei Bilderhändlern und in vielen Briefen an Charles beschwerte er sich über die steigenden Preise von Objekten, die er kaufen wollte – Bilder und, öfter noch, Vasen. Und die Preise stiegen zum Teil deshalb, weil *er* diese Objekte sammelte. Weil dadurch ihr Wert gestiegen war.

Das süße Verhängnis des Sammlers (oder des Trendsetters in Geschmacksfragen ... doch Trendsetter in Geschmacksfragen sind meist Sammler): den anderen voraus zu sein und dann, wenn die anderen aufholen, von der Konkurrenz bei den Objekten, denen man selbst den Weg bereitet hatte, überboten zu werden. (Bei etwas , das man jetzt möglicherweise weniger begehrenswert findet, weil sich inzwischen so viele dafür interessieren.)

Er – denn es ist für gewöhnlich ein Er – stößt auf etwas Unbeachtetes, Vernachlässigtes, Vergessenes. Es wäre zuviel, dies eine Entdeckung zu nennen; nennen wir es ein Wiedererkennen. (Verbunden mit der Wucht, dem Jubel über eine Entdeckung.) Er fängt an, es zu sammeln oder darüber zu schreiben oder beides. Wegen dieser überzeugenden Bemühungen finden viele das, was sie vorher nicht beachtet oder nicht gemocht haben, auf einmal interessant oder bewundernswert. Andere fangen an, es zu sammeln. Es wird immer teurer. Und so weiter.

*

Correggios Kunst. Und der Schoß der Venus. Das kann man wirklich besitzen – wenn auch nur für kurze Zeit. Das erlesenste Stück, das der Cavaliere je gekauft hat, eine römische, mit Kameen besetzte Glasvase aus dem ersten Jahrhundert v. Chr., hat er nur ein Jahr lang in seinem Besitz gehabt. (Dann verkaufte er es an die alte Herzogin von Portland für das Zweifache des Preises, zu dem er es erstanden hatte.) Macht nichts. Es gibt so viele Objekte. Kein einzelnes ist so wichtig. So etwas wie einen monogamen Sammler gibt es nicht. Das Auge ist ein auf ständige Eroberungen gerichtetes Sinnesorgan. Der begierige Blick will immer noch mehr.

*

Dieser Schauder, wenn man es entdeckt. Aber man sagt nichts. Man will den momentanen Besitzer nicht auf den Wert aufmerksam machen, den es für einen hat; man will den Preis nicht in die Höhe treiben, und man will auch nicht, daß er sich entschließt, es gar nicht zu verkaufen. Also bleibt man ganz ruhig, man sieht sich interessiert etwas anderes an, man geht weiter, oder man geht hinaus und sagt, man werde wiederkommen. Man spielt ihm eine regelrechte Szene vor, daß man zwar ein wenig interessiert sei, aber nicht übermäßig; fasziniert ja, sogar in Versuchung; aber nicht verführt, verzaubert. Nicht bereit, mehr zu zahlen als das, was verlangt wird, nur weil man es haben will.

So ist also der Sammler jemand, der sich verstellt, jemand, dessen freudige Gefühle immer mit Angst vermischt sind. Denn es gibt immer noch mehr. Oder etwas Besseres. Man muß es haben, weil es ein weiterer Schritt zur angestrebten Komplettierung der Sammlung ist. Doch diese angestrebte Komplettierung, nach der sich jeder Sammler verzehrt, ist ein trügerisches Ziel.

Ein vollständiger Satz von etwas ist nicht die Vollständigkeit, nach der der Sammler sich sehnt. Sämtliche Werke eines berühmten toten Malers könnten möglicherweise, unwahrscheinlicherweise, im Palast oder im Keller oder auf der Jacht eines Sammlers landen. (Auch das *letzte* Bild? Könntest du, anmaßender Käufer, wirklich sicher sein, daß es nicht noch mehr gibt?) Doch selbst wenn man sicher sein könnte, daß man auch noch das letzte Stück besitzt, würde die Zufriedenheit darüber, alles zu haben, schließlich, unausweichlich, vergehen. Eine vollständige Sammlung ist eine tote Sammlung. Sie zeugt keine Nachkommenschaft. Sobald man sie aufgebaut hat, wird man sie Jahr für Jahr weniger lieben. Nach gar nicht allzu langer Zeit wird man sie verkaufen oder stiften wollen und sich erneut auf die Suche machen.

Die bedeutenden Sammlungen sind umfangreich, nicht vollständig. Unvollständig: von dem Wunsch nach Vollständigkeit geleitet. Es gibt immer noch ein weiteres Stück. Und selbst wenn man alles hat – was auch immer das ist –, wird man vielleicht ein besseres Exemplar (Version, Ausgabe) von dem wollen, das man schon hat; oder bei Gegenständen der Massenproduktion (Keramik, Bücher, Gebrauchsgegenstände), einfach noch ein zweites Stück, für den Fall, daß das Stück, das man besitzt, verlorengeht oder gestohlen wird, oder zerbricht, oder beschädigt wird. Eine Reservekopie. Eine Schattensammlung.

Eine bedeutende Privatsammlung ist ein Materialkonzentrat, das ständig anregt, übermäßig erregt. Nicht nur, weil man immer noch etwas hinzufügen kann, sondern weil es bereits zuviel ist. Das Bedürfnis des Sammlers richtet sich gerade auf Übermaß, Überfluß, Überfülle.

Es ist zuviel – und es ist gerade genug für mich. Jemand, der zögert, der fragt: Brauche ich das? Ist das wirklich nötig? ist kein Sammler. Eine Sammlung ist immer mehr, als nötig ist.

*

Der Cavaliere im ersten Stock, hinter dem ersten Vorzimmer, wo alle, die geschäftlich gekommen waren, auf einen Bruchteil seiner Aufmerksamkeit warteten: in seinem Studierzimmer.

Das Zimmer machte einen überfüllten, unordentlichen Eindruck. Antike Terrakottafiguren und Intaglios auf den Tischen; Proben von Lavagestein, Kameen, Vasen in den Vitrinen; jedes Stückchen Wand mit Bildern bedeckt, einschließlich eines Bildes, das man Leonardo zuschrieb, und mit Gouachen einheimischer Künstler, die einen Vesuvausbruch darstellten. Und auf den Golf gerichtete Fernrohre bei den Fenstern. Das in Gold eingefaßte Motto am oberen Sims einer Wand, *La mia patria è dove mi trovo bene* (»Heimat ist dort, wo ich mich wohl fühle«), traf den richtigen Ton von Überheblichkeit. Hier verbrachte der Cavaliere den größten Teil seines Tages, schwärmerisch seine Schätze anschauend. Ihre

Formen, so schrieb er, waren schlicht, wunderschön und immer wieder unbeschreiblich verschieden voneinander.

✶

Der Cavaliere unten in seinem Schatzgewölbe, seiner »Rumpelkammer«.

Hier fand man aussortierte Vasen, überzählige Bilder und ein Sammelsurium von Sarkophagen, Kandelabern und überrestaurierten antiken Büsten. Und neben zweitklassigen Werken, die der Zurschaustellung nicht für wert gehalten wurden, bewahrte der Cavaliere hier all jene Antiquitäten auf, von denen der König und seine Ratgeber nicht erfahren sollten, daß sie sich in fremden Händen befanden, denn das hätte sie zu sehr betrübt. Während jedem vornehmen Besucher die Gegenstände im Studierzimmer des Cavaliere gezeigt wurden, kamen nur wenige in den Genuß, durch die Lagerräume im Keller geführt zu werden. Jeder Sammler ist ein potentieller (wenn auch kein tatsächlicher) Dieb.

✶

Man kann nicht alles haben, hat einmal jemand gesagt, wo soll man es denn aufbewahren? Ein sehr moderner Scherz: Etwas, das man heute sagen könnte, wo die Welt sich überfüllt fühlt, wo der Platz immer weniger wird, wo die tellurischen Kräfte immer mehr zunehmen. Kaum etwas, das man zur Zeit des Cavaliere geäußert hätte.

In Wirklichkeit kann man sehr viel haben. Das hängt vom Appetit, nicht von den Stauraumkapazitäten des Sammlers ab. Es hängt davon ab, bis zu welchem Grad man sich vergessen kann und wie schlecht man sich tatsächlich fühlt.

✶

Der Cavaliere im Observatorium, das er sich im oberen Stockwerk, auf der südwestlichen Seite der Villa, gebaut hatte. Wenn man an dem balkonbewehrten Fenster stand, das halb um den runden Raum herumführte, konnte man eine riesige Fläche blauen Himmel und Land und Bucht sehen, ohne den Kopf zu drehen. Im Zentrum keiner anderen Stadt, wo auch immer in ganz Europa, konnte man eine vergleichbare Aussicht genießen: Wie glücklich der Cavaliere doch ist! Und er hat die Aussicht, über die er gebietet, noch vervielfältigt – in ihrer Mitte stehend, wie auf einer Klippe. Oder in einer camera obscura. Denn der Cavaliere hat die andere Hälfte des Raumes mit Spiegeln ausgestattet, von denen bei Sonnenuntergang der Schatten Capris und bei Nacht die von Mondlicht gesprenkelte Bucht und bisweilen ein Vollmond, der aus der Kraleröffnung des Vulkans aufzusteigen scheint, reflektiert werden.

Der Cavaliere auf der langen, brokatüberzogenen Sitzbank, die um die verspiegelte Hälfte des Raumes läuft, lehnt sich in die Kissen zurück, liest in einem Buch, schaut auf. Wie wohl er sich fühlt! Was könnte ihm noch fehlen? Dies ist meine Heimat.

*

Der Cavaliere in seinem Salon im dritten Stock. Er sah zu, wie die Säule grauen Rauches sich erhob, anschwoll und vor dem Himmel auf und nieder wogte. Die Nacht brach herein. Er sah zu, wie die gerötete Masse aufschoß. Catherine spielte Cembalo in einem Zimmer ganz in der Nähe. Der mächtige Lavastrom breitete sich aus.

*

Der Cavaliere auf den Hängen des Berges, mit Bartolomeo Pumo. Allein mit ihm; nur ein Menschenpaar. Der Cavaliere mit jemandem, der jünger war als er, wie meist beim Cavaliere – doch da Bartolomeo ein Diener war, brauchte er nicht onkelhaft zu sein. Und weil der Junge so gelassen und nicht auf die übliche Weise unterwürfig war, ließ er sich von ihm führen. Es war sehr angenehm, nicht immer mehr zu wissen, sich einmal führen zu lassen. Nur diese zwei, in der demokratischen Welt der Natur. Wenn andere dabei waren, fiel Pumo wieder in seine Rolle zurück und nahm seinen Platz in der Kette der Ungerechtigkeit ein.

Der Bruder der Königin, Erzherzog Josef, kam zu Besuch, und der Cavaliere nahm die königliche Gesellschaft mit hinauf, damit sie die neue Eruption beobachten sollten. Doch wenn auch Hunderte von Dienstboten an dieser Expedition teilnahmen, um den Komfort der Gesellschaft zu gewährleisten, konnten selbst die umsichtigsten Versuche, sie zu verhätscheln, die Luft nicht davon abhalten, heißer und heißer zu werden, sobald sie sich dem Gipfel näherten. Der König wurde immer gereizter und ließ seine Sänfte absetzen.

Wie heiß mir ist, brüllte er.

Das war ja nicht anders zu erwarten, sagte die Königin, und warf einen verärgerten, komplizenhaften Blick zu ihrem Bruder.

Ach, wie kalt meine Gemahlin ist, sagte der König lachend. Von ihr kommt kein Mitleid. Er taumelte hinüber zur Nachbarsänfte. Fühlt einmal, wie ich schwitze, kreischte der König, und nachdem er die Hand seines erstaunten Schwagers ergriffen hatte, führte er sie unter sein Hemd. Die groteske Vertraulichkeit rief einen plötzlichen Ausbruch unflätigen Humors bei dem österreichischen Erzherzog hervor. Wenige Augenblicke später hielt er den einäugigen Jungen für unverschämt und zerbrach einen Stab auf seinem Kopf. (Der vorsichtige Pumo hatte nur gerufen, daß sie dort, wo sie sich aufhielten, nicht sicher genug waren.) Und der Cavaliere, der gerade eine Lage Bimsgestein untersuchte, die der Vulkan freigelegt hatte, konnte ihn nicht schützen.

Der Cavaliere ist kein Demokrat. Doch sein kühles Herz ist nicht unempfänglich für eine gewisse Vorstellung von

Gerechtigkeit. Er ist nicht wie sein Großvater, von dem es heißt, er habe einem Burschen, der ihn in einer Taverne außerhalb von London bediente, im Zustand der Volltrunkenheit den Schädel eingeschlagen und sich dann zur Ruhe begeben, ohne überhaupt zu merken, was er getan hatte. Der entsetzte Gastwirt folgte ihm in sein Zimmer und sagte: »Mylord, wißt Ihr auch, daß Ihr diesen Jungen getötet habt?« Da brummelte der Ahnherr des Cavaliere: »Setz ihn auf die Rechnung.«

*

Der Cavaliere in seinem Studierzimmer, beim Schreiben einer Depesche an Lord Palmerston; er sieht von seinem Schreibtisch auf.

Es ist angekommen, sagt Catherine in der Tür.

Es? Sicherlich kein Es, meine Liebe. Sie haben mir einen Er versprochen.

Er schob den Brief unter das Löschpapier und stand auf.

Wo ist es?

Sie lächelte. In einer Kiste, sagte sie.

Nun, dann müssen wir gehen und ihn herauslassen.

Er war immer noch in der großen Lattenkiste, so schwarz, daß man seine Umrisse nicht erkennen konnte, mit leuchtenden Augen, und er kratzte sich. Die Kiste stank. Vincenzo, der würdevolle Majordomo, stand wichtigtuerisch da und hielt sich ein Taschentuch vor die Nase, während zwei junge Pagen sich ebenfalls kratzten.

Die Dienstboten müssen ja fürchten, daß Ihr jetzt auch noch beginnt, Tiere zu sammeln, bemerkte Catherine.

Es gibt genug wilde Tiere in der Umgebung, erwiderte der Cavaliere. Ich habe die Absicht, ihnen nur noch eines hinzuzufügen. Und zu dem staunenden Pietro und dem kichernden Andrea: Los, wir wollen das arme Geschöpf nicht länger gefangen halten.

Andrea nahm einige Werkzeuge zur Hand und machte einen Schritt vor.

Worauf wartest du? Nur Mut! Er tut dir schon nichts.

Er sieht mich an, Exzellenz! Mir gefällt nicht, wie er mich ansieht.

Natürlich sieht er dich an. Er fragt sich, was für eine Art Tier du bist.

Der Junge stand wie gelähmt, mit aufgerissenen Augen da. Schweiß brach ihm auf der Oberlippe aus. Der Cavaliere schlug ihn freundschaftlich mit der flachen Hand gegen den Kopf, nahm die Brechstange und den Hammer und machte sich selbst daran, die Kiste zu öffnen.

Kreischend kletterte der schwarzglänzende indische Affe durch die zu Boden fallenden Latten und sprang dem Cavaliere auf die Schulter. Die Diener wichen zurück und bekreuzigten sich.

Seht ihr. So zutraulich ist er.

Der Affe legte seine Pfote auf die Perücke des Cavaliere und stieß einen leisen Schrei aus. Er tätschelte die Perücke, inspizierte dann die schwarze Innenfläche seiner Pfote, schloß und öffnete sie. Der Cavaliere streckte die Hand aus, um ihn von seiner Schulter zu ziehen, doch der Affe war schneller und sprang auf den Boden. Der Cavaliere rief nach einem Strick. Er gab Befehl, den Affen in dem großen Lagerraum im Keller unterzubringen und anzuleinen und es ihm dort bequem zu machen. Dann ging er in sein Studierzimmer zurück. Er beendete seine Depesche an Lord Palmerston, konsultierte eines der Bücher über Affen , das er von seinem Londoner Buchhändler erhalten hatte, und zwar das Kapitel über Fütterung, und begann einen Brief an Charles. Als eine Stunde später Catherine kam und ihn zum Abendessen bat, gab der Cavaliere Anweisung, auch den Affen zu füttern. Eine Schale Reis und eine Schale Ziegenmilch mit Wasser verdünnt und mit Zucker gesüßt, sagte er fachmännisch.

Am Nachmittag stieg er in das Kellergewölbe hinunter, um seinen neuen Schützling zu besuchen. Eine Stelle unter einem hohen Eckfenster war geräumt und Bettzeug war ausgelegt worden, und die beiden Schalen waren leer. Der Affe sprang auf den Cavaliere zu, aber seine Kette behinderte ihn. Ich meinte eine Leine, dachte der Cavaliere. Eine Leine genügt. Der Affe riß an seiner Kette und stieß ein schrilles huh-huh-huh-huh hervor, womit er etwa zehn Minuten fortfuhr, ohne kaum einmal innezuhalten, um Luft zu holen. Schließlich legte er sich keuchend und erschöpft hin. Der Cavaliere trat auf ihn zu und ging in die Hocke, um ihm den Kopf zu streicheln, um über das lange Haar auf den Armen des Affen zu fahren und um seine Finger über Bauch und Beine des Affen gleiten zu lassen. Der Affe wiegte sich hin und her und ließ ein sanftes, gurgelndes wrrr hören, und als das Streicheln aufhörte, ergriff der Affe den Daumen des Cavaliere und führte ihn wieder zu seinem Bauch. Der Cavaliere löste die Kette, stand auf und wartete ab, was der Affe nun tun würde. Er sah zum Cavaliere hoch, sah sich in dem riesigen Raum, unter dem Wald von Gegenständen um. Der Cavaliere rüstete sich für einen stürmischen Angriff auf seine Person. Der Affe schien seinem neuen Herrn verständig zuzunicken und sprang dann auf eine große antike Cicero-Büste (in Wirklichkeit eine Kopie aus dem siebzehnten Jahrhundert, wie der Cavaliere sehr wohl wußte) und fing an, die marmornen Locken zu lecken. Der Cavaliere lachte.

*

Der Cavaliere in seinem Studierzimmer, er beendet einen weiteren Brief an Charles. Der Affe, zu Füßen einer Minerva-Statue zusammengerollt, döst vor sich hin oder tut wenigstens so. Er war mit einer magentaroten ärmellosen Jacke bekleidet, wie die Einheimischen sie trugen, die seinen behaarten Rumpf und den langen dicken Schwanz unbedeckt ließ – und fühlte sich ganz wie zu Hause. Der kleinste Bewohner in dem privaten Königreich des Cavaliere. Der Cavaliere hat ein kurzes Postskriptum über die Ankunft des Affen hinzugefügt: Ich mag mich gar nicht mehr trennen von einem ostindischen Affen, einem reizenden, aufgeweckten Geschöpf, das noch nicht einmal ein Jahr alt ist, und das mir viel Freude bereitet und mir Gelegenheit zu völlig neuartigen Beobachtungen gibt.

Kenner der Naturgeschichte zur Zeit des Cavaliere wiesen gern auf die Ähnlichkeiten zwischen Affe und Mensch hin und bekannten, von diesen Ähnlichkeiten fasziniert zu sein. Doch Affen sind, mehr noch als Menschen, soziale Wesen. Ein Affe allein kann nicht Ausdruck der Natur des Affen sein. Ein einzelner Affe lebt im Exil – und Anfälle von Depression schärfen seine angeborene Schlauheit. Ein einzelner Affe taugt dazu, den Menschen zu parodieren.

Jack, so fährt der Cavaliere mit seiner Beschreibung fort, Jack, so nenne ich ihn, hat ein intelligentes, ganz schwarzes Gesicht, auf dem sich ein hellbrauner Bart abhebt. Was die Intelligenz betraf, schrieb er ausführlicher an Briefpartner, deren Intelligenz er schätzte. Er, Jack, ist intelligenter als die meisten Menschen, mit denen hier zu leben mein Schicksal ist, schrieb der Cavaliere in einem Brief an Walpole. Und seine Bewegungen sind eleganter, seine Manieren erlesener.

*

Der Cavaliere in dem Zimmer, in dem er das Frühstück einnimmt. Ganz in der Nähe ein Tisch mit Kameen, Intaglios, Brocken aus Lava- und Bimsgestein, die er von der Krateröffnung mitgenommen, eine neue Vase, die er kürzlich erst erworben hat. Jack ist bei ihm. In weniger als einem Monat war der Affe so zahm und umgänglich geworden, daß er sofort kam, wenn der Cavaliere ihn rief, sich neben ihn auf einen Stuhl an den Frühstückstisch setzte und sich zierlich ein Ei oder ein Stück Fisch vom Teller des Cavaliere nahm. Getränke – er liebte Kaffee,

Schokolade, Tee, Limonade – nahm er für gewöhnlich zu sich, indem er die schwarzen, behaarten Knöchel in die Tasse tauchte und sie dann ableckte. Doch wenn er besonders durstig war, nahm er die Tasse mit beiden Händen und trank wie sein Herr. Von dem, was der Cavaliere aß, mochte er Orangen, Feigen, Fisch und alles Süße besonders gern. Abends gab man ihm zuweilen ein Glas Maraschino oder einheimischen Wein von den Hängen des Vesuv. Dem Cavaliere, der kaum etwas trank, machte es Freude, seinen Gästen dabei zuzusehen, wie sie ihrerseits Jack dabei zusahen, wie er eintauchte und leckte, eintauchte und leckte. Er bekam einen kleinen Schwips genau wie ein Kind, dies verschrumpelte Kind mit Bart, das ein wenig wild war, und dann schlief er plötzlich – peinlicherweise – ein.

In Muscheln, Knöpfen und Blumen fand Jack einen reichlichen Vorrat an Gegenständen, die er anstarren und mit denen er spielen konnte. Er war erstaunlich geschickt. Äußerst gründlich zerpflückte er etwa eine Weintraube, legte sie hin, besah sie sich und seufzte, bevor er sie in den Mund steckte. Liebend gern jagte er Insekten. Mauerritzen suchte er nach Spinnen ab, und Fliegen konnte er mit einer Hand fangen. Er sah zu, wenn der Cavaliere auf dem Cello übte, seine großen, ganz und gar runden Augen fest auf das Instrument gerichtet, und bald ging der Cavaliere dazu über, ihn bei den allwöchentlichen musikalischen Soireen in die erste Reihe zu setzen. Aber wenn er Musik hörte – ganz offensichtlich liebte er Musik –, kaute er oft an seinen Nägeln herum; vielleicht machte die Musik ihn auch nervös. Er gähnte, er masturbierte, er suchte seinen Schwanz nach Läusen ab. Manchmal spazierte er einfach auf und ab oder saß da und starrte den Cavaliere an. Vielleicht langweilte er sich. Der Cavaliere langweilte sich nie.

Der Affe hatte ein ungewöhnlich sanftes, zutrauliches Wesen. Oft ergriff er die Hand des Cavaliere, ging neben ihm her und stützte sich dabei mit der anderen Hand am Boden ab. Der Cavaliere mußte sich ein wenig bücken, um sich dem Affen anzupassen. Er veränderte seine Haltung nicht gern, und er wollte keinen Ersatz für ein Kind. Er fing an, seiner Behandlung des Affen ein wenig Hänselei, ein wenig Grausamkeit, einen Hauch Liebesentzug beizumischen. Salz in seiner Milch. Ein Klaps auf den Kopf. Huh-huh-huh-huh, klagte der Affe, wenn der Cavaliere ihn am frühen Morgen besuchte. Jack ergriff seine Hand. Der Cavaliere zog sie weg.

Eines Morgens, als der Cavaliere in den Keller ging, war das Lager des Affen leer. Er hatte seine Leine durchgebissen. Er versteckte sich. Der gereizte Cavaliere schloß sich in seinem Studierzimmer ein. Die Diener durchsuchten fluchend jeden Raum des Palazzo. Am Abend des dritten Tages fanden sie ihn im Weinkeller, die Seiten eines ledergebunden Bandes von Piranesis Werk waren über Kaminsimse verstreut, er hatte ihn so zernagt, daß er nicht mehr zu retten war. Alessandro ging auf ihn zu, um ihm die Leine anzulegen; der Affe fletschte die Zähne und biß ihn in die Hand. Man rief den Cavaliere. Jack krümmte sich zusammen, ließ es aber zu, daß der Cavaliere ihn aufnahm. Der Affe zerrte an der Perücke des Cavaliere. Der Cavaliere hielt ihn fester. Es war, als hätte Jack sich zurückgezogen, um über seine eigene Natur nachzudenken, und als sei er affenähnlicher zurückgekommen: verschlagen, streitsüchtig, lasziv, boshaft. Der Cavaliere wollte kein Scheinkind. Er wollte einen Scheinprotegé, einen Hofnarren … und der arme Jack liebte ihn unterwürfig genug, ihm den Gefallen zu tun. Jetzt konnte seine Dressur, sein wahrer Nutzen für den Cavaliere beginnen.

Er brachte Jack bei, das heimliche Starren des Kunstkenners nachzumachen, und ließ ihn seinen Trick vorführen, wenn Besucher sich über die Sammlungen des Cavaliere neigten. Sie schauten dann hoch und sahen den

Affen des Cavaliere, der sich eine Vase durch eine Lupe beschaute oder spöttisch ein Buch durchblätterte oder eine Kamee in seiner Pfote drehte und sie gegen das Licht hielt. Sehr wertvoll. Ja. Zweifellos. Ja, ich verstehe. Sehr interessant.

Die Lupe vor dem einen Auge haltend, blinzelte Jack, sah auf, kratzte sich den Kopf, versenkte sich dann wieder in seine Betrachtung.

Ist das eine Fälschung?

Eine Fälschung!

Eine Fälschung!!

Dann lenkte Jack ein und legte den Gegenstand wieder hin. (Wenn Affen lächeln könnten, hätte er jetzt wohl gelächelt.) Ich schaue ja nur. Man kann nie vorsichtig genug sein.

Die Gäste des Cavaliere lachen über den Affen. Der Cavaliere lacht über sich.

Er ließ zu, daß der Affe die Dienstboten quälte, aber auch Catherine, die es allerdings nicht mochte, wenn zu viele Vorlieben und Neigungen sie von ihrem Gatten trennten, und die deshalb beteuerte, dem Affen ebenfalls sehr zugetan zu sein. Jack schien immer zu ahnen, wann Catherine einen Raum verließ, um auf die Toilette zu gehen, rannte dann hinter ihr her und legte sein Auge an das Schlüsselloch. In aller Ruhe masturbierte er vor Catherine, griff ständig nach dem Geschlechtsteil des Pagen Gaetano, wenn der Cavaliere ihn mit zum Fischen genommen hatte. Seine schlüpfrigen Späße amüsierten seinen Herrn. Selbst als er einmal eine Vase umstieß, war der Cavaliere nicht wirklich ärgerlich (zugegeben, es war keine von den wertvollsten Vasen, und niemand konnte, nachdem sie repariert worden war, den Unterschied sehen). Jack war eine kleine Fußnote in seinem Leben, die sagte: Alles ist eitel, alles ist eitel.

*

Die Welt schien aus konzentrischen Kreisen von Hohn und Spott zu bestehen. Dreh- und Angelpunkt in der Mitte ist der Cavaliere mit Jack. Alles im gesellschaftlichen Zoo war vorhersagbar. Er würde keinen anderen diplomatischen Posten bekommen. Er wußte, wie sein Leben bis zum Ende weitergehen würde: ruhig, interessant, von Leidenschaften unbewegt. Nur der Vulkan hielt Überraschungen bereit.

1766, 1767, 1777 ... 1779. Jeder neue Ausbruch war heftiger als der vorhergehende, jeder verschönerte mehr und mehr die Aussicht auf die Katastrophe. Dieser war heftiger als die vorigen. Die Türen und Fenster seines Landhauses bei Portici drehten sich in den Angeln. Jack sprang nervös herum, versteckte sich unter Tischen, warf sich dem Cavaliere auf den Schoß. Catherine, die den Affen beinahe so verabscheute wie die Dienstboten, heuchelte Sorge um seine kleine Person, um seine kleinen Ängste. Man gab ihm etwas Laudanum. Catherine setzte sich wieder an das Cembalo. Bewundernswerte Catherine, dachte der Cavaliere.

Der Cavaliere schaute von der Terrasse aus zu und sah das plötzliche Aufschießen weißen Dampfes, der sich ständig steigend zu einer Höhe und einer Masse auftürmte, die dreimal so groß wie der Berg selbst und bald von schwarzen Streifen durchzogen war, genau wie Plinius der Jüngere seinen Ausbruch beschrieben hatte: *candida interdum, interdum sordida et maculosa* (zuweilen weiß, zuweilen schmutzig und fleckig), je nach der Menge der Erde, die die Wolke mit sich trug. Es folgte ein sommerlicher Sturm, es wurde sengend heiß, und einige Tage später schoß eine Fontäne roten Feuers aus dem Krater. Man konnte nachts im Bett lesen bei dem trüben Schein, den der Berg ein paar Kilometer weit entfernt abgab. In einem Briefwechsel mit der Royal Society beschrieb der Cavaliere diese schwarzen Sturmwolken und die helle Feuersäule mit dem Aufzucken gezackter Blitze als eher schön denn beängstigend.

*

Man überträgt auf den Vulkan das Maß an Wut, an Mitschuld an der Zerstörung, an Angst um die Fähigkeit zu fühlen. De Sade nahm von seinem fünfmonatigen Aufenthalt in Neapel, am damals ruhigen Vesuv, die Phantasien übler Taten mit, zu denen ihn alles, was der Gewalt fähig war, inspirierte. Viele Jahre später sollte er in seiner *Juliette* für seine schlimmste Übeltäterin eine Vulkanszene schreiben, in der sie zum Gipfel klettert, und zwar mit zwei Gefährten, einem langweiligen Mann, den sie prompt in den feuerspeienden Abgrund stößt, und einem begehrenswerten Mann, von dem sie sich am Rand des Kraters begatten läßt.

De Sades Sorge war der Überdruß; Leidenschaft konnte er sich nicht ohne extreme Reize vorstellen. Der Cavaliere sorgte sich nicht darum, daß ihm die Gefühle ausgehen könnten. Ihn regte der Vulkan zum Nachdenken an. So geräuschvoll der Vesuv auch sein konnte, er bot doch eine Erfahrung, die ganz ähnlich der war, die er mit seinen Sammlungen machte. Inseln der Ruhe.

*

Mai 1779. Auf den Hängen des Vesuv, die von dem orangefarbenen Glühen geschmolzenen Gesteins erleuchtet wurden. Er stand regungslos da, seine hellgrauen Augen waren weit geöffnet. Die Erde bebte unter seinen Füßen. Er spürte, wie seine Wimpern, seine Augenbrauen sich mit dem Aufschießen brennender Luft bewegten. Höher konnten sie kaum hinauf.

Die Gefahr war nicht die Erde, sondern die tödliche, unerträgliche Luft. Sicheren Schrittes, aber immer zurückgedrängt von dem anbrandenden Rauch und hinter ihnen niederprasselnden Steinen, bewegten sie sich schräg aufwärts, weg vom Lavastrom, und hielten sich im Gegenwind, um dem Rauch zu entgehen. Plötzlich drehte der Wind und trieb ihnen kochendheiße Schwefeldämpfe ins Gesicht. Der blendende, stickige Rauch wirbelte um sie und schnitt ihnen den Rückweg ab.

Links ein Abgrund. Rechts der Lavastrom. Starr vor Schreck sah er sich nach Bartolomeo um, der im Rauch verschwunden war. Wo ist der Junge? Da, er ging den falschen Weg, er rief und bat ihn, ihm zu folgen. Hier lang!

Aber den Weg blockierte die riesige, schreckliche, körnig-orangefarbene, mindestens zwanzig Meter breite Lava.

Hier lang, rief Bartolomeo und zeigte auf die andere Seite. Die Kleider des Cavaliere fingen schon an zu schwelen. Der Rauch biß in seiner Lunge, brannte ihm in den Augen. Und vor ihnen lag ein Strom aus Feuer. Ich werde nicht schreien, sagte er sich. Das also ist der Tod.

Kommt! rief Bartolomeo.

Ich kann nicht, stöhnte der Cavaliere, und die Sinne schwanden ihm, als der Junge auf den Lavastrom zusprang. Der stickige Rauch, die Rufe des Jungen – er hatte sich bereits ganz tief ins eigene Innere zurückgezogen. Bartolomeo trat leichtfüßig auf den Rand des Lavastroms und machte sich auf den Weg zur anderen Seite. Der auf dem Wasser wandelnde Christus hätte seine Jünger nicht mehr verblüffen können. Der Junge sank nicht in die flüssige Oberfläche. Der Cavaliere folgte. Es war, als ginge man über Fleisch. Solange man in Bewegung war, trug die Lavakruste das menschliche Gewicht. Nach wenigen Augenblicken hatten sie den Spießrutenlauf hinter sich, befanden sich am anderen Ende wieder im Gegenwind und husteten sich die Rauchschwaden aus der Lunge. Der Cavaliere betrachtete prüfend seine versengten Stiefel und schaute zu Bartolomeo, der sich das gesunde Auge mit einer schmutzigen Faust rieb. Es war beinahe so, als wäre man unverwundbar. Der Cavaliere mit seinem Zyklopen, der Kelchkönig mit seinem Narren – vielleicht nicht unverwundbar, aber in Sicherheit. Mit ihm, in Sicherheit.

*

August 1779. Samstag, sechs Uhr. Das heftige Beben muß die Fundamente der Villa des Cavaliere am Fuße des Berges erschüttert haben, wenn es nicht noch Schlimmeres angerichtet hatte. Aber er war in seinem Haus in der Stadt, und aus der Sicherheit seines Observatoriums heraus beobachtete er, wie der Berg einen Hagel rotglühender Steine in die Luft schleuderte. Eine Stunde später stieg eine Säule flüssigen Feuers auf und erreichte schnell eine erstaunliche Höhe, doppelt so hoch wie der Berg selbst, eine glühendheiße, dreitausend Meter hohe Fontäne, durchzogen von Streifen schwarzen Rauches, gezeichnet von den grellen Zickzacklinien der Blitze. Die Sonne verschwand. Schwarze Wolken senkten sich über Neapel. Die Theater wurden geschlossen, die Kirchen geöffnet, Prozessionen bildeten sich, Menschen drängten sich auf Knien um die kerzenerleuchteten Straßenschreine des heiligen Januarius. In der Kathedrale hielt der Kardinal die Phiole mit dem Blut des Heiligen für alle sichtbar in die Höhe und fing an, sie mit den Händen zu wärmen. Das sollte man sich aus der Nähe ansehen, sagte der Cavaliere – und meinte den Berg, nicht das Wunder. Er hatte nach Bartolomeo schicken lassen und machte sich zu Pferd auf den Weg durch rot leuchtende Gassen, in die nächtliche Landschaft, schwarze Straßen hinab, vorbei an Gegenden mit verbrannten Bäumen ohne Laub und mit verkohlten Weinbergen, hin zu dem brennenden Berg.

Plötzlich war der Ausbruch vorüber, und mit Ausnahme der glühenden Aschehaufen auf dem Vesuv und der kleinen Lavarinnsale auf den oberen Hangabschnitten war alles dunkel.

Eine Stunde später, als der Vollmond aufging, gelangte

der Cavaliere zu einem Dorf an den unteren Hängen, das halb im Schlamm schwarzer Schlacke und unter Staub lag und das von der Hitze regelrecht ausgedörrt war. Der Mond stieg noch höher. Das dunkle, ausgefranste, schäbige Dorf lag bleich – mondbleich – da.

Nachdem der Cavaliere abgestiegen war und Bartolomeo sein Pferd übergeben hatte, zeigte man ihm die mondhellen Gassen, auf denen sich glühende Asche und dunkle Steine häuften. Auf das Dorf war ein Steinregen von wohl insgesamt einhundert Pfund niedergegangen; nur wenige Häuser hatten gebrannt, doch jedes Fenster, das er sah, war zersprungen, und etliche Dächer waren eingestürzt. Menschen mit schmutzig-staubigen Köpfen, die brennende Fackeln trugen, gingen mit ihm, und jeder wollte ihm seine Geschichte erzählen. Ja, sie waren in ihren Häusern geblieben, was hätten sie auch sonst tun sollen? Wer sich mit Kissen, Tischen, Stühlen oder Dekkeln von Weinfässern auf dem Kopf hinausgewagt hatte, mußte wieder zurück, von Steinen verwundet oder von Hitze und Staub und Schwefel halb erstickt. Er hörte sich die Schreckensgeschichten an. Dann führte man ihn zu einem Haus, wo er sich eine Familie ansehen sollte, die am Tag zuvor frühzeitig Schutz gesucht hatte und auf unerklärliche Weise umgekommen war. (»Keiner hat ihnen gesagt, sie sollten in den Keller gehen, Euer Exzellenz, oder dort bleiben!«) Am niedrigen Eingang zum Keller ging einer der Dorfbewohner mit seiner Fackel vor, um eine schlichte Szenerie zu beleuchten. Vater, Mutter, neun Kinder, Vettern und Kusinen und zwei Großeltern: Alle saßen aufrecht an die Wand aus Erde gelehnt und starrten nach oben. Ihre Kleider waren unversehrt. Ihre Gesichter waren nicht verzerrt – also konnten sie nicht erstickt sein. Sie sahen völlig normal aus, abgesehen von ihrem Haar, leblos wirkendem Haar, dick mit weißem Staub bedeckt, das sie, Bauern trugen ja keine Perücken, wie Statuen aussehen ließ.

Es wäre interessant festzustellen, woran sie gestorben sind, dachte der Cavaliere. Eine heftige Erschütterung des Vulkans tief unter der Erde? Das schnelle Ausbreiten eines tödlichen vulkanischen Gases? Hinter ihm antwortete der Junge, sein junger Bartolomeo, fest und bestimmt auf seine Gedanken. Sie sind vor Angst gestorben, Mylord.

6

Der Kelchbube traf Ende Oktober ein. Er natürlich, wer sonst. Der Cavaliere war verärgert, daß er nicht geahnt hatte, wer es sein würde.

Er war tatsächlich ein Verwandter, William Beckford, ein Vetter zweiten Grades des Cavaliere, damals gerade zwanzig Jahre alt, immens reich, bereits Autor eines schmalen, ironischen Bändchens fiktiver Biographien, ein ruheloser Sammler und Kunstkenner, eigenwillig, voller Selbstmitleid, voller Gier auf Sehenswürdigkeiten, Versuchungen, Schätze. Eine rastlose, verkürzte Version der großen Bildungsreise (er hatte England erst vor zwei Monaten verlassen) hatte ihn in Rekordzeit zu ihrer südlichsten Station geführt und ihn gerade rechtzeitig an die Küste der Gastfreundschaft des Cavaliere gespült, um noch den heißen Wind mitzuerleben, einen der großen Winde Südeuropas (Mistral, Föhn, Sirocco, Tramontana), die wie die Tage vor der Menstruation dazu herhalten müssen, Rastlosigkeit, neurasthenische Beschwerden, Übererregbarkeit zu erklären: ein kollektives prämenstruelles Syndrom, das jahreszeitlich bedingt auftritt. Die

Atmosphäre war gespannt. Winselnde Hunde durchstreiften dreckige, steile Gassen. Frauen setzten neugeborene Kinder vor Kirchenportalen aus. Mit leuchtenden Augen, erschöpft, durchpulst von Träumen von immer noch Exotischerem, streckte sich William auf einem brokatbezogenen Sofa aus und sagte: Das kann doch noch nicht alles sein. Zeigt mir mehr. Mehr. Mehr.

Der Cavaliere erkannte in seinem jungen Verwandten jemanden wie er selbst, jene seltene Art Mensch, die sich nie, nicht einen einzigen Augenblick im Verlauf eines langen Lebens, langweilen würde. Er zeigte ihm seine Sammlungen, seine Beute, sein sich selbst vermachtes Erbe. (Er konnte kaum außer acht lassen, daß dieser Junge der reichste Mann Englands war, oder bald sein würde.) Die Vitrinen voller Wunderdinge. Die Bilder in drei oder vier Reihen übereinander an den Wänden, die meisten siebzehntes Jahrhundert und italienisch. Meine etruskischen Vasen, sagte der Cavaliere. Herrlich, sagte William. Eine Auswahl meiner Sammlung von Vulkangestein. Dinge, von denen man sonst nur träumt, sagte William. Und dies ist mein Leonardo, sagte der Cavaliere. Tatsächlich, sagte William. Die Bemerkungen des jungen Mannes waren wunderbar präzise, voller Wertschätzung. Echte Sympathie regte sich beiderseits. Doch der Cavaliere brauchte keinen neuen (beeindruckenderen, schwierigeren) Neffen. Catherine war es, die jemanden brauchte, Catherine streckte voller Demut, voller Leidenschaft die Hand aus, um eine verwandte Seele und einen Schattensohn zu gewinnen.

Jeder fühlte sich sogleich vom anderen anerkannt. Er sagte es ihr. Sie sagte es ihm. Sie freuten sich an all den Dingen, in denen sie übereinstimmten – der gutaussehende junge Mann mit den vollen Hüften, dem lockigen Haar und den abgebissenen Fingernägeln, die schlanke Frau von zweiundvierzig Jahren mit ihren großen, leicht starrenden Augen. Sie gehören verschiedenen Generationen an, haben so verschiedene Leben gelebt. Und doch haben sie in so vielem den gleichen Geschmack, auch die gleichen Enttäuschungen erlitten. Von den Plaudereien gingen sie über zu Vertraulichkeiten und entdeckten einander ein ganzes Paket voller Sorgen und Sehnsüchte. William, der jünger und außerdem ein Mann war, glaubte, es sei sein gutes Recht, als erster damit zu beginnen.

Er sprach von seinem Innern, das (so sagt er ihr jetzt) voller unbestimmter Sehnsüchte war. Er beschrieb sein Leben zu Hause in Fonthill, wo er in trüber Stimmung in seinen Zimmern auf und ab schritt, Bücher las, die ihn zu Tränen rührten, voller Unzufriedenheit über sich und voller törichter Träume (die er nie aufgeben will, ganz gleich wie alt er wird), wütend gegen die Dummheit seiner Mutter, seiner Hauslehrer, aller Menschen um ihn herum.

Habt Ihr ein Buch mit dem Titel *Die Leiden des jungen Werthers* gelesen? Für mich erstrahlt jede Zeile vom Glanz des Genies.

Das war eine Prüfung, die Catherine bestehen mußte.

Ja, sagte sie. Auch ich liebe es.

Es geschah alles schnell, wie es meistens geschieht. Da ist Soundso, ein Bekannter, den man von Zeit zu Zeit auf Parties oder bei Konzerten trifft und an den man nie denkt. Dann eines Tages fliegt eine Tür auf, und man taumelt in einen Abgrund von Unendlichkeit. Erstaunt und gleichzeitig dankbar fragt man: Kann diese tiefgründige Seele der Mensch sein, den ich bloß für ... ein bloßer ...? Ja.

Ich möchte allein mit Euch sein. Und ich, mein Herz, mit Euch.

Von seinem Studierzimmer in der Villa bei Portici sah der Cavaliere sie Seite an Seite und ohne ein Wort zu wechseln auf der Terrasse stehen. Von der Terrasse sah er sie langsam zu dem mit Immergrün und wildem Wein bewachsenen Laubengang schlendern. Vom Gang aus sah er sie gemeinsam am Klavier sitzen. Oder Catherine spielte, und William rekelte sich auf einer Chaiselongue neben einem kleinen dreibeinigen Tischchen und blätterte die Bücher des Cavaliere durch. Der Cavaliere war froh, daß Catherine jemanden ganz für sich hatte, jemanden, der sie sogar dem Cavaliere vorzog.

Sie spielten nicht einfach nur gemeinsam, so wie Catherine und der Cavaliere es taten. Sie improvisierten miteinander, wetteiferten miteinander darin, den ausdrucksvollsten Klang, das herzzerreißendste Decrescendo hervorzubringen.

Catherine gestand ihm, daß sie heimlich komponiere. Sie hatte ihre »kleinen Movimenti« noch nie jemandem vorgespielt. William bat sie, ihm diese Stücke vorzuspielen. Das erste war ein Menuett mit einer vorwärtsdrängenden, fröhlichen Melodie. Die anderen – seine Würdigung des Menuetts machte ihr Mut – waren freier in der Form, ernsthafter im Ton: langsam, fragend, mit langen, klagenden Akkorden.

William bekannte, er habe immer schon komponieren wollen, wisse jedoch, daß ihm die schöpferische Kraft fehle. Sie sagte ihm, er sei zu jung, um das zu wissen.

Nein – er schüttelte den Kopf –, ich bin nur zum Träumen gut, aber – er sah auf –, das ist nicht schmeichelhaft. Ihr seid eine große Musikerin, Catherine. Ich habe nie jemanden die Musik so fühlen gehört wie Euch.

Als ich für Mozart gespielt habe, sagte sie, habe ich gezittert, als ich mich ans Klavier setzte. Sein Vater hat es bemerkt, ich habe gesehen, daß er es bemerkt hat.

Ich zittere bei allem, sagte William.

Jeder fühlt sich (endlich!) vom anderen verstanden. William nahm an, es sei das Schicksal eines Mannes wie er, von jedermann mißverstanden zu werden. Doch nun war da diese engelsgleiche Frau, die ihn ganz und gar verstand. Catherine mochte, fälschlicherweise, angenommen haben, daß sie dem männlichen Egoismus entkam.

Er kaufte ihr schmeichelhafte Geschenke. Eine sehr

weltoffene Beziehung. Er hatte eine kluge, kultivierte, elegante, ihn ermutigende ältere Frau getroffen: Jeder junge Mann braucht eine Autoritätsperson. Und sie hat in einem Alter, in dem sie dies nicht mehr für möglich hielt, einen neuen Mann in ihrem Leben: Jede Frau braucht einen Begleiter, oder glaubt es zumindest.

Catherine hatte von Anfang an eine tiefsitzende Abneigung gegen den ganzen Hof gehegt – diese grande bourgeoisie war anspruchsvoller als der ausgesprochen aristokratische Cavaliere. Ihr Gemahl nahm das hin, indem er sie für eine Einsiedlerin hielt und sie dafür nur um so mehr respektierte. Catherine zieht das Eremitendasein vor, so die liebevolle Übertreibung des Cavaliere in einem Brief an Charles, während er oft mit dem König unterwegs sein mußte. Ihre Verbindung war dazu bestimmt, ihre Verschiedenheiten zu bestätigen, auf eine Weise, in der die meisten Paare – Geschwister, Mann und Frau, Chef und Sekretärin – ihre Rollen aufteilen. Du bist zurückhaltend, ich bin gesellig; du bist redselig, ich bin wortkarg; du bist dick, ich bin dünn; du liest Gedichte, ich bastele an meinem Motorrad herum. Mit William lernte Catherine die seltene Art des Zusammenlebens kennen, in der zwei Menschen, so verschieden sie auch sind, behaupten, einander so ähnlich wie nur möglich zu sein.

Sie will tun, was ihm Freude macht, und er will tun, was ihr Freude macht. Dieselbe Musik und dieselben Gedichte rühren und erfreuen sie; dieselben Dinge (Tiere zu töten, vulgäre Gespräche, die Intrigen in den aristokratischen Salons und an dem grotesken Königshof) stoßen sie ab.

Der Cavaliere, in dessen Leben es sich nicht vermeiden ließ, viel mit dem Töten von Tieren, mit vulgären Gesprächen, mit den Intrigen in den aristokratischen Salons und am Hof in Berührung zu kommen, war froh, daß Catherine jemanden hatte, mit dem sie reden konnte, mit dem zusammen sie empfindsam sein konnte. Und es hatte ein

Mann sein müssen – seltsamerweise schien Catherine an der Gesellschaft von Menschen ihres eigenen Geschlechts keine Freude zu haben –, aber einer, der weitaus jünger war als sie, damit sie ihn bemuttern konnte; und idealerweise einer, der Männer liebte, damit der Cavaliere sich keine Sorgen um etwaige unziemliche Annäherungen zu machen brauchte.

Ohne Eifersucht, und auch ohne Mißbilligung, nahm der Cavaliere zur Kenntnis, daß Catherine in der Gesellschaft dieses jungen Burschen beinahe jugendlich und auch glücklicher wirkte.

Die beiden hatten auf der Terrasse mit Blick auf Neapel und den Golf gesessen. Nun war es sechs Uhr, und sie waren in ein Zimmer getreten, dessen Fenster auf den Vesuv gingen. Catherines Lieblingszofe brachte den Tee. Das Licht wurde sanfter, trüber. Kerzen wurden angezündet. Das geschäftige Hin und Her der Dienstboten und das Zirpen der Zikaden waren Laute, die sie nicht hörten. Wenn der Berg Geräusche von sich gab, ignorierten sie sie.

Nach einem langen Schweigen setzte Catherine sich ans Klavier. William lauschte mit feuchten Augen.

Bitte singt, sagte sie. Ihr habt eine so schöne Stimme.

Wollt Ihr nicht ein Duett mit mir singen?

Ach, lachte sie. Ich singe nicht. Ich mag nicht, ich konnte nie…

Was, liebste Catherine?

Der Cavaliere kam in der Nacht, in Stiefeln, blutbefleckt, schwitzend, geradewegs vom Tiereabschlachten mit dem König und sah sie zusammen am Klavier, sie lachten leise, und ihre Augen glänzten. Aber auch ich habe Gefühle, dachte er. Und nun werde ich in die Rolle desjenigen gedrängt, der kein Verständnis hat.

*

Williams helle Tenorstimme hielt lang die letzte Note, brach dann ab. Die Klänge des Klaviers wurden schwächer bis zur Unhörbarkeit, dem Herzen der Ausdruckskraft dieses Instruments.

Catherine, murmelte William.

Sie wandte sich zu ihm um und nickte.

Keiner hat mich je so verstanden wie Ihr, sagte er. Ihr seid ein Engel. Eine wundervolle Frau. Wenn ich doch nur hierbleiben könnte, unter Eurem wohltuenden Einfluß würde ich sicher vollkommen geheilt.

Nein, sagte Catherine. Ihr müßt nach England zurückgehen, zu Euren Pflichten. Ich zweifle nicht daran, daß Ihr diese Schwächen besiegen werdet, die eine Folge Eurer außerordentlichen Empfindsamkeit sind und die daher rühren, daß Ihr ein so sanftes Herz habt. Solche Gefühle sind wie ein Fieber, das vorübergeht.

Ich will nicht nach Hause zurück, sagte er und wünschte, er würde es wagen, ihre Hand zu ergreifen. Wie schön sie gerade jetzt war. Catherine, ich will hier bei Euch bleiben.

William glaubt, er leide an geistigen Qualen, die die Form eines grenzenlosen Hungers nach vagen, exotischen Dingen angenommen hatten. Wie täuschte er sich doch. Die Wahrheit ist, daß er nicht umarmen darf, was er umarmen möchte. Rastlosigkeit ist größtenteils sexuelle Rastlosigkeit. Die Liebe seines Leben war elf, als sie sich begegneten, und William hatte vier Jahre lang den Jungen gehätschelt und ihm den Hof gemacht, bevor sie eines Morgens zusammen im Bett gefunden wurden. Als Viscount Courtenay William sein Haus verbot und ihm drohte, er werde ihn verklagen, wenn er es noch einmal wagen sollte, sich seinem Sohn zu nähern, überquerte William den Kanal und machte sich auf den Weg nach Süden.

Er suchte den Schutz älterer Himmel. Doch Anderswosein ist keine wirkliche Befriedigung im rastlosen sexuellen Exil. Kein Ort ist unzivilisiert genug, fremd genug. (Erst hinterher – in der Erinnerung, in der Erzählung.) Im

Norden des Südens wiederholte er denselben Skandal, weshalb er abermals gezwungen war zu fliehen: eine Leidenschaft für den fünfzehnjährigen Sohn einer venezianischen Adelsfamilie, deren prompte Entdeckung durch einen weiteren erzürnten Vater dazu führte, daß er aus der Stadt vertrieben und über die Stromschnellen der Halbinsel gestoßen wurde – in die neapolitanische Faszination, in die neapolitanische Betäubung und in Catherines einsames Herz.

*

Sie fühlt sich kräftiger, hat mehr Energie und (was dem Cavaliere auffällt) sieht hübscher aus. Er machte unter ihrem wohltuenden Einfluß Fortschritte. Sie hatten einen sicheren Hafen gefunden, die stärkste Variante von Privatleben: eine freiwillige gesellschaftliche Ächtung. Jeder war begierig, mit dem anderen allein zu sein.

Natürlich waren sie nicht im wortwörtlichen Sinne allein. Wie es sich für einen Mann, der reicher als jeder Lord war, gehörte, konnte William nicht reisen ohne seinen Privatlehrer, seinen Sekretär, seinen Leibarzt, einen Majordomo, einen Koch, einen Bäcker, einen Maler, der all die Ansichten zeichnete, die William im Gedächtnis behalten wollte, drei Diener, einen Pagen usw., usw. Und Catherine und der Cavaliere hatten eine riesige Dienerschaft für den Palazzo in der Stadt, für den Landsitz in der Nähe des königlichen Palastes in Portici und das Jagdhaus mit den fünfzig Zimmern in Caserta. Überall waren Dienstboten, die alles möglich machten, doch wie die schwarzen Gestalten im No-Theater, die auf die Bühne kommen, um das schwere Kostüm einer Figur zu richten oder ein Requisit zu bringen, zählten Dienstboten nicht.

Ja, sie waren allein.

Diese Beziehung, die den Reiz von etwas Verbotenem hatte, vollzog sich unter den Augen des Cavaliere und mit seinem Segen. Was keine sexuelle Erfüllung finden sollte, war dennoch eine Liebesgeschichte. Was ihnen die Freiheit gab, einander zu lieben, war die Tatsache, daß sie beide unglücklich in jemand anderen verliebt waren. Gerade weil Catherine noch nach zweiundzwanzig Ehejahren hoffnungslos verliebt in den Cavaliere war und gerade weil William von krampfhaften Leidenschaften für wohlbehütete pubertierende Knaben seiner eigenen Gesellschaftsschicht befallen wurde, konnten sie sich ineinander verlieben, ohne sich darüber Sorgen machen und ohne etwas dagegen tun zu müssen.

Da sie ineinander verliebt waren und es einander nicht gestehen konnten, sprachen sie gern ganz allgemein von der Liebe. Gibt es etwas Grausameres und Süßeres, sagte William nachdenklich. Das Herz so voll, daß es nicht sprechen, daß es nur träumen und singen kann – Ihr kennt dieses Gefühl, Catherine, ich weiß, daß Ihr es kennt. Sonst könntet Ihr nicht so gut verstehen, was ich fühle, aber vor jedermann verbergen muß.

Liebe ist immer ein Opfer, sagte Catherine, die wußte, wovon sie sprach. Aber wer liebt, fügte sie hinzu, ist in einer besseren Lage als jemand, der sich lieben läßt.

Ich hasse es, unglücklich zu sein, sagte William.

Ach, seufzte Catherine, und dachte nach über ihre lange Geschichte des Unglücklichseins, ohne daß sie ein Recht gehabt hätte, sich unglücklich zu fühlen, so dankbar war sie dem Cavaliere immer noch, daß er sie geheiratet hatte. Da sie sich selbst für reizlos hielt – und sich für die Eitelkeit verachtete, die dieser Gedanke entlarvte –, verehrte sie ihren Gemahl wie ein häßliches Entlein, diesen eleganten Gemahl, den sie mit seiner langen Vogelschnabelnase, seinen dünnen Beinen, seinen klaren, knappen Sätzen, seinem festen Blick so attraktiv fand. Immer noch sehnte sie sich nach ihm, wenn er einmal länger als einen Tag abwesend war, immer noch hatte sie weiche Knie, wenn er einen Raum betrat und auf sie zukam. Sie liebte sogar noch seinen Schatten.

Ihr verurteilt mich doch nicht, murmelte William.

Ihr habt Euch bereits selbst verurteilt, mein lieber Junge. Ihr müßt auf dem besseren Weg, nach dem Ihr trachtet, nur weitergehen. Eure Aufrichtigkeit, die Zartheit Eures Gefühls, die Musik, die wir spielen, das alles sagt mir, daß Euer Herz rein ist.

Gegenseitige Beteuerungen der wesenhaften Reinheit, der Unschuld des anderen, wie verschieden ihrer beider Leben auch sein mögen und wie unrein seins.

Bitte, William, widersteht den Verlockungen einer schwachen, verbrecherischen Leidenschaft! So nannte sie die Liebe des Jünglings zu seinem eigenen Geschlecht, die unweigerlich Catherines stets wache Begabung zur Mißbilligung wecken mußte. Nicht schockieren konnte diese Liebe jedoch den Cavaliere, Freund von Walpole und Gray, Mäzen dieses aus der Art geschlagenen Gelehrten, der sich selbst in Baron d'Hancarville umbenannt hatte (er stellte die Bücher über die Vasensammlung des Cavaliere zusammen): auch damals schon wies die Welt der Sammler und Kunstkenner, besonders von Antiquitäten, eine unverhältnismäßig große Zahl an Männern auf, die ihr eigenes Geschlecht liebten. Der Cavaliere rühmte sich, frei von vulgärer Heuchelei in sexueller Hinsicht zu sein, hielt diese Vorliebe jedoch für einen Nachteil, da sie ihre Anhänger unangenehmen Situationen in der Gesellschaft und manchmal auch Gefahren aussetzte. Keiner konnte das grausige Ende des großen Winckelmann vergessen, der vor zwölf Jahren in einem heruntergekommenen Hotel in Triest von einem kleinen Gauner erstochen worden war, dem er einige der Schätze gezeigt hatte, die er mit nach Rom zurücknehmen wollte. William, nimm dich in acht! Halte dich an Knaben aus deiner eigenen Gesellschaftsschicht.

*

Sie passen beide nicht in ihre Umgebung und lieben, was sie nicht haben können. Und sie sind Verbündete. Sie beschützt ihn; er gibt ihr Anlaß, sich begehrenswert zu fühlen. Jeder braucht den anderen auf diese geistesverwandte Weise. Wie schmeichelhaft für sie beide, wenn man sie *tatsächlich* für Liebende hält. Das bedeutet, daß man ihn für fähig hält, Frauen zu lieben, und für sie, daß sie immer noch attraktiv ist. Und daß man sie beide für mutige Seelen hält, die alle Vorsicht über Bord werfen. Eine solche Beziehung, die nur selten im Bett endet, ist eine der klassischen Formen heterosexueller romantischer Liebe. Statt sexueller Erfüllung gibt es Erhabenheit. Sie ist eine Geheimgesellschaft von zweien, die stets hochgestimmt, exaltiert sind, von Komplizenschaft überschäumen.

Ihre Stimmen werden tiefer, sie halten oft inne beim Sprechen. Ihre Hände nebeneinander auf der Tastatur, ihr Gesicht zu dem seinen emporgehoben, an seines gelehnt. Verinnerlichtes Lächeln, Atemlosigkeit, die eindringliche Schönheit von Scarlatti und Schobert und Haydn. Sie ignorieren die Zuckungen des Vulkans. Sie lassen sich durch keinen Blick auf Berg und Landschaft ablenken.

Wenn sie spielte, konnte er die Musik sehen. Es war ein Bogen, der von ihrem sacht auftretenden Fuß in die Höhe sprang, durch ihren Körper strömte und aus ihren Händen wieder austrat. Sie neigte sich vor, eine Strähne ungepuderten Haars fiel ihr über die Stirn, ihre leicht schlaffen Arme beugten sich, als wolle sie die Tastatur ganz umfassen, ihr strahlendes Gesicht war von Gefühlen gezeichnet, ihre Lippen teilten sich in lautlosem Seufzen und Singen.

Ein Liebender hätte Catherines Ausdruck am Klavier erkannt, und jeder andere hätte sich als heimlicher Beobachter einer unfreiwilligen Offenbarung ihres Umgangs mit einem Liebenden gefühlt. Grimassierend, zusammenzuckend, seufzend, nickend, wunderschön lächelnd durchlief sie mehrere Oktaven der Hingabe an das Vergnügen. In solchen Augenblicken nahm William sie besonders deutlich als geschlechtliches Wesen wahr, fühlte sich besonders zu ihr hingezogen, besonders eingeschüchtert und besonders bewegt. Sie war so arglos, dachte er, gegenüber dem, was die Musik ihr bedeutete und mit ihr machte.

Zuweilen, sagte Catherine, spüre ich, wie die Musik mich durchdringt, bis ich mich selbst vergesse, bis mein Wille und meine Absichten nicht mehr existieren. Die Musik ist so tief in mich eingedrungen, daß nur sie allein all mein Handeln bestimmt.

Ja, sagte William, so geht es auch mir.

Sie hatten jenen Zustand vollkommenen, schwingenden Gleichklangs erreicht, in dem alles, was sie sahen, zu einer Metapher für ihre Beziehung wurde. Auf einer Exkursion nach Herkulaneum bewunderten sie gemeinsam die Phantasiegebäude – Sie müssen der Phantasie entsprungen sein, Catherine! –, die auf Fresken in der Villa degli Misteri abgebildet waren und deren schlanke Säulen nichts stützen, sondern nur zierlichen Raum umrahmen: freischwebende Gebäudeteile, die nur für sich selbst, nur des Lichts und der Anmut wegen existieren.

So würde ich bauen, sagte William.

Beim Eingang zur Höhle der Sibylle von Cumae fühlten sie sich eins mit der antiken Welt.

Am Averner See standen sie vor den dumpfigen Wassern des versunkenen Kraters, den man im Altertum für den Eingang zur Hölle gehalten hatte, wo Vergil Aeneas in die Unterwelt hinabsteigen ließ.

Erinnert Ihr Euch daran, wie die Sibylle Äneas gewarnt hat? *Facilis descensus Averno*, deklamierte William mit seiner hohen, nervösen Stimme und warf einen liebevollen Blick zu Catherine. *Sed revocare ... hoc opus, hic labor est.*

Ja, mein lieber Junge, ja. Ihr solltet nicht zögern.

Wie Vergil kann ich bezeugen, daß es ganz einfach ist, in die Hölle hinabzusteigen. Aber zurückzukommen ... Ach, Catherine, mit Euch, mit Eurem Verständnis ... ist es keine Arbeit, keine Mühe.

Um miteinander glücklich zu sein, brauchen sie die örtlichen Vergnügungen nicht länger für unter ihrer Würde zu halten. Als sie in der Oper von San Carlo die Premiere noch eines Werkes über eine aus einem maurischen Harem gerettete Verlobte miterleben, rührt der Kastrat Caffarelli sie zu Tränen. Die schlechteste Musik und die herrlichste Stimme, die ich je gehört habe, murmelte William. Habt Ihr bemerkt, wie er das Legato in ihrem Duett gehalten hat? O ja, o ja, sagte sie. Kein Klang auf der ganzen Welt kann schöner sein.

Catherine wurde empfänglich für die Sinnlichkeit wie auch für die Schönheit der Stadt, da sie sie in Williams Reaktionen gespiegelt sah. Sie hatte all das bisher verdrängt, so abgestoßen fühlte sie sich von dem zügellosen Leben bei Hofe, dem gleichgültigen Adel, der heidnischen Religion, der entsetzlichen Gewalt und Armut. In Williams Gegenwart erlaubte sie sich, die erotische Energie wahrzunehmen, die durch die Straßen pulsierte. Unter dem Schutz von Williams lustvollem Blick ließ sie ihre eigenen Augen auf dem reifen Mund und den langen, dunklen Wimpern eines jungen Schmiedes mit nacktem Oberkörper ruhen. Zum ersten Mal in ihrem Leben, als sie schon zu erschöpft, zu alt war, um zu verführen, wurde sie von der Schönheit junger Männer überwältigt.

Und das goldene Licht. Und der Blick auf die Landschaft. Die Granatapfelbäume. Und, mein Gott, der Hibiskus!

Unter den Schichten der Historie spricht alles von Liebe. Örtlichen Legenden zufolge ist der Ursprung vieler neapolitanischer Orte die Geschichte einer unglücklichen Liebe. Einst waren diese Orte Männer und Frauen, die wegen einer unglücklichen oder unerwiderten Liebe verwandelt wurden in das, was man heute sieht. Auch der Vulkan. Der Vesuv war einst ein junger Mann, der eine Nymphe erblickte, die so lieblich wie ein Diamant war. Sie rührte sein Herz und seine Seele, und er konnte an nichts anderes mehr denken. Er atmete heftiger und immer heftiger und stürzte auf sie zu. Die Nymphe, die von seinen Aufmerksamkeiten schon ganz versengt war, sprang ins Meer und wurde zu der Insel, die man heute Capri nennt. Als er das sah, wurde Vesuv wahnsinnig. Er reckte sich drohend auf, seine feurigen Seufzer breiteten sich aus, und ganz allmählich wurde er zu einem Berg. Und nun ist er so reglos wie seine Geliebte, die auf ewig unerreichbar für ihn ist, und immer wieder speit er Feuer und läßt Neapel erbeben. Wie bedauert die hilflose Stadt, daß der Jüngling nicht bekam, was er wollte! Capri liegt im Meer, deutlich in Sichtweite des Vesuv, und der Berg brennt und brennt und brennt...

✶

Wie ergeben wir einander sind, könnten sie gesagt haben. (Wieviel Eigenliebe kommt im Gewand selbstloser Hingabe daher!)

Alle beide müssen sie Nachsicht üben: damit sie bekommt, was sie will, damit er seinen gefährlichen Neigungen nachgeben kann. Doch sie ist vorsichtiger als er, weil er gehen wird (er ist jung, und er ist ein Mann), sie aber nicht gehen kann. Denn es wird enden. Natürlich ist die Frau die Verliererin: Der junge Mann geht fort und wird wieder lieben, körperlich und auch geistig. Für sie aber ist es ihre letzte Liebe.

Als er im Januar abreiste, war er von Kummer überwältigt. Er weinte. Sie, die zweifellos trauriger war als er, vergoß keine Träne. Sie umarmten sich.

Ich werde für Eure Briefe leben, sagte er.

✶

Als ich Euch verließ, war ich völlig in meinen Träumen gefangen, schrieb er in seinem ersten Brief. Er sagte ihr, wie sehr er sie vermisse, er beschrieb die ausdrucksvolle Landschaft, die ihn ... an sich erinnerte. Jeder Ort stürzte ihn in Tagträumereien, wurde zu einer Darstellung seines eigenen Gemüts (und dessen Kräften), seiner eigenen Assoziationen. Seine Handschrift war rücksichtslos schwierig – Catherine hatte Mühe, sie zu entziffern –, und er war ein sehr wortreicher Beschreiber.

Wo immer William auch war, er war gleichzeitig anderswo. In Misenum war er bei Plinius dem Älteren. Am Eingang zur Höhle der Sibylle war er bei Vergil. Oder einfach bei seinen unbeschreibbaren Gefühlen. Das hemmungslose Hineinmischen gelehrter Anspielungen, die eifrige Verwandlung jeglicher Realität in Traum oder Vision schienen in seinen Briefen ihren Reiz eingebüßt zu haben. Und das wohl deshalb, weil sie nicht mehr die Mitschöpferin seiner Phantasien, sondern nur noch ihre Empfängerin war.

Sie verlangte von sich alles: Zeichen eines starken Charakters. (Sie hatte es nie für bemerkenswert gehalten, daß sie so ausgezeichnet Cembalo spielte.) Doch sie bemühte sich, nicht viel von anderen zu verlangen, um nicht an Enttäuschung zugrunde zu gehen. Von William verlangte sie nichts. Sie war William ... oder er war sie. Jemanden zu lieben, hieß, Unvollkommenheiten zu dulden, die man sich selbst niemals gestatten würde. Und hätte sie geglaubt, die Ichbezogenheit seiner Reaktionen müsse verteidigt werden, hätte sie wahrscheinlich seine Jugend oder einfach sein Geschlecht als Argument herangezogen.

Es war wie ein Traum, sagte er oft von etwas, das er gerade gesehen hatte. Ich habe geträumt, ich habe mich zurückversetzt in die Zeit von ... Ich bin weitergegangen und hing bei jedem Schritt meinen Gedanken nach. Eine Stunde lang lag ich da und schaute auf die glatte Oberfläche des Wassers. Ich ärgerte mich darüber, daß ich aus meinen Visionen aufgeschreckt wurde.

Er beschrieb jede Station seiner Reise wie eine Pilgerfahrt. Und jeder Ort konnte Gelegenheit zu erleuchteter Abgeschiedenheit, zu wollüstiger Verwirrtheit sein. Wohin auch immer er ging, es kam ein Augenblick, in dem er fragen konnte: Wo bin ich?

Und, Catherine, Catherine, ich habe nicht vergessen. Wo seid Ihr?

Ihre Vertrautheit, auch das schien wie ein Traum.

Ich habe ihr immer wie ein Verzauberter gelauscht, sagte William viele Jahre später über Catherines Spiel. Ich war von ihr hingerissen wie von keinem anderen Künstler. Ihr könnt Euch nicht vorstellen, wie herrlich sie gespielt hat – und bezog sich damit, wie stets, wenn er ihr Bild am Klavier heraufbeschwor, nur darauf, wie sie die Musik anderer spielte. Es schien, sagte er, als habe sie ihr ganzes Wesen in die Musik gelegt, und so wirkte ihr Spiel wie die Ausstrahlungen eines reinen, unverdorbenen Geistes. Kunst und Mensch waren eins. Sie lebte unbefleckt, als Engel der Reinheit, inmitten des neapolitanischen Hofes, erinnerte sich William. Da eine Frau zu preisen damals unweigerlich bedeutete, sie einen Engel oder eine Heilige zu nennen, war William bestrebt, seine Worte nach mehr als der üblichen Huldigung klingen zu lassen. Ihr hättet wissen müssen, wie es dort bei Hofe zuging, schrieb er, um dies voll und ganz zu verstehen. Nie zuvor habe ich ein solch überirdisches Geschöpf gesehen.

Während seiner überstürzten Reise die Halbinsel hinauf, die einen flüchtigen Zwischenaufenthalt in Venedig einschloß (um noch einmal wegen des Cornaro-Jungen zu seufzen), schrieb William ständig an Catherine und beschwor die phantastischen Bilder herauf, die er nur mit ihr teilen konnte, und erklärte, daß er, wenn er nur energisch und entscheidungsfreudig genug wäre – ich schere mich keinen Deut darum, ob die Welt mich für launenhaft hält oder nicht! –, seinen Entschluß, nach England weiterzureisen, rückgängig machen und statt dessen seine Schritte unverzüglich zurück nach Neapel lenken würde. Nichts könnte ihn glücklicher machen, als einige weitere Monate in Catherines Gegenwart zu verbringen und mit ihr den Frühling zu begrüßen, ihr unter ihrer Lieblingsklippe am Kap von Posillipo vorzulesen und ihrem Klavierspiel zu lauschen.

Aus der Schweiz schrieb er über die Musik, die *er* komponiert hatte.

Habt Ihr je von jenen Zwergen gehört, die in den Schluchten riesiger Berge lauern? Die merkwürdig-exotischen Melodien, die ich gerade auf dem Cembalo gespielt habe, sind genau die Rhythmen, nach denen, so stelle ich es mir vor, Elfen und Pygmäen tanzen – lebhaft und summend – launisch und unterirdisch. Außer uns, liebe Catherine, haben nur wenig Sterbliche Ohren, das leise Flüstern zu hören, das in den dunklen Stunden der Nacht aus den Felsen erklingt.

Und abermals: Wie tut es mir leid, liebe Catherine, alle Hoffnungen aufgeben zu müssen, den Frühling in Portici zu verbringen und das wildromantische Dickicht an Eurer Seite zu erkunden. Meine größte Hoffnung ist, zurückkehren zu können und Euch Stunde um Stunde ohne Unterbrechung zu lauschen, meine größte Furcht ist, daß wir uns vielleicht so bald nicht mehr wiedersehen. Niemals mehr kann ich damit rechnen, einem Menschen zu begegnen, der mich so voll und ganz versteht. Bitte laßt immer von Euch hören, wenn Ihr auch nur ein Fünkchen Mitleid habt mit Eurem ergebensten –

Als er die Alpen überquerte, schrieb er ihr, er empfinde die Luft als reiner und klarer als alle Luft, die er je zuvor geatmet habe. Er beschrieb lange Wanderungen, in deren Verlauf er eine Vielzahl von Tälern durchschritt, die von Felsen gesäumt waren und in denen eine üppig duftende Vegetation erblühte, und er beschrieb Reisen in seiner

Phantasie, in deren Verlauf er von Fels zu Fels schoß und auf den Gipfeln Schlösser im Stile Piranesis errichtete. Und er schrieb ihr, daß er nie aufhöre, an sie zu denken. Nur Ihr könnt Euch die hehren Gedanken vorstellen, schrieb er, denen ich in einer klaren, frostigen Nacht nachhänge, wenn jeder Stern zu sehen ist. Und: Ich wünschte, Ihr könntet hören, was mir die Winde zuflüstern. Ich höre die seltsamsten Dinge im Universum, und mein Ohr ist erfüllt von luftigen Gesprächen. Welch eine Fülle von Stimmen werden mir zugetragen von den kühlen Winden, die auf diesen unermeßlichen, phantastischen Bergen wehen. Ich denke an Euch, wo immer Sommer ist.

In Neapel erwies sich der Winter als ungewöhnlich kalt. Catherine begann zu verfallen. Ihr Arzt, ein ältlicher Schotte mit lederner Haut (sie dachte an Williams zarte Wangen), der sich vor Jahren schon in Neapel niedergelassen hatte, kam fast jeden Tag herausgefahren, um sie zu besuchen. Bin ich denn so krank, fragte sie. Es sind doch nur fünfzehn Kilometer, und die Bewegung tut mir gut, gab er lächelnd zur Antwort. Die Sanftmut in seinen Augen beunruhigte sie.

Nun bin ich in Paris, schrieb William. Meine köstliche Abgeschiedenheit ist vorüber. England wartet auf mich. Doch ach, Catherine, ich fürchte, ich werde auf dieser Welt nie zu etwas anderem taugen, als exotische Melodien zu komponieren, Türme zu bauen, Gärten zu entwerfen, japanisches Porzellan zu sammeln und mir Reisen nach China oder auf den Mond zu erträumen.

In Neapel schneite es das erste Mal seit dreißig Jahren.

Wie weit Neapel auch von England entfernt war, es war noch weiter von Indien, der Heimat von Jack, entfernt. Dem Cavaliere krampfte es das Herz zusammen, wenn er den Affen beobachtete, der immer kränker wurde. Jack sprang nicht mehr herum, sondern schleppte sich von Tisch zu Stuhl, von Büste zu Vase. Er hob den Kopf nur langsam, wenn der Cavaliere rief. Aus seiner winzigen Brust kam ein rasselndes Pfeifen. Der Cavaliere fragte sich, ob es im Lagerraum vielleicht zu kalt sei. Er nahm sich vor, Valerio anzuweisen, Jacks Quartier in eines der oberen Stockwerke zu verlegen, doch schließlich vergaß er es. Er würde seinen kleinen Mit-Spötter vermissen. Allmählich verbannte er ihn aus seinem Herzen. Denn nun gab es mehr als nur die üblichen Zerstreuungen.

Es war die Zeit, in der der König auf Eberjagd ging. Der Cavaliere verlegte den Kern seines Haushaltes – Catherine, die unerläßlichen Musikinstrumente und eine Auswahl an Büchern sowie eine reduzierte Anzahl von vierunddreißig Dienstboten – in das Jagdschloß in Caserta, wo der Wind sogar noch kälter blies. Um Jack die zusätzlichen Unbilden der Witterung im Hochland zu ersparen, ließ der Cavaliere ihn in der Stadt in der Obhut des jungen Gaetano zurück, der angewiesen wurde, das Tier nicht aus den Augen zu lassen. Der König hatte den Cavaliere zu einer einwöchigen Jagd an die Ausläufer des Apennin kommen lassen. Ach, ich bin seine Abwesenheit ja gewöhnt, sagte Catherine zu Doktor Drummond, der sie jeden zweiten Tag besuchen kam. Und: Ich möchte nicht, daß mein Mann sich um mich Sorgen macht.

Sie wollte auch nicht, daß er sich um den armen Jack Sorgen machte. Wie sollte man ihn auf das Unvermeidliche vorbereiten? Denn voller Sorge dachte sie auch daran, ja sogar daran. An einem Sonntag wurde die Nachricht gebracht, daß Jack an diesem Morgen nicht aufgewacht sei. Der Cavaliere drehte sich weg und schwieg eine ganze Weile. Er knöpfte seinen Jagdrock zu und wandte sich dann wieder um. War der Boden noch gefroren, wollte er wissen. Nein, kam die Antwort. Der Cavaliere seufzte und gab Anweisung, ihn im Garten zu begraben.

Sie war erleichtert, daß er nicht allzu bekümmert schien, fühlte aber plötzlich, wie sie traurig wurde angesichts des Geschicks des kleinen fremdartigen Geschöpfs, das dem Cavaliere so inbrünstig gedient hatte. Sie erinnerte sich, wie er oft in Gestalt eines dreifachen Notenschlüssels dagesessen und seinen haarigen Schwanz sorgsam unter sich zusammengerollt hatte.

Aus England schrieb William, er habe ein neues Buch begonnen und beinahe beendet. Es war ein Bericht über seine Reisen und all seine Phantasien und seine erfundenen Begegnungen mit dem Genius der Orte. Doch er beeilte sich, ihr, sollte sie etwaige Befürchtungen haben, zu versichern, daß sie, wenn das Buch auch ganz von ihren Visionen durchdrungen sei, nicht namentlich erwähnt würde. Er sei bereit, die volle Verantwortung für all die Gedanken zu übernehmen, die sie gemeinsam hervorgebracht hatten, und sie so vor der Boshaftigkeit und dem Neid der Welt zu schützen. Niemand solle sie kritisieren oder mit ihm in Verbindung bringen können. Die Rolle, die sie in seinem Leben gespielt habe, solle auf ewig ein Geheimnis bleiben, ein heiliges Rätsel. Er wolle sie beide vor der Welt vertreten.

So war das also.

Sie fühlt sich ausgelöscht. Aber immerhin wird etwas existieren, das von ihnen beiden spricht.

Er habe fünfhundert Exemplare drucken lassen, kündigte er an. Dann schrieb er, daß er es sich anders überlegt und den Auftrag erteilt habe, die ganze Auflage bis auf fünfzig Exemplare zu vernichten. Sie sei geschützt, er nicht. In den falschen Händen könne das Buch mißverstanden werden. Er wolle sich nicht der Lächerlichkeit preisgeben.

Aber es wird immer Euch gehören, Catherine, schrieb er.

Sie wollte sich nicht verlassen fühlen, doch sie tat es.

Er schrieb, daß er noch einmal sein – nein, ihrer beider – Lieblingsbuch lese.

Catherine, Catherine, erinnert Ihr Euch an die Stelle

ganz am Anfang des *Werthers*, nachdem der Held sagt: »Mißverstanden zu werden, ist das Schicksal von unser einem«, wo er an die Freundin seiner Jugend denkt. Natürlich erinnert Ihr Euch. Aber ich kann nicht widerstehen und muß die Stelle abschreiben, so vollkommen drückt sie aus, was ich fühle. »Ich würde sagen: Du bist ein Tor! du suchst, was hienieden nicht zu finden ist. Aber ich habe sie gehabt, ich habe das Herz gefühlt, die große Seele, in deren Gegenwart ich mir schien mehr zu sein, als ich war, weil ich alles war, was ich sein konnte. Guter Gott! blieb da eine einzige Kraft meiner Seele ungenutzt? Konnt' ich nicht vor ihr das ganze wunderbare Gefühl entwickeln, mit dem mein Herz die Natur umfaßt? War unser Umgang nicht ein ewiges Weben von der feinsten Empfindung, dem schärfsten Witze, dessen Modifikationen, bis zur Unart, alle mit dem Stempel des Genies bezeichnet waren? Und nun! – Ach, ihre Jahre, die sie voraus hatte, führten sie früher ans Grab als mich. Nie werde ich sie vergessen, nie ihren festen Sinn und ihre göttliche Duldung.«

Ach, dachte Catherine, er bringt mich schon um. Dieser Gedanke empörte sie längst nicht so, wie er es hätte tun sollen.

Nervös und mit gerötetem Gesicht kehrte der Cavaliere von der Jagd heim. Am nächsten Morgen beim Frühstück blickte er in Catherines bleiches, von Kummer gezeichnetes Gesicht – wie verbraucht sie aussah, während er sich so stark wie eh und je fühlte, auf seiner Haut die Anspannung und die Erinnerung an heftige Empfindungen spürte, den Wind und die Rufe und die beißenden Gerüche und den harten Körper seines Pferdes zwischen seinen Beinen – und haßte sie dafür, daß sie alt wurde, daß sie immer im Haus blieb, daß sie so verletzlich wirkte, wie sie war. Daß sie traurig war – warum, glaubte er zu wissen. Und weil ihn das eifersüchtig machte, konnte er der Versuchung nicht widerstehen, grausam zu sein.

Darf ich Euch daran erinnern, meine Liebe, daß wir beide in Trauer sind.

Sie antwortete nicht.

Ihr habt meinen jungen Vetter verloren. Aber ich habe Jack verloren.

Ein weiterer Brief von William, in dem er sich beklagte, daß Catherine seinen letzten und vorletzten Brief nicht beantwortet hatte. Verlaßt mich nicht, mein Engel! Die Wahrheit war, daß sie begonnen hatte, mit dem Trauern aufzuhören. Allmählich erschien ihr William sehr weit weg. Habe ich das alles empfunden? So viel? So wie Geräusche sich in Unerhörbarkeit auflösen, so löst sich die Euphorie in Gleichgültigkeit auf, und das kommt immer unerwartet, so wie überschwengliche Gefühle durch die Zeit geschwächt, vernichtet werden. Es fiel ihr immer schwerer, sich vorzustellen, was sie gefühlt hatte, als William da war. Diese Intensität schien wie, wie ein ... Selbst sie könnte jetzt wohl das Wort Traum benutzen.

7

Symptome. Atemnot, Schmerzen in der Herzgegend. Appetitverlust. Verdauungsbeschwerden, Schmerzen in Seite und Brust, chronisches Erbrechen, so daß sie nichts bei sich behalten kann, Schwächegefühl im rechten Arm – die meisten dieser Symptome nicht sehr ausgeprägt. Kopfschmerzen. Schlaflosigkeit. Fahles Haar jeden Morgen auf dem Kissen. Schwere Atemnot. (Die Schwächen der Frauen: formlos, geschlechtsspezifisch. Ein Mann wird krank, eine Frau von vornehmer Herkunft schwindet dahin.) Selbstverachtung. Depressionen, weil sie ihrem Mann Anlaß zur Sorge gibt. Ekel über das oberflächliche Geschwätz anderer Frauen. Gedanken an den Himmel. Allgemeines Kältegefühl.

Diagnose. Doktor Drummond vermutet eine Lähmung. Oder alle Lebenskraft ist völlig aufgebraucht. Sie ist erst vierundvierzig, kränkelt aber schon seit vielen, vielen Jahren.

Gebete. Sie dankt Gott für all die erwiesenen Gnaden, bittet demütig um Vergebung für die Sünden der Vergangenheit, fleht um Nachsicht für ihren gottlosen Mann.

Noch mehr Gedanken an den Himmel, wo alle Ungerechtigkeit getilgt wird. Herr, erbarme dich und strafe.

Briefe. An Freunde und Verwandte in der Heimat, von ungewöhnlicher Mutlosigkeit. Ich fürchte, ich werde euch nie mehr wiedersehen. Und an ihren Mann, im Februar, als die Jagdorgie noch andauerte und der Cavaliere oft fort war, ein Brief von qualvoller Demut: Wie lang werden mir die Stunden, die ich in Abwesenheit meines Herzallerliebsten verbringe, und wie ermüdend ist mir jeder Anblick. Da ist der Sessel, in dem er sitzt, ich sehe ihn dort nicht, und meinem Herzen gibt es einen Stich, und meine törichten Augen quellen über vor Tränen. All die Jahre, die wir verheiratet sind, haben meine Liebe, statt sie zu verringern, immer tiefer werden lassen und sie mit meinem ganzen Wesen in einer Weise verbunden, daß sie auf ewig bleiben wird. Wie sehr habe ich mich bemüht, meine Gefühle zu bezwingen, doch ohne Erfolg. Wie sehr habe ich versucht, vernünftig zu sein, doch leider vergebens. Nur wer so fühlt, kennt den quälenden Kummer immerwährender Liebe. Wenn er da ist, nehmen alle Dinge eine andere Gestalt an, wenn er fern von mir ist, wie einsam, wie allein bin ich dann. Ich suche meinen inneren Frieden in der Gesellschaft anderer, doch da erfaßt mich nur noch größere Unruhe. Ach, ich kenne nur ein Entzücken, nur eine Erfüllung, und deren Mittelpunkt ist er.

Musik. Es stimmt nicht ganz, daß sie sich für nichts, für wirklich nichts interessiert, wenn er fort ist. Doch die Klänge des Cembalos werden klagender. Musik hebt empor, aber löscht nicht aus.

Leidenschaft. Williams Abreise hat sie empfindsamer denn je zurückgelassen. Doch eine derartige Leidenschaft innerhalb der Ehe ist ungewöhnlich. Und: Man sollte sich immer bemühen, diese Leidenschaft zu überwinden, sich abzulenken. Sie besichtigt neue Ausgrabungsorte in den toten Städten, nimmt an einer musikalischen Soiree im Hause des österreichischen Gesandten teil und besucht eine Sizilianerin aus dem Hochadel, die, nachdem sie sich zehn, nein elf Menschen mittels Dolch oder Gift entledigt hatte, schließlich von ihrer Familie angezeigt und zur Strafe in einem Kloster außerhalb von Neapel eingesperrt, komfortabel eingesperrt worden war. Sie sei etwa dreiundzwanzig Jahre alt, berichtete Catherine ihrem Mann. Sie empfing mich aufrecht im Bett sitzend, von seidenen Kissen gestützt, bot mir Makronen und Erfrischungen an und plauderte höflich und heiter. Es schien unvorstellbar, daß jemand mit ihren vornehmen Manieren solcher Grausamkeiten fähig sei. Sie hatte ein schüchternes, ja sogar freundliches Gesicht, berichtete Catherine höchst erstaunt – eine Tatsache, die nicht einmal den gedankenlosesten Bewohner des Landes, in dem sie lebte, beeindruckt hätte, denn jeder Bauer weiß, daß verdorbene Waren oft unter einem guten Aushängeschild verkauft werden. Catherine stammte aus dem Norden und war gut erzogen, war weder Bäuerin noch Adlige und tief religiös, eine Protestantin, für die Innerliches und Äußerliches übereinstimmten. Sie sah gar nicht aus wie eine Mörderin, sagte Catherine leise.

*

Catherine sprach stets sehr leise, sollte der Cavaliere sich später erinnern. Zuweilen mußte man sich vorneigen, um sie zu verstehen. Eine Bitte um Vertrautheit? Ja. Und auch Zeichen ihrer unterdrückten Leidenschaft.

*

Das Frühjahr kam, ein warmer, duftender April. Sie blieb die meiste Zeit im Bett. Williams Briefe sprachen, jubelnd, mißtönend, von einer Zukunft. Doch Catherine wußte, daß es für sie keine Zukunft gab. Sie konnte nur an die Vergangenheit denken, nur die Vergangenheit lieben.

Der Cavaliere war vor über einer Woche zu einer archäologischen Expedition nach Apulien aufgebrochen. Catherine, die nicht mehr in der Lage war, das Bett zu verlassen, wurde stündlich schwächer. An einem heißen Aprilabend, mitten in einem qualvollen Asthmaanfall, den sie schon für den Anfang vom Ende gehalten hatte, suchte sie Erleichterung in einem Brief.

Catherine hatte noch nie Angst gehabt, doch nun hatte sie Angst. Die lange, harte Mühsal des Sterbens hatte dem immer wiederkehrenden Alptraum der Asthmatiker, lebendig begraben zu werden, neue Nahrung gegeben. Es würde schon eine Hilfe sein, dem Cavaliere eine Notiz zu hinterlassen und ihn zu bitten, den Sarg frühestens drei Tage nach ihrem Tod zu versiegeln. Aber um das zu sagen, muß sie zunächst einmal sagen, daß sie fürchte, ihm in ein paar Tagen, nein, in ein paar Stunden nicht mehr schreiben zu können; und dann erklären, daß sie die Liebe und die Zärtlichkeit, die sie für ihn empfinde, unmöglich in Worte fassen könne und daß er, nur er, die Quelle all ihrer Freuden gewesen sei, er, die teuerste all ihrer irdischen Segnungen, und dieses Wort, irdisch, führt sie von diesen überschwenglichen und völlig aufrichtigen Gefühlen für den Cavaliere hin zu dem Gedanken an noch größere himmlische Segnungen, hin zum Aussprechen der Hoffnung, daß er eines Tages doch noch gläubig werde.

Catherine glaubt nicht wirklich, daß er je fromm werden wird (und er wird es auch nicht). Der Wunsch, ihn zur Religion zu führen, kommt aus ihrem Bedürfnis nach einer ekstatischen, erhabenen Sprache. Sie will, daß er die Realität dieser Dimension und damit auch diese Sprache anerkennt, die sie dann teilen könnten – so daß sie dann endlich ganz vertraut miteinander sein würden.

Doch natürlich wird er nie etwas von der überschwenglichen Kompensation wissen. Bei all den düsteren beklemmenden Gefühlen, die ... und hier fing sie an, nach

Luft zu ringen, und ihr fiel ein, was sie in diesem Brief, einem wirklichen Abschiedsbrief, noch sagen wollte, außer ihm ihre Liebe zu erklären, ihn zu bitten, ihre Fehler zu vergeben und zu vergessen, und ihm zu verzeihen, daß er sie so oft allein gelassen hatte, und ihn zu segnen und ihn zu bitten, ihrer voller Freundlichkeit zu gedenken – ja, sie wollte noch etwas erbitten. Verschließt nach meinem Tod meinen Sarg erst, wenn es unbedingt nötig ist. Sie schloß damit, ihn daran zu erinnern, daß er in seinem Testament die Verfügung treffe, das Versprechen auszuführen, das er ihr gegeben hatte, nämlich daß seine Gebeine neben den ihren in der Kirche von Slebech ruhen sollten, wenn es Gott gefallen würde, ihn zu sich zu rufen, was hoffentlich erst in vielen, vielen Jahren geschähe, und daß er während dieser Zeit – dies ist ein ermüdender, langatmiger Satz, wie ihn Asthmatiker besonders gern schreiben –, daß er während dieser Zeit hoffentlich nicht allein bleiben werde. Möge jeder irdische und himmlische Segen auf Euch ruhen, und möget Ihr geliebt werden, so wie ich Euch geliebt habe. Als Eure ergebene Gemahlin verbleibe ich, usw.

Sie versiegelte den Brief, spürte, wie das Gewicht auf ihrer Brust leichter wurde, und schlief friedlicher als in all den Wochen zuvor.

Der Sommer kam mit seiner erschreckend drückenden Hitze. Der Cavaliere war wütend, weil Catherine starb – weil sie ihm Umstände machte, weil sie ihn verließ. Als sie im Juli in die Villa am Fuß des Vesuv übersiedelten, in das Haus, das sie von ihren drei Wohnsitzen am liebsten hatte, fand er so manchen Grund, sich bisweilen tagelang im nahe gelegenen königlichen Palast aufzuhalten. Jeden Morgen kam Doktor Drummond mit Gerüchten, die sie zum Lachen brachten, mit Süßigkeiten, die ihren Appetit anregen sollten, und einmal wöchentlich mit Blutegeln, um sie zur Ader zu lassen. Doch eines Augustmorgens kam er nicht. Um drei Uhr ließ sie das Mittagessen unberührt zurückgehen und schickte einen Diener aus, um Erkundigungen einzuziehen. Der kam mit der Nachricht zurück, daß der Doktor nicht seinen Wagen genommen, sondern sich entschlossen habe, auf seinem neuen Jagdpferd auszureiten, und daß er nicht ganz zwei Kilometer von der Villa entfernt abgeworfen worden sei und daß man ihn auf einer Tragbahre in die Stadt zurückgebracht habe. Seine Verletzungen seien ernst, sagte man ihr. Und dann, sehr ernst: der Rücken gebrochen und eine Niere gerissen. Eine Woche später starb er. Als man ihr diese Nachricht brachte, weinte Catherine zum letzten Mal.

Der Cavaliere behauptete immer, daß sie sich für diesen entsetzlichen Unfall, den der Doktor erlitt, als er auf dem Weg zu ihr war, verantwortlich fühlte, habe ihren Tod beschleunigt, der nur zwölf Tage später eintrat. Sie saß gerade in ihrem Lieblingsstuhl mit Blick auf den Immergrün-Hain und las, als sie das Bewußtsein verlor, woraufhin man sie ins Haus trug. Als man sie zu Bett brachte, öffnete sie die Augen und bat um ein kleines ovales Porträt des Cavaliere, das sie sich mit dem Gesicht nach unten auf die Brust legte. Sie schloß die Augen und starb noch am selben Abend, ohne sie wieder geöffnet zu haben.

*

Für alle, die sie nicht gut gekannt hatten, beschwor er so ihr Bild herauf.

Meine Frau, sagte er, war klein, schlank, eine elegante Erscheinung mit vornehmen Manieren. Sie hatte hellblondes Haar, das im Alter nicht weiß geworden war, lebhafte Augen, schöne Zähne, ein kluges Lächeln. Ihr Benehmen war reserviert, ihre Haltung bescheiden, und sie war sehr geschickt darin, einige Worte in ein Gespräch einfließen zu lassen, um es voranzutreiben, ohne es dominieren zu wollen. Sie war von zarter Konstitution, und im Laufe ihres Lebens hatte ihr geschwächter Gesundheitszustand großen Einfluß auf ihre Gemütsverfassung. Sie war wohlerzogen, kultiviert und eine ausgezeichnete Musikerin und deshalb stets gern gesehen in der Gesellschaft, die sie jedoch ihrer angegriffenen Gesundheit wegen und ihrem Selbsterhaltungstrieb folgend mied. Allen, die sie kannten, war sie ein Segen und ein Trost, und alle werden sie schmerzlich vermissen.

Er schwelgte in der Erinnerung an ihre Tugenden, ihre Talente, ihre Vorlieben. In Wahrheit sprach er hauptsächlich über sich.

Der Schmerz macht einen zu einem merkwürdigen Menschen, schrieb der Cavaliere in einem Brief an Charles. Ich bleibe viel hilfloser zurück, ich bin viel trauriger, als ich erwartet hatte.

Etwas Schreckliches war ihm widerfahren, zum ersten Mal in seinem Leben. Die Welt ist ein trügerischer Ort. Man schlägt sich durch, lebt so dahin, und dann ist es vorbei, oder alles ist schlimmer geworden. Gerade neulich in Portici öffnete einer der königlichen Pagen die Tür einer nicht mehr benutzten Kapelle, kam in eine *mofetta*, wie man die Schwaden erkalteten vulkanischen Giftgases nennt, und starb auf der Stelle. Seitdem sprach der verschreckte König von kaum etwas anderem und hat der ohnehin schon umfangreichen Sammlung von Amuletten und Talismanen, die an seiner Leibwäsche befestigt sind, einige weitere hinzugefügt. Und was passierte mit dem alten Drummond, als er zu seiner Visite ausritt… nein, erinnerte sich der Cavaliere plötzlich, er selbst war es ja, dem etwas Schreckliches zugestoßen war. Er hatte keine magischen Amulette; er hatte seine Intelligenz, seinen Charakter.

Etwas Schreckliches. Etwas, dem man mit Gleichmut begegnen mußte. Ich habe ein glückliches Leben gehabt, dachte er.

Ein kluger Mann ist auf alles gefaßt, kann sich fügen, sich bescheiden, ist dankbar für die Freuden, die das Leben ihm bereitet hat, und wütet und winselt nicht, wenn die Zeit des Glücks (so wie es nun einmal sein muß) zu Ende geht.

Und war er nicht ein bedeutender Sammler? Und deshalb ständig in Gedanken versunken, zerstreut, abgelenkt. Er hatte nicht gewußt, wie tief seine Gefühle für Catherine waren oder wie sehr er sie gebraucht hatte. Er hatte nicht gewußt, daß er überhaupt jemanden so sehr gebraucht hatte.

Sammler und Verwalter von Sammlungen gestehen oftmals, auch ohne daß man sie allzusehr drängt, menschenfeindlich zu sein. Sie geben zu, daß sie sich in der Tat mehr für leblose Gegenstände als für Menschen interessiert haben. Sollen die anderen doch empört sein – sie wissen es besser. Gegenständen kann man trauen. Sie verändern sich nie. Sie verlieren niemals ihren Reiz. Gegenstände, seltene Gegenstände sind an sich wertvoll, Menschen haben immer nur den Wert, den man ihnen aufgrund eigener Bedürfnisse zubilligt. Das Sammeln verleiht dem Egoismus den Beiklang von Leidenschaft, was immer reizvoll ist, und gleichzeitig wappnet es gegen all jene Leidenschaften, die einen besonders verletzlich machen. Es gibt denen, die sich ausgeschlossen fühlen und es hassen, sich ausgeschlossen zu fühlen, ein Gefühl der Sicherheit. Er hatte nicht gewußt, wie sehr auch Catherines Liebe ihm ein Gefühl der Sicherheit gegeben hatte.

Er erwartete mehr von seiner Veranlagung zur Gleichgültigkeit, die er mit seinem Temperament verwechselte. Gleichgültigkeit würde nicht genügen, um diesen Schmerz zu überwinden. Was ihm fehlte, war Gleichmut, was bedeutete, daß er tatsächlich litt. Er hatte nicht damit gerechnet, daß er durch den Leidensdruck so gedrosselt, so verdüstert würde. Catherines Liebe schien jetzt zu leuchten, jetzt, wo sie erloschen war. Keine Tränen hatten seine Augen benetzt, als er an Catherines Bett gesessen und ihrer steifer werdenden Umklammerung sein Bild entrissen hatte, auch nicht, als er es ihr zurückgab und es ihr in den Sarg legte, bevor er geschlossen wurde. Obwohl er nicht weinte, sprachen an seiner Stelle sein Haar (plötzlich ergraut), seine Haut (trockener, von mehr Falten durchzogen), sie trauerten an seiner Stelle. Doch er war überzeugt, daß er sich nichts vorzuwerfen hatte. Er hatte geliebt, sosehr er konnte, und war treuer geblieben als allgemein üblich. Der Cavaliere hatte es immer schon ausgezeichnet verstanden, sich selbst zu vergeben.

Er saß unter einer Pergola mit Blick auf den Immergrün-Hain, genau an der Stelle, an der auch Catherine gesessen hatte, als sie das Bewußtsein verlor und ins Haus zurückgetragen wurde. An der Stelle, an der sie oft mit William gesessen hatte. Ein dichtes, kompliziertes Spinngewebe zog sich über eine augenähnliche Öffnung ganz oben an der Pergola. Geistesabwesend starrte er eine Weile darauf, bevor es ihm einfiel, nach der Spinne Ausschau zu halten, die er schließlich regungslos am äußersten Faden hängend entdeckte. Da ließ er sich seinen Wanderstab bringen, reckte sich hoch und fuhr wie mit einer Sense durch das Spinngewebe.

Seine Briefe sprechen von beständiger, unüberwindlicher Melancholie. Schwermut, Überdruß, Gleichgültigkeit – wie ermüdend, diese Worte niederzuschreiben – werden mir zum Schicksal. Dem Cavaliere hatte es nie gelegen, allzuviel zu empfinden, doch das offenkundige Schwinden von Empfindung beunruhigte ihn. Er wollte sich nicht ändern. Doch er änderte sich. Du würdest mich nicht wiedererkennen, schrieb er an Charles. Während ich von Natur aus im Grunde lebhaft, voller Energie, für alles empfänglich bin und mich für alles interessiere, bin ich seit neuestem vielen Dingen gegenüber, die mir früher Freude bereitet haben, gleichgültig geworden. Das heißt nicht Gleichgültigkeit dir gegenüber, lieber Charles, oder anderen Menschen gegenüber, sondern eine allgemeine, umfassende Gleichgültigkeit. Er hob seine Feder und dachte nach über das, was er geschrieben hatte.

Ich hoffe, daß die Apathie nicht mein unentrinnbarer Zustand sein wird, schrieb er weiter in dem Versuch, einen optimistischen Ton anzuschlagen.

Er hatte beabsichtigt, eine neue Ausgabe seines Buches über Vulkane mit weiteren Kupferstichen herauszugeben. Die Absicht ist fallengelassen, schreibt er Charles; er kann das Gefühl der Müdigkeit nicht überwinden. Von einem Ausflug nach Rom, den er kürzlich unternommen hat, um Bilder anzuschauen, berichtet er: Die Melancholie hat mich auch hierhin verfolgt. Meine Neuerwerbungen bereiten mir wenig Vergnügen. Er beschrieb Charles eine seiner Neuerwerbungen, ein Gemälde eines unbedeutenderen toskanischen Meisters des siebzehnten Jahrhunderts, das die Vergänglichkeit des menschlichen Lebens heraufbeschwor. Seine Botschaft war auf wolllüstige Weise angenehm, die Ausführung des Bildes bewunderungswürdig. Ausdruckslos starrte er auf die geniale Darstellung der Blumen und des Spiegels, auf das zarte Fleisch der jungen Frau, die sich selbst betrachtete. Zum ersten Mal in seinem Leben bereitete es ihm kein Vergnügen, einer seiner Sammlungen ein Stück hinzuzufügen.

Sein geschmeidiger, verläßlicher Körper gestattete ihm zu reiten, zu schwimmen, zu fischen, zu jagen und den Berg so mühelos wie stets zu erklimmen. Aber es war, als läge ein Schleier zwischen ihm und allem, was er sah, ein Schleier, der allem seinen Sinn nahm. Als er eines Nachts nur in Begleitung von Gaetano und Pietro für eine Weile zum Fischen hinausfuhr, beobachtete er, wie die beiden Diener in ihrem unverständlichen Dialekt miteinander schwatzten und dabei ihre Köpfe in die Luft stießen, als müßten Worte und Sätze mit den Kiefern hinausgeschleudert werden. Die wie ein Echo von anderen, in der Bucht, in der schwarzen Nacht, hin und her kreuzenden

Booten herüberhallenden Stimmen klangen wie Schreie von Tieren.

Ja, er verfügte immer noch über dieselben Körperkräfte. Ihm fiel ein Altern der Sinne und der Begeisterungsfähigkeit auf. Seine Sehkraft ließ nach, sein Gehör und sein Geschmack verschlechterten sich. Das kam, sagte er sich, wohl daher, daß er alt wurde. Die Gründe für dieses allgemeine Nachlassen seien zahlreich, erklärte er – hier wird Catherines Tod Rechnung getragen –, doch vielleicht sind es hauptsächlich die Jahre. Er kämpfte darum, sich mit diesen eingeschränkten Fähigkeiten abzufinden.

Er hat sich nie jung gefühlt, wie er schon der Sibylle gesagt hatte. Doch als Catherine starb, fühlte er sich plötzlich alt. Er ist zweiundfünfzig. Was hatte Efrosina ihm gesagt, wie viele Jahre er noch leben würde? Er hatte sich selbst die Karten gegeben und das Spiel gespielt. Er fragte sich, wie zum Teufel er die Ewigkeit von einundzwanzig Jahren, die noch kommen sollten, ausfüllen würde.

✶

Ohne Begleitung sein. Allein sein. Sich in die eigenen Gefühle versenken.

Sich in Nebel und Dunst finden. Dann kleine Ausbrüche alter Wutanfälle und Sehnsüchte. Dann eine große Leere. Man denkt an das, was man getan hat, was man voller Schwung getan hat – riesige Schübe von Taten, Unternehmungen. All diese Energie ist versiegt. Alles wird zur Qual.

Übersättigt, sein Appetit auf Übersättigung. Jetzt ist es genug.

✶

Einige Monate nach Catherines Tod, als er sich die Zerstörung ansieht, die ein Erdbeben in Kalabrien hinterlassen hat, schaut er auf die steif gewordenen, staubigen

Leichen, die aus den Ruinen gegraben werden, auf ihre verzerrten Gesichtszüge und verkrampften Hände – deprimierte Menschen werden oft zu Voyeuren –, dann auf ein Kind, das noch lebend geborgen wird und das acht Tage lang unter einem eingestürzten Haus gelegen hatte, die Faust gegen die rechte Gesichtshälfte gepreßt, so daß es sich ein Loch in die Wange gebohrt hatte.

Ja, zeigt mir noch mehr Grauen. Ich werde nicht mit der Wimper zucken.

*

Einen Augenblick lang, nur einen Augenblick lang, sah er sich selbst als Verrückten, der sich als vernünftiges Wesen ausgab. Wie oft ist er schon auf diesen Berg gestiegen? Vierzigmal? Fünfzigmal? Hundertmal?

Keuchend – der breite Hut schützt sein mageres Gesicht vor der Sonne – hält er inne und schaut zum Kegel hinauf. Dann vom Gipfel des Vulkans hinaus – hoch über der Stadt, dem Golf, seinen Inseln.

Er war hoch oben und sah hinab. Ein menschlicher Punkt. Weit weg von jeder Verpflichtung mitzuleiden, sich zu identifizieren: das Spiel des Distanzhaltens.

Früher hatte alles ihn bestätigt. Ich weiß, also bin ich. Ich sammle, also bin ich. Ich interessiere mich für alles, also bin ich. Seht nur, was ich alles weiß, wofür ich mich interessiere, was ich bewahre und überliefere. Ich schaffe mir mein eigenes Erbe.

Die Dinge hatten sich gegen ihn gewandt. Sie sagten: Du existierst nicht.

Der Berg sagt: Du existierst nicht.

Die Priester sagen: Der Vulkan ist der Höllenschlund.

Nein! Diese Ungeheuer, Vulkane oder »feuerspeienden Berge«, die weit davon entfernt sind, Embleme oder Vorzeichen der Hölle zu sein, sind Sicherheitsventile für die Feuersbrünste und Dämpfe, die sonst noch häufiger als ohnehin schon Verwüstungen verursachen würden.

Er kniete sich an die festungsgrabenähnliche Umrandung des Kegels, legte seine Handflächen auf den staubigen Gesteinsschutt, streckte sich dann mit dem Bauch nach unten und windgeschützt auf der Erde aus und legte seine Wange auf den Boden. Alles war ruhig. Die Ruhe sprach vom Tod. Ebenso das undurchdringliche, reglose gelbliche Licht und auch der Schwefelgeruch, der aus den Spalten aufstieg, die sich auftürmenden Felsbrocken, der Tephrit und das trockene Gras, die Wolkenmassen, die am indigograuen Himmel hingen, die glatte See. Alles spricht vom Tod.

Wollen wir es einmal positiv sehen. Der Berg ist ein Emblem aller Formen des Massentodes: Überschwemmung, Feuersbrunst (*sterminator Vesevo*, wie der große Dichter sagen sollte), aber auch des Überlebens, der menschlichen Beharrlichkeit. In diesem Fall schafft die amoklaufende Natur auch Kultur, schafft Kunstgegenstände, indem sie tötet, Geschichte versteinert. Bei derartigen Katastrophen gibt es vieles, für das man dankbar sein muß.

Unter der Erde gab es ausgedehnte Felder von Schlakken und große Ansammlungen heller Mineralien und von Fossilien durchsetztes Gestein und trüben Obsidian, der bald transparent werden würde, und darunter noch trägere Schichten, die sich um den Kern des geschmolzenen Gesteins schlossen, immer wenn der Berg, sobald er explodierte, die Erde umformte und verdickte und mit neuen Schichten versah. Und die Hänge hinab, unter den schrägen Felsvorsprüngen und den von gelbem Ginster gebildeten Mustern, unter der Erde, bis hinunter in die Dörfer und bis hinaus in die See befinden sich noch mehr Schichten von menschlichen Dingen, Kunstgegenständen, Schätzen. Pompeji und Herkulaneum waren begraben und sind jetzt – ein Wunder des Zeitalters – wieder ausgegraben worden. Doch vor der Küste liegt das Tyrrhenische Meer, das sich über dem Königreich Atlantis geschlossen hat. Es gibt immer noch mehr, das aufgedeckt werden muß.

Die Erde birgt Schätze für die Sammler.

Die Erde ist der Ort, an dem die Toten hausen, in Schichten gestapelt.

Mit der Wange auf der Erde ist der Cavaliere hinabgestiegen zur mineralischen Schicht des Lebens. Fort sind der Hof und der brutal-joviale König, fort sind die herrlichen Schätze, die er in seinen Besitz gebracht hat. Kann es sein, daß er nicht mehr an ihnen hängt? Ja, in diesem Augenblick sind sie ihm völlig egal.

*

Der Cavaliere hätte gern eine Vision erlösender Vollkommenheit und Gnade gehabt, so wie man sie oft auf Berggipfeln hat. Doch das einzige, woran er denken kann, ist, noch höher hinaufzukommen. Er stellte sich vor, in diesem neumodischen französischen Wunderding, dem Ballon, in die Lüfte zu gehen, und zwar mit einem großen Gefolge von Begleitern; nein, nur mit dem jungen Pumo; und da er dann auf den Vesuv hinabschauen könnte, würde er von oben beobachten, wie der Berg immer kleiner und kleiner würde. Die kalte Glückseligkeit des mühelosen Aufstiegs, höher und immer höher hinauf, in die Geborgenheit des klaren Himmels.

Gern hätte er auch eine erhabene Vision der Vergangenheit heraufbeschworen, eine der Visionen, mit denen William Catherine so erfreut hatte. Doch das einzige, was ihm in den Sinn kommt, ist die Katastrophe. Ein Panoramablick etwa auf den großen Ausbruch des Jahres 79. Der entsetzliche Lärm, die Wolke in Form einer Schirmpinie, der Tod der Sonne, der explodierende Berg, der Feuer und giftige Dämpfe ausspeit. Die rattengraue Asche, der braune Schlamm, die hinunterströmen. Und der Schrecken der Einwohner von Pompeji und Herkulaneum.

Wie bei einem zweifachen Städtemord der jüngeren Geschichte ist die eine getötete Stadt weltweit sehr viel berühmter als die andere. (Nagasaki hatte einen schlechten Presseagenten, hat einmal ein Spaßvogel gesagt.) Soll er sich also entschließen, in Pompeji zu sein und den Tod herabregnen zu sehen, und vielleicht weigert er sich zu fliehen, solange noch Zeit ist, weil er sogar damals schon eine Art beherzter Sammler ist. Und wie kann er die Stadt ohne seine Sachen verlassen? Und vielleicht ist er es, der, als erst seine Straße, dann seine Knie unter den Aschemassen begraben werden, sich an die Zeile aus der Äneis erinnert, die die Ausgräber fanden und die jemand an seine Hauswand geschrieben hatte: *Conticuere omn ...* (»Alles wurde ruhig«). Er rang nach Atem und hatte nicht genug Zeit, sie zu Ende zu schreiben.

Wie in einem Traum (genau wie in dem Augenblick, in dem man stirbt) schwingt er sich aus der dem Untergang geweihten Stadt empor und versucht, jemand zu sein, der beobachtet. Warum nicht der berühmteste Beobachter, und das berühmteste Opfer, des Ausbruchs sein? Denn wenn er sich, dem Offensichtlichen nachgebend, tatsächlich als Plinius der Ältere sehen könnte und nicht nur als jemand, der ihm ähnlich ist, wenn er das Peitschen des Windes im Bug des Bootes spüren könnte, mit dem der Admiral das Kap von Misenum umrundete, wenn er ganz bis zum Schluß bei Plinius bleiben könnte, bis zu dem Augenblick, in dem er, seine Lungen waren ja vom Asthma geschwächt (ach, Catherine!), den tödlichen Dämpfen erlag ... Doch im Gegensatz zu seinem jungen Vetter, der sich stets vorstellt, er sei ein anderer (und der sich im Alter von vierzig Jahren dazu beglückwünschen sollte, daß er immer jung bleiben wird), hat der Cavaliere große Mühe, sich vorzustellen, er sei ein anderer als er selbst.

In jener Nacht schlief er an der Flanke des Vulkans.

Wenn er träumt, dann träumt er von der Zukunft – er

überspringt die Zukunft, die ihm noch verbleibt (er weiß, daß sie weder große Begeisterung noch Glück bereithält), bis hin zu der Zukunft, die seinen Tod bedeutet. Über die Zukunft nachzudenken, heißt für den Cavaliere, in sein eigenes Nichtsein zu blicken. Sogar der Berg kann sterben. Und auch die Bucht – obwohl sich der Cavaliere das nicht vorstellen kann. Er kann sich nicht vorstellen, daß die Bucht verunreinigt und alles Leben in ihr tot ist. Er hat die gefährliche Natur gesehen und kann sich die Natur nicht als gefährdet vorstellen. Er kann sich nicht vorstellen, wieviel Tod auf diese Natur lauert: was mit der schmeichlerisch zarten Luft geschieht oder mit dem blaugrünen Wasser, in dem Menschen schwimmend umhertollen und junge, vom Cavaliere bezahlte Burschen nach Gesteinsproben tauchen. Wenn heute Kinder in die Bucht springen würden, schälte sich ihnen die Haut von den Knochen.

Die Menschen zur Zeit des Cavaliere legten, was Zerstörung betraf, einen höheren Maßstab an. Sie hielten es für wert festzustellen, daß die Welt nicht so glatt wie ein Ei sei. Ausgefranste Küstenstreifen gingen über in ganz und gar nicht formvollendete Meere, und das Festland wies zerborstene, bucklige Oberflächen auf; und dann waren da zerklüftete Steinmassen: Berge. Fleckig, verschmutzt, zerfurcht – ja, verglichen mit dem Garten Eden oder der Ursphäre ist diese Welt zerstört, eine riesige Ruine. Die Menschen wußten damals nicht, was Zerstörung ist!

*

Er wartete auf einen reinigenden Wind. Und Trägheit verhärtete sich über allem, wie der Lavastrom.

Er sah hinab in das Loch, und wie jedes Loch sagte es: Spring! Dem Cavaliere fiel ein, wie er Catherine nach dem Tod ihres Vaters auf den Ätna hinaufgeführt hatte, der damals gerade tätig war, und wie sie an einem der oberen Hänge bei der Hütte eines Einsiedlers (es gibt immer einen Einsiedler) stehengeblieben waren und der Einsiedler darauf bestanden hatte, ihnen noch einmal die Legende vom antiken Philosophen zu erzählen, der in den kochenden Krater hinabgesprungen war, um auszuprobieren, ob er unsterblich sei. Höchstwahrscheinlich war er es nicht.

✶

Er wartete auf eine Katastrophe. Es ist die Verderbtheit tiefer Melancholie, daß ihr Gefühl der Hilflosigkeit andere miteinschließen will, daß sie sich so leicht ein umfassenderes Unglück vorstellt (und es deshalb auch will).

Verdächtiges Rumoren, das sowohl die Touristen als auch der Cavaliere willkommen heißen. Jeder Besucher wollte den Vulkan explodieren, ihn »etwas tun« sehen. Sie wollten ihren Anteil an der Apokalypse. Ein Aufenthalt in Neapel zwischen zwei Ausbrüchen, wenn der Vulkan untätig zu sein schien, wurde geradezu als ein wenig enttäuschend angesehen.

✶

Es war die Zeit, in der alle ethischen Grundsätze zunächst einmal einer gründlichen Überprüfung unterzogen wurden, der Beginn der Zeit, die wir modern nennen. Wenn man ohne alle Konsequenzen für einen selbst auf einen Knopf drücken und so den Tod eines Mandarins am anderen Ende der Welt herbeiführen könnte (schlau, jemanden auszusuchen, der so weit weg ist), könnte man dieser Versuchung widerstehen?

Menschen können die folgenschwersten Taten begehen, wenn man sie glauben läßt, sie wären folgenlos.

Wie dünn ist doch die Trennungslinie zwischen dem Willen zu leben und dem Willen zu sterben. Wie zart ist doch die Membrane zwischen Energie und Trägheit. Wieviel mehr Menschen könnten der Versuchung, Selbstmord zu begehen, nachgeben, wenn es einem leichter gemacht würde. Wie wäre es mit … einem Loch, einem richtig tiefen Loch, das man an einem öffentlichen Platz gräbt, zum allgemeinen Gebrauch. In Manhattan etwa an der Ecke Siebzigste Straße und Fifth Avenue. Wo sich die Frick Collection befindet. (Oder lieber eine nicht ganz so vornehme Adresse?) Auf einem Schild neben dem Loch steht: 16.00–20.00 UHR/MO., MI. & FR. / SELBSTMORD ERLAUBT. Weiter nichts. Nur das Schild. Ganz sicher würden Leute springen, die vorher kaum daran gedacht haben. Jede Grube ist ein Abgrund, wenn sie nur entsprechend gekennzeichnet wird. Man kommt von der Arbeit nach Hause, war ausgegangen, um ein Päckchen von diesen bösen Zigaretten zu kaufen, man macht einen Umweg, um die Sachen aus der Wäscherei zu holen, man sucht den Bürgersteig nach dem roten Seidenschal ab, den einem der Wind von den Schultern gerissen hat, man erinnert sich an das Schild, man sieht hinunter, man atmet schnell ein, langsam wieder aus, und man sagt – wie Empedokles auf dem Ätna –: Warum nicht.

Zweiter Teil

1

Nichts gleicht der Hochstimmung eines chronischen Melancholikers in dem Augenblick, in dem die Freude kommt. Doch bevor sie kommen darf, muß sie das müde Herz belagern. Laß mich hinein, miaut sie, brüllt sie. Das Herz muß bezwungen werden.

Das war vier Jahre später. Zuvor mußte Catherines Tod von dem fein abgestimmten Stoffwechsel des Cavaliere absorbiert werden. Er bat um einen weiteren Urlaub, um den Leichnam in Wales beisetzen zu lassen. Hier war niemand, dessen Trost getröstet hätte. Catherines Tod brachte ihn gefährlich nah an einen Zustand, den er nicht mochte, an jenen Zustand, der ihn veranlaßte, über sich nachzudenken. Er wandte sein übliches Heilmittel an, das heißt, er dachte über die Welt nach. In der Zeit, die ihm nach den üblichen Pflichten und Zerstreuungen blieb, beschäftigte er sich mit Besuchen neuer Ausgrabungsstätten im steinigen Kalabrien (*Catherine ist nicht mehr*). Von dort nahm man ihn mit in ein nahe gelegenes Dorf zu einem Fest zu Ehren des heiligen Cosmas und des heiligen Damian, dessen Höhepunkt ein Gottesdienst war, bei dem ein dreißig Zentimeter langer Gegenstand gesegnet wurde, der als die Große Zehe bekannt war und vor allem von unfruchtbaren Frauen angebetet wurde. *Nichts mehr davon!* Staubig und aufgeheitert kehrte der Cavaliere nach Neapel zurück. Einer gelehrten Gesellschaft, die sich dem Studium der Antike gewidmet hatte (*Catherine ist tot*), sandte der Cavaliere ein Schreiben, in dem er über diese pikante Entdeckung von Spuren eines alten Priapos-Kultes berichtete, der immer noch unter dem Deckmantel des Christentums existierte, was er als neuerlichen Beweis für die Ähnlichkeit der papistischen und der heidnischen Religion ansah; und er erinnerte an die häufigen Darstellungen der männlichen und weiblichen Fortpflanzungsorgane, die bei Ausgrabungen entdeckt worden waren; und stellte die Theorie auf, daß das Geheimnis aller Religionen die Anbetung lebenspendender Kräfte – der vier Elemente, sexueller Energie – sei und daß möglicherweise selbst das Kreuz einen stilisierten Phallus darstellte. *Tot!* Nun, da Catherine nicht mehr lebte, sah er keine Veranlassung mehr, dem Skeptiker und Blasphemisten Zügel anzulegen.

Alles hat sich verändert, und nichts ist verändert. Er gestand sich sein Bedürfnis nach Gesellschaft nicht ein. Doch als der Maler Thomas Jones, sein Freund und Protegé, beabsichtigte, für immer nach England zurückzukehren und das gemietete Haus aufgab, bot der Cavaliere ihm für einige Monate Gastfreundschaft und kam morgens oft in das Zimmer, das für Jones als Atelier hergerichtet worden war. Er sah ihm dabei zu, wie er kleine, monochrome Ölgemälde auf seiner schönen Staffelei aus Olivenholz mit dem füllte, was ihm wie Studien der Leere vorkam: die Ecke eines Daches oder eine Reihe Fenster im oberen Stockwerk des gegenüberliegenden Gebäudes.

Wie merkwürdig – doch Jones muß wohl seine Gründe haben. Alles befand sich im Einklang mit der Stimmung des Cavaliere.

Aber was malt Ihr, fragte der Cavaliere höflich. Ich verstehe nicht, worum es geht.

Momente, in denen alles entgleitet, in denen alles möglich scheint und nichts wirklich einen Sinn hat.

Die Erlaubnis des Außenministeriums für seinen dritten Heimaturlaub kam im Juni, und er schiffte sich ein. Mit Catherines Leichnam im Lagerraum des Schiffes und einer römischen Kameenvase in seiner Kabine, von der man annahm, sie sei zu Beginn der Herrschaft von Kaiser Augustus angefertigt worden, eine der kostbarsten Antiquitäten, die seit langer Zeit auf den Markt gekommen war, die er im vergangenen Jahr in Rom erworben hatte und nun nach England brachte, um sie zu verkaufen. Es war der wertvollste Gegenstand, der je durch seine Hände gegangen war.

Der Cavaliere hatte den Stachel der Leidenschaft verspürt, als er sie das erste Mal sah. Sie war vor zweihundert Jahren aus einem gerade erst freigelegten kaiserlichen Bestattungshügel genau südlich der Grenze des alten Rom ausgegraben worden, und damals wie heute war sie das erlesenste Stück römischer Glasarbeit, das je existiert hatte. Nichts konnte liebreizender sein als die auf dem Fries abgebildete Thetis, die sich ermattet auf das Brautbett zurücklehnt. Diese Vase war ihm, nachdem er sie aus Rom mitgebracht hatte, oft in den Sinn gekommen. Er wurde nie müde, sie anzuschauen, sie in die Höhe zu halten, um die Originalfarbe des Hintergrunds zu sehen, ein Mitternachtsblau, das kaum von Schwarz zu unterscheiden war, außer wenn es von Licht durchdrungen wurde, und die Fingerspitzen über die Flachrelief-Figuren gleiten zu lassen, die in das cremig-weiße Glas eingeschnitten waren. Doch ach, dies war kein Gegenstand, in den sich zu verlieben er sich leisten konnte. Auch wenn aufgrund von Catherines Testament ihr ganzer Besitz unbelastet an ihn gefallen war, brauchte er doch immer noch mehr Geld. Die Vase war zu berühmt, als daß er daran denken durfte, sie zu behalten. Der Cavaliere hatte sie zu einem recht günstigen Preis, für eintausend Pfund, erworben und machte sich jetzt große Hoffnungen auf einen beträchtlichen Gewinn.

Nachdem er die Vase in London deponiert und etliche Kondolenzbesuche von Freunden und Verwandten erhalten hatte, brachte er den Sarg zum Landsitz in Wales, der jetzt de iure und de facto ihm gehörte, machte sich mit Charles in leichtem Regen auf, um zuzusehen, wie er in den Kirchenboden versenkt wurde, schickte Charles fort und hielt sich einige Wochen im Haus auf. Es war Hochsommer. Der Regen ließ auf Catherines Heimaterde das Grün sprießen. Jeden Tag wanderte er über den Besitz und manchmal weit hinaus in die Umgebung – die Taschen hatte er oft mit kleinen Pflaumen vollgepackt –, setzte sich eine Weile hin und schaute aufs Meer hinaus. Das Trauern brachte eine ganz spezifische Mattigkeit mit sich. Trauergedanken, zärtliche Erinnerungen an Catherine, vermischt mit Selbstmitleid. Friede, Friede für Catherine, arme Catherine. Friede für uns alle. Das grüne Laub raschelte über seinem Kopf. Diese Sonne und dieses milde Licht würden eines Tages über seinem verwesenden Körper scheinen; und da – er war für einen Augenblick in die kühle Kirche getreten –, dieser Grabstein würde eines Tages auch seinen Namen tragen.

Schon bevor er angekommen war, hatte es im London der Sammler beträchtlichen Aufruhr wegen seiner römischen Vase gegeben. Die Nachricht von Charles, daß die eigenwillige betagte Herzoginwitwe von Portland nach seiner Beute trachte, brachte ihn nach London zurück. Er verlangte zweitausend Pfund. Die Herzogin zuckte zusammen. Sie sagte, sie wolle darüber nachdenken. Ein oder zwei Monate vergingen; der Cavaliere wußte sehr wohl, daß er nicht drängen durfte. Er vertrieb sich die Zeit, so gut er konnte, und besichtigte ihr Privatmuseum voller Korallengeäst, Kästen gefüllt mit leuchtenden

Schmetterlingen und juwelengleichen Muscheln, versteinerten Insekten, Mammutknochen (die man für die eines römischen Elefanten hielt), kostbare Folio-Ausgaben über Astronomie, antike Medaillons und Spangen und etruskische Vasen. Eine Anhäufung von Gegenständen, die nicht merkwürdiger war als viele andere Sammlungen der damaligen Zeit (die Merkwürdigkeit bestand vor allem in der Tatsache, daß der Sammler eine Frau war), für den Geschmack des Cavaliere allerdings zu sonderbar. Der Sohn der Herzogin, bereits in mittleren Jahren und auf seine Erbschaft bedacht, riet ihr ab von dem Kauf zu einem für damalige Verhältnisse schwindelerregenden Preis. Die Herzogin war allmählich ernsthaft am Kauf der Vase interessiert.

Der Cavaliere verbrachte weniger Zeit bei Hof und mehr Zeit mit Charles und ließ sich umschmeicheln und verhätscheln von dem überschwenglichen, reizenden Mädchen, das Charles vor drei Jahren in sein Haus genommen hatte und das ihn, auf Anweisung von Charles, Onkel Plinius nannte und voller Zärtlichkeit auf die Wange küßte. Sie war hochgewachsen und hatte eine üppige Figur, und ihr Kopf mit dem rotbraunen Haar, den blauen Augen und dem vollen Mund hätte der Schönheit gewisser klassischer Statuen Konkurrenz gemacht, dachte der Cavaliere, wäre ihr Kinn nicht so klein gewesen. Ihre Geschichte hatte er bereits von seinem Neffen gehört: eine Dorfschmiedstochter, die im Alter von vierzehn Jahren als zweites Hausmädchen nach London gekommen war, vom Sohn des Hauses verführt wurde, bald darauf eine zweifelhaftere Beschäftigung fand, in deren Verlauf sie etwa halbausgezogen als »Nymphe der Gesundheit« in den Praxisräumen eines Arztes posierte, der behauptete, Impotenz heilen zu können, dann von einem Baronet auf dessen Landsitz gebracht und von ihm wieder hinausgeworfen wurde, als sie schwanger war (ihre kleine Tochter gab man auf dem Land in Pflege), und dessen enger Freund, an den sie sich in ihrer Verzweiflung wandte ... Charles war. Ihr Retter, der sechzehn Jahre älter war als sie, wunderte sich nicht darüber, daß so viele verschiedene Lebensabschnitte in nur neunzehn Jahren zusammengedrängt waren. Von Frauen wie ihr erwartete man, daß sie so hoch wie nur möglich steigen und dann sehr schnell verbraucht sind. Es war also nichts Besonderes an ihr, mit Ausnahme ihrer körperlichen Reize. Doch, da war etwas Besonderes. Charles wollte fair sein. Außerdem wollte er angeben. Stellt Euch vor, sagte Charles. Sie ist tatsächlich recht begabt, sagte Charles. Ich habe ihr Lesen und Schreiben beigebracht, und nun liest sie ganze Bücher von der erbaulichen Sorte, sie liest ausgesprochen gern und behält alles, was sie liest. Der Cavaliere merkte, daß sie jedes Wort behielt, das in ihrer Gegenwart gesprochen wurde. Während ihre Sprache vulgär und ihr Lachen allzu herzhaft waren, schien sie, wenn sie schwieg, wie verwandelt. Der Cavaliere sah, wie sie schaute, wie sie beobachtete, die Augen feucht vor lauter Aufmerksamkeit. Und ihr Urteil über Bilder ist recht sicher, fuhr Charles fort, wie man das wohl erwarten darf, nachdem sie schon seit drei Jahren mit mir lebt und nachdem unser Freund Romney ganz besessen von ihr ist. Er hat sie für Dutzende von Gemälden und Zeichnungen benutzt und will von anderen Modellen nichts wissen, es sei denn, ich weigere mich, ihm mein Mädchen zur Verfügung zu stellen. Da fiel dem Cavaliere ein, daß er sich wieder einmal Zeit nehmen mußte, um Romney Modell zu sitzen, denn er wollte ein weiteres Porträt von sich.

Die Herzogin bot im Gegenzug sechzehnhundert Pfund. Der Cavaliere blieb fest.

Er hatte nicht viel Zeit bei Hofe verbracht, den Gedanken an eine Beförderung oder einen neuen Botschafterposten in Madrid oder Wien hatte er längst aufgegeben. Ohne Catherine an seiner Seite fühlte er sich älter. Er saß Modell für sein Porträt. Er sagte sich, es sei Zeit, wieder zurückzugehen. Er sagte das auch anderen.

Achtzehnhundert Pfund, sagte die Herzogin ärgerlich. Abgemacht. Er erwarb einige Bilder, die er nach Neapel mitnehmen wollte, unter anderem ein Gemälde Romneys, das die kleine Freundin von Charles als Bacchus-Priesterin zeigte.

Er kehrte zurück, verfiel wieder in sein früheres Leben, indem er sich zunächst liegengebliebener Pflichten und Forderungen entledigte und verkündete, daß es ihm gutgehe – er besaß nach wie vor die Gabe, sich zu beschäftigen. Und er wußte, daß man Apathie mit neuen Anstrengungen bekämpfen muß. Er nahm ein gewaltiges Vorhaben auf sich, das mehrere Jahre in Anspruch nehmen würde: einen zwanzig Hektar großen englischen Garten im Park des Palastes von Caserta zu entwerfen. Nach wie vor beschäftigte er sich mit seinen Kollektionen und kletterte und katalogisierte. Er wurde immer geschickter darin, direkt unter den Augen der königlichen Archäologen Schätze von den Ausgrabungsstätten in Pompeji und Herkulaneum mitzunehmen. In diesem Land kann man sich alles erlauben, vorausgesetzt man weiß, wen man dafür bezahlen muß.

Mehrere annehmbare, bilderliebende englische Witwen aus seinem Bekanntenkreis schienen sich anzubieten, seiner Einsamkeit abzuhelfen, eine in London am Vorabend seiner Abreise, eine in Rom, wo er auf seinem Rückweg einige Wochen verbrachte, hauptsächlich um sich mit Mr. Byres, seinem bevorzugten Bildermakler dort, zu beraten. Die Dame in Rom reizte ihn. Sie war reich, bei bester Gesundheit, und sie spielte recht ordentlich Harfe. Mit heimlicher Freude gab er Charles einen Bericht über ihre Reize, denn er wußte, wie nervös das seinen geliebten Neffen machen würde, der damit rechnete, Alleinerbe seines kinderlosen Onkels zu werden. Zugegeben, das Alter der Dame schloß Kinder aus. Da sie jedoch etwa zehn Jahre jünger war als der Cavaliere, konnte man davon ausgehen, daß sie ihn überleben würde. Doch bald schon ließ der Cavaliere jeden Gedanken an eine Vernunftehe fallen. Selbst diese so würdevolle, so zurückhaltende Dame bedeutete eine gewisse Störung seiner Gewohnheiten, ein Sich-neu-Arrangieren. Was der Cavaliere mehr als alles andere wollte, war Ruhe. Es war seine Bestimmung, Junggeselle zu sein ... und als Witwer würde er seine Tage beschließen.

Was er, soweit es ihm bewußt war, am wenigsten wollte, waren Veränderungen. Es konnte ihm doch gar nicht besser gehen. Aber da war dieses Verlangen in seinen Lenden. Gewisse Phantasien waren nicht zu leugnen. Das Feuer in seinem Innern war noch nicht erstickt. Und so duldete er, wider besseres Wissen, daß sie kam. Dieses naive, unschuldige Mädchen – sie *war* unschuldig, trotz all ihrer Erfahrungen, das erkannte der Cavaliere –, dieses Mädchen, das hier mit ihrer Mutter eintraf. Weil Charles es auf eine reiche Erbin abgesehen hatte (was konnte der zweite Sohn eines Lords schon anderes tun?), mußte Charles vernünftig sein. Das heißt, er durfte sich nicht länger von seinen Gefühlen leiten lassen. Das heißt, er mußte grausam sein zu einer Frau. Doch nachdem er beschlossen hatte, das Mädchen loszuwerden, hatte er nicht das Herz, es ihr zu sagen, und außerdem fragte er sich, ob sein kürzlich verwitweter Onkel nicht ihre Gesellschaft willkommen heißen würde. Der Onkel soll die Geliebte des Neffen erben? Der Cavaliere wußte, daß Charles sich nicht nur einer Last entledigen und sich den Onkel zu Dank verpflichten wollte; Charles hoffte auch, der Möglichkeit entgegenzuarbeiten, daß sein Onkel den Entschluß fassen könnte, sich zum Trost seiner alten Tage eine neue Frau zuzulegen. Es könnte passieren, daß er bald nicht mehr der Erbe seines Onkels wäre. Doch wenn sein Onkel das Mädchen mochte (ein Mädchen, das ganz offensichtlich niemand heiraten konnte), dann wäre alles gut, dann hatte Charles nichts zu befürchten. Schlauer Charles.

Sie hatte gemeinsam mit ihrer Mutter London im März verlassen, und zwar in Begleitung eines älteren schottischen Malers, eines Freundes des Cavaliere, der nach Rom zurückkehrte und sich bereit erklärt hatte, die beiden Frauen unter seinen Schutz zu nehmen. Valerio war nach Rom geschickt worden, um sie das letzte Stück der Reise zu begleiten. Der Cavaliere saß gerade beim Frühstück und las, als er hörte, wie das große Tor geöffnet wurde. Er trat ans Fenster und sah, wie unten der Reisewagen in den Hof einfuhr und wie die Diener und Pagen auf die Kutsche zuliefen. Valerio kletterte vom Sitz neben dem Fahrer herunter, reichte seine Hand der jungen Frau, die graziös die Füße auf den Boden setzte, und half dann der korpulenten älteren Frau, aus dem Wagen zu steigen. Als sie den Hof überquerten und zu der roten Marmortreppe zur Rechten kamen, streckten einige Dienstmägde die Hände aus, um über das staubige, gelbe Kleid des Mädchen zu streichen, und sie blieb einen Augenblick lang stehen, lächelte, berührte die ausgestreckten Hände und reagierte voller Entzücken auf die Wirkung, die sie ausübte. Was dem Cavaliere auffiel, war ein Hut, ein breiter, blauer Hut, der sich über dem Spiel des Lichts auf den Pflastersteinen bewegte.

Plötzlich dachte er an Jack und vermißte ihn. Er ging an den Frühstückstisch zurück. Es war ganz in Ordnung, sie warten zu lassen. Ein Buchhändler wartete auch schon. Er trank seinen Kakao aus und ging in den kleinen Salon, in den er die junge Frau und ihre Mutter hatte führen lassen.

Als er durch die Tür schritt, die Gasparo ihm offenhielt, sah er sie beide flüsternd in einer Ecke sitzen. Die Frau bemerkte ihn zuerst und stand hastig auf. Das Mädchen hielt den Hut auf dem Schoß, sie drehte sich um und legte ihn, als sie aufstand, hinter sich auf den Stuhl. Bei diesem *contrapposto* des Körpers und dann beim Umdrehen traf ihn ein physischer Schock, als wäre ihm das Herz in den Bauch gesackt. Er hatte vergessen, daß sie so schön war. Unglaublich schön. Er mußte schon im vergangenen Jahr gesehen haben, wie schön sie war, seit dem Augenblick, als er diese Schönheit in Form eines Bildes in seinem Besitz hatte, als Bacchantin auf Romneys Gemälde, das im Vorraum seines Studierzimmers hing und das er jeden Tag sah. Doch sie ist bei weitem schöner als das Bild.

Er stieß einen tiefen und freudigen Seufzer aus, durchquerte den Raum und quittierte das Knicksen des Mädchens und das unbeholfene Schwanken der Mutter, das ebenfalls einen Knicks vorstellen sollte, mit einem Kopfnicken. Er wies Stefano an, Mrs. Cadogan die beiden Räume im rückwärtigen Teil des zweiten Stockwerks zu zeigen, die er ihnen zur Verfügung stellte. Spontan beugte sich das Mädchen vor und preßte die Lippen an seine Wange. Er machte einen Satz nach hinten, als wäre er gekratzt worden.

Sie müsse erschöpft von der langen Reise sein, meinte er.

Sie sei so glücklich, meinte sie. Es sei ihr Geburtstag, sagte sie. Sie finde die Stadt wunderschön. Sie nahm seine Hand, sie verbrannte seine Hand, und zog ihn auf die Terrasse hinaus. Und die Stadt war in der Tat wunderschön – das sah er wieder einmal –, wie sie dalag, gebadet in einem sonnendurchfluteten Dunstschleier, mit den abfallenden roten Dächern, den Blumengärten und den Maulbeer- und Zitronenbäumen, den emporschießenden Kakteen und den schlanken, hochgewachsenen Palmen.

Und das, Onkel? rief sie aus und zeigte auf den Berg und seine sich rötende Rauchwolke. Wird es bald wieder einen Ausbruch geben?

Habt Ihr Angst, fragte er.

Ach herrje, nein, ich will es sehen, rief sie. Ich will

alles sehen! Es ist so … elegant, sagte sie und lächelte, zufrieden mit sich, ein so vornehmes Wort gefunden zu haben.

Sie war jung, immer noch überwältigt von dem Rausch zu leben, was ihn rührte. Und er kannte ihre Tugenden – ihre demütige Hingabe an Charles, der beinahe ein ganzes Jahr darum gekämpft hatte, daß sein Onkel sich bereit erklärte, sie zu empfangen. Ihre Leidenschaft ist Bewunderung, schrieb Charles an den Cavaliere. Sie bewundert Euch bereits, sagte Charles. Der Cavaliere dachte, es könne ihm gefallen, sich ihr gegenüber gleichgültiger zu zeigen, als andere Männer es getan hatten. Er wird ihr Schutz gewähren – vielleicht wäre es besser, die beiden Frauen in den vier vorderen Räumen im dritten Stockwerk unterzubringen – und dem Mädchen die herrlichen Sehenswürdigkeiten zeigen.

Ihr könnt mit ihr anfangen, was Ihr wollt, hatte Charles gesagt. Das Material, dafür stehe ich ein, ist gut.

Doch fürs erste verspürte er keinen pädagogischen Eifer. Für den Augenblick wollte er weiter nichts als sie anschauen. Noch hat er keine Kontrolle über die Gefühle, die ihre Schönheit in ihm auslösten. Ist es ein Zeichen des Alters, daß er auf der Stelle in sie vernarrt war? Denn er ist alt. Sein Leben ist vorüber. Diese Schönheit seiner Sammlung hinzufügen? Nein. Er würde ihr ein wenig Schliff geben. Und sie dann nach Hause zurückschicken. Charles hatte es wirklich faustdick hinter den Ohren.

Während der nächsten Wochen wartete der Cavaliere daher ab und zögerte, denn er konnte nicht glauben, daß er eine zweite Chance bekommen sollte, daß das Leben noch einmal hervorbräche. Was hatte soviel Jugend mit ihm zu tun? Obwohl er wußte, daß er frei über sie verfügen konnte (so glaubte er jedenfalls), fürchtete er doch, sich zum Narren zu machen, außerdem rührte ihn ihre Gutgläubigkeit. Sie war tatsächlich davon überzeugt, daß Charles sie in ein paar Monaten wieder abholen würde.

Trotzdem wäre er dumm, wenn er darauf verzichtete, das ihm angebotene Geschenk ohne viele Umstände, ohne Gefühlsduselei anzunehmen. Bestimmt wußte das Mädchen, was gespielt wurde. Sie mußte doch an Männer und an deren Schlechtigkeit gewöhnt sein – nachdem sie von dem einen zum anderen gereicht worden war. Sicher, sie liebte Charles. Aber mit seinen Annäherungsversuchen mußte sie doch gerechnet haben. Arme Emma. Schlimmer Charles. Und er legte seine knochige Hand auf die ihre.

Die Schärfe ihrer Ablehnung, ihre Tränen, ihre Schreie ärgerten ihn – Charles hatte ein fügsames Mädchen versprochen –, gleichzeitig beeindruckten sie ihn aber auch. Auf diese uralte Art, in der Männer Frauen beurteilen, wuchs seine Wertschätzung für sie, weil sie sich ihm verweigerte. Und doch schien sie seine Gesellschaft wirklich zu genießen und nicht nur zu ihm aufzuschauen. Schien lernen zu wollen. Und sicher auch glücklich zu sein. Er gab ihr eine Kutsche zu ihrem persönlichen Gebrauch. Er zeigte ihr – die Mutter, eine sanfte, einfache Frau, war immer dabei – die Wunder der Gegend. Er nahm sie mit nach Capri, und gemeinsam besuchten sie die düsteren Ruinen der Villa des Tiberius, aus der räuberische Archäologen erst eine Generation zuvor die herrlichen Böden mit den Marmormosaiken gestohlen hatten. Nach Solfatara, wo sie über die brennendheißen, schwefelhaltigen Felder schlenderten. In die toten Städte, wo sie in eine Reihe versunkener Häuser schauten. Und auf den Vesuv, zu dem sie sich eines Morgens um vier Uhr bei Vollmond auf den Weg machten, in einer Kutsche, die sie nach Resina brachte, wo Maultiere und Tolo auf sie warteten, um sie zu einer Stelle knapp fünf Kilometer vom Gipfel entfernt zu bringen, bis zu der sich die Lava erstreckte. Er beobachtete, wie sie beobachtete. Sie war gefesselt von allem, was er ihr zeigte, das konnte er sehen; sie bestürmte ihn mit Fragen. Sie schien sich nichts anderes zu wünschen, als ihm zu gefallen; und daß ihre Augen zuweilen voller Tränen waren, wenn er sich auf der Terrasse zu ihr gesellte, um einen Sonnenuntergang zu bewundern, war nur allzu verständlich, sie war weit weg von zu Hause, sein Neffe, dieser Schuft, hätte ihr wirklich die Wahrheit sagen sollen, sie war noch sehr jung. Was hatte Charles gesagt? (Was ihr Alter betraf, hatte er sich sehr vage ausgedrückt.) Sie mußte jetzt dreiundzwanzig sein. Und so war der Cavaliere, der jetzt mit sechsundfünfzig so alt wie Plinius der Ältere war, als dieser dem verderblichen Rauch erlag, dreiunddreißig Jahre älter als diese Venus vom Lande.

*

Tatsächlich betrug der Altersunterschied zwischen ihnen sechsunddreißig Jahre. An dem Apriltag, als sie in Neapel ankam, war sie einundzwanzig geworden.

Ach Charles an dem Tag hast Du stendig zu mir gelechelt & bist Zuhause gebliben & wahrst liep zu mir & jetzt bin ich so weit weg. Aus ihrem ersten Brief.

Charles sollte im Herbst nachkommen. Das hatte er ihr gesagt. Alle paar Tage schrieb sie ihm. Die Hitze nahm zu, die Flöhe und Läuse vermehrten sich. Sie versuchte, fröhlich zu sein in Anwesenheit des Cavaliere, der sie mit Geschenken, und vor allem mit seiner Gegenwart, überhäufte.

Beim Frühstük, Mittag- Abendessen & überhaupt stendig ist er in meiner Nehe, berichtete sie Charles. Ich kan keine Hand rühren und kein Bein und kein Fuhs ohne das er das schön & graziöhs findet. Da sind zwei Mahler im Haus die mich mahlen aber nicht so gut wie Romney. Ich habe den blauen Hut getragen den du mir gegeben hast. Er hat mir ein Kamelschal gegeben & eine herliche Robe was 25 Guineen gekostet hat & noch Kleinigkeiten von seine Frau. Er sagt ich bin ein großes Kunstwerg & es tut mir leit wenn ich sehe das er mich liept.

Ihre Briefe an Charles wurden niedergeschlagener, kummervoller. Sie sagt ihrem geliebten Charles, Charles, daß sie nur ihm gehören wird und nie jemand anderem gehören kann und daß niemand seine Nachfolge antreten wird. Sie erzählt ihm von den herrlichen Sehenswürdigkeiten, die sie besichtigt hat, die sie jedoch sehr viel lieber in seiner Gesellschaft gesehen hätte. Sie fleht ihn an, ihr zu schreiben; nach Neapel zu kommen, wie er es versprochen hatte, und zwar sofort. Oder sie aufzufordern, zu ihm zurückzukommen.

Zwei Monate später hatte sie einen Brief.

Lieber Charles, antwortete sie, ach mein Herz ist ganz gebrochen. Und Charles Charles mit wifiel kalte Gleichgültigkeit rets du mir, mit ihm ins Bett zu gehen. Mit deinem eignen Onkel! Ach das ist das Schlimmste – aber nein ich werde nicht wütend werden. Wenn ich bei dir were würde ich dich umbringen & mich alle beide. Für mich giebt es nur das eine zu dir zurückzukommen. Wenn das nicht sein soll werde ich nachhause nach London gehen & mich da jedem Laster ergeben bis ich stärbe & mein Schicksahl soll sein eine Warnung für alle jungen Frauen nie zu nett zu sein. Denn du hast gemacht das ich dich liebe – das hast du gut gemacht – & jetz hast du mich ferlassen & ein gewaltsahmes Ende soll unsere Ferbindung haben wenn sie denn zu Ende sein soll. Sie schloß: Es ist nicht in deinem Interesse mich zu krenken denn du weist gar nicht wifiel Macht ich hier habe. Aber seine Geliepte werde ich nie sein – wenn du mir beleidigst werde ich machen das er mich heiratet. Gott schütze dich auf ewig.

Dies schrieb sie am 1. August. Fünf weitere Monate schrieb sie, bat und flehte, nahm Abschied und hielt den Cavaliere hin. Im Dezember ließ sie Charles wissen, sie habe sich entschlossen, das Beste aus ihrer Situation zu machen. Ich habe beschlossen fernünftig zu sein, schrieb sie. Ich bin eine hübsche Frau & man kann nicht alles auf einmal haben.

*

Schwer zu beschreiben ...

Es ist schwer, ihre Schönheit zu beschreiben, sagte der Cavaliere; es ist schwer zu beschreiben, wie glücklich sie mich macht.

Es ist schwer zu beschreiben, wie sehr ich dich vermisse, Charles, schrieb das Mädchen. Es ist schwer zu beschreiben, wie wütend ich bin.

Und über den ausbrechenden Vulkan, der den Cavaliere wieder zu entzücken vermag: Es ist schwer, die beeindrukkende Erscheinung der Feuerwerksgarben rotglühender Steine zu beschreiben, schrieb der Cavaliere, der dann noch eine ganze Reihe von Vergleichen anbot, von denen aber keiner dem gerecht wird, was er sieht. Denn wie jedes Objekt heftiger Leidenschaft vereinigt auch der Vulkan viele widersprüchliche Eigenschaften in sich. Unterhaltung und Apokalypse. Eine Ansammlung von Materie, die alle vier Elemente erkennen läßt: zunächst Rauch, dann Feuer, dann flüssige Lava, schließlich Lavagestein, das festeste aller Gesteine.

Über das Mädchen sagte der Cavaliere oft zu sich selbst, zu anderen: Sie ähnelt ... sie ist wie ... sie könnte vorstellen ... Es ist weit mehr als Ähnlichkeit. Verkörperung. Ihre Schönheit war eine Schönheit, die er auf Bildern, als Statue, auf einer Vase bewundert hatte. Sie war die Venus mit den Pfeilen, sie war die Thetis, die sich zurückneigte und ihren Bräutigam erwartete. Nichts war ihm je schöner erschienen als bestimmte Gegenstände und Bilder – die Spiegelung, nein, das Denkmal einer Schönheit, die nie wirklich existiert hat oder nicht mehr existiert. Nun erkannte er, daß die Bilder nicht nur die Aufzeichnung der Schönheit waren, sondern auch ihr Vorbote, ihr erstes Anzeichen. Die Wirklichkeit zersprang splitternd in unzählige Bilder, und Bilder brannten einem im Herzen, weil sie alle von der einen Schönheit sprachen.

Der Cavaliere hat die Schöne *und* das Biest.

Wegen der beträchtlichen Summe, die der Cavaliere Charles geliehen hatte, neigten die Leute zu der Annahme, der Neffe habe ihm das Mädchen verkauft. Sollen sie doch denken, was sie wollen. Wenn die Tatsache, daß er so weit weg von zu Hause in dieser Hauptstadt der Rückständigkeit und der leidenschaftlichen Sinnlichkeit lebte, einen Vorteil hatte, dann den, daß er tun konnte, was er wollte.

Bei der alltäglichen Ausfahrt auf der Chiaia zur Stunde des Sonnenuntergangs stellte er sie der neapolitanischen Gesellschaft und eines Sonntags auch dem König und der Königin vor. Er konnte sie nicht mit in den königlichen Palast nehmen, aber draußen, unter freiem Himmel, konnte sie jedermann gezeigt werden. Alle wahren Liebhaber der Schönheit waren von ihr gefesselt, das war deutlich zu sehen. So ging es auch den gewöhnlichen Menschen, Bettlern und Waschfrauen auf den Straßen, die sie für einen Engel hielten. Als er ihr Ischia zeigte, knieten einige Bauern vor ihr nieder, und ein Priester, der zu Besuch kam, machte das Zeichen des Kreuzes und erklärte, sie sei zu einem besonderen Zweck auf die Erde gesandt worden. Die Zofen, die der Cavaliere ihr gegeben hatte, baten darum, sie möge in ihren Gebeten Fürsprache für sie einlegen, denn sie sähe, so sagten sie, der Jungfrau Maria ähnlich. Sie schlug vor Freude die Hände zusammen, wenn sie Pferde sah, die mit künstlichen Blumen, scharlachroten Quasten und einem Kopfputz aus Federn geschmückt waren. Der Kutscher beugte sich feierlich vor, zog eine Feder heraus und reichte sie ihr. Wenn die Leute sie sahen, hellten ihre Gesichter sich auf. Sie war so heiter, so voller Fröhlichkeit. Wer sie nicht mochte, war ein verdammter Snob. Wie konnte man sie nicht bewundern und in ihrer Gegenwart fröhlich sein?

So jung sie auch war und so wenig sie auch über die Vorzüge von hoher Geburt und Erziehung verfügte, besaß sie doch eine Art angeborener Autorität. Mrs. Cadogan schien durch sie fast eingeschüchtert und behandelte sie eher als Herrin denn als Tochter. Man hätte diese zurückhaltende, einfache Frau vom Land, die gern ein Gläschen trank, für eine entfernte Verwandte halten können, die das Mädchen als unbezahlte Anstandsdame und Gesellschafterin zu sich genommen hatte. Daß ihre Mutter sie unweigerlich begleitete, wenn sie das Haus verließen, ermöglichte es ihm, die freudige Erregung, die er empfand, innerlich nur noch stärker zu genießen. Alltägliche Vergnügungen wurden aufregend, bekamen Schwung und Intensität. In der harten Sonne eines frühen Julimorgens ritten sie auf der pinienbestandenen Hügelstraße zu seinem kleinen Häuschen am Kap von Posillipo, um sich auf der Terrasse unter riesigen Vorhängen aus orangefarbenem Stoff, die sich in der Meeresbrise aufblähten und hin und her bewegten, vor der Hitze des Tages zu schützen. Vergnügt sah er dabei zu, wie sie sich die gekühlten Früchte und den starken Wein von den Hängen des Vesuv schmecken ließ; und blieb im Schatten der Terrasse, wenn sie die in den Fels gehauenen Stufen hinunterstieg, um zu baden, und sah zu, wie sie bis zur Brust im Wasser stand, sich erst tapfer die Arme bespritzte, dann die nasse Hand in den Nacken legte und in dieser bewundernswürdigen Pose eine ganze Weile stehenblieb, während ein paar junge Burschen, die sich hinter den Felsen versteckten, sie heimlich beobachteten und ihre Mutter und die beiden Zofen in der Nähe mit Bademantel und Handtüchern warteten. Es war ihm egal, ob sie ihn liebte, so sehr liebte er sie, liebte es, ihr zuzuschauen.

Er wurde niemals müde, das Spiel ihrer Stimmungen zu registrieren, den Übergang von einer Erscheinung in eine andere, die Wechselhaftigkeit, das alles Umfassende ihrer Erscheinung. Zuweilen war sie provozierend, zuweilen keusch und scheu. Zuweilen füllig, fast matronenhaft; zuweilen wie ein zappeliges kleines Mädchen, das darauf wartet, mit Geschenken verführt zu werden. Wie reizend sie doch war, wenn sie eine Haube oder eine Schärpe oder ein Kleid probierte, das er für sie entworfen hatte, und dabei ganz natürlich lachte und sich selbst bewunderte.

Soll ich meinen Kopf so halten, fragte sie den jungen deutschen Maler, den der Cavaliere ins Haus geholt hatte, um ein Porträt von ihr zu malen.

Oder lieber so?

Wie eine Schauspielerin war sie es gewohnt, auf Menschen zu wirken, wenn sie einen Raum betrat. Das zeigte sich an der Art, wie sie ging, an der kalkulierten Langsamkeit der Art, wie sie den Kopf drehte, die Hand zur Wange führte ... einfach so. Die Autorität der Schönheit.

Was für eine Schönheit?

Nicht die lineare Schönheit, die ein Läutern des Fleisches verlangt: die Schönheit der Umrisse, der Knochen, des Profils, des seidigen Haars und des Bebens zarter Nasenflügel. (Die Schönheit, die nach der ersten Jugend auf Diät gehen muß, die alle Willenskraft aufbietet, um schlank zu bleiben.) Das ist die Schönheit, die von Selbstbewußtsein, von Klassenbewußtsein herrührt. Die sagt: Ich bin nicht auf der Welt, die anderen zu erfreuen. Ich bin auf der Welt, um erfreut zu werden.

Nicht diese Art Schönheit, die Schönheit, die sich aus Privilegien, aus Willenskraft, aus Tricks und Kniffen ergibt ... sondern eine fast ebenso autoritätgebietende: die Schönheit eines Menschen, der sich seinen Platz im Leben erkämpfen muß und nichts als selbstverständlich betrachten darf. Die Schönheit der Körperfülle, die nur Fleisch sein will, hat nicht die Wahl, etwas anderes zu sein als Fleisch. (Und die wird schließlich fett.) Schönheit, die sich selbst mit geöffneten vollen Lippen streichelt und andere auffordert, sie zu berühren. Schönheit, die großzügig ist und sich zu dem Bewunderer neigt. Ich kann mich verändern, ja, weil ich dir gefallen möchte.

Ihre Schönheit, die von der zweiten Art war, sowohl

naiv als auch überlegen, brauchte keine Vervollkommnung und keine Politur. Und doch schien sie, wenn das überhaupt möglich war, seit ihrer Ankunft noch lieblicher geworden zu sein, ihre Schönheit breitete sich aus und befand sich im Einklang mit etwas Sinnlichem, Feuchtem und Sprühendem in der Luft, und unter einer Sonne, die so ganz anders als die englische Sonne war. Vielleicht brauchte sie diese neue Szenerie, diese neuen Formen der Wertschätzung; brauchte sogar den Kummer (sie weinte um Charles, sie liebte ihn aufrichtig); brauchte den Luxus, den sie nie gekannt hatte; brauchte die Erfahrung, nicht länger das kleine Juwel eines vorsichtigen, nervösen Dilettanten zu sein, das in einem Londoner Vorort versteckt wurde und gehorsam den Tee einschenkte, sondern der stolze, öffentlich vorgezeigte Besitz eines großen Sammlers.

*

Was fängt man an mit Schönheit? Man bewundert sie, man rühmt sie, man verschönert sie (jedenfalls versucht man es), man stellt sie zur Schau; oder man versteckt sie.

Kann man wirklich etwas erlesen Schönes besitzen und nicht wollen, daß andere es sehen? Schon möglich, wenn man den Neid der anderen fürchtet, wenn man fürchtet, es könnte jemand kommen und es einem wegnehmen. Wer ein Bild aus einem Museum stiehlt oder eine mittelalterliche Handschrift aus einer Kirche, muß verstecken, was er gestohlen hat. Aber wie beraubt muß der Dieb sich fühlen. Es scheint ganz natürlich, Schönheit zur Schau zu stellen, sie zu rahmen, sie auf die Bühne zu bringen – und zu hören, wie andere sie bewundern, die eigene Bewunderung wie ein Echo zurückwerfen.

Du lächelst. Ja. Sie ist wunderbar.

Wunderbar? Sie ist weit mehr als das.

Was ist Schönheit ohne den Chor, ohne das Flüstern, ohne das Seufzen, ohne das Gemurmel?

Doch wer weiß besser als der Cavaliere, was Schönheit ist, Schönheit, in die man fällt. Ich bin geschnitten, ich bin gefällt. Ich falle, bedeck mich mit deinem Mund.

*

Schönheit muß zur Schau gestellt werden. Und der Schönheit kann man beibringen, wie sie sich selbst am wirkungsvollsten zur Schau stellt.

Ihre Vollkommenheit und sein Glück bedeuteten nicht, daß er sie nicht noch verbessern wollte. Die Residenz des Cavaliere war von morgens bis abends von Hauslehrern überfüllt. Sie hatte ihren Gesangslehrer, ihren Zeichenlehrer, ihren Italienischlehrer, ihren Klavierlehrer. Sie war eine geborene Schülerin und sprach bald fließend Italienisch – besser als der Cavaliere, der schon seit über zwanzig Jahren hier lebte –, also ließ er ihr Unterricht in Französisch geben, was er gut sprach, wenn auch mit leichtem englischen Akzent. Auch Französisch lernte sie schnell und sprach es noch besser als er, was von ihrem ausgezeichneten Gehör zeugte. Der Cavaliere selbst gab ihr die Es-grünt-so-grün-Stunden, um den Akzent in ihrer eigenen Sprache annehmbarer zu machen, und tadelte sie unentwegt wegen ihrer kindlichen Rechtschreibung.

Ihr Englisch bleibt unverbesserlich, mit den typischen Fehlern des Londoner Dialekts und mit unreifem Gekreisch, ganz gleich, wie intensiv er sie unterrichtet. Sie kann neue Fertigkeiten erwerben, wie Französisch und Italienisch; kann Künste erlernen, wie Singen und Zeichnen, die sie nie zuvor geübt hat. Sie kann die Vulgarität mit Bildung überdecken, aber sie kann die tiefer liegende Schicht von Vulgarität nicht ausreißen. Sie kann nicht über ihren Schatten springen.

Sie hatte sich für einsam und verlassen gehalten. Sie war weitergereicht worden. Sie kommt voran, sehr schnell. Alle Frauen in ihrer Umgebung sind in ihrem

Alter, Frauen aus dem Hochadel, die eine träger als die andere. Sie geht nicht, sie eilt voran. Auch war sie von Natur aus sehr intelligent, was die ihr zur Verfügung stehende Energie noch vermehrte. Sie bat um weitere Unterrichtsstunden: Sie will, daß alles, angefangen beim Tag, ausgefüllt ist. Acht Uhr ... neun Uhr ... zehn Uhr ... und so weiter, so viel Unterricht, wie in einen Tag gestopft werden kann. Der Cavaliere fragte, ob sie müde sei.

Sie lachte schallend, hielt sich dann die Hand vor den vollen Mund.

Müde!

Der Cavaliere ließ ihr zusätzliche Stunden in Botanik und Geologie geben. Sie hat jetzt auch einen Tanzlehrer. Sie lernt recht passabel Klavier spielen. Aber sie singt wie ein Engel. Der Kastrat Aprile, der engagiert wurde, um ihr weiterführenden Gesangsunterricht zu geben, dreimal am Tag, sagt, er habe nie zuvor eine so natürliche Stimme gehört, was der Cavaliere nicht für übertriebene Schmeichelei, sondern einfach für die Wahrheit hielt. Ihre zarten Melismen hörte er zu gerne, wenn er an seiner morgendlichen Korrespondenz arbeitete. Wenn sie nicht gerade Sprachen lernte oder musizierte, bediente sie sich in seiner Bibliothek. Sie hoffte, den Cavaliere zu erfreuen, wenn sie ihm sagte, sie liebe Sterne und Voltaire, und so war es auch.

Freudig erregt – die Stimme stieg über die Köpfe der Gäste bis zu den Fackeln und den Dienern hinten im Raum – sang sie auf den Abendgesellschaften des Cavaliere. Sie sehnte sich danach, auf einen Ball in den Palast zu gehen. Obwohl sie den Cavaliere überallhin begleitet, kann sie bei Hofe nicht empfangen werden. Doch oft schon ist sie dem König mit seinem Gefolge von Müßiggängern und Tunichtguts im Freien begegnet. Er zerrt an ihrer Hand und küßt ihre Finger. Sogar die Königin hat ihr schon zugelächelt. Alle überschütten sie mit den größten Komplimenten. Sie sitzt neben dem Cavaliere in seiner seidenbespannten Loge in der Oper von San Carlo.

Mrs. Hart nennt sie sich.

Sie weiß nicht mehr, wer sie ist, aber sie weiß, daß sie immer höher steigt. Sie sieht, wie sehr der Cavaliere sie liebt. Sie spürt ihre Überlegenheit. Fähigkeiten fliegen ihr zu wie Vögel und nisten in ihrem Kopf. Sie trinkt, sie lacht laut. Sie ist aufgeregt, das Blut pulsiert heftig. Sie wärmt den Cavaliere in der Nacht, er legt seinen knochigen Kopf auf ihren reifen, sanften Busen und läßt seine Knie zwischen die ihren gleiten.

*

Wie viele legendäre Schönheiten suchte sie bei denen, in die sie sich verliebte, nicht nach Schönheit. (Eine wahrhaft große Schönheit hat stets Schönheit genug für zwei.) Sie hatte Charles wegen seines blasierten, guten Aussehens nicht mehr geliebt, und sie liebte den Cavaliere nicht weniger, weil er ein engbrüstiger alter Mann war.

Unersättlich in ihrem Eifer, dem Cavaliere zu gefallen, las sie ihm laut Passagen aus einem Handbuch für vornehme weibliche Zurückhaltung vor, das Charles ihr gegeben hatte: *Der Triumph über die Launen.* Sie kannte Mr. Hayley, den Autor des Buches. Er war einer von Romneys Freunden. Er hatte ihr Mut gemacht. Ich triumphiere über meine Launen, sagte sie zum Cavaliere. Ich bin vernünftig geworden. Ihr werdet sehen. Mein bewundernswürdiger Liebling, sagte der Cavaliere.

War es die Art, in der ihre Augen ihm folgten? Nicht demütig wie Catherines; sie bettelten nicht um Aufmerksamkeit, hofften nicht, daß man ihnen mit einem antwortenden Blick begegnete, der sie in die Augen des anderen hineinzog – sondern verspielt, glühend, mit Augen, die ihn in ihren Blick hineinzogen.

Ihre Begabung für das Vergnügen, ihre Anspruchslosigkeit, ihre ausgezeichnete Gesundheit entzückten ihn. Er mußte sich nun nie mehr mit der Zerbrechlichkeit einer Frau, mit den Klagen einer Frau abfinden.

In Hayleys Gedicht, das sie treffenderweise neben ihrem Bett aufbewahrte, ist Serena, die Hauptfigur, immer gefaßt, gutgelaunt, entgegenkommend und läßt sich durch Zurechtweisungen oder Schwierigkeiten nicht aus der Ruhe bringen. Kurz, sie ist heiter und gelassen. So wollte der Cavaliere sie haben – natürlich nicht ständig, denn dann wäre sie ja fade und gar nicht verführerisch und ohne jeden Reiz, sondern immer nur dann, wenn er etwas anderes wollte als sie oder wenn er sie enttäuschte. Sie sollte sich nicht beklagen, wenn er sie verließ, denn er muß sie jetzt verlassen, auch wenn er gar nicht will, muß zum König, um mit ihm auf die Jagd zu gehen oder Billard zu spielen. Im Januar, als die Jagdlust des Königs auf ihrem Höhepunkt war, nahm der Cavaliere sie mit hinaus zum Jagdhaus in Caserta, wo Catherine so viele einsame Wochen verbracht hatte. Es war ein Test, den sie glänzend bestand. Wenn er fort mußte, um beim König zu sein, schrieb sie ihm kleine Briefchen über ihre Bemühungen, ihm zu gefallen, und darüber, wie glücklich er sie mache. Er träumte von ihren fülligen Schenkeln.

Sogar das, was unvollkommen an ihr war, liebte er: ihr kleines fliehendes Kinn, den rötlichen Glanz eines Ekzems auf ihren Ellenbogen, das durch die Ärmel eines Musselinkleides zu sehen war, die Schwangerschaftsstreifen auf ihrem Bauch, ihr Lachen, das zuweilen in wieherndes Gelächter überging. Was bedeutete, daß er sie wirklich liebte.

Seine Leidenschaft widerlegte alles, was man über die Leidenschaft weiß: daß sie erregt (und dann am Leben gehalten) wird durch Zweifel, Trennung, Gefahr, Verweigerung, Mißerfolg; und daß sie unvereinbar ist mit Besitz, mit Sicherheit. Doch Besitz minderte sie keineswegs. Der Cavaliere war sexuell verzaubert. Er hatte nicht gewußt, daß er sich so sehr danach sehnte, umarmt zu werden.

Aus Gewohnheit, aus Zuneigung, aus Unfähigkeit, nachtragend zu sein, schrieb sie weiterhin an Charles – über ihre Triumphe. Ich habe eine Swiet aus vier Räumen mit Blick auf die Bucht & meinen eigenen Waagen & meine eigenen Lakeien und Diehner & Kleider werden für mich gemacht. Alle Dahmen bei Hofe bewundern mein Har. Ich habe bei einer musikalischen Swaré 2 ernsthafte Lieder & 2 Buffos gesungen & man hat mir gesagt ich habe eine Stime die genauso gut ist wie ein Kastrat. Sie haben ser fiel geklatscht. Die Leute haben geweint als sie mich gehört haben. Und dein Onkel liebt mich wirklich & ich liebe ihn & das einzige was ich will ist nuhr ihn glücklich zu machen. Jeden Abent gehen wir im öffentlichen Park spaziehren. Wir gehen stendig in die Oper & haben ein paar Auslendern die griechischen Tempel in Pesto gezeigt ... Neben dem »Wir« des Paares (so wie in: »Wir finden das die dohrischen Seulen zu schwerfällig und nicht so ellegant sind«), gibt es noch das »Wir« eines Ortes (so wie in: »Wir werden wohmöglich balt eine ser große Erruption haben, ich hoffe es jedenfalls«). Sie hat den Berg adoptiert, nachdem sie gesehen hatte, wie sehr sich der Cavaliere in Gedanken mit ihm beschäftigte, und spricht ganz beiläufig von der Eruption, die vor dreiundzwanzig Jahren bald nach seiner Ankunft stattgefunden hatte (»Es war höchst denkwürdich, aber nicht ser schrecklich«), als wäre sie ebenfalls dabeigewesen. Dein Onkel lacht mich aus, schrieb sie Charles, & sagt ich mache ihm jetzt auch noch Konkurenz bei dem Berg.

Sie ersetzt den Vulkan.

Sie wird zu einer örtlichen Sehenswürdigkeit von internationalem Ruf, wie der Vulkan. Graf Skawronski, der russische Botschafter, muß ihre Schönheit in einer Depesche an seine Herrscherin wohl der Beschreibung für wert gehalten haben, denn Katharina die Große hat darum gebeten, daß man ihr ein Bild des Mädchens nach Sankt Petersburg schicke.

Wie hätte der Cavaliere sie nicht lieben können?

Er begann ihr zu vertrauen. Schrecklich, an all das zu denken, was sie durchlitten hatte. Ein Gegenstand ist nicht befleckt, weil er sich im Besitz weniger würdiger Eigentümer befunden hat. Was zählt, ist allein die Tatsache, daß er sein Ziel erreicht hat, den Besitztümern desjenigen einverleibt zu sein, der es am meisten verdient hat, ihn zu besitzen.

*

Habt Mitleid mit den unschätzbar wertvollen Objekten, deren Schicksal es ist, jedermann als Spielzeug zugänglich gemacht zu werden. Unter sicherer Verwahrung in einer großen Privatkollektion oder im Museum zu sein, schließt diesen Schattenraub nicht aus.

Dies war auch das Schicksal des hochgerühmten Gegenstandes, mit dessen Verkauf der Cavaliere seinen größten Coup als Kunsthändler gelandet hatte. Ein Jahr nachdem die Herzoginwitwe von Portland der Verlockung seiner erlesenen römischen Kameenvase nachgegeben hatte, verstarb sie, und die Vase ging in den Besitz ihres Sohnes, des dritten Herzogs, über, der sie für kurze Zeit verlieh, und zwar an Josiah Wedgwood, den stets wachsamen Komplizen des Cavaliere, was den Plan der Anhebung des öffentlichen Geschmacks betraf. Etwa zwanzig Repliken der mitternachtsblauen Glasvase wurden aus glattem schwarzem Steingut angefertigt – der industriell arbeitende Töpfer und der erklärte Liebhaber schlichter Formen sollte dies als sein Meisterwerk betrachten. Wedgwood versuchte nicht einmal, die Farbe oder die Patina des Originals zu treffen, und indem er zu sehr vereinfachte, beeinträchtigte er die vornehmen Umrisse. Die Griffe der Vase neigen sich nach innen, anstatt der Linie des Körpers zu folgen, die Schultern sind gerundeter, der Hals ist verkürzt. Vielleicht fand der Cavaliere die etwas plumpe Wiedergabe akzeptabel, nachdem er schon vor langer Zeit jeden aristokratischen Widerstand gegen diese neue, profitorientierte Art, den Einfluß seiner Sammlungen zu verbreiten, aufgegeben hatte. Doch er wäre gewiß verblüfft gewesen über die Nachkommen der Vase, die die Firma Wedgwood im nächsten Jahrhundert zu zehntausenden zu produzieren begann. Olivgrüne, gelbe, hellrosafarbene, lilafarbene, lavendelblaue, graue, schwarze und braune Portland-Vasen: Portland-Vasen in vielen Größen, einschließlich klein, mittel und groß. Jedermann konnte, sollte eine Portland-Vase haben – und zwar so, wie er sie sich wünschte: Das war die Absicht der Firma. Sie wuchs, sie schrumpfte, sie konnte jede Farbe annehmen. Die Vase wurde zu einer Idee, zu einem Tribut an sich selbst.

Wer kann die originale Portland-Vase jetzt noch lieben?

Der wertvollste Besitz ist immer identisch mit sich selbst. Sie ist jetzt sein wertvollster Besitz. Und ein wertvoller Gegenstand verleiht auch seinem Besitzer Wert. Einen Sammler macht es glücklich, bekannt zu sein, das heißt in erster Linie bekannt zu sein als Eigentümer von etwas, das – unter so vielen Mühen – gesammelt worden ist.

✶

So sammelte also der alte Mann die junge Frau; umgekehrt hätte es nicht sein können. Das Sammeln ist sowohl eine gesellige als auch eine räuberische Tätigkeit. Frauen werden dazu erzogen, sich nicht kompetent und auch nicht wohl zu fühlen, was das Suchen, das Konkurrieren, das Überbieten betrifft, das die Tätigkeit des Sammelns (im Unterschied zu Großeinkäufen) mit sich bringt. Die großen Sammler sind keine Frauen, genauso wenig wie die großen Witzeerzähler. Sammeln, genau wie das Erzählen von Witzen, bedeutet, daß man sich der Welt zugehörig fühlt, in der schon geschaffene Gegenstände die Runde machen, um die man miteinander wetteifert und die weitergegeben werden. Es setzt selbstbewußte, uneingeschränkte Mitgliedschaft in solch einer Welt voraus. Frauen werden dazu angehalten, in dieser Welt, wie auch in vielen anderen, nur Rand- oder Nebenfiguren zu sein. Zum Wetteifern um Billigung – aber nicht zum Wetteifern als solchem.

*

Du erzählst mir einen Witz. Ich *liebe* deinen Witz. Ich muß schrecklich lachen, mir tun die Seiten weh, und mir kommen die Tränen. Wie geistreich und wie subtil. Ja richtig tiefsinnig. Und das alles in einem einzigen Witz. Den muß ich weitererzählen.

Da kommt schon wer. Ich werde deinen Witz erzählen. Ich meine, *den* Witz. Es ist natürlich nicht deiner. Dir hat ihn auch einer erzählt. Und jetzt erzähle ich ihn auch einem, wenn ich ihn noch zusammenkriege. Bevor ich ihn vergesse, will ich ihn mit jemandem teilen, will sehen, daß er genauso reagiert wie ich (daß er brüllt vor Lachen, anerkennend nickt, ihm gar die Tränen kommen), aber um der Werfer, nicht der Fänger zu sein, darf ich nichts vermasseln. Ich muß ihn so erzählen, wie du ihn erzählt hast, mindestens *genauso* gut. Ich muß mich hinter das Steuer des Witzes setzen und ihn ordentlich fahren, ohne allzu heftig die Gänge zu wechseln und ohne in einem Graben zu landen.

Als Frau mache ich mir mehr Sorgen über meine Fähigkeiten, den Witz richtig hinzukriegen und in den Kopf dieses anderen Menschen zu pflanzen, als ein Mann. (Du bist natürlich ein Mann.) Ich könnte mich zunächst entschuldigen und dann erklären, daß ich, obwohl ich Witze sonst nicht behalten kann und nur selten Witze erzähle, es nicht lassen kann, diesen einen zu erzählen. Und dann fange ich ganz nervös an, den Witz genauso zu erzählen, wie du es getan hast. Ich ahme deine Intonation nach. Ich betone wie du, mache Pausen wie du.

Ich schaff's, obwohl er irgendwie falsch klingt, nicht so toll wie bei dir. Der andere grinst, lacht, seufzt. Aber ich bezweifle, daß es mir genauso viel Spaß macht wie dir, diesen Witz zu erzählen. Ich tue etwas, das mir nicht selbstverständlich ist, was nur die Nachahmung einer Begabung ist. Ich bin gerne geistreich, ich kann gut Sätze formulieren – hab meine Art, mit Wörtern umzugehen. Ein Witz gehört niemals mir. Kennt ihr den, fragt der Witzeerzähler, wenn er seine Neuerwerbung weitergeben will. Er hat recht, wenn er glaubt, daß andere Leute ihn auch erzählen: Ein Witz macht die Runde.

Der Witz ist ein recht unpersönlicher Besitz. Er trägt nicht die Handschrift eines einzelnen. Man hat ihn bekommen – man hat ihn sich nicht ausgedacht; er war in meinem Gewahrsam, und ich habe beschlossen, ihn weiterzugeben, ihn zirkulieren zu lassen. Er handelt von keinem von uns. Er beschreibt weder dich noch mich. Er führt ein Eigenleben.

Er geht los – wie ein Knall, wie ein Gelächter, ein Niesen; wie ein Orgasmus; wie eine kleine Explosion, eine Überschwemmung. Die Tatsache, daß man ihn erzählt, bedeutet: Ich bin auf der Höhe. Ich weiß genug, um diesen Witz zu verstehen. Ich bin gesellig und pfiffig genug, ihn weiterzugeben. Es macht mir Spaß zu unterhalten. Es macht mir Spaß anzugeben. Es macht mir Spaß, verstanden zu werden. Es macht mir Spaß, mich *in* zu fühlen. Es macht mir Spaß, eine kühle Miene aufzusetzen und dieses kleine Gefährt zu seinem schnellen Ziel zu steuern – und es dann hochgehen zu lassen. Ich bin in einer Welt, in der es viele Dinge gibt, die ich nicht bin und die ich schätze.

Erzähl ihn weiter.

2

Tableau. Sie kehren uns den Rücken zu, und wir sehen, was sie sich anschauen, was sie begrüßen, worauf sie deuten, den einen Arm aus- und in die Höhe gestreckt, die typische Art, in der man damals – in der Totalen – der Aussicht auf etwas Wundervolles begegnete. Ausgedehnten Ruinen, einem glänzenden Mond, der hinter einem Wolkenrand segelt, der sich ausbreitenden Rauchwolke des Berges.

Sie haben bereits von weitem gestaunt – Erfahrung als Vorgebirge –, noch bevor sie mühsam den Berghang hinaufgeklettert sind, wo sie, um nicht zu stolpern, die Augen auf die spitzen Steine unter jedem Schritt heften mußten, und jetzt, nach der letzten Kletterei, sind sie oben angelangt, sie haben den breiten Graben erreicht, der den Kegel umgibt, und nun, da sie wieder auf ebenem Grund sind, schauen sie hoch – und sie können die Geste machen, die Geste, die *dort* sagt –, aber es ist *hier*, gefährlich nah. Ein Schauer von Steinen und Asche regnet auf sie herab. Der Kegel speit schwarzen Rauch. Ein glühender Felsbrocken fällt nur ein paar Meter weiter nieder – paßt auf Euren Arm auf! Doch sie sind auf Aussicht versessen, wenigstens der Dichter ist es. Auf eine andere Aussicht. Er ist nicht so hoch hinaufgeklettert, um immer weiter nach oben zu schauen. Er will hinunterschauen, ins Innere.

Seht nur, es hat aufgehört. Der Dichter zog seinen Chronometer heraus. Ihr geht dorthin und kauert Euch nieder, hinter dieser Felsspitze! Ich will sehen, wie lange das Ungetüm sich noch benehmen kann. Das verwundete Ungetüm, es ist wie der Atem eines verwundeten Ungetüms, wobei etwa zwölf Minuten zwischen zwei Atemzügen vergehen, wie ihm seine Uhr sagt, und während dieser Zeit läßt auch der Steinhagel nach; und in einer der Atempausen schlug der Dichter seinem ängstlichen Freund, dem Maler, vor, ihre Bergführer dazu zu bringen, sie für einen schnellen Blick in den Krater rasch auf den Gipfel hinaufzuziehen.

So geschah es, und nun standen sie an dem ungeheuren Schlunde, wie der Dichter später schreiben sollte. Eine leichte Brise blies den Rauch weg, das Brodeln und Gurgeln und Spucken hörte auf, doch der Dampf, der aus Tausenden von Rissen aufstieg, verhüllte das Innere des Kraters und erlaubte kaum mehr als einen flüchtigen Blick auf die geborstenen Felswände. Der Anblick, so schrieb er, war weder unterrichtend noch erfreulich.

Dann holte das Ungetüm wieder Atem, und aus seinen Eingeweiden kam ein heftiges, donnergleiches Brüllen – nein, aus den Tiefen des Kessels erhob sich eine sengendheiße Dampf- und Staubwolke – nein, mit gewaltigen Bombarden wurden Hunderte von Steinen, große und kleine, in die Luft geschleudert –

Ihre Bergführer zogen sie an den Mänteln. Einer von ihnen, der einäugige Bursche, den der Cavaliere dem Dichter empfohlen hatte, drängte sie zu einem Felsblock, hinter dem sie Schutz suchen konnten. Es war zu laut, um das Brausen des Golfes unter ihnen und der Stadt in der Ferne zu hören, eine Stadt, deren Umrisse man – wie ein aus schrägem Winkel gesehenes Amphitheater oder wie einen Titanenstuhl – als ganzes auf einen Blick erfassen zu können glaubte. Der Maler rief: Ich gehe jetzt hinunter. Nachdem der Dichter sich noch eine Weile im Schutz des Felsblocks niedergekauert hatte, um seinen Mut unter Beweis zu stellen und um noch weitere Bilder vor dem inneren Auge vorüberziehen zu lassen, trat auch er einen vorsichtigen Rückzug an.

Das war Goethe mit seinem Freund, dem Maler Tischbein, bei der zweiten von insgesamt drei Besteigungen des Berges. Der Dichter, der zwar nicht mehr ganz jung, aber mit seinen siebenunddreißig Jahren in ausgezeichneter Form ist, hat dem feuerspeienden Drachen pflichtgemäß die Stirn geboten. Wenn der alte englische Ritter das regelmäßig tut, kann er es auch. Jeder gesunde männliche Tourist tut es, wenn er hierherkommt. Doch der Dichter findet es im Gegensatz zum Cavaliere nicht schön. Ihm ist gleichzeitig heiß und kalt, und er ist müde, ihm ist unbehaglich zumute, er ist ein wenig ängstlich. Es scheint alles etwas töricht zu sein. Die leichtlebigen, vergnügungshungrigen Einheimischen sieht man nicht den furchteinflößenden Berg hinaufklettern, der sich einige Kilometer außerhalb ihres Paradieses erhebt. Ganz entschieden ein Sport für Ausländer. Und von den Ausländern vor allem für die Engländer. Ach, diese Engländer, so vornehm und so ungehobelt. Gäbe es sie nicht, kein Mensch hätte sie je erfunden. So exzentrisch, so oberflächlich, so reserviert. Aber wieviel Spaß sie haben.

Man muß versuchen, mit ihnen Spaß zu haben.

Der Dichter traf am Abend ein. Gemeinsam mit einem anderen deutschen Maler, der in Neapel lebte, waren er und sein Freund bereits vom Cavaliere empfangen worden, und man hatte ihnen die Schätze in seinen der Öffentlichkeit zugänglichen Räumen gezeigt. Die Wände bedeckt mit Gemälden, Gouachen und Zeichnungen, die Tische überhäuft mit Kameen und Vasen, die Vitrinen vollgestopft mit geologischen Raritäten. Es schien alles völlig unmethodisch und ungeordnet zu sein, was den deutschen Besuchern als erstes auffiel. Und das machte einen gewissen unangenehmen Eindruck, nicht nur von Fülle, sondern von Unordnung und Chaos. Aber wenn man es nur recht betrachtete (das genaue Hinsehen, das sich jeder Sammler sehnlichst wünscht), so erkannte man den gefühlvollen, sinnigen Bewohner dieses Kabinetts, der die verschiedenen Gegenstände mit Geschmack und Wahl angebracht hatte, wie Tischbein sich viele Jahre später erinnerte. Die Wände, sagte er über die Wände des Cavaliere, zeigten sein Inneres.

Dann wurde der Dichter, und nur der Dichter, vom Cavaliere eingeladen, seine Lagerräume im Keller zu besichtigen. (Das Privileg einer solchen Besichtigung war einzig den berühmtesten Gästen vorbehalten.) Und der Dichter, der seinem Freund, dem Maler, alles berichtete, war erstaunt über eine ganz andere Art der Fülle. Da gab es ein vollständiges Kapellchen in dem Gewölbe. Wo hatte er das her? Der Maler schüttelte den Kopf, hob seine Augen zum Himmel. Der Dichter sah zwei verzierte Bronzekandelaber, von denen er wußte, daß sie sich nur von den Ausgrabungsstätten in Pompeji hierher verirrt haben konnten. Und viele Dinge ohne besonderen Wert. Die Sammlungen in den oberen Räumen waren eine Landkarte der Phantasien des Cavaliere, eine ideelle Welt. Der Keller war der höhlenartige Unterbauch der Sammeltätigkeit des Cavaliere, denn jeder Sammler gelangt bald an den Punkt, an dem er nicht nur sammelt, was er wirklich will, sondern auch das, was er eigentlich nicht will, worauf er aber nicht verzichten mag, und zwar aus Angst, er könne es doch wollen oder schätzen, eines Tages. Er muß mir diese Dinge einfach zeigen, dachte der Dichter, selbst die Dinge, die er mir lieber nicht zeigen sollte.

Seine Besitztümer vorführen könnte natürlich wie Angeberei aussehen, doch der Sammler hat diese Dinge ja nicht erfunden oder hergestellt, er ist nur ihr untertäniger Diener. Er rühmt sich nicht selbst, wenn er die Stücke ausstellt, er bietet sie untertänig der Bewunderung anderer dar. Wenn die Dinge, die ein Sammler besitzt, von ihm selbst hergestellt worden oder sogar Erbstücke wären, dann könnte es wirklich wie Angeberei aussehen. Doch eine Sammlung aufzubauen, die emsige Tätigkeit, sich seine eigene Erbschaft zu erfinden, befreit von der Verpflichtung zur Zurückhaltung. Wenn der Sammler seine Sammlung vorführt, zeugt das nicht von schlechten Manieren. Tatsächlich hat der Sammler, genau wie der Hochstapler, kein eigenes Leben, solange er nicht in die Öffentlichkeit geht, solange er nicht zeigt, was er ist oder zu sein beschlossen hat. Solange er nicht seine Leidenschaften zur Schau stellt.

*

Die Leute erzählten dem Dichter, daß der Cavaliere eine junge Frau erworben und sich dann in sie verliebt habe, eine junge Frau, die schön genug sei, eine griechische Statue sein zu können, daß er begonnen habe, sie zu bilden und zu unterweisen, wie das jeder Beschützer tut, der ein Mann ist, älter, reich, aus gutem Hause (alles, was seine Geliebte nicht ist), und daß er eine Art umgekehrter Pygmalion geworden sei, der seine Herzensschöne in eine Statue verwandele, oder um ganz genau zu sein, ein Pygmalion mit Rückfahrkarte, denn er konnte sie in eine Statue verwandeln und dann wieder in eine Frau zurückverwandeln, ganz nach Belieben.

Gemäß dem Geschmack des Cavaliere trug sie an diesen Abenden ein antikes Gewand, eine weiße Tunika mit einem Gürtel um die Taille, und ihr rotbraunes, manche sagen kastanienbraunes, Haar fiel offen über den Rücken oder war mit einem Kamm hochgesteckt. Wenn sie bereit war, eine Vorstellung zu beginnen, wurden ihr, so berichtete jemand, zwei oder drei Kaschmirschals von einer korpulenten, älteren Frau gebracht, die eine Art Haushälterin oder vielleicht eine verwitwete Tante war; sicher etwas Besseres als ein Dienstbote, denn es war ihr erlaubt, auf der Seite zu sitzen und zuzusehen. Dienerinnen brachten ihr eine Urne, ein Parfümdöschen, ein Kelchglas, eine Lyra, ein Tamburin und einen Dolch. Mit diesen wenigen Requisiten nahm sie ihre Stellung in der Mitte des verdunkelten Salons ein. Wenn der Cavaliere mit einer Kerze vortrat, hatte die Vorstellung begonnen.

Über den Kopf warf sie sich einen Schal, der lang genug war, um auf den Boden zu reichen und sie ganz zu bedecken. So versteckt, wickelte sie sich in andere Schals und fing an, die inneren und äußeren Veränderungen vorzunehmen (Faltenwurf, Anspannung der Muskeln, Gefühle), die es ihr gestatten werden, als jemand anderer wieder aufzutauchen, als jemand anderer als sie. Damit das gelingt – es war nicht so, als setze man eine Maske auf –, muß man eine sehr lose Beziehung zu seinem eigenen Körper haben. Damit das gelingt, muß man ein Talent zur Euphorie haben. Sie schwang sich in die Höhe, sie tauchte unter, sie kam zur Ruhe – ihr Herz klopfte, während sie sich den Schweiß vom Gesicht wischte. Ein kurzes Aufleuchten von Grimassen, ein Anspannen der Sehnen, ein Versteifen der Hände, der Kopf zurück oder zur Seite geworfen, ein tiefer Atemzug –

Und dann hob sie plötzlich die Hülle, warf sie entweder ganz weg oder lüftete sie halb und machte sie zu einem Teil des Kostüms der ebenmäßigen lebenden Statue, die sie geworden war.

Diese Pose hielt sie gerade so lange, bis sie erraten war, danach bedeckte sie sich wieder. Dann warf sie den langen Schal fort, um unter einer anderen Anordnung der Schals eine neue Gestalt zu enthüllen – sie kannte hundert Möglichkeiten, diesen Stoff anzuordnen. Eine Pose folgte auf die andere, mindestens zehn oder zwölf, beinahe ohne Pause.

*

Anfänglich hatte der Cavaliere sie gebeten, im Innern einer großen samtausgeschlagenen Kiste, die nach einer Seite hin offen war, zu posieren, dann in einem riesigen Goldrahmen. Doch bald sah er, daß ihre Kunstfertigkeit Rahmen genug für diese Imitationen war. Ihr ganzes bisheriges Leben hatte sie darauf vorbereitet, dem Cavaliere eine Galerie lebender Statuen zu sein.

Mit vierzehn, sie war gerade in London angekommen, hatte sie davon geträumt, Schauspielerin zu werden, so wie die prächtigen Geschöpfe, die sie abends aus dem Bühneneingang des Drury-Lane-Theaters heraustänzeln sah. Mit fünfzehn, als dürftig verschleierte Gestalt in den lebenden Bildern, die ein modischer Sextherapeut inszenierte, lernte sie, bewegungslos zu verharren, flach zu atmen, die Muskeln in ihrem Gesicht zu Reglosigkeit erstarren zu lassen – wobei sie den sexuellen Übungen, die ganz in der Nähe in dem Himmelbett unter Doktor Grahams Aufsicht stattfanden, keinerlei Beachtung schenkte. Mit siebzehn, inzwischen war sie das bevorzugte Modell eines der großen Porträtmalers der Zeit, lernte sie, wie man mit Gefühlen schöpferisch umging und wie man sie ausdrückte, und dann, wie man diesen Ausdruck lange Zeit hielt. Der Maler erklärte, daß sie ihn oft überrasche und seine künstlerische Konzeption inspiriere und daß sie wirklich mitarbeite und nicht nur ein passives Modell sei. Für den Cavaliere posierte sie als Frau, die posierte – in einer Folge von Posen, einer lebenden Diaschau von Momentaufnahmen aus antiker Mythologie und Literatur.

*

Es war ein außerordentlich präzises Unternehmen. Zunächst mußte das Sujet gewählt werden. Der Cavaliere öffnete seine Bücher und zeigte der jungen Frau die Kupferstiche oder führte sie zu einem Gemälde oder einer Statue seiner Sammlung. Dann sprachen sie über die antiken Geschichten. Immer wollte sie alle spielen. Dann, wenn sie sich ein Sujet erst einmal zu eigen gemacht hatte, kam der schwierige Teil – den richtigen Augenblick zu finden, den Augenblick, der Bedeutung darstellt, der das Wesen eines Charakters, einer Geschichte, eines Gefühls zusammenfaßt. Es war dieselbe schwierige Wahl, die Maler treffen mußten. Wie Diderot schreibt: »Der Maler verfügt nur über einen Augenblick und darf daher ebensowenig zwei Augenblicke gestalten wie zwei Handlungen.«

✶

Stell Leidenschaft dar. Aber bewege dich nicht. Keine Bewegung. Das ist kein Tanz. Du bist nicht eine im *freeze* erstarrte Isadora Duncan, trotz deiner bloßen Füße und des griechischen Kostüms und der lockeren Glieder und des gelösten Haars. Stell Leidenschaft dar. Aber als Statue.

Du kannst dich anlehnen – ja, so. Oder etwas in der Hand halten. Nein, ein wenig höher. Und dreh deinen Kopf nach links. Ja, du kannst so tun, als würdest du tanzen. So tun. Absolut unbewegt. Genau so. Nein. Ich glaube nicht, daß sie knien würde. Den linken Fuß ein wenig lockerer. Beug dich ein wenig nach hinten. Ohne das Lächeln. Augen halbgeschlossen. Ja. So.

✶

Alle sagten, ihre Mimik sei höchst bemerkenswert und überzeugend. Doch noch bemerkenswerter war die Geschwindigkeit, mit der sie von einer Pose zur anderen wechselte. Veränderung ohne Übergang. Von Sorge zu Freude, von Freude zu Schrecken. Von Leid zu Seligkeit, von Seligkeit zu Grauen. Es scheint die höchste weibliche Gabe zu sein, mühelos, unverzüglich, von einem Gefühl zum nächsten überzugehen. So wollten Männer die Frauen haben, und das verachteten sie bei Frauen am meisten. In der einen Minute dies. In der nächsten Minute das. Natürlich. So machen's alle Frauen.

Im Prinzip wurde jede Art von Charakter und Gefühl dargestellt. Aber Nymphen und Musen, Julias und Mirandas waren den Verlorenen und Gequälten zahlenmäßig weit unterlegen. Mütter, denen man ihre Kinder geraubt hatte – ihre Niobe; oder die von unerträglichem Unrecht dazu getrieben wurden, sie zu töten – ihre Medea. Mädchen, die von ihren Vätern auf den Opferstein gezerrt wurden – ihre Iphigenie. Frauen, die sich nach dem Liebsten sehnten, der sie verschmäht hatte – ihre Ariadne. Oder die sich vor lauter Verzweiflung, daß man sie verlassen hatte, töten wollten – ihre Dido; oder die für die Schande, vergewaltigt worden zu sein, büßten – ihre Lucretia. Dies waren die Posen, die am meisten Bewunderung fanden.

Als der Dichter sie sah, nur ein Jahr nach ihrer Ankunft in Neapel, hatte sie gerade begonnen, auf den Abendgesellschaften des Cavaliere zu posieren. Ihr Geliebter hatte eine erstaunliche Begabung zutage gefördert, die sie über Jahre hin pflegen sollte und die immer, auch unter ihren schärfsten Kritikern, Bewunderer fand. Ihre darstellerischen Talente schienen zunächst mit ihrer Schönheit identisch zu sein. Aber ihre Schönheit hatte etwas Geniales, sosehr war sie von ihrer Dauer, selbst unter entmutigenden Umständen, überzeugt. Denn als ihre Schönheit vergangen war, fühlte sie sich immer noch als Schönheit – bereit, sich zur Schau zu stellen und begutachten zu lassen. Auch als sie dick wurde, fühlte sie sich immer noch dünn.

Sie wollte kein Opfer sein. Sie war kein Opfer.

Sie vermißt Charles nicht mehr. Sie hat sich abgefunden, sie triumphiert. Sie wußte, sie würde niemals mehr die leidenschaftliche Liebe erleben, und sie hofft auch nicht mehr darauf. Doch sie hatte den Cavaliere aufrichtig gern und war ihm mühelos treu. Sie weiß, wie man Vergnügen bereitet, und tut es, wenn es verlangt wird. Daß Charles im Bett eher kühl und überfordert war, hat ihr nicht das Gefühl gegeben, zurückgewiesen zu werden. Daß der Cavaliere sich als verliebter als sein Neffe erwies, ließ sie zum ersten Mal begreifen, was es hieß, sexuelle Macht über jemanden zu haben. Jetzt fühlt sie sich als Frau (was sicherer ist, als ein Mädchen zu sein) – wie viele der Frauen, die unwiderstehlich sind. Ihr darstellerisches Talent, ihr unstillbares Verlangen, Beziehungen zu anderen aufzunehmen, hatte in diesem Theater nachgestellter, antiker Gefühle sein erhabenstes Betätigungsfeld gefunden.

*

Was die Menschen damals aus der Antike machten, war ein Modell für die Gegenwart, eine Sammlung idealer Beispiele. Die Vergangenheit war eine kleine Welt, durch unsere Entfernung von ihr noch kleiner. Sie hatte nur vertraute Namen (die Götter, die großen Leidenden, die Helden und Heldinnen), die vertraute Tugenden darstellten (Standhaftigkeit, Edelmut, Tapferkeit, Milde) und die eine unwiderlegbare Idee von Schönheit, sowohl männlicher als auch weiblicher, und eine kraftvolle, gefahrlose Sinnlichkeit verkörperten – denn sie waren geheimnisvoll, gebrochen, ohne alle Farbe.

Die Menschen wollten Erbauliches. Wissen war damals in Mode – und Philistertum aus der Mode gekommen. Da jede der Posen, die der Protegé des Cavaliere vorführte, eine Gestalt aus der antiken Mythologie oder dem Drama oder der Geschichte war, unterwarf man sich, wenn man sie ihre Attitüden, wie man es nannte, durchlaufen sah, einer Art Quiz.

Sie löst ihr Haar, sie reckt den Oberkörper, sie hebt flehend die Arme, sie läßt den Kelch zu Boden fallen, sie kniet nieder und hält sich das Messer vor die Brust…

Schweres Atmen. Ein Murmeln vom Publikum. Applaus setzt ein, während jemand, der die Figur nicht erkannt hat, von einem anderen Gast flüsternd aufgeklärt wird. Der Applaus schwillt an. Und die Rufe. »Brava, Ariadne!«

Oder: »Brava, Iphigenia!«

Und der Cavaliere, der in der Nähe stand, sowohl Regisseur als auch privilegierter Zuschauer, nickte ernst. Er hätte gelächelt, hätte er geglaubt, es hätte sich geziemt zu lächeln. Der Dichter lächelte, als er die angespannte Reglosigkeit des Mannes, sein Alter und seine Magerkeit im Gegensatz zu ihrer Jugend und ihrem üppigen Körper betrachtete.

*

Der höchste darzustellende Moment, sagte der Dichter in seinem gestelzten Französisch. Den muß die wirklich große Kunst darstellen. Den menschlichsten, typischsten, ergreifendsten Moment. Meinen Glückwunsch, Madame Hart.

Danke, sagte sie.

Eure Kunst ist höchst ungewöhnlich, sagte der Dichter ernst. Was mich interessiert, ist: Wie könnt Ihr so schnell von einer Pose zur anderen wechseln.

Es fliegt mir einfach so zu, sagte sie.

Ja, natürlich, sagte er und lächelte. Es ist Aufgabe der Kunst, die Mühen ihrer Ausübung zu verbergen.

Es fliegt mir einfach zu, sagte die junge Frau und errötete. Er bat sie doch wohl nicht wirklich, ihm zu erklären, wie sie es machte.

Wie macht Ihr das, fragte der Dichter. Seht Ihr die Person, die Ihr verkörpert, vor Eurem geistigen Auge?

Ich glaube, sagte sie. Ja.

Ihr Haar sah feucht aus. Der Dichter fragte sich, wie es wohl wäre, sie zu umarmen. Sie war nicht sein Typ. Er fühlte sich von Frauen angezogen, die sich besser ausdrücken konnten oder die bescheidener, weniger lebhaft waren. Ihr Talent ließ sie wie im Fieber glühen. Denn ihre Vorstellung war ohne jeden Zweifel bemerkenswert. Sie war nicht nur, wie jedermann wissend erklärte, ein Kunstwerk, sondern selber eine Künstlerin. Das Modell als Künstler? Warum nicht. Doch Genie war etwas anderes. Und Glück auch. Wieder dachte er, wieviel Glück doch der Cavaliere hatte. Er war glücklich, weil er nicht mehr wollte, als er hatte.

Es entstand eine lange, unangenehme Pause. Die junge Frau zuckte mit keiner Wimper, während dieser steife Deutsche sie anstarrte.

Darf ich Euch etwas Wein anbieten?

Später, sagte der Dichter. Ich bin diese Hitze nicht gewöhnt.

Ja, erwiderte die junge Frau. Es ist heiß. Sehr heiß.

Das wichtigste Ziel der Kunst ist es, die Phantasie anzuregen, sagte der Dichter zu ihr. Sie stimmte zu. Und wenn man der wahren Größe eines Entwurfs folgt, muß der Künstler zuweilen von der vulgären und exakten historischen Wahrheit abweichen. Sie schwitzte. Und dann erzählte sie dem Dichter, sie habe seinen *Werther* gelesen und rasend bewundert, und sie habe Mitleid mit der armen Lotte, die sich so schuldig fühlen muß, wo sie doch völlig arglos den allzu sensiblen jungen Mann zu dieser fatalen Leidenschaft inspiriert habe.

Mit dem allzu sensiblen jungen Mann habt Ihr kein Mitleid?

Ach, sagte sie, doch. Aber … aber ich habe mehr Mitleid mit Lotte. Sie hat versucht, das Richtige zu tun. Sie hat es nicht böse gemeint.

Mir tut mein Held leid, sagte der Dichter. Das heißt, er tat mir leid. All das ist mir inzwischen so fern. Ich war erst vierundzwanzig, als ich das Buch schrieb. Ich bin nicht mehr der, der ich damals war.

Die junge Frau, die erst zweiundzwanzig ist, kann sich

nicht vorstellen, daß der Mann, der da vor ihr steht, einmal in ihrem Alter gewesen sein soll. Er muß etwa so alt wie Charles sein. Merkwürdig, wie es Männern erging. Sie machen sich nichts daraus, jung zu sein.

Und war es eine wahre Geschichte, fragte sie höflich.

Das fragen alle, antwortete der Dichter. Das heißt, alle fragen, ob es meine Geschichte ist. Und ich gestehe, ich habe mich zur Verfügung gestellt – aber wie Ihr seht, bin ich noch da.

Ich bin sicher, Eure Freunde sind darüber sehr froh, sagte die junge Frau.

Ich glaube, Werthers Tod war meine Wiedergeburt, sagte der Dichter feierlich.

Oh.

Der Dichter befand sich im Prozeß – und würde sich immer darin befinden –, wiedergeboren zu werden. Definition eines Genies?

Zu ihrer großen Erleichterung sah sie, wie der Cavaliere sich näherte. Ich habe Madame Hart gerade zu der Lebhaftigkeit ihrer Vorstellung gratuliert, sagte der Dichter.

Sicher würde der Cavaliere diesem wichtigtuerischen Besucher ebenbürtig sein. Die Männer würden sich unterhalten, und sie könnte zusehen.

Doch das Gespräch zwischen dem Cavaliere und dem Dichter war, wie sich herausstellte, kaum erfolgreicher als das zwischen dem Protegé des Cavaliere und dem Dichter. Keiner schätzte den anderen sonderlich.

Der Cavaliere hatte den berüchtigten weinerlichen Roman über den liebeskranken Egoisten, der sich erschoß, nie gelesen; er hatte angenommen, er würde ihm nicht gefallen. Glücklicherweise war sein illustrer Gast nicht nur einer der berühmtesten Schriftsteller auf dem Kontinent und führender Minister eines kleinen deutschen Herzogtums, sondern hatte auch wissenschaftliche Interessen, hauptsächlich an Botanik, Geologie und Ichthyologie. Also sprachen sie über Pflanzen und Steine und Fische.

Der Dichter fing an, seine Theorie über die Metamorphose der Pflanzen zu entwickeln. Seit einigen Jahren untersuche ich die Blätter, Stempel und Staubgefäße vieler Arten, und die Untersuchung hat mich veranlaßt, ein Modell als gegeben vorauszusetzen, von dem aus es möglich wäre, eine unendliche Zahl von Pflanzen zu züchten, die alle lebensfähig wären und von denen viele schon leben. Als ich hier am Meer spazierenging, hatte ich eine neue Idee. Man könnte sagen, ich hatte eine Erleuchtung. Ich bin überzeugt, daß diese Urpflanze tatsächlich existiert. Wenn ich Neapel verlasse, werde ich nach Sizilien gehen, was, wie man mir sagt, ein Paradies für Botaniker sein soll und wo ich ein Exemplar zu finden hoffe. Etc., etc., etc.

Ich lege einen englischen Garten auf dem Grundstück des Palastes von Caserta an, sagte der Cavaliere, der ein eifriger Botanisierer war, als der Dichter geendet hatte. Caserta könnte tatsächlich Versailles Konkurrenz machen, aber ich habe Ihre Majestäten davon überzeugt, daß sie, was Gärten betrifft, es nicht nötig haben, dem französischen Geschmack nachzueifern. Auf meinen Vorschlag haben sie den bedeutendsten Gartenarchitekten englischen Stils engagiert, und dieser Garten wird, wenn er erst einmal vollendet ist, eine Flora von höchst erfreulicher Vielfalt beherbergen.

Wie enttäuschend der Cavaliere war. Der Dichter wechselte das Thema und sprach von Italien.

Italien hat mich völlig verwandelt, sagte er. Der Mann, der Weimar voriges Jahr verlassen hat, ist nicht derselbe Mann, der in Neapel angekommen ist und den Ihr jetzt vor Euch seht.

Ja, sagte der Cavaliere, der sich für Charakterwandlung (dem Lieblingsthema des Dichters) genausowenig interessierte wie für botanische oder geologische Theorie, trotz all seiner Kenntnisse über Gärten und den Vulkan.

Ja, ich finde, Italien ist das schönste Land der Welt. Und bestimmt gibt es keine schönere Stadt als Neapel. Gewährt mir das Vergnügen, Euch die Aussicht von meinem Observatorium zu zeigen.

Schönheit, dachte der Dichter verächtlich. Was für ein schlichter Epikureer dieser Engländer doch war. Als wenn es nichts Wichtigeres auf der Welt gäbe als Schönheit! Hier war ein Mann, der unfähig war, tief in das vorzudringen, was ihn interessierte. Ein bloßer Dilettant, hätte er ihn genannt haben können, wäre das Wort Dilettant damals nicht eine Auszeichnung gewesen.

Verwandlung, seufzte der Cavaliere. Hier war ein Mann, der unfähig war, sich selbst nicht ständig ernst zu nehmen. Er dachte, daß der Dichter das Ausmaß, in dem ihn seine italienische Reise verwandelt hatte, sicher übertrieb und daß dieses Interesse an Charakterwandlung von recht anmaßendem Egoismus zeugte.

Und beide hatten sie recht. Doch die Überzeugungen des Dichters sind für uns von größerem Wert; seine Eitelkeit verzeihlicher; sein Gefühl der Überlegenheit ... überlegener. Dem Genie wird, wie der Schönheit, alles, ja, fast alles, verziehen.

Dreißig Jahre später wird Goethe in seiner *Italienischen Reise* schreiben, daß er sich auf der Gesellschaft des Cavaliere köstlich amüsiert habe. Er hat nicht die Wahrheit gesagt. Er war damals noch so jung, noch so rastlos, um unzufrieden zu sein, wenn er sich nicht amüsierte. Um es übelzunehmen, daß er aus keinem Gespräch an diesem Abend etwas gelernt hatte – denn er fühlte sich sowohl geistig unterernährt als auch unterschätzt. Ich arbeite unablässig an meiner Veredlung, schrieb der Dichter, und bin in beständigem Fortstreben begriffen. Vergnügungen, ja – das auch. Ich habe Vergnügungen, und sie beschleunigen und erweitern meine Fähigkeit zu fühlen. Wie überlegen hatte er sich diesen Leuten gefühlt. Und wie überlegen war er tatsächlich.

✶

In den meisten Geschichten, in denen eine Statue zum Leben erwacht, ist die Statue eine Frau – oft eine Venus, die von ihrem Sockel steigt, um die Umarmung eines feurigen Mannes zu erwidern. Oder eine Mutter, doch dann bleibt sie wahrscheinlich in ihrer Nische. Statuen der Muttergottes und von weiblichen Heiligen wandern nicht herum; Bewegung gibt es nur in mitleidigen Augen, einem zärtlichen Mund, einer sanften Hand – die zu dem knienden Bittsteller mit Worten oder mit Gesten sprechen, um zu trösten oder zu beschützen. Nur selten erwacht eine weibliche Statue zum Leben, um Rache zu nehmen. Doch wenn die Statue ein Mann ist, dann ist ihr Ziel fast immer, einen Frevel zu begehen oder zu ahnden. Eine männliche Statue, die lebendig wird – in der modernen Fassung eine Maschine, die menschliche Gestalt erhalten hat und dann belebt wurde –, kommt, um zu töten. Und daß er in Wirklichkeit eine Statue ist, erfüllt ihn mit der kriegerischen Tugend der Sturheit und macht ihn unerschütterlich, unversöhnlich, immun gegen alle Versuchungen der Milde.

Auf einer Dinnerparty. Schicke Leute in schönen und enthüllenden Kleidern amüsieren sich in der Atmosphäre, in der sich solch passionierte Partygeher am besten amüsieren – irgendwo zwischen Bordell und Salon, aber ohne die Strapazen oder Risiken von beiden. Essen, ob zäh oder köstlich, ist im Überfluß vorhanden; Wein und Champagner sind teuer; das Licht ist gedämpft und schmeichelhaft; die Musik und die Düfte von Blumen auf dem Tisch sind durchdringend und überströmend; sexuelles Getändel findet statt, sowohl das gewollte als auch das von der anderen Art (»Wir amüsieren uns bloß«, sagt der Möchtegern-Don-Juan, der von jemandem aufgestört wird, der ihn dabei beobachtet, wie er einer Frau seine nicht willkommene Aufmerksamkeit unbarmherzig aufzwingt); die Dienstboten sind tüchtig und lächeln, in der Hoffnung auf ein gutes Trinkgeld. Die Sessel sind weich, und die Gäste genießen gründlich das Gefühl, drin zu sitzen. Es gibt Genüsse für alle fünf Sinne. Und Heiterkeit und Ungezwungenheit und Schmeichelei und offenes sexuelles Interesse. Die Musik besänftigt und stachelt an. Für diesmal bekommen die Götter des Vergnügens, was ihnen zusteht.

Und herein kommt dieser Gast, diese fremde Persönlichkeit, die ganz und gar nicht hier ist, um sich zu amüsieren. Er kommt, um die Party zu stören und den, der sich am meisten amüsiert, in die Hölle hinabzuziehen. Du hast ihn auf einem Friedhof gesehen, auf einem marmornen Mausoleum. Du warst trunken vor Selbstvertrauen und auch ein wenig nervös, weil du dich auf diesem Friedhof wiedergefunden hast, und so hast du eine kesse Bemerkung zu diesem Typen gemacht. Dann hast du zu ihm hinaufgerufen. Du hast ihn zur Party eingeladen. Es war ein morbider Witz. Und nun ist er da. Er hat graues Haar, vielleicht einen Bart, eine sehr tiefe Stimme und einen schleppenden, arthritischen Gang, nicht nur, weil er alt ist, sondern weil er aus Stein ist; seine Gelenke beugen sich nicht, wenn er geht. Ein riesiger, granitener, bedrohlicher Vater. Er kommt, ein Urteil zu vollstrecken, ein Urteil, das du für überholt gehalten hast oder für nicht anwendbar auf dich. Nein, du kannst nicht deinem Vergnügen leben. Nein. Nein.

Er streckt den Arm aus und fordert dich heraus, seine Hand zu schütteln. Die Erde tief unten rumort, der Boden des feiernden Raumes tut sich auf, Flammen beginnen aufzusteigen –

Vielleicht träumst du und wachst auf. Oder vielleicht erlebst du dies auf eine modernere Weise.

Er kommt herein, der steinerne Gast. Aber er wird dich nicht töten, und er ist vielleicht jünger, sogar jung. Er ist nicht gekommen, um Rache zu nehmen. Er glaubt sogar, daß er auf eine Party gehen wollte (schließlich kann er ja nicht die ganze Zeit ein Denkmal sein), und er ist nicht zu stolz, um sich zu amüsieren. Aber er kann sich nicht verstellen, er muß er selbst sein, was bedeutet, daß er seine erhabeneren Ideen, sein höheres Niveau mitbringt. Er, der steinerne Gast, erinnert die sich Amüsierenden an die Existenz einer anderen, ernsthafteren Art der Erfahrung. Und das wird natürlich ihr Vergnügen beeinträchtigen.

Gut, du hast ihn eingeladen, aber nun wünschst du, du hättest es nicht getan, und wenn du nicht die notwendigen Schritte unternimmst, wird er die Party stören.

Nachdem er einige der Gäste kennengelernt hat, fängt er an, den Abend verloren zu geben. Vielleicht zu schnell. Aber er ist es gewöhnt, solche Situationen rasch hinter sich zu bringen. Er glaubt nicht, daß deine Party so richtig amüsant ist. Er verstellt sich nicht – mischt sich nicht unter die Gäste. Er bleibt in den Ecken des Raumes. Vielleicht sieht er sich die Bücher an oder betastet Kunstgegenstände. Er ist nicht auf gleicher Wellenlänge mit der Party. Sie ist nicht auf gleicher Wellenlänge mit ihm. Er denkt über zu vieles nach. Gelangweilt fragt er sich, warum er gekommen ist. Seine Antwort jetzt: Er war neugierig. Er genießt es, sein Anderssein zu spüren. Er schaut auf die Uhr. Jede seiner Gesten ist ein Vorwurf.

Du, einer der Gäste – oder besser noch, der Gastgeber – nimmst diese finster blickende Gestalt lässig. Du versuchst, charmant zu sein. Er weigert sich, sich von deinem Charme bestricken zu lassen. Er entschuldigt sich und geht sich etwas zu trinken holen. (Ist er muffig, oder bereitet er sich darauf vor, dich hochzunehmen?) Er kommt zurück, an einem Glas Wasser nippend. Du wendest dich ab und gesellst dich zu den anderen. Du machst dich über ihn lustig – es ist leicht, sich über ihn lustig zu machen. Was für ein eingebildeter Schnösel. Was für ein Egoist. Was für ein Angeber. Weiß er denn nicht, wie man sich amüsiert.

Sei nicht so steif, steinerner Gast!

Er widerspricht immer noch allem, was man ihm sagt,

macht immer noch deutlich, daß er sich nicht amüsiert. Aber er kann deine Aufmerksamkeit nicht dauernd für sich beanspruchen. Du flatterst von Gast zu Gast. Denn eine Party ist kein Tête-à-tête. Eine Party soll die Teilnehmer miteinander in Einklang bringen, ihre Unterschiede verbergen. Und er hat die üble Angewohnheit, sie deutlich zeigen zu wollen. Kennt er denn nicht die zivilisierende Praxis der Heuchelei?

Ihr könnt nicht beide recht haben. Tatsache ist, wenn er recht hat, hast du unrecht. Dein Leben wird als seicht entlarvt, deine Wertvorstellungen als opportunistisch.

Er will deinen Geist entführen. Du willst es nicht zulassen. Du sagst dir, daß Frivolität ein edles Streben ist. Daß auch eine Party eine ideale Welt ist.

Früher oder später geht er. Er schüttelt dir die Hand. Frostig. Du fällst in den alten Trott zurück. Die Musik ist wieder lauter. Was für eine Erleichterung. Du magst dein Leben. Du wirst dich nicht ändern. Er ist anmaßend, arrogant, humorlos, aggressiv, herablassend. Ein Monster an Egoismus. Doch leider ist er auch das einzig Wahre.

*

Bei einem anderen Besuch bat der Dichter den Cavaliere, ihm einen Lavahändler in Neapel zu empfehlen, so daß er eine angemessene Auswahl an Gesteinsproben mitnehmen könne.

Reisen heißt kaufen. Reisen heißt plündern. Niemand, der hierherkam, ging ohne eine Art Sammlung wieder fort. Neapel machte aus jedem einen Amateursammler. Es machte sogar aus dem Marquis de Sade einen Sammler, als er, um der Inhaftierung in Frankreich zu entgehen, vor elf Jahren unter einem Pseudonym hierhergekommen war – obwohl seine falsche Identität vom französischen Gesandten entlarvt wurde und er zustimmen mußte, am neapolitanischen Hof unter seinem richtigen, schon verrufenen Namen vorgestellt zu werden. Als de Sade fünf Monate später die Stadt verließ, um nach Frankreich zurückzukehren, schickte er zwei riesige, mit Antiquitäten und Raritäten gefüllte Kisten voraus.

Bevor er nach Sizilien aufbrach, besichtigte der Dichter noch einige Male das königliche Museum in Portici, das er zum A und Ω aller Antiquitätensammlungen erklärte. Er besuchte Paestum und gestand, daß er die stumpfen dorischen Säulen furchtbar gefunden habe. (Nach seiner Rückkehr von Sizilien, bei einem zweiten Besuch, wußte er sie zu würdigen.) Er ging jedoch nicht noch einmal nach Pompeji und Herkulaneum, beide Städte hatte er kurz nach seiner Ankunft besichtigt, und sie hatten ihm nicht gefallen. Es war besser, die Bewegungen der Taschenkrebse an dem dem Meere entgegengebauten Mauerwerke zu beobachten. Was ist doch ein Lebendiges für ein köstliches herrliches Ding, schrieb er. Es war besser, durch den Park von Caserta zu spazieren, auf den der Cavaliere so stolz war, und die Rosensträucher und Kampferbäume anzuschauen. Ich bin ein Freund der Pflanze, schrieb er. Ich liebe die Rose. Und er fühlte, wie ihn eine Welle der Gesundheit und der Selbstbestätigung durchströmte. Welche Freude bereitet es mir, mein kleines Studium des Lebens in all seinen vielfältigen Formen weiterzuführen. Fort mit dem Tod – diesem schrecklichen Berg, diesen Städten, deren überfüllte Behausungen vorauszusagen scheinen, daß sie bald Gräber sein werden.

Er schrieb Briefe an seinen Souverän und seine Freunde in Weimar. Ich suche weiter. Ich forsche ständig. Und dann: Ihr werdet mich nicht wiedererkennen. Ich erkenne mich selbst kaum wieder. Deshalb bin ich nach Italien gegangen. Deshalb mußte ich meine Pflichten vernachlässigen. Während seines in sexueller Hinsicht aufschlußreichen Aufenthalts in Rom hatte er die endgültige Fassung seiner *Iphigenie* beendet und dem ewig unvollendeten *Faust* zwei Szenen hinzugefügt. Er hatte sich viel mit Pflanzen und mit Palladio beschäftigt. Um die Versuchungen abzuwehren, sich nach der verlorenen antiken Vergangenheit zu sehnen, machte er Notizen über das malerische Gebaren der einfachen Leute auf den Straßen. Er hatte Fortschritte beim Zeichnen gemacht. Er war nicht enttäuscht von sich. Diese Produktivität war nur ein weiteres Zeichen seines Wohlbefindens.

Es ist wichtig, nicht zuviel zu schätzen. Einmal nimmt man es auf sich, in die Welt zu gehen und gerät in enge Wechselbeziehungen zu ihr, schrieb er einer Freundin, man muß acht geben, sich nicht zu verwirren oder sogar wahnsinnig zu werden.

Er hielt sich bereit zurückzukehren. Neapel ist für diejenigen, die nur leben, schrieb er – und dachte an den Cavaliere. So schön und herrlich diese Welt ist, so hat man doch in derselben nichts zu tun. Doch ich freue mich darauf, mich daran zu erinnern, schrieb er. Die Erinnerung eines solchen Augenblicks ist eine Würze aufs ganze Leben.

Die Leute sammelten jeden Schnipsel Papier, auf dem der Dichter etwas niedergeschrieben hatte. Sein Ruhm hatte ihn zu einer lebenden Antiquität gemacht – die von seinen Bewunderern gesammelt werden mußte. Dieser große Dichter, dessen Hunger nach Ordnung und Ernsthaftigkeit ihn veranlaßt hat, als Staatsbeamter, als Höfling zu leben, gehört schon zu den Unsterblichen. Er gab sich öffentlich, und er war selber ein Kunstwerk. Er spürte das Echo der Ewigkeit in jeder seiner Äußerungen. Jede Erfahrung war Teil seiner Bildung, seiner Selbstvervollkommnung. Nichts konnte mißlingen in einem so glücklichen, so ehrgeizig geplanten Leben.

Das Gleiche läßt uns in Ruhe; aber der Widerspruch ist es, der uns produktiv macht. Worte des Dichters. Worte der Weisheit. Eine Weisheit und ein Zeichen des Glücks, die dem Cavaliere verschlossen blieben und die er nie vermissen würde.

*

Alles sollte verstanden werden, und alles kann verändert werden – das ist die moderne Meinung. Selbst die Projekte des Alchimisten erschienen heute plausibel. Der Cavaliere versuchte nicht mehr zu verstehen, als er schon verstand. Der Trieb des Sammlers förderte nicht die Lust, verstehen oder verändern zu wollen. Sammeln ist eine Art Im-Einklang-Sein. Der Sammler erkennt an. Er fügt hinzu. Er lernt. Er bemerkt.

Der Cavaliere gab eine Serie von Zeichnungen von zwölf der Attitüden bei einem ortsansässigen deutschen Künstler in Auftrag. *Zeichnungen, getreu der Natur in Neapel angefertigt*, war ihr Titel. Doch sie vermitteln nichts, dachte der Cavaliere, vom Zauber dieser Vorführungen.

Und er beauftragte jemanden, Notizen und Zeichnungen über die Posen und Vorführungen des Berges anzufertigen.

So gewissenhaft der Cavaliere auch war, ein hauptberuflicher Beobachter konnte er doch nicht sein. Seit einigen Jahren schon, seit der großen Eruption von 1779, bezahlte er einen gelehrten Priester und Eremiten aus Genua, der allein und ohne Diener am Fuß des Berges lebte, dafür, ein Tagebuch über alles zu führen, was er sah. Dieser Vater Piaggio verließ seine Klause nie – ein Berg ist eine Versuchung für einen Einsiedler –, er stand bei Morgengrauen auf und machte seine Beobachtungen, verrichtete sie regelmäßig wie Andachten, zu bestimmten Zeiten mehrmals am Tag. Vom Fenster seines winzigen Häuschens hatte er einen idealen Ausblick. Er hatte schon vier Manuskriptbände mit seinen gewissenhaft leserlichen Aufzeichnungen über das Verhalten des Berges gefüllt, mit geschickten Bleistiftskizzen der nach unten fließenden und sich ausbreitenden Lavaströme, der aufwärts drehenden und schießenden Rauchausstöße des Kraters.

Vieles in diesen Aufzeichnungen und Skizzen wiederholte sich. Wie konnte es anders sein? Wer konnte den Berg ändern? Besonders gern hatte der Cavaliere eine Geschichte, die der Priester ihm über einen Naturphilosophen aus Prag erzählte, der vor vierzig Jahren an den Königshof gekommen war, als Karl von Bourbon, der Vater des gegenwärtigen Königs, noch auf dem Thron saß, und der einen detaillierten Plan unterbreitete, mit dessen Hilfe die Dörfer rund um den Vesuv vor der Gefahr gerettet werden sollten, die ständig über ihnen lauerte. Seine diversen Spezialgebiete, die er mit Bergbau, Metallurgie und Alchimie bezeichnete, hatten ihn dazu gebracht, den Vulkan viele Jahre lang in seinem Laboratorium in Prag zu studieren. Dort hatte er die Lösung gefunden. Sie bestand darin, den Berg bis auf etwa dreihundert Meter über dem Meeresspiegel abzutragen und dann einen schmalen Kanal von seinem gefüllten Gipfel bis zur Küste zu öffnen, so daß im Fall einer erneuten Explosion alles, was von seinem Feuer bleibt, konzentriert wird und direkt ins Meer abläuft.

In Anbetracht des Ausmaßes der Aufgabe sei die Zahl der Arbeiter, die er benötige, nicht groß, betonte der Mann aus Prag. Gebt mir neunundzwanzigtausend Mann, Majestät, sagte er, und in drei Jahren wird das Ungeheuer enthauptet sein.

War der Mann aus Prag nur einer von vielen Scharlatanen? Möglich. Sollte man ihm trotzdem einen Versuch gestatten? Der König, der kühne Projekte liebte, beriet sich mit seinen Ministern. Sie waren entsetzt über den Plan. Die Form des Berges zu verändern, erklärten sie, wäre ein Sakrileg. Ein Bannfluch wurde in der Kathedrale vom Kardinal verlesen.

Da dies ein Zeitalter mit neuen Ideen, neuen Maschinen war – die Menschen entdeckten neue Möglichkeiten der Begradigung, der Verschönerung –, war es nicht verwunderlich, daß das Projekt kürzlich von einem ortsansässigen Ingenieur wieder zum Leben erweckt wurde, der mit soliderer Technologie ausgerüstet war und seine Zeichnungen dem königlichen Paar zur Begutachtung vorlegte. Die Königin, die sich selbst gern als Schutzherrin der Aufklärung sah und die sich über die Notwendigkeit kluger Reformen in Politik und Industrie im klaren war, reichte den Vorschlag an kompetente Minister und örtliche Gelehrte zur Überprüfung weiter. Vergeßt jeden Gedanken an ein Sakrileg, instruierte sie die Männer; bedenkt nur die Machbarkeit.

Die Antwort kam zurück: Ja, es ist machbar. Hatten nicht die Menschen längst vergangener Zeiten, auch ohne unsere wunderbaren modernen Hilfsmittel, höher und mit größerer Genauigkeit gebaut, als man für möglich gehalten hatte? Und niederzureißen ist einfacher als aufzubauen. Wenn eine menschliche Maschine von vielen Tausenden von Arbeitern dieses Wunder, die große Pyramide von Gizeh, zu errichten vermochte, dann konnte eine ähnliche Mobilisierung von Energien und Gehorsam durch einen vorausschauenden Herrscher ein weiteres Wunder, die Abflachung des Vesuv, vollbringen. Doch die Form zu verändern, den Berg zu verkleinern, würde keinen Einfluß auf sein Wesen haben. Es würde keine Eruption verhindern oder leichter kanalisierbar machen. Die eigentliche Gefahr war nicht der Berg, sondern das, was unter dem Erdsockel lag, auf dem der Berg stand.

Aber es läßt sich machen, sagte die Königin ungeduldig. Ja, es läßt sich machen. Und wir werden es machen, wenn wir uns dazu entschließen. So fern sie auch den Gottkönigen des antiken Mittelmeeres waren, beanspruchten diese aufgeklärten Despoten doch immer noch das Recht, mit absoluter, durch göttliches Geheiß verliehener Macht zu herrschen. In Wirklichkeit war ihre Autorität durch Spott, durch Aufklärung ständig unterhöhlt worden. In Wirklichkeit hatten sie nichts mehr, was absoluter Macht auch nur entfernt ähnlich war.

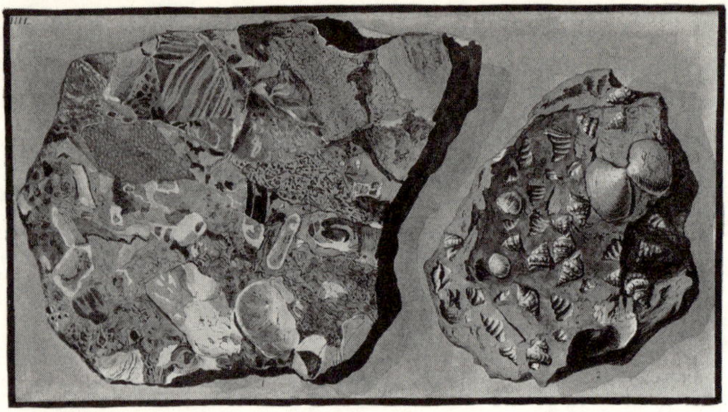

3

In jenem Winter war es auf der ganzen Halbinsel außergewöhnlich kalt gewesen, von Vendig, wo die Lagune zugefroren war, so daß man darauf spazierengehen oder sogar, wie auf einem holländischen Gemälde, Schlittschuh laufen konnte, bis hinunter nach Neapel, wo der Winter noch härter war als der vor sieben Jahren, der den armen Jack umgebracht hatte. Wochenlang blieb der Schnee auf dem Lavagestein der Straßen liegen und bedeckte den Berg. Der Hagel war genauso zerstörerisch wie ein heißer Ascheregen. Obsthaine und Gärten gingen zugrunde, und mit ihnen die weniger robusten der vielen Tausend Armen der Stadt, die nicht einmal ein Dach zwischen sich und dem eisigen Wind besaßen. Bei denen, die ein Heim hatten, rief die noch nie dagewesene Strenge der Jahreszeit ein Gefühl der Angst hervor. Sicher waren solche Abweichungen nicht einfach nur Tatsachen der Natur. Es waren Zeichen, Entsprechungen, Vorboten einer Katastrophe, die im Anzug war.

*

Wie ein Wind, wie ein Sturm, wie ein Feuer, wie ein Erdbeben, wie ein Erdrutsch, wie eine Überschwemmung, wie ein umstürzender Baum, ein tosender Sturzbach, eine berstende Eisscholle, wie eine Flutwelle, wie ein Schiffsuntergang, wie eine Explosion, wie ein überkochender Dampfkessel, wie ein alles verzehrendes Feuer, wie sich ausbreitender Mehltau, wie ein sich verdüsternder Himmel, wie eine einstürzende Brücke, ein sich öffnender Abgrund. Wie ein ausbrechender Vulkan.

Sicher mehr als nur die Taten von Menschen: die wählen, nachgeben, standhalten, lügen, verstehen, recht haben, enttäuscht werden, konsequent sind, vorausschauend sind, rücksichtslos sind, grausam sind, sich irren, originell sind, Angst haben...

*

In jenem Frühjahr blieb der Vesuv aktiv und lockte noch mehr Reisende in die Stadt, die ihn bewunderten, ihn malten, ihn wenn möglich bestiegen und eine noch größere Nachfrage nach Gemälden vom Vulkan in all seinen Stimmungen auslösten, Gemälden, die begabte Maler und einheimische Bilder-Lieferanten den Leuten verschafften, indem sie ihre Produktion erhöhten. Aber gegen Ende Juli, als sich die Nachrichten vom Sturm auf die Bastille verbreiteten, fiel die Nachfrage nach Bildern vom Vulkan als krönendem Element einer heiteren Landschaft drastisch. Jetzt wollten alle Bilder vom ausbrechenden Vesuv. Tatsächlich malte eine Weile lang kaum einer den Vesuv auf andere Weise. Sowohl für die Befürworter der Revolution als auch für die empörte herrschende Klasse in ganz Europa schien kein Bild geeigneter, das auszudrücken, was in Frankreich geschah, als ein tätiger Vulkan – heftiges Beben, Rumoren von tief unten und Wellen tödlicher Kraft, die die Landschaft erschüttern und für immer verändern.

Wie der Vesuv ist auch die Französische Revolution ein

Phänomen. Doch vulkanische Eruptionen sind etwas Beständiges. Während die Französische Revolution als etwas noch nie Dagewesenes gesehen wurde, brach der Vesuv seit langem schon aus, bricht jetzt aus und wird immer wieder ausbrechen: das Beständige und Immerwiederkehrende der Natur. Die Macht der Geschichte wie die Macht der Natur zu behandeln, war beruhigend und beunruhigend zugleich. Es legt nahe, daß auch dies, selbst wenn es nur der Anfang, der Anfang eines Zeitalters von Revolutionen ist, vorübergehen wird.

Der Cavaliere und alle, die er kannte, schienen nicht unmittelbar in Gefahr zu sein. Statistisch gesehen passieren die meisten Katastrophen anderswo, und unsere Fähigkeit, sich die mit diesen Katastrophenfällen verbundene Not vorzustellen, ist begrenzt. Vorläufig sind wir in Sicherheit, und, wie man so sagt, das Leben (gemeint ist meist das Leben der Privilegierten) geht weiter. Wir sind in Sicherheit, wenn vielleicht auch hinterher alles anders sein wird.

Vulkane zu lieben hieß, die Revolution an ihren Platz zu verweisen. In der Nähe der Erinnerung an eine Katastrophe zu leben, mitten in Ruinen zu leben – Neapel oder, heute, Berlin –, heißt, man ist sicher, jede Katastrophe, selbst die größte, überleben zu können.

*

Die Geliebte des Cavaliere hatte nie aufgehört, an Charles zu schreiben. Sie hatte ihm geschrieben, um ihn zu bitten, ihm Vorwürfe zu machen, ihn anzuklagen, ihm zu drohen und um zu versuchen, sein Mitleid zu wecken. Nach drei Jahren schrieb sie fast noch genausooft. Wenn Charles schon nicht ihr Liebhaber war, so sollte er wenigstens ihr Freund sein. So groß war ihr Talent zur Treue, daß sie kaum verstand, wenn Leute sie nicht mochten oder genug von ihr hatten. Sie hatte eine solche Bereitschaft, fröhlich zu sein, daß sie sich nicht vorstellen konnte, Charles könne ihre Briefe nicht willkommen heißen, könne nicht froh sein, von dem zu hören, was sie und sein Onkel taten, der Onkel, den sie nach besten Kräften glücklich zu machen versuchte (war es denn nicht das, was Charles wollte) und der ihr gegenüber so freundlich, so großzügig war.

Sie schrieb darüber, wie sie den Cavaliere auf Bergbesteigungen begleitet und wie sie noch nie zuvor ein so herrliches Schauspiel gesehen hatte, obwohl ihr der Mond leid tat, dessen Licht so bleich und kränklich neben dem des ausbrechenden Vulkans schien (es brauchte nicht viel, um die Quelle ihres Mitleids sprudeln zu lassen); und wie sie mit ihm zu den Ausgrabungsstätten von Pompeji gefahren war, wo sie um die Menschen trauerte, die vor so vielen Jahrhunderten getötet worden waren. Im Gegensatz zu Catherine, die nie den Gedanken erwogen hatte, den Vesuv zu besteigen und der nie etwas daran gelegen hatte, in den Kreis der Begleiter ihres Mannes aufgenommen zu werden, um die toten Städte zu besichtigen (obwohl sie sie mit William besucht hatte), war sie bereit, alles und jedes mitzumachen, was der Cavaliere vorschlug, und schien grenzenlose Energien zu haben. Wenn sie gekonnt hätte, wenn er es gestattet hätte, wäre sie, gestiefelt und in Pelze gehüllt, gern mit auf Eberjagd mit dem Cavaliere gegangen (sie war eine ausgezeichnete Reiterin, was er nicht wußte). Sie hätte zugesehen, wie der König bis zu den Hüften in blutigen Innereien stand, und hätte es sogar noch fertiggebracht, den entsetzlichen Anblick zu genießen, obwohl sie keinerlei voyeuristische Neigungen verspürte – und dabei an ihre nicht allzu große persönliche Erfahrung mit dieser Art der Barbarei gedacht, (obwohl der Liebhaber vor Charles, der Vater ihrer Tochter, der ihr das Reiten beigebracht hatte, ein Tiere abschlachtender Landedelmann gewesen war) oder an das was sie aus Büchern gelernt hatte.

Verblüffend, ja. Ich habe einmal gesehen ... ich meine,

es ist wie, es ist wie, wie ... Homer, mochte sie wohl ausrufen. Und nicht einmal so ganz falsch damit liegen.

Der Cavaliere beobachtete sie voller Zärtlichkeit, wie sie ihre Rolle als seine Begleitung, als Dame in der Ausbildung, erweiterte. Sie hatte immer schon schnell gelernt. So hatte sie überlebt, und so triumphierte sie.

Sein Abdruck zeichnete sich, so dachte er, in ihr ab wie der Daumen des Bildhauers im feuchten Ton. Sie war auf heitere, geschickte Weise entgegenkommend. Die Dinge, bei denen er ihr entgegenkommen mußte, waren nicht der Rede wert. Er mußte in ihrer Gegenwart seine angeborene Vorliebe für ironische Bemerkungen im Zaum halten. So klug sie auch war, sie konnte ihm darin doch nicht folgen. Sowohl vom Naturell als auch von der Klassenzugehörigkeit her war sie für Ironie nicht empfänglich. In ihrem Naturell gab es eigentlich keine Melancholie, die die andere Seite der Ironie ist, und jene Art von Snobismus, die sich einer indirekten Ausdrucksweise rühmt, lag ihr völlig fern. Ironie ist die häufigste Reaktion des vornehmen, im Ausland lebenden Engländers auf das seltsame, ungeschlachte Benehmen der Einheimischen, unter denen er (und sei es auf eigenen Wunsch) zu leben sich verpflichtet fühlt. Ironisch sein bedeutete, seine Überlegenheit zeigen zu können, ohne die Unhöflichkeit zu besitzen, tatsächlich entrüstet zu sein. Oder beleidigt. Die junge Frau sah keinen Grund, es nicht zu zeigen, wenn sie beleidigt war; oder entrüstet, was oft vorkam – nie über Unrecht, das man ihr antat (in dem Fall war sie sehr nachsichtig oder leicht zu besänftigen), sondern über Unrecht oder Geringschätzung, die anderen widerfuhr.

Wenn sie snobistische Gefühle hatte, mußte sie sie direkt zum Ausdruck bringen. Ach je, wie vulgär die waren, sagte sie etwa, wenn sie von einer Abendgesellschaft nach Hause kamen – der Cavaliere nahm sie überallhin mit, und alle sahen sie gern. Niemand ist so gut, so klug, so attraktiv wie Ihr, sagte sie zum Cavaliere.

Und niemand, dachte der Cavaliere, war so vielseitig wie sie.

Als Frau ist sie, wie der Cavaliere, ein weiterer meisterhafter Vermittler geworden. Ihr Betätigungsfeld ist der Bereich, den Frauen meist für sich in Anspruch nehmen: sich um Gefühle, um Leiden zu kümmern. Ein weiteres Talent, das sich entfaltete: erstaunlich schnell zu erraten, was andere dachten, fühlten, brauchten; was andere wollten, für sich selbst wollten, von ihr wollten. So selbstbezogen sie auch sein mochte, ihre vorhersehbarsten Gefühle waren doch die der Bewunderung, der Treue, des Mitleids ... nicht gerade die Leidenschaften eines Narziß. Jedermanns seelisches Leid trieb ihr die Tränen in die Augen. Sie weinte, als sie auf der Straße den Leichenzug für ein Kind sah, weinte über das Geständnis, das ihr auf einer Abendgesellschaft von einem jungen amerikanischen Seidenhändler gemacht wurde, den die Familienfirma auf Geschäftsreise ins Ausland geschickt hatte, damit er darüber hinwegkomme, daß eine Frau ihn hatte sitzenlassen. Jedermanns körperliches Leid ließ sie denken, sie könne etwas dagegen tun. Sie braute ein walisisches Hausmittel gegen Valerios Kopfschmerzen zusammen. Jedermanns Schweigen drängte sie zu dem Versuch, den verschlossenen Menschen dazu zu bringen, aus sich herauszugehen. Sie versuchte, mit dem einäugigen jungen Mann, dem Bergführer des Cavaliere, zu sprechen. Ach, sein armes Auge!

*

Nachdem sie ihr erstes Nach-Bastille-Jahr in Rom verbracht hatte, traf die reisefreudige Elisabeth Vigée-Lebrun 1790 für einen längeren Aufenthalt in Neapel ein, ausgerüstet mit den unvermeidlichen Empfehlungsschreiben an den führenden Mäzen sowohl einheimischer als auch ausländischer Maler, dessen Lebensgefährtin zufällig eine junge Frau war, die eines der berühmtesten Malermodelle ihrer Zeit gewesen war. Vigée-Lebrun verschwendete keine Zeit, sondern bat den Cavaliere sofort, ein Porträt seines vielgemalten charmanten Geschöpfes bei ihr in Auftrag zu geben, und der Cavaliere gab bereitwillig seine Zustimmung, nachdem er sich mit einem beträchtlichen Honorar einverstanden erklärt hatte. Er besaß bereits etwa ein Dutzend Porträts von ihr. Er konnte gar nicht genug besitzen. Möglicherweise dachte er keinen Augenblick daran, daß dies ihr erstes Porträt von einer der wenigen professionellen Malerinnen war.

Da die Gefährtin des Cavaliere immer noch ein Modell für andere war und noch nicht das Modell ihrer selbst, stellte sich die Frage, welche Gestalt aus Mythologie, Literatur oder antiker Geschichte sie verkörpern sollte. Vigée-Lebrun beschloß, nicht ganz ohne Bosheit, sie als Ariadne zu malen. Der gewählte Augenblick ist der, als Ariadne von Theseus, ganz gegen ihren Willen, ohne Umschweife auf Naxos zurückgelassen wurde. Obwohl es erst kurze Zeit danach ist, sieht Ariadne alles andere als verzweifelt aus. Im Vordergrund, am Eingang einer Höhle, in einem langen, lockeren weißen Kleid, das von den ziellosen Windungen ihres üppigen rotbraunen Haars von den Schultern über den Bauch bis zu den rundlichen Knien teilweise verdeckt wird, sitzt sie auf einem Leopardenfell, lehnt sich an einen Felsen, die eine Hand dekorativ gegen die Wange gehalten, während die andere einen Messingpokal umfaßt. Den Rücken hat sie dem Eingang zugekehrt, das Gesicht zum Inneren der Höhle gewandt, als wären sowohl der Betrachter, dessen Blick sie mit weitgeöffneten Augen und mit nichtssagender Aufrichtigkeit begegnet, als auch die Quelle des gleißenden Lichts, das ihr Gesicht, ihre Brust, ihre nackten Arme leuchten läßt, tiefer im Innern der Höhle. Hinter ihr liegt das offene Meer und weit in der Ferne, am Horizont, ein winziges Schiff. Vielleicht ist es das Schiff, über das Theseus das Kommando hat, der Held, dessen Leben sie gerettet hat und der versprochen hatte, sie mit in seine Heimat zu nehmen und sie zu heiraten, der sie aber statt dessen, nachdem die Hälfte des Wegs zurückgelegt war, ausgesetzt und zum Sterben auf dieser öden Insel zurückgelassen hatte.

Ja, es muß das Schiff ihres Geliebten sein – dessen Segel sich nach der verräterischen, feigen Tat gerade wieder voll in den Wind stellen. Es kann nicht das Schiff von Dionysos, dem Gott des Vergnügens und des Weines, sein, der sie retten und zu *seiner* Geliebten machen wird und der ihr so ein Schicksal bereitet, das weitaus glanzvoller ist als alles, was sie für erreichbar gehalten hatte. Da er kein gewöhnlicher Sterblicher ist, muß Dionysos nicht mit dem Schiff ankommen. Er kann einfach herfliegen. Aber vielleicht ist er schon hergeflogen, und er ist es dort hinten in der Höhle, der gleich mit Ariadne schlafen wird, und sie hat Theseus bereits vergessen, der noch nicht einmal ganz außer Sichtweite ist (und der sich, obwohl er erleichtert ist, sie los zu sein, ein wenig reumütig fühlt, so reumütig, wie sich ein gemeiner Kerl, der sich auch noch für einen Gentleman hält, nur fühlen kann), und sie hat den Wein schon getrunken, den der Gott ihr gereicht hatte, um ihr die Augen zu trocknen (Vergiß Theseus! Aber ich habe ...) und ihr die Glieder zu lockern – in Erwartung ihrer Umarmungen.

Oder ist es nur der Betrachter, der verführt wird, hier tief im Innern der Höhle, so wie die reale Frau jeden verführte, mit ihrem hellen, leuchtenden, eindringlichen Lächeln jeden anstrahlte. Doch nicht mit dem geradezu anzüglichen Lächeln auf dem Bild. Sie ist ungefährlicher, mehr darauf bedacht zu gefallen, weniger selbstsicher. Niemals, auf keinem der vielen Porträts, die von ihr gemacht wurden, ist sie so unverhohlen als Kurtisane dargestellt worden. Es war die unangenehme Darstellung einer unabhängigen Frau, die durch ihren Witz und ihre Begabungen in der großen Welt überlebt, durch eine andere

Frau, die dasselbe gefährliche Spiel spielt. Doch so unverschämt das Porträt auch war, es war ein Erfolg. Die Künstlerin kannte ihre Mäzene. Sie mußte geahnt haben, daß der Cavaliere (verblendet) und die junge Frau (unschuldig eitel) das Porträt nicht so sehen würden, wie andere es vielleicht sahen, daß sie es nur als einen weiteren Tribut an ihre alles besiegende Schönheit sehen würden.

Aus der großen Zahl von Rollen und Gestalten, von denen sie annahm, sie sei fähig, sie zu spielen, bereitete es ihr besonderes Vergnügen, die Frauen darzustellen, deren Schicksal ihrem eigenen glücklichen Leben so ganz und gar nicht ähnlich war, wie etwa Ariadne und Medea, Prinzessinnen, die alles – Vergangenheit, Familie, gesellschaftliche Stellung – einem fremdländischen Geliebten opferten und die dann betrogen wurden. Sie sah sie nicht als Opfer, sondern als Menschen, die außerordentlich ausdrucksstark waren: Menschen, die in der Intensität ihres Gefühls, in der Unbekümmertheit und der Rückhaltlosigkeit, mit der sie sich einem einzigen Gefühl hingaben, ergreifend und heldenhaft waren.

Sie vervollkommnete ihre Attitüden, verbesserte die Bühnentechnik und die Dramaturgie. Der Cavaliere mußte nicht mehr in der Nähe stehen und einen Wachsstock halten. Sie wurde von zwei großen, dicken Kerzen beleuchtet, die zu beiden Seiten hinter Wandschirmen standen. Zuweilen benutzte sie sowohl menschliche als auch unbelebte Requisiten. Die Gräfin von * * *, die ebenfalls vor den entsetzlichen Ereignissen in Paris geflohen war und sich in Neapel niedergelassen hatte, nahe dem Hof, an dem die Schwester der französischen Königin regierte, und die damit rechnete, daß die gottlosen Revolutionäre unverzüglich bestraft würden und die verehrten Majestäten Ludwig XVI. und Marie Antoinette ihre volle, von Gott verliehene Macht wiedererhielten – diese Gräfin hatte eine Tochter, ein bläßliches, kluges Kind von sieben oder acht Jahren, das etwa im selben Alter war wie die

Tochter, die die Gefährtin des Cavaliere seit über vier Jahren schon nicht mehr gesehen hatte (und für deren jährlichen Unterhalt nun Charles, auf Anweisung des Cavaliere, aus den Einkünften des Landsitzes in Wales einen kleinen Betrag zahlte), und die, so stellte sie sich vor, ihrer Tochter ähnlich sah oder eher so aussah, wie ihre Tochter (armes, verlassenes Kind) jetzt wohl aussehen mochte. Sie weinte, weil sie an ihre Tochter dachte, und ließ die Tochter der Gräfin bei den Attitüden mitmachen. Vor den Gästen des Cavaliere gestaltete sie eines Abends drei lebende Bilder mit dem Kind. Diese lösten einander in blitzschneller Folge ab, denn sie brauchte nicht einmal mehr die kleinste Pause, um sich zwischen der einen Attitüde und der nächsten zu verhüllen.

Das erste Sujet war der Raub der Sabinerinnen, das Gefühl war der Schrecken, und der Augenblick war der, in dem eine junge römische Ehefrau mitten auf der Flucht eingefangen wurde und vergeblich versuchte, mit dem Kind, das sie an ihren Busen drückte, zu fliehen. Sie hatte das empfindsame, zutrauliche Kind auf dieses Sujet vorbereitet, indem sie der Kleinen Bilder aus den Büchern des Cavaliere gezeigt hatte. Doch die beiden Sujets, die folgten, waren inspirierte Improvisationen. In einer einzigen Bewegung stieß sie den Körper des Kindes zu Boden und zog die kleinen Arme in die Höhe, verschränkte die Hände im Gebet, machte einen Schritt nach hinten, ergriff ihr Haar und preßte ihr einen Dolch an die Kehle. Applaus und »Brava, Medea!«. Dann fiel sie auf die Knie, umschlang das versteinerte, ohnmächtige Mädchen mit dem ganzen Körper, von einem stillen, gefrorenen Schluchzen verzerrt, und empfing die Huldigung: »Viva, la Niobe!«

Das war mehr als Schauspielerei, dachte der Cavaliere, der mit seinen Gästen zusah. Und wieder einmal staunte er darüber, wie außergewöhnlich ihre Begabung für Phantasie, für Mitleid, für Gefühle war, die sie nicht gekannt haben konnte, und sonnte sich in den *bravas*, als gelte das Lob ihm. Was für ein bemerkenswertes Geschöpf sie doch war.

✶

Es war der Beginn des Zeitalters der Revolutionen, es war der Beginn des Zeitalters der Übertreibung.

Die junge Frau wurde zu alldem, als das er sie sehen wollte. Es kam dem Cavaliere in den Sinn, daß er das bisher Undenkbare in Erwägung ziehen müsse, nämlich das zu werden, als das sie ihn sehen wollte – obwohl sie den Anstand besaß, es nicht zu erwähnen.

Was konnte er im Herbst seines Lebens noch mehr besitzen wollen als dieses bewundernswerte, und bewundernde, Geschöpf?

Seht nur, wie sie alle für sich eingenommen hat.

Eine kleine Gesellschaft, nur fünfzig Gäste, zu Ehren des Herzogs del * * *. Die Gefährtin des Cavaliere präsidierte an ihrer Seite am Kopfende der langen Tafel. Sie trug ein griechisches Gewand, einen Chiton, den der Cavaliere nach dem Gewand, das die trojanische Helena auf einer seiner Vasen trug, hatte anfertigen lassen. Solange sie sich ankleidete, hatte Mrs. Cadogan ihm den Zutritt verwehrt. Und als sie erschien, war er überwältigt. Sie war so schön wie immer – konnte man mehr sagen?

Zu ihrer Rechten saß der rosige, parfümierte Fürst * * *, ein berüchtigter einheimischer Frauenheld; zu ihrer Linken Graf * * *, ein berüchtigter einheimischer Langweiler. Sie hatte ein erstaunliches Talent, die Menschen für sich einzunehmen, neigte ihr reizendes Gesicht bald zu dem einen, bald zu dem anderen. Sie durchkreuzte die Verführung des Verführers, indem sie ihm von den Reizen seiner Frau erzählte, und das mit einem solchen Geschick und Eifer, daß selbst er anfing, voller Zärtlichkeit an diese so arg vernachlässigte Frau zu denken und sich mehr für den Scharfsinn seiner Tischpartnerin interessierte als für ihren schneeweißen Busen. Auch den Langweiler bezauberte sie, sogar noch müheloser, indem sie aufmerksam zuhörte, wie er sich über jeden einzelnen seiner gesellschaftlichen Triumphe anläßlich einer Reise nach Paris, die er kürzlich unternommen hatte, erging und darüber, wie er einen Advokaten namens Danton und den Journalisten Marat kennengelernt hatte und wie er festgestellt hatte, daß die Revolutionäre, obwohl es nicht gerade angemessen war, das in diesem Kreis zu sagen, nicht die Menschenfresser und vermeintlichen Königsmörder waren, die er erwartet hatte, sondern Männer mit gesundem Menschenverstand, die nur solche längst überfälligen Reformen herbeiführen wollten, die unter einer konstitutionellen Monarchie durchgeführt werden konnten. Ja, sagte sie. Ja. Ich verstehe. Und dann? Und was habt Ihr gesagt? Oh. Was für eine schlaue Antwort.

Sie lachte laut und prostete erst dem einen, dann dem anderen zu. Der Cavaliere horchte auf ihre Stimme, freute sich an dem Glanz auf ihren Wangen. Von Zeit zu Zeit sah sie ihn an, empfing sein zustimmendes Nicken. So beschäftigt sie auch mit anderen sein mochte – und keiner hörte so begeistert zu wie sie –, spürte er doch, daß sie sich pausenlos *seiner* Existenz bewußt war, sich leidenschaftlich auf ihn konzentrierte, als wolle sie sagen: Ich tue das alles für Euch, damit Ihr stolz auf mich sein könnt. Was konnte sich ein Pygmalion mehr wünschen?

Jetzt langweilte der Graf die Frau zu seiner Linken, die Fürstin * * *, mit seinen Ansichten über den Aufruhr in Frankreich: daß die Revolutionäre alles andere als Hitzköpfe wären und daß sie vor dem Schlimmsten haltmachen würden, Ihr werdet schon sehen, daß sie nicht daran interessiert sind, das Land ins Chaos zu stürzen oder Frankreichs Beziehungen zu den anderen Mächten Europas zu trüben usw., usw.; und während die Fürstin gerade noch bei ihrer vage zustimmenden Antwort war, unterbrach sie voller Ungestüm der Mann zu *ihrer* Linken,

Sir * * *, der den Worten des Grafen gelauscht und gerade verstanden hatte, was sie bedeuteten, und sprach dabei hinter dem Kopf der Fürstin vorbei, das heißt tatsächlich über ihren Kopf hinweg, so als existiere sie gar nicht, wie Männer das häufig tun, wenn ihr Interesse von etwas geweckt wird, das ein anderer Mann gesagt hat, und beschuldigte den Grafen, ein verdammter Republikaner und Umstürzler zu sein, verschüttete seinen Wein und brachte die ganze Tafel zum Schweigen, und während der Cavaliere mit seiner besänftigenden Leutseligkeit dazwischenging, stimmte die Gefährtin des Cavaliere ernsthaft allem zu, was Sir * * * über die Gefahren der Situation in Frankreich gesagt hatte (das Gegenteil von dem, was Graf * * * gesagt hatte), sagte es aber so warmherzig und unschuldig, daß der langweilige Graf sich nicht verraten fühlte; tatsächlich hatte jeder den Eindruck, daß die temperamentvolle und reizende junge Gefährtin des Cavaliere mit ihm in diesem leidigen Punkt übereinstimmte. Wie gewinnend waren doch ihre gesellschaftlichen Fertigkeiten – trotz, nein, wegen des unvermeidlichen Anflugs von Gewöhnlichkeit, dachte der verzauberte Cavaliere. Sie war warmherzig, sie war freigebig. Er konnte ohne den Sommer ihres Lächelns nicht leben. Und er schickte ihr sein vornehmes, trockenes Lächeln, als sich der Aufruhr über die verfluchten Ereignisse in Frankreich wieder gelegt hatte, und sie drehte sich zu ihm hin, die Wangen gerötet, sich in seiner Zustimmung sonnend, und hob ihm ihr Glas Rotwein entgegen, warf ihm eine Kußhand zu und trank das Glas in einem reizenden, wenn auch zugegebenermaßen nicht sehr eleganten Zug aus.

Wenn der Richtige das Falsche tut, ist es das richtige. Also war sie, so beschloß er (vor Freude errötet, er brauchte keinen Wein), außergewöhnlich, überraschend, unerschöpflich richtig für ihn.

Sie hatte sich wieder zurückgedreht, um jetzt den Fürsten * * * aufzuheitern, der sehr schlechter Laune war, weil er zu all den Ereignissen in Frankreich überhaupt keine Meinung hatte, und dem sie offensichtlich versprochen hatte, eine Geschichte über etwas zu erzählen, das sich zugetragen hatte, als sie mit ihrer lieben Mutter vor vier Jahren nach Neapel gekommen war, ein reines Kind noch, sagte sie, ohne allen gesellschaftlichen Schliff, bevor ihr lieber Freund und Beschützer sie übernommen hatte, doch schon mit genug Wissen, um sich auf der Stelle in die Stadt zu verlieben – die Geschichte eines schrecklichen Dramas, das sich einige Wochen nach ihrer Ankunft abgespielt hatte.

Aber Ihr werdet es mir nicht glauben, sagte sie.

Was denn, liebe Mrs. Hart, fragte eine zu Besuch weilende Engländerin, die ihr gegenübersaß.

Achtzehn Mörder, wo im Hof ihr Lager aufschlugen –

Wie viele?

Achtzehn!

Und dann fuhr sie fort und erzählte, wie eine Verbrecherbande, von den Soldaten der Stadtverwaltung verfolgt, in den Hof eingedrungen war und zwei Diener, einen jungen Reitknecht und einen Pagen, der zu den Musikern des Hauses gehörte, ergriff und drohte, den beiden Geiseln die Kehle durchzuschneiden, und sich daraufhin im östlichen Flügel des Hofes verbarrikadierte, und wie die Soldaten angreifen und sie überwältigen wollten, wie aber der Cavaliere ihnen den Eintritt verwehrte, denn er wollte das unvermeidliche Blutbad verhindern und vor allem das Leben des Reitknechts und des Geigers retten, die zusammengeschnürt in einer Ecke lagen, und wie sie dort eine ganze Woche lang campiert hatten –

Eine Woche?

Ja! Und sie haben Feuer gemacht und gesungen und geschrien und getrunken und unanständige Dinge miteinander getrieben, die sie leider von einem Fenster aus mitansehen mußte, weil sie alle, sie und ihre liebe Mutter und der Cavaliere und der ganze Haushalt, ebenfalls Gefangene waren und die Residenz nicht verlassen konnten, natürlich hatten sie genug zu essen und zu trinken, und sie hatte ihre Unterrichtsstunden, und der Cavaliere hatte seine Bücher und seine Studien, und doch standen sie oft an den Fenstern und schauten hinunter zu den achtzehn Mördern, die angefangen hatten, miteinander zu streiten, wenn sie auch die Fenster wegen des entsetzlichen Gestanks geschlossen halten mußten – Ihr könnt Euch vorstellen, wo er herkam, fügte sie unnötigerweise hinzu –, denn der liebe, gütige Cavaliere hatte darauf bestanden, zweimal am Tag, morgens und abends, Nahrungsmittel in den Hof hinunterzulassen, teils, um ihr Vertrauen zu gewinnen, und teils, weil er doch schließlich nicht den armen Luca, der erst fünfzehn war, und Franco, den Geiger, verhungern lassen konnte, und mit dem üblen Gestank und dem wilden Geschrei und den unverschämten Liedern der streitenden Mörder und mit dem Lärm der draußen campierenden Soldaten, die selber nichts anderes zu tun hatten, als zu trinken und zu streiten, ging es immer weiter, bis am sechsten Tag – war es am sechsten Tag, sie schaute zum Cavaliere hinüber, bat ihn bei diesem unwichtigsten Detail ihrer Geschichte um Hilfe und gestand damit ein, daß es genausogut seine Geschichte war, daß sie dieses beängstigende Abenteuer gemeinsam bestanden hatten, und er sagte höflich lächelnd: eigentlich der siebte Tag; ach, der siebte Tag, rief sie triumphierend – und am siebten Tag gelang es dem Cavaliere, den bärtigen Anführer der Mörderbande zu überreden, die beiden Geiseln (beide ganz grau vor Furcht und voller Läuse) unverletzt auszuliefern, und da ihre Lage hoffnungslos sei, am Ende müßten sie sich ja doch ergeben, würden sie nur das schlimmste Schicksal heraufbeschwören, wenn sie es jetzt nicht täten, und er, der britische Botschafter, verspreche, daß er mit den Soldaten reden und den Soldaten sagen würde, daß man sie nicht schlagen solle, und daß er sich beim König für so viel Milde wie nur möglich einsetzen wolle, wenn sie sich jetzt ergeben würden. Und das, so schloß sie, taten sie dann auch.

Ich nehme an, die Scheusale sind alle hingerichtet worden, sagte eine Dame an der anderen Seite der Tafel. So wie sie es verdient haben.

Nicht alle, entgegnete der Cavaliere. Der König ist ein gutherziger Mann und läßt gern Milde walten, besonders gegenüber den Angehörigen der niederen Stände.

Was für eine erstaunliche Geschichte, sagte jemand.

Und vollkommen wahr, rief sie.

So war es tatsächlich, dachte der Cavaliere, außer daß es ihm ein Vierteljahrhundert früher zugestoßen war, ihm und Catherine, kurz nachdem er angekommen war und seinen Posten angetreten hatte und als sich die Stadt, die Hungersnot war ja gerade erst vorüber, immer noch im Zustand fast völliger Anarchie befand: eine Geschichte, die er der jungen Frau erzählt hatte und die sie jetzt als etwas erzählte, was ihr selber zugestoßen war. Doch so peinlich berührt er auch war, als er sie die Geschichte erzählen und so hübsch ausschmücken hörte, fühlte er sich natürlich doch nie gedrängt, zu unterbrechen und sie zu korrigieren und zu sagen: Nein, als das geschah, wart Ihr nicht hier bei mir. Ihr wart noch nicht einmal geboren. Und als sie geendet hatte, folgte der Peinlichkeit die Furcht, die Geschichte könne von jemandem am Tisch als Lüge entlarvt werden, von jemandem, der sich dunkel erinnerte, von dem Ereignis, das sich vor so langer Zeit zugetragen hatte, schon einmal gehört zu haben, und sie würde gedemütigt sein, und er, ihr Förderer und Liebhaber, wie ein Narr dastehen. Doch als es schien, daß von denen, die sich in Hörweite befanden, niemand mit der Geschichte vertraut war, schwand seine Angst, und was er fühlte, war der stechende Schmerz der Ernüchterung, denn er hatte entdeckt, daß sein Liebling eine gewöhnliche Angeberin und eine Lügnerin war. Und diesem Gefühl folgte ein anderes, mitleidigeres: Denn nun war er besorgt, machte sich Gedanken über den Grund und fragte sich, ob sie vielleicht öfter den Unterschied zwischen einer Geschichte, die sie gehört, und einer Erfahrung, die sie selber gemacht hatte, nicht zu sehen vermochte. Und dann war er verärgert und ein wenig traurig, denn er sah die Lüge als ein Zeichen ihrer mangelnden Reife, nein, ihrer Unsicherheit, und nahm an, sie habe sich seine Geschichte zu eigen gemacht, weil sie spürte, daß sie nicht genügend interessante Geschichten aus ihrem eigenen Leben zu erzählen hatte, zumindest keine Geschichten, die vor großem Publikum wiedergegeben werden konnten. Und am Ende fühlte er sich weder peinlich berührt noch ängstlich, noch ernüchtert, noch besorgt, noch verärgert, noch traurig ... sondern bewegt, ungeheuer und freudig gerührt von diesem Beweis, daß sie sich so sehr als Teil von ihm fühlte, daß sie schließlich ihr geliebtes Wesen seiner Fürsorge und seinem Schutz anvertraute und am Ende nicht mehr wußte, wo sie aufhörte und er begann. Es kam ihm wie ein Liebesakt vor.

*

Wie Ariadne sollte auch die Gefährtin des Cavaliere ein glanzvolleres Schicksal haben, als sie für möglich gehalten hatte. Vigée-Lebrun hatte mit ihrer Annahme richtiger gelegen, als sie wußte – was die Absicht hinter dem Porträt allerdings kaum freundlicher macht.

Traue nie einem Künstler. Sie sind nie das, was sie scheinen – nicht einmal die angepaßtesten, die selbst wie die Höflinge leben. Vigée-Lebrun schmeichelte dem Cavaliere, erhielt viele Vergünstigungen von ihm, bekam Aufträge für Porträts von anderen einheimischen Honoratioren und hatte beträchtlichen gesellschaftlichen Erfolg, hauptsächlich dank seines Schutzes und seiner Gastfreundschaft. Sie war häufiger Gast im Stadthaus, und im

Juli und August lud man sie oft ein, mit einer kleinen Gruppe zu dem Dreizimmerhaus am Strand von Posillipo hinauszufahren, wo der Cavaliere und seine Gefährtin die heißesten Stunden des Tages verbrachten und von wo sie nicht eher zurückkehrten, bevor am Spätnachmittag die ersten lauen Winde aufkamen. Sie schmeichelte der Schönen, die, leichtgläubig wie immer, dachte, die Malerin sei ihre Freundin. Traue nie einem Künstler.

Aber traue auch nie einem Mäzen. Im darauffolgenden Jahr reisten der Cavaliere und sein neues Leben nach England zurück – es war der vierte Heimaturlaub des Cavaliere seit seiner Ankunft in Neapel mit Catherine vor siebenundzwanzig Jahren. Es war eine schwierige Zeit für Neuerwerbungen gewesen; seine Kosten waren gestiegen; er hatte keine großen Schätze zu verkaufen: nur einige »restaurierte« (das heißt stark ausgebesserte) Statuen, eine Sammlung von Waffen, Kandelabern, Phallusanhängern, Münzen zweifelhafter Herkunft und zwei Raffael bzw. Guercino zugeschriebene Gemälde. Und da war noch ein anderes Stück im Gepäck des Cavaliere. Es scheint, daß Vigée-Lebrun an einem heißen Sommernachmittag, den man in dem Haus am Kap von Posillipo verbrachte, spontan zwei kleine Köpfe mit Kohle an eine der Türen gemalt hatte. Geschenk des Künstlers. Bei dem der Cavaliere keinen Grund sah, es nicht zu Geld zu machen, wie sie viele Jahre später in ihren Memoiren klagte – denn er hatte die Oberfläche der Tür abheben lassen und brachte sie nach England, um sie zu verkaufen.

*

Der Cavaliere war bereit, das Skandalöse, das Undenkbare zu tun. Das Lächeln seines königlichen Ziehbruders, als der Cavaliere die Möglichkeit einer Heirat andeutete, war bestenfalls eine stillschweigende Zustimmung; er wußte, daß die Tochter von Mrs. Cadogan am englischen Hof niemals vorgestellt werden konnte. Vor der Abreise aus Neapel hatte er jedoch eine kurze private Unterredung mit der Königin gehabt, die ihm versicherte, daß es am Hof des Königreiches beider Sizilien keinen Hinderungsgrund gebe, diese charmante junge Dame zu empfangen, der die Königin bereits so zugetan war, wenn sie erst seine rechtmäßige Frau wäre; so gab es also keinen Grund, sie – und ihn – nicht glücklich zu machen.

Sicher würde Charles, der trotz aller Bemühungen nicht geheiratet hatte (und nie heiraten würde), es verstehen. Und was Freunde und Verwandte betraf, die hinter seinem Rücken über den alten Mann (er war einundsechzig) lachen mochten, der seinen Namen einer berüchtigten Schönheit niederster Herkunft gab – sollten sie doch zum Teufel gehen. Er war lange genug ein vernünftiger Lüstling gewesen. Viel zu lange.

Hätte Catherine, Catherine, die ihn so vollkommen verstand, ihn jetzt wiedererkannt? Nein.

Zunächst erzählte er niemandem außer Charles von seiner Absicht, obwohl seine Schwestern und sein älterer Bruder und all seine Freunde untereinander bereits zu dem Schluß gekommen waren, daß diese Katastrophe unabwendbar sein würde. Sie waren in einem Hotel abgestiegen. Mrs. Cadogan verließ die Stadt, um Verwandte zu besuchen. Dann fuhren er, Charles und die junge Frau nach Wales, wo er sich mit dem Verwalter des Landgutes beriet und die Bücher prüfte. Sie schaute voll mütterlicher Sorge auf Charles und legte jeden Tag Blumen auf Catherines Grab. In der dritten Woche ihres Aufenthalts bat sie den Cavaliere um Erlaubnis, ihre Tochter in Manchester zu besuchen, die sie so viele Jahre nicht gesehen hatte. Und sie bat den Cavaliere um ein wenig Geld für die Familie, die das Mädchen aufzog, und um weitere kleine Summen für einen Vetter und einen kränkelnden Onkel und eine Tante in dem Dorf, in dem sie geboren war, Geldsummen, die ihre Mutter überbringen würde. Sie hatte immer Kontakt zu ihren Verwandten gehalten und ihnen Geschenke aus Neapel geschickt; und der Cavaliere war gütig und dachte trotz seiner Geldsorgen nicht daran, es ihr abzuschlagen. Also machte sie sich auf den Weg ... und weinte und verliebte sich in ihre Tochter und weinte noch mehr, als sie sie wieder verlassen mußte. Sie träumte davon, das Kind mit nach Neapel zu nehmen, nichts würde sie glücklicher machen. Aber sie traute sich nicht, den Cavaliere darum zu bitten, wenn es auch unwahrscheinlich war, daß er ihr etwas abschlagen würde; sie wußte, es würde ihm peinlich sein (niemand würde glauben, daß sie schon einmal verheiratet gewesen war), und sie wußte auch, sie würde, wenn das Kind erst einmal da wäre, es mehr und mehr und den Cavaliere vielleicht weniger lieben. Sie war klug genug zu wissen, daß ihr Erfolg bei ihm davon abhing, daß er ihre ungeteilte Aufmerksamkeit hatte.

Also mußte das Kind geopfert werden, und es wurde geopfert.

Und das verzieh die junge Frau sich nie; und wahrscheinlich auch dem Cavaliere nicht.

Es war inzwischen Sommer, und sie kehrten nach London zurück. Der Cavaliere entschloß sich zu einem einwöchigen Besuch bei dem ältlichen, kränkelnden Walpole, da er fürchtete, es könne das letzte Mal sein, daß er ihn sah, und er wollte auch seiner Gefährtin die amüsanten Exzesse von Strawberry Hill, dem neugotischen Schloß seines Freundes, zeigen, und sie geriet in Verzükkung über die bunten Glasfenster und das gedämpfte andächtige Licht, in dem sie sich bewegen ließ, für ihren Gastgeber, der voller Bewunderung war, eine ergreifende Vorstellung der Wahnsinnsszene aus Paisiellos *Nina o Sia la Pazza per Amore* zu geben. Als sie in die Stadt zurückkamen, wartete auf die junge Frau ein Schreiben, mit dem man ihr ein Engagement in der Londoner Oper für zweitausend Pfund pro Jahr anbot. Teilt Gallini mit, Ihr habt bereits ein lebenslanges Engagement, sagte der Cavaliere lächelnd und war belustigt, sich etwas so Albernes und Charmantes sagen zu hören.

In London gab es Versammlungen der Royal Society und der Society of Dilettanti für den Cavaliere, der nicht widerstehen konnte, auch zu einigen Gemäldeauktionen zu gehen. Die junge Frau verbrachte einige Zeit mit ihrem alten Freund Mr. Romney, um ihm von ihrem glanzvollen Leben in Neapel zu erzählen; er hörte ernsthaft zu und zeichnete sie, während sie redete; und er benutzte sie, solange ihre gesellschaftliche Stellung das noch erlaubte, als Modell, diesmal für ein Porträt der Jeanne d'Arc. Sie plapperte immer weiter und bat ihn, Mr. Hayley zu grüßen und ihm zu sagen, sein Buch über Selbstbeherrschung sei ihre Bettlektüre gewesen, sie sei tatsächlich heiter und gelassen geworden, und er solle sie nur anschauen, sie sei jetzt eine richtige Dame und könne Italienisch und Französisch und singen, und jeder möge sie, und der König von Neapel flirte mit ihr und drücke ihr die Hände, aber er meine es nicht böse, doch die Königin, oh, die Königin, die eine wunderbare Frau sei und solch eine wunderbare Mutter, die gerade ihr vierzehntes Kind zur Welt gebracht habe, wenn einige auch gestorben seien – ach, der König wolle sie einfach nicht in Ruhe lassen, sagte sie, er sei eben ein Mann, also habe er nicht viel Selbstbeherrschung, und er gebe sich auch mit den jungen Frauen vom Land ab, die in der königlichen Seidenfabrik auf dem Grundstück des Palastes von Caserta arbeiteten, von der es hieß, es sei sein privater Harem –, diese liebe Königin sei ihr eine wahre Freundin geworden – sie komme über die Hintertreppe in den Palast, denn natürlich könne sie nicht offiziell empfangen werden, stotterte sie, bis sie sich verbesserte: was sie meine, sei, daß sie und die Königin wahre Freundinnen geworden seien und sie ein herrliches Leben habe, nur daß ihr Charles ein wenig leid tue, dem es nicht geglückt sei, diese Erbin zu heiraten, und der ganz allein sei, und es sei nicht gut für einen Mann, allein zu sein, wenn auch Charles immer noch seinen Sitz im Parlament habe und seine Steinsammlung und die Aufsicht über den Landsitz des Cavaliere, was ihn alles vollauf beschäftige, und er müsse Geldsorgen haben, sie wolle den Cavaliere bitten, mit einem Geschenk oder einem kleinen Darlehen auszuhelfen, das vielleicht –

Und Romney, der gerade damit beschäftigt war, ihre glänzenden, kastanienbraunen Locken zu zeichnen, schaute auf. Er fing an, von seiner Parisreise im vergangenen Jahr zu erzählen, wo er einen Maler namens David kennengelernt habe, einen Mann mit redlicher Gesinnung, der seine Kunst in den Dienst der Revolution gestellt habe (er, Romney, habe kürzlich ein Porträt eines Thomas Paine gemalt, der ein Befürworter dieser Revolution sei), und er müsse seiner lieben Freundin im Vertrauen auf ihre Verschwiegenheit gestehen, daß er von den Revolutionären und ihren Ideen höchst beeindruckt sei. So wende sich die Revolution, erklärte Romney, gegen das Erstgeburtsrecht und wolle die Scheidung ermöglichen und die Sklaverei für ungesetzlich erklären, alles Reformen, die jeder rechtschaffene Mensch für längst überfällig halten müsse. Und die junge Frau, die gerecht gewesen wäre, hätte zur Gerechtigkeit nicht mehr als Großzügigkeit gehört, war sofort seiner Meinung. Ja, in der Tat, warum sollten die erstgeborenen Söhne alles erben (und jüngere Söhne wie Charles und der Cavaliere zu lebenslangen Geldsorgen verurteilt sein), und warum sollten Menschen, die einander unglücklich machen, sich nicht legal mit jemand anderem glücklich machen dürfen, und ja, was war schrecklicher als die Sklaverei: Sie hatte von den Schrecken der Sklaverei, zum Beispiel auf Jamaika, gehört und wußte, daß dieser entsetzliche Handel einen der Vetter des Cavaliere, den Besitzer der meisten Zuckerrohrplantagen auf Jamaika, zu Englands reichstem Sohn gemacht hatte. Sie konnte nicht umhin, alldem zuzustimmen. Und abgesehen von der Tatsache, daß die Ideen der Revolutionäre, so wie Romney sie ihr erklärte (nie vorher hatte sie jemanden diese Ideen so beschreiben hören), berechtigt waren, ließ die Begeisterung, mit der er von der Revolution und von der reinigenden Flamme sprach, die das trockene, tote Holz der alten Gesellschaft wegbrennen würde, ihr Herz höher schlagen – Begeisterung wirkte auf sie immer anregend –, und alles, was Romney sagte, war so überzeugend und so schön, und es besteht kaum Zweifel, daß die Geliebte des Cavaliere, wäre sie in London geblieben, auch eine heimliche Befürworterin der Revolution gewesen wäre, wenigstens für eine Weile.

Im September begann sie, für ein offizielles Porträt von Romney, das *Die Botschafterin* heißen sollte, Modell zu sitzen – das erste Mal, daß sie als sie selbst gemalt wurde, nicht mehr als Modell für andere, sondern, endlich, als Modell ihrer selbst. Im Hintergrund sieht man einen dunklen, feuerspeienden Vesuv, als Symbol für Neapel, wo ihr zukünftiger Mann Gesandter ist; als Symbol aber auch für den Cavaliere. Und um das Bild nicht Lügen zu strafen, fand am dritten Tag, nachdem die Sitzungen begonnen hatten, in der kleinen vornehmen Kirche von St. Marylebone in der Gegenwart von fünf Verwandten des Cavaliere und von Freunden und von Mrs. Cadogan eine Hochzeitszeremonie statt. Als Charles, bleicher als gewöhnlich, in die Kirche kam, setzte er sich in die dritte Reihe. Seine Mutter, die Lieblingsschwester des Cavaliere, hatte sich geweigert, an der Zeremonie teilzunehmen. Dies war keine Heirat für England – dem Cavaliere entging das herablassende Lächeln der Leute nicht –, sondern für Neapel, für sein anderes, sein zweites Leben, soviel ihm davon noch blieb (zwölf Jahre, wenn er an die Prophezeiung der Sibylle glaubte). Selbst seine Herzensschöne, die immer gefallen wollte und auch überzeugt war, daß ihr das für gewöhnlich gelang, konnte sich nicht darüber hinwegtäuschen, daß die Verwandten des Cavaliere der Heirat keineswegs zustimmten, ganz gleich, wie glücklich sie ihn auch machte. Der einzige Verwandte, der sie zu mögen schien, war der unglaublich reiche Vetter, von dem der Cavaliere ihr erzählt hatte, daß er sehr exzentrisch sei und als Folge seiner Exzentrizität (der Cavaliere hatte versprochen, ihr das später einmal genauer zu erklären) vom Rest der Familie gemieden werde und bei Hofe nicht willkommen sei; und so sei er vielleicht, erklärte der Cavaliere, wenn er auch ein großer Bewunderer seiner lieben Catherine gewesen sei, was ihre Heirat betraf, ein natürlicher Verbündeter, einer von wenigen. Denn er hatte einige Freunde, Walpole etwa und dessen jungen Neffen, die wußten, was es hieß, den Konventionen im Interesse des Glücks die Stirn zu bieten, und die es nicht als skandalös empfinden würden, wenn der Cavaliere sein Glück an ihrer Seite suchte.

Auf dem der Zeremonie folgenden Empfang war dieser Vetter, ein junger Mann, kaum älter als sie selbst, besonders gütig zu ihr, nahm ihre Hände in die seinen und schaute ihr in die Augen – er hatte schönes lockiges Haar und einen vollen Mund – und sagte in seiner hohen merkwürdigen Stimme, er freue sich zu hören, daß sie den Cavaliere glücklich mache, und daß es im Leben wichtig sei, seinen Träumen zu folgen. Und die Braut des Cavaliere sagte höflich, ein wenig schüchtern, sie hoffe, der Vetter des Cavaliere lasse sich bewegen, wieder einmal nach Neapel zu kommen, wo sie das Vergnügen haben werde, ihn willkommen zu heißen und ihn näher kennenzulernen. Und natürlich sprach sie auch an Charles eine Einladung aus, denn wer weiß, wann sie ihn wiedersehen würde. Schelmisch sagte sie: Nun könnt Ihr Euer Versprechen halten und nach Neapel kommen.

Am darauffolgenden Tag, am Vorabend ihrer Abreise, nahm sie einigen Freunden des Cavaliere das Versprechen ab, sie besuchen zu kommen. Sie war aufgeregt wegen der Rückkehr. Merkwürdig, daß sie dieselbe sein sollte wie damals, als sie zum ersten Mal ins Ausland ging, fortgeschickt in ein entlegenes Land, um den Onkel ihres Geliebten zu besuchen, ein unschuldiges Mädchen, das man schon (ohne ihr Wissen) betrogen hatte, und nun eine Frau mit allem, was eine Frau sich nur wünschen konnte: ein vornehmer Ehemann, Leben, Welt. Ach bitte, kommt und schaut!

Als sie erst einmal den Kanal überquert hatten, verflüchtigten sich die meisten dieser Londoner Gefühle: der Wunsch, alle an ihrem Glück, ihrem Triumph teilhaben zu lassen – und die aufkeimenden prorepublikanischen Gefühle, die Mr. Romney in ihr geweckt hatte, denn während ihres Aufenthalts in Paris wurde ihr die unerwartete Ehre zuteil, Marie-Antoinette vorgestellt zu werden. Die Königin vertraute ihr ein Schreiben an, das sie ihrer königlichen Schwester übergeben sollte. Sofort ließ die Frau des Cavaliere sich zur Sache der Monarchie, egal in welchem Land, zurückbekehren und überbrachte voller Eifer das Schreiben *ihrer* Königin.

*

1793. Sie waren seit einem Jahr wieder zurück. Seine Zufriedenheit blühte auf, entfaltete sich.

Nicht, daß er vorher nicht auch schon glücklich gewesen wäre. Nicht, daß er nicht beinahe ständig glücklich gewesen wäre. Doch die Beherrschung seiner Zufriedenheit war von der Fähigkeit des Cavaliere abhängig gewesen, zu sich und seinen Leidenschaften den richtigen Abstand zu wahren. Zu seinem Glück gehörten das Selbstbewußtsein, den Blick vom Gipfel eines Berges zu beanspruchen und die absichtlichen Kontraste in einem jener Bilder geschäftiger Szenen, auf denen, von einem erhöhten Standpunkt aus betrachtet, einige säen und pflügen, andere die Ernte auf den Markt bringen, wieder andere sich auf dem Dorfplatz betrinken, wo Kinder spielen, Liebende einander herzen...

Natürlich hatte er das Glück gekannt! Doch sein Glück hatte sich aus vielen kleinen Teilen zusammengesetzt, wie ein Porträt aus Mosaiksteinchen, das man erst als Gesicht erkennt, wenn man zurücktritt. Jetzt konnte er so dicht davor stehen, wie er wollte, und konnte sowohl die winzigen Fragmente als auch das große zauberhafte Gesicht sehen. Er hatte immer noch dieselben Vorlieben, las und fischte gern, liebte es, Cello zu spielen, den Berg zu besteigen, Funde aus dem Meer zu untersuchen, ein gelehrtes Gespräch zu führen, eine hübsche Frau anzuschauen, ein neues Bild zu kaufen – die Welt war ein Schauplatz der Glückseligkeit. Doch jetzt gab es jemanden im Mittelpunkt, der alles vereinte. Die Auserwählte seines Herzens war so zärtlich wie immer – ihr warmer Körper preßte sich gegen seinen, sie reifte heran. Und sie interessierte sich für alles. Sie begleitete ihn zu den neuen Ausgrabungsstätten in Paestum (sie war voll und ganz einer Meinung mit ihm, was die Geringschätzung der rohen, primitiven dorischen Säulen des Neptuntempels betraf), sie beschäftigte sich eingehend mit Botanik, um ihn bei seinen Ratschlägen zur Fertigstellung des englischen Gartens in Caserta unterstützen zu können, sie liebte das höfische Leben, sie schien von seinen Vasen und seinen Gesteinssammlungen fasziniert. Er brauchte nur seine Hand nach etwas auszustrecken, und schon gehörte es ihm.

Dankbar überließ er sich der Erfahrung des Übersättigtseins. Ein Teil seines Sammeleifers ließ allmählich nach. Nicht mehr vom Jagen war er besessen, sondern von der reinen Freude des Besitzens. Und nicht weniger Vergnügen bereitete es ihm jetzt, die Dinge, die er besaß, anzusehen und sie anderen zu zeigen und deren Bewunderung und Neid zu beobachten. Aber sein Bedürfnis, seinen Sammlungen etwas hinzuzufügen, hatte nachgelassen. Jetzt wurde er eher von finanziellen Erwägungen angetrieben als von der Begierde, weiterhin neue Bilder, Vasen, Bronzen, Dekorationen zu kaufen. Die Sammlerbegierde *kann* durch Glück – Glück, das heftig genug, erotisch genug ist – geschwächt werden, und der Cavaliere war glücklich, auf genau diese Weise glücklich.

Berichte über die Neuvermählten gelangten nach England. Der Cavaliere, so sagten die Leute, sei noch genauso verliebt wie eh und je, seine Dame nicht weniger ordinär, mit dem Akzent und dem Benehmen eines Schankmädchens, schreiend, kreischend, schnatternd. Nur wenige ließen sich dazu herab hinzuzufügen, daß sie außergewöhnlich gutmütig zu sein schien. Sie waren ein höchst unglaubwürdiges Paar – die bekehrte, ausgehaltene Frau und der sich keineswegs entschuldigende, ältliche Aristokrat mit den erlesenen Manieren und den grenzenlosen Horizonten des Verständnisses – und, dank der einzigartigen Anforderungen und der allgemeinen Freizügigkeit dieser südlichen Szenerie, auch ein sehr erfolgreiches Paar. Sie war Ehefrau geworden, ohne die Aufmerksamkeit und den Reiz einer Geliebten zu verlieren. Sie half ihm, nicht nur wie eine Ehefrau (oder nicht nur, wie Catherine ihm geholfen hatte), sondern wie eine Mitarbeiterin. Ihre Begabungen fügten sich harmonisch zu den seinen. Denn er hatte immer einen großen Teil seiner Zeit mit dem König verbringen müssen, und nun verbrachte sie einen großen Teil ihrer Zeit mit der Königin. Ihre Aufgaben sind symmetrisch: Er muß erster in der Gunst des Königs sein und sie erste in den Augen der Königin.

Der Cavaliere muß über die Zerstreuungen des Königs auf dem laufenden sein. Sie muß über die Belastungen der Königin auf dem laufenden sein. Mit ihrer durchschnittlichen Intelligenz, und damit weit intelligenter als ihr Mann, hat die Königin neben ihren üblichen Pflichten, Frustrationen und Ablenkungen all die Sorgen einer unmäßigen Zahl von Geburten sowie ein partielles Verständnis für die politischen Realitäten. Die Frau des Cavaliere wurde mit ihrer großen Begabung, Neuigkeiten aufzuspüren und sich mit jemandem zu identifizieren, schnell eine ideale Vertraute. Sie und die Königin schreiben einander jeden Tag. Die Königin, eine gebürtige Österreicherin, die heftig im polyglotten Meer der Zeit ruderte, schrieb ihre Briefe nicht in Deutsch oder in Italienisch oder in Englisch, sondern in einem Französisch voller Rechtschreibfehler. Sie unterzeichnete mit Charlotte. Außer den Briefen gibt es mehrere Besuche pro Tag.

Heimliche Sympathisanten der Jakobiner in Neapel fügten ihrem verleumderischen Porträt des königlichen Paares die Anklage hinzu, die Königin und die Frau des Cavaliere hätten ein Verhältnis miteinander. Aber diese Anklage wurde heftig zurückgewiesen von den schöngeistigen Vornehmtuern, die sich eine körperliche Beziehung zwischen der Frau des Cavaliere und einer Frau von vierzig Jahren mit einem tragisch reizlosen Gesicht und einem von vierzehn Schwangerschaften verbrauchten Körper nicht vorstellen konnten – Gründe für eine Ablehnung, die genauso wie die Behauptung selbst einem Klischee entsprangen. (Die Königin hatte wirkliche Macht, und eine mächtige, als männlich gefürchtete Frau wird oft beschuldigt, eine Hure zu sein. Eine noch weiter gehende antiroyalistische Kampagne hatte ihre Schwester des Inzests und der lesbischen Liebe bezichtigt.) Die Anschuldigung entsprach nicht der Wahrheit. Das überschwengliche, romantische Naturell der Frau des Cavaliere drängte selten ins Erotische. Dennoch verspürte sie ein großes Bedürfnis nach der Zuneigung und Freundschaft von Frauen – tatsächlich genoß sie die Gesellschaft von Frauen mehr als die von Männern. Sie saß gern ganz zwanglos mit Frauen zusammen, etwa mit fünf oder sechs Zofen an einem heißen Nachmittag in ihrem Schlafzimmer, und schwatzte, probierte Kleider an, trank ein Glas oder zwei, hörte sich den Liebeskummer der Mädchen an, führte den neuesten Tanz oder eine Kappe aus Paris mit weißen Federn vor. In diesen Momenten fühlte sie sich am meisten als Frau, umgeben von ihren bewundernden Zofen und der Mutter, die sie bis an deren Lebensende an ihrer Seite behielt. Das Geschwätz der anderen Frauen beruhigte sie. Und dann ließ sie alle verstummen und den Atem anhalten, ließ ihre Augen leuchten und feucht werden – ihre eigenen übrigens auch –, indem sie ein Lied sang.

*

Herbst 1793. Die Königin, ihre liebe Charlotte, kann nicht anders, sie muß die Szene heraufbeschwören.

Das Porträt einer zum Tode Verurteilten. In dem Karren, der sie zu dieser, dieser, dieser ... Maschine bringt, dieser neuen Maschine, die Hände locker auf dem Rükken gefesselt, das Haar kurzgeschoren, um den Nacken zu entblößen. Das Porträt einer Märtyrerin. Sie ist ganz in Weiß: ein schlichtes Kleid, grobe Strümpfe, eine formlose Haube auf dem Kopf. Ihr Gesicht ist alt, erschöpft und verzerrt. Die einzige Spur ihres einstigen Glanzes ist die strenge und aufrechte Haltung.

Sie blinzelt. Ihre Augen brennen, weil sie so viele Monate im Gefängnis gewesen ist. Die Räder des Karrens rattern und rumpeln. Die Straßen sind merkwürdig still. Die Sonne scheint. Der Karren kommt an, sie steigt die zehn rauhen Holzstufen hoch. Da ist ihr Kaplan, er murmelt Gebete, starrt auf sein Kruzifix, Tränen strömen ihm übers Gesicht. Und eine Stimme, die Stimme eines anderen, sagt: Es tut nicht weh, Eure Majestät. Sie scheint von dem Mann mit der Kapuze zu kommen. Sie vermeidet es, zu der leiterartigen, gut vier Meter hohen Konstruktion mit der axtförmigen, blutverkrusteten Klinge hochzusehen, und sie spürt, wie ihre Schultern an beiden Seiten niedergedrückt werden, so daß sie sich vorbeugen muß, nein, legt Euch hin, Bauch und Beine auf dem Brett, bleibt einfach so liegen. Jemand zieht sie an den Schultern ein wenig vorwärts, so daß ihre Kehle in der Mulde der unteren Hälfte eines hölzernen Jochs ruht, und dann schließt sich die obere Hälfte über ihrem Nacken. Sie spürt, wie ein Riemen ihre Taille zusammenschnürt und wie ein weiterer über ihren Waden befestigt und sie so an dem Brett festgebunden wird. Ihr Kopf befindet sich über dem dunkelbraunen geflochtenen Korb, das Blut schießt ihr ins Gesicht. Sie ließ nicht zu, daß ihr Kopf von seinem Gewicht nach unten gezogen wurde, sondern hielt ihn gerade, um über die Plattform hinweg die wogenden Köpfe der Menge zu sehen, hob ihn hoch, um die schmerzhafte Berührung vom Rand des Brettes mit ihrem Schlüsselbein zu lindern, das Joch an ihrer Kehle, das sie zum Würgen reizt, das ihr allmählich den Atem nimmt, sah ein großes Paar schmutziger Stiefel auf sich zukommen und hörte, wie das Gebrüll des Pöbels noch lauter wurde, dann verstummte; da war so ein merkwürdiges Knacken: Etwas wird hochgehoben, höher, höher; die Sonne scheint heller, also schließt sie die Augen; das Geräusch, noch höher jetzt, bricht ab –

*

Nein!

Die Königin warf sich in ihrem Bett herum und stöhnte, dann erwachte sie, teilte die Bettvorhänge und stand auf. Sie hatte wochenlang nur sehr unruhig geschlafen, denn sie wartete auf Nachrichten aus Paris. Wegen der sich verschlechternden Lage in Frankreich waren sie jetzt auf Gnade und Ungnade den Briten ausgeliefert – dem einzigen Land, das mächtig genug und außerdem gewillt war, sich der Flutwelle der Revolution zu widersetzen. Kapitän Nelson, dem britischen Marinekommandanten, der fünf Tage in der Bucht vor Anker gelegen hatte, war es gelungen, einen bedeutenden Sieg über die Franzosen zu erringen, und er hatte sich höchst ermutigend über die Entschlossenheit der Briten geäußert; doch die Königin hatte wenig Vertrauen zu militärischen Lösungen. Wenn auch das Angebot eines Lösegeldes abgelehnt worden war, war sie doch entschlossen, die Hoffnung nicht aufzugeben. Schon einen König zu töten war undenkbar. Und ihren König getötet zu haben hätte ihnen genügen sollen. Was konnten sie von einer Ausländerin, einer Frau wollen; ganz bestimmt würden sie ihre junge Schwester nicht hinrichten.

Würden es nicht, könnten es nicht...

Als die Nachricht eintraf, Marie-Antoinette sei hingerichtet worden, war die Bestürzung bei Hof groß. Die Königin zog sich nach Portici in ihren Lieblingspalast zurück. Man befürchtete, sie würde wahnsinnig werden. Sie weigerte sich, ihre Kinder zu sehen (gerade war sie, zum fünfzehnten Mal, Mutter geworden); sie weigerte sich, zu baden oder ihre Kleider zu wechseln. Sie heulte vor Wut und Verzweiflung, begleitet vom Chor ihrer vierzig deutschsprachigen Zofen. Selbst den König rührte der Schmerz seiner Frau, wenn er auch nicht sehr viel Glück damit hatte, sie zu trösten, denn jeder Versuch, zärtlich zu sein, führte dazu, daß er erregt wurde und sie besteigen wollte. Die Umarmungen ihres Mannes waren das letzte, was die Königin jetzt wollte. Sie erbrach sich krampfartig. Die Ärzte wollten sie zur Ader lassen. Die Frau des Cavaliere verbrachte jeden Tag im Palast, fiel in ihr Schreien und Weinen ein, wusch ihr den Kopf und sang ihr etwas vor. Nur ihr Gesang konnte die Königin beruhigen. Musik heilt. Als der Großvater des Königs, Philip V., in einen Abgrund der Depression gestürzt war, hatte die größte Stimme der ersten Jahrhunderthälfte, die von Carlo Broschi, genannt Farinelli, Erleichterung gebracht. Bis zum Erscheinen des wunderwirkenden Kastraten am Bourbonenhof von Madrid – wo er gegen ein fürstliches Honorar neun Jahre lang festgehalten werden sollte –, hatte der lethargische Monarch weder essen noch trinken, noch seine Kleidung wechseln, noch regieren wollen. Neun Jahre lang kam Farinelli jeden Abend Punkt Mitternacht in das königliche Schlafgemach und sang bis fünf Uhr früh immer und immer wieder dieselben vier Lieder, unterbrochen von feinsinniger Konversation. Und Philip V. aß und trank und ließ sich waschen und rasieren und sah die Papiere durch, die seine Minister ihm dagelassen hatten.

Und so beruhigte die Frau des Cavaliere mit ihrer herrlichen Stimme die Königin. Tag für Tag ging sie in den Palast, saß bei der Königin in einem abgedunkelten Raum und kam spät am Abend mit rotgeweinten Augen zum Cavaliere zurück. Nie im Leben habe ich etwas so Mitleiderregendes gesehen, sagte sie. Der Schmerz der armen Frau kennt keine Grenzen.

Mit ihrem unerschöpflichen Einfühlungsvermögen war sie beinahe ebenso schmerzgebeugt wie die Königin. Doch zwischen heftigen Weinkrämpfen wurde die Königin allmählich ruhiger, und die Frau des Cavaliere auch.

Die Königin kehrte in die Stadt zurück und nahm ihren Platz im Staatsrat wieder ein.

Sie sei eine Frau, sagte die Königin. Nur eine Frau.

(Majestät!)

Aber ich werde mich rächen.

(Wie kann das winzige Königreich beider Sizilien das mächtige Frankreich bestrafen?)

Gott wird Frankreich strafen, und die Engländer werden Gott dabei helfen, und wir werden den Engländern helfen, sagte die Königin.

(Ihr meint, die Engländer werden uns helfen, sagte der Premierminister.)

Ja, sagte die Königin. Unsere Freunde.

Und das taten sie – das tat er – dann auch.

*

Der verworren-rückständige Lebensraum des Cavaliere, der so dankenswerterweise von den wechselhaften Ereignissen isoliert gewesen war, wurde nun in das hineingezogen, was man damals für die richtige Welt hielt, die Welt, die von der französischen Gefahr bestimmt war. Und der verwöhnte Beobachter selbst auch.

Ein Klub, der sich Gesellschaft der Freunde von Freiheit und Gleichheit nannte, begann, sich heimlich zu treffen, um Pläne für eine Modernisierung des Königreiches auszuarbeiten, spaltete sich aber bald in zwei Klubs auf, von denen der eine sich zugunsten einer konstitutionellen Monarchie aussprach und der andere entschlossen war, den ganzen Weg bis zur Republik zu gehen. Jemand beging eine Indiskretion, eine Verschwörung zur Ermordung des Königs wurde aufgedeckt oder ausgeheckt, und von den Verhafteten, darunter Juristen, Professoren, Wissenschaftler, Ärzte und junge Männer, die den ältesten Adelsfamilien des Königreiches entsprossen waren, wurden neun zu langen Gefängnisstrafen verurteilt und drei hingerichtet. Erbittert rühmte sich die Königin der außerordentlichen Milde neapolitanischer Rechtsprechung, die ganz und gar im Gegensatz zu dem Gemetzel in Frankreich stand. Die Lava der Revolution strömte, die Schreckensherrschaft hatte gerade ihren Höhepunkt erreicht – und im Juni 1794, Natur im Einklang mit der Geschichte, brach der Vesuv mit einer Heftigkeit aus, wie der Cavaliere sie vorher noch nie erlebt hatte. Es war der schlimmste, oder beste, Ausbruch seit 1631, und er sollte in den nahezu zwei Jahrtausenden der modernen Geschichte des Vulkans als der drittschwerste gelten.

Doch der Vulkan ließ sich mit solch abgedroschenen Kategorien wie Pracht und Bedeutung und Schönheit nicht gönnerhaft behandeln. Dies war der reine Schrecken – schwarzverhangener Tag und bluttriefende Nacht. Am Abendhimmel zog ein Toben breiter Flammen seitwärts und aufwärts, als wolle es dem dünnen diagonalen, orangefarbenen Strahl hinabströmender Lava entfliehen. Die tintenblaue See wurde rot und der Mond zu einem Blutorange. Die ganze Nacht hindurch verbreiterte sich das Band herabströmender Lava. In der kurzen Atempause der bleichen Morgendämmerung entfalteten sich Stränge pechschwarzen Rauches, stiegen empor, verdickten sich oben zu einem himmelweiten Trichter aus Rauch und Feuer, der immer säulenartiger wurde, zuerst die Form eines Stoßes von Rauchringen annahm, die sich um den Säulenschaft bauschten, und sich dann ausweitete, um die Ringe zu verschlingen. Gegen Mittag hatte sich der Himmel verdüstert, und die Sonne war ein von Wolken schwarzer Mond geworden. Doch die aufgewühlte Bucht war immer noch blutrot.

Ein lähmender, beklemmender Anblick.

Der größte Schrecken für den Cavaliere kam, als ein gleichgültigeres Licht den Himmel gewaschen hatte und die übliche Fernsicht zurückgekehrt war. Was er sah, war genauso schmerzlich wie der Anblick eines blätterreichen, weitverzweigten, jahrhundertealten Baumes, der sich schräggelegt hat und dessen Stamm mitten im Herzen gespalten ist. Der Berg kann nicht stürzen wie ein mächtiger, von einem Hurrikan zu Fall gebrachter Baum, aber ein Berg kann verstümmelt werden. Und wie die entsetzte Hausbesitzerin erkennen muß, daß der Baum in ihrem Hof, den schon Winde von solcher Heftigkeit hätten zerstören können, bereits krank war, und auf das bloßgelegte Innere des Stammes zeigt, auf ein ekelerregendes, termitenverseuchtes, bröckeliges Braun, so muß auch der Bewunderer eines wohlgeformten Vulkans denken, daß eine Schwäche in den Stützwänden des Vulkans diese Schmach hatte unvermeidlich werden lassen. Die Kraft der Eruption hatte ein Neuntel seiner Höhe weggerissen und den Gipfel an der Spitze flach abgeschnitten. Die Frau des Cavaliere weinte vor Mitleid mit dem Berg, der häßlich geworden war. Der Cavaliere, der etwas ganz

Ähnliches fühlte, erklärte, in der neuen Form des Berges nur ein Schicksal zu sehen – und einen weiteren Grund für einen schnellen Aufstieg, sobald die Eruption schwächer geworden wäre.

Tolo, bist du da?

Ja, Mylord.

Ich möchte es sehen.

Ja, Mylord.

Ende Juni erreichte der vierundsechzigjährige Cavaliere in Begleitung eines jetzt bärtigen Bartolomeo Pumo den Gipfel des drastisch veränderten Berges, den er seit dreißig Jahren bestieg. Der Kegel war verschwunden. An seiner Stelle befand sich jetzt ein riesiger gezackter Krater.

Ich möchte näher herangehen.

Ja, Mylord.

Doch der Boden brannte durch seine Stiefel mit den dicken Sohlen, und er erstickte fast an den giftigen Ausdünstungen der schwefelhaltigen und ätzenden Dämpfe.

Tolo, bist du da?

Ja, Mylord.

Sollen wir zurückgehen?

Ja, Mylord.

Er hätte Angst haben sollen, aber er hatte keine Angst. Der Berg hatte ein Recht darauf zu explodieren. Die zerstörerische Berufung des Vulkans erweckte in ihm eine Befriedigung, eine wachsende Befriedigung, die er sich nur mit Mühe eingestanden hätte.

Doch was wäre passender für diesen großen Sammler wertvoller Dinge, als auch das eigentliche Prinzip der Zerstörung zu sammeln, einen Vulkan. Sammler haben ein gespaltenes Bewußtsein. Niemand steht mit den Kräften einer Gesellschaft, die bewahrt und erhält, auf natürlichere Weise im Bunde. Aber jeder Sammler ist auch ein Komplize des Ideals der Zerstörung. Denn gerade die Übermäßigkeit der Sammelleidenschaft macht aus einem

Sammler auch einen Verächter seiner selbst. Jede Sammelleidenschaft enthält in sich die Vorstellung ihrer eigenen Selbstzerstörung. Zermürbt von der Unvereinbarkeit zwischen dem Bedürfnis des Sammlers zu idealisieren und allem, was in der Seele eines Liebhabers schöner Dinge und schöner Trophäen einer glorreichen Vergangenheit niedrig, rein materialistisch ist, sehnt er sich womöglich danach, von einem allesverzehrenden Feuer gereinigt zu werden.

Vielleicht hat jeder Sammler schon von einer Brandkatastrophe geträumt, die ihn von seiner Sammlung erlöst – die alles zu Asche verwandelt oder unter Lava begräbt. Zerstörung ist nur die heftigste Form der Beraubung. Der Sammler ist womöglich von seinem Leben so enttäuscht, daß er sich seiner selbst berauben will, wie in dem Roman über den bücherverrückten, zurückgezogen lebenden Wissenschaftler mit seiner sagenhaften Menge von fünfundzwanzigtausend wichtigen, unersetzlichen Bänden (dieser Traum, die vollkommene Bibliothek), der sich auf den Scheiterhaufen wirft, den er aus dem errichtet hat, was er am meisten liebt. Doch sollte ein solch wütender Sammler sein Feuer oder seine plötzliche Anwandlung überleben, wird er vielleicht eine weitere Sammlung anlegen wollen.

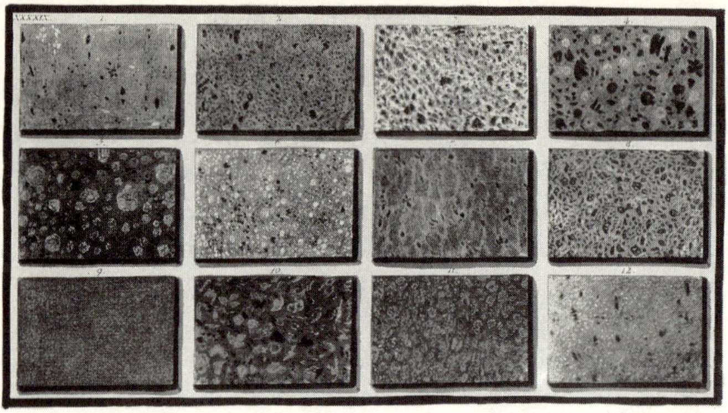

4

Man hat ihn oft als klein beschrieben. Gewiß, er war klein, ein ganzes Stück kleiner als der Cavaliere und seine junge Frau, und zudem schlank, er hatte ein fesselndes, gebräuntes Gesicht – das tief auf seinem breiten, viereckigen Kopf saß – mit buschigen Brauen, schweren Lidern, einem tiefen Philtrum unter der kühnen Nase, vollen Lippen, einem breiten Mund, dem schon eine beträchtliche Anzahl Zähne fehlte. Als sie ihm das erste Mal begegneten, hatte er noch keine bedeutenden Schlachten geschlagen. Doch er hatte schon diesen Blick, diesen hungrigen Blick, der von der Kraft zeugte, sich ganz und gar auf eine Sache konzentrieren zu können, den Blick eines Mannes, dem es bestimmt war, es weit zu bringen. Achtet auf ihn, sagte der Cavaliere – der ein untrügliches Gespür dafür hatte, ob ein junger Mann vielversprechend war oder nicht –, er wird der tapferste Held werden, den England je hervorgebracht hat. Doch die Fähigkeiten des Cavaliere, einen Menschen im Hier und Jetzt einzuschätzen, waren nicht so bemerkenswert. Ein Star ist immer ein Star, auch wenn er die ihm gemäße Form noch nicht gefunden hat, und auch später noch, wenn die guten Rollen nicht mehr zu haben sind. Und der fünfunddreißigjährige Kapitän war zweifellos ein Star – wie die Frau des Cavaliere.

Sie hatte, trotz ihrer großen Begabung für spontane Begeisterung, gerade *dies* nicht erkannt. Gewiß, seine Ankunft war aufregend gewesen, es war aufregend, mit dem Cavaliere am Fenster des Observatoriums zu stehen und zuzusehen, wie der mit vierundsechzig Geschützen bestückte Doppeldecker, über den er das Kommando hatte, die *Agamemnon*, stolz in die Bucht gesegelt kam, und das kaum sechs Monate, nachdem das böse Frankreich England den Krieg erklärt hatte. Aber sein kurzer Aufenthalt war denkwürdig gewesen – hauptsächlich wegen der Rolle, die sie dabei gespielt hatte. Er hatte dem Cavaliere eilige Depeschen von Lord Hood überbracht. Man brauchte neapolitanische Truppen, die die Koalitionsarmee verstärken und sie bei der Verteidigung der Stadt Toulon unterstützen sollten, wo eine royalistische Fraktion gegen den Widerstand der immer stärker werdenden republikanischen Kräfte die Macht ergriffen hatte; und tatsächlich hatte sie ihm seine sechstausend Truppen verschafft, als der Cavaliere von dem verängstigten König und seinen Ratgebern weder ein Ja noch ein Nein zu erhalten vermochte, sie bekam sie auf dem Weg, den Frauen gehen, über die Hintertreppe, indem sie das Ersuchen des Kapitäns in das Schlafgemach der mächtigsten Stimme im Staatsrat trug, zu der Königin, die dort völlig abgeschieden lag und in Kürze den siebzehnten Prinzen oder die siebzehnte Prinzessin zur Welt bringen sollte und deren Unterstützung die Frau des Cavaliere sich versicherte. Man lud ihn zum Essen in den königlichen Palast, wo ihm der Ehrenplatz zur Rechten des Königs zugewiesen wurde, und die Frau des Cavaliere, die zur Rechten des Kapitäns saß, dolmetschte seine Versuche, mit dem König über die französische Gefahr ins Gespräch zu kommen, und ebenso die lange, weitschweifige

Anekdote des Königs über einen riesigen Eber, den er erlegt und bei dem er drei Hoden vorgefunden hatte. Sie war zufrieden, weil es ihr gelungen war, ihn zu beeindrukken. Sein Besuch dauerte fünf Tage. Nach ihm kamen noch viele berühmte Besucher. Sie gewährte ihm keine Vorzugsbehandlung.

Er ging fort. Die Geschichte beförderte ihn. Es war eine Zeit für entschlossene Männer von unnatürlichem Ehrgeiz und von kleiner Statur, die in der Nacht höchstens vier Stunden Schlaf brauchten. Unter dem Baldachin vieler Himmel, auf der wogenden See und dem schlingernden Schiff setzte er dem Feind nach. Viele Schlachten gereichten ihm jetzt zur Ehre. Der Krieg beschlagnahmte Teile seines Körpers. Die *Captain*, mit vierundsiebzig Geschützen bestückt, später die *Theseus*, ebenfalls mit vierundsiebzig Geschützen, waren ihm Insel, Königreich, Mittel, um aufzusteigen, Bühne. Fünf Jahre vergingen. Er wurde ein Held, *der* Held für die Herrscher Neapels, die in Furcht vor dem kleinen entschlossenen Mann lebten, der sich an die Spitze einer zersplitterten Revolutionsbewegung gesetzt und deren Energien in einen augenscheinlich unaufhaltsamen Feldzug gelenkt hatte, in dessen Verlauf Europa von Frankreich erobert und die alten Monarchien überall abgeschafft werden sollten. Er wird uns retten, nur er kann uns retten, sagte die Königin. Der König pflichtete ihr bei. Der britische Gesandte, der den verlängerten Arm britischer Macht verkörperte, konnte nicht umhin zuzustimmen. In den vergangenen zwei Jahren hatte er mit dem jungen Kapitän, der inzwischen Admiral geworden war, viele Briefe gewechselt, in denen der Cavaliere seine Bemühungen, das feige Neapel für die britische Sache zu gewinnen, beschrieben hatte. Auch die Frau des Cavaliere hatte ihm geschrieben. Sie bewunderte gern, und hier war nun jemand, der ihre Bewunderung wirklich verdiente. Sie braucht ihre bestimmte Dosis Verzückung. Und sie braucht sie immer öfter.

Er durchkreuzte das Mittelmeer, das Meer des Krieges, und hielt sie beide lakonisch über seine Anhäufung furchtbarer Verwundungen auf dem laufenden.

Alles war einfach, natürlich, schmerzlich, erhebend. Die Welt bestand aus den vier Elementen – Land und Wasser, Feuerkraft und alles hinter sich lassender Luft. Von den vielen Segelschiffen der Flotte, über die er das Kommando begehrte, die alle einen wohlklingenden Namen, eine Geschichte hatten, die mit Blut und Schweiß getränkt waren, führte er jetzt die mit vierundsiebzig Geschützen bestückte *Vanguard*, die mehr als sechshundert Offiziere und Besatzungsmitglieder trug. In seiner geräumigen, luxuriös ausgestatteten Admiralskajüte verbrachte er so wenig Zeit wie möglich. Er schritt bei Tag und Nacht über das Deck. Er hatte das Privileg, stets die Sonne auf- und wieder untergehen zu sehen. Er hatte ungehinderte Sicht. Im Wasser bewegt man sich immer, auch wenn man stillsteht. Oben in der Luft glitten die Vögel dahin wie winzige Drachen, und segeltuchartige vertikale Wolken breiteten sich aus, legten sich schräg, falteten sich zusammen, drehten sich um die eigene Achse, bäumten sich auf im Wind und zogen das Schiff mit dem Wetter vorwärts; Bewegung heißt immer Bewegung mit dem Wetter. Der Kreislauf des Lichts, der Kreislauf der Pflichten – er überwachte alles. Wenn er sehr müde wurde, stand er auf dem Achterdeck, ohne sich zu rühren, damit er gesehen wurde. Er glaubte, daß es einen bestimmten Zauber ausübte, wenn man ihn dort stehen sah – er hatte das bei seinen Männern schon erlebt, und nicht nur auf dem Höhepunkt einer Schlacht –, und er glaubte, es erschrecke den Feind. Und so war es auch.

Gerächt, rief die Königin, als in Neapel die Nachricht eintraf, die Flotte des jungen Admirals habe die französische Flotte auf dem Nil geschlagen. Hype hype hype ma chere Miledy Je suis folle de joye, schrieb sie ihrer lieben Freundin, der Gemahlin des britischen Botschafters, die in Ohnmacht gefallen war, als sie die Nachricht erhalten hatte, die erfreuliche Nachricht von seinem Sieg. Ich bin auf mein Seite gefalen & ich habe mir wehegethan aber was macht das schonn, schrieb sie dem Admiral. Dabei zu stärben wäre mir ein Ähre – nein ich würde nicht stärben wolln ehe ich nicht den Sieger vom Nil gesähen & umärmt habe.

*

Und der Held stürmte in ihrer beider Leben.

22. September 1798. An der Spitze der kleinen Flottille imposanter, über und über mit Emblemen verzierter Boote, die in der Mittagshitze herausgerudert und -gesegelt kamen, um die *Vanguard* zu begrüßen, befand sich die königliche Barke, von Caracciolo, dem Admiral der neapolitanischen Flotte, gelotst, mit dem König und der Königin und mehreren ihrer Kinder an Bord, die alle unter einem geschmückten Baldachin saßen; ihnen folgte eine Barke mit Musikern aus dem königlichen Orchester. Die Barke mit der britischen Flagge trug den Cavaliere und seine Dame, die prächtig in Blau und Gold, den Farben der Bourbonen, gekleidet war; ein blaues Kleid mit goldener Spitze und einen marineblauen Schal mit goldenen Ankern verziert und goldene Ohrringe in Form von Ankern. Das königliche Orchester spielte tatsächlich »Rule, Britannia« richtig, und der Cavaliere mußte lächeln, als er an den Text dachte:

Die See sei überall dir untertan;
Und dein sei jedes Gestade, das sie umspült.

Dicht dahinter drängten sich an die fünfhundert Feluken, Barken, Jachten und Fischerboote, die schaukelten und schlingerten und gegeneinander stießen und die voller fröhlich rufender, winkender Menschen waren. Als die königliche Gesellschaft und der Cavaliere mit seiner Frau an Bord des Schiffes gingen, jubelte die Menschenmenge dem König zu, und der Held nahm die grüne Augenklappe, die er trug, ab und steckte sie in seine Tasche.

Unser Befreier, sagte der König. Erlöser und Retter, sagte die Königin. Oh, rief die Frau des Cavaliere, als sie ihn so sah, abgehärmt, hustend, sein Haar zwar gepudert, aber zu lang, sein leerer rechter Ärmel an der Brustseite seiner Galauniform festgesteckt, eine tiefrote Narbe über seinem blinden Auge, wo er in der Schlacht auf dem Nil von einem Eisensplitter getroffen worden war. Oh! Und sie fiel gegen ihn.

Sie fiel in meinen Arm, es war eine ganz rührende Szene, erzählte der Held seiner Frau in einem langen Brief, der den Prunk beschrieb, mit dem man ihn empfangen hatte: die Bucht, in der es von Booten, die ihn willkommen heißen wollten, nur so wimmelte, die Banner, die Salutschüsse, die Geschütze, die von den Wällen von Sant'Elmo über die Stadt dröhnten, und die *vivas* der vielen Menschen in ihren mit Spitzen verzierten Samtgewändern, all die Menschen, die sich ihm entgegendrängten, als er an Land ging, und die ihm durch die Straßen hinterherwogten. Sonnenlicht tat ihm im Auge weh, wenn er die Klappe nicht trug, und Neapel war überflutet von Sonnenlicht. Doch glücklicherweise kam der Abend bald und mit ihm ein prächtiges Feuerwerk, an dessen Ende die britische Flagge und seine Initialen in den Himmel gezeichnet zu sehen waren, und auf den steil abfallenden Plätzen tanzten die Menschen und zündeten Freudenfeuer an. Die Art, wie die einfachen Menschen mich empfingen, ging wirklich zu Herzen. Im Palazzo des Cavaliere leuchteten dreitausend Lampen einer Abendgesellschaft, bei der der ehrerbietige Admiral Caracciolo ihm seinen Respekt erwies, und die er genoß und auf der er es lange aushielt.

Sein rechter Arm schmerzte, der Phantomarm, der gleich unterhalb seiner rechten Schulter ansetzte, Hustenanfälle plagten ihn, er hatte Fieber. Er hatte sich zusammengenommen, er klagte ungern. Er war von jeher klein und schmächtig gewesen, aber er war kräftig. Er wußte, wie man das Unerträgliche ertrug. Krank sein war wie eine Welle, man mußte nur aushalten, und sie würde vorübergehen. Sogar der entsetzliche Schmerz der Amputation, bei der er nicht einmal einen Schluck Rum bekommen hatte, und der zusätzliche Schmerz, als der Stumpf, wegen der Unfähigkeit des Chirurgen, drei Monate lang geeitert hatte, sogar das war nur eine Welle gewesen.

Wie die Wellen, die das Schmerzensboot wiegten – das kleine Boot, das den Helden von der Schlacht forttrug, in der zu kämpfen ihm nicht mehr vergönnt war. Das Boot, aus dem er als rechtshändiger Held gestiegen war, mit dem Schwert in der Hand, um eine nächtliche Attacke vom Meer her gegen ein spanisches Fort zu befehligen; das Boot, das seinen besinnungslosen Körper aufnahm, als er nach hinten kippte, nachdem eine Kartätsche ihm den Ellenbogen zerfetzt hatte, das Boot, das seine verzweifelten Männer wendeten und in die Bucht hinausruderten, in der Hoffnung, das Flaggschiff zu erreichen, bevor er an dem Blutverlust sterben würde. Er hatte das Bewußtsein wiedererlangt und zerrte an der Aderpresse unterhalb seiner Schulter, als sie an einem der Beiboote vorüberkamen, das unterhalb der Wasserlinie getroffen worden war und jetzt sank, und er bestand darauf, zu stoppen und die Überlebenden an Bord zu nehmen – noch mehr Wellen, noch eine weitere Stunde, bevor sie die verdunkelte, vor Anker liegende und im Wasser schaukelnde *Theseus* erreichten. Wütend fuhr er die an, die ihm helfen wollten: Laßt mich in Ruhe! Ich habe ja noch meine Beine und noch einen Arm!, wickelte sich ein Tau um den linken Arm und hievte sich selbst an Bord, rief nach dem Chirurgen, der ihm den rechten Arm wegschneiden mußte, ganz oben, da wo die Aderpresse war, und eine halbe Stunde später war er schon wieder auf den Beinen und erteilte dem zweiten Kommandanten mit ernster, ruhiger Stimme Befehle.

Jetzt war er ein linkshändiger Held.

Aber was war schon seine Tapferkeit verglichen mit der des Kapitäns der achtzig Kanonen starken *Tonnant* im vergangenen Monat bei der Schlacht auf dem Nil, der im britischen Geschützfeuer beide Arme und ein Bein verloren hatte. Dieser Dupetit Thouars weigerte sich standhaft, unter Deck gebracht zu werden, gab Befehl, von der Kombüse ein Faß Kleie heraufzuholen, und wies seine Männer an, ihn bis zum Schlüsselbein in das Faß mit der Kleie zu setzen, und dann leitete er noch zwei Stunden lang den Einsatz der Geschütze, bis alles Blut und Leben von ihm gewichen war. Dieser Kopf, der aus dem Faß mit zusammengeklumpter roter Kleie herausragte, beschwor seine Mannschaft noch mit seinen letzten Worten, eher das Schiff zu versenken als sich zu ergeben. Das war ein wahrhaft ritterlicher und tapferer Mann! rief der Held – dessen Heldenwelt zwangsläufig viel Platz für Tapferkeit und entsetzlichen, tapfer ertragenen Schmerz hatte.

Aber auch für Feigheit: Nachdem die Mannschaft der *Tonnant* gesehen hatte, daß der Kopf ihres Kapitäns nun nie mehr sprechen würde, brachten sie das Schiff aus der Schußlinie und übergaben es zwei Tage später dem siegreichen Briten. Aber ist es nicht das Ziel eines Helden, aus seinen Feinden Feiglinge zu machen?

Ein Held war stoisch. Und ein Held gestand sich auch ehrlich sein Verlangen nach Ruhm ein. Als ernsthaften Sohn eines Geistlichen – seine Mutter war gestorben, als er neun Jahre alt war – hatte es ihn im Alter von zwölf Jahren zur See gezogen, und sein Kopf war voll gewesen von edlen Vorbildern aus Büchern; er zitierte gern Shakespeare und sah sich in der Rolle des »Heißsporns«, allerdings ohne dessen trauriges Ende: tapfer, ungestüm, warmherzig … und, folglich, versessen auf Ruhm und

Ehre. Für eitel und naiv hielt er sich nicht. Er bewunderte Mut, Standhaftigkeit, Großzügigkeit, Aufrichtigkeit. Er wollte sich selbst akzeptieren können. Er wollte sich nicht enttäuschen. Er nahm sich vor, ein Held zu werden. Er wollte sich Lob verdienen, wollte ausgezeichnet werden, im Gedächtnis bleiben, eine Rolle in den Geschichtsbüchern spielen. Er sah sich auf Historienbildern, als Porträtbüste, als Statue auf einem Sockel und sogar oben auf einer hohen Säule auf einem öffentlichen Platz.

Er hatte immer größer sein wollen, aber in der Galauniform gefiel er sich. Er hatte eine Frau in England, eine Witwe, die er aus Liebe geheiratet hatte und der er sich zärtlich verbunden fühlte und die er zum letzten Mal gesehen hatte, als er vor einem Jahr nach Hause geschickt worden war, um sich von der verpfuschten Amputation zu erholen. Er bewunderte ihren würdevollen Charakter und ihren Geschmack, was Kleidung betraf, und betrachtete es als Ehre, daß sie in die Ehe mit ihm eingewilligt hatte. Er hatte seinen Stiefsohn Josiah, Fannys einziges Kind aus ihrer ersten Ehe, mit zur See genommen und hielt sie in seinen wöchentlichen Briefen über die Fortschritte und auch über das ungebührliche Betragen des Jungen auf dem laufenden. Er rechnete nicht mehr damit, selber Kinder zu haben. Sein Ruhm würde das Fortbestehen seines Namens gewährleisten, seine großen Taten würden seine Nachkommen sein.

Schon zwei Tage nach der Amputation hatte er damit begonnen, schnell und leserlich mit der linken Hand schreiben zu lernen, obwohl er Mühe hatte, dies neue Tier, den Rücken seiner linken Hand, nicht dauernd zu beobachten – es war ein Gefühl, als würde ein anderer seine Briefe und Depeschen schreiben.

Er wollte sich nicht schwach fühlen, und bis jetzt hatte er sich auch noch nie schwach gefühlt, nicht einmal in dem Boot, auch nicht, als der Chirurg tat, wie ihm befohlen. Vielleicht hatte er nie Schwäche empfunden, weil ihn nie jemand wirklich getröstet oder wie einen leidenden Menschen behandelt hatte. Als Kind hatte er verkündet, sie sollten ihn nicht wie ein Kind behandeln, er sei stark, und niemand solle sich um ihn sorgen, er wolle sich um sie sorgen; und von der Zeit an hatten ihn sein Vater, seine Geschwister, seine Frau immer beim Wort genommen. Die Menschen wollten an ihn glauben, das gehörte dazu, wenn man ein Star war.

Er erklärte dem Cavaliere und seiner Frau, er wolle in einem Hotel absteigen. Sie wollten davon nichts hören. Er wurde im besten Zimmer im oberen Stockwerk der hochherrschaftlichen Residenz des britischen Gesandten zu Bett gebracht. Er bat die Frau des Cavaliere, sich seinetwegen keine Umstände zu machen. Eine Weile allein zu sein, sei alles, was er brauche, dann werde er sich schon wieder erholen. Das Haus im italienischen Stil war sehr groß, und es gab mehr Dienstboten als in einem englischen Haus vergleichbaren Ranges, so wie man das in einem unterentwickelten Land auch erwartete, doch sie bestand darauf, viele Aufgaben der Krankenpflege mit Unterstützung ihrer Mutter selber zu übernehmen. Er verlor die Besinnung, kaum daß man ihn zu Bett gebracht hatte, und erwachte, als er den ländlich-ungeschliffenen Klang von Mrs. Cadogans Stimme und ihre ländlich-ungeschliffenen Anordnungen hörte. Na, nu ham Se man keine Angst, ich tu Ihnen schon nichts, lassen Se mich man Ihre Schulter anheben... Er dachte daran, wie seine Frau Tag für Tag zusammengezuckt war, wenn sie seine Wunde behandelt hatte, wie sehr sie der Anblick des glühendroten, eiternden Stumpfes erschüttert hatte. Die Frau des Cavaliere öffnete inzwischen die Fenster und beschrieb ihm den imposanten Ausblick über die Bucht und auf Capri und den rauchenden Berg in der Ferne, für den sich der Cavaliere, wie er wußte, besonders interessierte. Sie erzählte ihm den neuesten Hofklatsch. Sie sang für ihn. Und sie berührte ihn. Sie schnitt ihm die Fingernägel an der linken Hand und wusch seine arme aufgerissene Stirn mit Milch. Als sie sich über ihn beugte, um ihn zu waschen und ihm das Haar zu schneiden, kam ein Duft nach Orangen oder, süßer noch, nach Lilien aus ihren Achselhöhlen; er hatte nicht gewußt, daß eine Frau so duften konnte. Er hielt die Augen geschlossen und atmete den Duft tief durch die Nase ein.

Sie schien ihn sehr zu bewundern, und das gefiel ihm.

Wie jedermann kannte auch er ihre Geschichte: die gefallene Frau, die der Cavaliere unter seinen Schutz genommen hatte und die eine untadelige Ehefrau geworden war. Doch sie besaß eine Wärme und eine Direktheit, die man in der höfischen Welt niemals fand. Und zuweilen stellte sie Fragen, die eine wohlerzogene Dame niemals gestellt hätte. So fragte sie ihn zum Beispiel nach seinen Träumen, eine ziemlich ungehörige Frage, doch ihm gefiel das. Das Problem war nur, daß er keine Träume hatte, jedenfalls keine, die ihm im Gedächtnis geblieben waren, er hatte nur Erinnerungen – an Schlachten, an den Lärm und das Blut und die Angst. Da war allerdings ein Traum, den er in letzter Zeit öfter gehabt hatte: Er träumte, er habe noch beide Arme. Er war auf Deck, mitten im Schlachtengetümmel, aufs äußerste angespannt, hielt mit der rechten Hand sein Fernglas ans Auge und winkte mit der linken Kapitän Hardy zu; die Szene war ganz lebensnah, das heißt, genau wie im wirklichen Leben und auch so, wie es auf einem Bild hätte sein können, mit einer Ausnahme: Da es nie wieder so sein konnte (er erinnerte sich nicht daran, ob er auch sein Auge wiederhatte), wußte er, daß es ein Traum sein mußte und zwang sich aufzuwachen. Aber diesen Traum konnte er keinem erzählen. Es würde sich anhören, als wolle er Mitleid erwecken.

Er versuchte, Träume zu erfinden. Träume, die einem Helden angemessen waren. Ich habe geträumt, sagte er, ich stieg eine breite Treppe hinauf. Oder: Ich habe geträumt, ich stand auf dem Balkon eines Palastes. Oder, aus Angst, das könne zu prahlerisch klingen: Ich habe geträumt, ich war allein, in einem Tal, und ging über ein weites Feld voller Blumen. Und ... (nur weiter so!) ... ich habe geträumt, ich saß auf einem Pferd, ich habe geträumt, ich überquerte einen nebelverhangenen See, ich habe geträumt, ich war bei einem großen Bankett – nein, das klang zu abgeschmackt.

Was zum Teufel träumt man denn? Hatte er vergessen, wie man mit einer schönen Frau Konversation macht? Verdammt noch mal! Er war kaum besser als ein wildes Tier. In letzter Zeit hatte er nur an Seekarten gedacht und an Taktik und an die Bereitschaft der Geschütze und an das Wetter und an die Horizontlinie und an die Kampflinie und zuweilen an die Frau in Livorno und ständig an Napoleon und jetzt auch an den Schmerz in seinem rechten Arm, dem fehlenden Arm, dem Geisterarm.

So müde und fieberkrank er auch war, er wollte es noch einmal versuchen.

Ich habe geträumt, ich war in einem Theater – nein. Ich habe geträumt, ich verschaffte mir Zugang zu einem Schloß und fand ein geheimes Zimmer – nein. Ja, jetzt erinnere ich mich, ich stand auf einer Klippe, unter mir die tosende Brandung – nein. Ich überquerte einen Ozean auf dem Rücken eines Delphins und hörte eine Stimme, die mich rief, die Stimme einer Meerjungfrau – nein. Ich habe geträumt, ich habe geträumt...

Sie muß geahnt haben, daß er sich das alles nur ausdachte, um ihr eine Freude zu machen. Er selbst hätte diese Träume nicht für überzeugend gehalten; sie klangen wie Bilder. Er fand nichts dabei, sich die Träume auszudenken. Er wünschte nur, sie wären besser erfunden. Er suchte nach einer poetischen Art...

*

Zuweilen ist es vertretbar, nicht die Wahrheit zu sagen, jedenfalls nicht die ganze Wahrheit, wenn man Vergangenes berichtet oder wiedergibt. Zuweilen ist es sogar notwendig.

In der damaligen Zeit forderten die Regeln der Historienmalerei, der Künstler müsse die höhere Wahrheit eines Gegenstandes vor einer wirklichkeitsgetreuen, das heißt niedrigeren, Wahrheit retten. Bei einem erhabenen Gegenstand ist es die Erhabenheit des Gegenstandes, die darzustellen der Maler sich bemühen muß. So wurde etwa Raffael dafür gelobt, die Apostel als aufrecht von Statur und Haltung gemalt zu haben, und nicht etwa als die unbedeutenden und schwerfälligen Gestalten, als die sie nach seiner Meinung in der Heiligen Schrift beschrieben waren. »Alexander soll klein gewesen sein; ein Maler darf ihn so aber nicht darstellen«, erklärte Sir Joshua Reynolds. Die äußere Erscheinung eines großen Mannes ist niemals unbedeutend oder vulgär, er hat keinen Buckel und kein lahmes Bein, er schielt nicht, hat auch keine Knollennase und trägt auch keine unansehnliche Perücke – und wenn doch, so ist all dies nicht Teil seines Wesens. Und das Wesen eines Gegenstandes ist das, was der Maler zeigen sollte.

Wir heben gern das Gewöhnliche an einem Helden hervor. Das Wesentliche erscheint undemokratisch. Wir fühlen uns vom Ruf nach Größe unterdrückt. Ein Interesse an Ruhm oder Vollkommenheit deuten wir als Zeichen psychischer Ungesundheit, und wir sind übereingekommen, daß Menschen, die Bedeutendes leisten und hoch aufsteigen und die man Überflieger nennt, ihren Überschuß an Ehrgeiz einem falschen Maß an mütterlicher Fürsorge (sei es zuviel oder zuwenig) verdanken. Wir wollen bewundern, doch wir glauben, daß wir ein Recht darauf haben, nicht eingeschüchtert zu werden. Wir fühlen uns einem Ideal gegenüber nur sehr ungern unterlegen. Also fort mit dem Ideal, mit dem Wesentlichen! Die einzig erlaubten Ideale sind die gesunden – solche, nach denen jedermann trachten oder in deren Besitz man sich beruhigt wähnen kann.

*

Eine Meerjungfrau!

Wie bitte, Sir?

Er mußte für einen Augenblick eingeschlafen sein. Sie sah ihn voller Zärtlichkeit an.

Verlegen murmelte er: Habe ich Euch den Traum zu Ende erzählt?

Ja, sagte sie, Ihr wart in einem königlichen Palast, wo der König und die Königin Euch zu Ehren ein großes Bankett gaben, ein Bankett, wie auch wir es in ein paar Tagen geben wollen, wenn Ihr Euch wohl genug fühlt; wir wollen Euren Geburtstag feiern und die ewige Dankbarkeit dieses verwelkenden und doch herrlichen Landes zum Ausdruck bringen, das von Euch und Eurer Tapferkeit emporgehoben und gerettet wurde.

Natürlich fühle ich mich wohl genug, sagte er und versuchte aufzustehen und stöhnte und sank ohnmächtig auf das Bett zurück.

*

Sie beobachtete ihn gern, wenn er schlief, seine linke Hand zwischen den Schenkeln, wie ein Kind. Er wirkte so klein und verletzlich. Sie kämpfte den Schmerz in ihrem Schoß nieder und war froh, daß sie »wir« sagen konnte – mein Mann und ich, die Königin und ich: wir meinen, wir bewundern, wir legen Wert darauf, wir sind so dankbar, wir werden Euch zeigen, wie dankbar wir sind. Und das zeigte sie ihm dann auch.

Nie zuvor hatte der Palazzo des Cavaliere so glanzvoll ausgesehen, nie zuvor war er so hell erleuchtet gewesen wie eine Woche später, am Geburtstag des Helden, als er zu einem Schrein für den Ruhm des Helden geworden war.

Es war wie ein Traum aus seinen Kindertagen, alle riefen seinen Namen und jubelten ihm zu, und er erhob sein Glas, als ein Trinkspruch nach dem anderen zu Ehren des Retters der royalistischen Sache ausgebracht wurde. Genauso hatte er es sich vorgestellt – nur daß er das Glas mit der Linken hob und daß sein rechter Arm schmerzte, brannte, und er sich immer noch fieberkrank und ein wenig unwohl fühlte, vielleicht war es der Wein. Gewöhnlich wußte er maßzuhalten beim Trinken.

Er nahm alles in sich auf: das Lächeln und die farbenfrohen Kleider der Damen, die Frau des Cavaliere strahlend in einem Gewand aus blauem Satin, und die vielen schwärmerischen Huldigungen; vor allem sah er seinen Namen, seine Initialen, sein Gesicht – auf Kandelabern, Vasen, Medaillons, Broschen, Kameen, Schärpen – ins Unendliche vervielfacht, wohin er auch schaute. Seine Gastgeber hatten die Töpferwerkstätten in der Umgebung in den vergangenen Wochen hart arbeiten lassen. Er und sie und alle Engländer in Neapel und die Offiziere seines Geschwaders, das in der Bucht vor Anker lag, hatten von Tellern gegessen und aus Pokalen getrunken, die mit seinen Initialen verziert waren. Und als die achtzig zum Diner Gebetenen in den Ballsaal hinübergingen, um sich zu den weiteren zweitausend Gästen zu gesellen, die der Cavaliere und seine Frau zum Tanz und einem anschließenden Souper geladen hatten, wurden mit seinem illustren Namen verzierte Bänder und Anstecknadeln an jedermann verteilt. Je acht davon steckte er in seinen rechten Ärmel, um sie Fanny und seinem Vater und einigen seiner Geschwister zu schicken, die sehen sollten, wie man ihn geehrt hatte.

Wie fühlt Ihr Euch, Sir, hatte die Frau des Cavaliere geflüstert und dann, als sie in den Ballsaal hinübergingen, seinen Arm genommen.

Sehr gut, sehr gut.

Er fühlte sich sehr schwach.

Unter einem Baldachin mitten in dem riesigen Saal stand etwas Großes, das mit dem Union Jack und seiner eigenen Marineflagge verhüllt war. Einen Augenblick lang hatte er die unsinnige Vorstellung, es könne ein Stück von einem der Masten der *Vanguard* sein. Er trat näher heran, die Frau des Cavaliere hielt immer noch seinen Arm. Er wünschte, er könnte sich für einen Moment dagegen lehnen.

Lehnt Euch nicht dagegen, sagte sie. Es war, als könne sie seine Gedanken lesen. Es ist eine Überraschung, aber es ist nicht sehr stabil. Wir wollen doch nicht, daß es zusammenbricht!

Dann verließ sie ihn, damit er sich zum Cavaliere gesellen konnte, der in der Nähe der Musiker stand. Der Ball sollte bald beginnen, und er überlegte, wie er sich aus der Affäre ziehen könnte. Er wollte nicht, daß man sah, wie er sich setzte. Doch der Ball sollte noch nicht beginnen, denn die Musiker hatten »Gott schütze den König« angestimmt, und die Frau des Cavaliere trat vor, um das Lied zu singen. Was für eine herrliche Stimme sie hatte! Sie schien den vertrauten, mitreißenden Versen neues Leben zu geben, und da, ja, er hatte sich nicht verhört, fiel sein Name. »Erster auf der Ruhmestafel«, sang sie.

Laßt uns preisen ihn nicht wenig,
Seinen Ruhm verkünden aller Welt,
Eine Ehre für Britannien, dieser Held,
Selbst vom Nilesufer schallt es an das Himmelszelt,
Gott schütze den König.

Und er errötete, als die Zweitausend in dem riesigen Ballsaal zu applaudieren und zu jubeln begannen, und als sie die neue Strophe wiederholte und alle Anwesenden bat miteinzufallen, sangen alle seinen Namen, sein Lob. Dann traten sie und der Cavaliere zu ihm, und das Stimmengewirr legte sich, als sie die Flaggen von dem mastähnlichen Gegenstand unter dem Baldachin fortzog, um eine Säule zu enthüllen, auf der die Erobererworte *Veni, vidi, vici* eingraviert waren sowie die Namen aller Kapitäne, die an der Schlacht auf dem Nil teilgenommen hatten, die Namen seiner Waffenbrüder, die fast vollzählig erschienen waren und die jetzt vortraten, um seinen Arm zu ergreifen und ihm nochmals respektvoll für das Privileg zu danken, unter ihm dienen zu dürfen. Der Cavaliere stellte sich neben der Säule auf und hielt eine kurze Begrüßungsansprache, in der er ihn mit Alexander dem Großen verglich, doch gegen Ende der Rede wurde er von seiner Frau unterbrochen, die rief, es müßte eine Statue von ihm aus massivem Gold angefertigt und mitten in London aufgestellt werden, und das würde auch geschehen, wenn die Menschen zu Hause nur wüßten, wieviel sie ihm verdankten – er fühlte sich von einem Glorienschein umgeben. Und dann drängten sich viele andere um ihn, strahlten ihn an, manche faßten ihn auch an, wie das die Menschen hier tun, und sie lächelten, lächelten. Ach, wenn doch nur sein Vater und Fanny ihn jetzt sehen könnten!

Er wandte sich zum Cavaliere, um sich mit einer Rede für diese herrliche Feier zu bedanken. Die Ehre, die Ihr mir zuteil werden laßt, begann er.

Wir sind es, denen eine Ehre zuteil wird, sagte der Cavaliere, und nun war er es, der den Arm des Helden ergriff.

Dann fingen die Musiker an zu spielen, und der Held, der annahm, die Frau des Cavaliere erwarte, daß er sie zu der Quadrille auffordere, ging auf sie zu. Nein, nein, nicht um zu tanzen, das müsse sie verstehen, sondern um zu versuchen, seine Dankbarkeit auszudrücken.

Der Cavaliere, der auf seine Weise ebenso vernarrt in den jungen Admiral war wie seine Frau, sah voller Zärtlichkeit auf das Treiben. Wie glanzvoll war doch alles, genau wie nach einer Sonnenfinsternis. Alles, was schwarz gewesen war, schien jetzt zu leuchten und zu strahlen.

Sein Haus und all die hellen und beredten Dinge darin, die er, so fürchtete er, womöglich bald aufgeben müßte, sein Haus – jetzt offizielles Quartier des Helden – beherbergt die Zukunft und beschützt gleichzeitig die Vergangenheit.

*

Er hatte schon geglaubt, sein Paradies im Ausland sei zum Untergang verurteilt. Anfang des Jahres, als die internationale Allianz gegen Frankreich gescheitert schien, beugte sich Neapel dem Willen Frankreichs. Da war zuerst die Schande gewesen, als neuen Botschafter niemand anderen begrüßen zu müssen als Monsieur Garat, den Mann, der Ludwig XVI. sein Todesurteil verlesen hatte. Dann war der einflußreiche antifranzösische Premierminister entlassen und durch einen Mann ersetzt worden, der einer gütlichen Einigung mit Frankreich wohlgesonnen war. Unterdessen rückten Napoleons Armeen ungestraft voran, und der junge britische Admiral durchkreuzte immer noch das Mittelmeer und bemühte sich erfolglos, die französische Flotte anzugreifen.

Der Cavaliere geriet nicht in Panik, das war nicht seine Art. Aber angenommen, die französische Armee würde beginnen, von der päpstlichen Hauptstadt aus, die sie bereits in ihrer Gewalt hatte, auf der Halbinsel vorzurücken, und eines Morgens würde er erfahren, sie wäre beinahe schon an der Küste, jenseits der Phlegräischen Felder. Ihm und seiner Frau und all ihren englischen Gästen (es waren stets Gäste im Haus) bliebe dann immer noch genug Zeit zu flüchten; deswegen machte er sich keine Sorgen. Doch er fürchtete um die Sicherheit seiner Besitztümer. Dinge, die wertvoll sind, sind auch gefährdet – durch Diebstahl, Feuer, Überschwemmung, Verlust, schlechte Behandlung, Vernachlässigung durch Dienstboten und Angestellte, die tödlichen Strahlen der Sonne und durch Krieg, der für den Cavaliere in erster

Linie Vandalismus, Plünderung und Konfiszierung bedeutete.

Jeder Sammler fühlt sich bedroht von all den Unwägbarkeiten, die das Unheil herbeiführen könnten. Was bedeutet, daß jede Sammlung – an sich schon eine Insel – ihre eigene Insel braucht. Und großartige Sammlungen regen oft an zu großartigen Ideen über angemessene Lagerung und sichere Verwahrung. Ein unermüdlicher Sammler in Südflorida, der mit dem letzten Privatzug der USA zu seinen Einkaufstouren fährt, hat in Genua ein riesiges Schloß erworben, um seine umfangreiche Sammlung von Kunstobjekten zu lagern; und die Nationalchinesen, die 1949 alles in Reisstroh und Baumwolle verpackten, was an Kunstgegenständen damals noch greifbar war und was sie tragen konnten (Seidenmalereien, kleine Skulpturen, Jade- und Bronzefiguren, Porzellan und alte Handschriften), um es mit nach Taiwan zu nehmen, bewahren all diese Dinge in unterirdischen Gängen und Gewölben auf, die in der Nähe eines riesigen Museums aus dem Berg gehauen wurden, eines Museums, das höchstens für einen kleinen Bruchteil ihrer Beute Platz hat. Die meisten Lagerräume müssen allerdings nicht so phantasievoll oder festungsähnlich sein, um Sicherheit zu gewährleisten. Doch eine Sammlung an einem Ort aufzubewahren, der nicht wirklich sicher zu sein scheint, ist eine ständige Quelle der Sorge. Das Vergnügen wird vom Gespenst des Verlustes heimgesucht.

Wer weiß, vielleicht ist es gar nicht nötig, aus Neapel zu flüchten. Aber wenn doch, dann wird es nicht leicht sein, drei Jahrzehnte unermüdlicher Sammlertätigkeit zu verpacken, in Kisten zu verstauen, an einen anderen Ort zu bringen. (Der Ewige Jude kann kein großer Sammler sein, es sei denn, er sammelt Briefmarken. Nur wenige große Sammlungen haben Platz auf dem Rücken eines Mannes.) Der Cavaliere hielt es für klug, ganz genau auf

Papier festzuhalten, was er besaß und – zum ersten Mal – ein vollständiges Inventar zu erstellen.

Es war allerdings nicht seine erste Liste: Sammler sind eingefleischte Listen-Ersteller, und wem es Spaß macht, Listen zu erstellen, ist ein Sammler oder wird noch einer.

Die Sammelleidenschaft ist eine Art unstillbares Verlangen, ein Don-Juanismus der Dinge, bei dem jeder neue Fund eine neue geistige Hochstimmung hervorruft und das zusätzliche Vergnügen des Zählens, des Auflistens mit sich bringt. Anhäufen und unermüdliches Erobern würden in gewisser Weise ihren Sinn und ihre Würze verlieren, gäbe es nicht irgendwo ein großes Hauptbuch mit all den angehäuften *mille e tre* (und, vorzugsweise, eine hilfreiche Hand, die es auf dem laufenden hält), ein Hauptbuch, in das man sich zuweilen in fröhlicher Kontemplation versenkt und das die Erschöpfung des Begehrens hinauszögert, zu welcher der erotische Athlet verdammt ist und gegen die er sich zur Wehr setzt. Doch für den Athleten materieller und emotionaler Erwerbssucht sind Listen ein weitaus geistigeres Unterfangen.

Die Liste selbst ist schon eine Sammlung, eine sublimierte Sammlung. Man muß die Dinge nicht unbedingt selbst haben. Kennen heißt besitzen (glücklicherweise, für Menschen ohne große finanzielle Mittel). Es ist bereits ein Anspruch, eine Art Besitz, wenn man in dieser Form an die Dinge denkt, in Form einer Liste: was bedeutet, daß man sie einschätzt, sie einordnet, und sagt, sie seien es wert, daß man sich an sie erinnert oder sie begehrt.

Was man mag: die fünf Blumen, die man am liebsten mag, Gewürze, Filme, Autos, Gedichte, Hotels, Namen, Hunde, Erfindungen, römische Kaiser, Romane, Schauspieler, Restaurants, Gemälde, Edelsteine, Städte, Freunde, Museen, Tennisspieler ... immer nur fünf. Oder zehn ... oder zwanzig ... oder hundert. Denn wie groß auch immer die festgesetzte Zahl ist, auf halbem Weg wünscht man sich stets, man hätte einen größeren Spielraum. Man hatte vergessen, daß es so viele Dinge gibt, die man mag.

Was man getan hat: alle, mit denen man ins Bett gegangen ist, alle Bundesstaaten, in denen man gewesen, alle Länder, in die man gereist ist, Häuser oder Wohnungen, in denen man gelebt hat, Schulen, die man besucht hat, Autos, die man besessen, Tiere, die man gehabt, Stellungen, in denen man gearbeitet, Shakespeare-Stücke, die man gesehen hat...

Was es in der Welt gibt: die Titel von allen Opern Mozarts oder die Könige und Königinnen von England oder die fünfzig Hauptstädte der amerikanischen Bundesstaaten ... Selbst das Erstellen solcher Listen ist ein Ausdruck der Begierde: der Begierde zu wissen, in eine Ordnung gebracht zu sehen, auswendig zu lernen.

Was man tatsächlich besitzt: alle CDs, die Weine, die Erstausgaben, die alten Photographien, die man auf Auktionen erstanden hat – solche Listen vermögen mehr, als im nachhinein die Kauflust gutzuheißen, es sei denn, die erworbenen Dinge sind, wie es bei dem Cavaliere der Fall ist, in Gefahr.

Er will wissen, was er besitzt, jetzt, wo er es möglicherweise verlieren wird. Er will es für immer besitzen, und sei es auch nur in Form einer Liste.

Für den Cavaliere ist es eine Rettungsaktion. Doch trotz des unerfreulichen Anlasses freute er sich auf die Arbeit. Jedes einzelne Objekt, das er gesammelt hatte, anzuschauen, die Objekte in eine gewisse Reihenfolge zu bringen, den exakten Grad an Vielfalt, Reichhaltigkeit, Vortrefflichkeit und, ja, Unvollständigkeit jeder seiner Sammlungen zu bestimmen: das würde ein Vergnügen sein und gleichzeitig eine mühselige Arbeit, eine sinnliche Arbeit, eine Arbeit, die er niemandem aus seinem Haushalt übertragen würde.

Von der Halle aus, die zum Dienstbotenaufgang führte,

ging er von Zimmer zu Zimmer, von Stockwerk zu Stockwerk, von Erinnerung zu Erinnerung (es war alles da), gefolgt von seinen beiden englischen Sekretären Oliver und Smith, die notierten, was immer er laut sagte, von Gaetano mit einer Kerze und einem Maßband, und einem Pagen, der einen Hocker trug. Nie zuvor hatte er sein Haus unter diesem verwirrenden Aspekt gesehen, so wie es ein Fremder sehen würde – ein unterwürfiger Verwalter, ein schweigsamer Sachverständiger oder der anmaßende Bevollmächtigte eines kunstgierigen Despoten. Er war beeindruckt. Er brauchte nahezu eine Woche, um das Inventar aufzustellen; denn er verweilte und geriet ins Schwärmen. Dann zog er sich in sein Arbeitszimmer zurück und verbrachte den ganzen Tag damit, alles aufzuschreiben. Mit Datum vom 14. Juli 1798, also vor zwei Monaten, notiert in seiner nachlässigen, doch lesbaren Handschrift auf vielen Manuskriptseiten, dann in rötliches Leder gebunden und in eine Schublade seines stets verschlossenen Schreibtisches gelegt – mit Ausnahme seiner Sammlung mineralischen Vulkangesteins, Fischfossilien und anderer Naturwunder ist alles enthalten: die über zweihundert Gemälde, einschließlich der Bilder von Raffael, Tizian, Veronese, Canaletto, Rubens, Rembrandt, van Dyck, Chardin, Poussin, viele Gouachen des gerade ausbrechenden Vesuv und die vierzehn Porträts seiner Frau, die Vasen, die Statuen, die Kameen, bis hin zu den letzten Kandelabern und Sarkophagen und Achatleuchtern in den Lagerräumen im Keller, wobei er all die Objekte fortgelassen hatte, denen man sofort ansah, daß er sie sich illegalerweise aus den königlichen Ausgrabungen angeeignet hatte.

So war die Stimmung in jenem Sommer, als Neapel darauf wartete, daß die Franzosen auf die Halbinsel vorrücken würden, und der Cavaliere, der in der glücklichen Lage war, das Ende des privilegierten Lebens, das er hier genossen hatte, schon im voraus zu erahnen (dies ist nicht

Pompeji oder Herkulaneum), hatte sein Inventar aufgestellt und begann darüber nachzudenken, wie er die Besitztümer, die er am meisten schätzte, in Sicherheit bringen könnte.

Doch nun war die Gefahr durch den bedeutenden Sieg, den sein unvergleichlicher Freund über die französische Flotte errungen hatte, abgewendet worden, was ganz gewiß erst den Anfang des Zurückdrängens der Franzosen bedeutete, die zwei Jahre zuvor in Italien eingefallen waren – und diesen Anfang feierten sie heute an seinem Geburtstag. Der Cavaliere traf Vorkehrungen, um einen beträchtlichen Teil seines Besitzes nach England zurückzuschicken: seine zweite Sammlung antiker Vasen, umfangreicher und kostbarer noch als die Sammlung, die er bei seinem ersten Heimaturlaub mitgebracht und an das Britische Museum verkauft hatte. Die Vasen waren von seinen Bevollmächtigten und Dienstboten sorgfältig verpackt worden und sollten in ein paar Tagen in Lattenkisten verstaut und auf ein britisches Versorgungsschiff, das im Hafen lag, verladen werden. Es wäre töricht, diese Anordnungen nur deshalb rückgängig zu machen, weil die Gefahr einer französischen Besatzung oder (schlimmer noch) einer republikanischen Rebellion abgenommen hatte. Sollten doch die Vasen nach England gehen und verkauft werden, er hatte es so beschlossen. Ich brauche das Geld. Geld, immer fehlte Geld. Das war die schmutzige Seite des Sammelkreislaufes – denn sammeln ist ein Kreislauf, keine fortschreitende Entwicklung. Das Reizvolle beim Sammeln kommt auf dem Tiefpunkt des Kreislaufes zum Vorschein, wenn alle Objekte fort sind und man wieder bei Null anfängt. Er tröstete sich mit dem Gedanken an das Vergnügen, das es ihm bereiten würde, eine neue Kollektion von Vasen anzulegen, noch umfangreicher als diese.

Er freute sich schon darauf, wieder von vorn zu beginnen.

*

Der Cavaliere ist unten am Kai und überwacht das Verladen seiner Kisten voller Schätze, die an Bord der *Colossus* gebracht werden. Der Held ist immer noch im Bett, fühlt sich aber schon viel kräftiger. Mrs. Cadogan bringt ihm Fleischbrühe, und die Frau des Cavaliere sitzt bei ihm, während er seine Korrespondenz erledigt. Seinem Bruder, der wie der Vater Geistlicher war, schrieb er, um von seinen Siegen zu berichten und um seine Sorge zum Ausdruck zu bringen, seine Verdienste könnten möglicherweise nicht genügend gewürdigt werden. Bei allem Neid muß man doch meine Leistung anerkennen, schrieb er. (Er hoffte, für seinen Sieg auf dem Nil würde ihm der Titel eines Viscount verliehen.) An Fanny schrieb er Briefe, in denen er noch viel offener prahlte. Wie die Frau des Cavaliere, die nach all diesen Jahren immer noch an Charles schrieb und dabei ganz unverblümt jedes Lob wiedergab, das sie über sich hörte, gab auch der Held seiner Frau jedes lobende Wort wieder. Alle bewundern mich. Sogar die Franzosen haben Respekt vor mir. Sie waren sich sehr ähnlich, der verstümmelte Held und die überschwengliche Matrone – denn beide hatten etwas Kindliches an sich, das der Cavaliere bemerkte und das ihn rührte.

Die Leute laufen mir auf der Straße hinterher und rufen meinen Namen. Er war wieder auf den Beinen, und die Frau des Cavaliere begleitete ihn zum königlichen Palast zu seinen Unterredungen mit dem König und den Ministern, zum Hafen, wo seine Anwesenheit vonnöten war, um Streitigkeiten zwischen seinen Matrosen und den listigen Neapolitanern zu schlichten; ich mache alle Dolmetschungen für unser groosse Gast, schrieb sie an Charles. Ihre Anteilnahme an seinen Interessen, seiner Welt, war unermüdlich. Sie schloß Freundschaft mit all seinen Offizieren und übermittelte deren Sorgen dem verehrten, doch im Augenblick mit anderem beschäftigten Admiral. Die begierig Lernende war nun ersetzt worden durch die Mütterliche, die den jungen Leutnants zur See bei ihren Briefen an ihre Liebsten in England half und die versuchte, Josiah das Tanzen beizubringen. Als Josiah ihr erzählte, daß er es gewesen war, der seinerzeit in dem Boot seinem Stiefvater die lebensrettende Aderpresse angelegt hatte, beugte sie sich hinab und küßte die Hände des Jungen. An seine Frau schickte sie Geschenke und Verse über den Ruhm des Helden, und als die Nachricht eintraf, er sei nur zum Baron ernannt worden, dem niedrigsten Rang des Adelsstandes, wenn auch mit jährlichen Einkünften in Höhe von zweitausend Pfund, schrieb sie sofort einen Brief an Fanny, um ihre Empörung über die Undankbarkeit der Admiralität zum Ausdruck zu bringen.

Auch der Cavaliere hat an das Außenministerium geschrieben, um Protest gegen die geringschätzige Behandlung des Helden einzulegen. Nichts mögen sie so sehr, wie gemeinsam allein zu sein. In dem großen Salon, in dem vierzig Gemälde aus dem Besitz des Cavaliere hängen, geben sie eines Abends das Bild einer traulichen Szene ab. Der Cavaliere spielt Cello, und seine Frau singt für den Helden. Im weiteren Verlauf des Abends versucht der Cavaliere, die Verbitterung des Helden über die Unentschlossenheit des Königs zu beschwichtigen, während die Frau des Cavaliere mit tiefempfundener Freude zusieht. Man darf nicht erwarten, daß solche Leute sich ändern, sagte der Cavaliere. Bei Gott, sie *müssen* doch endlich einsehen, welches Unheil sie erwartet, rief der Held, dabei gestikulierte seine linke Hand beredt, und als er sich immer mehr erregte, zuckte der Stumpf seines rechten Armes deutlich sichtbar oben im leeren Ärmel. Zärtlich sah sie zu dem Cavaliere hinüber, der mit seinen zornigen Ausführungen über die beklagenswerte geistige Unzulänglichkeit des Königs fortfuhr. Aufmerksam beobachtet sie den Helden, ihre Inbrunst überzieht ihn mit heilender Wärme. Dann schlendern die drei auf die Terrasse hinaus, um auf den Vesuv zu schauen, der in letzter Zeit ungewöhnlich ruhig gewesen war. Zuweilen geht der Cavaliere in der Mitte und sie beide neben ihm, jeder an einer Seite, wie seine zwei großen Kinder, die sie sehr wohl sein könnten. Zuweilen geht sie in der Mitte, der Held (der kleiner ist als sie) zu ihrer Linken – sie spürt die Hitze seines fehlenden Armes auf ihrem Körper – und der Cavaliere, der größer ist als sie, zu ihrer Rechten. Und der Cavaliere fährt fort, dem Helden von den abergläubischen Vorstellungen zu erzählen, die sich die Einheimischen über den Berg machen.

*

Wie sollte ein Held aussehen? Oder ein König? Oder eine Schönheit?

Weder dieser Held noch dieser König noch diese Schönheit haben, was Reynolds als angemessene Erscheinung betrachtet hätte. Der Held sieht nicht aus wie ein Held; dieser König hat niemals wie ein König ausgesehen oder sich entsprechend verhalten; und ach, die Schönheit ist keine Schönheit mehr. Um es ganz deutlich zu sagen: Der Held ist ein verstümmelter, zahnloser, verhärmter, untergewichtiger kleiner Mann; der König ist ein ungeheuer fetter Mann mit Herpes und einer riesigen Knollennase; die vom Trinken aufgeschwemmte Schönheit ist jetzt so breit wie hoch und sieht mit dreiunddreißig alles andere als jung aus. Nur der Cavaliere (Aristokrat, Höfling, Gelehrter, Mann von Geschmack) entspricht dem Idealtypus. Er ist groß, schlank, hat vornehme Gesichtszüge, ist unversehrt; und obwohl er von diesen vier zukünftigen Bewohnern des Universums der Historienmalerei bei weitem der älteste ist, so ist er doch derjenige in der besten körperlichen Verfassung.

Natürlich, für *sie* spielte das keine Rolle. Interessant ist aber, daß wir, die wir so weit entfernt sind von der Zeit, als man von der Malerei erwartete, daß sie eine ideale Erscheinung abbilde, wir, die wir behaupten, Häßlichkeit und physische Unvollkommenheit verliehen den Dargestellten erst Menschlichkeit, daß wir es für erklärungsbedürftig, und auch für ein wenig unziemlich, halten, wenn die nicht mehr so Schlanken und die nicht mehr ganz so Jungen romantische Gefühle füreinander hegen, wenn sie (törichterweise, wie wir sagen) alles idealisieren.

*

Ihre Dreisamkeit schien so natürlich. Im Leben des Cavaliere gab es einen neuen jungen Mann, eher Sohn als Neffe. Seine Frau hatte jemanden, den sie bewundern konnte, so wie sie noch nie zuvor in ihrem Leben jemanden bewundert hatte. Der Held hatte Freunde, wie er sie noch nie gehabt hatte; die Bewunderung des alten eleganten Cavaliere tat ihm wirklich gut, er war überwältigt von der Wärme und der Aufmerksamkeit, die dessen junge Frau ihm entgegenbrachte. Und abgesehen von der Hochstimmung einer immer intensiver werdenden Freundschaft waren alle drei vereint in dem Gefühl, Darsteller eines großen historischen Dramas zu sein: es galt, England – und Europa – vor der französischen Eroberung und der republikanischen Idee zu retten.

Der Held fühlte sich wieder bei Kräften und traf Vorkehrungen, erneut in See zu stechen. Es waren Depeschen und Briefe zu schreiben – an Minister und einflußreiche hochgestellte Freunde in England und an andere britische Befehlshaber im Mittelmeer. Es gab Unterredungen mit neapolitanischen Ministern und mit dem Königspaar und mit dem abgesetzten, aber immer noch mächtigen antifranzösischen Premierminister. Die Bourbonen-Regierung beriet ständig darüber, ob man sich gegen die Franzosen erheben sollte oder nicht, der Cavaliere drängte sie, eine Armee nach Rom zu entsenden, und der Held wartete ungeduldig darauf, daß Neapel in den Kampf eingreifen und somit offener Verbündeter (das heißt Militärstützpunkt) Englands würde, und machte seinen ganzen Einfluß zugunsten dieses Planes geltend. Und als dieser unbedachte Feldzug erst einmal beschlossene Sache war, mußte er militärische Manöver begutachten, und das mit einem aus Patriotismus, Wichtigtuerei, Frustration und Sorge gemischten Gefühl und einer lebhaften Verachtung für die meisten am Geschehen beteiligten Akteure ... so wie sich die ausführenden Organe eines Weltimperiums stets fühlen, wenn sie ihren Willen in einer entlegenen südlichen Satrapie durchsetzen wollen, die reich an Traditionen sowohl der Korruption als auch der Trägheit ist, wenn sie sich bemühen, diesen Menschen kriegerische Tugenden und die Einsicht in die Notwendigkeit des Widerstandes gegen übermächtige Unterdrücker einzuimpfen.

Seine Vorgesetzten ließen ihn wissen, er werde mit seinem Geschwader in Malta erwartet. Nach einer fruchtlosen Unterredung mit dem Staatsrat hatte er Lord St. Vincent geschrieben, er könne gar nicht früh genug aus diesem Land von Geigern und Dichtern, Huren und Schurken fortkommen. Aber den Cavaliere und seine Frau wollte er nicht verlassen.

Nachdem er sich drei Wochen lang erholt hatte und mit Lobeshymnen überhäuft worden war, segelte der Held Mitte Oktober, einige Tage nachdem die *Colossus* mit den Vasen des Cavaliere nach England aufgebrochen war, nach Malta – auf der Suche nach neuen Begegnungen mit dem Feind. Der König, der wußte, man erwarte von ihm, daß er sich an die Spitze einer Armee setzte und einige Zeit in seinem Palast mitten im steinigen Rom verbrachte, begab sich nach Caserta, um zunächst einmal auf die Jagd zu gehen. Auch der Cavaliere siedelte nach Caserta über, nachdem er Anweisungen gegeben hatte, mit dem Verpacken seiner Gemälde zu beginnen – nur für den Notfall, nur für den Notfall. Und von dem großen Jagdschloß aus schrieb seine Frau jeden Tag an den Helden und ließ ihn wissen, wie sehr sie ihn vermißten. Am Abend kehrte der Cavaliere nach einem langen Tag der Bewegung im Freien und der Begutachtung von geronnenem Blut zurück und fügte sein Postskriptum hinzu.

Das tägliche Töten der vielen Tiere versetzte den König in Hochstimmung, und er freute sich darauf, bald in einer prächtigen Uniform an der Spitze einer Armee zu reiten. Der Königin kamen langsam Zweifel am Sinn dieses Feldzugs, denn wenn auch ihre Hochstimmung gedrückt worden war und sich allmählich in Niedergeschlagenheit verwandelt hatte, war ihr doch noch etwas von ihrem Verstand geblieben. Die Frau des Cavaliere war es, die, wie sie in ihren Briefen an den Helden berichtete, die Königin überredete, ihren Mut nicht sinken zu lassen. In lebhaften Bildern beschwor sie herauf, was geschähe, wenn man jetzt nicht zum Angriff überginge: Die Königin, ihr Mann und ihre Kinder würden zur Guillotine geführt, und auf ihrem Andenken würde die unauslöschliche Schande lasten, nicht tapfer bis zum letzten gekämpft zu haben, um ihre Familie, ihre Religion, ihr Land vor den Händen der blutgierigen Mörder ihrer Schwester und der königlichen Familie Frankreichs zu retten. Ihr hedded mich sehen solen, schrieb die Frau des Cavaliere. Ich bin aufgestahnden & habe meine linke Arm ausgestreckt wie Ihr & habe eine wunderbar Rede gehalten, & die liebe Königin had geweint & gesagd, ich hedde recht. Sie sprach häufig ganz offen von seinem fehlenden Arm, denn der Held war keiner von den Menschen, die einen dazu zwingen, eine Verstümmelung oder Behinderung zu ignorieren: die blinde Frau, die Ihnen erzählt, wie gut Sie aussehen, und die Ihre rote Bluse bewundert, der Einarmige, der ausruft, er habe gestern abend in der Oper gar nicht aufhören können, Beifall zu klatschen. Auch in seinen Briefen, die er jeden Abend, nachdem er sich in seine Kajüte zurückgezogen hatte, schrieb und die er immer an seine beiden Freunde gemeinsam adressierte, sprach der Held offen darüber. Die Korrespondenz, die ich zu erledigen habe, reicht für zwei Arme, sagte er. Und oft ermüdet mich das Schreiben. Doch abgesehen von dem höchsten Glück, Euch beide wiederzusehen, gibt es nichts, auf das ich mich von Tag zu Tag mehr freue, als auf das Vergnügen, Euch zu schreiben. Bei der Frau des Cavaliere bedankte er sich dafür, daß sie die Kriegsbegeisterung der Königin geschürt hatte. Und er wiederholte, wie sehr er sie beide vermisse, wie dankbar er für ihre Freundschaft sei, daß seine Dankbarkeit größer sei, als er es in Worte fassen könne, wieviel mehr Ehre sie ihm erwiesen hatten, als er es verdiente – es schien, als sei nie zuvor jemand nett zu ihm gewesen –, und daß er mit ihnen gelebt und ihre Zuneigung habe erfahren dürfen, habe ihn für jede andere Gesellschaft verdorben, daß die Welt ihm wie ein öder Flecken erscheine, solange er von ihnen getrennt sei, daß es sein innigster Wunsch sei, zurückzukehren und sie nie wieder zu verlassen. Auch Mrs. Cadogan liebe ich, fügte er hinzu.

✶

Drei Wochen später kehrte der Held krank und pflegebedürftig wieder zurück und traf mit seinen Freunden in Caserta zusammen. Von dort aus schrieben er und die Frau des Cavaliere Briefe an die Frau des Helden. Sie berichtete über die Gesundheit des Helden und schickte noch mehr Gedichte, noch mehr Geschenke. Er berichtete seiner Frau in seinem wöchentlichen Brief, daß er, von ihr und seinem Vater abgesehen, den Cavaliere und dessen Frau zu den besten Freunden zähle, die er auf der Welt habe. Ich lebe hier wie der Sohn des Hauses. Der Cavaliere ist so freundlich, meine Unterweisung in vielen interessanten Fragen der Wissenschaft in die Hand zu nehmen, und seine Frau ist eine Zierde für ihr Geschlecht. Ihresgleichen habe ich in keinem Land gesehen.

Nach zwei weiteren Wochen mußten alle nach Neapel

zurückkehren, von wo aus dann eine Armee von zweiunddreißigtausend unerfahrenen Männern – die von einem unfähigen österreichischen General befehligt und nominell vom König angeführt wurden, und unter deren Rekruten sich auch Bartolomeo Pumo, der einäugige Bergführer des Cavaliere, befand – nach Norden auf Rom zumarschierte. Der Cavaliere und seine Frau sind unten am Kai und verabschieden gemeinsam mit der jubelnden Menschenmenge den Helden, der mit viertausend weiteren Soldaten das neutrale Livorno einnehmen und die Verbindung zwischen den französischen Truppenteilen unterbrechen soll, die ganz Rom und im Norden der Halbinsel den größten Teil des Landes besetzt halten.

Der Held sah mit einiger Besorgnis, daß der Cavaliere recht schwach wirkte, daß er gekrümmt ging und daß seine Frau bleich war und sich sichtlich bemühte, tapfer zu sein. Kommt bald zu uns zurück, sagte der Cavaliere. Mit noch mehr Lorbeeren auf dem Haupt, sagte seine Frau.

Einige Stunden zuvor hatte sie ihm ein Briefchen gegeben und ihm das Versprechen abgenommen, es erst an Bord der *Vanguard* zu lesen. Er hatte das Briefchen geküßt und an seinem Herzen geborgen.

Er öffnete es wenige Augenblicke, nachdem er in das Boot gestiegen war, das ihn zu seinem Flaggschiff hinausbringen sollte.

Da stand es in ihrer anbetungswürdigen Handschrift: ein wahrer Sturzbach guter Wünsche für sein Wohlergehen, Beteuerungen immerwährender Freundschaft, Dankbarkeitsbezeigungen. Doch er wurde allmählich unbescheiden. Er wollte noch etwas anderes – noch irgend etwas anderes. Daß sie ihm schriebe, sie liebe ihn? Aber das schrieb sie ihm doch schon die ganze Zeit, wie sehr sie, sie und der gute Cavaliere, ihn liebten. Noch irgend etwas anderes. Begierig las er weiter bis zur letzten Seite und hielt die schon gelesenen, von Gischt bespritzten Blätter zwischen den Knien festgeklemmt, während seine Männer ihn zur *Vanguard* hinausruderten. Noch irgend etwas anderes. Ah, da war es ja.

Geht in Livorno nicht an Land. Verzeiht mir, lieber Freunt, wenn ich das sage, doch in dies Statt gibt es für Euch kein Trost.

Er zuckte zusammen. Also hatte sie von der Geschichte der einzigen Liebschaft, die er in all den Jahren seiner Ehe gehabt hatte, gehört; er wußte, es hatte damals viel Gerede darüber gegeben. Als er vor vier Jahren mit der *Captain* in Livorno war, hatte er eine bezaubernde Frau getroffen, die mit einem kaltherzigen, gleichgültigen Mann, einem Marineoffizier, verheiratet war, und sie hatte ihm leid getan, und dann hatte er sie verehrt, und dann hatte er geglaubt, er sei womöglich in sie verliebt – fünf Wochen lang.

Er lächelte. Wenn seine liebe Freundin eifersüchtig war, so wußte er, daß er geliebt wurde.

*

Ihr Narren! Ihr Narren! Daß er selber ein Narr gewesen war, kam dem Cavaliere nicht in den Sinn. Obwohl er der erste gewesen war, der geglaubt hatte, die Bourbonen-Regierung könne eine Armee aufstellen und in Marsch setzen, die in der Lage sei, es mit der französischen aufzunehmen, war der Cavaliere es nicht gewohnt, sich selber die Schuld für etwas zuzuschreiben.

Der Held hatte seinen Teil der Aufgabe erfüllt und seine Truppen in Livorno stationiert, wo er drei keusche Tage lang blieb. Doch wie hätte der Held ahnen sollen, Frankreich könne es zulassen, daß Rom an die Neapolitaner fiel?

Seit dem Abschluß eines Friedensvertrages mit Frankreich vor zwei Jahren (Farce! Schande! Schmach! wütete die Königin) war das Königreich beider Sizilien offiziell neutral, und der König und seine Ratgeber haben – scharfsinnigerweise, wie sie meinten – Frankreich nicht den Krieg erklärt. Dieser Feldzug, so verkünden sie, richte sich nicht gegen Frankreich. Es sei nur eine brüderliche Antwort auf einen dringenden Appell des Volkes von Rom – das unter der republikanischen Regierung leide, die ihm vor sechs Monaten von jakobinischen Fanatikern aufgezwungen worden war –, einen Appell, Recht und Ordnung wiederherzustellen. Der französische General, der Rom im Februar besetzt hatte und unter dessen Ägide die römische Republik ausgerufen worden war, zog seine Truppen klugerweise ab und stationierte sie einige Meilen vor der Stadt. Nachdem die neapolitanische Armee Rom eingenommen hatte, ohne einen einzigen Schuß abgeben zu müssen, hielt der König mit all dem Gepränge, von dem er meinte, es stünde ihm zu, Einzug in die Stadt, begab sich in seine Residenz, den Palazzo Farnese, ließ den Papst, der von der Republik verbannt worden war, bitten zurückzukehren und fing an, sich zu amüsieren. Zwei Wochen später erklärte Frankreich dem Königreich beider Sizilien den Krieg, und die französische Armee rückte wieder auf die Stadt vor.

Am Abend des Tages, als der König erfuhr, daß die Franzosen zurückkämen, legte er seine königlichen Gewänder ab, vermummte sich mit den schlechtsitzenden Kleidern eines Bürgerlichen, die für seinen beleibten Körper einige Nummern zu klein waren, und machte sich auf den Heimweg. Dies schändliche Fiasko, die Besetzung Roms durch die Neapolitaner, dauerte nicht einmal eine weitere Woche. Der Held hatte vorausgesagt, daß Neapel verloren wäre, sollte der Marsch auf Rom fehlschlagen. Er behielt recht mit seiner Voraussage.

Als der größte Teil der entmutigten neapolitanischen Armee zu Hause angekommen war, und zwar nach dem König, aber vor den Franzosen, die in geordneten Reihen nach Süden vorrückten, schickte der Cavaliere nach Pumo. Er hatte sich um ihn gesorgt. Hatte er seinen Einsatz als Soldat überlebt, oder lag er irgendwo in einem

Graben mit einer Kugel im Kopf? Er bekam Bescheid, daß sein Bergführer nicht zurückgekehrt sei. Der Cavaliere war eher ungläubig als bekümmert. Es war undenkbar, daß Tolo, sein vom Glück begünstigter Tolo, nicht gewußt haben konnte, wie er mit dieser Gefahr fertig werden sollte, nachdem er mit so vielen anderen Gefahren fertig geworden war, doch alles andere, was nun geschah, kam genau so, wie er es befürchtet hatte.

Der König fluchte, winselte und bekreuzigte sich. In heftiger Reaktion auf ihren Versuch, aufgeklärte Ideen durchzusetzen, war die Königin vor kurzem fast genauso abergläubisch wie ihr Mann geworden und schrieb Gebete auf kleine Stückchen Papier, die sie entweder in ihr Korsett steckte oder hinunterschluckte. Allen um sie herum verkündete sie, daß nur eine neapolitanische Armee vor einem Feind flüchtet, dem sie sechs zu eins überlegen war, daß sie von Anfang an gewußt habe, daß diese trägen Neapolitaner keinerlei Chance hatten, Rom zu halten. Antiroyalistische Parolen erscheinen jeden Morgen auf den Mauern: Die Franzosen kommen, und jakobinische Sympathisanten, die auf die Protektion der Franzosen hofften, die Art Protektion, die sie den Patrioten in Rom gewährt hatten, gaben sich zu erkennen. Die fanatisch treuen Untertanen des Königs, die Armen der Stadt, übermalen die republikanischen Parolen und versammeln sich auf dem großen Platz vor dem Palast, um ein Dementi der umlaufenden Gerüchte zu verlangen, welche besagen, daß die königliche Familie nach Palermo flüchten wolle. Ihre ausländische Königin ist ihnen völlig egal, aber sie wollen, daß ihr geliebter König bleibt, er muß ihnen versprechen, daß er bleiben wird. Komm heraus, zeig dich, Bettlerkönig! Und der König war gezwungen, sich auf dem Balkon zu zeigen, mit der Königin an seiner Seite, um dem Mob zu beweisen, daß sie noch da seien – daß er bleiben und die Franzosen bekämpfen und sie beschützen werde –, während die Königin, die auf den

Platz hinunterschaute, ihre Visionen von einer Guillotine wegblinzelte, die sich zu erheben schien, wo sonst die *cuccagna* errichtet wurde. Der Held, von dem sich jeder die Rettung erhofft, muß sie unverzüglich evakuieren. Leben und Tod liegen in der Hand des Helden.

✶

Die Königin wollte nichts davon wissen, die Kronjuwelen und ihre Diamanten und die nahezu siebenhundert Kisten, gefüllt mit Goldbarren und -münzen (im Wert von etwa zwanzig Millionen Pfund), irgend jemand anderem als der Frau des Cavaliere anzuvertrauen. Bei Nacht wurden die Kisten zur Residenz des britischen Gesandten geschafft, umgepackt und mit britischen Marinesiegeln versehen und dann zum Hafen hinuntergebracht, wo sie auf das Flaggschiff des Helden verladen wurden. Und die Frau des Cavaliere entdeckte und erforschte einen vergessenen unterirdischen Gang, der vom königlichen Palast zum nahe gelegenen kleinen Hafen führte, und durch diesen Gang wurde all die übrige bewegliche Habe des Königs getragen, einschließlich der auserlesensten Gemälde und anderer Wertgegenstände aus den Palästen von Caserta und Neapel sowie die besten Stücke des Museums von Portici, dazu die königlichen Gewänder und die Wäsche, getragen auf den Rücken von britischen Soldaten in Koffern und Kisten und Truhen. Jede Sendung war von einem Schreiben der Königin begleitet und wurde an Bord der in der Bucht ankernden Handelsschiffe verstaut.

Die Frau des Cavaliere, ein Ausbund an Energie und Mut, pendelte hin und her zwischen der Königin und ihrem eigenen Haus, wo sie und ihre Mutter das Sortieren von Kleidern und Wäsche und Medikamenten überwachten – Dinge, von denen man annahm, daß Frauen wissen, wie man sie packt –, während der Cavaliere Anweisungen gab, wie die kulturell wichtigen Güter verpackt werden sollten: seine Korrespondenz und sonstigen Papiere, die Musikinstrumente und Noten, die Alben und Bücher. Die Dienstboten, die beim Packen nicht gebraucht wurden, schickte er zu allen britischen Einwohnern Neapels mit Briefen von der Hand seiner Frau, mit denen sie aufgefordert wurden, selbst mit dem Packen zu beginnen und innerhalb eines Tages zur Abreise bereit zu sein.

Der Cavaliere hat sich in sein Studierzimmer zurückgezogen und liest, er versucht, ruhig zu bleiben, versucht, nicht an das zu denken, was um ihn herum vor sich geht – einer der wichtigsten Zwecke, die ein Buch erfüllt.

Glücklicherweise hatte er all die Vasen schon vor zwei Monaten verschifft, und die meisten der dreihundertundsiebenundvierzig Gemälde waren bereits verpackt. Alle der Sammelleidenschaft frönenden Italiener lebten in Angst und Schrecken vor dem unersättlichen Kunsträuber, vor Napoleon, der die eroberten Städte gezwungen hatte, Gemälde und andere Kunstwerke als eine Art Kriegssteuer auszuhändigen. Parma und Modena, Mailand und Venedig waren mit je zwanzig ausgewählten Meisterwerken veranlagt worden, und der Papst hatte Befehl erhalten, einhundert Stücke aus den Kunstschätzen des Vatikan herauszugeben, alles für einen »Triumphalen Einzug von Objekten aus Naturwissenschaft und Kunst, in Italien gesammelt«, ein Einzug in die französische Hauptstadt, der im vergangenen Juli stattgefunden hatte, zwei Wochen, nachdem der Cavaliere seine Inventarliste aufgestellt hatte, eine lange Prozession unbezahlbarer Kunstwerke, einschließlich der Laokoon-Gruppe aus dem Vatikan und der vier bronzenen Pferde von San Marco, die über die Pariser Boulevards getragen und dann dem Louvre übergeben worden waren – das Ganze eine offizielle Veranstaltung des Innenministeriums.

Die Franzosen sollten keines seiner Gemälde bekommen. Doch wie stand es mit seinen Sammlungen mineralischen Vulkangesteins, mit seinen Statuen, Bronzefiguren und mit den anderen Antiquitäten? Davon konnte er nur einige wenige mitnehmen. Was für eine Last ist es doch, Sammler zu sein!

Zuweilen hatte er von einem Feuer geträumt, vor dem er wie gelähmt vor Unentschlossenheit stand, unfähig, seinen Dienstboten Anweisungen zu geben und die wenigen Gegenstände zu benennen, die gerettet werden sollten. Und nun ist der Traum vom Verlust wahr geworden. Doch vor der Feuersbrunst des Krieges zu fliehen, ist immer noch besser, als in einen Vulkanausbruch zu geraten, bei dem er im Nachthemd auf die Straße hinauslaufen müßte und nichts mitnehmen könnte, ja nicht einmal den Versuch machen dürfte, etwas von seinen Besitztümern mitzunehmen, bei dem er von der herabströmenden Lava erwischt worden wäre. Er kann viel mitnehmen. Aber nicht alles. Und alles ist ihm so teuer.

*

Die Menschen sind wütend – und der Held hat es für klug gehalten, seine Schiffe weiter in den Golf hinaus zu bringen, aus der Schußweite neapolitanischer Geschütze, wo sie jetzt vor Anker liegen und mit dem aufgewühlten Wasser auf- und niedergehen. An einem kalten regnerischen Abend, am 21. Dezember, ging er mit drei Barken an Land, begab sich zum Palast und führte den König, die Königin, die Kinder – einschließlich des ältesten Sohnes mit seiner Frau, dem gerade zur Welt gekommenen Kind und der Amme –, den königlichen Leibarzt, den Hofkaplan, den obersten Wildhüter sowie achtzehn Kämmerer und Hofdamen durch den Geheimgang zum Hafen und brachte sie durch die rauhe Dünung zur *Vanguard.* Der Cavaliere und seine Frau und die Schwiegermutter waren, um ihre Flucht zu tarnen, an ebendiesem Abend zu einem Empfang in die Residenz des türkischen Botschafters gegangen, von wo sie sich fortschlichen und zu Fuß zum Hafen kamen. Dort bestiegen sie ihre eigene Barke und wurden von den erleichterten Rufen all jener Angehörigen ihres Haushaltes willkommen geheißen, die sich entschlossen hatten, sie zu begleiten. Die englischen Sekretäre des Cavaliere wirkten beinahe so erschöpft, wie man es von den Neapolitanern erwartete: dem Majordomo, zwei Köchen, zwei Stallknechten, drei Dienern und mehreren Kammerzofen der Frau des Cavaliere. Und Fatima, ihr neuer Liebling – eine wunderschöne schwarze Koptin, eine in Ehren gehaltene Trophäe aus der Schlacht auf dem Nil, die der Held ihr geschenkt hatte –, brach in Tränen aus, als sie ihre Herrin sah. Eine weitere Barke mit zwei ehemaligen Premierministern des Königreiches beider Sizilien, dem österreichischen Botschafter, dem russischen Botschafter und deren Angehörigen und Dienstboten an Bord folgte ihnen in den aufkommenden Wind hinaus.

Der Held hoffte, früh am nächsten Morgen Segel setzen zu können: Neptuns Dreizack grub sich in seinen pochenden Armstumpf, es würde Sturm geben. Doch der König wollte nicht dulden, daß die *Vanguard* Anker lichtete, ehe nicht siebzig von seinen Hunden aus Caserta herbeigeholt und an Bord eines der anderen britischen Schiffe gebracht worden seien, die darauf warteten, in Richtung Palermo segeln zu können. Der König, der nicht einmal seine Hunde einem neapolitanischen Schiff anvertrauen wollte, stand an Deck der *Vanguard* und unterhielt sich aufgeregt mit dem Cavaliere über die Moorhühner, die sie in Sizilien jagen würden, während Admiral Caracciolo auf dem Deck der *Sannita* auf und ab schritt und seine letzte Demütigung erlitt. Die königliche Familie hatte sich nicht nur entschlossen, sich von dem britischen Admiral befördern zu lassen, sie hatte nicht einmal eine einzige von den Kisten mit ihren Besitztümern dem neapolitanischen Flaggschiff anvertraut. Am Abend des folgenden Tages erhielt die *Vanguard* schließlich Erlaubnis, sich aus dem Golf hinaus auf die stürmische See zu wagen. Dabei folgte sie eher der Flottille, als daß sie diese anführte, eine Flottille, zu der die beiden anderen Kriegsschiffe aus dem Geschwader des Helden gehörten, aber auch die *Sannita* und die anderen neapolitanischen Kriegsschiffe, von denen die meisten Besatzungsmitglieder desertiert und deshalb durch britische Seeleute ersetzt waren, sowie ein portugiesisches Kriegsschiff und die Handelsschiffe, auf die man zwei Kardinäle verteilt hatte und eine ganze Anzahl neapolitanischer Adelsfamilien, alle britischen Staatsbürger, die französischen Staatsbürger, viele davon Aristokraten, die vor der Revolution geflohen waren, eine beträchtliche Anzahl Diener und die meisten Besitztümer des Cavaliere und seiner Entourage.

Trotz der vielen Koffer, die die Königin unbedingt hatte mitnehmen wollen, hatte sie nicht an Bettwäsche gedacht. Als man dies bemerkte, gab die Frau des Cavaliere sofort ihre eigene Bettwäsche her, Mrs. Cadogan richtete dem König ein Bett, und er legte sich schlafen. Die Frau des Cavaliere saß mit der Königin auf einer Truhe mit sechzigtausend Dukaten an königlichen Ersparnissen und hielt ihre Hand. Deren jüngstes Kind, der sechsjährige Carlo Alberto, lag in einem unnatürlich wirkenden Schlaf auf einer Matratze in einer Ecke der Kajüte, atmete schwer und seufzte. Bevor sie die Königin verließ, rieb die Frau des Cavaliere dem Jungen den Nachtschweiß aus den Augen und wischte ihm die klebrige Feuchtigkeit vom bleichen Gesicht. Die älteren Kinder des Königspaares waren oben auf den schlingernden Decks, rannten den britischen Schiffssklaven hinterher, die aufgeregt kreuz und quer über das Schiff stürzten, um es für den Angriff des Sturmes vorzubereiten, und liefen ihnen im Weg herum. Sie waren fasziniert von den Tätowierungen und den nicht verheilten Skorbutgeschwüren auf den Gesichtern, den Hälsen, den Muskeln und den Oberarmen der Seeleute.

Am nächsten Morgen hatte der Sturm seine größte Stärke erreicht, und jedes Stampfen des Schiffes schien heftiger als das vorige. Die Wellen peitschten den Schiffsrumpf. Der Wind schlug auf die Segel ein. Das Eichenholz des Rumpfes ächzte und stöhnte. Die Matrosen verfluchten sich gegenseitig. Die erwachsenen Passagiere taten die meistens sehr geräuschvollen Dinge, die Menschen tun, wenn sie denken, daß sie sterben müssen – sie beteten, weinten, machten Witze, saßen mit zusammengekniffenen Lippen da. Der Held, der gestand, daß er in all den Jahren, in denen er zur See gefahren war, nie einen solch heftigen Sturm erlebt hatte, blieb an Deck. Die Frau des Cavaliere ging mit Handtüchern und Schüsseln von Kajüte zu Kajüte und half denen, die sich übergeben mußten. Der Cavaliere blieb in der Kajüte im Bett und erbrach sich, bis nichts mehr in seinem Magen übrig war. Er versuchte, einen kleinen Schluck Wasser aus einer Feldflasche zu trinken, und merkte, wie seine Hand zitterte.

*

Für den Blinden kommt jedes Ereignis überraschend. Für den Verängstigten kommt jedes Ereignis zu schnell.

Sie kommen dich holen, um dich vor das Erschießungskommando, an den Galgen, auf den Scheiterhaufen, den elektrischen Stuhl, in die Gaskammer zu bringen. Du mußt aufstehen; aber du kannst nicht. Dein Körper, der vollgestopft ist mit Angst, ist zu schwer, um sich zu bewegen. Du würdest gern aufstehen und mit Würde zwischen ihnen durch die offene Tür aus deiner Zelle hinausgehen können; aber du kannst nicht. Das heißt, sie zerren dich auf jeden Fall mit sich fort.

Oder *es* kommt, es ist schon ganz nah bei dir, bei dir und den anderen; Glocken werden geschlagen, oder Sirenen heulen los (Luftangriff, Hurrikan, Hochwasser), und du hast dich untergestellt in diesem zellenartigen Raum, so weit weg von der Gefahr wie nur möglich und denen nicht im Weg, die für den Notfall geschult wurden. Aber du fühlst dich nicht sicherer; du fühlst dich gefangen. Es gibt keinen Ort, wo du hinlaufen könntest, und selbst wenn, die Angst hat deine Glieder viel zu schwer gemacht, du kannst dich kaum rühren. Ein fremdes Gewicht schleppst du da mit dir herum, vom Bett bis zum Stuhl, vom Stuhl zum Boden. Und du zitterst vor Angst oder vor Kälte; es gibt rein nichts, was du tun könntest, außer zu versuchen, nicht noch ängstlicher zu werden, als du ohnehin schon bist. Und wenn du ganz ruhig bleibst, dann tust du so, als sei das absichtlich.

Der Cavaliere war sich nicht ganz sicher, was ihm an dem Sturm am meisten Unbehagen bereitete. Vielleicht war es die Notwendigkeit, sich im Halbdunkel der beklemmenden, klirrenden, klappernden Kajüte zusammenkauern zu müssen – der kleinsten Kajüte auf der ganzen Welt. Vielleicht waren es die durchnäßten Kleider und die Kälte; es war schrecklich kalt. Vielleicht war es der Lärm: das Knacken des Schiffes, wenn Holz gegen Holz stieß und schleifte, und dies schreckliche Krachen, das ein umstürzender Mast sein könnte; dies Heulen, das mußten die Toppsegel sein, die in Stücke gerissen wurden; das Kreischen des Sturmes und das Kreischen der Menschen, die Kakophonie von Rufen und Schreien. Nein, es waren die ekelerregenden Gerüche. Alle Bullaugen und Luken waren dichtgemacht worden. Auf dem ganzen Schiff, das ein wenig breiter als ein Tennisplatz und doppelt so lang ist, mit den fünfzig Passagieren, die zu der über sechshundert Mann starken Besatzung hinzugekommen sind, gab es nur vier Latrinen, alle unbenutzbar. Er will herbe, beißende, klare Luft atmen. Was statt dessen auf seine Nasenlöcher einstürmt, sind widerliche Kotgerüche.

Wenn er draußen wäre, könnte er es sehen, ihm trotzen: dem Schiff, das hochsteigt, sich schlingernd vorwärts bewegt und zwischen zwei hohen Wogen schwarzen Wassers zurückfällt. Hatte er Angst vor dem Tod? Vor einem solchen Tod – ja. Es wäre besser, an Deck zu gehen, wenn seine zitternden Beine den schlüpfrigen Weg bewältigen könnten. Er hatte die Kajüte verlassen, weil er versuchen wollte, seine Frau zu finden, war den sich schräg legenden schwarzen Korridor entlanggegangen, war umhergewatet in zentimeterhohem Meerwasser, vermischt mit Exkrementen und Erbrochenem, und hatte sich nach rechts gewandt. Dann ging die Kerze aus, die er in der Hand hielt. Er hatte Angst, sich zu verirren. Er sehnte sich danach, daß seine Ariadne kommen und ihn trösten – ihm einen Faden reichen würde. Doch er war nicht Theseus, nein, er war der im Labyrinth gefangene Minotaurus. Nicht der Held, sondern das Ungeheuer.

An den glitschigen Wänden und rauhen Leitseilen Halt suchend, kehrte er in seine winzige Kajüte zurück. Die Kerze in der Laterne brannte noch. Als er die Tür schloß, legte sich das Schiff so stark zur Seite, daß es einem übel werden konnte, und er wurde gegen die Wand geschleudert. Er glitt auf den Boden und hielt sich am Bettgestell fest, dann lehnte er sich dagegen, er atmete schwer wegen des Schocks und des stechenden Schmerzes in seinem Brustbein. Das Licht flackerte. Er wurde heftig von einer Seite auf die andere geschleudert. Jedes Möbelstück war am Boden festgeschraubt, doch er nicht. Er schloß die Augen.

Was hatte die Sibylle gesagt? Atmet.

Rezept: Wenn Ihr traurig seid, wenn Ihr einsam seid, wenn niemand sonst kommt, könnt Ihr Geister herbeirufen, die Euch Gesellschaft leisten sollen. Er öffnete die Augen. Auf einmal saß Efrosina Pumo bei ihm in der Kajüte und wiegte sorgenvoll den Kopf. Und auch Tolo war da, also stimmte es nicht, daß er beim Rückzug aus Rom von einem französischen Soldaten niedergemetzelt worden war. Tolo umklammert die Fußgelenke des Cavaliere, hält ihn fest, hindert ihn daran umzufallen. Und Efrosina streicht ihm über die Stirn.

Fürchtet Euch nicht, Mylord.

Ich fürchte mich nicht, dachte er. Ich fühle mich gedemütigt.

Seit vielen Jahren hatte er Efrosina nicht gesehen. Sie müßte eigentlich uralt sein, aber sie sieht jünger aus als damals, vor all den Jahren, als er sie zum ersten Mal besucht hatte. Er fragte sich, wie das möglich sei. Und auch Tolo sieht jung aus, ist gar nicht der bärtige, stämmige Kerl mit dem halbgeschlossenen Auge, der ihn zwanzig Jahre lang auf den Berg begleitet hatte (und dabei selbst ein wenig steifer und schwerfälliger geworden war), sondern wieder der zarte, verletzliche Junge mit dem offenen, sanften Auge, der er einst gewesen war.

Und ich werde sterben, murmelte der Cavaliere.

Sie schüttelte den Kopf.

Aber das Schiff wird kentern.

Efrosina hat Euch gesagt, wann. Ihr habt noch vier Jahre.

Nur noch vier Jahre, dachte er. Das ist gar nicht lange! Er wußte, er sollte eigentlich erleichtert sein.

So will ich nicht sterben, sagte er mürrisch.

Dann bemerkte er – warum hatte er das nicht schon früher bemerkt –, daß Efrosina ihm einen Packen Spielkarten hinhielt.

Laßt mich Euch Euer Schicksal zeigen, Mylord.

Doch er konnte die Karte, die er zog, kaum erkennen. Alles, was er sehen konnte, war eine Gestalt, mit dem Kopf nach unten. Sollte er das sein, fragte er sich. So wie das Schiff schlingert und stampft, fühlte ich mich, als hinge ich mit dem Kopf nach unten da.

Ja, das sind Eure Exzellenz. Beachtet den gleichgültigen Ausdruck auf dem Gesicht des Gehenkten. Ja, Mylord, das seid Ihr.

Der Cavaliere ein Mann, der kopfunter in der Luft hing,

mit auf dem Rücken gefesselten Händen, mit dem rechten Fußgelenk an einen hölzernen Galgen gebunden?

Ja, das sind ganz bestimmt Eure Exzellenz. Ihr habt Euch kopfüber ins Leere gestürzt, aber Ihr seid ganz ruhig –

Ich bin nicht ruhig!

Ihr habt Zuversicht –

Ich habe keine Zuversicht!

Einen Augenblick lang betrachtete er die Karte. Aber das bedeutet doch, daß ich sterben werde.

Nicht so – und sie seufzte. Die Karte sagt nicht, was Ihr denkt. Schaut mit dem Blick der Gelassenheit, Mylord. Sie lachte ein freudloses Lachen. Ihr werdet nicht nur nicht gehängt, Mylord, ich verspreche Euch, Ihr werdet am Leben bleiben und andere hängen.

Doch er wollte von den Karten nichts wissen. Er wollte, daß Efrosina ihn ablenkte, daß sie den Sturm in ein Bild an der Wand verwandelte, daß sie die düsteren Wände weiß machte, daß sie den Raum erweiterte, daß sie die Decke anhob.

Der Sturm schlug wieder gegen das Schiff, und er hörte ein krachendes Geräusch und Schreie vom Deck. War noch ein Mast umgestürzt? Das Schiff legte sich noch stärker auf die Seite. Jetzt kentert es, er fühlt es. Tolo! Die Luft wird sich jetzt allmählich mit Wasser füllen. Tolo!

Der Junge war immer noch da und massierte seine Füße.

Ich finde keine Ruhe, murmelte er.

Nehmt Eure Pistole zur Hand, Mylord, dann fühlt Ihr Euch sicherer. Tolos Stimme. Der Rat eines Mannes.

Meine Pistole?

Tolo brachte ihm das Reiseetui, das die zwei Pistolen enthielt, die er immer bei sich trug, während ihm Efrosina den Schweiß von der Stirn wischte. Er nahm sie heraus. Er schloß die Augen.

Besser jetzt?

Ja.

Und damit verließen ihn seine beiden Gefährten, und er blieb zurück mit einer Pistole in jeder Hand und versuchte, trotz des Ab- und Anschwellens des Sturms so ruhig zu bleiben wie nur möglich.

*

Die Frau des Cavaliere hatte gerade die Kajüte des österreichischen Botschafters Fürst Esterházy verlassen, der sich lange krampfartig übergeben hatte, als ihr plötzlich einfiel, daß sie den Cavaliere schon seit mehreren Stunden nicht mehr gesehen hatte. Sie machte sich über den schwankenden Gang auf den Weg zu ihrer beider Kajüte.

Welche Erleichterung empfand sie, als sie die Tür aufstieß und sah, daß er noch da war, auf einer Truhe saß; und welchen Schreck, als sie sah, daß er in jeder Hand eine Pistole hielt.

Oh, was ist das!

Gurgel gurgel gurgel, sagte er mit geisterhaft klangloser Stimme.

Was?

Das Geräusch von Salzwasser in meiner Kehle, stöhnte er.

In Eurer Kehle?

Auf dem Schiff! In meiner Kehle! In dem Augenblick, wo ich spüre, daß das Schiff untergeht – er schwang die Pistolen –, werde ich mich erschießen.

Sie hielt sich am zitternden Türrahmen fest und starrte ihn an, bis er den Blick abwandte und aufhörte, mit den Pistolen herumzufuchteln.

Gurgel gurgel, stöhnte er.

Tiefes Mitleid mit seiner Furcht und seinem Elend erfaßte sie. Sein Mund sah geschwollen aus. Doch sie eilte nicht zu ihm, um ihm Mut zuzusprechen, wie sie so vielen anderen auf dem Schiff Mut zugesprochen hatte. Zum ersten Mal hat sie das Gefühl, nicht zu ihm zu gehören. Das heißt, zum ersten Mal wünscht sie sich, er wäre ein anderer als der, der er jetzt ist – ein gebeugter, ältlicher Mann, geschwächt vom ständigen Erbrechen, beleidigt durch den Gestank und die Nähe zu vieler menschlicher Wesen und das Fehlen jeglichen Anstands.

Das Schiff wird nicht untergehen, sagte sie. Nicht mit unserem großartigen Freund am Ruder.

Kommt und setzt Euch zu mir, sagte der Cavaliere.

Ich bin in einer Stunde wieder bei Euch. Die Königin –

Da sind Flecken auf Eurem Kleid.

In einer Stunde. Dann bin ich wieder da. Ich verspreche es Euch!

Und sie kam wieder, und in jener Nacht, es war Heiligabend, legte sich der Wind. Sie überredete den Cavaliere, an Deck zu gehen und einen herrlichen Anblick zu genießen: die tätigen Vulkane der Liparischen Inseln, Stromboli und Vulcano, aufflackernd und aufflammend gen Himmel. Sie standen nebeneinander. Der Wind schlug ihnen entgegen und blies ihnen Salz ins Gesicht, und die Flammen des Vulkans erleuchteten den sternegesprenkelten Himmel.

Seht nur, seht nur, murmelte sie und legte den Arm um ihn. Dann führte sie ihn in die Kajüte zurück, wo Efrosinas und Tolos Anwesenheit immer noch zu spüren war.

Sie ging, damit der Cavaliere schlafen konnte, denn sie selbst hatte beschlossen, so lange nicht zu Bett zu gehen, wie sie gebraucht wurde. Beim Morgengrauen kam sie zurück, um ihn zu wecken, und führte ihn auf das trümmerübersäte Deck. Die See hatte sich beruhigt, der rote Ball der aufgehenden Sonne ließ die vollständig gesetzten Segel in rosigem Licht erstrahlen, und die Geister der beiden, die gekommen waren, um dem Cavaliere Mut zu machen, verblaßten allmählich. Sie zeigte ihm eine Nachricht, die sie um vier Uhr früh erhalten hatte, als sie in der Kajüte der Königin war und versucht hatte, den gereizten und sich hin und her werfenden Carlo Alberto wieder einzulullen. Der Held hatte die Nachricht an sie adressiert und bat um das Vergnügen, den Cavaliere, Ihre Ladyschaft und Mrs. Cadogan gegen Mittag zum Weihnachtsessen in der Admiralskajüte bei sich begrüßen zu dürfen. Was für ein wunderschöner Morgen, sagte sie.

Das Essen war in vollem Gang – wobei der erschöpfte Held überhaupt nichts aß, der gegen die Übelkeit ankämpfende Cavaliere zu essen versuchte und die Damen (Mrs. Cadogan hatte nur eine Stunde geschlafen) herzhaft zugriffen –, als sie von jemandem gestört wurden, der an die Tür klopfte, schlug, hämmerte. Es war eine Zofe der Königin, die die Frau des Cavaliere unter Schluchzen bat, schnell zur Kajüte der Königin zu kommen. Mrs. Cadogan entschuldigte sich und folgte ihrer Tochter. Als sie hereinkamen, fanden sie die Königin und einen Arzt über den kleinen Jungen gebeugt. Seht nur! rief die Königin. Il meurt! Die Augen des Kindes waren nach innen gekehrt, und es zuckte krampfartig und ballte die zitternden Fäuste, die Daumen waren in die Handflächen gepreßt. Die Frau des Cavaliere nahm das Kind in den Arm und küßte seine kalte Stirn.

Krämpfe sind eine ganz natürliche Folge der Furcht, sagte der Arzt. Wenn der kleine Prinz zu sich kommt und erkennt, daß der Sturm sich gelegt hat –

Nein, rief die Frau des Cavaliere. Nein!

Sie wiegte das sich versteifende Kind, während die Königin gegen ihr Geschick wütete und Mrs. Cadogan ihm ein Stück Handtuch zwischen die Zähne zwängte und ihm den Schaum vom Mund wischte. Die Rufe der Seeleute verrieten ihnen, daß Palermo gesichtet worden war. Palermo! Als die Abstände zwischen den Anfällen immer kürzer wurden, drückte die Frau des Cavaliere den Jungen noch fester an ihre Brust, wiegte ihn, atmete mit ihm, als könne sie sein Atmen mit dem ihren vereinen, und summte ihm englische Kirchenlieder aus ihrer Kinderzeit vor. Noch am selben Abend starb er in ihren Armen.

Kurz nach Mitternacht warf die *Vanguard* Anker, und eine Stunde später bestieg die übermüdete, weinende Königin mit zwei von ihren Töchtern und einigen Dienstboten ein kleines Boot. Der König weigerte sich, das Schiff zu verlassen, ehe nicht eine angemessene Begrüßungszeremonie von seinen sizilianischen Untertanen an dem herrlichen Hafen vorbereitet worden sei; noch niemals hatte er seine zweite Hauptstadt besucht.

Die Frau des Cavaliere wollte die Königin begleiten, doch dann fürchtete sie, der Held könne ihre Dienste als Dolmetscherin am kommenden Morgen benötigen.

Sie war erschöpft. Jetzt konnte sie sich ruhig schlafen legen.

Gegen Mittag des nächsten Tages ging der König unter den Jubelrufen einer lärmenden, neugierigen Menge und unter betäubenden Geschützsalven an Land. Der Admiral, neben dem seine beiden Freunde standen, schaute vom Achterdeck aus streng zu. Er war nicht in guter Stimmung. Obwohl alle, die unter seiner Obhut gestanden hatten, mit Ausnahme des unglücklichen Prinzen am Leben und in Sicherheit waren, erlebte er dies nicht als einen seiner Triumphe. Die anderen Kriegsschiffe und die zwanzig Handelsschiffe, die von Neapel aufgebrochen waren – und die unter entsetzlich unbequemen Umständen, aber ohne Zwischenfälle, etwa zweitausend Flüchtlinge, die Lieblingsdienstboten und die Lieblingshunde des Königs und die Zofen der Königin befördert hatten –, waren schon angekommen. Der Sturm hatte aus dem Hinterhalt heraus nur sein Schiff, das Flaggschiff, überfallen. Drei Toppsegel waren zerrissen, der Großmast und die Takelage schwer beschädigt. Er fühlte sich, als hätte er eine sinnlose Schlacht hinter sich. Vielleicht war er auch nur sehr müde. Die Frau des Cavaliere war hellwach und zufrieden mit ihrem Verhalten in den Stunden der Not – sie hatte sich richtig verhalten, nur an andere gedacht – und genoß den Anblick der königstreuen Menge. Sie erlebte ein Abenteuer. Sie fühlte sich nun frei von Verantwortung. Sie wünschte, sie könnten noch eine Zeitlang auf dem Schiff bleiben. Der Cavaliere stand zwischen ihnen – das Geistertrio, zu dem er während des Sturms gehört hatte, war jetzt durch ein wirkliches ersetzt, er mit seiner Frau und ihrer beider Freund. Er fühlte sich ein wenig benommen, war erleichtert, daß er sich nicht mehr übergeben mußte, und konnte es kaum erwarten, den Fuß wieder an Land zu setzen. Sie gratulierten einander zu ihrem Glück.

5

Ein weiterer Sturm.

Nachdem das Schiff Neapel im Oktober verlassen und sich mutig durch das Mittelmeer gemüht hatte, vorbei an den Schiffen kriegführender Nationen, durch die Straße von Gibraltar und in den Ozean hinaus, die iberische, dann, sich an den westlichen Zipfel Europas klammernd, die französische Küste hoch, hatte das Frachtschiff *Colossus*, mit zweitausend kostbaren antiken Vasen in seinen Eingeweiden, den Weg nach England eingeschlagen und war, kurz vor dem Ende seiner zweimonatigen Reise, vor den Scilly-Inseln in einen unbarmherzigen, launischen Sturm geraten, zitterte, schwankte, lief voll Wasser, zerbarst, sank und verschwand. Es war gerade noch Zeit gewesen, alle Mitglieder der Mannschaft zu retten. Sogar noch Zeit genug, in eines der Rettungsboote eine Kiste aus dem Laderaum hinunterzuhieven, von der die Seeleute glaubten, sie enthielte kostbare Schätze – es war keine von den Kisten, die das Siegel des Cavaliere trugen. Die aufgewühlten Wasser stiegen über einem wirklichen Schatz, der zweiten und bedeutenderen Vasensammlung, die der Cavaliere zusammengetragen hatte.

Wasser. Feuer. Erde. Luft. Vier Arten der Katastrophe. Besitztümer, die dem Feuer anheimfallen, verschwinden. Sie werden zu … Luft. Besitztümer, die dem Feind des Feuers, dem Wasser, anheimfallen, werden nicht zerstört, wenn sie auch zerbrechen können (wenn sie porös sind wie Papier, quellen sie auf und vermodern). Sie bestehen weiter, möglicherweise unversehrt, aber gesunken, abgeschieden, außer Reichweite. Sie sind noch da, verfallen unmerklich, werden von Meerestieren überkrustet, schwanken ziellos in den Fluten, werden auf ihrem begrenzten Raum hochgehoben und zurückgesogen – ein unglücklicheres Geschick als unter der Erde zu liegen, denn sie sind viel weiter unten, viel unzugänglicher. Was der Boden bedeckt, ist nicht so schwer wieder hochzubringen und ist vielleicht durch die Erdbestattung auf geheimnisvolle Weise bewahrt worden. Denkt an die untergegangenen und dann vom Vesuv begrabenen Städte. Aber vom Wasser bedeckt zu werden …

Der Cavaliere, der *seinen* Sturm überlebt hat, weiß immer noch nicht, daß er seine Vasen schon mehrere Wochen vor der Flucht aus Neapel an das Wasser verloren hatte. Die *Vanguard* hat den Hafen von Palermo sicher erreicht. Und die Erleichterung, die demütigende, sturmgepeitschte Überfahrt überlebt zu haben, betäubte den Schmerz über die überstürzte Abreise, bei der er, mit Ausnahme seiner Bilder, nur eine kleine Auswahl der geschätzten Kunstobjekte hatte mitnehmen können. Er versuchte, nicht an all das zu denken, was er in seinen prachtvoll eingerichteten Häusern hatte zurücklassen müssen, in Häusern, die jetzt unbewacht dastanden und auf ihre Plünderer warteten. Er dachte an seine Pferde und die sieben stattlichen Kutschen und an Catherines Spinett, ihr Cembalo und ihr Klavier.

Aber sicher war es nicht nötig anzunehmen, er würde

seine im Stich gelassenen Besitztümer nie wiedersehen. Niemals mehr Gäste in seiner Villa an den Hängen des Vesuv empfangen. Niemals mehr bei Morgengrauen von seinem Jagdschloß in Caserta ausreiten und die Rufe der Treiber und das Gebell der Hunde hören. Niemals mehr von den Felsen bei Posillipo aus schöne Jünglinge baden sehen. Niemals mehr am Fenster seines Observatoriums stehen und die sanftgeschwungene Linie der Bucht und seines geliebten Berges sehen. Nein. Nein. Doch? Der Cavaliere war auf das, was wirklich kommen sollte, genauso schlecht vorbereitet wie jeder Kenner von Katastrophen.

*

Nun sollten sie also vorübergehend, nur für kurze Zeit, in Palermo leben: im Süden des Südens.

Jede Kultur hat ihre Südländer – Menschen, die so wenig wie möglich arbeiten, die lieber tanzen, trinken, singen, sich streiten, ihre untreuen Ehepartner töten; die eine lebhaftere Gestik haben, leuchtendere Augen, farbenfrohere Kleidung, phantasievoller geschmückte Wagen, ein wunderbares Gefühl für Rhythmus und Charme, Charme, Charme; Menschen ohne Ehrgeiz, nein, faul, abergläubisch, ungehemmt, nie pünktlich, deutlich ärmer (wie könnte es auch anders sein, sagen die Leute aus dem Norden), die bei aller Armut und allem Elend ein beneidenswertes Leben führen – das heißt, beneidet von den arbeitswütigen, sexuell gehemmten Leuten aus dem Norden mit einer weniger korrupten Regierung. Wir sind ihnen überlegen, sagen die Leute aus dem Norden, eindeutig überlegen. Wir drücken uns nicht vor unseren Pflichten oder erzählen mit der schönsten Selbstverständlichkeit Lügen, wir arbeiten hart, wir sind pünktlich, wir führen zuverlässig Buch. Aber sie haben mehr Spaß als wir. Jedes Land, auch ein südliches Land, hat seinen Süden: jenseits des Äquators liegt er im Norden. Hanoi hat Saigon, São Paulo hat Rio, Delhi hat Kalkutta,

Rom hat Neapel, und Neapel, das für alle, die im nördlichen Teil dieser aus dem Bauch Europas herausragenden Halbinsel leben, schon zu Afrika gehört, Neapel hat Palermo, die halbmondförmige zweite Hauptstadt des Königreiches beider Sizilien, wo es noch heißer, noch heidnischer, noch unehrlicher, noch malerischer ist.

Wie um das Klischee auf die Probe zu stellen, schneite es im palmenreichen Palermo, als sie kurz nach Weihnachten eintrafen. Während der ersten Januarwochen kampierten sie in einigen riesigen Räumen einer Villa fast ohne Möbel und ohne jeden Kamin; eine südliche Stadt ist auf einen Kälteeinbruch nie vorbereitet. Der Held war an den Schreibtisch gefesselt und schrieb wütende Depeschen. In Steppdecken gewickelt zitterte der Cavaliere, brütete vor sich hin und litt unter unbarmherzigem Durchfall. Nur seine Frau, die das Nichtstun nicht ertragen konnte, ging oft aus, hauptsächlich um der Königin zur Seite zu stehen, die die Oberaufsicht führte, als ihre große Familie sich im königlichen Palast einrichtete. Am Abend kehrte sie zurück, um dem Cavaliere und dem gemeinsamen Freund Bericht zu erstatten über die Schlampigkeit der einheimischen Dienstboten, über die verständlicherweise gedrückte Stimmung der Königin und über die Pflichtvergessenheit des Königs, der damit beschäftigt war, die Theater, Maskenbälle und anderen Vergnügungen seiner zweiten Hauptstadt zu erproben.

Wie auch immer das Wetter sein mochte, der Cavaliere und seine Frau und ihr gemeinsamer Freund wußten, sie lebten jetzt noch weiter südlich, also unter noch unzuverlässigeren Menschen, unter Dieben und Lügnern, unter Leuten, die noch exzentrischer, noch primitiver waren. Daraus ergab sich, daß es wichtig sei, die Art und Weise, wie sie gelebt hatten, nicht zu ändern. Sie nahmen sich in acht wie Menschen, die wissen, daß sie einer höheren Kultur angehören: Wir dürfen uns nicht gehenlassen, dürfen uns nicht hinabbegeben auf das Niveau ... des

Dschungels, der Straße, des Urwalds, des Sumpfes, der Berge, des Hinterlandes (suchen Sie sich etwas aus). Denn wenn man erst einmal angefangen hat, auf Tischen zu tanzen, sich Luft zuzufächeln, müde zu werden, sobald man ein Buch zur Hand nimmt, ein Gefühl für Rhythmus zu entwickeln, miteinander ins Bett zu gehen, wann immer einem danach zumute ist – dann ist es soweit. Der Süden hat einen erwischt.

*

Mitte des Monats wurde es wärmer, und der Cavaliere stimmte widerstrebend der übertriebenen Summe zu, die als Mietpreis für den Palazzo einer sizilianischen Adelsfamilie verlangt wurde, die, selbst nach einheimischen Maßstäben, im Ruf stand, sehr exzentrisch zu sein. Stellen Sie sich einen Fürsten vor, dessen Wappen einen Satyr zeigt, der einer Frau mit Pferdekopf einen Spiegel vorhält! Doch der Palazzo hatte eine imposante Lage in der Nähe des Hafens, und mit der bunten Seide und den Porträts von düster dreinblickenden Ahnen, die die Wände bedeckten, war er großzügig eingerichtet; als vorübergehender Sitz der britischen Botschaft war er wohl angemessen. Unglücklicherweise war er mit finsterer Geschichte allzu belastet, als daß der Cavaliere ihn als sein Heim empfinden konnte: das heißt als Museum seiner Leidenschaften. Wochen, nachdem sie eingezogen waren, hatte er das meiste von dem, was er von Neapel hatte mitbringen können, immer noch nicht ausgepackt.

Hier, in diesem unerwarteten und besorgniserregend teuren Exil, waren sie auf noch intensivere Weise ein Trio. Eine korpulente Frau und ein kleiner Mann, die voller zärtlicher Gefühle füreinander sind, und ein großer, hagerer Mann, der sie beide innig liebt und ihre Gesellschaft genießt. Mochte der Cavaliere auch zuweilen froh sein, wenn seine Frau und der gemeinsame Freund ausgingen, denn ihre Lebhaftigkeit erschöpft ihn, sehnte er sich doch nach ihrer Rückkehr, sobald sie länger als ein paar Stunden fort waren. Doch er wünschte, es säßen nicht immer so viele an seinem Tisch. Eine beträchtliche Zahl von Mitgliedern der englischen Kolonie in Neapel, die gemeinsam mit ihnen zu Flüchtlingen geworden waren, fand Abend für Abend den Weg zu seinem Haus. Die unvorhersagbar großen Abendgesellschaften für zwanzig, dreißig, vierzig, fünfzig kamen erst zu ihrem Ende, wenn die Frau des Cavaliere sich vom Tisch erhob, oder niederfiel, oder sich hinkniete – sie brauchte keine Requisiten, um eine Kostprobe ihrer Attitüden zu geben –, oder wenn sie zum Flügel ging, um zu spielen und zu singen; sie hatte bereits einige traurige, anmutige sizilianische Lieder gelernt. Die Abende wurden dem Cavaliere sehr lang. Doch er konnte sich schlecht weigern, seine Landsleute zu empfangen, von denen keiner so gut untergebracht war wie er – in ganz Palermo gab es nur ein einziges überfülltes Hotel, das ihren Ansprüchen gerecht wurde, und das zu den überhöhten Preisen, die von diesen in der Stadt festsitzenden Touristen verlangt wurden, das Zwei- oder Dreifache der üblichen Preise. Ihre Unbequemlichkeiten verlangten es, daß der Cavaliere das Niveau zeigte, an das sie gewöhnt waren. Von ihren behelfsmäßigen Unterkünften aus trafen sie in gemieteten Wagen ein, die man ihnen zu horrenden Preisen überlassen hatte, und als sie die hellerleuchtete Residenz des britischen Gesandten betraten, dachten sie: So leben wir. Darauf haben wir ein Recht. Auf diesen Luxus, diese Extravaganz, dieses Raffinement, diesen Überfluß; diese Verpflichtung, uns zu amüsieren.

Nach dem Abendessen und nach der Unterhaltung durch die Frau des Cavaliere gingen die Abende über in nächtliche Kartenpartien und die Weitergabe von Klatsch und herablassenden Beobachtungen über die Liederlichkeit einheimischer Sitten. Die Flüchtlinge erzählten einander ihre alten Geschichten und nahmen die Unannehmlichkeiten ihrer neuen Lage auf die leichte Schulter. Es sollte so aussehen, als könne nichts ihre Fähigkeit, sich zu vergnügen – sich auf ihre Art zu vergnügen –, beeinträchtigen. Sie sparten sich ihre Klagen, ihre heftigen Klagen, für Briefe auf, besonders für Briefe an Freunde und Verwandte daheim in England. Aber dafür waren Briefe ja auch da: von etwas Neuem zu sprechen und beredt darüber zu sprechen. Die Gesellschaft pflegte von etwas Altem zu sprechen – von etwas Vorhersehbarem, Nebensächlichem, Improvisiertem –, das den Gesprächspartner nicht überraschen würde. (Nur Wilde platzten heraus mit dem, was sie fühlten.) Briefe waren dazu da, daß man sagte: Ich bekenne, ich gebe zu, ich muß gestehen. Briefe waren lange unterwegs, was ihre Empfänger zu hoffen ermutigte, daß die Mißgeschicke des Absenders inzwischen behoben seien.

Manche trafen Vorkehrungen, nach England zurückzugehen. Denn die Nachrichten waren schlecht – das heißt genauso, wie die Flüchtlinge es erwartet hatten. Zwei Wochen nach der Flucht der neapolitanischen Regierung rückten die Franzosen mit einer Truppe von sechstausend Soldaten in die Stadt ein, und gegen Ende Januar hatte eine Clique aufgeklärter Adliger und Professoren ein Monstrum ins Leben gerufen, das sich Parthenopeische oder Vesuvische Republik nannte.

Die meisten Flüchtlinge neigten dazu, Neapel verloren zu geben. Ein Ausländer, der das gute Leben in einem armen Land genossen hat, das Leben vor der Revolution – solch ein im Ausland Lebender sieht gleich, wenn seine Privilegien aufgehoben wurden, die entsetzlichsten Konsequenzen für das ganze Land. Selbst der Cavaliere begann widerstrebend daran zu denken, sich zur Ruhe zu setzen und nach England zurückzukehren. Doch er sah nicht, wie er sich von Palermo freimachen konnte. Noch nicht. Ihr prächtiger Freund, von dem alles abhing, sprach keine Fremdsprachen, und man konnte nicht von ihm erwarten, daß er die Doppeldeutigkeiten der höfischen Konversation wie ein gelernter Diplomat beherrschte. Sie konnten den König und die Königin nicht verlassen, solange das Schicksal des Landes noch in der Schwebe hing. Er hatte mit dem König gesprochen, doch der König, so berichtete er mit mehr Bitterkeit, als er beabsichtigte, hatte sich unerklärlicher Trübsal hingegeben – sobald er durch Neuigkeiten aus Neapel gezwungen wurde zu vergessen, wie sehr er sich doch amüsierte.

In der Tat geriet der König, sobald man ihn ermahnte, seine Vergnügungen zu vergessen, in Rage. Nichts von all dem wäre passiert, wenn Neapel neutral geblieben wäre, brüllte er seine Frau an. Es sei alles ihre Schuld – wegen ihrer Vorliebe für die Engländer, das heißt für die Frau des Cavaliere. Schweigend hörte die Königin die Tirade des Königs bis zu Ende an, mit dem ergebenen Schweigen einer Frau, die weiß, daß sie, wenn auch intelligenter als ihr Mann, nur eine Frau ist, seinen Launen unterworfen. Sie war – trotz ihres unverminderten Mißtrauens dem Volk gegenüber, wie sehr es sich auch rühmte, der königlichen Familie und der Kirche ergeben zu sein – überzeugt davon, daß die französische Besatzung und diese Farce von einer Republik, die unter Schutz und Schirmherrschaft der Franzosen entstanden war, unmöglich Bestand haben konnte. Die Leute schossen französische Soldaten ab, die verwegen genug gewesen waren, bei Nacht durch die kleinen Seitenstraßen der Stadt zu streifen. Zwei Soldaten waren in einem Bordell von zwei einheimischen Kunden ermordet worden, und der Pöbel hatte eine der französischen Kasernen angegriffen und zwölf von den schlafenden Soldaten abgeschlachtet. Und dann, sagte die Königin zur Frau des Cavaliere, ist da noch unser Verbündeter, die Syphilis. Man konnte sich darauf verlassen, daß die entsetzliche Krankheit, die damals oft sehr schnell zu Invalidität oder zum Tod führte und die die Italiener *la malattia francese* und die Franzosen *le mal de*

Naples nannten, mindestens eintausend Soldaten abziehen würde.

Die Aktivitäten des Helden, eher als die Angelegenheiten des Cavaliere, waren zu den wichtigsten Belangen des Haushaltes geworden. Kommandanten anderer Schiffe kamen zu Beratungen. Die Verteidigung Siziliens mußte organisiert werden, damit Napoleon nicht in Versuchung geriet, eine Invasion der Insel zu beginnen. Und Kardinal Ruffo, der mit ihnen nach Palermo gekommen war, bot sich an, zurückzukehren und einen organisierten bewaffneten Widerstand gegen die französische Besatzung anzuführen. Er schlug vor, eine heimliche Landung an der Küste seines heimatlichen Kalabriens zu unternehmen, wo er ausgedehnte Ländereien besaß. Aus seinen eigenen Bauern würde er eine Armee rekrutieren – er sagte der Königin, wenn den Leuten nur eine Steueramnestie und das Recht auf unbegrenztes Plündern zugesagt würden, sobald Neapel eingenommen sei, rechne er damit, zwischen fünfzehn- und zwanzigtausend Mann ausheben zu können. Die Königin hatte Ruffos Plan zwar unterstützt, wenn sie auch, mit einer Ausnahme, keinem ihrer Untertanen traute. Sie zählte aber eher auf eine britische Blokkade von Neapel, die die französischen Truppen, die sich bereits allzusehr ausgebreitet hatten, zwingen würde, sich zurückzuziehen. Wenn die Franzosen erst abgezogen wären, würden die Republikaner dem gerechten Volkszorn schutzlos ausgeliefert sein. Gott sei Dank – die Königin bekreuzigte sich – hatte das Volk ein geeignetes Ziel für seine gefährlichen Energien gefunden.

Bisher waren die Franzosen nicht weiter südlich als bis nach Neapel vorgerückt; es schien unwahrscheinlich, daß sie vorhaben sollten, die Straße von Messina zu überqueren. Doch die Angst vor der Revolution hatte Palermo erreicht. Obwohl sich noch keine revolutionären Stimmen erhoben, war das Aussehen der Gesinnungsgenossen schon eingetroffen: kürzeres Haar für Frauen, längeres

Haar für Männer. Man achte darauf, wie sich die Haarmoden bei den Gebildeten entwickeln! Der König gab Befehl, daß jeder, der in einer Opern- und Theaterloge mit ungepudertem Haar erschien, des Landes verwiesen werden sollte. Männer, die ihr Haar bis über die Ohren hatten wachsen lassen, sollten ergriffen und geschoren werden; alle, die Zeitungsartikel oder Bücher schrieben, wurden verhaftet, und ihre Häuser wurden nach weiteren Beweisen revolutionärer Sympathien durchsucht. Als Beweis galt, wenn man ein Buch, irgendein Buch, von Voltaire fand, dessen Werk – seit seine sterblichen Überreste in einer großartigen Zeremonie der Glorifizierung ins Pantheon getragen worden waren – mit der Sache der Jakobiner gleichgesetzt wurde.

Merkwürdig – sich vorzustellen, daß der Besitz eines Buches von Voltaire einem geneigten Leser drei Jahre auf den Galeeren einbringen konnte. Was für ein Rohling dieser ungebildete König doch war! In der Abgeschiedenheit seines Studierzimmers empfand der Cavaliere immer noch höchste Bewunderung für den Weisen von Ferney, der sicher entsetzt gewesen wäre, hätte er sich als Schutzheiliger von Revolution und Schreckensherrschaft sehen müssen. Wer hätte ahnen können, daß Voltaires genüßliches Gespött über die tradierten Werte eines Tages als Aufforderung verstanden würde, die im Interesse von Ordnung und Stabilität gesetzlich festgelegten Vereinbarungen einzureißen? Wer, mit Ausnahme der Naiven und Dummen, glaubte denn, in die Praxis umsetzen zu müssen, worüber er sich in einem Buch amüsiert hatte? (Hatte seine Leidenschaft für die Kunstwerke des alten Rom ihn etwa dazu gebracht, Jupiter und Minerva zu verehren?) Unglücklicherweise hatten einige seiner vornehmen Freunde in Neapel genau das getan. Er fürchtete, sie würden einen hohen Preis für ihre Naivität zahlen müssen.

Nein, Lesen hieß in eine andere Welt eintauchen, eine

Welt, die nicht die des Lesers war, und erfrischt zurückzukehren, bereit, die Ungerechtigkeiten und Enttäuschungen des eigenen Lebens mit Gleichmut zu ertragen. Lesen war Balsam, Unterhaltung – nicht Aufwiegelung. Und so las der Cavaliere in diesen ersten Wochen, als er sich noch krank fühlte, und zu seiner Lektüre gehörte ein Essay von Voltaire über das Glück. Das war das beste Mittel, das Anderswo des Exils zu ertragen: im Anderswo eines Buches zu sein. Und als er wieder kräftiger wurde, konnte er allmählich wieder sein, wo er war.

Durchfall und Rheuma bewirkten, daß er sich noch zu unpäßlich fühlte, um den König zu begleiten, der seinen Wohnsitz auf eines der königlichen Güter auf dem Land verlegt hatte, um zu jagen. Doch der bittersüße Charme dieser Stadt begann, ihn aufzumuntern. Die wettergegerbten Palazzi, die den Hafen mit ihren buntgemischten Phantasiefassaden umstanden (byzantisch-maurisch, maurisch-normannisch, normannisch-gotisch, gotisch-barock). Die drohend aufragende, rötliche Kalksteinmasse des Monte Pellegrino: Man sieht Berge oder die See am Ende fast jeder Straße. Die Gärten aus Oleander, Stechwinde, Agave, Yucca, Bambus, Bananenstauden und Pfeffersträuchern. Palermo, sagte er sich, konnte auf seine Weise also genauso schön wie Neapel gelten, wenn der Stadt auch ein Vulkan fehlte, der in der Ferne unter strahlendem Blau und wolkenlosem Himmel rauchte. (Er wünschte, er wäre ein paar Jahre jünger und könnte sich auf einen Ausflug auf den Ätna freuen, den er nur einmal und vor so vielen Jahren bestiegen hatte.) Sein Sinn für Schönheit war wieder erwacht und mit ihm die alten Gewohnheiten, die ihn zum Käufer von Schönheit gemacht hatten. Als einer der berühmtesten Männer im Königreich, der, wenigstens durch den Briefwechsel, mit allen Honoratioren und Gelehrten der Stadt bekannt war, wurde er mit Einladungen bestürmt, um zu schauen, zu prüfen, zu kaufen. Sammler hofften, seinen Neid zu erregen. Antiquare stellten ihre Schätze zur Schau. Er schaute, er ließ sich zeigen, er verspürte das Aufflackern der Begierde. Aber er kaufte nichts. Und nicht nur die Sorge um seine Finanzen hielt ihn zurück. Es war nichts Unwiderstehliches da, es war nichts da, das er glaubte, kaufen zu müssen.

*

Ein Sammler ist anspruchsvoll, skeptisch. Die Autorität des Sammlers besteht in seiner Fähigkeit zu sagen: nein – das nicht. Wenn auch in der Seele jedes Sammlers ein ordinärer Anhäufer steckt, muß seine Gier doch durch die Stärke, ablehnen zu können, ausgeglichen werden.

Nein, danke. Es ist sehr schön, aber es ist nicht genau das, was ich suche. Fast, aber nicht ganz. Der Vasenrand hat einen feinen Haarriß, das Bild ist nicht so gut wie ein anderes Bild des Malers mit demselben Motiv. Ich will ein früheres Werk. Ich will ein vollkommenes Exemplar.

Die Seele des Liebenden ist das Gegenteil der Seele des Sammlers. Der Fehler oder Makel ist Teil des Reizes. Ein Liebender ist niemals ein Skeptiker.

Hier nun ein Trio. Das älteste Mitglied ist ein großer Sammler, der, spät im Leben, ein Liebender geworden war und dessen Sammlerinstinkt nachgelassen hat. Ein nunmehr verhinderter Sammler, der seine Sammlungen aus seiner Obhut hat entlassen müssen – einige hat er aufgegeben, einige weit fortgeschickt (wo sie das verhängnisvolle Schicksal erlitten, das der Sammler am meisten fürchtet), den Rest hat er verpackt –, und der jetzt ohne seine Sammlungen lebt und ohne den Trost und die Zerstreuung schöner Dinge, deren Wert sich zum Teil daraus ergibt, daß sie *ihm* gehören. Und der sich nicht hat bewegen lassen, noch mehr anzuhäufen.

Die anderen sind zwei Menschen, deren meistgeliebte Dinge all jene sind, die ihre Gegenwart schmücken und verkünden. Embleme dessen, was sie sind, wofür sie sich interessieren und wie sehr sie von anderen geliebt werden. Er häuft Orden und Medaillen an; sie häuft an, was sie verschönert und was von ihrer Liebe zu ihm spricht. Während der Cavaliere mit seinem feingestimmten Sinn für die Dinge – wie sie atmen müssen, wie sie unweigerlich den Raum in Besitz nehmen, in den man sie gestellt hat – den Palazzo des Fürsten zu sehr mit dessen Persönlichkeit durchtränkt fand, um daran denken zu können, seine eigenen Schätze aufzustellen, verteilte seine Frau, mit Zustimmung des Cavaliere, schnell die Porträts des Helden, seine Flaggen, Trophäen und sein Porzellan, seine Becher und das Glas, das zu Ehren des Siegers der Schlacht auf dem Nil angefertigt worden war, in ihrer neuen, behelfsmäßigen Residenz und machte das Haus zu einem weiteren Museum seines Ruhmes. Für sie war kein Raum zu überladen.

Die Beziehung des Liebenden zu den Dingen ist das Gegenteil der des Sammlers, dessen Taktik leidenschaftliche Selbstauslöschung ist. Schaut nicht auf mich, sagt der Sammler. Ich bin nichts. Schaut auf das, was ich habe. Ist es nicht, sind sie nicht, wunderschön.

Die Welt des Sammlers kündet von einer überwältigend vielfältigen Existenz anderer Welten, Energien, Reiche, Epochen als die, in der er lebt. Die Sammlung löscht das kleine Stückchen historischer Existenz des Sammlers aus. Die Beziehung des Liebenden zu den Dingen löscht alle anderen Welten aus, nur nicht die des Liebenden. Diese Welt. Meine Welt. Meine Schönheit, mein Ruhm, meine Herrlichkeit.

*

Zuerst tat er so, als bemerke er nicht, wie sie ihn anstarrte, dann starrte auch er zurück. Starrende Blicke wie lange, tiefe Atemzüge gingen zwischen ihnen hin und her.

Ihre Bereitschaft, sich starken Gefühlen zu überlassen, was sie beide vom Cavaliere unterschied, sie aber einander sehr ähnlich machte, hieß nicht, daß sie verstanden, was sie fühlten oder wie sie damit umgehen sollten. Der Cavaliere, der die Leidenschaft erst kennengelernt hatte, als er der jungen Frau begegnet war, die er zu seiner zweiten Frau gemacht hatte, war sich schnell seiner Gefühle bewußtgeworden. Aber dem Cavaliere lag letzten Endes nichts daran, verstanden zu werden. Der Held will verstanden werden – was für ihn bedeutet, daß man ihn loben, mit ihm fühlen und ihn ermutigen soll. Und der Held ist Romantiker, das heißt, seiner Eitelkeit entsprach eine grenzenlose Fähigkeit zur Demut, wenn seine Gefühle beteiligt waren. Er fühlte sich außerordentlich geehrt durch die Freundschaft des Cavaliere, durch die Freundschaft und dann die Liebe (er wagte, es Liebe zu nennen) von dessen Frau. Wenn ich von solch edlen Menschen geliebt werde, dann weiß ich, daß ich etwas wert bin. Er ist in sie beide vernarrt, und es widerstrebt ihm, in ihrer Gegenwart an etwas zu denken, was über das Gefühl der Hochachtung hinausgehen könnte.

Die Frau des Cavaliere weiß, was sie fühlt, aber zum ersten Mal in ihrem Leben weiß sie nicht, wie sie sich verhalten soll. Sie muß einfach flirten, das gehört so sehr zu ihrem Wesen wie ihre Gabe, monogam zu sein. Treue ist eine der Tugenden, die sie ohne Anstrengung praktiziert, nicht daß sie etwas gegen Anstrengung hätte: Auch sie ist von heldenhaftem Naturell. Keiner von ihnen will den Cavaliere beleidigen, demütigen oder verletzen. Beide zögern sie, den liebsten Vorstellungen, die sie von sich selbst haben, Schaden zuzufügen. Der Held ist ein Mann von Ehre. Die Frau des Cavaliere ist eine bekehrte Kurtisane, deren aufrichtige Hingabe und heiter-gelassene Treue zu ihrem Mann Beweis dafür war, daß sie ihre alte Identität gänzlich hinter sich gelassen hat. Der Held wollte bleiben, was er schon immer gewesen war. Sie wollte bleiben, was sie auf so bewundernswerte Weise geworden war.

Alle glaubten, sie hätten eine Affäre. Doch tatsächlich hatten sie sich noch nicht einmal geküßt.

Als hätten sie sich gegenseitig abgesprochen, versuchten sie, ihre Leidenschaft für den anderen durch ganz öffentlichen und völlig aufrichtigen Austausch gegenseitiger Schmeicheleien zu erschöpfen. Einmal, auf einer Gesellschaft für den russischen Botschafter, lehnte sie sich vor und küßte seine Orden. Er errötete nicht. Und er erzählte jedem neuen Gast die Geschichten *ihrer* heldenhaften Taten, die die anderen alle schon gehört hatten. Alles, was sie für ihn, für die britische Sache getan hatte. Ihr Mut während der stürmischen Überfahrt von Neapel – Während der ganzen Reise ist sie nicht einmal ins Bett gegangen! – und ihr selbstloser Dienst bei dem königlichen Paar: Sie ist ihre Sklavin geworden, sagte er. Und das Wort Sklavin auszusprechen, erregte ihn auf eine Weise, die er nicht verstand. Er sagte es noch einmal. Sie ist ihre Sklavin geworden.

Die heilige Emma, nannte er sie zuweilen mit seinem ernsthaftesten Gesichtsausdruck. Inbegriff der Vollkommenheit! Er wollte sich selbst bewundern, aber noch schneller bewunderte er jemanden, den er liebte. Er bewunderte seinen Vater, er hatte Fanny bewundert, er bewunderte den Cavaliere, und nun bewunderte er die Frau, die die Ehefrau des Cavaliere war. Wenn er sagt, daß er sie mehr liebt als alle, die er je zuvor in seinem Leben geliebt hat, dann sagt er, daß er sie mehr als alle anderen bewundert. Sie war seine Religion. Die heilige Emma! Niemand wagte zu lächeln. Die Flüchtlinge aber wurden allmählich unruhig. Die Dankbarkeit gegenüber dem Helden, der über ihre Flucht nach Palermo gewacht hatte, war einem Murren gewichen. Sie waren gestrandet, er schien in eine Flaute geraten. War es nicht Zeit, daß er sich wieder zur britischen Flotte im Mittelmeer begab und eine neue Schlacht gewann? Oder nach Neapel zurückkehrte und die Stadt den Franzosen abnahm und die republikanische Marionettenregierung stürzte? Warum blieb er noch hier?

Natürlich wußte jeder, warum.

Wenn sie einige ihrer berühmten Attitüden vorführte – dasselbe Repertoire, dieselbe bezaubernde Kunst, die selbst ihre schärfsten Kritiker noch für bewunderungswürdig hielten –, war er da, sah hingerissen zu, sein rechter Ärmel zuckte, ein entrücktes, seliges Lächeln lag auf seinen vollen Lippen. Bei Gott, das ist herrlich, rief er aus. Wenn doch nur die größten Schauspielerinnen Europas heute abend hiergewesen wären, wieviel hätten sie von Euch lernen können.

Die Gäste wechselten wissende Blicke. Jetzt verkörperte sie Kleopatra nicht nur, sie war Kleopatra, die Markus Antonius umgarnte; eine Dido, deren Reize Äneas festhalten; eine Armida, die Rinaldo verzaubert hat – die alten Geschichten aus Historie und Epos, die jedermann kannte, in denen ein Mann, für den das Schicksal Ruhm und Ehre bereithält, bei der Erfüllung seines großen Auftrages eine kurze Pause einlegt, den Reizen einer unwiderstehlichen Frau erliegt und bleibt. Und bleibt. Und bleibt.

Den Einfluß von Frauen auf Männer hat man immer in Verruf gebracht, gefürchtet wegen seiner Macht, die Männer sanft, liebevoll – schwach zu machen; was bedeutet, das man von Frauen annimmt, sie seien eine besondere Gefahr für Soldaten. Die Beziehung eines Kriegers zu Frauen soll brutal sein oder wenigstens gleichgültig, damit er weiterhin kampfwillig, gewaltbereit, kameradschaftlich, todesverachtend sein kann. Damit er stark sein kann. Doch dieser Krieger war tatsächlich angeschlagen und brauchte, um zu genesen, Zeit, in der man sich um ihn kümmern konnte. Es brauchte Zeit, die vom Sturm stark beschädigte *Vanguard* auszubessern und wieder instand zu setzen. Und seine Anwesenheit in Palermo war nützlich. Obwohl er sich nicht kräftig genug fühlte, um auf See zurückzugehen, war er doch immer beschäftigt und machte Pläne, ein Geschwader unter Kapitän Troubridges Kommando auszusenden, um den Hafen von Neapel zu blockieren. Und die Frau des Cavaliere half ihm. Sie liebte seinen Ruhm. Gemeinsam bewegten sie sich auf ein großes Schicksal zu, sein Schicksal. Und sie war nicht nur eine Frau mit einem Helden auf dem Schoß, sondern auf ihre Weise selbst ein Held.

*

Er wollte ihr gefallen. Sie wollte so verzweifelt ihm gefallen.

Ehrgeiz und der Wunsch zu gefallen – für eine Frau sind sie nicht unvereinbar. Wenn man gefällt, wird man belohnt. Je mehr man gefällt, um so größer ist die Belohnung. Deshalb bekommt die Einehe einer Frau so gut. Man weiß, wem man zu gefallen hat.

Jetzt gab es zwei Männer, ihren Mann und den gemeinsamen Freund, denen die Frau des Cavaliere gefallen wollte.

Die Geldsorgen des Cavaliere nahmen zu. Er hatte den Freund um mehrere Darlehen bitten müssen, voller Zuversicht, daß er das Geld zurückzahlen könne, sobald seine große Vasensammlung in London verkauft sei, und diskret verkaufte er in der Zwischenzeit einige Kameen, Juwelen, kleine Statuen und einige Antiquitäten, die er aus Neapel gerettet hatte und an denen er weniger hing. Seine Frau hatte einen Plan: Sie wollte versuchen, am Spieltisch genug Geld für ihre laufenden Ausgaben zu gewinnen. Doch was als ein weiterer Vorstoß begann, einzugreifen und einem anderen in seiner Not zu Hilfe zu kommen, wurde zu einer Leidenschaft. Einer weiteren Leidenschaft. Spielen, trinken, essen – all ihre Handlungen waren überschwenglich, wurden zu Begierden. Und das gesteigerte, doppelte Vergnügen zu gefallen, vergrößerte noch ihre Persönlichkeit, ihren Appetit.

Der Cavaliere wußte, was sie vorhatte, wenn sie bis spät in die Nacht Pharao und Hasard spielte und anfing, sich auf ihren Erfolg zu verlassen, und es wurde für ihn zu einer Qual, ihr entweder zuzusehen oder aber sie nicht zu beachten. Er haßte es, um etwas bitten zu müssen. An solchen Abenden zog er sich für gewöhnlich früh zurück. Der Held blieb an ihrer Seite, flüsterte ihr etwas ins Ohr, strahlte, wenn sie gewann, gab ihr Geld für ein weiteres Spiel, wenn sie verlor. Wie brillant sie doch spielte, ob sie nun gewann oder verlor, dachte der Held. Niemand hätte eine Chance gegen sie, wäre da nicht eine reizende kleine Schwäche, die sie zuweilen ein wenig verwirrte. Ihm war aufgefallen, daß sie schon nach dem zweiten Glas Brandy beschwipst war. Wie seltsam, dachte er. Wenn er zwei Gläser Brandy trank, spürte er keinerlei Wirkung. Da ihm das Trinken und auch das Kartenspiel so gleichgültig waren (der Held hielt beinahe so sehr Maß wie der Cavaliere), verstand er nicht, daß die Schnelligkeit, mit der sie betrunken wurde, kein Zeichen einer ungewöhnlichen Empfindsamkeit war, sondern fortgeschrittenen Alkoholismus verriet.

Sie *ist* eine begabte Spielerin, aber zuweilen riskiert sie nach einer anhaltenden Glückssträhne ihre vorher erzielten Gewinne, wie um ihn bei sich zu behalten. Denn so verwirrt konnte sie gar nicht sein, daß sie seine elektrisierende Gegenwart neben sich oder hinter sich oder am anderen Ende des Zimmers vergaß, wo er redete, gestikulierte und sich in der Tat ihrer Gegenwart so sehr bewußt war wie sie der seinen.

Jetzt, da sie wußte, wie gern sie ihn berühren wollte, war die alte Freiheit, ihn zu berühren, zu einem unsicheren Abenteuer zarter Ersatzgesten geworden. Wenn sie am Fuß der großen Treppe stand, um die Gäste des Abends zu verabschieden, berührte sie geistesabwesend den leeren, an seiner Jacke festgesteckten Ärmel, um ein kleines Fädchen zu entfernen: Sie hat einen winzigen

Niederschlag von Schläfrigkeit in seinem rechten Auge, dem blinden Auge, bemerkt und wünscht sich, sie könnte ihn wegschnippen.

Er stellt sich eine Berührung ohne seinen Arm vor: Wenn er ihr Auge in Auge gegenübersteht, hat er zuweilen das Gefühl, gegen sie zu fallen.

Sie schaut auf seine Lippen, die leicht geöffnet sind, wenn er zuhört; wenn er spricht, merkt sie zuweilen, daß sie kein Wort von dem gehört hat, was er sagte. Seine Gesichtszüge scheinen so riesig.

Es ist leichter, wenn sie sich nicht ansehen, sondern Seite an Seite versuchen, sich für andere zu interessieren. Rechts und links haben eine neue Bedeutung. Rechts ist die Seite, auf der der Held verstümmelt ist – sein unbewegliches Auge, sein leerer Ärmel. Sie bemerkt, daß er sich immer ihr zur Rechten setzt, wie um seine intakte Seite darzubieten.

Die üblichen Sitzanordnungen geben Anlaß zu neuen, ängstlichen Manipulationen. Als er einmal neben ihr am Spieltisch sitzt, merkt er, daß sie sich in einem fort das linke Knie kratzt und wünscht sich, sie würde damit aufhören, bevor sie auf ihrer herrlichen Haut einen roten Fleck hinterläßt. (Ihr Ekzem ist wiedergekommen, wie es von Zeit zu Zeit der Fall ist, aber das kann er nicht wissen.) Ohne lange zu überlegen, beugt er sich näher zu ihr hin, um in die Karten in ihrer rechten Hand zu sehen, nahe genug, um ihr flüsternd einen Rat für ihren nächsten Zug zu geben, was – wie er mehr oder weniger geahnt hatte – die kratzende Hand unter dem Tisch zur Ruhe kommen läßt.

Wie bewußt sind sie sich doch des Körpers des anderen unter seinen Kleidern. Wie bewußt sind sie sich des Raumes, der sie trennt.

Bei einem Bankett spürt sie, daß sein linker Oberschenkel nicht weiter als fünfzehn – nein, achtzehn – Zentimeter von ihrem rechten Oberschenkel entfernt sein kann. Sie sind gerade beim vierten Gang. Obwohl er sehr gut mit seinem eleganten, goldenen Eßgerät zurechtkommt, einer kombinierten Vorrichtung aus Messer und Gabel (die Schneide zeigt nach rechts, die Zinken nach links), die ein Bewunderer ihm nach der Schlacht auf dem Nil geschickt hat, nimmt sie ihr eigenes Messer und ihre eigene Gabel, beugt ihren Oberkörper zu ihm hin, näher an ihn heran, und bietet ihm eine Belohnung für diese aus unerträglicher Sehnsucht geborene Kühnheit an, indem sie ihr rechtes Bein einige Zentimeter von ihm wegrückt und es gegen ihr eigenes linkes Bein reibt. Und indem sie darauf achtet, daß ihre Schulter nicht die seine berührt, als sie es übernimmt, sein Fleisch zu schneiden.

Sie ist an diesem Abend nicht die einzige am Tisch, die durch die Entfernung einer Sache von einer anderen aus der Fassung gebracht wird.

Bin ich – einer ihrer englischen Gäste ließ sich über ein ungewöhnliches Phänomen aus, das sie beobachtet hatte –, bin ich die einzige unter uns, die eine kleine Insel von malerischer Gestalt gegenüber der Stadt gesehen hat, nicht viel weiter entfernt als unser herrliches Capri von Neapel?

Eine Insel?

Aber von Palermo aus ist keine Insel zu sehen, sagte ein anderer Gast.

Das versichert mir jeder, entgegnete Miss Knight geziert.

Und wann habt Ihr diese ... Insel gesehen? Der sie da ins Kreuzverhör nahm, war Lord Minto, der frühere Botschafter auf Malta und ein Freund des Helden, der für einige Wochen bei ihnen zu Besuch war.

Sie ist nicht die ganze Zeit zu sehen. Wenn der Himmel völlig wolkenlos ist, kann ich sie nicht erkennen.

Aber Ihr seht sie, wenn es bewölkt ist?

Nicht bewölkt, Lord Minto, wenn Ihr damit bedeckt meint. Sondern wenn sich einige helle Wolken am Horizont zeigen.

Lady Minto lachte. Was Ihr gesehen habt, ist sicher eine Wolke, die Ihr nur für eine Insel gehalten habt.

Nein, es kann keine Wolke sein.

Und warum bitte nicht?

Weil sie immer dieselbe deutlich erkennbare Form hat.

Der Tisch war verstummt. Die Frau des Cavaliere hoffte, der Held würde sich in das Gespräch einschalten.

Sehr logisch, sagte der Cavaliere. Fahrt fort.

Ich weiß nicht, ob ich logisch bin, sagte sie. Aber ich werde nicht bezweifeln, was ich mit eigenen Augen gesehen habe.

Sehr richtig, sagte der Cavaliere. Fahrt nur fort.

Ich darf wohl sagen, ich bin sehr hartnäckig, fuhr sie fort und schien dann plötzlich zu stocken, als sei sie sich nicht sicher, ob sie die Eigenschaft, die sie an sich selbst so bewunderte, auf anziehende oder abstoßende Weise beschrieben hatte.

Aber habt Ihr eine Insel gesehen? Eine richtige Insel?

Ja, Lord Minto, rief sie aus. Ja, das habe ich. Denn nachdem ich sie etwa ein dutzendmal gesehen hatte, habe ich sie gezeichnet und meine Zeichnung einigen unserer Offiziere gezeigt. Sie haben sie sofort als eine von den äußeren Liparischen Inseln erkannt, die –

Vulcano, unterbrach der Cavaliere.

Ich glaube nicht, daß das der Name war.

Stromboli?

Nein, ich glaube nicht.

Ihr könnt bis zu den Liparischen Inseln sehen, schrie die Frau des Cavaliere. Ach, ich wünschte, ich könnte so weit sehen.

Ein Toast auf Miss Knights Hartnäckigkeit, sagte der Held. Eine Frau von Charakter, und Charakter ist das, was ich an einer Frau am meisten bewundere.

Miss Knight errötete bei diesem Kompliment des Helden so tief, daß die Frau des Cavaliere einfach über den Tisch langen und ihr die Hand tätscheln mußte. Ein

Staffellauf des Gefühls, durch das ein in ihr erwachtes, aber einem anderen geltendes Kompliment ihr Gelegenheit bot, mit der Hand des Helden in einen Ersatzkontakt zu treten.

Es ist ganz und gar unmöglich, von hier aus die Liparischen Inseln zu sehen, erklärte Lord Minto.

Da Miss Knight, nachdem sie von den bedeutendsten Männern bei Tisch abwechselnd angegriffen und umschmeichelt worden war, weiblichen Gefühlen der sich selbst zum Schweigen bringenden Art hilflos preisgegeben schien, ergriff der Cavaliere die Gelegenheit, mit einem Bericht über die wissenschaftlichen Grundlagen von Luftspiegelungen und anderen ungewöhnlichen optischen Erscheinungen aufzuwarten – er hatte gerade ein Buch darüber gelesen.

Ich glaube, wir müssen Miss Knights Behauptung, eine Insel gesehen zu haben, akzeptieren, sagte er, und in seiner Stimme schwang Autorität. Würde nicht selbst Lord Minto sagen, er habe sein eigenes Gesicht gesehen? Ich meine natürlich mit Hilfe eines Spiegels. Genauso hat Miss Knight in der Bucht von Palermo, auf unbewegtem Wasser, eine entlegene Insel gesehen, die Spiegelung einer Insel, die auf dieselbe Art projiziert wurde, wie eine Camera lucida auf ebener Oberfläche das Bild eines Gegenstandes wiedergibt, nur daß es in diesem Fall statt der drei- oder vierflächigen Prismen der Camera lucida Wolken waren, die in einem bestimmten Winkel standen. Viele Künstler aus meiner Bekanntschaft finden diese geniale Vorrichtung beim Zeichnen recht nützlich.

Die Frau des Cavaliere wies die Gesellschaft darauf hin, daß ihr Mann in allen wissenschaftlichen Fragen Experte sei. Niemand, so erklärte sie entschieden, weiß mehr als er.

Ich kann kaum den Tag erwarten, an dem die hellen Wolken wieder so stehen, daß ich Miss Knights geisterhafte Insel sehen kann, sagte Mr. MacKinnon, ein Bankier. Vielleicht werden wir, wenn sich die Wolken im richtigen Winkel befinden, dann auch unser Neapel sehen –

Ach, ich möchte unser Neapel jetzt gar nicht sehen, sagte die alte Miss Ellis, die dort dreißig Jahre gelebt hatte.

Vielleicht wird der Cavaliere den Vesuv sehen können, sagte der Held fröhlich. Ich bin sicher, er vermißt seinen Vulkan.

Die Frau des Cavaliere dachte, sie würde keinesfalls so weit sehen wollen. Alles, was sie sehen will, ist genau hier.

*

Wie kann nicht nur einer, wie können gleich zwei faszinierende Männer in sie vernarrt sein? Beide so blind für ihre Vulgarität, die schamlose Art und Weise, in der sie ihnen schmeichelt?

Der Held schien mehr und mehr betört, der Cavaliere immer verdorrter und passiver, sie immer hektischer und versessener darauf, sich selbst zur Schau zu stellen. In ihrem früheren Leben in Neapel hätte die Frau des britischen Botschafters niemals daran gedacht, ihrem erbaulichen Repertoire lebender Statuen einen Tanz, noch dazu einen folkloristischen Tanz voller sinnlicher Hingabe, hinzuzufügen. Jetzt tanzt sie vor ihren Gästen in Palermo die Tarantella. Ihren sizilianischen Bekannten erschienen ihr Tamburinrasseln, ihr Fußestampfen und ihr Umherwirbeln etwas merkwürdig, weiter nichts. Ebenso ihren neapolitanischen Bekannten. Aber ihre britischen Gäste – die Flüchtlinge aus Neapel und andere, die sie besuchen kamen, wie Lord Minto auf seinem Rückweg nach England und Lord Elgin, der auf dem Weg war, seinen Posten als Botschafter in der Türkei anzutreten – waren entsetzt und fanden ihr Benehmen zunehmend ungehobelt und ordinär.

Ihre Kleidung: zu schreiend. Ihr Lachen: noch lauter. Ihr Geplapper: noch unbarmherziger. Sie hatte in der Tat keinerlei Talent für die Zurückhaltung, in der die Menschen ein Zeichen von Eleganz sahen. Sie war nicht nur von Natur aus geschwätzig, sie glaubte auch, sie müsse ständig etwas sagen, und die Kunst der Untertreibung war ihr ebenso fremd wie die Kunst, Gefühle zu verbergen. Ständig war sie bemüht, sich in günstigem Licht darzustellen oder dem Ehemann und dem gemeinsamen Freund zu schmeicheln.

Natürlich schmeichelte der Held ihr genauso unerhört. Die herrlichste Schauspielerin des Jahrhunderts. Die beste Sängerin in Europa. Die klügste aller Frauen. Und die selbstloseste. Ein Vorbild. Doch so ähnlich sie sich im Hinwerfen überschwenglicher Komplimente waren, wurde doch sie, da sie eine Frau war, am strengsten beurteilt. Sie, so dachten die Leute, hatte ihn verführt; ihre nie nachlassenden Schmeicheleien hatten sein Herz erobert und ihn zu ihrem Sklaven gemacht. Wäre sie noch die hochgerühmte Schönheit wie vor zehn Jahren, wäre die bemitleidenswerte Verliebtheit des Helden nur allzu verständlich gewesen. Aber – so jemandem zu Füßen zu liegen?

Ihre Fehler nahmen ständig zu. Doch in keinem Punkt verurteilte man sie härter als in dem, der als größte, als weiblichste Leistung der Frau gilt: der Pflege und sorgfältigen Behandlung eines nicht mehr jugendlichen Körpers. Besucher aus dem Ausland berichteten, daß die Frau des Cavaliere immer weiter zunahm; die meisten sagten, sie habe ihr gutes Aussehen gänzlich verloren; einige räumten ein, daß sie immer noch einen prachtvollen Kopf habe. Obwohl es noch einige Dutzend Jahre dauern sollte, bis die Romantiker den modernen Schlankheitskult einführten, der schließlich allen, Männern so gut wie Frauen, Schuldgefühle einreden sollte, wenn sie nicht dünn genug waren, und auch wenn es damals ungewöhnlich war, daß jemand von vornehmer Herkunft schlank war, verzieh man es *ihr* nicht, daß sie fett wurde.

Merkwürdig, daß man von Leuten, die man für ordinär hält, auch gleich annimmt, es fehle ihnen an Selbsterkenntnis, was heißen soll, daß sie, wenn sie nur wüßten, wie sie aussehen und sich benehmen, sofort damit aufhören würden: Sie würden ihre Wortwahl verbessern, zurückhaltend und feinsinnig werden, Diät halten. Dies mag noch die netteste Form des Snobismus sein, doch so nett sie auch ist, sie ist dumm. Versuchen Sie doch einmal, einem gutmütigen, selbstbewußten Erwachsenen von niedriger Herkunft eine beträchtliche Anzahl für ordinär gehaltener Eigenarten auszureden, versuchen Sie es – und sehen Sie, wieviel Erfolg Sie damit haben werden. (Der Cavaliere hat es versucht und vor langer Zeit damit aufgehört, es zu versuchen oder sich etwas daraus zu machen: Er liebte sie.) Also nahm man an, sie sei sich der Veränderungen, die an ihrem Körper vorgingen, nicht bewußt. Doch die Nähte ihrer Lieblingskleider müssen alle paar Monate ausgelassen werden, eine Tätigkeit, die inzwischen einen großen Teil der Energien ihrer lieben Mutter in Anspruch nimmt, und bei der ihr Fatima hilft: Wie konnte sie es nicht wissen? Wenn sie sich jetzt übertrieben anzieht, dann nur, um zu sagen: Schaut nicht auf mich, schaut auf meine Seidenkleider, meine Ringe, meine Schärpe mit den Quasten, meinen Hut mit den Straußenfedern – eine Taktik der Selbstauslöschung, nicht unähnlich der des Sammlers, wenn auch weit weniger wirkungsvoll. Ihre Kritiker schauten auf beides.

Kein Brief zurück nach England war ohne grausame Bemerkungen über ihr Äußeres. Unmöglich zu beschreiben, wie schrecklich sie aussieht. Ihr Leib ist geradezu monströs in seiner Monumentalität und wird jeden Tag dicker, schrieb Lord Minto. Man ließ mich in dem Glauben, ich würde jemandem mit unleugbaren körperlichen Reizen begegnen, schrieb Lady Elgin, ach, aber leider. Sie ist in der Tat gigantisch!

Die Berichte über den Verlust ihrer Schönheit waren so

überschwenglich, so übertrieben, wie es früher die Berichte über ihre Schönheit gewesen waren. Es war, als wären die Leute gezwungen gewesen, sie zu rühmen und ihre niedrige Herkunft und anrüchige Vergangenheit zu übersehen, weil sie so schön gewesen war. Und nur, weil sie so schön gewesen war. Doch jetzt, wo sie nicht mehr der Inbegriff der Schönheit war, tauchten all die unterdrückten Urteile – der Snobismus und die Grausamkeit – wieder auf. Der Zauber war gebrochen, und alle stimmten in einen ungewöhnlichen Chor des Spotts und der Gehässigkeit mit ein.

*

Eines Tages im Frühling kündigte der Cavaliere an, er habe einen Ausflug zu einer Villa arrangiert, die dem Fürsten gehörte, dessen Palazzo in der Stadt sie bewohnten.

Sie befand sich auf dem flachen Land östlich von Palermo, wo auch viele andere Adelsfamilien während der letzten hundert Jahre stattliche Landhäuser gebaut hatten; aus Rücksicht auf das nicht mehr existierende Auge des Helden, das äußerst lichtempfindlich war, fuhren sie am Nachmittag hinaus, zu einer Zeit also, wo die Sonne hinter ihnen stehen würde. Die Frau des Cavaliere wechselte ständig ihren Platz in der Kutsche, um die üppigen Orangen- und Zitronenhaine besser sehen zu können. Die beiden Männer saßen still da, der Held spielte mit seiner Augenklappe und genoß das Gefühl, daß man sich um ihn kümmerte, der Cavaliere war voller Vorfreude, nun auch sehen zu können, was er in mehreren Beschreibungen der Villa in Büchern von britischen Sizilienreisenden nachgelesen hatte. Doch er wußte, er durfte jetzt nicht zu viel sagen, denn das würde die Überraschung verderben, die seinen Gefährten bevorstand, wenn sie ihr Zeil erreicht hatten. Und was für eine Überraschung das sein würde.

Niemand ist so exzentrisch wie ein Exzentriker aus

dem Süden. Selbst der erstaunliche, kathedralenartige Zufluchtsort, den sich William, der reiche Vetter des Cavaliere, daheim in England schuf, konnte an Überheblichkeit der Villa, die sich der verstorbene Halbbruder des sizilianischen Fürsten gebaut hatte, nicht gleichkommen. Das weitläufige zweistöckige Gebäude aus fleischfarbenem und weißem Stein, das das Trio von der Kutsche aus in der Ferne sah, ließ nichts von dem einzigartigen Inneren der Residenz ahnen. Seine Einzigartigkeit kündigte sich erst an, als sie die Portale erreichten, die von zwei hockenden, halslosen, siebenäugigen Ungeheuern bewacht wurden, und als sie vor sich einen breiten Weg sahen, der zu beiden Seiten von Piedestalen gesäumt war, die noch groteskere Gestalten trugen.

Oh. Oh, seht nur.

Zeit für den Cavaliere, mit seinem Kommentar zu beginnen. Seine Frau ließ er wissen, daß Goethe die Villa vor zwölf Jahren gesehen hatte, als er Neapel verließ, um nach Sizilien zu reisen, ein Jahr vor dem Tod des Fürsten, der für die Statuen verantwortlich war, an denen sie vorüberkamen (es gibt noch mehr, es gibt noch mehr), und es bereitete ihm einiges Vergnügen zu sehen, daß die Reaktion des großen Dichters recht konventionell gewesen war: Er hatte die Villa abgeschmackt gefunden und ihren Besitzer für wahnsinnig gehalten.

Was war das, rief die Frau des Cavaliere.

Sie fuhren schnell an dem Pferd mit den Menschenhänden vorüber, an dem Trampeltier mit den zwei Frauenköpfen statt Höckern, an der Gans mit dem Pferdekopf, an dem Mann, aus dessen Gesicht ein Elefantenrüssel herauswuchs und dessen Hände Geierkrallen waren.

Einige von den Schutzgeistern des verstorbenen Fürsten, sagte der Cavaliere.

Und das da?

Das da war ein Mann mit einem Kuhkopf, der auf einer Wildkatze mit Menschenkopf ritt.

Laßt uns den Wagen anhalten, sagte der Held.

Wir werden noch viel mehr sehen als das hier, sagte der Cavaliere. Er zeigte auf musizierende Affenchöre mit Trommeln, Flöten und Geigen, die von einer Ecke des Daches der Villa auf sie herabsahen. Laßt uns weiterfahren.

Lakaien standen bereit, um ihnen aus dem Wagen zu helfen, und ein kleiner dicker Mann in schwarzer Livree, der Kastellan, stand auf der Schwelle der großen Pforte, um sie zu begrüßen.

Eine schwarze Livree habe ich noch nie gesehen, flüsterte der Held.

Vielleicht trägt er noch Trauer um seinen Herrn, sagte die Frau des Cavaliere.

Der Cavaliere lächelte. Es würde mich nicht überraschen, wenn Ihr recht hättet, meine Liebe.

Vor der (verzogenen, zersplitterten) Pforte sah man den lorbeerbekränzten Kopf eines römischen Kaisers auf einer Zwerggestalt, die auf einem Delphin saß. Die Frau des Cavaliere tätschelte den Kopf des Zwerges. Drinnen gibt es noch mehr, sagte der Cavaliere, obwohl die Villa schon ziemlich geplündert wurde. Sie folgten dem Kastellan eine recht schmutzige Treppe hinauf und in den ersten Stock, durch Säle und Vorzimmer, vorbei an bunt zusammengewürfelten Geschöpfen und seltsamen Paaren.

Oh, schaut nur!

Ein doppelköpfiger Pfau reitet auf einem Engel, der auf allen vieren hockt.

Allmächtiger!

Eine Meerjungfrau mit einer Hundepfote paart sich mit einem Hirschen.

Und schaut Euch das an!

Die Frau des Cavaliere war vor einem Pferdeweib stehengeblieben, das auf einem Sessel saß und mit einem prächtig gekleideten Kavalier mit Greifenkopf, Krone und großer Perücke Karten spielte.

Ich hätte gern einen Pferdekopf, nur einen Tag lang, rief sie aus. Ich würde gern sehen, wie das ist.

Ach, sagte der Held. Ich bin sicher, Ihr wärt ein wirklich wunderschönes Pferd.

Ich möchte die Gesichter unserer Gäste sehen, wenn Ihr Euch mit einem solchen Kopf auf den Schultern hinsetzt, um eine Partie Pharao zu spielen, sagte der Cavaliere. Ihr würdet zweifellos jedes Spiel gewinnen.

Die Frau des Cavaliere ahmte das Wiehern eines Pferdes recht kräftig nach, und beide Männer brachen in Gelächter aus.

Der Cavaliere war bereit, in den Spott über die Vorlieben des verstorbenen Fürsten mit einzufallen, um mit seiner Frau und dem gemeinsamen Freund einer Meinung zu sein. Doch er wollte sichergehen, daß ihr Vergnügen genauso mit Wissen gesättigt war wie das seine. Wo immer er auch war, neigte der Cavaliere dazu, die Rolle des Führers oder Mentors zu übernehmen. So mochte er wohl bei einem Begräbnis einem Mittrauernden einen Vortrag über die Geschichte von Grabmälern halten. Was für ein geschicktes Mittel gegen Angst und Kummer die eigene Gelehrsamkeit doch sein konnte.

Beflügelt von der Vorliebe des Fürsten für Pferde mit Gliedern oder Köpfen anderer Geschöpfe und für Menschen mit Pferdeköpfen erzählte der Cavaliere die Geschichten von Chiron, Pegasus und anderen Pferden in der antiken Mythologie mit ungewöhnlichen Körperteilen. Es schien ihm wichtig, darauf hinzuweisen, daß diese Mutanten stets Halbgötter waren. Denkt nur an den weisen Lehrer des Achilles, der halb Pferd, halb Mensch war. Oder an den Hippogryph, der Vater ein Greif, die Mutter ein Füllen, der bei Ariost ein Symbol der Liebe war.

Liebe. Die Frau des Cavaliere hörte, wie das Wort in der Grabesstille der Villa widerhallte. *Sie* hatte es nicht ausgesprochen. Auch der Freund nicht.

Der Cavaliere denkt nicht wirklich an Liebe, aber das

Wort scheint ein recht guter Talisman gegen die verwirrende Macht der Gefühle zu sein, die in den grotesken Erfindungen zum Ausdruck kam, mit denen der Fürst die Villa und das Grundstück bevölkert hatte, so gut wie irgend ein anderes.

Auch ihr Freund wich dem Gedanken an Liebe aus und warf einen kleinen eigenen Beitrag in die gelehrte Debatte. In Ägypten, sagte der Sieger der Schlacht auf dem Nil, erzählte man mir von einer riesigen Statue, einem Geschöpf mit dem Kopf und der Brust einer Frau und den unteren Gließmaßen eines Löwen. Das muß ein furchterregender Anblick sein, wie sie da so im Sand kauert.

Ja, ja, ich habe darüber gelesen! Sie wartet auf vorüberkommende Reisende und zwingt sie anzuhalten, und dann tötet sie sie. Mit Ausnahme derjenigen, die ein Rätsel lösen können, die verschont sie.

Das ist eine andere grausame Kreatur, meine Liebe, sagte der Cavaliere sanft. Aber es würde mich nicht wundern, wenn wir hier in diesen Räumen, unter den steinernen Gefährten des Fürsten, entweder Eurer Sphinx oder der ägyptischen begegneten. Sollen wir nach ihr Ausschau halten?

Und wir denken uns ein Rätsel aus, das wir ihr stellen, rief die Frau des Cavaliere.

Sie kamen in einen anderen Salon und riefen sich gegenseitig zu, was sie dachten, wenn sie immer mehr mißgebildete und schlecht zueinander passende Gestalten sahen, der Kastellan immer hinter ihnen, ein stummer Vorwurf wegen ihrer Fröhlichkeit und ihres Bestrebens, sich auf das Niveau dessen herabzulassen, was sie sahen.

Die menschliche Phantasie ist immer schon erheitert worden durch die Vorstellung biologischer Mißbildungen und auch durch reale Körper, die nicht so aussehen, wie man annimmt, daß Körper aussehen, die Qualen ertragen können, von denen man annimmt, daß Körper sie zu ertragen nicht imstande sind. Maler haben gern solche Geschöpfe erdacht, wenn sie nur einen Vorwand hatten. Zirkusse und Jahrmärkte stellen sie zur Schau: Mißgeburten, Mutanten, seltsame Paare, Tiere, die Tricks zeigen, die ihrer Natur nicht gemäß sind. Der Cavaliere mag mit Boschs und Brueghels Darstellungen der Hölle oder der Qualen des heiligen Antonius nicht vertraut gewesen sein, doch er hatte, wenn auch nicht ganz so inspirierte, Abbildungen jener seltsamen anatomischen Geschöpfe gesehen, die man Dämonen oder Ungeheuer nannte. Ginge es nur um diese fratzenhaften Wesen in jeder Ecke, wären die Ausstellungsräume des Fürsten nicht so originell gewesen. Weit erstaunlicher war die Fülle sonderbarer, bedrohlicher – nein, mißgestalteter – Dinge.

Lampen in Form menschlicher oder tierischer Gliedmaßen.

Tische, die aus den Scherben von Ziegeln gemacht und zu hoch waren, als daß man sie benutzen konnte.

Säulen und Pyramiden, mindestens vierzig, aus verschiedenen Arten Porzellan und Keramik gemacht; eine Säule hat einen Nachttopf als Sockel, einen Kranz kleiner Blumentöpfe als Kapitell und einen über ein Meter langen Schaft, der ganz aus Teekesseln bestand, die vom Sockel bis zum Kapitell allmählich an Größe abnehmen.

Kronleuchter, deren vielarmige Elemente, die wie Ohrringe herabhingen, die Böden, Hälse und Griffe zerbrochener Flaschen und Barometer waren.

Kandelaber, fast einen Meter groß, wacklige Konstruktionen aus Glühweintassen, Untertassen, Schüsseln, Krügen, Kesseln, die bedenklich schräg stehen. Als er einen der Kandelaber eingehender betrachtete, sah der Cavaliere zu seiner Überraschung, daß sich zwischen den Scherben einfachen, wahllos ineinandergesteckten Steinguts Teile außergewöhnlich kostbaren Porzellans befanden.

Vasen, von denen jede aus ihrem Bauch oder von ihrem

Boden einen Mutanten oder eine Schnörkelverzierung ausspie.

Der Cavaliere fing an, sich unbehaglich zu fühlen, und zwar als der Eindruck des Grotesken schließlich mehr und mehr durch den Eindruck eines ungeheuren Sarkasmus abgelöst wurde. Auf das Groteske war er vorbereitet gewesen. Nicht vorbereitet gewesen war er auf die Erkenntnis, daß das Naturell des Fürsten eine wahnsinnige Variante des Naturells des Sammlers war – obwohl das, was dieser Sammlerkollege angehäuft hatte, keine gefundenen oder gekauften, sondern nach seinen Entwürfen angefertigte Dinge waren. Fragmente kostbaren Porzellans mit Teilen einfachen Küchengeschirrs zusammenzustückeln – war das nicht nur ein spöttisches Echo auf das demokratische Nebeneinander von Dingen, wie man es in vielen aristokratischen Sammlungen fand, etwa in der Sammlung der Herzogin von Portland, in der herrliche Gemälde neben Korallenzweigen und Muscheln ausgestellt waren. Wie jeder Sammler hatte sich auch der Fürst mit Dingen umgeben, damit die Leute sie beachten, sie bewundern sollten, wenn sie ihn besuchten. Sie gaben ihm seine Bedeutung. Schließlich war er der Besitzer dieser Dinge – die für ihn sprachen, die zu erkennen gaben, wie er die Welt sah. Sie sagten nicht, was der Cavaliere, wie alle großen Sammler, mit Objekten sagen wollte: Schaut auf all das Schöne und all das Reizvolle, das es in der Welt gibt. Sie sagten: Die Welt ist verrückt. Das gewöhnliche Leben ist lächerlich, wenn man es aus einigem Abstand sieht. Alles kann sich in alles verwandeln, alles kann gefährlich sein, alles kann zusammenbrechen, nachgeben. Ein gewöhnliches Objekt kann aus ... allem möglichen gemacht sein. Jede Form kann verunstaltet werden. Jeder alltägliche Zweck, den die Dinge erfüllen sollen, wird vereitelt.

Wie viele es hier gab! Als das Trio dem Kastellan von Raum zu Raum folgte, ließ ihre Fähigkeit, auf das, was sie sahen, zu reagieren, unter dem emotionalen Gewicht, unter der schieren Fülle anmaßender Dinge stark nach. Wie jeder besessene Sammler konnte auch der Fürst nicht genug von dem bekommen, was er begehrte. Wie ein Sammler lebte er in einem vollgepfropften Raum – die Dinge häuften sich, vervielfältigten sich. Und der Fürst hatte eine Methode erdacht, sie noch weiter zu vervielfältigen.

Sie waren in den großen Salon geführt worden, einen von vielen Räumen, deren Decke, Wände, Türen, sogar Schlösser mit Spiegeln bedeckt waren.

Wo sind die Ungeheuer, fragte die Frau des Cavaliere. Hier gibt es ja keine Ungeheuer.

Der Cavaliere erklärte, daß einige der phantasievolleren Geschöpfe des Fürsten bereits von seinem Halbbruder, dem gegenwärtigen Familienoberhaupt, dem die anhaltende fragwürdige Berühmtheit der Villa nicht gefiel, weggebracht und zerstört worden seien.

Diener brachten Tee herein und stellten ihn auf eine große Anrichte mit einer Täfelung aus Hunderten abgesägter Stücke aus antiken Blattgoldrahmen verschiedener Stile. Der schwarzgekleidete Kastellan war lebhafter geworden, seit sie den Raum betreten hatten.

Ach, wenn Ihr die Villa nur gesehen hättet, als mein verstorbener Herr noch lebte, platzte der Kastellan heraus. Als die Kronleuchter funkelten, im Saal lauter Freunde Seiner Hoheit tanzten und sich amüsierten.

Hat der Fürst Bälle gegeben, fragte der Cavaliere erstaunt. Es überrascht mich, das zu hören. Ich hätte geglaubt, ein Mann seines Geschmacks und seines Naturells hätte die Abgeschiedenheit vorgezogen.

Das stimmt, Exzellenz, antwortete der Kastellan. Mein Herr zog es vor, die Villa für sich zu haben. Aber seine Frau sehnte sich zuweilen nach Gesellschaft.

Seine Frau, rief die Frau des Cavaliere. Hatte er denn eine Frau?

Hatten sie Kinder? fragte der Held, der sich unweigerlich fragte, ob eine schwangere, in dieser Umgebung eingesperrte Frau nicht ein Ungeheuer zur Welt bringen müsse.

Meinem Herrn fehlte nichts, was einen Mann glücklich macht, sagte der Kastellan.

Das sollte man gar nicht meinen, dachte der Cavaliere, der begonnen hatte, sich in dem Raum umzusehen.

Darf ich höflichst vorschlagen, sagte der Kastellan, daß Ihre Exzellenzen sich nicht setzen –

Nicht setzen?

Er streckte den Arm aus. Dorthin.

Oh. In der Tat, man würde wenig Neigung dazu verspüren. Nicht auf Stühle mit Beinen, die ungleich abgesägt sind, so daß niemand Platz nehmen kann.

Und dort auch nicht, bemerkte der Held, der mit seinem Arm auf einige normal konstruierte Stühle wies, die mit ihren Rückenlehnen gegeneinander standen. Nicht gerade sehr einladend, was meint Ihr?

Und dort auch nicht, fuhr der Kastellan feierlich fort und deutete auf drei hübsch verzierte Stühle, die richtig standen, nämlich so, daß die Leute, die sich unterhielten, einander ins Gesicht schauen konnten.

Warum nicht, schrie die Frau des Cavaliere und verdrehte ihre Augen in der vertrauten Sprache ehelicher Komplizenschaft zu ihrem Mann hin.

Wenn Ihre Ladyschaft einen der Stühle berühren möchte...

Sie ging auf einen zu.

Vorsicht, Mylady!

Sie strich mit ihrer beringten Hand über das Samtpolster des Sitzes und brach in schallendes Gelächter aus.

Was ist denn, fragte der Held.

Da ist ein Stachel unter dem Polster!

Vielleicht, sagte der Cavaliere, verzichten wir auf den Tee und gehen hinaus in den Park. Es ist ein herrlicher Tag.

Das hätte sich mein Herr gewünscht, sagte der Kastellan.

Der Cavaliere, dem der Ton des Kastellans nicht gefiel, der ihm seit ihrer Ankunft ein wenig impertinent erschienen war, wandte den Kopf mit vorwurfsvollem Blick, um ihn mit einer Geste zu entlassen (eine der seltenen Gelegenheiten, bei denen man einem Dienstboten direkt ins Gesicht sieht), und da erst bemerkte er, daß der Mann ein stahlblaues und ein braunglänzendes Auge hatte – offensichtlich ganz in Übereinstimmung mit den zusammengewürfelten Dingen, die der verstorbene Fürst entworfen hatte.

Die Frau des Cavaliere, die durch lange Jahre weiblicher Sorge darauf trainiert war, jeden Wechsel in der Aufmerksamkeit ihres Mannes zu deuten, sah sofort, was der Cavaliere wahrnahm. Als der Kastellan sich feierlich verneigte und rückwärts zu einer Tür ging, flüsterte sie dem Helden etwas zu, der lächelte, wartete, bis der Kastellan gegangen war, und dann sagte, er wäre glücklich, ein braunes und ein blaues Auge zu haben, wenn er nur mit beiden sehen könnte. Die Frau des Cavaliere rief, wie gut er mit Augen von verschiedener Farbe aussehen würde.

Sollen wir hinausgehen, sagte der Cavaliere.

Vergebt mir, wenn ich mich Euch für den Augenblick nicht anschließe, sagte der Held, der ein wenig bleich aussah. Er war müde, er war oft müde. Es erschien ihm schon anstrengend, wenn er nur die Augenklappe wieder vor sein armes Auge legen mußte, um es vor dem strahlenden Glanz der sizilianischen Sonne zu schützen.

Bitte bleibt bei unserem Freund, sagte der Cavaliere zu seiner Frau. Ich sehe mich gern ein wenig alleine um.

Aber bevor er sie verließ, konnte er nicht umhin, noch eine Bemerkung hinzuzufügen, um sicherzugehen, daß sie die Einzigartigkeit des Raumes, in dem sie standen, voll und ganz zu schätzen wußten.

Er schaute zu den unregelmäßigen, verräucherten Spiegelstücken an der Decke hoch und erklärte, daß die Fülle von Spiegeln seiner Meinung nach das wichtigste

Novum im Entwurf des Fürsten sei. Auch ich habe einmal daran gedacht, sagte er – und brach dann ab, als er sich voller Schmerz an die Spiegelwand und die verlorengegangene Aussicht von seinem Observatorium in Neapel erinnerte.

Und seht nur, fuhr er fort und unterdrückte den Schmerz, wie geschickt es gemacht ist. Spiegelplatten zu nehmen und sie in eine Vielzahl kleiner Spiegel, alle von verschiedener Größe, zu zerbrechen, sie dann auf geniale Weise wieder zusammenzusetzen, ruft Wirkungen hervor, die zweifellos bizarr sind. Da sie alle in einem Winkel zueinander stehen, ist die Wirkung die eines Vergrößerungsglases, so daß wir drei, die wir hier unten gehen, dreihundert werden, die dort oben gehen. Doch ich ziehe diese Fülle der Eindrücke der Monotonie vor, die sich ergeben würde, wenn man einen so riesigen Raum mit großen Flächen ungebrochenen Glases überdecken würde.

Die Frau des Cavaliere und der Held hörten aufmerksam und voller Respekt zu. Sie waren beide ehrlich interessiert an dem, was der Cavaliere zu sagen hatte. Gleichzeitig sehen sie sich – bespitzeln sich –, während der Cavaliere weiterspricht. Ein Raum voller Spiegel ist eine schreckliche Versuchung. Um so mehr ein Raum mit einem Baldachin aus zerbrochenen Spiegeln, die so facettenreich wie das Auge einer Fliege sind und in denen sie sich vervielfältigt, übereinandergestellt, mißgebildet sehen – doch von Spiegeln geschaffene Mißbildungen bringen sie nur zum Lachen.

Und als der Cavaliere hinausgegangen war, um sich einige andere Räume anzusehen und durch den Park zu spazieren, und als sie merken, daß sie jetzt allein sind – der Vater ist fortgegangen und hat die Kinder allein im Spiegelkabinett zurückgelassen –, stehen sie schweigend da, die dicke Lady und der kleine Mann mit dem einen Arm, und versuchen, nur in die Spiegel zu sehen, doch ein Schwall des Glücks, das grenzenlos zu sein scheint,

Wonne ohne Ende, hüllt sie ein, und erschöpft von der Last der Begierde, übermütig vor lauter Glück, drehen sie sich zueinander um und küssen sich (und küssen sich und küssen sich), und ihre Drehung und ihr Kuß wurden in den Spiegeln oben gebrochen und vervielfältigt.

*

In dieser Umgebung, die Abgeschiedenheit verheißt und gewöhnliche Gefühle zurückweist, die nur Liebesbeziehungen zu Dingen erlaubt, haben zwei Menschen, die sich schon lange lieben, der gewöhnlichsten und stärksten aller Leidenschaften nachgegeben, von der es kein Zurück mehr gibt.

Dem Cavaliere steht eine andere Erkenntnis bevor. Er war seit etwa einer Stunde fort, lange genug, um seine Frau und den gemeinsamen Freund die Kraft, die sie entfesselt hatten, genießen zu lassen und, peinlich berührt von der Stärke dieser Kraft, in ihnen den Wunsch zu erwecken, nach ihm zu suchen. Sie fanden ihn im Park, auf einer Marmorbank sitzend, hinter sich scharlachroten Hibiskus und karmesinrote Bougainvillea, die an einer niedrigen Mauer hochrankten, auf der weitere Ungeheuer saßen, und sie hörten ihm zu, wie er mit merkwürdig gedämpfter Stimme eine weitere seltsame Gestalt beschrieb, die ihm auf dem Weg zum Park aufgefallen war: den Atlas, der seinen breiten, muskulösen Rücken unter der Last eines leeren Weinfasses beugt. Unweigerlich fragten sie sich voller Schuldgefühle, ob seine düstere Stimmung wohl bedeutete, daß er geahnt hatte, was gerade passiert war. Doch der Cavaliere hatte die ganze Zeit nicht an seine Gefährten gedacht.

Als er die eine Seite der riesigen doppelläufigen Außentreppe hinuntergegangen war und seine Schritte zur Rückseite der Villa lenkte, dachte er noch an sie. Dann brachte ihn etwas, das er gesehen hatte, dazu, sich zu verlieren, und so verlor er auch sie.

Das war in der Kapelle des Fürsten. Sobald der Cavaliere das dumpfige Innere der Kapelle betreten hatte, hielt er mitten im Gehen inne. Etwas, so spürte er, bewegte sich hoch über seinem Kopf. Vielleicht eine Fledermaus – er haßte Fledermäuse. Dann bemerkte er, daß es dafür zu groß war und außerdem auch nur hin und her schwang; etwas hing von der hohen vergoldeten Decke herab, das von der Frühlingsbrise, die mit ihm hereingekommen war, als er die Tür geöffnet hatte, in Bewegung versetzt worden war. Jetzt konnte er es über sich erkennen. Es war die lebensgroße, geschnitzte Figur eines knieenden, in der Luft schwebenden Mannes im Gebet. Als sich die Augen des Cavaliere allmählich an die Dunkelheit gewöhnten, sah er, daß der Mann in der muffigen Leere an einer langen Kette hing, die mitten auf seinem Kopf befestigt war. Und diese Kette führte zu einem Haken hinauf, den man in den Nabel einer großen Christusfigur geschraubt hatte, die an ein flach an der Decke befestigtes Kreuz genagelt war. Sowohl der Gekreuzigte als auch der in der Luft schwebende Betende waren mit beunruhigend realistischen Farben angemalt.

Blasphemie konnte diesen glühenden Atheisten nicht aus der Fassung bringen. Doch Furcht konnte es, seine eigene stechende Furcht angesichts des Gehenkten und der Ausdruck trostloser Furcht im Blick eines anderen. Daß der Fürst groteske Gestalten und Dinge angehäuft hatte, bedeutete nicht, daß der Fürst wahnsinnig gewesen war. Es bedeutete, daß er Angst gehabt hatte.

Er war mutiger gewesen als ich, dachte der Cavaliere, als er aus der Kapelle floh, um darauf zu warten, daß seine Frau und der gemeinsame Freund sich wieder zu ihm gesellten. Der Fürst hatte die Neugier und die Begierde des Sammlers in ihre Endphase geführt, wo die Bindung an die Dinge einen unkontrollierbaren Geist des Spottes freisetzt. Er hatte allen Grund, verängstigt zu sein und daher den Wunsch zu haben, sich über seine Ängste lustig zu machen. Von der Last der Dinge niedergedrückt, hatte er sich erniedrigt, hatte er sich nach unten gleiten lassen, hatte er sich tief in seine eigenen Gefühle fallen lassen und war natürlich, weil er weit genug hinabgetaucht war, in der Hölle angekommen.

*

Der Cavaliere erfuhr schließlich von Charles von dem Verlust seiner Vasen auf der *Colossus* am 10. Dezember des vergangenen Jahres. Seine Sammlung war bereits im Meer versunken, als er seine eigene gefahrvolle Überfahrt unternahm. Wenn sie doch nur ein paar von seinen Kisten gerettet hätten, wenigstens ein paar! Denn er erfuhr, daß die eine Kiste, zu deren Bergung aus dem Laderaum sich die Seeleute, in der Annahme, sie enthalte einen Schatz, entschlossen hatten, in Wirklichkeit nur einen britischen, in Alkohol konservierten Admiral enthielt, der nach England verschifft worden war, um dort begraben zu werden. Verflucht sei sein Leichnam, schrieb der Cavaliere an Charles.

Der Tod von Dingen kann einen noch bestürzenderen Schmerz auslösen als der Tod eines Menschen. Von Menschen weiß man, daß sie sterben werden, so schwierig es auch ist, das im Gedächtnis zu behalten. Ob man in langweiliger Vorsicht lebt, wie es der Cavaliere jetzt tut, oder den Tod hofiert wie sein berühmter Freund, jedesmal wenn er in die Schlacht zieht, das Ende ist dasselbe, unvermeidlich. Doch Dinge, die so haltbar und so alt sind wie die prachtvollen antiken Vasen des Cavaliere, und besonders Dinge, die so viele Jahrhunderte überlebt haben, versprechen Unsterblichkeit. Der Grund, warum wir uns an sie binden, sie sammeln, besteht zum Teil darin, daß es nicht unvermeidlich ist, daß sie eines Tages von der Welt genommen werden. Aber wenn das Versprechen, aus Versehen oder aus Nachlässigkeit, gebrochen wird, erscheinen unsere Proteste sinnlos und unser Kummer ein wenig unschicklich. Doch die Trauer, die den Kummer vertieft und dadurch abbaut, muß trotzdem geleistet werden.

Ungläubigkeit ist unsere erste Reaktion auf die Zerstörung von etwas, das wir sehr schätzen. Um mit dem Trauern beginnen zu können, muß man das Gefühl überwinden, daß dies alles nicht geschieht oder nicht geschehen ist. Es hilft, wenn man bei der Katastrophe zugegen war. Weil er Catherines Dahinschwinden miterlebt hatte, weil er sich bis zu ihrem letzten Atemzug über sie gebeugt hatte, hatte er gesehen, daß seine unglückliche Frau aufgehört hatte zu existieren; er hatte getrauert, er hatte ihr verziehen, daß sie gestorben war, und hatte aufgehört zu trauern. Wären seine Schätze bei einem Feuer in seinem eigenen Haus zerstört worden, wären sie von der Lava verschlungen worden, deren Heranströmen er mit eigenen Augen gesehen hätte, dann hätte er gewußt, wie er um die geliebten Dinge hätte trauern müssen; die Trauer hätte ihre Aufgabe erfüllt – und wäre vorübergegangen, bevor ihm der unfaire Verlust eine nicht wieder heilende Wunde zugefügt hätte.

Was nicht vor unseren Augen geschieht, muß man vertrauensvoll glauben. Aber Vertrauen ist für den Cavaliere selten geworden. Zu erfahren, daß seine Schätze schon vor Monaten, und so weit weg, untergegangen waren, war nicht anders als vom in Zeit und Raum ähnlich weit zurückliegenden Tod eines geliebten Menschen zu erfahren. Solch einem Tod ist ein besonderer Stempel des Zweifels aufgeprägt. Eines Tages zu erfahren, daß jemand, der zum anderen Ende der Welt gereist ist und den man jeden Moment wiederzusehen hofft, in Wirklichkeit schon seit Monaten tot ist, während man selber in dieser ganzen Zeit sein Leben weitergelebt hat, ohne etwas von diesem Verschwinden zu wissen, das sich da ereignet hat, ist wie eine Verhöhnung der Endgültigkeit des Todes. Der Tod wird auf eine Nachricht reduziert. Und Nachrichten sind immer ein wenig unwirklich –

weshalb wir es auch ertragen, so viele davon aufzunehmen.

Der Cavaliere trauerte um seine Schätze. Doch eine Trauer, die so lang nach dem Tod und unter solchen Bedingungen des Zweifels und der Ungläubigkeit beginnt, kann nie voll durchlebt werden. Weil er nicht richtig trauern konnte, wütete er. Seine Fähigkeiten, sich zu erholen, seine Spannkraft waren in den entmutigenden Wochen nach seiner Ankunft in Palermo auf eine harte Probe gestellt worden, auf eine härtere Probe als jemals zuvor. Doch es war ihm gelungen, sich zusammenzureißen und, wenn auch in kleinerem Umfang, einige seiner alten Vergnügungen wiederaufzunehmen. Der Verlust seiner Schätze war ein entscheidender Schlag. Er empfand wachsende Bitterkeit, dieser Mann, dem niemals zuvor der Gedanke gekommen war, er könne je vom Pech verfolgt werden.

Die Welt des Cavaliere schrumpft. Er sehnte sich danach, wieder in England zu sein, obwohl ein solcher Ruhestand kaum ruhig sein dürfte: Er schuldete seinen Bankiers fünfzehntausend Pfund, die er zum großen Teil aus den Verkaufserlösen seiner Vasensammlung hatte zurückzahlen wollen. (Er würde sich noch etwas von seinem Freund leihen müssen, der weit weniger Geld hat als er, der aber so großzügig ist.) Doch er fühlte, daß er sich noch nicht von Palermo freimachen konnte. Wenn es eine Chance gab, daß dem König und der Königin in den kommenden Monaten ihre erste Hauptstadt zurückgegeben würde, dann würde sich das Warten lohnen. Sein Leben in Neapel könnte nie wieder das alte sein, doch wenigstens würden die bestraft, die sein Glück zerstört und all diese Verluste herbeigeführt hatten.

Die Entfernung hat ihn getrogen. Und die Zeit ist sein Feind. Seine Einstellung zu Zeit und zu Veränderung ist inzwischen die der meisten älteren Menschen: Er haßt Veränderungen, da für ihn – für seinen Körper – jede Veränderung eine Verschlechterung ist. Und wenn es schon eine Veränderung geben muß, dann soll sie schnell eintreten, so daß sie nicht zuviel von der Zeit in Anspruch nimmt, die ihm noch bleibt. Voller Ungeduld will er seinem Zorn Luft machen. Er verfolgt die Nachrichten aus Neapel und berät sich mit dem königlichen Paar und dessen Ministern. Die diplomatische Tugend der Geduld, die Fähigkeit, darauf zu warten, daß Ereignisse heranreifen und sich entwickeln, hatte er verloren. Er will, daß alles sofort geschieht, damit er frei ist, frei, um dieses entsetzliche Palermo verlassen und nach England zurückkehren zu können. Warum geht alles so langsam?

Auch für die Frau des Cavaliere und den Helden ist die Welt geschrumpft, allerdings im erhabensten Sinn. Aufeinander zu. Jede Veränderung ihrer gegenwärtigen Lage ist mit der Wahrscheinlichkeit der Trennung belastet. Und die Frau des Cavaliere beginnt Palermo zu mögen, aber schließlich ist sie die einzige im Trio, die etwas Südländisches an sich hat.

Verändert nur nichts!

Im Mai verließ der Held Palermo zum ersten Mal seit ihrer Ankunft vor fünf Monaten und lenkte sein Geschwader zur westlichen Spitze Siziliens, um zu sehen, ob er neue Bewegungen der französischen Flotte ausmachen konnte. Er versicherte seinen Freunden, daß er nicht länger als eine Woche fortbleiben würde. Die See ist ruhig. Das Wetter ist ausgezeichnet. Der nicht-heftiger-als-übliche Schmerz im Stumpf seines rechten Armes sagt ihm, daß es keinen Sturm geben wird.

Dieses Zeichen, daß der Freund auf dem Weg der Besserung war, heiterte den Cavaliere auf. Und die Frau, die man für die Untätigkeit des Helden für verantwortlich hielt, war ebenfalls froh über diesen Beweis seiner wiedererwachten Gesundheit. Indem sie ihn glücklich machte, hatte sie ihn gesund gemacht, und das war ja auch der Zweck des Ganzen gewesen; so daß er in den Krieg zurückkehren und noch größeren Ruhm für England, noch größere Siege erringen konnte. Und doch war ihr seine Abreise unerträglich. Die täglichen Briefe, die sie einander schnell schrieben, durchkreuzten den Abstand zwischen ihnen. Doch kostbare Dinge fortzuschicken, in die Welt hinaus, ist immer ein wenig traurig, auch wenn kaum Gefahr besteht, daß sie verlorengehen. Es bestätigt die Entfernung und die Trennung. Sie konnte kaum glauben, daß er wirklich fort war, bis zu dem Augenblick, als sie ihm, einige Stunden später, den ersten Brief schrieb, dann verlor die Erkenntnis, daß er nicht sehr weit weg war und daß er nicht sehr lange fortbleiben würde, alle Kraft zu trösten. Das wirklich Schmerzliche ist eigentlich die Gewißheit, wie bald er ihren Brief in Händen halten, ihn lesen wird. Sie starrte auf den Brief, diesen Vogel, der an seine Brust fliegen wird. Sie sollte ihn dem Leutnant mit dem strahlenden Gesicht übergeben, der ehrerbietig auf der Schwelle des Salons wartete und der nach Westen die hundertfünfzig Kilometer, die sie trennten, galoppieren und den Brief in seine Hände legen wird. Aber sie wollte ihn nicht hergeben, sie wollte den Brief nicht verlieren, der morgen bei ihm sein könnte, während sie hier ist und nicht bei ihm sein kann; und von einem solch schwindelerregenden Gefühl des Verlusts überwältigt, brach sie in Tränen aus. Plötzlich erschienen ihr Raum und Zeit sinnlos. Warum stimmt denn hier alles nicht? Warum geschieht denn nicht alles gleichzeitig?

*

Der Cavaliere war vernarrt gewesen in die Frau, die er zu seiner Ehefrau gemacht hatte, war von ihren Talenten und ihren Reizen verzaubert gewesen, hatte sie geliebt, liebt sie immer noch aufrichtig; aber er hat sie nie, wie der Held, angebetet. Seit sie in den Dreißigern war, begehrte er sie weniger. Sie hatten seit fast zwei Jahren nicht mehr miteinander geschlafen. Der Cavaliere fragte sich, ob ihr das sehr viel ausmachte. Frauen bedauerten es oft nicht, wenn die Lust des Ehemannes zum Erliegen kam. Sie machte ihm nie Vorwürfe, und was ihn betraf, so verringerten sich Vertrauen, Bewunderung, Abhängigkeit – all die Dinge, die unter dem Namen Liebe laufen – nicht, auch nicht die Freude daran, nett zu ihr zu sein. Doch es war ihre Schönheit, ihre unvergleichliche Schönheit, die er begehrt hatte.

Der Held liebte sie so, wie sie war. Genauso, wie sie war. Und das machte seine Liebe zu der Liebe, die diese vormals große Schönheit immer gewollt hatte. Er fand sie majestätisch.

Draußen, vor der Welt, hatten sie beide eine tapfere Fassade vor ihrem alles andere als idealen Äußeren errichtet. Hier drinnen, innerhalb ihrer Liebe, ist Ehrlichkeit möglich. Sie hatten ihre zärtlichen Augenblicke, in denen sie sich gestanden, wie verlegen ihre Körper sie machten. Er sagte, er fürchte, sie könne seinen Armstumpf abstoßend finden. Sie erzählte ihm, seine Verwundungen machten ihn für sie noch liebenswerter. Sie gestand, es mache sie verlegen, daß sie so viel größer sei als er, daß sie hoffe, das mache ihm nichts aus, da sie alles tun würde, um ihm zu gefallen, denn er verdiene die schönste Frau der ganzen Welt. Er erzählte ihr, er betrachte sie als seine Frau. Sie schworen sich ewige Liebe. Sobald eine Trennung oder dies andere Wort mit »T« (man durfte es nicht aussprechen) sie frei mache, würden sie heiraten.

Der Held hatte nie vorher sexuelles Glück gekannt. Auch sie erlebte nie dagewesene Wonnen in seiner Umarmung. Sie brachte ihn dazu, von all den Frauen zu erzählen, mit denen er geschlafen hatte; es waren nicht viele. Ein Mann, der bewundern muß, um zu begehren, hat sicher ein bescheidenes Sexualleben gehabt. Er, der noch eifersüchtiger war als sie, brachte es nicht über sich, sie nach den Männern vor dem Cavaliere zu fragen. (Sie hatte ihm noch nicht erzählt, daß sie eine Tochter hatte.)

Er gestand, daß er auf den Cavaliere eifersüchtig sei. Ihn quält die Angst, sie zu verlieren. Sie läßt ihn erbeben.

Jeder war auf gewisse Weise in einem Irrtum befangen.

Das Erliegen seines Sexuallebens hatte den Cavaliere für die sinnlichen Strömungen, die zwischen anderen hin und her gingen, nicht so unempfänglich gemacht, daß er übersah, was zwischen seiner Frau und seinem Freund passiert war. In der Tat hatte er schon mehrere Monate vor dem Ausflug in die Villa der Ungeheuer, wie jedermann, angenommen, die beiden hätten ein Verhältnis miteinander. Er hatte es immer gewußt – ein Mann, der eine sechsunddreißig Jahre jüngere Schönheit heiratete, müßte schon ein Narr sein, nicht zu wissen –, daß dies eines Tages passieren würde. Und er kann sich nicht von der Anklage freisprechen, seine Frau in den vergangenen Jahren in sexueller Hinsicht vernachlässigt zu haben, obwohl es nicht wirklich seine Schuld ist, so sagt er sich. Er kann sich dazu gratulieren, daß seine Frau ihm, bis jetzt, nicht den geringsten Grund zur Eifersucht oder Anlaß zu öffentlicher Schande gegeben hat; und daß sie, nach so vielen Ehejahren, ihre Zuneigung einem Mann geschenkt hat, dem der Cavaliere von allen Menschen auf der Welt, außer ihr, am meisten zugetan ist.

Im Gegensatz zu seiner Frau und dem gemeinsamen Freund ist der Cavaliere kein Mensch, der die Last der Klarheit scheut. Er ist sich über die beiden durchaus im klaren. Seine eigenen Gefühle sind es, in denen er sich täuscht. Er ist sich nicht bewußt, eifersüchtig oder ärgerlich oder gedemütigt zu sein. Da solche Gefühle gänzlich unvernünftig wären, wie konnte er sie da haben? Er denkt, es dürfe ihm nichts ausmachen. Und deshalb macht es ihm nichts aus. Aber es macht ihm doch etwas aus, denn er weiß, daß seine Frau ein Gefühl empfindet, das sie für ihn nie empfunden hat. Dieser Selbstbetrug – diese Neigung, über seine psychischen wie auch finanziellen Mittel zu leben – ist Teil des abgenutzten Talents des

Cavaliere zum Glück, des Wunsches, von nichts anderem entmutigt zu werden als dem endgültig Unangenehmen. Jemand mit dem Naturell des Cavaliere hält schon eine ganze Menge Ärger, und auch Furcht, in Schach. Er war Experte darin, über gefährliche Gefühle hinwegzugehen.

Weil ihn seine eigenen Gefühle täuschen, irrt er sich auch leichter darüber, wie er andere täuschen kann. Mit der seltsamen Unschuld des Besessenen denkt der Cavaliere, er könne, solange er so tut, als wisse er nichts, die Spekulationen anderer zum Schweigen bringen. Er verläßt sich auf seinen Ruf als weiser Mann von Welt: Wenn solch ein Ehemann überzeugt scheint, daß an der Freundschaft seiner Frau zu einem anderen Mann nichts Unrechtes ist, werden sie eher an die Heuchelei glauben, in der er, wie er weiß, Meister ist, als an ihre eigenen Verdächtigungen. Ein unter Herrschenden verbrachtes Leben hat den Cavaliere reiche Erfahrung sammeln lassen über die Macht der Lügen, die von einer schändlichen Wirklichkeit ablenken, der Dementis, die über eine unangenehme Wahrheit die Oberhand gewinnen. Dies wird nur ein weiterer Auftritt sein, bei dem er vorgibt, eine unbequeme Tatsache nicht zu kennen. Ihm kommt nicht der Gedanke, daß er, je mehr er dementiert, was vor sich geht, um so eher wie ein Betrogener dastehen wird.

Der Cavaliere erkennt nicht, wie man ihn jetzt schon sieht, wie man ihn für den Rest seines Lebens, und darüber hinaus, sehen wird: als berühmten Hahnrei. Auch der Held vermag nicht zu erkennen, was er in den Augen der anderen geworden ist und wofür man ihn halten wird: teils für einen Lawrence von Arabien, den selbsternannten Retter unfähiger einheimischer Herrscher; teils für einen Markus Antonius, den selbstzerstörerischen Liebhaber seines eigenen Untergangs.

Im Gegensatz zum Cavaliere wußte er wenigstens, was er fühlte. Aber er hatte Schwierigkeiten, die Gefühle anderer zu verstehen, wenn sie ihm gegenüber negativ eingestellt waren. Die einzigen negativen Haltungen, die er verstehen konnte, waren Nachlässigkeit und Gleichgültigkeit. Da er es für gewöhnlich als letzter erkennt, wenn jemand etwas an ihm auszusetzen hat – er hatte einen stark ausgeprägten Glauben an seine eigene Rechtschaffenheit –, merkt er nicht, daß man ihn verspottet und bemitleidet; daß seine Offiziere und seine Männer glauben, ihr angebeteter Kommandant sei von einer Sirene verzaubert worden. Auch merkt er nicht, wie unzufrieden seine Vorgesetzten in der Admiralität mit seinem Verhalten waren: die Billigung des absurden neapolitanischen Marsches auf Rom, das Abzweigen von Geldern für die Evakuierung der königlichen Familie und das Zögern, wieder in den Krieg mit den Franzosen einzutreten, das Verweilen in Palermo, die Tatsache, daß er der Rückkehr des Königs und der Königin auf den Thron Vorrang einräumte. Fehlurteil? Nein, Verzicht auf ein Urteil, aus dem persönlichen Grund, über den alle klatschten.

Selbst die Frau des Cavaliere unterlag, wenn sie von den dreien auch die hellsichtigste war, auf ihre Art einem Selbstbetrug. Nachdem sie auf so tiefe Weise die Großzügigkeit des Cavaliere erfahren hat, kann sie sich nicht vorstellen, daß nicht alles gut werden wird. Sie beide liebten den Cavaliere. Er liebte sie beide. Warum sollten sie nicht immer zusammenleben, mit dem Cavaliere als gütigem Vater. Sie werden zwar eine ungewöhnliche Familie sein, aber immerhin eine Familie. (Die Frau des Helden daheim in England wurde in diese Überlegungen nicht mit einbezogen.) Sie hoffte sogar, sie würde schwanger werden, nach all den unfruchtbaren Jahren mit Charles und dem Cavaliere.

Sie hatte vor kurzem einen Traum gehabt, in dem sie den Cavaliere, wie in den alten Tagen, hinauf zu einem Vulkan begleitete. Aber er sah nicht aus wie der Vesuv. Nein, es mußte der Ätna sein. Es schien, als wüßten sie bereits, daß vor einigen Stunden eine kleinere Eruption begonnen hatte; und nach einer Weile schlug der Cavaliere vor, sie sollten anhalten, um etwas zu essen und zu rasten und zu warten, bis die Eruption nachgelassen hätte. Sie zog ihre verschwitzte Bluse aus, um sie zu trocknen, wie herrlich sich der Wind auf ihrer Haut anfühlte; und sie aßen Tauben, die sie an einer vom Cavaliere gebauten Feuerstelle gebraten hatten, wie saftig sie doch waren. Dann gingen sie weiter den Hang hinauf, ihre sich mühsam fortschleppenden Füße zermalmten die heißen Schlackestückchen, und sie bekam allmählich Angst vor dem, was sie sehen würden, wenn sie den Gipfel erreicht hätten. War es nicht gefährlich, wenn der Vulkan immer noch tätig war – es war gefährlich, trotz der Versicherungen des Cavaliere. Sie waren jetzt am Gipfel, und die unheilverheißende Krateröffnung lag vor ihnen. Der Cavaliere befahl ihr zu bleiben, wo sie war, und ging näher heran. Er schien zu nah heranzugehen. Sie wollte ihm etwas zurufen, ihm sagen, daß er vorsichtig sein solle. Aber als sie den Mund öffnete, kam kein Laut heraus, obwohl sie sich anstrengte, bis sie der Hals schmerzte. Der Cavaliere war genau am Rand des Kraters. Er verwandelte sich in etwas Schwarzes, wie die verkohlten Seiten eines Buches. Er wandte sich zu ihr um und lächelte. Und dann, als sie ihre Stimme wiederfand und schreien konnte, sprang er in den feuerspeienden Abgrund.

Sie riß sich von der schrecklichen Szene fort, erkämpfte sich den Weg durch das Dach des Schlafes und landete keuchend, schweißgebadet auf ihrem Bett. Dann wäre ich Witwe. Der Traum war so lebhaft. Sie verspürte den Drang, sich anzuziehen, in das Zimmer des Cavaliere zu gehen und sich zu vergewissern, daß es ihm gut ging. Aber als ihr bewußt wurde, was sie sich da vorgestellt hatte, war sie erschüttert, schockiert, beschämt. Bedeutete das etwa, daß sie sich den Tod des Cavaliere wünschte? Nein, nein. Es würde alles gut werden.

*

Ein anderer Abend – spät, sehr spät. Die Gäste müssen inzwischen gegangen sein, dachte der Cavaliere, der sich längst schon in seine Räume zurückgezogen hatte und der unter der Schlaflosigkeit der Alten, und der Bedrückten, litt. Es gibt so vieles, an das er denken sollte, und noch mehr, an das er nicht denken sollte: den Verlust seiner Schätze, seine Schulden, die Unsicherheit angesichts der Zukunft, die diffusen Schmerzen und Beschwerden in seinem brüchigen Körper, ein noch diffuseres Gefühl der Demütigung. Sein Leben, das früher so voller Möglichkeiten gewesen war, bietet jetzt keine annehmbare Möglichkeit mehr.

Vor über einer Stunde schon war er ins Bett gegangen und hatte eine bequeme, schlaffördernde Lage gesucht. Auf dem Balkon vor dem großen Fenster, der umrahmt wurde von den Silhouetten der Palmen, starrte er in die stark duftende Luft. Die mondhellen Wolken standen sehr tief, der Himmel war hell, beinahe rosa. Die Nacht selbst verstärkte das beunruhigende Gefühl, daß die Stunden nicht vorangingen, die Nacht schien stehengeblieben. Es ist reine Nacht, es könnte ewig Nacht sein. Nicht einmal die Wolken bewegen sich, um ihm zu zeigen, daß die Nacht vergeht. Er hörte einen Mann singen, der den Ton nicht halten konnte, sicher ein liebestoller Einheimischer, der der Nacht sein Leid klagte; das Rattern eines Wagens in der Ferne; ein Nachtvogel; und ganz schwach, auf einem Schiff, das in der Bucht kreuzte, die Stimmen britischer Seeleute, die Lieder sangen. Und Schweigen.

Seine Wut hält ihn davon ab, wieder ins Bett zu gehen. Obwohl es kindisch erscheinen mag, sich vorzustellen, daß Neapel von einem Vulkanausbruch zerstört wird, ist der Cavaliere nicht darüber erhaben, beim Einschlafen solchen Gedanken nachzuhängen. Wenn er doch nur die bestrafen könnte, die ihm Unrecht getan haben, wenn er sich doch nur etwas ausdenken könnte, was seinem Gefühl des Kummers und des Verlustes angemessen wäre.

Dann würde er nach England zurückkehren. Schließlich muß er ja irgendwo leben. Wie wütend er ist. Und wie untröstlich.

Der Cavaliere hatte recht, als er annahm, die Gäste seien gegangen. Tatsächlich hatten die Diener den großen Salon schon fast aufgeräumt. Seine Frau und der gemeinsame Freund waren in ihre Zimmer gegangen, und dann traf sich die Frau des Cavaliere um zwei Uhr morgens mit dem Helden in seinem Zimmer. Sie hatte ihm Feigen von der Berberküste, Granatäpfel und kleine sizilianische Kuchen mit Zitronat und Puderzucker gebracht. Sie fürchtete, daß er zuwenig aß, zu dünn war und nicht genug schlief. Ihre gemeinsamen Stunden – für gewöhnlich die Zeit zwischen zwei und fünf Uhr morgens, wenn sie in ihre eigenen Zimmer zurückging – waren die einzige Zeit, in der sie allein waren; sie konnte lange schlafen, aber er stand schon bei Morgengrauen auf. Auch sie standen auf dem Balkon und atmeten die warme Luft ein, die schwer war vom Duft des Lorbeers und der blühenden Orangen- und Mandelbäume, und bewunderten die Wolken, die sich vom Himmel herabgesenkt hatten und die ganz in Orange und Rosa getaucht waren. Doch sie sehnten sich nicht nach dem, was nicht da war oder was sie zurückgelassen hatten. Alles war hier, vollkommen.

Sie zog ihn gerne aus wie ein Kind. Er hatte die schönste Haut von allen Männern, die sie je gekannt hatte, zart wie die eines Mädchens. Sie preßte ihre Lippen auf seinen armen, brennenden Stumpf. Er zuckte zusammen. Sie küßte ihn noch einmal. Er seufzte. Sie küßte seine Leiste, und er lachte und zog sie aufs Bett, in ihre übliche Stellung – sie hatten schon ihre festen Gewohnheiten. Sie legte den Kopf auf seine rechte Schulter, er hielt sie mit seinem linken Arm. So lagen sie immer: Es war so tröstlich. Das ist dein Platz. Dein Körper ist mein Arm.

Sie strich über sein welliges Haar und zog sacht seinen Kopf zu sich heran, so daß ihr Gesicht seinen Atem empfangen konnte. Sie berührte seine Wange mit dem schönen Stoppelbart. Sie preßte ihn an sich, ihre Finger kritzelten etwas seinen Rücken hinunter, mit der Handfläche fuhr sie wieder nach oben, um es wegzuwischen. In ihr mattes Beieinanderliegen kam allmählich Leben. Sie warf ihr Bein über seine Hüfte und umschloß ihn fest. Er stöhnte und sank in ihren Körper. Die Arbeit des Vergnügens begann: das Becken sinkt hinab und stößt, der von Fleisch umhüllte Knochen löst sich auf im reinen Fall und erblüht. Wie tief es war. Faß mich hier an, sagte sie. Ich will deinen Mund hier. Und hier. Tiefer. Sie preßte und drückte und hatte zuerst Angst, sie werde ihn mit der Heftigkeit ihres Begehrens überwältigen; er kam ihr so zerbrechlich vor. Aber er wollte von ihr dominiert werden, er wollte von ihren Gefühlen überschwemmt werden.

Gewicht gegen Gewicht; Säfte gegen Säfte; von innen gespannt, gefüllt, von außen umhüllt. Er spürte, wie sie ihn verschlang, und er wollte in ihr leben.

Sie schloß die Augen, obwohl sie nichts mehr liebte, als sein Gesicht zu beobachten, über ihrem, unter ihrem; und zu sehen, wie er fühlte, was sie fühlte. Sie spürt, wie er überfließt und verströmt. Sie hatte nie gedacht, daß ein Mann fühlen könne wie sie. Im Schmerz des Vergnügens wollte sie immer ihren Körper verlieren, reines Gefühl werden. Doch das, so wußte sie, war nicht die Art, wie ein Mann fühlt. Ein Mann vergißt nie seinen Körper so wie eine Frau, denn ein Mann stößt seinen Körper, einen Teil seines Körpers, vorwärts, um den Liebesakt auszuführen. Er bringt den Vorsprung seines Körpers in den Liebesakt ein, dann nimmt er ihn wieder zurück, wenn er gehabt hat, was er wollte. So waren die Männer. Doch jetzt wußte sie, daß ein Mann fühlen konnte wie sie, mit seinem ganzen Körper. Daß ein Mann zulassen konnte, daß er stöhnte und sich festklammerte genau wie sie, wenn er sie bestieg und in sie eindrang. Daß er von ihr genommen werden wollte, genau wie sie von ihm genommen werden wollte.

Daß sie nicht so tun mußte, als würde sie mehr Vergnügen empfinden, als sie tatsächlich empfand; daß er ihr nachgab, genauso wie sie ihm nachgab. Daß sie sich beide mit derselben leichten Angst vor ihrer Fähigkeit, Freude zu bereiten oder Freude zu empfangen, hingeben konnten und mit derselben Entspanntheit, demselben Vertrauen auf das Abenteuer des Vergnügens. Daß sie einander im Vergnügen ebenbürtig waren, weil sie einander in der Liebe ebenbürtig waren.

Unterdessen ist die Welt da draußen still: das unerschöpfliche Geheimnis der Gleichzeitigkeit. Während dies geschieht, geschieht auch jenes. Unterdessen glühten und rauchten sowohl der Vesuv als auch der Ätna. Die Mitglieder des Trios schicken sich an einzuschlafen. Der Cavaliere in seinem Bett denkt an seine versunkenen Schätze, an den Vulkan, an seine verlorene Welt. Und seine geliebte Frau und der geliebte Freund liegen in einem anderen Bett ineinander verschlungen und denken in der Fülle befriedigter Begierde aneinander. Sie küßten sich zärtlich. Schlaf, mein Geliebter. Schlaf, sagte sie immer wieder zu ihm. Er sagt, er könne nicht schlafen, er sei zu glücklich. Sprich mit mir, sagte er. Ich liebe deine Stimme. Sie fängt an, voller Scharfsinn über die jüngsten Nachrichten aus Neapel zu sinnieren: das allmähliche Wirksamwerden von Kapitän Troubridges Blockade, mit der man Ende März begonnen hatte; das erstaunliche Vorrücken von Kardinal Ruffos christlicher, inzwischen siebzehntausend Mann starker Armee; die Schwierigkeit von ... Er schlief ein, während sie redete. Der Held schläft jetzt gern.

6

Baron Vitellio Scarpia war ein ungewöhnlich grausamer Mann. Vor fünf Jahren war er von der Königin beauftragt worden, die republikanische Opposition in Neapel niederzuschlagen, und als wäre das Vergnügen, das er beim Verhängen von Strafen empfand, für eine solche Aufgabe nicht schon Empfehlung genug, stand er außerdem im Ruf, einer der Liebhaber der Königin zu sein (doch wer in ihrer Nähe war nicht ihr Liebhaber?). Scarpia widmete sich seiner Aufgabe voller Inbrunst. Er war froh, mit der Königin darin übereinzustimmen, daß jeder Adlige höchstwahrscheinlich revolutionäre Sympathien hegte; als Sizilianer, der erst vor kurzem in den Adelsstand erhoben worden war, haßte er den alten neapolitanischen Adel. Und natürlich nicht nur die Adligen, sondern auch die Theologen, Chemiker, Dichter, Advokaten, Gelehrten, Musiker, Doktoren, ja eigentlich waren alle, einschließlich der Priester und Mönche, die mehr als zwei oder drei Bücher besaßen, verdächtig. Scarpia schätzte, daß es mindestens fünfzigtausend tatsächliche oder potentielle Feinde der Monarchie gäbe, also etwa ein Zehntel der Bevölkerung.

So viele? rief die Königin aus, die mit diesem ungehobelten Baron Italienisch sprechen mußte.

Möglicherweise noch mehr, entgegnete Scarpia. Aber sie alle, Eure Majestät, stehen unter Bewachung.

Die riesige Armee von Spitzeln, die Scarpia angeworben hatte, war überall. Ein Café konnte der Ort eines geheimen jakobinischen Debattierklubs oder anderer Unterredungen sein; jüngste Erlasse hatten alle wissenschaftlichen und literarischen Zusammenkünfte wie auch das Lesen ausländischer Bücher oder Zeitschriften untersagt. Der Vorlesungssaal eines Botanikers konnte der Ort sein, an dem ein Zuhörer einem anderen mit Augen oder Händen ein revolutionäres Zeichen gab. Eine Vorstellung in der Oper von San Carlo konnte Gelegenheit bieten, sich in einer scharlachroten Weste zu zeigen oder heimlich gedruckte republikanische Pamphlete zu verteilen. Die Gefängnisse quollen über von den ehrbarsten – das heißt den reichsten und besterzogenen – Einwohnern des Königreichs.

Das war der einzige Fehler. Der einzige Fehler war es gewesen, nur dreißig oder vierzig hinzurichten. Ein Todesurteil hat ein Ergebnis, die jeweilige Akte wird geschlossen. Eine Gefängnisstrafe ist befristet. Die meisten Akten Scarpias waren noch nicht geschlossen. Nachdem der Marchese Angelotti drei Jahre Zwangsarbeit auf den Galeeren wegen des Besitzes zweier Bücher von Voltaire (ein einzelnes verbotenes Buch brachte schon drei Jahre ein, es hätten also sechs sein müssen) hinter sich hatte, verlegte er seine aufrührerischen Aktivitäten nach Rom, wo er sich dem dortigen Aufstand gegen Gesetz, Ordnung und Kirche anschloß. Nur allzu selten hatten die Härten der Gefängnisstrafe eine besänftigende Wirkung. Der Bruder des Herzogs della*** war nach einer weit kürzeren Haftzeit (ungepudertes Haar, sechs Monate) geistig zerrüttet aus dem Gefängnis gekommen und hatte sich in den Palast seiner Familie zurückgezogen, den man ihn danach nie wieder verlassen sah; ein Spitzel Scarpias in diesem Haus, ein Lakai, berichtete, daß der Bruder des Herzogs abgesondert von den anderen auf seiner Etage lebe und angeordnet habe, die Fensterläden zu vernageln, und einen großen Teil seiner Zeit damit verbringe, unverständliche Gedichte zu schreiben. Und wenn die Übeltäter freigelassen waren, mußten andere eingesperrt werden. Diese portugiesische Hofdame Eleonora de Fonseca Pimentel, die huldigende Sonette auf die Königin schrieb, hatte einem Freund eine Ode an die Freiheit gezeigt, die sie verfaßt hatte, und schon konnte Scarpia sie im vergangenen Oktober für zwei Jahre hinter Gitter bringen.

Dichter!

Als die königliche Familie Neapel im vergangenen Dezember unter dem Schutz des britischen Admirals verließ, blieb Scarpia und erfüllte die Pflicht, in Abwesenheit der Königin deren Augen und Ohren zu sein. In einem schwarzen Umhang, wie ihn die Advokaten tragen, durchstreifte er nachts die Stadt und sah, daß die Voraussagen der Königin sich bewahrheiteten. Der Marchese Angelotti war von Rom zurückgeeilt, um sich der Anarchie zu erfreuen, die auf die Flucht der rechtmäßigen Regierung Neapels gefolgt war. Der Pöbel hatte die Vicaria gestürmt, um einige gewöhnliche Verbrecher zu befreien. Unglücklicherweise war dies das Gefängnis, in dem er Fonseca Pimentel eingesperrt hatte, die nun hocherhobenen Hauptes herausgeschritten war und über Freiheit und Gleichheit und die Rechte des Volkes schwatzte. Hatte sie denn nicht dem Pöbel, der sie unbeabsichtigt befreit hatte, ins Gesicht gesehen? Sie glaubten, sie würden für das Volk sprechen, diese Dichter und Professoren und liberalen Adligen. Doch das Volk hatte ganz andere Pläne. Das Volk liebte den König (es war zu ungebildet, um die Königin zu lieben) und bewunderte den Abstand zwischen dem unmäßigen Luxus und der Frivolität bei Hof und dem Elend und der Knechtschaft seines eigenen Lebens. Wie der König und die Königin haßten sie den gebildeten Adel. Die Franzosen rückten auf die Halbinsel vor, und die Bevölkerung, die die Abreise des Königs erbost hatte, hielt den Adel für verantwortlich. Nun, sie hatten ja recht. Sollte das große Feuer doch kommen. Sollte Neapel doch von diesen verdammten Aufrührern mit ihren atheistischen Büchern und ihren französischen Ideen und ihrem wissenschaftlichen Dünkel und ihren humanitären Reformen gereinigt werden. Scarpia gab sich einem Taumel rachsüchtiger Gedanken hin. Die Leute waren Schweine, doch die Leute trafen Vorbereitungen für die Rückkehr der königlichen Regierung. Er mußte nicht alles allein machen. Das Volk nahm ihm die Arbeit ab.

*

Baron Scarpia war ein ungewöhnlich leidenschaftlicher Mann. Er verstand viel von menschlichen Leidenschaften, besonders wenn sie zu niederträchtigem Verhalten führten. Er verstand, wie die sexuelle Lust noch zunahm, wenn das Objekt der Begierde herabgesetzt und gedemütigt wurde; auf diese Weise erfuhr er sexuelle Lust. Er verstand, wie Furcht, Furcht vor Veränderung, Furcht vor dem, was fremd ist oder fremd und daher bedrohlich erscheint, nachläßt, wenn man sich mit anderen zusammenrottete, um diejenigen zu quälen und zu verletzen, die sowohl schutzlos als auch anders waren; das war es, was er um sich herum sah. Leidenschaft war für Scarpia Gewalt, Aggression. Was er nicht verstehen konnte, war eine Leidenschaft, die ihr Glück im Verzicht auf Gewalt fand, was dazu führte, daß man sich in sich selbst zurückzog. Wie die Leidenschaft des Sammlers.

Wie groß in der Oberschicht die Zahl derer auch war, die sich von aufgeklärten Ideen hatten bekehren lassen, die Sammler waren doch bei weitem in der Überzahl, und Sammlern fällt es schwer, die Folgen revolutionärer Umwälzungen zu akzeptieren. Ihre Besitztümer sind Investitionen in das alte Regime, ganz gleich wie viele Bände Voltaire sie auch gelesen haben mögen. Eine Revolution ist keine gute Zeit für Sammler.

Sammeln ist per definitionem Sammeln der Vergangenheit – revoltieren dagegen bedeutet, das zu verdammen, was man jetzt die Vergangenheit nennt. Und die Vergangenheit ist schwer und übermächtig. Wenn der Zusammenbruch der alten Ordnung einen zur Flucht veranlaßt, ist es unwahrscheinlich, daß man alles mitnehmen kann – das war die mißliche Lage, in der der Cavaliere sich befand. Es ist unwahrscheinlich, daß man seinen Besitz schützen kann, wenn man bleiben muß.

*

Dies ist eines der Vorkommnisse, die der Baron zu sehen bekam.

19. Januar 1799. Drei Wochen nach der Flucht aus Neapel, und etwas Schreckliches widerfuhr einem Bekannten und Sammlerkollegen des Cavaliere. Dieser Mann, zu dessen Hauptinteressen Malerei, Mathematik, Architektur und Geologie zählten, war einer der gebildetsten und gelehrtesten Bewohner des Königreiches. Und weit davon entfernt, die republikanischen Sympathien anderer kultivierter Adliger, seines Bruders etwa, zu teilen, nahm er wie die meisten Sammler eine konservative Haltung ein; die modischen Neuheiten seiner Zeit waren diesem Sammler in der Tat zuwider. Er hatte sich angeboten, dem König und der Königin nach Palermo zu folgen. Doch dazu hatte er nicht die Erlaubnis erhalten. Bleib in Neapel, gelehrter Herzog! Und sieh nur zu, wie dir die Herrschaft der gottlosen Franzosen gefällt.

Ganz gewiß stellten die heranrückenden französischen Soldaten keine größere Gefahr dar als der plündernde Pöbel, der durch die Straßen streifte, dachte der Herzog, der in seinem Palast geblieben war, um nachzudenken, einen Plan zu schmieden, einen Plan zu verkünden. Während eines Familienrates, der sich bis spät in die Nacht des 18. Januar hinzog, führte der Herzog, der sich damals gerade von einem schweren Katarrh erholte, vermutlich nicht so entschieden den Vorsitz, wie er es sonst wohl getan hätte. Die Seitenwinde der Gefahr durchbrachen die übliche Hierarchie der Konversation. Der jüngere Sohn des Herzogs schrie seine Mutter an. Die junge Tochter des Herzogs unterbrach ihren Vater. Die Herzogin widersprach verärgert sowohl ihrem Mann als auch der ehrwürdigen Schwiegermutter. Doch die Entscheidung über die Frage, wer von ihnen sich vor der Gefahr zurückziehen durfte, nein, Flucht sollte man es nicht nennen, stellte die gestörte Hierarchie wieder her. Der Herzog und seine beiden Söhne würden sich zurückziehen, das ist das Wort, sich für eine Weile in die Villa nach Sorrent zurückziehen – und die Herzogin, beider Tochter, seine alte Mutter und den Bruder, der geistig gestört aus dem Gefängnis zurückgekommen war, im Schutz des Palastes zurücklassen.

Der Herzog sollte die Hauptstadt am darauffolgenden Tag mit seinen Söhnen verlassen, und zwar nach einer Zusammenkunft der Adligen, an der teilzunehmen von ihm erwartet wurde. Um seine Kräfte für die Reise zu schonen, schickte er an seiner Stelle seinen älteren, neunzehnjährigen Sohn. Höflich ließ der junge Mann die vielen Reden der Adligen über sich ergehen, die der Monarchie der Bourbonen im Exil von Palermo ihrer Loyalität versicherten, woraufhin sie übereinkamen, daß sie keine andere Wahl hatten, als die Franzosen willkommen zu heißen, die wenigstens für eine gewisse Ordnung in der Stadt sorgen würden; gegen ein Uhr kehrte er durch merkwürdig verlassene Straßen zurück, um seinem Vater Bericht zu erstatten. Während der vier Stunden seiner Abwesenheit, so erfuhr er, hatte sein Onkel versucht, sich in der Bibliothek zu erhängen, war aber rechtzeitig heruntergeholt und zu Bett gebracht worden. Man hatte in seinem Zimmer drei Diener zurückgelassen, die einen weiteren Selbstmordversuch verhindern sollten.

Man schickte den Sohn, um den Onkel, der immer noch im Nachthemd war, zum gemeinsamen Abendessen zu holen. Als sie ihn vorsichtig auf seinen Stuhl gesetzt hatten, erschien der Majordomo mit der Nachricht, eine Menschenmenge habe sich vor dem Palasttor zusammengerottet und verlange den Herzog zu sprechen. Gegen den Rat seiner Frau und seiner Mutter ging der Herzog nur in Begleitung seines Privatsekretärs hinunter, um selbst mit den Leuten zu reden. Unter den etwa fünfzig sonnengebräunten Menschen im Hof erkannte er einen Mehlhändler, seinen Barbier, einen Wasserverkäufer vom Toledo und den Stellmacher, der seine Kutschen reparierte. Der Mehlhändler, der der Anführer des lärmenden Haufens zu sein schien, erklärte, sie seien gekommen, um dem Bankett, das der Herzog für seine jakobinischen Freunde gebe, ein Ende zu machen. Der Herzog lächelte würdevoll. Meine lieben Besucher, ihr seid im Irrtum. Nur ich und meine Familie sitzen bei Tisch, ein Bankett gibt es nicht.

Noch einmal forderte der Mehlhändler Einlaß. Unmöglich, sagte der Herzog, drehte sich um und wollte hineingehen. Ein klirrender Schwall Menschen, die Messer und Stöcke schwangen, ergriff den Herzog, drängte an den Dienern vorbei und stürmte die Stufen hinauf. Die Familie floh in ein höher gelegenes Stockwerk, mit Ausnahme des stumpfsinnigen Bruders des Herzogs, der am Tisch sitzengeblieben war und ein Stück Brot in seiner Hand zerkrümelte. Die beiden Brüder wurden nach unten und aus dem Palast gezerrt. Ein paar Männer wurden nach oben geschickt, um die Familie zu bewachen, während das Plündern begann.

Die Leute gingen von Zimmer zu Zimmer, rissen Bilder von den Wänden, öffneten Kommoden und Schränke, leerten Schubladen aus und warfen den Inhalt auf den Boden. Sie kamen in die Bildergalerie, wo sich ein Großteil der prächtigen Gemäldesammlung des Herzogs befand; in seine Bibliothek, die zahllose wertvolle Schriften und Dokumente beherbergte sowie den herrlichen Schatz seltener Bücher und unbezahlbarer Manuskripte, den einhundertundfünfzig Jahre zuvor ein berühmter Vorfahr, ein Kardinal, zusammengetragen hatte, und dazu noch eine große Zahl zeitgenössischer Werke; in sein Studierzimmer, wo seine Gesteinssammlung in einer Reihe von Glasvitrinen ausgestellt war; in das Chemielaboratorium des Herzogs, wo Dutzende mechanischer Instrumente aufbewahrt wurden; in sein Uhrmacheratelier, wo der Herzog, der des Uhrmacher-Handwerks kundig war, sich gern von seinen gelehrten Beschäftigungen erholte. Die Fenster in den oberen Stockwerken wurden weit geöffnet, und hinunter auf den Hof flogen Gemälde, Statuen, Bücher, Papiere, Gerätschaften und Instrumente. Unterdessen trugen die Leute Möbel und Geschirr und Wäsche, alles, was nur kostbar war, hinunter und verließen den Palast. Nach und nach wurden die Türen, Fenster, Balkongitter, Balken und Geländer herausgerissen und weggekarrt.

Einige Stunden später und nach etlichen Bestechungsversuchen erlaubte man der Familie des Herzogs, den Palast zu verlassen, man hatte sie vorher durchsucht, um sicherzustellen, daß sie keinerlei Besitztümer heimlich mit sich forttrugen. Ihren Bitten, den Herzog und seinen Bruder mitnehmen zu dürfen, begegnete man mit Hohngelächter. Erlaubt mir doch wenigstens, meinen kranken Sohn mitzunehmen, rief die alte Herzogin. Nein. Erlaubt mir doch wenigstens, meinem Vater Lebewohl zu sagen, rief die junge Tochter des Herzogs. Nein. Seid ihr denn nicht selber Ehemänner, Väter, Söhne, rief die Frau des Herzogs. Habt ihr denn kein Mitleid? Ja, auf die erste Frage. Auf die zweite: Nein.

Die weinende Familie wurde durch eine Hintertür hinausgeführt und auf die Straße geworfen.

Während dieser Zeit hatte man den Herzog und seinen

im Nachthemd zitternden Bruder unter Bewachung im Stall festgehalten. Als das Freudenfeuer angezündet war, brachte man sie in den Hof hinaus und band sie mit Strikken an Stühlen fest, damit sie zusehen konnten.

Den ganzen Nachmittag hörte das Verbrennen nicht auf. Der Raffael, der Tizian, der Correggio, der Giorgione, der Guercino und all die anderen vierundsechzig Bilder … ins Feuer. Und die Bücher, Werke über Geschichte, Reisen und Wissenschaft, über Kunst und Handwerk, die gesammelten Werke von Vico und Voltaire und d'Alembert … ins Feuer. Ins schnell höhersteigende Freudenfeuer alles, was nicht brennt: seine Sammlung vulkanischen Gesteins – aus Feuer entstanden, zurückgegeben ans Feuer. Die zierlichen Uhren, die Pendülen, die Kompasse, die Teleskope mit den Platinspiegeln, die Mikroskope, die Chronometer, Barometer, Thermometer, Odometer, Graphometer, Echometer, Hydrometer, Vinometer, Pyrometer … alles zerbrochen, alles schmilzt. Es wurde dunkel. Das Feuer brannte weiter. Die Nacht brach herein. Die Sterne kamen herauf. Und das Brennen brannte. Der Bruder weinte eine Weile und bat darum, losgebunden zu werden, und schlief dann ein. Der Herzog sah zu, seine Augen brannten. Er hustete krampfartig, er sagte nichts. Als es nichts mehr gab, das man in die Flammen werfen konnte, versammelte sich die Menschenmenge bei den Stühlen und schrie dem Herzog und seinem Bruder Beleidigungen ins Gesicht. Jakobiner. Franzosenfreunde. Dann faßten einige Männer Mut und legten zuerst Hand an den Herzog, rissen ihm Schuhe und Strümpfe herunter, durchtrennten dann den Strick, mit dem seine Arme auf dem Rücken gefesselt waren, so daß sie ihm Seidenjacke, Weste, Krawatte und Leinenhemd wegnehmen konnten. Der Herzog krümmte und wand sich, als sie ihm die Kleider auszogen, nicht, um sich dem, was man ihm antat, zu widersetzen, sondern um es ihnen leichter zu machen, damit er um so schneller seine steife Haltung aufrechter Klaglosigkeit wieder einnehmen konnte, die einzige Geste des Vorwurfs, die ihm seiner Würde angemessen schien. Mit nacktem Oberkörper hob er wieder den Kopf. Noch immer blieb er stumm.

Mehr Mut, mehr Grausamkeit. Ein Teerfaß, das in einer Ecke des Hofes stand, war ans Feuer gerollt worden. Einige Männer tauchten Schüsseln aus Holz in das Faß und schleuderten den brennendheißen Teer auf den Bruder, der mit einem Schrei erwachte und dann seinen Kopf in den Nacken warf, als hätte man ihn erschossen. Dann erschoß ihn jemand. Sie banden die Leiche los und warfen sie auf das Freudenfeuer. Der Herzog schrie.

*

Am Tor, das in den Hof führte, stand jemand und beobachtete die Szene: ein Mann in schwarzem Umhang und mit schöner gepuderter Perücke in Begleitung einiger uniformierter Soldaten der Stadtverwaltung. Wer von der Menge ihn wahrnahm, schaute, auch wenn er ihn nicht erkannte, voller Furcht auf ihn.

Der Mann in Schwarz starrte unverwandt auf den Herzog, aber nicht in sein Gesicht, sondern auf den weißen, schweren Bauch, der mit seinen Schluchzern anschwoll und sich zusammenzog. Seine Füße waren rot – man hatte ihm in beide Beine geschossen –, doch immer noch saß er aufrecht auf dem Stuhl, seine Arme hatte man ihm wieder auf den Rücken gefesselt.

Weder der Mann in Schwarz noch seine Wachen machten Anstalten einzugreifen. Doch die Peiniger des Herzogs hatten innegehalten. Obwohl sie zu wissen schienen, daß er sie nicht aufhalten würde, waren sie doch nicht sicher, ob sie weitermachen konnten. Jeder fürchtete sich vor dem Mann in Schwarz – mit Ausnahme des Barbiers, der einer seiner Informanten war.

Der Barbier trat mit dem Rasiermesser in der Hand vor

und schnitt dem Herzog die Ohren ab. Als sie zu Boden fielen, legte sich das Blut wie ein Latz um seine untere Gesichtshälfte. Die Menge grölte, das Freudenfeuer zitterte, und der Mann in Schwarz brummte vor Zufriedenheit und ging, damit die Tragödie zu ihrem Ende finden konnte.

*

Du hast gesehen, wann ich gegangen bin, sagte Scarpia am darauffolgenden Tag in einer Hafenkneipe zu einem Mann, der in seinen Diensten stand und sich unter dem Pöbel befunden hatte. Was ist dann passiert? War er immer noch am Leben?

Ja, sagte der Mann. Ja, das weiß ich bestimmt. Er hat geweint, und das Blut lief ihm das Gesicht und den Kopf hinunter.

Immer noch am Leben?

Ja, Herr. Aber Ihr wißt, wie es ist, wenn einem der Schweiß den Oberkörper herabrinnt –

(Der Mann war Sänftenträger, ein Beruf, in dem er wohl mit den wunderlichen Launen des Schweißes vertraut sein durfte.)

– Ihr wißt doch, wie es ist, wenn einem der Schweiß den Oberkörper herabrinnt, manchmal sammelt er sich in der Mitte –

(Der tadellos gekleidete Baron wußte es nicht; aber fahr nur fort…)

– Ihr wißt doch, wie es ist; nun ja, das Blut hatte sich in der Mitte gesammelt, und er hatte versucht, es hinunterlaufen zu lassen.

Der Sänftenträger unterbrach seinen Bericht, um das Geschehene pantomimisch darzustellen, senkte sein Kinn auf die Brust und blies durch gespitzte Lippen auf einen gedachten Punkt oberhalb seiner verfetteten Taille.

Er blies, sagte er. Ihr wißt schon. Er blies einfach immer weiter. Blies die Luft. Sonst hat er nichts getan. Um das

Blut hinunterlaufen zu lassen. Da dachte einer unserer Kameraden, daß er einen Zauber versuche und auf sich blies, um sich verschwinden zu lassen, und schoß noch einmal auf ihn.

Und war er dann tot?

Halbtot. Er hatte ja so viel Blut verloren.

Immer noch am Leben?

Ja. Ja. Dann kamen noch mehr von unseren Leuten und gingen mit ihren Messern auf ihn los. Jemand stach von vorn auf seine Kniehosen ein und schnitt ... Ihr wißt schon, und hielt sie vor der Menge hoch. Und dann haben wir die Leiche in das Teerfaß gesteckt und das Faß ins Feuer geworfen.

✶

Als die Nachricht von diesen abscheulichen Ereignissen Palermo erreichte, erschauerte der Cavaliere und wurde sehr still. Er hatte den Herzog gern gehabt und seine Sammlung bewundert. Vieles von dem, was man zerstört hatte, war unersetzlich. Neben den Bildern hatte es in der Bibliothek des Herzogs mehrere unveröffentlichte Werke des äußerst produktiven Athanasius Kircher gegeben. Und, so erinnerte sich der Cavaliere, das Manuskript – er fürchtete, es könne das einzige Exemplar sein – der Autobiographie seines Freundes Piranesi. Welch ein Verlust. Der Cavaliere verzog das Gesicht. Welch ein entsetzlicher Verlust.

Die Frau des Cavaliere und der Held sprachen tagelang von kaum etwas anderem. Im Schicksal des Herzogs und seines Bruders sahen sie die Neigung aller unzivilisierten Menschenmengen, in die Barbarei zurückzuverfallen, und die Notwendigkeit, die Unverletzlichkeit des Eigentums zu schützen, des Eigentums der Privilegierten. Das waren natürlich auch die Ansichten des Cavaliere, doch er verfocht sie weniger wortreich, mit weniger Empörung. Obwohl eine Sammlung weit mehr ist als nur eine spezielle, besonders verletzliche Form von Besitz, kann ein Sammler seine Wehmut kaum mit jemandem teilen, es sei denn mit anderen Sammlern. Und mit der Verletzlichkeit des Staates und des Fleisches hatte der Cavaliere sich beinahe schon abgefunden.

Die Königin war weder empört noch wehmütig. Als sie die lange Beschreibung las, die ihr zuverlässigster Mittelsmann in Neapel ihr vom blutigen Ende des Herzogs und seines Bruders und anderer Adliger durch die Hand des Pöbels geschickt hatte, saß sie gerade mit dem zuverlässigsten Mittelsmann, den sie hier in Palermo hatte, beim Tee. Als sie Scarpias Brief gelesen hatte, reichte sie ihn an die Frau des Cavaliere weiter. Je crois que le peuple avait grandement raison, sagte die Königin.

Selbst die Frau des Cavaliere zuckte zusammen.

Die Frau des Cavaliere mochte Scarpia nicht. Niemand mochte Scarpia. Doch sie bemühte sich, so wie sie das stets tat, die Dinge vom Standpunkt der Königin aus zu sehen. Die Königin hatte ihrer lieben Freundin erklärt, sie könne Fürst Pignatelli, dem Regenten, den sie vor ihrer Abreise ernannt hatten, nicht trauen – und sie hatte, wie sie bald betonen konnte, durchaus recht, denn Pignatelli verließ die Stadt wenige Wochen später. Auch diesem Mann aus Kalabrien, Kardinal Ruffo, der sich darauf vorbereitete, insgeheim zurückzukehren, um den Widerstand gegen die Franzosen anzuführen, traute sie nicht. Doch Baron Scarpia traue sie, sagte sie zur Frau des Cavaliere.

Vous verrez, ma chère Miledy. Notre Scarpia restera fidèle.

*

In den Tagen, die auf die Ermordung des Herzogs und seines Bruders folgten, fuhr der Pöbel fort, die Besitztümer des Adels zu rauben und zu plündern, und die Patrioten, wie sie sich selbst nannten, suchten Zuflucht im Castel dell' Ovo, von dessen Zinnen sie bei Nacht die Feuer des französischen Lagers draußen vor der Stadt sehen konnten. Als General Championnets Armee in Neapel einzog, versteckte sich Scarpia. Von den drei Tagen mörderischer Kämpfe zwischen der Bevölkerung und den französischen Soldaten und von dem Augenblick, in dem die Trikolore über dem königlichen Palast gehißt wurde und die Revolutionäre aus dem Castel kamen, konnte er der Königin keinen Augenzeugenbericht geben.

Sein Versteck, in den Räumen eines Bischofs, einem seiner Informanten, war sicher. Doch kein Versteck ist natürlich vollkommen sicher; er hätte gewußt, wie er sich selber hätte aufspüren können (die richtigen Bestechungsgelder, die richtige Anwendung der Folter). Er wußte, daß die Revolutionäre ihn suchen würden. War er denn nicht verantwortlich für den Tod einiger voreiliger Verschwörer? Hatte er denn nicht viele von denen verfolgt, die jetzt an der Spitze der Republik standen? Juristen, Gelehrte, Priester, die ihr geistliches Gewand abgelegt hatten, Mathematik- und Chemieprofessoren – die Namen der fünfundzwanzig Männer, die der französische General zur provisorischen Regierung ernannt hatte, lasen sich wie eine Liste der weltoffenen und subversiven Leute, die Scarpia hinter Gitter gebracht hatte, wann immer er einen Vorwand dazu hatte finden können. Doch offensichtlich waren sie nicht in der Lage, ihn aufzuspüren. Unberührt von jeglicher Furcht spürte Scarpia, wie sein eigenes hartes Wesen Tag für Tag mehr unterhöhlt wurde von dem Ich-habe-es-ja-gleich-gesagt und dem Aber-damit-habe-ich-nie-gerechnet des Bischofs und nicht zuletzt von diesem ungewohnten Maß an Enthaltsamkeit. Das erste Mal, als er sich hinauswagte, um eine Frau zu bekommen, war er sicher, man habe ihn erkannt. Das zweite Mal, als er sich zeigte und einer neugierigen Menge zusah, wie sie dem Einpflanzen einer großen Pinie vor dem ehemaligen königlichen Palast zusah, war er schon nicht mehr so sicher. Er blieb noch ein paar Tage bei dem Bischof und ging dann nach Hause, schrieb einen umfangreichen Bericht an die Königin und wartete darauf, verhaftet zu werden. Und wartete. Seine Feinde, so schien es, waren zu hochherzig für so etwas wie Rache.

Jetzt wartete er seine Zeit ab, während diese Schützlinge einer Aufklärung von eigenen Gnaden sich ihre lächerlichen weichen, roten, phrygischen Mützen aufsetzten und einander mit Bürger und Bürgerin ansprachen und Reden hielten und königliche Embleme entfernten und ihren Baum der Freiheit auf Plätzen überall in der Stadt pflanzten und in Ausschüssen berieten, um eine Verfassung zu schreiben, die sich an die der französischen Republik anlehnte. Sie waren Träumer, sie alle. Sie würden schon sehen. Er würde seine Rache bekommen.

Mit der Einfältigkeit der Wohlwollenden kann man immer rechnen. Sie ziehen los, schreiten voran und denken, sie haben die Leute hinter sich, und dann drehen sie sich um und ... niemand da. Der Pöbel hat sich zerstreut, will Essen oder Wein oder Sex oder ein Nickerchen oder eine nette, kleine Rauferei. Der Pöbel ist nicht gewillt, hochherzig zu sein. Der Pöbel will kämpfen oder sich auflösen. Die jakobinischen Damen und Herren mit ihren romantischen Ideen von Gerechtigkeit und Freiheit – sie haben geglaubt, sie würden dem Volk geben, was es will oder was gut für das Volk war. Was sie in ihrer wohlklingenden Arglosigkeit für ein und dasselbe hielten. Nein, die Peitsche und eine regelmäßige Zurschaustellung des Prunkes, der staatliche und kirchliche Macht verherrlichte, das war es, was das Volk wollte. Natürlich,diese Professoren und liberalen Adligen glaubten, sie verstünden das Bedürfnis des Volkes nach Prachtentfaltung, und planten ein Fest, mit dem die Göttin der Vernunft gefeiert werden sollte. Vernunft! Was für ein Schauspiel ist das! Haben sie wirklich erwartet, das Volk würde die Vernunft lieben – nein, die Göttin der Vernunft –, so wie es den König liebte? Haben sie wirklich erwartet, das Volk würde den neuen Kalender akzeptieren, den man beschlossen hatte, mit den italienisierten Versionen der Namen des französischen Revolutionskalenders?

Scarpia bemerkte voller Freude, daß die Republikaner bald einsehen mußten, daß entliehene Riten und neue Namensgebungen nicht genügten, in den unwissenden Massen Loyalität zu erwecken. Ein Artikel in der revolutionären, von Eleonora de Fonseca Pimentel herausgegebenen Zeitung darüber, welchen Wert eine erfolgreiche Demonstration des berühmten, zweimal jährlich auftretenden Wunders der Stadt für die Revolution hätte, war das erste Zeichen von Sinn für die Realität. Doch den Glauben des Volkes so offen zu befürworten, zeigte, wie weit diese Sklaven der Vernunft von dem Verständnis entfernt waren, das nötig war, das Volk zu beherrschen. Scarpia, der geschickteste aller Drahtzieher und Frömmler, wußte, sobald man aufhörte, über den Glauben zu sprechen und statt dessen über Religion sprach – und noch indiskreter über die Rolle der Religion bei der Aufrechterhaltung der Ordnung und der Bewahrung der öffentlichen Moral –, ist der Glaube in Mißkredit gebracht und die legitime Autorität der Kirche auf verhängnisvolle Weise gefährdet. Der Wert der Religion! Das war ein Geheimnis, über das nie in der Öffentlichkeit gesprochen werden durfte. Wie arglos sie doch waren.

Und wie machtlos. Denn über die traditionellen Riten und lokalen Omen, die die abergläubischen Massen beunruhigten oder besänftigten, hatten die Republikaner keine Kontrolle. Man nehme nur das Wunder der Verflüssigung in der Ampulle mit dem getrockneten Blut des Heiligen: Die Republikaner fürchteten zu Recht, daß der royalistische Erzbischof das Wunder verhindern würde, um zu beweisen, daß der Himmel der Stadt seinen Schutz entzogen habe. Und niemand hatte natürlich Macht über den Vesuv, das jedem Zweck dienliche Omen und die erhabenste Demonstration der Macht und Eigengesetzlichkeit der Natur. Allerdings hatte der Berg sich in letzter Zeit gut benommen. Die Republikaner hofften, die Leute würden bemerken, daß der Berg, selbst wenn der heilige Gennaro seinen Segen versagte, auf seiten der Patrioten sei. Der Vesuv, der sich seit 1794 ruhig verhalten hatte, sandte am Abend der Feuerwerke, mit denen die Proklamation der Republik gefeiert wurde, eine harmlose Flamme aus, wie um seine Freude zu zeigen, schrieb diese Fonseca. Noch mehr dichterische Phantasien! Doch so leicht ließen die Leute sich nicht beruhigen, obwohl sie sich sehr leicht Angst machen ließen, mehr Angst, als sie ohnehin schon hatten. Wie schade, dachte Scarpia, daß es keine Möglichkeit gibt, eine Eruption herbeizuführen. Eine große Eruption. Jetzt.

Wieviel geschickter war doch der Appell der Königin an das Vertrauen des Volkes. Sie hatte ihre engste Vertraute, die ihr Exil teilte, die Frau des britischen Ministers, mit der Aufgabe betraut, gefälschte republikanische Proklamationen, die sie sich ausgedacht hatte, in Umlauf zu bringen. OSTERN ABGESCHAFFT! VEREHRUNG DER JUNGFRAU MARIA HIERMIT UNTERSAGT! TAUFE MIT SIEBEN JAHREN! DIE EHE KEIN SAKRAMENT MEHR! Die Engländer brauchten nur diese Informationen in Livorno in die für Neapel bestimmte Post zu geben, hatte die Königin ihrer Freundin erzählt. Als der Cavaliere von seiner Frau über den Plan informiert wurde, fragte er, ob die Königin erwarte, daß die Engländer, also er, das Porto bezahlten. Nein, nein, sagte die Frau des Cavaliere, sie zahlt es, aus ihrer eigenen Kasse. Wer weiß, wie viele überhaupt ankommen werden, sagte der Cavaliere. Ach, der Königin ist es egal, ob sie alle ankommen oder nicht. Sie sagt, ein paar werden schon ankommen. Ein paar kamen an; Scarpia hatte gesehen, wie sie von Hand zu Hand gingen. Proklamationen, die den Leuten schmeichelten und sie für ihren Mut lobten, wären weniger überzeugend gewesen, das wußte er, als solche, die die Angst schürten. Leute, seht nur, was diese Agenten des französischen Antichristen für euch bereithalten! Bei den Wohlhabenderen ist Geld wirksamer: große Summen aus ihrer eigenen Kasse, die die Königin ihm schickte, um sich der Loyalität derjenigen Adligen zu versichern, die andernfalls denken könnten, sie hätten keine andere Wahl, als mit den Patrioten von eigenen Gnaden zu kooperieren.

Deren Märchenbuchrevolution war von Anfang an heftigsten Angriffen ausgesetzt, doch Scarpia konnte deutlich erkennen, daß sie, obwohl sie wußten, sie würden zu den Waffen greifen müssen, niemals verstehen konnten, welch wichtige Rolle staatliche Gewalt spielte. Wenn ihre Verfassung auch den martialischen Geist der alten Griechen und Römer beschwor, hatten sie doch keine Ahnung, wie man eine Miliz, geschweige denn eine Armee auf die Beine stellt. Und was für eine Polizei, so fragte sich der frühere Chef der Geheimpolizei von Neapel, war eine Bürgerpolizei? Gar keine Polizei. In der Tat, ihre Revolution war völlig schutzlos.

*

Und leider bewahrheiteten sich Scarpias Voraussagen.

Eine Revolution, die von den Mitgliedern der privilegierten Schichten in der Hauptstadt getragen wird, die keinerlei Unterstützung aus dem umliegenden Land erfährt und auch nicht von den Menschenmassen in der Stadt, die nach dem schnellen Rückzug des alten Regimes durch die Kapitalflucht und die Einbuße an Erträgen aus dem Tourismus noch weiter verarmt sind … eine Revolution, die angeführt wird von ehrbaren Menschen voller Skrupel, die es nicht nur ablehnen, die Unzufriedenheit des Volkes mit Gewalt zu unterdrücken, sondern darüber hinaus keinerlei Ehrgeiz haben, die Macht des Staates zu stärken … eine Revolution, die jederzeit mit einer Invasion rechnen muß und deren Hauptstadt bereits umzingelt ist (was die Lebensmittelknappheit noch verschlimmerte), abgeschlossen von der Außenwelt durch eine Blockade von See her, die von der Großmacht der Konterrevolution, die die Exilregierung unterstützte, organisiert worden war ... eine Revolution unter dem Schutz der beim Volk verhaßten Besatzungstruppen, des anderen mächtigen Reiches, das sich anschickte, den Kontinent zu erobern ... eine Revolution, die dadurch unterhöhlt wird, daß großzügige Geldgeschenke aus dem Ausland an ihre potentiellen Befürworter in den privilegierten Schichten geschmuggelt werden, unterhöhlt auch durch gezielte, von der Exilregierung erdachte Fehlinformationen, um die Leute zu überzeugen, daß die von ihnen am meisten geschätzten Bräuche abgeschafft werden sollten ... eine erstarrte Revolution, weil zu ihren Führern, die die Notwendigkeit wirtschaftlicher Reformen voll und ganz einsehen, sowohl Radikale als auch Gemäßigte gehören, und weil keine dieser Parteien die Oberhand gewinnt. Eine Revolution, die keine Zeit hat, das Ganze zu einem Ende zu bringen.

Solch eine Revolution hat keine Chance. Tatsächlich ist sie der klassische Entwurf für eine Revolution, die keine Chance hat, ein Entwurf, der in jener Epoche erdacht und seitdem viele Male benutzt wurde. Und der in die Geschichte als naiv eingehen wird. Als voller guter Absichten. Als idealistisch. Als verfrüht. Die Art Revolution, die für manche dem Wort Revolution einen guten Klang verleiht; und die allen anderen die Unmöglichkeit eines Regierens demonstriert, dem die Lust an der Unterdrückung fehlt.

Natürlich wird die Zukunft diesen Patrioten recht geben. Die Zukunft wird aus den zum Scheitern verurteilten Führern der Vesuv-Republik Helden, Märtyrer, Vorläufer machen. Doch die Zukunft ist ein anderes Land.

In dem einzigen Land, das die Revolutionäre haben, herrschen Not und eine ganz neue Art der Unordnung. Die Revolutionäre haben nicht gerade eine Wirtschaft mit ausgeglichener Handelsbilanz geerbt. Alles mußte eingeführt werden, mit Ausnahme von Seidenstrümpfen, Seife, Schnupftabakdosen aus Schildpatt, Marmortischen, Ziermöbeln und Porzellanfiguren – den wichtigsten Handelsgütern des Königreiches. Die Seiden- und Keramikfabriken boten nur wenigen Auserwählten bezahlte Schwerstarbeit; viele waren Dienstboten oder Handwerker; und ein Großteil der Stadtbewohner lebte für gewöhnlich von Bettelei, Diebstahl und Almosen für niedere Arbeiten, die sie für die hohen Herren und die Touristen verrichteten. Doch nachdem König und Königin die Staatskasse ausgeraubt hatten, wodurch sie dem Königreich alles Geld entzogen hatten, war das Mäzenatentum verkümmert, wurde die Hochkonjunktur der Bauwirtschaft gestoppt, deren Aufschwung mit Ankunft der Bourbonen-Monarchie im Jahr 1734 begonnen hatte (Errichtung von öffentlichen Gebäuden, von Palästen und Villen für die Reichen, von Kirchen und Theatern war eine der wenigen beständigen Beschäftigungsmöglichkeiten gewesen), und der Tourismus kam zum Erliegen (es gab keine Bildungsreise zu den Stätten der Revolution). Die Lebensmittelpreise schnellten in die Höhe. Kaum jemand hatte jetzt Arbeit.

Die Notwendigkeit, der Korruption Einhalt zu gebieten – und sogar die ganze Gesellschaft mit Hilfe der Wissenschaft von der Gesetzgebung auf natürlicher, rationaler Grundlage zu reorganisieren –, sahen all jene Führer der neuen Regierung zwar ein, die nicht so naiv waren anzunehmen, Regieren sei weiter nichts als Erziehen. Aber die Kluft zwischen Gemäßigten und Radikalen wurde immer breiter, wobei die Gemäßigten eine Besteuerung der Reichen und eine Aufhebung der Steuerbefreiung für die Kirchen befürworteten und die Radikalen auf Abschaffung von Titeln und Konfiszierung aller Besitztümer von Adel und Kirche drängten. Als einer der Regierungsausschüsse öffentliche Lotterien als ein Mittel vorschlug, die leeren Staatskassen wieder zu füllen, verurteilte man den Vorschlag als unangemessen oder undurchführbar oder unmoralisch, wobei das letzte Argument von Fonseca Pimentel in ihren Zeitungsartikeln verbreitet wurde. Die Belehrung der Menschen und ihre Bekehrung zu den republikanischen Ideen – Propaganda – war die einzige Aufgabe der Revolution, auf die sich alle einigen konnten. Neue, erhebende Namen – Bescheidenheit, Ruhe, Genügsamkeit, Triumph – wurden dem Toledo, der Chiaia und anderen Hauptstraßen gegeben. Fonseca Pimentel machte den Vorschlag, eine Zeitschrift und Almanache im neapolitanischen Dialekt für das Volk herauszugeben. Sie schrieb einen Artikel über die Notwendigkeit einer Theater- und Opernreform. Die Leute sollten Puppentheater im Freien haben mit eher erbaulichen Eskapaden ihres Pulcinella, und in der Oper von San Carlo – die bereits in Nationaltheater umbenannt war – würden die gebildeten Schichten Opern mit allegorischen Themen sehen, ähnlich den Werken, die man in Frankreich aufführte: *Der Triumph der Vernunft*, *Opfer auf dem Altar der Freiheit*, *Hymne an das höchste Wesen*, *Republikanische Disziplin* und *Die Verbrechen des alten Regimes*.

Das Ganze dauerte fünf Monate. Fünf umbenannte Monate: Piovoso (regnerisch), Ventoso (windig), Germile (knospend), Fiorile (blühend) und Pratile (wiesengrün)...

Die ersten Widerstandsaktionen fanden in entlegenen Dörfern und Kleinstädten statt – es gab mehr als zweitausend bewohnte Dörfer und Kleinstädte im Königreich. Die Patrioten in der Hauptstadt waren über die Unruhen erstaunt und zogen sich in Ausschüsse zurück und debattierten über Pläne, große Ländereien zu enteignen und an Bauern ohne Grundbesitz zu verteilen.

Die Nachrichten wurden immer beunruhigender. Die republikanischen Streitkräfte, die man in die Provinzen geschickt hatte, erwiesen sich den kleinen Landungstrupps englischer Fregatten, auf die sie trafen, als unterlegen. Ruffos christliche Armee von eigenen Gnaden eroberte Dorf um Dorf. Zu diesen Truppen gehörten nun Tausende von Sträflingen, die auf königlichen Befehl aus sizilianischen Gefängnissen entlassen und auf englischen Schiffen an die Küste Kalabriens transportiert worden waren. Angegriffen von außen und konfrontiert mit wachsender Ablehnung und zunehmenden Tumulten der Bevölkerung in Neapel, verdoppelte die Republik ihre Bemühungen, Herz und Verstand der Leute für sich einzunehmen.

Es gab Aufstände wegen der Ernährungslage. Immer mehr französische Soldaten wurden aus dem Hinterhalt angegriffen. Freiheitsbäume gingen nachts auf öffentlichen Plätzen in Flammen auf.

Der Freiheitsbaum ist eine künstliche Pflanze, schrieb Scarpia an die Königin. Da er hier keine Wurzeln geschlagen hat, muß er nicht erst mit den Wurzeln ausgerissen werden. In ebendiesem Augenblick wird er von den ergebenen Untertanen Eurer Majestät heftig geschüttelt, und ohne den Schutz der Franzosen wird er von ganz allein fallen, sobald der Feind abzieht.

Im Mai zogen die Franzosen, nachdem sie in Norditalien in einer Anzahl von Schlachten mit der neugebildeten zweiten Koalition geschlagen worden waren, ihre Streitkräfte aus Neapel ab. Britische Fregatten besetzten Capri und Ischia. Einige Wochen darauf strömten Ruffo und seine Armee von ländlichen Banditen und mürrischen Bauern in die Stadt, vermischten sich mit den Massen gewitzter, armer Städter, intonierten Slogans wie »Wer was hat, das sich zu stehlen lohnt, muß ein Jakobiner sein«, und leiteten eine unvorstellbare Orgie des Plünderns und der Greueltaten ein. Die Reichen stöberte man in ihren Villen auf, die jungen Medizinstudenten mit republikanischen Neigungen in ihren Krankenhäusern, die Prälaten mit Gewissen in ihren Kirchen. Etwa fünfzehnhundert Patrioten gelang es, in den Kastellen dell' Ovo und Nuovo Zuflucht zu finden.

Die fließende Meute strömte in jeden Spalt der Stadt und sog jeden, der nicht zu ihr gehörte, in ihre tödliche Umarmung. Eine Jagdmeute, die nach den verräterischen Zeichen jakobinischer Identität suchte (und natürlich nach etwas, das sich zu stehlen lohnte): ein schlicht gekleideter Mann mit ungepudertem Haar; jemand mit langen Hosen; jemand mit Brille; jemand, der es wagte, allein durch die Straßen zu gehen oder der beim Anblick der um die Ecke drängende Meute in Panik geriet. Ach ja, da jeder männliche Patriot einen Freiheitsbaum auf den Oberschenkel tätowiert hatte, zog man alle aus, die nicht sofort tot waren oder schwere Verwundungen hatten, und schleifte sie durch die Straßen, damit die Angezogenen sie verspotten und beschimpfen konnten. Es spielte keine Rolle, daß keiner eine solche Tätowierung jemals auf einem nackten Gefangenen entdeckte. Forderten sie einen Stich, einen Schlag, einen Spottvers nicht geradezu heraus? Eine hetzende Meute, die sich lauthals amüsierte. Da ist schon wieder ein Jakobiner! Kommt, wir suchen seine Tätowierung! Und da ist eine Frau auf einem Wagen, die den oberen Teil ihres schlanken nackten Körpers nur dürftig mit einem Tuch bedeckt hat, in Anspielung auf ein Idealbild antiker Kleidung: Schaut nur, noch so eine Göttin der Vernunft!

Die Meute foltert nicht wie Scarpia. Das Werk des wahren Peinigers wird von der Tatsache geleitet, daß das Opfer den Schmerz nur spürt, wenn es bei Bewußtsein ist. Die Meute ist genauso zufrieden, wenn der, den man foltert, das Bewußtsein bereits verloren hat. Das, was die Körper mit dem Körper, und nicht die Körper mit dem Geist, machen, entzückt die Meute.

Ein Stein, der durchs Fenster geworfen wird, die Hand, die sich um das Handgelenk schließt, das Splittern des Stockes auf dem Kopf, die Klinge oder der Penis, die in weiches Fleisch eindringen, das Ohr oder die Nase oder der Fuß im Rinnstein oder aus einer Hosentasche hervorschauend. Erschlagen, zertrampeln, erschießen, erwürgen, totprügeln, steinigen, pfählen, erhängen, verbrennen, verstümmeln, ertränken. Ein regelrechtes Schwelgen in Mordarten, die weit mehr wollen, als nur Rache üben oder ein Gefühl des Grolls zum Ausdruck bringen. Die Rache des Landes an der Stadt, der Ungebildeten an den Gebildeten, der Armen an den Privilegierten – solche Erklärungen benennen nicht die tiefer liegende Energie, die bei einer derartigen Verwüstung freigesetzt wird. Der Strom aus Blut und Tränen, der die Revolution überschwemmt, mit sich fortreißt, verschlingt, bedroht auch die Restauration. Denn dies ist etwas wie eine Naturgewalt – die, wie allgemein bekannt, nicht im eigenen Interesse handelt oder feinsinnige Unterschiede macht. Noch bevor diese Energie verströmt, wird sie zweifellos von den Herrschenden, die sie geduldet haben, eingedämmt werden.

Ruffo war entsetzt über das Blutbad, das er entfesselt hatte. Plünderungen, Körperverletzungen, Vergewaltigungen, Verstümmelungen, die sich in gewissen Grenzen hielten – das hatte er sich noch vorgestellt. Aber nicht ein solches massenhaftes Abschlachten: das heißt, das Erschlagen, Erstechen, Erschießen und Verbrennen Tausender von Einwohnern, die er wegen ihres Ranges und ihrer Vornehmheit als Individuen betrachten mußte. Aber nicht so viele Vergewaltigungen. Und nicht diesen Kannibalismus, nein. Das hatte er sich nicht vorgestellt, die Scheiterhaufen von Menschen, tot oder sterbend, den Geruch verbrennenden Fleisches, den Anblick von zwei jungen Burschen, die sich gütlich taten an den bleichen Armen und Beinen einer Herzogin, deren Beichtvater und Liebhaber er einst gewesen war. Es war Zeit, diese Energie einzudämmen. Die letzte Tat von Ruffos royalistischen Horden, bevor der Kardinal dem Morden und Plündern

Einhalt gebot, war, den königlichen Palast zu stürmen und auszurauben. Selbst das Blei der Fenster nahmen sie mit.

*

Nun mußten die Herren die Macht über das übernehmen, was das Volk impulsiv, zu Recht, aber barbarisch, begonnen hatte. Und sie durften nicht vor der Aufgabe zurückschrecken, die Herren zu erfüllen haben.

Als die Nachricht vom Abtransport der französischen Truppen und vom Rückzug der Patrioten in ihr Masada Palermo erreichte, fürchtete die Königin, daß Ruffo die Rebellen nicht mit der nötigen unnachsichtigen Härte behandeln würde, die ihre Verbrechen verdienten. Sie rief den Helden in den königlichen Palast und verlangte von ihm, daß er nach Neapel gehe, um ihre bedingungslose Kapitulation entgegenzunehmen und ihnen im Namen des Königs Gerechtigkeit – das heißt Strafe – widerfahren zu lassen. Sie sagt, sagte die Frau des Cavaliere, die das Französisch der Königin für den einsprachigen Helden ins Englische übersetzte, Ihr sollt Neapel behandeln, als wäre es eine irische Stadt in einem ähnlichen Zustand der Rebellion.

Aha, sagte der Held.

Irland hatte seine von Frankreich inspirierte Revolution im Vorjahr gehabt, und die Königin war höchst beeindruckt gewesen von der Gründlichkeit, mit der sie von den Engländern zerschlagen worden war.

Natürlich war es undenkbar, daß der Held eine solche Mission ohne den Rat, die Hilfe und die Sprachbegabung des Cavaliere und seiner Frau unternehmen konnte.

Für die Frau des Cavaliere war dies eine ideale Mission, eine, bei der sie sich sowohl für die Königin als auch für den Mann, den sie anbetete, als unersetzlich erweisen würde. Für den Cavaliere war es eine Pflicht, der er sich nicht entziehen konnte. Doch er wollte nicht, daß die herrlichen Bilder, die er sich von Neapel bewahrt hatte, zerstört würden. Und natürlich hoffte er, daß ihm der Anblick der Greueltaten erspart bliebe, die sich den Berichten zufolge in der Stadt ereigneten. Wir können uns zwingen, ein berühmtes Bild von der Häutung des Marsyas anzusehen, wenn wir uns auch ein wenig dabei winden, oder gleichmütig, besonders wenn wir keine Frauen sind, auf eine lebensechte Darstellung vom Raub der Sabinerinnen zu schauen ... das waren anerkannte Motive in der Malerei. Und Piranesi hatte Bilder von den unaussprechlichsten Folterungen gestochen, die in den Ecken von raffiniert gestalteten, riesigen Gefängnissen stattfanden. Doch es wäre etwas anderes, eine tatsächliche Häutung zu sehen oder die Massenvergewaltigungen, die immer wieder in Neapel geschahen, oder die Leiden der Tausenden von Menschen, die ihre Demütigung und ihre Verwundungen von Hand der Massen überlebt hatten und jetzt eingepfercht in stickigen Kammern lagen, ohne Nahrung, auf ihren Exkrementen schlafend.

Nachdem der Held mit seiner Flagge von der nicht mehr seetüchtigen *Vanguard* auf die mit achtzig Geschützen bestückte *Foudroyant* übergewechselt war, verließ er am 20. Juni Palermo mit einem Geschwader von siebzehn Segelschiffen, drei mehr als die, über die er bei der Schlacht auf dem Nil das Kommando geführt hatte. Vier Tage später segelte das Flaggschiff in den Golf von Neapel, und über das Achterdeck schritt Mars in Galauniform mit all seinen Orden an der Seite seiner Venus in einem zarten weißen Musselinkleid mit einer langen, quastengeschmückten Schärpe um die Taille und in einem breitrandigen Hut mit Bändern und Straußenfedern. Der Cavaliere, der in seiner Kabine döste, spürte, wie die Schiffswände erbebten, als die *Foudroyant* im dreißig Faden tiefen, türkisfarbenen Wasser Anker warf. Was für eine ruhige Fahrt, sagte er, als er sich zu ihnen gesellte. Da war sie wieder, die geliebte Landschaft, die vertraute

Pracht des Stadtbildes – ein paar neue Details waren hinzugekommen, dafür fehlten andere. Immer noch brannten Feuer in der Stadt. Weiße Fahnen flatterten von den Kastellen dell' Ovo und Nuovo. Der umwölkte Vesuv, so stellte der Cavaliere fest, rauchte wohlwollend. Und kein französisches Schiff war in Sicht.

Am Tag darauf empfing der Held Ruffo in der Großen Kajüte, wie man sein Hauptquartier im Heck des Schiffes nannte, und ließ den Kardinal durch den Cavaliere wissen, daß er, er allein, nun die Monarchie in Palermo repräsentiere. Ruffo argumentierte, man müsse dem Blutvergießen Einhalt gebieten und die Ordnung wiederherstellen. Was als unterkühlte Unterredung begonnen hatte, wurde schnell zu einem heftigen Wortgefecht. Der Cavaliere kannte Ruffo, und er kannte seinen Freund, er würde dem einen den anderen erklären. Doch der Raum war so heiß, er fühlte sich schwindlig – seine Frau und der Held baten ihn, sich in seine Kabine zurückzuziehen. Die Frau des Cavaliere fungierte als Dolmetscherin, als Ruffo den Vertrag erklärte, den er mit den in den Seefesten verbarrikadierten Rebellen ausgehandelt hatte. Wie die Königin befürchtet hatte, hatte er eine Kapitulation mit Bedingungen akzeptiert. Die Rebellen sollten einige Tage erhalten, um ihre Angelegenheiten in Ordnung zu bringen, und dann freies Geleit haben, um außer Landes in ein ständiges Exil zu gehen. Vierzehn Transportschiffe lagen im Hafen, und viele Rebellen waren mit ihren Familien und ihren Besitztümern schon an Bord gegangen. Das erste, bereits beladene Schiff sollte morgen bei Tagesanbruch nach Toulon auslaufen.

Ruffo stand, während der britische Admiral von seinem Schreibtisch aufsah und die Frau des Cavaliere bat, dem Kardinal zu sagen, daß die Ankunft der britischen Flotte den Vertrag null und nichtig gemacht habe. Als der Kardinal protestierte und sagte, er wäre bereits unterzeichnet und von beiden Parteien feierlich ratifiziert, erwiderte der

Held, indem er heftig mit dem Stumpf seines verlorenen Armes gestikulierte, daß er Ruffo verhaften würde, wenn er auf seinem Verrat bestehe. Dann gab der Held Befehl, an Bord der Transportschiffe zu gehen, die Rebellen in Ketten abzuführen und ins Gefängnis zu bringen, wo sie auf eine schnelle Bestrafung ihrer Verbrechen warten sollten. Und er ließ Kapitän Troubridge kommen und gab Befehl, britische Truppen bereitzuhalten, um die letzten französischen Bastionen in Sant'Elmo, Capua und Gaeta einzunehmen.

Wir müssen ein Exempel statuieren, sagte der Held später zum Cavaliere.

Ein Exempel statuieren hieß, unbarmherzig sein – das wußte der Cavaliere.

Das erste Exempel sollte Admiral Caracciolo sein, der Anfang März nach Neapel zurückgekehrt war und der Republik seine Dienste angeboten hatte und der sich jetzt, als Ruffos Armee eingetroffen und die Republik gestürzt worden war, auf einem seiner Landgüter versteckt hielt. Der Held befahl Ruffo, ihm den Admiral zu übergeben; Ruffo weigerte sich. Wir warten auf Nachrichten über Caracciolo, der hingerichtet wird, sobald man ihn gefangen hat, schrieb der Cavaliere an das Außenministerium.

In dem Mann mit dem grauen Gesicht und dem langen Bart und der Tracht eines Bauern, mit der er sich verkleidet hatte, erkannte der Cavaliere den siebenundvierzigjährigen neapolitanischen Admiral und Fürsten kaum wieder, der am Tag darauf von britischen Soldaten entführt, in die Stadt zurückgebracht und in Fesseln auf die *Foudroyant* vor deren Kommandanten geführt worden war.

Caracciolo glaubte, daß sein Rang – er gehörte zu einer der ältesten und gemeinsinnigsten Adelsfamilien des Königreiches – und die vielen Jahre, die er den Bourbonen-Herrschern treu gedient hatte, zu seinen Gunsten sprächen. Und seine guten Freunde, der britische Botschafter und seine Frau, würden bei dem tapferen Sieger der Schlacht auf dem Nil sicherlich ein gutes Wort für ihn einlegen. Niemals hätte er gedacht, daß es keine Gerichtsverhandlung geben würde, daß keine Beweise zugelassen würden und daß das Urteil die schmähliche Todesstrafe sein könnte, die einfachen Seeleuten vorbehalten war. Caracciolo bat darum, ein ordentliches Verfahren zu bekommen (nein), Beweise zu seinen Gunsten vorbringen zu dürfen (nein), erschossen zu werden (nein). Und niemals hätte der Cavaliere gedacht, als er in der Großen Kajüte eine weitere Depesche schrieb, wie schnell alles gehen würde. Manchmal geht alles so schnell. Es schien erst ein paar Minuten her zu sein, daß Caracciolo zu dieser Farce eines vom Helden angeordneten Kriegsgerichtsverfahrens in den angrenzenden Raum gezerrt worden war. Als das Urteil, das der Held verlangt hatte, ausgesprochen war, nahm der Cavaliere seinen Freund an das breite Erkerfenster und schlug ihm vor, die Exekution doch, den Gebräuchen gemäß, für vierundzwanzig Stunden auszusetzen. Der Held nickte und ging an seinen Schreibtisch zurück. Caracciolo wurde vor ihn gebracht, mit gesenktem Kopf. Das Urteil ist sofort zu vollstrecken, sagte der Held. Schon ein lebender Leichnam, der Schweiß rann ihm die Achselhöhlen hinab, wurde Caracciolo schnell auf Deck gebracht und in ein kleines Boot hinuntergehoben, das ihn zu einer sizilianischen Fregatte brachte, wo er an Bord gezerrt und gehängt wurde. Auf Befehl des britischen Admirals baumelte die Leiche des neapolitanischen Admirals bis zum Abend an der Rah. Erst als die Junisonne gegen 21 Uhr unterging, gab der Held Befehl, daß eiserne Gewichte an jeden Fuß gebunden, der Strick gekappt und die Leiche ohne Tuch direkt in die See geworfen werden sollte.

Nach den Regeln des Krieges hatte der Held nicht das Recht, Ruffos Vertrag mit den Rebellen aufzuheben, nicht das Recht, den ranghöchsten Marineoffizier der Bourbonen-Herrscher entführen und hinrichten zu lassen, ja nicht einmal, ihn an Bord eines englischen Schiffes als Gefangenen zu empfangen; doch dies war nicht Krieg. Dies war das Verhängen von Strafe.

Ich wünschte, wir könnten Ruffo hängen, sagte er zum Cavaliere. Der Cavaliere riet zur Vorsicht. Doch es gab noch viele Gefangene, mindestens zwanzigtausend, die jetzt in den Festungen und Staatsgefängnissen schmachteten, die genauestens überprüft werden mußten, bis festgestellt war, wer Strafe verdient hatte. Nach der Lynchjustiz kommt der gerichtliche Mord, der beträchtliche Schreibarbeit erfordert. In der Großen Kajüte saß die Frau des Cavaliere an einem Schreibtisch in der Nähe des Admirals und stellte Listen mit Gefangenen auf, die der Königin vorgelegt werden sollten, damit sie das Urteil fälle.

Wir bringen dem Königreich Neapel das Glück zurück und tun Millionen Menschen Gutes, schrieb der Held an Mrs. Cadogan, die sie in Palermo zurückgelassen hatten, über das Werk, das von seinem Hauptquartier in der Bucht im Juni 1799 in die Wege geleitet wurde. Eurer Tochter geht es gut, doch sie ist sehr erschöpft von der vielen Arbeit, die sie zu erledigen hat.

Wenn die Frau des Cavaliere nicht damit beschäftigt ist, dem Helden zur Hand zu gehen oder der Königin dreimal täglich zu schreiben, empfängt sie die neapolitanischen Granden, die gekommen sind, um ihre Aufwartung zu machen und sie zu bitten, der Königin ihre Treuegelöbnisse zu übermitteln. Ich bin die Stellvertreterin der Königin, schrieb sie an Charles. Unglücklicherweise konnte der Cavaliere keine entsprechende Rolle für sich beanspruchen. Er konnte sich schwerlich Stellvertreter des Königs nennen. Der König schrieb keine Briefe. Ja, der König hatte sich, so berichtete die Königin *ihrer* Stellvertreterin, auf einen ihrer Landsitze bei Palermo zurückgezogen, und obwohl er weiß, daß er sich bald zeigen muß, um den Treueid seiner Untertanen entgegenzunehmen, will er nicht mit irgendwelchen Nachrichten aus Neapel behelligt werden. Aber was denkt der König wirklich, fragte der Held ernsthaft. Lachend übersetzte die Frau des Cavaliere eine Zeile aus dem morgendlichen Brief der Königin. Soweit es den König betrifft, hatte die Königin geschrieben, könnten die Neapolitaner genausogut Hottentotten sein.

*

Weitere Exempel.

Die öffentlichen Hinrichtungen, die auf dem großen Marktplatz in der Stadt stattfanden, begannen an einem Sonntag, dem 7. Juli, dem Tag vor der Ankunft des Königs.

Weder der Held noch seine Freunde wohnten einer der Hinrichtungen bei. Sie waren nicht blutrünstig. Nur unversöhnlich. Und Entfernung hält fern.

Und doch kommt zuweilen etwas, das man nicht erwartet hat, ganz nah. Es war zwei Tage, nachdem die öffentlichen Hinrichtungen begonnen hatten, und einen Tag, nachdem der König aus Palermo auf einer sizilianischen Fregatte eingetroffen war, mit einem getrockneten Reiherfuß im Knopfloch als Talisman gegen den bösen Blick, und nachdem er auf der *Foudroyant* seinen Wohnsitz aufgeschlagen hatte. Der König war gerade umständlich die Achterdeckleiter hinaufgeklettert, um sich beim Cavaliere darüber zu beschweren, wie langweilig Palermo im Sommer gewesen war, als ein Ruf von einem der Seeleute ihn an die Reling treten ließ, um nachzusehen, worum es bei der Aufregung ging. Ein Fisch. Es mußte ein sehr großer Fisch sein. Da unter ihm, etwa neun Meter vom Heck entfernt, wogte und schlingerte der gischtumkränzte Kopf und der aufrechte, vom Wasser zerstörte Oberkörper seines alten Freundes Admiral Caracciolo, und sein Bart schwamm vor seinem gräßlich verwesten Gesicht. Wären die rufenden Seeleute Neapolitaner gewesen, hätten sie sich in einem fort bekreuzigt. Der schreckerfüllte König bekreuzigte sich, fluchte und flüchtete nach unten. Der Cavaliere fand ihn wimmernd und kichernd im Dunkeln des Zwischendecks, umgeben von seinen ängstlichen Dienern.

Ist er da, ist er immer noch da, heulte der König. Stoßt ihn nach unten!

Das wird geschehen, Majestät.

Jetzt!

Majestät, ein Boot ist zu Wasser gelassen worden, um die Leiche an den Strand zu schleppen, wo sie im Sand begraben wird.

Warum tut er mir das an? schrie der unheilbar kindische Mann.

Der Cavaliere hatte eine letzte Inspiration, war noch einmal der geschickte Höfling, als der er einst geglänzt hatte.

Caracciolo mag ein Verräter gewesen sein, erklärte er dem König, aber jetzt will er Euch kein Leid antun. Obwohl er bereut hat, kommt er immer noch nicht zur Ruhe. Also ist er gekommen, um Euch um Verzeihung zu bitten.

*

Du bist ein Passagier. Wir alle sind, oft, Passagiere. Das Schiff, die Geschichte, fährt irgendwohin. Du bist nicht der Kapitän. Aber du bist ausgezeichnet untergebracht.

Natürlich, unten im Frachtraum befinden sich ausgehungerte Auswanderer oder versklavte Afrikaner oder schanghaite Matrosen. Gut, sie tun dir leid – aber du kannst ihnen nicht helfen, und du hast auch keinen Einfluß auf den Kapitän. Sosehr man dich auch verhätschelt, in Wirklichkeit hast du keine Macht. Eine Geste deinerseits könnte dein schlechtes Gewissen erleichtern, falls du ein schlechtes Gewissen hast, würde ihre Situation aber nicht wesentlich verbessern. Was könnte es ihnen nützen, wenn du deine eigene geräumige Kabine mit all dem Platz, den du für deine vielen Besitztümer brauchst, aufgeben würdest, da die da unten, wenn sie auch nur sehr wenig Besitz haben, doch so viele sind? Das Essen, das du ißt, würde nie reichen, sie alle zu ernähren; allerdings würde es, wenn man bei der Zubereitung schon an sie dächte, nicht mehr so fein schmecken; und natürlich wäre die Aussicht verdorben (Menschenmengen verderben die Aussicht, Menschenmengen lassen Abfall zurück usw.). Du hast also gar keine andere Wahl, du mußt das vorzügliche Essen und die Aussicht genießen.

Trotzdem denkst du, angenommen du bist nicht gleichgültig, viel nach über das, was da vor sich geht. Selbst wenn du nicht verantwortlich bist – wie kannst du verantwortlich sein –, bist du doch immer noch ein Beteiligter und ein Zeuge. (Passagier erster oder zweiter Klasse, von diesen Standpunkten aus sind die meisten geschichtlichen Darstellungen geschrieben.) Und wenn die Verfolgten vielleicht einst genausogut untergebracht waren wie du, Leute aus deiner Gesellschaftsschicht sind oder dieselben Interessen haben wie du, dann ist es noch viel unwahrscheinlicher, daß du ihrer augenblicklichen Notlage gegenüber gleichgültig bist. Natürlich kannst du nicht verhindern, daß sie bestraft werden, wenn sie tatsächlich schuldig sind. Doch angenommen, du bist nicht gleichgültig, du bist ein anständiger Mensch, dann wirst du versuchen zu helfen, wenn du kannst. Zur Milde raten. Oder wenigstens zur Besonnenheit.

Der Cavaliere hatte versucht, jemandem zu helfen, seinem alten Freund Domenico Cirillo. Er war einer der bedeutendsten Biologen Italiens, bedeutend genug, um zum Mitglied der Royal Society ernannt zu werden, war Hofarzt und Leibarzt des Cavaliere und seiner Frau gewesen, und hatte es begrüßt, daß die Republik ihn gebeten hatte, dringend notwendige Reformen im Krankenhauswesen und in der medizinischen Versorgung der Armen durchzuführen. Man kann einiges zugunsten des alten Cirillo vorbringen, sagte der Cavaliere zum Helden. Ich kann seine

Wohltätigkeit bezeugen. Unglücklicherweise können wir den Lauf der Gerechtigkeit nicht aufhalten, sagte der Held. Was bedeutete, daß Cirillo gehängt würde.

*

Ihr Leben als Passagiere geht weiter, sie liegen vor Anker. Vorläufig fahren sie nirgendwohin.

Von den harten Forderungen des Krieges befreit, ist das Flaggschiff ausschließlich mit dem Erteilen von Befehlen, mit seiner eigenen Instandhaltung und der Zerstreuung seiner prominenten Passagiere beschäftigt. Den König zu zerstreuen, ist natürlich am schwierigsten. Wenn die Matrosen die Decks unter der heißen Morgensonne scheuern und eine rosafarbene Plane über den größten Teil des Achterdecks ziehen, wo der König im Laufe des Vormittags sein Lever abhalten wird, stellen sie meist fest, daß der König schon aufgestanden ist und irgendwo an Deck auf Möwen schießt oder einige hundert Meter vom Schiff entfernt in einem Boot beim Fischen ist. Während des Levers läßt er von Zeit zu Zeit seine Höflinge stehen und ruft, den Bauch gegen die Reling gepreßt, hinunter zu den Lebensmittelverkäufern aus der Stadt in ihren kleinen Booten. Er denkt an die täglichen üppigen Mittagsmahlzeiten in der Admiralskajüte mit dem Helden, seinem alten Freund, dem britischen Botschafter, und dessen reizender Frau mit den langen weißen Armen, die mit ihm beim Genießen der reichhaltigen ausgezeichneten Fisch- und Wildgerichte, die er für das gemeinsame Mahl ausgesucht hat, wetteifert. Das Essen macht sie nicht wie ihn träge, und so sorgt sie anschließend für köstliche Unterhaltung. Wenn sie vom Tisch aufsteht, um Harfe zu spielen und zu singen, dann weiß er, daß sie für ihn singt. Und ganz gewiß galt ihre Vorstellung nur ihm, als sie in einer mondbeschienenen Nacht am Heck »Rule, Britannia« sang, mit der ganzen Besatzung der *Foudroyant* als Chor. Die begeisternden Verse und die herrliche Stimme der Sängerin schienen den König zu besänftigen. Fett mag ich sie lieber, dachte er schläfrig, als sein brava, brava, brava! allmählich in Schnarchen überging.

Da sie nicht in die Stadt gingen, mußte die Stadt zu ihnen kommen. Häupter adliger Familien kommen in Kähnen herausgefahren, um dem König und dem Helden und dem Cavaliere und seiner Frau ihre Aufwartung zu machen und um zu erklären, daß sie nie mit der Republik zusammengearbeitet, oder nur unter Zwang zusammengearbeitet haben. Die Händler der Stadt rudern um das Schiff mit ihren kunterbunten Booten: Fleischer und Gemüsehändler und Weinhändler und Bäcker bieten jeden Tag ihre frische Ware feil, Tuchhändler mit Seidenballen und Putzmacherinnen mit den neuesten Hüten für die Frau des Cavaliere, Buchhändler mit alten Büchern oder Neuerscheinungen auf dem Gebiet der Naturwissenschaften führen den Cavaliere in Versuchung. Er ließ sich leicht in Versuchung führen; sich in Palermo neue Bücher zu besorgen, war sehr schwierig gewesen. Unter den Büchern, die man ihm anbot, waren seltene Ausgaben, die der Cavaliere erkannte, er hatte sie in den Bibliotheken von Freunden durchgeblättert, die jetzt im Gefängnis schmachteten, in Erwartung – doch ihr Schicksal war ungewiß. Bedrückend, zu denken, wie die Bücher ihr Zuhause verloren hatten, obwohl das kein Grund war, sie nicht zu kaufen. Nein, er war keiner von den Sammlern, die ohne alle Gewissensbisse zusammenraffen, was man anderen Sammlern widerrechtlich abgenommen hatte oder was konfisziert worden war. Und doch, war es denn nicht besser, daß *er* die Bücher kaufte, er, der ihren Wert kannte und sie zu schätzen wußte, als daß sie verschwanden oder wegen ihrer Kupferstiche auseinandergerissen wurden.

Die Bucht ist ein Wald von Schiffen – die des Helden haben frisch bemalte Rümpfe, schwarz mit einem gelben Streifen jeweils an der Backbordseite, und weiße Masten, seine Farben. Und überall Weiß, weiße Segel, die sich jeden Abend rosa färben, wenn hinter Capri die Sonne untergeht. Farbenfroh geschmückte kleine Boote bringen jeden Abend Musiker heraus, die für das Trio und den König spielen; schlichtere Boote rudern ganze Trupps von Huren für die Matrosen heran (davon erzählt dem Helden wohlweislich keiner etwas). Die sexuellen Vergnügungen des Königs treffen zu jeder Stunde ein.

An manchen Tagen läßt sich der zappelige König noch weiter in die Bucht hinausrudern, um auf Capri afrikanische Wachteln zu schießen. Der Cavaliere begleitete ihn nie. Seine Beine sind für die steilen, felsigen Hänge der Insel nicht mehr kräftig genug. Auch begleitete der Cavaliere den König nie hinaus in den Golf, wenn er mit der Harpune Jagd auf Schwertfische machte, und er ging auch nie selbst zum Fischen (sosehr er das Fischen auch liebte), sondern verbrachte seine Nachmittage lesend auf dem schattigen Achterdeck und traf seine Frau und den Helden erst wieder zum Abendessen. Zuweilen gingen sie zum Heck, um in den Nachthimmel und auf die in der Nähe dümpelnden Schattenschiffe zu schauen. Obwohl der Cavaliere sehr wohl wußte, warum nur auf dem Heck der *Foudroyant* drei Laternen leuchteten – sie waren das Zeichen des Flaggschiffes –, stellte er sich zuweilen einen Augenblick lang vor, – und tadelte sich dann für solch einen dummen, törichten Gedanken –, daß die drei Laternen für seine Frau, den Helden und für ihn standen.

Jeder träumt von seiner eigenen Wichtigkeit und von einer – vielleicht vom Leben auf dem Wasser gesteigerten – Erfahrung einer Grenzenlosigkeit des Ich. Der Held betrachtet seine Tätigkeit für die Bourbonen-Herrscher als einen weiteren Akt im Theater seines Ruhms. Die Frau des Cavaliere sieht ihre Tätigkeiten als Theater und als Ruhm. Und als das nicht enden wollende Abenteuer der Liebe. Eines Nachts, als sie mit dem Helden in seinem Quartier saß, nahm sie seine Augenklappe von dem Regal neben dem Bett und setzte sie sich auf das rechte Auge. Schockiert bat er sie, die Klappe sofort wieder abzunehmen. Nein, laßt sie mich eine Weile tragen, sagte sie. Ich wünschte, ich hätte nur ein Auge. Ich möchte so sein wie Ihr. Ihr *seid* ich, sagte er, so wie Liebende dies immer gesagt und gespürt haben. Aber sie war nicht nur er. Zuweilen, wenn sie allein waren, war sie auch viele andere. Sie konnte watscheln wie der König und ihn nachmachen, wie er über sein Essen herfiel, und eine Kostprobe von seinem eigensinnigen Geplapper in neapolitanischem Singsang geben (das der Held zu würdigen wußte, ohne ein Wort zu verstehen); sie konnte den verschlagenen Ruffo mit seinen tiefliegenden Augen und seinem aristokratischen Akzent imitieren (Ja, genau, rief der Held); sie konnte britisch-feierlich und Marineoffizier-männlich sein wie sein treuer Kapitän Hardy und der ehrgeizige Troubridge; sie konnte Miene, Gestalt und Stimme verändern, um die Rufe und den schwankenden Gang seiner ungebildeten Matrosen nachzumachen. Wie sehr sie den Helden zum Lachen brachte. Und dann hielt sie inne, und der Held ahnte schon, was sie nun tun würde, und sie wurde der Cavaliere, imitierte auf vollendete Weise die steife, vorsichtige Art, wie er ging, sein beinahe vorwurfsvolles, wachsames Schweigen, und es war genau seine Stimme, die sich über die Schönheiten einer Vase oder eines Bildes erging und deren Tonfall leicht anstieg, wenn er versuchte, seine Begeisterung unter Kontrolle zu halten. Der Held war verblüfft und fragte sich, ob es von der Frau, die er liebte, nicht grausam sei, den Mann zu verspotten, den er verehrte wie einen Vater und dem gegenüber er sich gönnerhaft verhielt – er, der Mann, der täglich Todesurteile aussprach, machte sich Sorgen darüber, ob sie sich nicht gegenüber einem anderen hinter dessen Rücken grausam benahmen –, doch schließlich, nachdem er einen Augenblick ernsthaft sein Gewissen erforscht hatte, entschied er, daß nichts dabei sei, wenn sie den Cavaliere imitierte und sich unschuldig über die Art, wie er sprach und ging, lustig machte. Daß sie nicht grausam seien, ganz und gar nicht grausam.

✶

Zerstreuungen bieten sich dem Helden und der Frau des Cavaliere mehr als genug. Der Held verbrachte seine Zeit meistens in der Großen Kajüte und beriet sich mit den Kapitänen seines Geschwaders. Für seine Unterredungen mit neapolitanischen Offizieren brauchte er die Frau des Cavaliere an seiner Seite. Mein zuverlässiger Dolmetscher für alle Gelegenheiten, nannte er sie in der Öffentlichkeit. Und es gibt Augenblicke, in denen sie, selbst hier auf dem Schiff, allein sein können und sich küssen und sich anstrahlen und seufzen.

Ich hoffe, dies Land wird glücklicher sein denn je, schrieb der Held an den neuen Oberbefehlshaber der britischen Flotte im Mittelmeer. Lord Keith antwortete, indem er den Helden und sein Geschwader (ein beträchtlicher Teil aller britischen Schiffe, die für den Krieg gegen die Franzosen im Mittelmeer zur Verfügung standen) nach Menorca abkommandierte, wo die Briten ein Gefecht mit der französischen Flotte erwarteten. Überheblich schrieb der Held zurück, daß Neapel wichtiger sei als Menorca, daß die Aufgabe, die er in Neapel übernommen habe, es ihm unmöglich mache, seine Flotte zu dem angegebenen Treffpunkt zu führen, und fügte hinzu, daß er hoffe, man möge seine Entscheidung respektieren, daß er aber wisse, er könne wegen Befehlsverweigerung vor Gericht gestellt werden, und daß er bereit sei, die Konsequenzen zu tragen.

Es gab noch so viel zu tun! Im Namen der zivilisierten Welt und als beste Tat unseres Lebens, sagte der Held zum Cavaliere, laßt uns Ruffo hängen und mit ihm alle, die sich gegen unseren englischen König von Neapel verschworen haben.

Eine Woche später kommandierte Keith den Helden noch einmal nach Menorca ab, noch einmal weigerte sich der Held, obwohl er diesmal vier Schiffe seines Geschwaders ausschickte, um an dem Gefecht teilzunehmen, das, wie sich herausstellen sollte, niemals stattfand.

*

Der heiße Wind des südlichen Sommers und der heiße Wind der Geschichte.

Das Schiff gewährt, wie das Observatorium des Cavaliere, einen eindrucksvollen Ausblick.

Vom Schiff aus ist Neapel wie ein Gemälde. Immer sieht man es vom selben Standpunkt aus. Befehle verlassen das Schiff, überqueren das Wasser, werden ausgeführt; Farcen von Gerichtsverfahren finden statt, in denen der Angeklagte zuweilen nicht einmal anwesend ist; die Verurteilten werden zum Markplatz gebracht und besteigen das Schafott. Es gab nicht nur eine Hinrichtungsart. Dem Erhängen, der häßlichsten und demütigendsten Methode, wurde der Vorzug gegeben. Doch manche wurden erschossen. Andere wurden geköpft.

Wenn die, die für den Tod der Verurteilten verantwortlich waren, ein Exempel statuieren wollten, so wollten die, die starben, ein Beispiel geben. Auch sie sahen sich als künftige Bewohner der Welt der Historienmalerei, der didaktischen Wissenschaft von dem höchsten darzustellenden Moment. *So* leiden wir, so überwinden wir das Leid, so sterben wir. Ein Beispiel geben, hieß, stoisch sein. Wenn sie auch keine Kontrolle hatten über die Blässe ihrer Gesichter, die zitternden Lippen und wackelnden Knie, die eigenwilligen Gedärme, so trugen sie doch den Kopf hoch. In dem Augenblick, in dem sie sterben sollten, machten sie sich Mut, indem sie dachten (und damit hatten sie nicht unrecht), daß sie im Begriff standen, zu einem Bild zu werden. Ein Bild, selbst von den erbärmlichsten Ereignissen, sollte auch Hoffnung geben. Selbst die schrecklichsten Geschichten können auf eine Weise erzählt werden, daß wir nicht verzweifeln.

*

Weil ein Bild immer nur einen Augenblick zeigen kann, muß der Maler oder Bildhauer den Augenblick wählen, der das darstellt, was der Betrachter unbedingt über den Gegenstand wissen oder fühlen sollte.

Doch was muß der Betrachter wissen oder fühlen?

Nehmen wir den Untergang des trojanischen Priesters Laokoon, der gegen die Entscheidung protestiert hatte, das hölzerne Pferd in die Stadt zu ziehen, da er ahnte, es sei eine List der Griechen, und den Athene für seine Scharfsinnigkeit mit einem schrecklichen Tod bestrafte, der ihn und seine beiden Söhne traf. Nehmen wir die Darstellung ihrer Todesqualen in der berühmten Skulptur aus dem ersten Jahrhundert, die Plinius der Ältere wegen ihrer vollendeten Technik als jedem Gemälde oder jeder Statue überlegen bezeichnete und die jene, die zur Zeit des Cavaliere in Geschmacksfragen tonangebend waren, wegen ihrer Zurückhaltung bewunderten – weil sie das Schlimmste heraufbeschwor, ohne uns das Schlimmste zu zeigen. Das vorherrschende Klischee über die Leistung der Kunst der Antike war: daß sie das Leid inmitten des Grauens mit Anstand und Würde zeigte. Statt den Priester und die Kinder so darzustellen, wie sie wahrscheinlich ausgesehen haben, gelähmt angesichts der zwei auf sie zugleitenden Riesenschlangen, ihre Münder zu einem Schrei verzerrt – oder schlimmer noch in einem Tableau des entstellenden Todes, die Gesichter aufgedunsen, die Augen aus ihren Höhlen hervortretend –, sehen wir männliche Anstrengung und heroischen Widerstand gegen den umklammernden Tod. »So wie die Tiefe des Meeres allezeit ruhig bleibt, die Oberfläche mag noch so wüten«, schrieb Winckelmann, indem er den von der Laokoon-Gruppe gesetzten Maßstab ansprach, »ebenso zeigt der Ausdruck in den Figuren der Griechen bei allen Leidenschaften eine große und gesetzte Seele.«

In den Tagen des Cavaliere wählte man als höchsten darzustellenden Moment für die Abbildung einer unerträglichen Situation einen Moment, kurz bevor das ganze Grauen seinen Höhepunkt erreicht hatte, wenn wir an dem Schauspiel noch etwas Erbauliches finden können. Vielleicht steckt hinter der merkwürdigen Theorie vom höchsten darzustellenden Moment und der Bevorzugung von Momenten, die nicht allzu erschreckend sind, eine neue Angst, nicht zu wissen, wie man auf tiefes Leid reagieren oder es darstellen soll. Oder tiefe Ungerechtigkeit. Eine Angst, allzu betroffen zu sein – eine Angst vor nicht zu besänftigenden Gefühlen, Gefühlen, die einen irreparablen Bruch mit der etablierten Gesellschaftsordnung herbeiführen würden.

In der Kunst kann man die entsetzlichsten Dinge betrachten. Selbst ein Laokoon, der unserem modernen Geschmack durch die wahrheitsgemäße Darstellung schmerzlicher Gefühle eher entspricht, wäre zum Glück auch heute nichts anderes als Marmor. Die Windungen der beiden Schlangen können sich nicht noch fester um den trojanischen Priester und seine Kinder schließen. Ihr Todeskampf ist für alle Zeiten auf diesen einen Augenblick fixiert. Was immer die Kunst darstellt, es kann nicht noch schlimmer werden. Der flötenspielende Satyr Marsyas, der die Tollkühnheit besessen hatte, Apollon selbst zu einem Musikwettstreit herauszufordern, soll erst noch gehäutet werden. Die Messer sind gezogen; der dümmliche Ausdruck, der sich für das kommende Märtyrertum bereithält (oder es gar nicht ganz begreift), liegt schon um Augen und Mund; doch seine Peiniger haben noch nicht begonnen … zu schneiden. Nicht einmal ein winziges Stückchen Fleisch. Für alle Zeiten sind es nur noch Sekunden bis zu seiner entsetzlichen Strafe.

*

Was die Menschen damals bewunderten, war eine Kunst (deren Modell die Antike war), die den Schmerz des Schmerzes auf ein Mindestmaß herabsetzt. Sie stellte Menschen dar, die selbst in ungeheurem Leid Haltung und Anstand zu wahren wußten.

Wir bewundern, im Namen der Wahrhaftigkeit, eine Kunst, die das höchste Maß an traumatischen Erlebnissen, an Gewalt, an körperlichen Demütigungen zeigt. (Die Frage ist: Spüren wir das überhaupt?) Der höchste darzustellende Moment ist für uns der, der uns am meisten verstört.

*

Es gibt viele Arten der Ruhe, der Stille.

Der trotzige Held an Lord Keith: Ich habe die Ehre, Euch mitzuteilen, daß keine Hauptstadt ruhiger ist als Neapel.

Und dann ist da noch die Stille im Herzen des Cavaliere.

Der Cavaliere sagt sich: Sei still, sei still. Du kannst nicht helfen. Es liegt nicht in deinen Händen. Du hast keine Macht mehr. Du hattest nie wirkliche Macht.

Aus der Distanz sehen. Wir sind hier, sie sind dort.

Es ist Juni, Juli, dann August – Hochsommer. Im Innern der *Foudroyant*, deren Böden wie auf allen britischen Kriegsschiffen mit roter Farbe gestrichen sind, damit das Blut der Verwundeten nicht zu sehen ist, gab es tagsüber nur wenig Licht; und nichts, um die Feuchtigkeit zwischen den Decks aufzunehmen, wo das ganze Jahr über nur in der Kombüse Feuer gemacht werden durfte. Nachts ist es selbst bei geöffneten Bullaugen stickig heiß. Die Liebenden schwitzen in der gegenseitigen Umarmung, der Cavaliere wirft sich unruhig im Bett hin und her, bis es ihm endlich gelingt, die Schmerzen in den rheumatischen Knien auszuschalten und auch die tatsächlichen oder eingebildeten Essensgerüche aus der

Kombüse mehrere Decks weiter unten und das mitleidlose Knarren der Böden und der feuchten Wände, das von dem sanften Wogen des Schiffes verursacht wird.

Es wäre viel bequemer für sie gewesen, in der eroberten Stadt zu wohnen. Einer der geplünderten Palazzi hätte schnell für ihre Bequemlichkeit hergerichtet werden können: entweder die frühere Residenz des britischen Gesandten oder der ausgeraubte königliche Palast selbst. Doch für den König und das Trio kam es nicht in Frage, an Land zu gehen. Neapel war unberührbar geworden, ein Herz der Finsternis.

Man hätte denken können, Neapel gehöre zum imperialen Machtzentrum, zu dem so hoch geschätzten Europa, weil es eine angesehene Oper und prachtvolle Museen und hervorragende menschenfreundliche Reformer und einen Monarchen mit der dicken Unterlippe der Habsburger hatte. Aber nein, die Stadt war von ihren Herrschern verlassen und neu eingestuft worden als aufsässige Kolonie oder ein Land am Rande Europas – das wie Kolonien und rebellische Provinzen unbarmherzig bestraft werden mußte. (Scarpia sagt: Grausamkeit ist ein Teil der Empfindsamkeit. Es amüsiert mich, Menschen ihrer Freiheit zu berauben. Ich halte mir gern Gefangene ... Aber hier agiert nicht Scarpia. Hier geht es nicht um persönliche Grausamkeit, hier geht es um Politik.) Neapel mußte wie eine Kolonie behandelt werden. Neapel wurde Irland (oder Griechenland oder die Türkei oder Polen). Zum Wohl der zivilisierten Welt, sagte der Held. Sie vollbringen das Werk der Zivilisation – was immer bedeutet: das Werk des Imperiums. Bedingungslose Unterwerfung! Hackt der Rebellion den Kopf ab. Richtet jeden hin, der sich gegen diese Politik sträubt.

Ruffo wurde nie gehängt. Aber der Freund und Leibarzt des Cavaliere und seiner Frau, der alte Domenico Cirillo; und der berühmte Jurist Mario Pagano, Anführer der Partei der Gemäßigten; und der sanftmütige Dichter

Ignazio Ciaja; und auch Eleonora de Fonseca Pimentel, de facto Ministerin für Propaganda, und zwar zwei Wochen nachdem das Trio im August Segel gesetzt hatte und nach Palermo zurückgekehrt war. Und viele, viele andere.

Wären sie der Pöbel gewesen, hätte man gesagt, das Ungeheuer habe genug Blut gehabt. Da sie Individuen waren, die behaupteten, zum Wohle der Allgemeinheit zu handeln – Mein Grundsatz ist es, der Menschheit Glück und Frieden wiederzugeben, schrieb der Held –, sagt man, daß sie nicht gewußt hätten, was sie taten. Oder daß sie am Ende die Dummen waren. Oder daß sie sich schließlich doch schuldig gefühlt haben müssen.

Ewige Schande über den Helden!

*

Sie blieben sechs Wochen lang an Bord der *Foudroyant*. Sechs Wochen sind eine lange Zeit.

Merkwürdig, Neapel Tag für Tag wie ein seitenverkehrtes Bild zu betrachten, vom Meer her – statt, wie der Cavaliere es so oft getan hatte, von den Fenstern und den Terrassen aus, die sich auf die großartige Aussicht hin öffneten. Capri und Ischia lagen nun hinter ihnen und der Vesuv zur Rechten statt zur Linken, ein geisterhaft grauer Ausschnitt im Licht des Sonnenuntergangs, und die Kastelle und die Palazzi auf der Chiaia, goldschimmernd, dreidimensional, bekamen ihr Licht vom Meer.

Und merkwürdig auch, den Helden seitenverkehrt zu sehen. Von einem anderen Standpunkt aus, nicht dem Standpunkt der Geschichte, des Urteils, das die Nachwelt – wie auch etliche seiner Zeitgenossen – über den Helden und seine Gefährten weitergeben sollte. Der Held nicht ritterlich, hochherzig, sondern rachsüchtig, selbstgerecht; und wenn er tatsächlich der Dumme war, dann hatte er sich als fähig erwiesen, sein Herz gegen die verständlichsten Bitten um Milde zu verhärten. Der Cavaliere nicht wohlwollend, gleichgültig, sondern antriebslos, passiv.

Die Frau des Cavaliere nicht nur überschwenglich und vulgär, sondern verschlagen, grausam, blutrünstig. Und alle drei geben sich einem schrecklichen Verbrechen hin.

Ein neues Gesicht für jeden von ihnen. Doch die Frau des Cavaliere ist von den dreien diejenige, die man für die Verwerflichste hält.

Sie waren eine Familie – eine Familie, die Unrecht tat. Und Familie war das Modell der Regierung, oder eher der Fehlregierung, gegen das sich die Revolution wandte. Eine Folge des alten Modells, in dem die Tatsache, daß man in eine regierende Familie geboren worden war, bereits Beweis genug für die Eignung zum Regieren war, bestand darin, daß Frauen, einige wenige Frauen, sichtbaren und durchaus realen Anteil an der Macht hatten. Zuweilen waren sie selbst Monarchen, oft Ratgeber des Monarchen, der ein Sohn, ein Ehemann oder ein Bruder war – wie weit die Unterjochung der Frauen auch immer ging, vom Familienleben gänzlich fernhalten konnte man die Frauen nicht. (Das neue Regierungsmodell, das jeglichen rechtmäßigen Anspruch, den Frauen auf Herrschaft hatten, zunichte machte, war die Form der Versammlung – die sich nur aus Männern zusammensetzte, da sie ihre Berechtigung aus einem hypothetischen Vertrag zwischen Gleichgestellten bezog. Frauen, die man weder als gänzlich rational noch als frei betrachtete, konnten in diesem System kein Vertragspartner sein.)

Sie waren eine Familie – eine Familie, die auf den falschen Weg geraten war, auf dem der Einfluß einer Frau übermächtig geworden war. Teilweise rührte der Skandal um ihre Untaten daher, daß dabei eine Frau eine so sichtbare Rolle spielte. In der alten Herrschaftsform entwickelte sich noch zusätzlich ein häusliches Drama, mit einer mächtigen Frau in der Hauptrolle – das heißt einer Frau, die unangemessene Macht ausübte –, die sich aus dem der Frau angemessenen Bereich (Kinder, häusliche

Pflichten, talentiertes Dilettieren in den Künsten) hinausgewagt hatte und nun machthungrig und verworfen war und durch ihre geschlechtlichen Verlockungen einen schwachen Mann versklavt und einen aufrechten korrumpiert hatte.

*

Über die Frau des Cavaliere erzählte und erfand man Geschichten, um den Ruf zu belegen, den sie sich neuerdings durch Rachsucht und Herzlosigkeit erworben hatte.

So machte man etwa aus der Verfolgung des liberalen Adligen Angelotti, den Scarpia wegen des Besitzes verbotener Bücher hatte ergreifen lassen, eine Geschichte über die unerbittliche Jagd auf einen Mann, der sie vor vielen Jahren tödlich beleidigt hatte, indem er in der Öffentlichkeit auf ihre schmutzige Vergangenheit angespielt hatte.

Im Jahr 1794, dem Jahr der Schreckensherrschaft, hatte Scarpia von der Königin Befehl erhalten, republikanische Verschwörer und Parteigänger der Französischen Revolution dingfest zu machen. Während eines großen Festes in der Residenz des britischen Gesandten redete die Frau des Cavaliere, wie es ihre Art war, lauthals über die liebe, liebe Königin, die Greueltaten der Franzosen, die Niederträchtigkeit der Revolution und die Treulosigkeit gewisser Adliger, die es wagten, mit den Mördern der Ordnung, des Anstands und der Schwester der Königin zu sympathisieren. Diese Verräter, rief sie, mit denen sollte man kein Mitleid haben.

Obwohl der Marchese Angelotti, der sich unter den Gästen befand, nicht geahnt haben konnte, daß man ihn für einen Angriff ausgewählt hatte, weil er damals noch kein Antiroyalist war, entschloß er sich dennoch, ihre Bemerkungen persönlich zu nehmen. Vielleicht fühlte er sich einfach nur von ihrer Vulgarität und Aggressivität angegriffen, so wie es mehr und mehr Menschen später ging.

Oder vielleicht mochte er es nicht, wenn eine Frau so viel redete. Was auch immer der Grund war, jedenfalls sagt man, daß er über ihre wütende Tirade gegen die Republikaner so erbost war, daß er in die Hände klatschte und sein Glas erhob. Ich möchte einen Toast auf unsere Gastgeberin ausbringen, rief er, und gestehen, wieviel Vergnügen es mir bereitet zu sehen, wie gutgelaunt sie ist und welch vornehme Haltung sie einnimmt, so ganz anders als zu der Zeit, als ich ihr zum ersten Mal begegnete.

Flüstern rund um den Tisch. Alle Augen wenden sich dem Marchese zu.

Wo das gewesen ist, mögt Ihr wohl fragen, rief er.

Begieriges Schweigen.

In London, fuhr er lautstark fort. Im Vauxhall-Park, vor etwa zwölf Jahren. Ja, ich darf wohl sagen, ich habe die Ehre, die Gattin des Cavaliere länger zu kennen als irgend jemand sonst hier am Tisch, einschließlich Seiner Exzellenz, ihres Gemahls.

Der Cavaliere räusperte sich. Er aß als einziger weiter.

Ja, fuhr der Marchese fort, ich spazierte mit zwei Freunden, dem Grafen del*** aus Neapel, und Sir***, einem unserer englischen Freunde, durch den Park, als ich von einem dieser Geschöpfe angesprochen wurde, die abends, auf der Suche nach einer Mahlzeit, für die sie bereitwillig zahlen wollen, durch die öffentlichen Parks streifen. Dieses Mädchen war nicht älter als siebzehn und unwiderstehlich, von der Haube bis hinab zu den hellen Strümpfen, und sie hatte die herrlichsten blauen Augen. Ich glaube, wir Neapolitaner lassen uns immer von blauen Augen bezaubern. Ich verabschiedete mich von meinen Freunden und muß wohl die Gesellschaft dieses entzükkenden Wesens weit mehr genossen haben, als ich erwartet hatte, obwohl ich als Ausländer längst nicht alles verstand, was sie in ihrem reizenden ländlichen Dialekt sagte. Sie redete zu gerne, doch glücklicherweise war das nicht das einzige, was sie gerne tat. Unsere Affäre dauerte acht Tage. Sie konnte, so dachte ich, ihrem Beruf noch nicht allzu lange nachgegangen sein, denn man spürte immer noch einen leichten Anflug ländlicher Unschuld, der dem, was man als eines der oberflächlichen Vergnügungen einer großen Stadt bezeichnen konnte, eine gewisse Pikanterie verlieh. Wie gesagt, unsere Affäre dauerte acht Tage und hinterließ in mir keine nachhaltigeren Erinnerungen, als die Begegnung verdiente. Stellt euch nur mein Entzücken vor, als ich sie nach all den Jahren wieder traf, sie ganz verwandelt, zu einem neuen Leben verwandelt sah und mitten unter uns als die Zierde unserer musikalischen Soireen, als das Entzücken des distinguierten britischen Botschafters und als liebe Freundin unserer Königin –

Es heißt, daß die Königin einige Tage später auf Bitten der Frau des Cavaliere Angelottis Verhaftung anordnete. Und der Marchese wurde auf der Stelle zu drei Jahren Strafarbeit auf den Galeeren verurteilt, wo er sich von einem Anhänger der konstitutionellen Monarchie in einen Republikaner verwandelte. Natürlich hätten die Geschichtenerzähler auch sagen können, er sei auf Bitten des Cavaliere verhaftet worden, so betört sei der alte Mann von seiner Frau gewesen. Doch die Schuld fiel immer der Frau des Cavaliere zu. Als alles vorbei war, hieß es, der Held hätte nie getan, was er tat, hätte er nicht unter dem Einfluß der Frau gestanden, in die er so verzweifelt verliebt gewesen und die die beste Freundin der neapolitanischen Königin war. Von allein, so sagte man, hätte der britische Admiral nie eingewilligt, der Henker der Bourbonen zu werden.

Nicht nur die Männer wurden in diesen Geschichten als von Frauen gegängelt gesehen, den Frauen erging es nicht anders. Als alles vorbei und ihre Taten der Skandal von ganz Europa waren, sagten manche, es sei die boshafte Frau des Cavaliere gewesen, die die reizbare Königin beeinflußt und sie überredet habe, den Justizmord an den Patrioten zu befehlen – obwohl andere darauf bestanden, es sei die boshafte Königin gewesen, die aus ihrer treuen, leichtgläubigen Freundin eine bloße Schachfigur gemacht habe. Wie auch immer, die Königin war weit mehr zu tadeln als der König. Als ein Kind aus der teuflischen Brut der despotischen Maria Theresia, hatte sie da nicht vollständig die Oberhand über ihren unwissenden, passiven Mann? (Von allein, so sagte man, hätte der König solche Greueltaten nie gutgeheißen.) Die Frau kann man dafür verantwortlich machen, daß sie am Tatort gewesen ist, auch wenn sie dort nur die Männer aufgeheitert hat. Sie auch verantwortlich machen, wenn sie, schließlich ist sie ja nicht allmächtig, nicht dort gewesen ist. Denn als man beschlossen hatte, daß die Anwesenheit eines Angehörigen des Königshauses in der Bucht von Neapel vonnöten sei, um dem blutigen Verlauf der Restauration volle Rechtmäßigkeit zu verleihen, hätte die Königin, sehr gern sogar, ihren Gemahl begleitet, um ihre Freunde auf der *Foudroyant* wiederzusehen. Doch der König, der sich nach Urlaub von seiner herrschsüchtigen Frau sehnte, hatte ihr befohlen, in Palermo zu bleiben.

Der Frau, oder den Frauen, in diesen Geschichten den Schwarzen Peter zuzuschieben, ist ein einfallsreicher Trick, um zu verhindern, daß man die Anordnungen, die vom Flaggschiff des Helden ausgingen, eindeutig als Politik sehen mußte. (Diesen Vorteil hat die Frauenfeindlichkeit oft.) Berichte über die Königin spiegelten unweigerlich die ewige Geringschätzung weiblicher Herrscher und herrschsüchtiger Gattinnen wider – sie waren stets Gegenstand des Spotts und der Herablassung (wegen ihrer unschicklichen Männlichkeit) oder verleumderischer doppelter Moral (wegen ihrer Frivolität oder ihrer sexuellen Unersättlichkeit). Doch die Rolle der Königin paßte in ein vertrautes Schema – häusliche Herrschaft –, und sie schien gerechtfertigt. Die Teilnahme der Frau des Cavaliere an der Weißen Schreckensherrschaft, die auf die

Niederschlagung der neapolitanischen Republik folgte, schien jedoch völlig grundlos und bei weitem tadelnswerter. Wer war dieser Emporkömmling, diese Betrunkene, diese Femme fatale, diese posierende, überschwengliche, übertrieben gekleidete ... Schauspielerin? Eine Soubrette, die sich ins Innerste einer öffentlichen Tragödie eingeschlichen hatte, die dann aber plötzlich einen eigenen Weg einschlägt – schließlich ist sie eine Frau und deshalb auch nicht voll verantwortlich, oder? –, wann immer sie will.

*

Wahrscheinlich hätte man es nur als einen weiteren Beweis für ihre Herzlosigkeit angesehen, wäre bekanntgeworden, daß die Frau des Cavaliere, als einzige aus dem Trio, während der sechs Wochen, in denen die *Foudroyant* in der Bucht vor Anker lag, die gepeinigte Stadt tatsächlich besucht hatte. Der Held konnte das nicht, denn seine Aufgabe verlangte von ihm, an Bord seines schwimmenden Befehlsstandes zu bleiben, um die Strafe, die über die glitzernde, ausgeplünderte Stadt verhängt worden war, um so besser überwachen zu können. Auch der Cavaliere nicht, der es nie, wenn er an Deck war, lassen konnte, aus dem Amphitheater von Gebäuden und Gärten über dem Hafen den Palazzo herauszusuchen, in dem er über fünfunddreißig Jahre, mehr als die Hälfte seines Lebens, gelebt hatte; die Vorstellung, an Land zu gehen und der Versuchung nachzugeben, sich sein verwüstetes, schmutzübersätes Haus anzusehen, erfüllte ihn schon im voraus mit Kummer. Doch eines brütendheißen Julitages ging die Frau des Cavaliere für einige Stunden an Land und lachte über die Einwände ihres Mannes und ihres Liebhabers, die außer sich vor Sorge über dieses tollkühne Abenteuer waren.

Aber sie würde doch verkleidet sein, sagte sie fröhlich. Fatima, Julia und Marianne, die drei Zofen, die sie aus

Palermo mitgebracht hatte, nähten ihr, während sie sich unterhielten, gerade dieses Kleid. Hatte sie nicht auch in Palermo den Helden oft auf nächtlichen Streifzügen durch die Stadt begleitet, als Matrose verkleidet? Für den Ausflug nach Neapel wird sie Witwenkleidung tragen, was es ihr erlauben wird, sich vollständig zu verschleiern.

Eine Kutsche mit Dienern im Dienst der Briten wartete auf das kleine Boot, das die Frau des Cavaliere in sicherer Entfernung von den im Hafen wimmelnden Bettlern, Straßenhändlern, Huren und ausländischen Matrosen an Land gesetzt hatte. Ganz in der Nähe saßen in einer zweiten Kutsche vier Offiziere von der *Foudroyant*, die der besorgte Held mit der Anordnung abkommandiert hatte, Ihre Ladyschaft nie aus den Augen zu lassen und ihr Leben mit ihrem eigenen zu beschützen. Sie sahen, wie sie stolperte, als sie aus dem Boot stieg, und dann schwankte, als sie innehielt, um das Gesicht mit einem schwarzen Seidenschal zu verhüllen. Muß heute aber schon früh angefangen haben. Allmächtiger! Ob wir ihr wohl helfen sollen? Nein, seht nur, sie hat sich wieder gefangen. Alle wußten, daß die Sirene des Admirals allzusehr dem Weine zusprach. Doch sie irrten sich. Es war nicht der Wein, an dem sie im Boot genippt hatte, es war der schwindelerregende Schock, nach fast vier Wochen an Bord des schwankenden Schiffes wieder festen Boden unter den Füßen zu haben.

Sie nannte dem Kutscher eine Adresse, ein Lakai half ihr in den Wagen, und dann lehnte sie sich in der drükkenden Hitze zurück, um hinter dem Vorhang auf den Streifen von Gebäuden, Menschen und Fuhrwerken zu schauen, der seitwärts abrollte. In den Straßen drängten sich so viele Menschen wie eh und je, doch es schien mehr als die übliche Zahl von Frauen zu geben, die, wie sie selbst, ganz in Schwarz gekleidet waren. Sie ließ halten, um einen riesigen Strauß aus Jasmin und rosafarbenen Rosen zu kaufen.

Die Frau des Cavaliere hob den Schleier vom Gesicht und betrat eine kühle, höhlenartige Kirche. Sie war zwischen zwei Messen gekommen, und es war sehr still, nur vereinzelt waren einige dunkle Gestalten, von den hochaufragenden Säulen eingerahmt, ins Gebet vertieft. Sie tauchte die Finger ins Weihwasserbecken, beugte die Knie und bekreuzigte sich, nachdem sie die Fingerspitzen geküßt hatte, wie die Menschen das hier tun. Bevor sie weiter in die Kirche hineinging, zögerte sie, denn gewohnheitsgemäß erwartete sie, daß man sie erkennen würde, daß die Menschen, wie in den alten Tagen, auf sie zulaufen und ihr Kleid berühren und versuchen würden, die zweitmächtigste Frau im Königreich, die Gattin des britischen Gesandten, um Vergünstigungen und Almosen zu bitten. Als niemand sie beachtete, war sie ein wenig enttäuscht. Ein Star will, im Gegensatz zu einer Schauspielerin, immer erkannt werden.

Im letzten Jahr in Neapel war sie an vielen Nachmittagen in die Kirche San Domenico Maggiore gegangen und hatte vorgegeben, die Inschriften auf den alten Gräbern neapoletanischer Adliger zu studieren; in Wirklichkeit war sie gekommen, um den Leuten beim Beten zuzusehen und sich die Tröstungen eines gewissen wohlwollenden, hier anwesenden Schutzes vorzustellen, der immer abrufbereit war. Nun wollte sie jemand anderen beschützen. Der Held hatte Schmerzen, viele Arten von Schmerzen, nicht nur im Arm und im Auge. Er sprach von einem beengenden Gefühl in der Herzgegend, und mitten in der Nacht, wenn sie neben ihm lag und er schon eingeschlafen war, stöhnte er mitleiderregend. Sie hatte insgeheim angefangen, für seine Gesundheit zu beten – als Kind hatte sie nie gebetet, doch in dieser fremden Religion zu beten, war tröstlich für sie –, und oft kam ihr die Muttergottes in den Sinn. Allmählich, wenn sie so neben ihm lag und hörte, wie die Schiffsglocke die Stunde schlug, kam sie zu der Überzeugung, daß ihr Gebet sicher erhört würde, wenn sie nur noch einmal in diese Kirche gehen und der Muttergottesstatue ein Opfer darbringen könnte. Sie wollte keinen Schutz für sich selbst, sie wollte Schutz für den Mann, den sie liebte. Sie wollte ihm seine Schmerzen nehmen.

Sie ging zu einem Seitenaltar, stellte ihre Blumen in eine verzierte und vergoldete Vase zu Füßen der Muttergottes, zündete eine Reihe Kerzen an, kniete nieder und murmelte eine lange, inständige Bitte an die Statue. Als sie geendet hatte, schaute sie auf die gemalten blauen Augen der Muttergottes und meinte, Mitleid zu sehen. Wie lieblich sie war. Ich glaube, ich benehme mich sehr töricht, dachte sie und fragte sich dann, ob die Muttergottes wohl hörte, was sie nur zu sich sagte. Sie steckte ihre Opfergabe in Form einer beträchtlichen Summe Geldes in einen Samtbeutel neben den Blumen.

Obwohl sich ihr niemand näherte, spürte sie jetzt deutlich, daß man sie beobachtete. Doch in dem Augenblick, in dem sie sich umwandte und einen breitschultrigen Mann mit einem fleischigen Mund an einer Säule im Hintergrund stehen sah und ihn erkannte, blickte er sie gerade nicht an. Vielleicht wollte er, daß sie sich ihm näherte.

Er lächelte und verbeugte sich. Er sagte zu ihr, welch eine Überraschung es sei, sie zu sehen. Er sagte nicht: hier zu sehen. Natürlich war es gar keine Überraschung. Scarpias Spione an Bord der *Foudroyant* hatten ihn über den bevorstehenden Landgang der Frau des Cavaliere informiert. Er war am Hafen gewesen, als sie an Land kam, und war ihr in die Kirche gefolgt. Sie konnte nicht übersehen, daß Scarpias Erscheinung sich seit kurzem verändert hatte, daß er seinen finsteren schwarzen Umhang nicht mehr trug, sondern wieder den Staat des Edelmannes angelegt hatte, und Scarpia konnte es nicht entgehen, daß die Frau, die vor ihm stand, sich noch mehr verändert hatte, diese einst beeindruckende Schönheit, der es gelungen war, dem naiven britischen Admiral den

Kopf zu verdrehen. Sie mußte in Palermo eine ganze Menge gesoffen haben. Aber sie hatte ein schönes Gesicht und schöne Füße.

Der Mut Eurer Ladyschaft ist bewundernswert. Die Stadt ist nicht ganz ungefährlich.

Ich fühle mich hier recht sicher, sagte sie. Ich liebe Kirchen.

Genau wie Scarpia. Kirchen erinnerten Scarpia an das, was für ihn am Christentum so anziehend war. Nicht die Doktrinen, sondern die historisch überlieferte Beziehung zum Schmerz: die Palette erfindungsreicher Martern, die inquisitorische Folter und die Qualen der Verdammten.

Zweifellos haben Euer Ladyschaft für das Wohlergehen Ihrer Majestäten und die schnelle Wiederherstellung der Ordnung in diesem unglücklichen Königreich gebetet.

Meiner Mutter geht es nicht sehr gut, sagte sie und ärgerte sich, daß sie es für nötig hielt, ihn anzulügen.

Hatte sie vor, ihr früheres Zuhause zu besuchen, wollte Scarpia wissen.

Bestimmt nicht!

Ich habe diese Kirche, die der Adel so sehr schätzt, nie so geliebt wie die, in der ich die heilige Kommunion empfange, die Kirche der Karmeliter am Marktplatz. Heute ist dort für zwei Uhr eine Hinrichtung angesetzt.

Die Kirche mit der schwarzen Muttergottes, sagte die Frau des Cavaliere, als hätte sie nicht verstanden, was Scarpia vorschlug.

Ihr könnt der gerechten Bestrafung einiger Rädelsführer der Verschwörung beiwohnen, sagte Scarpia. Doch vielleicht fühlen sich Eure Ladyschaft für ein Schauspiel, das alle treuen Untertanen Ihrer Majestät erfreut, nicht kräftig genug.

Natürlich konnte sie zuschauen, wenn sie mußte. Tapfer sein hieß häufig, den Anblick von Blut ertragen zu müssen. Was machte das schon? Sie konnte sich alles anschauen. Sie war nicht zimperlich. Keine alberne, ängstliche, sentimentale Frau wie Miss Knight. Doch sie konnte es nicht über sich bringen, Scarpias Herausforderung anzunehmen.

Scarpia wartete einen Moment. In das Schweigen hinein (das ihre Antwort war) erklang ein Tedeum.

Oder wir können irgend etwas tun, was Euch Freude bereitet, fuhr Scarpia in seinem spöttischen, schmeichlerischen Tonfall fort. Ich stehe Eurer Ladyschaft zur Verfügung, solange Ihr wollt.

Die Kirche füllte sich allmählich, und man beobachtete sie jetzt.

Es könnte sich lohnen, diese Gelegenheit zu ergreifen und eine Stunde mit Scarpia zu verbringen, dachte die Frau des Cavaliere. Die Königin würde es interessieren, eine Beurteilung des Polizeichefs aus erster Hand zu erhalten. Doch sie wußte, daß ebenso, wie sie einen Bericht über ihn, er einen Bericht über sie anfertigen würde. All ihre Instinkte sagten: Sei vorsichtig! Und, weil sie eine Frau war: Sei charmant!

Er tauchte die Finger in das Weihwasserbecken und bot ihr von dem heiligen Wasser an. Sie nickte feierlich, berührte seine Finger und bekreuzigte sich. Danke.

Sie gingen hinaus in die sengende Hitze, und an einem Lebensmittelstand auf dem Platz kaufte sie eine Packung verschmutzter Zuckerplätzchen, vor denen Scarpia sie warnte. Ach, ich habe eine sehr gute Verdauung, sagte die Frau des Cavaliere. Mir bekommt alles.

Er wiederholte sein Angebot, sie zu begleiten, und noch einmal lehnte sie ab. Vielleicht hätte sie gern in der Stadt, in der sie ein Drittel ihres Lebens verbracht hatte, eine Besichtigungstour gemacht, eine heimliche Besichtigungstour. Aber nicht mit ihm. Warum lächelte er immer? Er mußte sich für sehr anziehend halten. Das tat er. Scarpia kannte die Wirkung, die er auf Frauen hatte, nicht weil er gut aussah (er sah nicht gut aus), sondern wegen seines durchdringenden Blickes, der die Frauen wegschauen und dann wieder hinschauen ließ; wegen seiner heiseren, tiefen Stimme; seiner Art, im Stehen langsam das Gewicht zu verlagern; der Vornehmheit seiner Kleidung; und seiner vollèndeten, mit Grobheiten durchsetzten Manieren. Doch die Frau des Cavaliere fühlte sich von offenkundig virilen Männern nicht angezogen. Sie wollte nicht darüber nachdenken, wie er als Liebhaber war. Sie hatte auch Mühe, sich jemanden vorzustellen, dem, wie sie annahm, nicht an der guten Meinung anderer über ihn gelegen war, dem es überhaupt egal war, was andere über ihn dachten. Also muß es wahr sein, was die Leute über Scarpia sagten, daß er in höchstem Maß verdorben war. Aber auch darüber wollte sie nicht nachdenken. Zu den vielen Dingen, über die sie im Augenblick nicht nachdenken wollte, gehörte die menschliche Verderbtheit. Das Böse ist so etwas wie Raum. All der Raum, den es gibt. Wenn man sich vorstellt, sein Ende zu erreichen, kann man ihn sich nur als Begrenzung vorstellen, oder als eine Mauer, was bedeutet, daß etwas auf der anderen Seite ist; wenn man glaubt, man habe den Grund erreicht, stößt und schlägt immer noch etwas von unten.

Sie wollte in die kühle Kutsche steigen und ihre Plätzchen essen.

Meine Gesellschaft kann Euch nicht reizen?

Nicht länger schüchtern sagte sie leichthin, sie müsse auf dieses Vergnügen verzichten, weil –

Ihr würdet einen Eurer treuesten Bewunderer enttäuschen?

– weil ich so schnell wie möglich auf die *Foudroyant* zurück muß, fuhr sie ruhig fort. Sie standen jetzt neben ihrer Kutsche.

Wie konnte sie es wagen, ihn abzuweisen! Aber vielleicht konnte er sie provozieren. Gab es da nicht eine Geschichte über dieses schlaue Weib und Angelotti – daß sie einmal eine Affäre hatten? In der Hoffnung, eine unangenehme oder peinliche Erinnerung wiederaufleben zu lassen, teilte er ihr mit, daß Angelotti, der nach Rom geflohen war, kürzlich verhaftet worden sei.

Ich bin sicher, das ist eine erfreuliche Neuigkeit.

O ja, Angelotti, sagte die Frau des Cavaliere.

Nicht, daß sie Angelotti verziehen hätte. Doch seine Beleidigung war unter so vielen anderen Gefühlen und Ereignissen, so viel Triumph, so viel Glück begraben. Die Frau des Cavaliere hielt sich zugute, nicht nachtragend zu sein. Wenn sie den Tod aller Verschwörer wünscht, dann nur, weil die Königin sich deren Tod wünscht. Mangel an Sympathie (für Cirillo) war Sympathie für jemand anderen (die Königin). Sie ist nicht grausamer als der Held oder der Cavaliere. Es sieht nur so aus, als sei sie die Grausamste, weil sie am meisten Gefühl hat – was man von Frauen ja erwartet. Und gefühlvolle Frauen, die keine Macht, keine wirkliche Macht haben, enden meist als Opfer.

Was mit einer Vorausblende in Erinnerung gerufen sei.

*

17. Juni 1800. Die Königin von Neapel, die in Palermo geblieben war, ohne auch nur ein einziges Mal ihre erste Hauptstadt zu besuchen, obwohl schon ein Jahr seit der Restauration der königlichen Regierung vergangen ist, ist am Vorabend des Tages, für den man ein entscheidendes Gefecht mit Napoleon erwartete, für einen kurzen Besuch nach Rom gekommen.

An diesem Abend gab sie eine Gesellschaft, um die am Morgen eingetroffene Nachricht zu feiern, Napoleon sei von den österreichischen Truppen bei Marengo geschlagen worden. Dieser falschen guten Nachricht (Napoleon hatte die Schlacht in Wirklichkeit gewonnen) folgte am frühen Nachmittag eine echte schlechte Nachricht. Angelotti, der in Ketten nach Neapel zurückgebracht werden sollte, um dort gehängt zu werden – wenn auch nicht, wie es gerüchteweise hieß, wegen des Techtelmechtels mit der Frau des Cavaliere, die sich in diesem Augenblick mit ihrem Mann und ihrem Liebhaber auf der Reise nach England befindet –, Angelotti war aus dem Gefängnis der päpstlichen Engelsburg ausgebrochen, wo man ihn über ein Jahr lang gefangengehalten hatte. Die Königin war wütend auf Scarpia, den sie von Neapel herbeordert und in einem der oberen Stockwerke des Palazzo Farnese untergebracht hatte. Von ihrem zuverlässigsten Untergebenen verlangte sie Unfehlbarkeit bei der Rache. Findet ihn heute noch, sonst..., sagte sie. Euer Majestät, antwortete der Baron, das ist so gut wie erledigt.

Die Identität des Wachpostens im Gefängnis, der Angelotti bei der Flucht geholfen hat, ist bereits bekannt, sagte Scarpia zur Königin, und bevor er starb (die Befragung war ein wenig harsch gewesen), hatte er das erste Ziel des Geflohenen, eine Kirche, in der seine Familie eine Kapelle hat, verraten. Obwohl Angelotti zu dem Zeitpunkt, als Scarpia in der Kirche eintraf, bereits weitergeflohen war, hatte man Beweise gefunden, die einen Mann belasteten, der wahrscheinlich ein Komplize war. Noch so ein aristokratischer Jakobiner, sagte Scarpia. Aber natürlich nennen sie sich Liberale oder Patrioten. Dieser ist schlimmer als die übliche Sorte. Ein Künstler. Ein entwurzelter Mann, der die meiste Zeit im Ausland lebte. Nicht einmal ein richtiger Italiener. In Paris aufgewachsen – sein Vater, der eine Französin geheiratet hatte, war ein Freund von Voltaire. Und der Sohn war ein Schüler von David, dem offiziellen Maler der Französischen Revolution.

Es ist mir egal, wer er ist, rief die erzürnte Königin.

Scarpia beeilte sich, der Königin mitzuteilen, daß der junge Maler bereits verhaftet sei. Ich versichere Euch, wir werden in wenigen Stunden Angelottis Aufenthaltsort kennen. Scarpia lächelte.

Die Königin wußte, was der Polizeichef meinte. In den päpstlichen Staaten sowie im Königreich beider Sizilien ist die Folter noch erlaubt, obwohl es Reformern gelungen ist, sie anderswo abzuschaffen. In den zivilisierteren Gebieten des Habsburgerreiches sowie in Preußen und Schweden ist sie nicht mehr erlaubt. Sie bedauert Scarpias Methoden, obwohl man realistisch sein mußte. Trotz ihres Entzückens über das Schicksal der neapolitanischen Rebellen wäre die Königin entsetzt, müßte sie hören, daß es Leute gibt, die sie für eine blutrünstige Frau halten. Obwohl sie immer für Hinrichtungen ist, ist sie gegen die Folter.

Angelotti muß noch heute nacht wieder eingefangen werden, versteht Ihr?

Jawohl, Majestät.

Scarpia zieht sich zurück und begibt sich in sein Hauptquartier in den oberen Stockwerken des Palastes, wo der Maler befragt werden wird.

Nachdem die Königin ihre Wut an Scarpia ausgelassen hat, ist sie fest entschlossen, sich ihre Abendgesellschaft durch diese unbedeutende schlechte Nachricht nicht verderben zu lassen.

Während sie sich unterhalten, beugt sich der große Paisiello irgendwo im Palast über ein Cembalo und komponiert zur Feier des Sieges eine Kantate, die an diesem Abend noch aufgeführt werden soll. Der Komponist wird dirigieren, und die Sängerin wird die diesjährige Sensation im Argentina sein. Die Königin hat eine Schwäche für Frauen, die singen. Der Opernstar erinnert sie an ihre liebe Freundin, die Frau des britischen Gesandten, die eine noch schönere Stimme hat.

Die Opernsängerin ist auch, wie die Freundin der Königin, impulsiv, warmherzig, überschwenglich und versteht es, sich in der Liebe hinzugeben.

Die Diva traf im großen Ballsaal ein, wo die Abendgesellschaft im Gang ist, und machte der Königin ihre Aufwartung. Sie hat sich Paisiellos Partitur angesehen und ist zuversichtlich (sie ist nie anders als zuversichtlich), was ihre Rolle betrifft.

Sie hört die Gäste über Politik reden. Sie weiß gar nichts über Politik und will auch nichts wissen. All das Gerede über Frankreich, sie versteht es kaum. Ihr Geliebter hatte versucht, es ihr zu erklären. Er hatte versucht, sie dazu zu bringen, eines seiner Lieblingsbücher zu lesen, von Russo – oder so ähnlich, aber der Autor war Franzose, kein Italiener. Sie konnte nichts damit anfangen und fragte sich, warum er ihr den Roman aufgedrängt hatte. Obwohl er Freunde wie den Marchese Angelotti hat, einen neapolitanischen Adligen, den man eingesperrt hatte, weil er einer der sechs Konsuln der gottlosen, aber kurzlebigen römischen Republik gewesen war, weiß sie, daß auch ihr Geliebter sich kaum für Politik interessiert. Auch er ist Künstler. So wie sie nur für ihre Kunst und für die Liebe lebte, so dachte er nur an sie und seine Malerei.

Sie schaute dem Spiel an einem der Kartentische zu, als ihre Zofe Luciana ihr ein Briefchen reichte. Es war von Paisiello, der mit der Kantate noch nicht ganz fertig war und sie bat, die Aufmerksamkeit der Königin von dieser Verspätung abzulenken und ohne ihn mit der abendlichen Musik zu beginnen. Natürlich hofft er, daß sie eine Arie aus einer seiner Opern singen wird; er hat nahezu einhundert geschrieben. Vor lauter Wut, daß man sie warten ließ, begann die Diva ihr improvisiertes Konzert mit einer Arie von Jommelli. Dann bat die Königin um eine andere Arie und erklärte, es sei eine, die ihre Freundin, die Frau des britischen Botschafters, so herrlich singen könne. Die Wahnsinnsszene aus Paisiellos »Nina«. Die Diva, die nicht die Absicht hatte, dem Wunsch eines Komponisten nachzukommen, konnte sich einem königlichen Befehl schwerlich widersetzen.

Als Paisiello mit der Partitur seiner Siegeskantate erschien, wurde ihre Darbietung ein riesiger Erfolg. Es war ein solcher Erfolg, daß die Königin wünschte, sie solle weitersingen. Sie singt und singt ... über ewige Liebe und die Sterne und die Kunst und über die Eifersucht. Sie weiß eine Menge über die Eifersucht.

Sie wünschte sich sehnlichst, den Abend so schnell wie nur irgend möglich hinter sich zu bringen. Leider mußte sie, bevor sie sich mit ihrem Geliebten treffen konnte, etwas Unangenehmes erledigen. Sie hatte versprochen, den berüchtigten neapolitanischen Polizeichef zu besuchen, den sie am Nachmittag in der Kirche getroffen hatte, in der ihr Geliebter ein riesiges Gemälde der Muttergottes malen sollte. Als sie vor der verabredeten Zeit kurz hereinschaute, schien ihr Geliebter zerstreut, und als sie später wieder zurückkam, war sie überrascht, daß er nicht mehr da war; statt dessen traf sie diesen angeblichen Bewunderer ihrer Kunst, der in der Nähe des Gerüstes herumschlich. Das war also der Mann, vor dem ganz Neapel zitterte! Aber er war attraktiv, sie konnte nicht umhin, das zu bemerken. Der Polizeichef, der auf recht arrogante Weise mit ihr flirtete, hatte versucht, sie davon zu überzeugen, daß ihr Geliebter sich für eine andere Frau interessiere. Sie war so töricht gewesen, ihm zu glauben, als er ihr unter den schmutzigen Pinseln ihres Geliebten einen Frauenfächer gezeigt hatte, der nicht ihr gehörte.

Die Diva ist eine Frau, die durchaus auf sich aufpassen kann. Sie weiß, wie man lüsterne Männer abwehrt. Wie die Frau des Cavaliere kann sie sich nur aus Liebe hingeben. Sie wird herausfinden, was der Polizeichef von ihr will. Dann wird sie sich mit ihrem Geliebten treffen, und dann werden sie übers Wochenende in sein Landhaus fahren. Sie hat jetzt guten Grund zu glauben, daß er ihr wahrscheinlich nicht untreu gewesen ist; doch die Eifersucht ist eine der wenigen Waffen, die einer Frau zur Verfügung stehen. Schließlich ist sie Schauspielerin. Vielleicht wird er gestehen, daß er die Frau in der Kirche, deren Gesicht er als Modell für das der Muttergottes benutzt hat, tatsächlich anziehend fand; und sie wird einige Minuten lang sehr kühl zu ihm sein, und dann wird sie ihm verzeihen, und sie werden glücklicher sein als je zuvor.

Die Diva ist keine rachsüchtige Frau. Und sie hat Opern und Stücke gesehen, in denen die Gnade gerühmt wird. Viele Dramen über gütige Monarchen sind in den letzten zehn Jahren aufgeführt worden, genau in jenen Jahren, in denen bisher gnädige Herrscher entdeckten, daß auch die eiserne Faust und der Galgen ihren Zweck erfüllen. Die Diva ist überzeugt, daß es nichts Schöneres gibt als die Gnade. Warum kann es nicht immer so sein wie in den Opern von Mozart, etwa der über die Entführung, in der sich die wunderbare Zeile findet: Nichts ist so häßlich wie die Rache. Oder der über die Güte des römischen Kaisers – geschrieben für den Bruder der Königin von Neapel, den habsburgischen Kaiser, als er zum König von Böhmen gekrönt wurde –, in der Titus entdeckt, daß die Menschen, die ihm am nächsten stehen, sich gegen sein Leben verschworen haben, sich aber weigert, die Verschwörer hinrichten zu lassen und erklärt: Die Sterne, so scheint es, haben sich verschworen, mich wider meinen Willen zu zwingen, grausam zu werden. Nein, sie werden diesen Triumph nicht haben!

Sicher, der Titus der Oper, dessen Tag im Jahr 79 damit beginnt, daß er ankündigt, der Vesuv sei ausgebrochen, und der dann bestimmt, daß alles Gold, das der Senat für den Bau eines Tempels zu seinen Ehren bereitgestellt hatte, verwendet werden solle, um den Opfern des Vulkanausbruchs zu helfen, und der schließlich seinen Freund begnadigt, der versucht hat, ihn zu töten, ist auch der Titus der Geschichte, die Geißel der Juden und der Zerstörer des Tempels. Doch vielleicht brauchen wir jedes Beispiel für Großmut, das wir bekommen können, sogar die erfundenen. Selbst die Diva weiß das, sowenig sie sonst auch von Geschichte verstehen mag.

Vielleicht ist das Leben nicht so wie in der Oper, denkt

die Diva, während sie sich anschickt, die Treppe hinaufzusteigen, um den Polizeichef zu treffen, aber es sollte so sein. Nichts ist so häßlich wie die Rache.

✶

Wir wissen einiges über niederträchtige Menschen. Wie Scarpia. Baron Scarpia ist wahrhaft niederträchtig. Er schwelgt in seiner Niedertracht und in seiner Intelligenz. Kaum etwas bereitet ihm mehr Vergnügen, als seine Fertigkeiten zu üben, andere zu täuschen. Als ausgezeichneter Menschenkenner durchschaut er, daß die Diva sowohl unbesonnen als auch naiv ist. Für den Niederträchtigen ist ein durchschauter Mensch ein manipulierter Mensch. Es war ganz einfach gewesen, sie davon zu überzeugen, daß ihr Geliebter sich mit einer anderen Frau eingelassen hat, was sie dazu verleitet hatte, eine Indiskretion zu begehen, die den flüchtigen Angelotti zu Fall bringen wird. Dann ist da noch die reine Freude, Schmerzen zuzufügen. Als sie oben angekommen war, ließ er ihren Geliebten herbeibringen und in Hörweite der Diva foltern – teils weil er gerne foltert, teils weil die Folter ihm möglicherweise die Information verschafft, die er braucht, und teils weil es ihm Vergnügen bereitet zu sehen, was in ihrem Gesicht vor sich geht, wenn sie die Schreie hört, die aus dem angrenzenden Raum kommen. Eure Tränen waren wie Lava und verbrannten mir die Sinne, sagte er. Nachdem die Folter ihres Geliebten sie zum Sprechen gebracht hatte, erklärte er, wenn sie sich ihm hingebe, würde er das Leben ihres Geliebten verschonen (die Gewehre des Erschießungskommandos würden mit Platzpatronen geladen sein) und ihnen beiden erlauben, Rom zu verlassen. Natürlich hat er nicht vor, etwas Derartiges zu tun. Für den Niederträchtigen ist ein gegebenes Versprechen ein Versprechen, das gebrochen werden muß.

Wir wissen einiges über gute Menschen – und ihren Ruf, nicht sehr scharfsinnig zu sein. Die Diva ist warmherzig, großzügig. Doch wenn jemand so leicht zu manipulieren ist wie sie, ist er nicht ganz ohne Schuld. Wäre die Diva nur ein wenig skeptischer – das heißt, nur ein wenig weniger stolz auf ihre Leidenschaftlichkeit –, hätte Scarpia sie womöglich nicht so leicht als Lockvogel mißbrauchen können; denn daß er den Fächer einer anderen Frau schwang, ließ sie an jenem Nachmittag zum Landhaus ihres Geliebten eilen, wo sie ihn nicht mit einer anderen Frau überraschte, sondern mit Angelotti, den er dort versteckt hielt, so daß sie jetzt das Geheimnis kannte, das ihr Geliebter vor ihr hatte verbergen wollen, und das sie nun preisgeben kann, wenn Scarpia sie vor die qualvolle Alternative stellt, entweder Angelotti zu verraten oder ihren Geliebten sterben zu lassen. Während ihr Geliebter niemals, unter keinen Umständen Angelottis Aufenthaltsort verraten hätte, ganz gleich wie unerträglich die Folter würde (zumindest glaubt er das), kann die Frau, die ihn liebt, seine Schreie nicht ertragen. Vielleicht ist sie gar nicht gefühlvoller als ein Mann. Auch Scarpia wird von seinen Gefühlen beherrscht. Doch die Verbindung von Gefühl und Macht erzeugt ... Macht. Die Verbindung von Gefühl und Machtlosigkeit erzeugt ... Machtlosigkeit. Es war schon zu spät für den armen Angelotti, er schluckte Gift, als Scarpias Männer hinunterlangten, um ihn aus dem Brunnen zu ziehen. Doch die Diva glaubte, wenn sie zuließe, daß Scarpia sie vergewaltige, hätte sie das Leben ihres Geliebten gerettet. Sie sah, wie Scarpia Anweisungen für eine Scheinhinrichtung bei Morgengrauen gab; dann, als sie allein waren, schrieb er die Pässe aus, die es ihnen ermöglichen würden, die Stadt zu verlassen. Doch obwohl die Diva ein scharfes, spitzes Messer vom Tisch greift, als Scarpia im Begriff ist, über sie herzufallen – nichts kann wohl mehr Macht demonstrieren als ein Mord –, kann ihr Mut nicht aufhalten, was ihre Leichtgläubigkeit in Gang gesetzt hat, ihr Geliebter wird dennoch in dieser scheinbaren Scheinhinrichtung vor ihren

Augen niedergemäht, und sie muß von der Brüstung der Engelsburg springen und ihren eigenen Tod den drei anderen hinzufügen.

Wir wissen einiges über die sehr Schlechten und Klugen und über die sehr Guten und Einfältigen.

Doch was ist mit all den anderen: denen, die weder niederträchtig noch unschuldig sind. Einfach normale, wichtige Menschen, die ihren wichtigen Geschäften nachgehen, von sich eine gute Meinung haben wollen und die scheußlichsten Verbrechen verüben.

Nehmen wir den Cavaliere und seine Frau. Warum rühren die Schreie ihrer Opfer sie nicht? Etwa die Schreie des armen Caracciolo, den man, wie Angelotti, auf dem Grund eines Brunnens kauernd gefunden hatte. Doch im Gegensatz zu Angelotti hatte er nicht beschlossen, sich sofort zu töten. Im Gegensatz zu Angelotti glaubte er nicht, daß er den sicheren Tod vor sich habe. Caracciolo glaubte, er habe eine Chance. Er irrte sich.

*

Man kann um sein Leben flehen, und es nützt nichts. Die Diva, die Scarpia anflehte, ihren Geliebten zu verschonen. Der ältliche Doktor Cirillo, der einige Tage nach seiner Verhaftung aus seiner Zelle, in Ketten liegend, an den Cavaliere und seine Frau schrieb: Ich hoffe, Ihr nehmt es nicht übel, wenn ich mir die Freiheit nehme, Euch mit einigen Zeilen zu belästigen, um Euch daran zu erinnern, daß niemand in der Welt außer Euch ein elendes Wesen beschützen und retten kann...

Man kann mit übernatürlichem Mut abtreten. Der junge Adlige Ettore Carafa, der im September verurteilt worden war, enthauptet zu werden, der darum bat, mit dem Gesicht nach oben statt nach unten auf den Block gelegt zu werden, und der die Augen offenhielt, als die Axt niedersauste. Oder von Gemütsruhe beseelt und vorausschauend. Eleonora de Fonseca Pimentel, die sich zu ihren Mitgefangenen umdrehte, als sie auf den Karren warteten, der sie zum Galgen bringen sollte, und eine Zeile von Vergil zitierte: *Forsan et haec olim meminisse juvabit* – Vielleicht wird man sich eines Tages mit Freuden hieran erinnern.

Würde oder erbärmliches Gejammer, nichts hat Einfluß auf das, was unerbittliche Sieger, die sich in eine Naturgewalt verwandeln, anordnen. Durch Mitleid sind sie so wenig zu rühren wie der Vulkan. Güte ist, was uns über die Natur hinausführt, hinaus über unsere Naturen, die stets voller grausamer Gefühle sind. Güte, die nicht Vergebung ist, heißt, wir tun nicht das, von dem Natur, und Eigennutz, uns sagen, wir hätten ein Recht, es zu tun. Und vielleicht haben wir das Recht, und auch die Macht. Wie edel jedenfalls, es nicht zu tun. Nichts ist so bewundernswert wie die Güte.

7

Politik ist recht anspruchsvoll und fordernd. Aber leider muß man sich mit Politik beschäftigen, auch wenn man nicht will. Es gibt jedoch noch viele andere wichtige Dinge, mit denen man sich beschäftigen muß. So kann etwa die Frage, was man tragen soll, von entscheidender Bedeutung sein. Was man tragen soll, um der Fettleibigkeit zu schmeicheln – nein, um eine Schwangerschaft zu verstecken. Eine Schwangerschaft, die man lieber verstekken sollte, da alle zu Recht annehmen werden, der Liebhaber sei der Vater, nicht der ältliche Ehemann. Ein bauschiges Gewand? Ein weites Kleid? Und vielleicht einen geschickt darübergelegten Schal, mehrere Schals, trotz der Hitze, denn ihre Trägerin ist Meisterin in der Kunst, Schals zu drapieren.

Und was soll man tragen, um auf die schon öffentlich gemachte Schande zu reagieren, um zu zeigen, daß man nicht anerkennt, was die Leute, deren Meinung einem wichtig ist, sich über einen erzählen. Wenn man ein Held ist, trägt man seine Schärpen, Abzeichen, Orden und Medaillen. Trägt sie alle. Zuweilen trägt man den knöchellangen, zobelbesetzten, scharlachroten Mantel, den man vom türkischen Botschafter geschenkt bekam. Den diamantbesetzten Federbusch mit dem rotierenden Stern, ein weiteres Geschenk (sie nennen ihn Tschelenk) des Großtürken in Konstantinopel. Und das goldene Schwert, dessen Griff und Klinge mit Diamanten verziert sind, das man vom König zusammen mit einem sizilianischen Herzogtum erhielt, als Dank für die Taten, die einem Schande einbrachten. Und dicht am Herzen immer ein seidenes Taschentuch, das der Frau gehört, deren Einfluß einen dazu verleitet haben soll, die Taten zu vollbringen, die einem Schande einbrachten.

Auch wie man in der Öffentlichkeit dargestellt wird ist wichtig. Für die Gesellschaft, die die Königin in dem riesigen Palast auf dem Land gab und zu der fünftausend Gäste geladen waren, war ein kleiner griechischer Tempel gebaut worden, in dessen Innern lebensgroße, mit Lorbeerkränzen geschmückte Wachspuppen des Trios aufgestellt waren. Die Königin hatte verlangt, daß die Modelle der Statuen ihre eigenen Kleider zur Verfügung stellten. Die schlanke Wachspuppe der Frau des Cavaliere trug die purpurfarbene Seidenrobe von der letzten Operngala in Neapel, auf die die Namen der Kapitäne vom Nil gestickt waren; die jugendlich wirkende Puppe des Cavaliere trug die Galauniform des Diplomaten mit dem Stern und der roten Schärpe des Bath-Ordens; zwischen ihnen stand die Heldenpuppe mit zwei strahlend blauen Achataugen, die Admiralsuniform übersät mit funkelnden Medaillen und Sternen und *seinem* Bath-Orden. Auf dem Tempeldach kauerte ein Musiker hinter der Statue der Fama und spielte Trompete, und als die Feierlichkeiten begannen, schien es, als spiele die Statue. Der Cavaliere erhielt ein Porträt des Königs in einem mit Diamanten besetzten Rahmen; die Frau des Cavaliere bekam das diamantenbesetzte Porträt der Königin, das die Königin mit dem Lorbeerkranz ihrer Wachspuppe umkränzt hatte; und der

König reichte dem Helden ein juwelenbesetztes Doppelporträt Ihrer Majestäten und führte ihn in den Orden des Heiligen Ferdinand ein, dessen Mitglieder das Privileg genießen, in Gegenwart des Königs den Hut aufbehalten zu dürfen. Das Orchester begann, »Rule, Britannia« zu spielen. Donner erhob sich am Himmel: ein prächtiges Feuerwerk, das die Schlacht auf dem Nil darstellte und das mit einer imposanten Sprengung der französischen Trikolore endete. Wer konnte so viel Schmeichelei widerstehen? Sie schauen auf ihre eigenen Statuen. Sehr lebensecht, sagt der Held, weil er nicht weiß, was er sonst sagen soll.

*

Über die schändliche Rolle des Helden als Henkersknecht der Bourbonen sprach ganz Europa, das privilegierte Europa. Den größten Dichter des Landes hängen? Den bedeutendsten Griechisch-Forscher? Die führenden Wissenschaftler? Selbst die glühendsten Gegner der Republik und der fanzösischen Ideen waren schockiert über das Blutbad unter den neapolitanischen Adligen. Die Solidarität mit der eigenen Klasse setzte sich über nationale Feindseligkeiten mühelos hinweg.

Sollte man also aus dem Helden einen Schurken machen? Aber Helden sind nützlich. Nein, es ist leichter, einen Einfluß auf den Helden auszumachen, der sein Urteil getrübt, der ihn korrumpiert hat. Die Guten werden nicht böse, aber die Starken können schwach werden. Schwach hat ihn gemacht, daß er nicht mehr unabhängig, nicht mehr einsam ist – was ein Held sein muß. Ein Held ist jemand, der weiß, wie man geht, wie man Bindungen löst. Schlimm genug, wenn ein Held ein verheirateter Mann wird. Als Verheirateter kann er kein treusorgender Gatte sein. Als Liebhaber muß er (wie Äneas) enttäuschen. Als Mitglied eines Trios muß er … aber ein Held darf nie Mitglied eines Trios werden. Ein Held muß frei schweben, muß sich emporheben. Ein Held klammert sich nicht fest.

*

Schande, Schande, Schande.

Dreifache Schande. Drei zu einer vereint.

Der Held, der sich tatsächlich unerlaubt von der Truppe entfernt hat, konnte nicht abgelöst, von seinen Vorgesetzten entlassen und nach London zurückgeschickt werden – obwohl man es in Erwägung gezogen hat. Aber diejenigen, die ihn unterstützt haben, deren Schachfigur er geworden ist, spürten die Bürde offiziellen Mißfallens. Die Rolle, die der Cavaliere bei der brutalen Vergeltung gegenüber den neapolitanischen Patrioten gespielt hat, war bestenfalls umstritten. Manche sagten, er habe sich von seiner Frau an der Nase herumführen lassen; oder von der Bourbonen-Regierung, sagten andere. Natürlich erwartete niemand von einem Diplomaten, daß er ein Vorbild sei, so wie man es von dem Helden erwartete. Aber umstritten sollte er auch nicht sein. Ein Diplomat, der offener Parteigänger der Regierung geworden ist, in deren Land er entsandt wurde, hat seiner Nützlichkeit für die Regierung, die ihm seinen Posten verliehen hat und deren Interessen er vertreten soll, unheilvollen Schaden zugefügt. Es ist nur eine Frage der Zeit, wann er abgelöst wird.

Eines Morgens erhielt der Cavaliere einen Brief von Charles, der bedauerte, seinem Onkel mitteilen zu müssen, daß er aus dem *Morning Chronicle*, dieser verdammten Zeitung der Liberalen, erfahren habe, es sei ein neuer Gesandter für das Königreich beider Sizilien, der junge Arthur Paget, ernannt worden. Der Cavaliere konnte sich nicht länger verhehlen, in welchem Ausmaß er in Ungnade gefallen war. Sie hatten ihn nicht nur nach siebenunddreißig Jahren seines Amtes enthoben, ohne ihm die Möglichkeit zu geben, in den Ruhestand zu treten, und ohne ihn bei der Wahl seines Nachfolgers zu Rate zu ziehen, es war ihnen sogar egal, ob er der letzte war, der es erfuhr. Das Dokument des Außenministeriums traf einen Monat später ein, mit einem knappen Postskriptum, in dem man ihm mitteilte, daß sein Nachfolger London bereits verlassen habe. Als sie die Neuigkeit erfuhr, umarmte die Königin weinend ihre liebste Vertraute, ihre Schwester, die Frau des Botschafters. Ach, was werde ich nur ohne meine Freunde anfangen, rief sie. Das ist alles die Schuld der Franzosen.

Der unheilvolle Paget, wie die Königin ihn nennt, war in Palermo eingetroffen und wurde fünf Tage später vom Cavaliere empfangen. Ein junger Mann – Paget ist neunundzwanzig, volle vierzig Jahre jünger als der Cavaliere –, dem gegenüber der Cavaliere keinerlei onkelhafte Zuneigung verspürt.

Und von welchem Posten seid Ihr abberufen worden, fragte der Cavaliere kühl.

Ich war außerordentlicher Gesandter in Bayern.

Aber nicht bevollmächtigter Minister?

Nein, das nicht.

Ich habe gehört, Ihr hattet diesen Posten nur ein Jahr lang inne?

Ja.

Und davor?

Bayern war mein erster Posten.

Natürlich sprecht Ihr Italienisch, fragte der Cavaliere.

Nein, aber ich werde es lernen. In München habe ich recht schnell Deutsch gelernt.

Und Ihr werdet Sizilianisch lernen müssen, denn wer weiß, wann Ihre Majestäten in ihre erste Hauptstadt zurückkehren werden. Und auch den neapolitanischen Dialekt, selbst wenn Ihr Neapel nie zu Gesicht bekommt, denn der König spricht nicht Italienisch.

Das habe ich gehört.

Einige Augenblicke des Schweigens folgten, in denen

sich der Cavaliere innerlich tadelte, zuviel gesagt zu haben. Dann räusperte sich Paget nervös und fand den Mut zu sagen, er sei bereit, dem König und der Königin sein Beglaubigungsschreiben zu überreichen, sobald der Cavaliere sein Abberufungsschreiben vorgelegt habe.

Der Cavaliere antwortete, daß er, da er keineswegs die Absicht habe, auch nur einen einzigen Tag als Privatperson im Königreich beider Sizilien zuzubringen, und da er bereits Pläne für eine einmonatige Besichtigungstour gemacht habe, sich sofort nach seiner Rückkehr um die Angelegenheit kümmern werde. Und begab sich mit seiner Frau, Mrs. Cadogan und dem Helden auf die *Foudroyant*, wieder an Bord eines Schiffes, aber diesmal nicht, um in die Geschichte einzugreifen (obwohl der Held einen kurzen Aufenthalt auf Malta einlegen muß), sondern um aus der Geschichte, aus dem Fahrplan ihres Lebens hinauszusegeln.

Seine Vorgesetzten und ehemaligen Freunde im Außenministerium hatten ihn verbannt? Er würde sie für eine Weile aus seinen Gedanken verbannen. Eine großzügigere, flexiblere Haltung einnehmen. Während er die Küstenlinie sich entfalten sah, als der majestätische, wolkenumkränzte Ätna in Sicht kam, erinnerte sich der Cavaliere an den atemberaubenden Blick vom Gipfel in der bläulichen Morgendämmerung, als sich ganz Sizilien, Malta, die Liparischen Inseln und Kalabrien vor ihm wie auf einer Landkarte ausgebreitet hatten. Ja, das habe ich getan. Ich bin der einzige hier, der das getan hat. Was für ein großartiges Leben habe ich doch gehabt.

Als sie den Ätna passierten, war die *Foudroyant* ganz in der Nähe von Bronte, dem Lehensgut, das zu dem neuen sizilianischen Titel des Helden gehörte. Die Frau des Cavaliere wäre so gern an Land gegangen, doch der Held sagte, er ziehe es vor, erst wenn sein Besuch ordnungsgemäß vorbereitet sei, den Besitz zu inspizieren, dessen vulkanischer Boden Erträge einbringe, die, so hatte man ihm erklärt, sich auf dreitausend Pfund pro Jahr beliefen. Der Herzog von Bronte sollte nicht einfach, so verkündete er, unangemeldet auf seinem Land erscheinen. Der Cavaliere, der vermutete, daß irgendein Streich dahintergesteckt habe, als der König gerade dieses Herzogtum ausgesucht hatte, um es seinem britischen Retter zu verleihen, denn Brontes war der Name eines der Zyklopen, die das Donnergrollen des Ätna schmiedeten, hielt es für besser, diese Information für sich zu behalten. Der einäugige Held, der so stolz darauf zu sein schien, ein sizilianischer Herzog zu sein, würde diesen Scherz möglicherweise nicht sehr witzig finden. Der Cavaliere fand ihn sehr spaßig.

Der Cavaliere hat den Nullpunkt des Vergnügens erreicht, wo Vergnügen darin besteht, unangenehme Gedanken aus dem Kopf verbannen zu können. Seine Entlassung, Paget, seine Schulden, die ungewisse Zukunft, die ihn in England erwartete – all das explodierte in seinem Kopf und wurde dann rückwärts in den Wind geweht, wie die Seevögel über ihm, die vom Heck zum Bug flatterten. Die Erleichterung, nicht über das nachdenken zu müssen, was ihn so sehr beschäftigte, war so angenehm, daß es ihm schien, als amüsiere er sich wirklich. Das Schiff war sein Zuhause. Als sie für zwei Tage in Syrakus Halt machten, um die Ruinen des Jupitertempels und die berühmten Steinbrüche und Höhlen zu besichtigen, weigerte sich die Frau des Cavaliere trotz ihrer morgendlichen Übelkeit, mit ihrer Mutter an Bord zu bleiben. Sie wollte nicht einmal einen der schwärmerischen Vorträge versäumen, die der Cavaliere immer an Ort und Stelle hielt, und sie wollte nicht einmal für eine Stunde von dem Helden getrennt sein. Seine Frau und sein Freund schienen so glücklich zu sein. Er war weder ein naiver noch ein allzu nachgiebiger Ehemann, er liebte seine Frau aufrichtig, und er liebte den Mann aufrichtig, der etwa im Alter seiner Frau war und den sie jetzt liebte, und sie liebten auch ihn aufrichtig, so daß er keine Frau verloren, sondern einen Sohn gewonnen hatte, stand so nicht alles zum besten?

Wie in der Residenz in Palermo, wie auf dem Flaggschiff während der sechs Wochen, in denen sie in der Bucht von Neapel vor Anker lagen, benahmen sie sich in der Gegenwart des Cavaliere mit vollendeter Korrektheit. Das heißt, sie umschmeichelten einander nicht mehr als in der Zeit, bevor sie ein Liebespaar waren. Das heißt, sie lügen. Er hat keine Ahnung, wie oft seine Frau spät in der Nacht in die Kajüte des Helden geht oder umgekehrt. Und will es auch gar nicht wissen. Seine Frau mit ihrem unverwüstlichen Darmtrakt und ihrer unter Beweis gestellten Widerstandskraft gegen Seekrankheit beschwert sich jetzt beim Frühstück darüber, daß sie Verdauungsprobleme habe und das Schlingern des Schiffes ihr Übelkeit verursache. Natürlich würde er nicht wollen, daß sie offen auf ihre Beziehung anspielen oder daß seine Frau ihre Schwangerschaftsübelkeit erwähnt – das wäre zu schmerzlich. Und dennoch macht es ihm perverserweise etwas aus, daß sie vor ihm Theater spielen. Er kommt sich ausgestoßen, gönnerhaft behandelt vor. Er kommt sich vernachlässigt vor, denn er ist schließlich derjenige mit der schlechten Verdauung, er ist derjenige, der zuweilen seekrank wird, obwohl man sich keine ruhigere See wünschen kann.

*

Und was sollen sie jetzt tragen, da sie beinahe unverzüglich wieder reisen werden, denn der Held ist versessen darauf, nach England zurückzukehren, und die Admiralität erwartet ungeduldig, daß ihre stärkste Waffe gegen Napoleon die Arbeit als Paladin der Bourbonen und als Jachtkapitän für den in Mißkredit geratenen, jetzt ehemaligen britischen Botschafter und seine unwiderstehliche Frau beendet; und natürlich werden sie mit ihm gehen. Was sollen sie nur tragen, denn dies wird eine lange, komplizierte Reise werden. Zuerst übers Meer, auf dem Flaggschiff des Helden, nach Livorno; dann über Land, in verschiedenen Fahrzeugen mit Rädern (Equipage, Staatskarosse, Postkutsche), sie werden von Süden nach Norden gehen, aus der Hitze und den langen Tagen in einen gemäßigteren Sommer, durch viele Staaten reisen, wegen vieler Festlichkeiten Halt machen, auf denen man immer den besten Eindruck machen muß.

Keinesfalls kam es in Frage, daß sie nicht zusammen fortgingen. Die einzige Frage war, wie viele mit dem Trio und Mrs. Cadogan abreisen würden, wie viele außer Miss Knight, die nichts davon hören will, daß man sie zurückläßt, und außer Oliver, einem der beiden englischen Sekretäre des Cavaliere, der dem Helden zugeteilt worden war, plus dem üblichen Troß von Dienstboten. Was für ein großer Trupp das sein würde.

Als sie Anfang Juni von der einmonatigen Kreuzfahrt zurückkehrten, überreichte der Cavaliere sein Abberufungsschreiben, und Paget durfte sein Beglaubigungsschreiben bei Hof vorlegen. Die Königin knirschte mit den Zähnen und sah ihn nicht ein einziges Mal an. Weit Schwerwiegenderes als der bevorstehende Verlust ihrer treuen Freunde lag der Königin auf dem Herzen, denn daß der Cavaliere durch diesen neuen Gesandten ersetzt wurde, nahm sie als Zeichen, daß die Briten unzufrieden mit *ihr* waren. Daß sie Paget geringschätzig behandeln und Solidarität mit ihren Freunden bekunden wollte, ist einer der Gründe für ihren Entschluß, Palermo zu verlassen und nach Wien zu reisen, um ihre Tochter (sowie ihren Neffen und Schwiegersohn) zu besuchen – deren Erstgeborene, die den Namen Maria Theresia erhalten hatte, jetzt habsburgische Kaiserin ist. (Der andere Grund für eine Abreise: die bittere Erkenntnis, daß ihr Einfluß auf den König beträchtlich nachgelassen hat.) Der Held hatte gehofft, mit dem Cavaliere und dessen Frau, ihrer

Entourage und all ihren Besitztümern auf dem Seeweg nach England zurückkehren zu können, was ihm erlaubt hätte, die Königin mitsamt ihrem Troß von Hofdamen, Kaplanen, Doktoren und Dienstboten nach Norden, bis nach Livorno, zu bringen. Als seine Bitte, mit der *Foudroyant* nach England zu segeln, abgelehnt wurde, sah der Held keinen Grund, warum sie nicht eine lange Reise durch Europa machen und dem Wunsch der Königin nachgeben sollten, von ihren Freunden den ganzen Weg bis nach Wien eskortiert zu werden.

Als sie in Livorno eintrafen, wo der wütende Lord Keith die abtrünnige *Foudroyant* endlich wieder den militärischen Zwecken zuführte, für die sie bestimmt war, und bereits Vorkehrungen getroffen wurden, die Reise fortzusetzen, traf die Nachricht eines bevorstehenden Gefechts der österreichischen Truppen mit Napoleon bei Marengo ein, und die Königin entschloß sich spontan, nicht direkt nach Wien weiterzureisen, sondern für eine Weile im Palazzo Farnese in Rom zu bleiben (sie läßt Baron Scarpia wissen, daß er sie dort treffen soll), um den Ausgang der Schlacht abzuwarten. Sie wird ihre britischen Freunde dann in einigen Wochen in Wien treffen.

So ging es also los in sieben Kutschen, denen vier Gepäckwagen folgten, auf die man alle Gemälde und die anderen, aus Neapel geretteten Besitztümer des Cavaliere verladen hatte. Die knochendurchschüttelnde Fahrt den Arno entlang erweist sich als anstrengender, als der Cavaliere angenommen hat. Er konnte nicht lesen, er konnte nur seine Augen schließen und versuchen, den Schmerz im Rücken und in den Hüften und in den Knien auszuschalten, während Mrs. Cadogan ihm ein feuchtes Tuch an die Stirn preßte. In Florenz blieben sie zwei Tage, um auf Empfänge zu gehen und Besuche zu machen. Der Cavaliere hatte länger bleiben wollen. Daß er sich nicht wohl fühlte, war nicht der einzige Grund dafür. Er hätte gern noch einmal die Uffizien besichtigt, deren Schätze unerklärlicherweise von Napoleon verschont worden waren – man kann sich nicht in Florenz aufhalten und die Bilder nicht ansehen –, doch seine Frau und sein Freund wollen davon nichts hören. Wenn Ihr so krank und erschöpft seid, dann seid Ihr sicher nicht kräftig genug, herumzugehen und Bilder anzusehen. Ich bin immer kräftig genug, mir Bilder anzusehen, sagte er schwach. Es spielt keine Rolle, wie ich mich fühle. Es macht mir Spaß.

Nein, nein, sagte seine Frau. Ihr seid krank. Wir machen uns Sorgen um Euch. Ihr müßt Euch ausruhen. Und dann werden wir weiterreisen. Und so ruhte er sich aus – niedergeschlagen, ausgiebig, ohne das jähe Gefühl der Freude, das er erwartet hatte. Wie langweilig, nichts als ein Körper zu sein. Und dann blieben sie in Triest, wo es nur sehr wenig bemerkenswerte Bilder gibt, beinahe eine Woche. Der Cavaliere sah den Grund für diese Verzögerung nicht ein.

Die untröstliche Königin traf eine Woche, nachdem sie in Wien angekommen waren, ebenfalls dort ein, sie hatte ihren Besuch in Rom abgekürzt, als ihr die Nachricht von Napoleons Sieg gebracht worden war. Der Aufenthalt des Helden, des Cavaliere und seiner Frau wurde wegen der Feste und Bälle zu Ehren des Helden um einen weiteren Monat verlängert. Auch die Frau des Cavaliere feierte Triumphe. Eines Abends gewann sie fünfhundert Pfund beim Pharao. Ihr viertägiger Aufenthalt auf dem Landsitz der Esterházys endete mit einer Festlichkeit, zu der der berühmte Hauskomponist des Fürsten einen musikalischen Tribut an den Helden schuf; der Komponist saß am Klavier, und die Frau des Cavaliere sang.

Einige Tage später sang sie noch einmal Haydns *Schlacht auf dem Nil* – diesmal begleitete sie sich selbst –, und zwar für ihre königliche Freundin, die in schmollender Zurückgezogenheit in Schloß Schönbrunn lebte. Très beau, très émouvant, rief die Königin und konnte nicht umhin, sich an eine Stimme zu erinnern, die sie in Rom gehört hatte und die beinahe so schön gewesen war wie die der Frau des Cavaliere. Doch diese Stimme zu beschreiben, würde unglücklicherweise bedeuten, daß sich ihre Meinung über den glücklichen Haydn, den Schöpfer einer Kantate zur Feier eines Sieges über die Franzosen, der tatsächlich stattgefunden hatte, mit der Erinnerung an den langweiligen Paisiello und *dessen* Kantate vermischen würde. Und vielleicht müßte man auch erwähnen, daß die Diva, eine Frau mit sehr viel Charme, am Morgen nach der Vorstellung unter den melodramatischsten Umständen Selbstmord begangen hatte, nachdem sie den eindeutig unfähigen Polizeichef getötet hatte.

Baron Scarpia est mort, Miledy, vous l'avez entendu.

Wie entsetzlich, rief die Frau des Cavaliere. Ich meine, wie bestürzt Ihr sein müßt!

Die Königin leugnete, bestürzt zu sein. Nach all diesen Todesfällen, was machte da schon einer mehr. Und dann fing sie an zu weinen und zu sagen, daß all die entsetzlichen Ereignisse, die sie hat ertragen müssen, sie für menschliche Gefühle unempfindlich gemacht hatten – das heißt, sie fühlte sich nicht länger als Frau. Und dann wurde die ganze Geschichte erzählt, von hinten. Offensichtlich hatte sich die Diva von den Aufmerksamkeiten des lüsternen Barons beleidigt gefühlt. Ist es nicht erstaunlich, rief die Königin und rieb sich die Augen, daß diese Italiener immer viel zu heftig auf alles reagieren? Die Frau des Cavaliere, die ebenso wie die Königin Meisterin theatralisch-heftiger Reaktionen war, sagte, sie wisse nur zu gut, was die Königin meine. Mein Gemahl hat immer gesagt, daß den Italienern der gesunde Menschenverstand fehlt, sagte sie zur Königin, denn sie glaubte, daß Mißbilligung alles Italienischen der Stimmung der neapolitanischen Königin entgegenkommen würde, nun da sie in ihre Heimatstadt zurückgekehrt war.

Der Königin, in Wien ein entschieden unbedeutenderer Stern am Firmament der Habsburger, waren von den

Ministern ihres Neffen Räumlichkeiten in Schönbrunn zugewiesen worden, die sie (nicht ganz zu Unrecht) als Kränkung interpretierte, aber die Anteilnahme der Frau des Cavaliere drehte sich nicht mehr so ausschließlich um die Kümmernisse der Königin. Und die Königin begann zu begreifen, daß ihre Freunde in Wien längst nicht so geschätzt waren, wie sie gedacht hatte. Mehr als ein Mitglied am Hof der Habsburger war erleichtert, als die britische Gesellschaft, nachdem sie die Unterhaltung und die Huldigungen des Helden, die Wien bieten konnte, ausgekostet hatte, keine Ausrede mehr fand, die Reise nicht fortzusetzen, obwohl die Königin beim Abschied sehr bedrückt schien und ihrer Freundin über die Juwelen und Porträts hinaus, die sie ihr bereits gegeben hatte, noch mehr Geschenke machte, darunter eine goldene, mit Diamanten besetzte Schnupftabaksdose für den Cavaliere.

Dann ging es wie in einem Wirbel durch Mitteleuropa nach Prag, der Stadt, in der man sich Legenden von Statuen erzählte, die lebendig wurden, der Stadt, in der einst Rudolf II. herrschte, dieser von vielen Leidenschaften besessene Sammler, der in Venedig einen seit langem begehrten Dürer kaufte und es dann nicht ertragen konnte – wie sich der Cavaliere erinnerte, als er in dem schlecht gefederten Wagen durchgeschüttelt wurde –, der es nicht ertragen konnte, daß sein Schatz auf dem Weg über die Alpen durchgeschüttelt und durchgerüttelt wurde, und der das dick verpackte Gemälde von vier kräftigen jungen Männern über die Berge tragen ließ, die sich ständig abwechselten und das Bild auf dem ganzen Weg aufrecht transportierten. In Prag richtete der regierende Herzog, ein weiterer Neffe der Königin, eine prächtige Feier zu Ehren des zweiundvierzigsten Geburtstages des Helden aus. Dann ging es die Elbe hinunter nach Dresden, wo sie die Porzellansammlung des Kurfürsten besichtigten und in die Oper gingen, in der, wie man sich erzählte, der Held und die Frau des Cavaliere völlig ins Gespräch vertieft gewesen seien; und wo er, auf einem der Bälle zu Ehren des Helden, einen Diamanten vom Griff seines vergoldeten Schwertes verlor (sie gaben eine Annonce auf und boten eine Belohnung an, aber er wurde nicht zurückgegeben). Wie bei anderen Aufenthalten wurde auch hier der Appetit des Helden auf Huldigungen, Geschenke und Feuerwerke reichlich gestillt. In all diesen Städten gibt es für die diplomatische Gemeinde und die am Ort lebenden Engländer genügend Klatsch und boshafte Bemerkungen über das Trio, um ihre Tagebucheintragungen und Briefe zu beleben. Er ist mit Orden, Bändern und Medaillen überhäuft, schrieb einer ihrer Gastgeber, und sieht eher aus wie ein Opernfürst und nicht wie der Sieger vom Nil. Und niemand ließ es sich nehmen, über seine sklavische Ergebenheit gegenüber der Frau des Cavaliere zu klagen, über deren übertriebene Präsentation ihrer selbst, sei es, was grandiose Auftritte, ihre Gier nach Essen und Trinken oder ihre schiere Körperfülle betraf, ebenfalls sarkastisch geredet wurde.

Die einzige Gefälligkeit, um die der Cavaliere auf der Reise bat, war ein Abstecher nach Anhalt-Dessau und ein Besuch beim dortigen Fürsten, der mehrmals zu ihm nach Neapel gekommen und der einer der ersten gewesen war, die die Bände mit seinen Schriften über den Vulkan subskribiert hatten, und der vor zehn Jahren auf einer Insel in einem See seines Landsitzes seinen eigenen Vesuv errichtet hatte. Er hatte einen Durchmesser von fast hundert Metern an der Basis, war etwa vierundzwanzig Meter hoch, stieß richtiges Feuer und richtigen Rauch aus (wenn brennbares Material im Innern des hohlen Kegels entzündet wurde) und spie seine eigene Variante geschmolzener Lava aus (tatsächlich handelte es sich um Wasser, das über den Rand des Kegels gepumpt wurde und die Abhänge des Vulkans, vorbei an rotgefärbten, von innen beleuchteten gläsernen Öffnungen, hinabströmte.) Im Gegensatz zu der sechzehn Meter hohen Konstruktion aus Glas, Fiberglas, und Stahlbeton vor dem Hotel in Las Vegas – ein x-beliebiger Vulkan, der (zwischen ein Uhr früh und Morgengrauen) alle fünfzehn Minuten ausbricht –, war der Vulkan des Fürsten von Anhalt-Dessau eben doch der Vesuv und brach nur bei besonderen Gelegenheiten für vornehme Gäste aus. Vor sechs Jahren hatte es eine Vorstellung für Goethe gegeben. Der Cavaliere hoffte, es gebe eine Vorstellung für ihn. (Schließlich waren es sein Vesuv und seine Vulkan-Beobachtungen, die den Fürsten inspiriert hatten, der auf der Insel außerdem noch eine Nachbildung der Villa des Cavaliere bei Portici gebaut hatte.) Das wäre amüsant, sagte seine Frau, die nicht abgeneigt war, den Hof eines weiteren unbedeutenden deutschen Fürstentums zu besuchen. Der Cavaliere schickte dem Fürsten eine Nachricht, in der er ihm seinen Besuch ankündigte. Doch leider antwortete der Privatsekretär des Fürsten, daß sein Herr nicht anwesend sei und daß die Maschinerie während seiner Abwesenheit nicht in Gang gesetzt werden könne. Der Cavaliere verpaßte seinen letzten Vulkan.

Wer weiß, vielleicht ist es ganz gut so, sagte die Frau des Cavaliere, die sah, daß der Held erschöpft und begierig war, jetzt Hamburg und die dortigen Feierlichkeiten zu erleben. Sie reisten auf dem Fluß; als sie Dresden verließen, zeigten sich auf jeder Brücke, an jedem Fenster, das auf die Elbe ging, jubelnde Menschen. Von Hamburg aus, wo er auch viele Bibeln und Gebetbücher signierte, schrieb er an die Admiralität, daß er eine Fregatte erwarte, die sie abholen und nach England bringen solle. Sein Ersuchen blieb ohne Antwort.

*

Und was sollen sie in England tragen, dem Land, das der Held seit beinahe drei Jahren nicht mehr betreten hat. Die bewundernden Mengen, die ihn begrüßen, als das gemietete Postschiff in Yarmouth einläuft, und die, um den

Helden zu sehen, überall zusammenlaufen, wo er und seine Gesellschaft auf der Kutschfahrt nach London haltmachen, können nichts wissen von der Unzufriedenheit ihrer Herrscher mit dem Helden und von dem Leben, das er im vergangenen Jahr geführt hat. Sie haben die ironischen Berichte über die triumphalen Taten des Helden nicht gelesen (nur zehntausend Menschen im Land lesen Zeitungen). Auch kennen sie nicht den Unterschied zwischen den neapolitanischen Orden und dem Bath-Orden, die vorn an seiner Uniform stecken.

Für die Menge war er immer noch der größte Held, den England je gekannt hat. Was Fanny betraf, so war er immer noch ihr Mann. Fanny und der leicht senile Vater des Helden, die vom Land nach London gekommen und in einem Hotel in der King Street abgestiegen sind, hatten über eine Woche gewartet. Der Held umarmte seinen Vater mit aufrichtiger Begeisterung und seine Frau mit gequälter Zurückhaltung. Die Frau des Cavaliere, die ein weißes Musselinkleid trug, dessen Saum rundherum mit dem Namen des Helden und BRONTE in Goldfäden und Pailletten bestickt war, umarmte die Frau und den Vater ihres Geliebten. Sie aßen zusammen im Hotel – ein schmerzliches Unternehmen. Die Frau des Cavaliere machte die Hurras der frenetischen Menge auf ihren verschiedenen Stationen während der dreitägigen Fahrt nach London nach – und auch das Läuten der Glocken der Stadt. Der mürrische Held, der um den Hals, unter dem Hemd, so wie er das bis zu seinem Tode tun würde, eine Miniatur der Frau des Cavaliere trug, biß sich jedesmal, wenn Fanny etwas sagte, auf die volle Unterlippe. Der Cavaliere beobachtete auf Fannys Gesicht das Anschwellen von Bestürzung und Demütigung.

Am nächsten Tag trug der Held, um der Admiralität seine Aufwartung zu machen, seine kleine Ausgehuniform: Marinemantel, weiße Marinekniehosen mit Marineknöpfen an den Knien, seidene Strümpfe, Schuhe mit großen Spangen. Das war klug, und seine alten Freunde in der Admiralität, denen der Sinn nach einer Maßregelung stand, waren bald milder gestimmt, als sie dem Helden zuhörten, wie er ihnen einen ernsthaften Vortrag über seine Pläne zur Verteidigung der Kanalküste hielt, für den Fall, daß Napoleon so töricht sein und eine Invasion versuchen sollte, und über seinen Wunsch sprach, so bald wie möglich wieder in den aktiven Dienst zurückzukehren. Doch am darauffolgenden Tag beging der Held einen gravierenden Fehler, als er zum königlichen Lever im Palast den Tschelenk des Großtürken am Hut trug sowie seine drei Orden auf der Brust (den Bath-Orden und zwei sizilianische Ehrenabzeichen) und das juwelenbesetzte Porträt des Königs von Neapel um den Hals. Kein Wunder, daß der britische König ihn kurz abfertigte und seine Gegenwart kaum zur Kenntnis nahm, ihn lediglich fragte, ob er wieder ganz genesen sei, sich abwandte und sich dann etwa dreißig Minuten lang angeregt mit General*** über dessen Wunsch unterhielt, die Armee möge im Krieg mit den Franzosen eine größere Rolle spielen. Der britische Monarch hatte den sizilianischen Titel des Helden nicht anerkannt, wie dessen Empfänger sehr wohl wußte. (Und wird es auch erst in zwei Monaten tun, wenn der Held ein neues Kommando erhält und fortgeht, um einen weiteren berühmten Sieg zu erringen.) Hätte der Held die Aufmerksamkeit seines Königs wenigstens für zehn Minuten gehabt, hätte er zweifellos einen Teil der Zeit dazu benutzt, die Frau des Cavaliere und ihre unverzichtbaren patriotischen Dienste in Neapel und Palermo zu rühmen, die eine Belohnung und den Dank der Öffentlichkeit verdienten. Doch weder die Tatsache, daß der Held eine Frau lobte, die ihn ruinierte, noch ein überschwengliches Empfehlungsschreiben der in Verruf geratenen Königin von Neapel würden ihr aus ihrer Stellung als Paria heraushelfen. Das alles bestätigte nur, was alle ohnehin schon wußten.

Die Zeitungen hatten darüber spekuliert, ob die Frau des Cavaliere bei Hof überhaupt als präsentabel angesehen wurde, und durch ihre Abwesenheit, als der Cavaliere seinen eigenen makellosen Auftritt hatte, wurde eine deutlich sichtbare Schande unbarmherzig heraufbeschworen. Wenn der eine oder andere auch herausfand, daß sich hinter ihrer Fettleibigkeit außerdem eine Schwangerschaft verbarg – Ihre Ladyschaft hat diese Gestade gerade noch rechtzeitig erreicht, so die knappe Notiz in der *Morning Post* –, war es doch weniger der Skandal ihrer Schwangerschaft, der die Gesellschaft in Atem hielt, als vielmehr der Verlust ihrer Schönheit. Teint. So rosig und blühend ist das Gesicht Ihrer Ladyschaft, daß sie, wie Doktor Graham sagen würde, eine vollkommene Göttin der Gesundheit zu sein scheint! (Doppelter Spott: sowohl Anspielung auf die Schwangerschaft als auch Erinnerung an ihre kurze Beschäftigung bei dem einst modischen Heiler und Fruchtbarkeitstherapeuten vor einem halben Leben.) Figur. Die an ihr so besonders gerühmt wurde und von der folglich ihr Ruf ausging und die jetzt so angeschwollen ist, daß die ganze ursprüngliche Schönheit verlorengegangen ist. Attitüden. Ihre Ladyschaft richtet einen Raum ein, um ihre Attitüden zu zeigen, und beabsichtigt, Attitüden-Feste zu geben. Attitüden werden in diesem Winter weit mehr in Mode sein als Figur oder Gesicht.

Die Karikaturisten verschonten weder sie noch den Cavaliere. Gillray zeigte ihn als vertrockneten, grotesken alten Mann, der in die Betrachtung häßlicher Statuetten und eines beschädigten Nachttopfes vertieft ist; über ihm sieht man die Porträts einer barbusigen Kleopatra, die eine Ginflasche in der Hand hält, und einen einarmigen Mark Anton, der einen Dreispitz trägt, sowie ein Bild des gerade ausbrechenden Vesuv. Doch es gibt keine direkten Karikaturen des Helden, der für viele Büsten und Porträts Modell sitzt und im Oberhaus eingeführt wurde – über ihn gibt es nur Klatsch und Tratsch. Einem Gerücht zufolge, und das Gerücht entsprach der Wahrheit, schminkt sich der Held jetzt das Gesicht. Die Gerüchte übertreiben und sagen, er wiege nur achtzig Pfund.

Das Oberhaus ist eine Bühne, der Hof ist eine Bühne, eine Abendgesellschaft ist eine Bühne – selbst eine Loge in einem Theater ist eine Bühne. Die beiden Paare gingen zusammen ins Drury-Lane-Theater, und als sie ihre Plätze einnahmen, erhob sich das gesamte Publikum und jubelte, das Orchester stimmte »Rule, Britannia« an, und der Held mußte aufstehen und sich zum Dank verbeugen. Am nächsten Tag berichteten die Zeitungen, daß die Frau des Helden in Weiß mit einem Kopfputz aus violetter Seide und kleinen weißen Federn erschienen war und daß die Frau des Cavaliere ein blaues Seidenkleid und einen blauen Kopfputz mit einem prächtigen Federbusch getragen hatte. In dem Stück, das sie sahen, wurde die weibliche Hauptrolle von Jane Powell gespielt, die die Frau des Cavaliere, wie sie ihrem Mann erzählte, vor ach so langer Zeit kennengelernt hatte, sogar noch vor der Zeit, als sie Charles begegnete – das hieß, so vermutete der Cavaliere, als sie noch, als sie noch eine ... er mochte nicht daran denken. Tatsächlich hatte sie Jane kennengelernt, als sie mit vierzehn Jahren, als sie gerade nach London gekommen war, Dienstmädchen im Haus von Doktor*** gewesen war. Jane war dort zweites Hausmädchen gewesen und war ihre erste Freundin geworden. Sie teilten sich eine Kammer auf dem Dachboden. Beide wollten sie Schauspielerin werden.

Theater spielen ist eine Sache, kultiviert sein (was Theaterspielen einschließt) eine andere. Der Cavaliere wünschte, der Held würde den Schein wahren – so wie er es tut. Er kann verstehen, daß der Held erbittert ist über den Starrsinn von Fannys Liebe, über ihre rührende Überzeugung, daß ihr Mann, wenn sie geduldig ist und sich so benimmt, als sei nichts geschehen, sich bereit finden wird, mit ihr und seinem Vater in dem möblierten Haus in der Dover Street zu leben. Aber das ist für den Helden noch kein Grund zu zeigen, was er wirklich fühlt, was er aber offensichtlich bei einem Bankett tat, das Graf Spencer ihm zu Ehren in den Räumlichkeiten der Admiralität gab. Während er der zu seiner Rechten sitzenden Gräfin Spencer die vier hauptsächlichen Schwächen des französischen Artillerieeinsatzes erklärte, war Fanny, die zu seiner Linken saß, von der sich selbst zugewiesenen Aufgabe in Anspruch genommen, Walnüsse für ihn zu knacken und sie ihm anschließend in einem kleinen Glas neben seinen Teller zu stellen, das er wegstieß. Das Glas zersplitterte, und Fanny brach in Tränen aus und lief vom Tisch weg. Der Held richtete weiterhin sowohl das starre als auch das bewegliche Auge nach rechts auf die Frau des Ersten Lords der Admiralität, der Stumpf zuckte im leeren Ärmel, und brillant, originell, unnachahmlich sprach er weiter über Taktiken der Kriegsmarine.

Sie taten nicht länger so, als wären sie zwei Paare. Der Held zog in das Haus seiner Freunde in Piccadilly und bot an, sich zur Hälfte an der Jahresmiete des Cavaliere zu beteiligen, die sich auf einhundertundfünfzig Pfund belief; der Cavaliere lehnte das ab. Bald darauf kehrte Fanny mit dem Vater des Helden aufs Land zurück.

Der Cavaliere fühlte sich genötigt, sparsam mit seinen Kräften umzugehen. Die Zeit, die er sonst wohl damit verbracht hätte, an Versammlungen der Royal Society teilzunehmen, verbrachte er jetzt in Beratungen mit seinen Bankiers, die sich bemühten, einen vernünftigen Rückzahlungsplan für seine Schulden auszuarbeiten. Die Fülle und die Neuheit der Waren in den Geschäften erstaunten ihn. London kam ihm, nach neunjähriger Abwesenheit, außerordentlich modern, lebhaft, reich vor – fast wie eine fremde Stadt. Er ging zu einigen Auktionen, obwohl er sich nicht erlauben konnte, etwas zu kaufen. Er besichtigte seine Vasensammlung im Britischen Museum.

Charles war oft mit ihm zusammen, Charles steht immer zur Verfügung. Mit Charles, und ohne seine Frau, fuhr er zu seinem Landsitz in Wales, der jetzt mit einer Hypothek von dreizehntausend Pfund belastet war. Der Cavaliere hatte dem Außenministerium eine Liste seiner Verluste in Neapel (Möbel, Kutschen etc.: dreizehntausend Pfund) und der während der anderthalb Jahre in Palermo entstandenen ungeheuren Kosten (zehntausend Pfund) vorgelegt. Während es ihm gerade noch gelingt, seine Gläubiger in Schach zu halten, hat er sich um eine jährliche Rente in Höhe von zweitausend Pfund beworben, eine bescheidene Bitte. Jedermann, insbesondere Charles, versichert ihm, er habe außerdem berechtigte Aussichten auf die Pairswürde. Doch er bezweifelt, daß er beides haben kann. Er hätte lieber das Geld als den Titel eines Lords. Es ist zu spät für Titel. Charles fragt ihn, ob er froh sei, wieder in London zu sein. Er antwortet: Ich werde hier zu Hause sein, sobald es mir gutgeht.

*

Vor dem Londoner Dezember mit seiner Überfülle an standesbewußten Gesellschaften wurden sie von William, dem abgeschieden lebenden, skandalumwitterten Verwandten des Cavaliere, gerettet, der sie einlud, die Weihnachtswoche mit ihm auf seinem palladianischen Landsitz zu verbringen und das Bauvorhaben zu begutachten, das er in den Wäldern von Fonthill begonnen hatte.

Er nennt es eine Abtei, was bedeutet, daß die Architektur von der Gotik beeinflußt ist, sagte der Cavaliere. Spitzbögen und bunte Glasfenster, fügte er für den Helden hinzu.

Wie Strawberry Hill, rief die Frau des Cavaliere.

Laßt das William nur ja nicht hören, meine Liebe. Er ist der größte Rivale und Kritiker unseres verstorbenen Freundes Walpole, und er spricht nur voller Verachtung von dessen Schloß.

Sie hatten im nahe gelegenen Salisbury haltgemacht, wo der Bürgermeister den Helden empfing und ihm die Ehrenbürgerschaft der Stadt verlieh, und ihre Kutsche – die langsam fuhr, um aus Rücksicht auf den Zustand der Frau des Cavaliere die Erschütterungen so gering wie möglich zu halten – wurde bis zu den Toren von Fonthill von einer Abteilung berittener Miliz eskortiert.

Nein, sagte der Cavaliere nach langem Schweigen, dies ist etwas viel Großartigeres.

Was ist großartig, fragte seine Frau.

Die Abtei! rief der Cavaliere. Hatte er sich denn nicht klar ausgedrückt? Wir sprechen doch über die Abtei, oder? Ihr Turm, so sagte mir William, wird höher sein als die Turmspitze der Kathedrale von Salisbury.

Es schneite, und der Cavaliere fühlte sich in Kälte eingesperrt. Das ist sein erstes englisches Weihnachten seit wie vielen Jahren? Denn als er das letzte Mal in England war, hatte er die Rückreise nach Italien im September angetreten. Ja. Zwei Tage nach der Hochzeit. Und davor, als er Catherines Leichnam überführt und die Vase verkauft hatte, war es Oktober gewesen, als er zurückgekehrt war. Bei seinem Heimaturlaub davor – aber das war vor fünfundzwanzig Jahren gewesen, als England sich im Krieg mit den amerikanischen Kolonien befand –, waren Catherine und er da nicht auch vor Weihnachten abgereist? Er war sicher, daß sie vor Weihnachten abgereist waren. Und er beschäftigte sich in Gedanken damit, Berechnungen anzustellen, Zahlen und Gesichter tauchten vor seinem inneren Auge auf und verschwanden wieder, aber es schien ihm wichtig, es herauszufinden. Das letzte Weihnachten in England, wie viele Jahre war das her? Wie viele?

Wie viele? fragte die Frau des Cavaliere.

Der Cavaliere, der aus seinen Träumen hochschreckte, fragte sich, ob seine Frau Gedanken lesen könne.

Wie viele Meter, sagte sie. Die Höhe.

Die Höhe?

Wie hoch soll der Turm der Abtei werden?

Fast hundert Meter, murmelte der Cavaliere.

Ich weiß ja nichts über Architektur, sagte der Held, aber ich bin überzeugt, daß sich ohne außergewöhnlichen Ehrgeiz nichts Herrliches erreichen läßt.

Zugegeben, sagte der Cavaliere, aber Williams ehrgeizige Pläne finden nicht die nötige Unterstützung. Vor acht Monaten, der Turm hatte noch nicht einmal die Hälfte der vorgesehenen Höhe erreicht, brachte ein Sturm das Ganze zum Einstürzen. Offensichtlich gestattet er seinem Architekten, mit Stuck und Mörtel statt mit Stein zu bauen.

Was für eine Dummheit, sagte der Held. Schließlich baut man doch für die Ewigkeit.

Oh, aber er glaubt ja, daß es für die Ewigkeit ist und hat den Turm für unseren Besuch aus dem gleichen Material wiederaufbauen lassen. Es würde mich gar nicht überraschen, wenn mein Verwandter eines Tages beabsichtigt, in dem Turm zu leben, damit er auf die Welt herabschauen kann, auf uns herabschauen, und sehen kann, wie klein wir sind.

*

William, Catherines William, der etwas dickliche, versonnene Jüngling, jetzt ein schlanker, erstaunlich jugendlich wirkender Mann von einundvierzig Jahren, war immer noch ein talentierter Musiker. Am ersten Abend spielte er in dem großen Salon fast eine Stunde für seine Gäste (Mozart, Scarlatti, Couperin). Dann überließ er mit knapper Höflichkeit der Frau des Cavaliere das Vorrecht der musikalischen Darbietung, und sie gab eine sizilianische Weise, Arien von Vivaldi und Händel und »Ooody oody Purbum«, ein Hindu-Lied, zum besten, da sie Williams übertriebene Vernarrtheit in den Orient kannte. Sie schloß mit einigen soldatischen Liedern zu Ehren des Helden.

Die drei Männer hatten sich ans lodernde Kaminfeuer gesetzt, während die Frau des Cavaliere beim Flügel stehengeblieben war und sacht die Tasten anschlug. William brachte mit zusammengebissenen Zähnen die Sprache auf das Glück und wandte sich zunächst an seinen erlauchten Gast, den er bat, sich dazu zu äußern.

Glück! rief der Held. Glück besteht für mich zuerst und zuletzt darin, meinem Land zu dienen, wenn mein Land die Dienste eines armen Soldaten, der bereits Gesundheit, Augenlicht und etliches mehr für dieses Land geopfert hat, noch braucht oder noch haben will. Doch wenn mein Land keine Verwendung mehr für mich hat, würde mich nichts glücklicher machen als ein kleines, ländlich-einfaches Haus an einem Bach, wo ich den Rest meines Lebens mit meinen Freunden verbringen darf.

Und was meint die Lady?

Die Lady rief vom Flügel herüber, sie sei glücklich, wenn die, die sie liebte, glücklich seien.

Wie albern Ihr seid, meine Liebe, sagte der Cavaliere.

Ihr mögt recht haben, entgegnete sie lächelnd. Zweifellos habe ich viele Fehler –

Nicht doch! sagte der Held.

Aber, so fuhr sie fort, ich habe ein gutes Herz.

Das ist nicht genug, sagte William.

Die Frau des Cavaliere klimperte weiter auf dem Flügel. Ooody oody purbum, sang sie aufreizend.

Und was würde den Cavaliere glücklich machen?

Es ist mir aufgefallen, daß sich viele Leute in letzter Zeit um meine Zufriedenheit gesorgt haben, sagte der Cavaliere. Aber meine Antworten scheinen sie nicht zufriedengestellt zu haben. Ohne Streit leben. Keine Sorgen haben. Starke Nerven. In meinem Alter erwarte ich keine überschwenglichen Gefühle mehr.

Alle versicherten ihm übereinstimmend, daß er noch gar nicht *so* alt sei.

Und William? Der ungeduldig gewartet hatte, bis er an die Reihe kam.

Ich glaube, ich habe das Geheimnis des Glücks gefunden, sagte William. Man darf sich nie ändern, man muß immer jung bleiben. Alt sein ist nichts anderes als eine Geisteshaltung. Man wird alt, weil man sich gestattet, alt zu werden. Und ich schmeichle mir, daß ich, vielleicht mit Ausnahme von ein paar Falten im Gesicht, noch derselbe bin, der ich mit siebzehn war. Ich habe dieselben Träume, dieselben Ideale.

Ach, dachte der Cavaliere, ewig jung sein. Sich nicht ändern. Das ist sehr wohl möglich, wenn man sich für niemanden außer für sich selbst interessiert. Wenn er sein Leben noch einmal von vorn beginnen könnte, würde er genau das tun.

*

Am zweiten Tag machte William mit seinen Gästen eine Kutschfahrt über einige seiner ausgedehnten Ländereien, von denen er weite Teile mit einer fast fünf Meter hohen Mauer eingezäunt hatte, auf der sich noch zusätzlich eiserne Pfähle befanden, um die wilden Tiere zu schützen, die in seiner Obhut lebten, und um seinen jagenden Nachbarn die Nutzung selbst eines einzigen seiner zweitausend Morgen Land zur Verfolgung der hilflosen Beute zu untersagen.

Natürlich, sagte William, ist es für meine Nachbarn unvorstellbar, daß jemand etwas gegen das Abschlachten unschuldiger Tiere haben könnte, und so glauben sie, ich habe die Mauer gebaut, um die Orgien und Satansriten, denen ich mich hier hingeben soll, abzuschirmen. Ich bin in der Nachbarschaft nicht beliebt und würde auch nicht viel von mir halten, wenn ich es wäre.

Während der Cavaliere am Nachmittag nach dem Essen durch Williams Gemäldegalerie streifte (Dürer, Bellini, Mantegna, Caravaggio, Rembrandt, Poussin etc. etc., dazu noch etliche Abbildungen eines Turmes), hatten seine Frau und der Held sich davongeschlichen, um einen Augenblick allein zu sein, in der Hoffnung, den Dienstboten aus dem Weg zu gehen und einen Winkel zu finden, in dem sie sich umarmen konnten. Wie ungezogene Kinder stahlen sie sich in Williams Schlafzimmer mit seinen himmelblauen indischen Vorhängen, und der Held gestand, daß er noch nie ein so großes Bett gesehen habe. Für die Frau des Cavaliere war es das zweitgrößte Bett, das sie je gesehen hatte, das größte war Doktor Grahams prächtiges Himmelbett gewesen – dreieinhalb mal acht Meter, es hatte einen doppelten Rahmen, so daß es in eine geneigte Fläche verwandelt werden konnte, vierzig Pfosten aus leuchtendem, vielfarbigem Glas stützten es, und darüber breitete sich der Baldachin aus edlem Holz, in das schweren Duft verströmende Gewürze gesteckt waren und über dessen ganze Länge sich ein Spiegel erstreckte, und über allem thronten mechanische, Flöte, Gitarre, Geige, Oboe, Klarinette und Kesselpauke spielende Figuren. Fruchtbarkeit wurde jedem bisher unfruchtbaren Paar garantiert. Fünfzig Guineen die Nacht.

Oh, es ist fast so groß wie das Himmelbett.

Was ist denn das, fragte Held.

Das ist das Bett, in dem ich liege, wenn ich mit Euch zusammen bin, antwortete seine Geliebte, und dabei schlug ihr Herz nicht einmal schneller, und klugerweise fuhr sie gleich fort: Ich wette, er liegt meist allein in seinem Bett, auch wenn er im Ruf eines rechten Wüstlings steht. Der arme William!

Er scheint die Gesellschaft ziemlich zu verachten, bemerkte der Held.

Unterdessen folgte der Cavaliere einem ähnlichen Gedankengang. Nachdem er die herrlichen Gemälde bewundert hatte, die Bücher, das Rokoko-Porzellan, die japanischen Lackkabinette, die Emaille-Miniaturen, die italienischen Bronzestatuen und all die anderen Schätze, die man ihm gezeigt hatte, wunderte er sich über die Tatsache, daß er mit Ausnahme der in Williams Diensten stehenden Menschen der erste war, der diese Dinge zu Gesicht bekam. Der Cavaliere hätte nie gedacht, daß Sammeln die Tätigkeit eines fanatischen Einsiedlers sein könne.

Schließlich waren sie in Williams Studierzimmer gekommen, auf dessen Ebenholztischen mit Intarsien aus florentinischem Mosaik sich die Bücher häuften, die er gerade las. Im Gegensatz zu den meisten Bibliophilen las William jeden Band, den er erwarb, und füllte dann mit einem sorgfältig gespitzten Bleistift und in einer winzigen Schrift, die mit zunehmendem Alter immer schwieriger zu entziffern wurde, die leeren ersten und letzten Seiten mit numerierten Glossen und einem, zustimmenden oder ablehnenden, Urteil über das Buch. Der Schreibtisch war bedeckt mit kommentierten Listen von Buchhändlern und mit Auktionskatalogen, von denen er einige dem Cavaliere reichte und dabei erklärte, welche Bücher zu kaufen er seine Mittelsmänner bereits angewiesen habe.

Ich nehme an, Ihr habt keine Freude daran, in Buchhandlungen zu stöbern oder an Auktionen teilzunehmen, sagte der Cavaliere, indem er zwei seiner eigenen Lieblingsbeschäftigungen nannte.

An etwas teilzunehmen, ist mir eine Qual, genauso schlimm ist es für mich übrigens, wenn ich Fonthill, aus welchem Grund auch immer, verlassen muß, rief William, der mehrere Jahre auf dem Kontinent in rastlosem Exil verbracht hatte, bevor er sich auf seinem Landsitz niedergelassen hatte, um seine Sammlungen und seine Abtei aufzubauen. Aber wenn ich die kostbaren und herrlichen Dinge, die ich besitze, erst einmal angemessen untergebracht habe, werde ich nie mehr hinausgehen müssen, nie mehr jemanden sehen müssen. So verbarrikadiert kann ich die Zerstörung der Welt heiter-gelassen betrachten, denn ich werde das gerettet haben, was als einziges von Wert ist.

Ihr wollt anderen keine Gelegenheit geben zu bewundern, was Ihr gesammelt habt, fragte der Cavaliere.

Warum sollte ich an der Meinung derjenigen interessiert sein, die weniger intelligent und weniger empfindsam sind als ich?

Ich verstehe, sagte der Cavaliere, der nie zuvor an ein Sammeln gedacht hatte, das die Welt ausschloß. Er lag mit der Welt nicht im Streit (obwohl sie seit kurzem mit ihm im Streit zu liegen schien), und seine Sammlungen waren eine einträgliche und gleichzeitig vergnügliche Verbindung zur Welt gewesen.

Ganz offensichtlich scherte sich sein Verwandter den Teufel um die Vervollkommnung des öffentlichen Geschmacks. Aber könnte sich, wagte der Cavaliere einen weiteren Vorstoß, William nicht vorstellen, daß seine Sammlungen der Öffentlichkeit zugänglich wären und in ihrem wahren Wert erkannt würden, und zwar von Kennern einer späteren Zeit, die verständig genug wären, das zu schätzen, was er –

Nichts ist mir so verhaßt, wie über die Zukunft nachzudenken, unterbrach ihn William.

Dann ist für Euch die Vergangenheit –

Ich glaube, ich liebe auch die Vergangenheit nicht, unterbrach ihn William noch einmal ungeduldig. Und Liebe hat sowieso nichts damit zu tun.

Es war das erste Mal, daß der Cavaliere dem Sammeln zum Zweck der Rache begegnete. Rache, die von den außergewöhnlichsten Privilegien begünstigt wurde. Sein Verwandter mußte sich nie fragen, ob er sich leisten konnte, woran er Gefallen fand, oder ob es eine gute Investition wäre, wie der Cavaliere es immer hatte tun müssen. Sammeln war, wie alles, was William unternahm, ein Vorstoß ins Unendliche, ins Unbestimmte, ins Nicht-gezählt-oder-gewogen-werden-Müssen. Das dem Sammler innewohnende Vergnügen, Inventare zu erstellen, war ihm völlig fremd. Inventare beschreiben nur das Endgültige, würde William sagen. Es interessierte ihn einfach nicht zu wissen, daß er vierzig Maki-E-Lackkästchen und dreizehn Statuen des heiligen Antonius von Padua und ein dreihundertdreiundsechzigteiliges Service aus Meißener Porzellan besaß. Sowie die ganzen sechstausendeinhundertundvier Bände der prachtvollen Bibliothek von Edward Gibbon, die er erwarb, als er vom Tod des großen Historikers in Lausanne erfahren hatte – William hatte dessen *Verfall und Untergang* entsetzlich gefunden –, die er sich jedoch nie hatte schicken lassen. Er brauchte nicht nur nicht genau zu wissen, was er besaß, manchmal kaufte er sogar Dinge, um sie *nicht* zu besitzen, um sie von anderen zu isolieren; vielleicht auch von sich selbst.

In einigen Fällen, sagte William sinnierend, genügt mir bereits die Idee des Besitzes.

Aber wenn Ihr nicht seht und berührt, was Ihr besitzt, sagte der Cavaliere, entgeht Euch die Erfahrung der Schönheit, die doch das ist, was sich alle Kunstliebenden – alle Liebenden, hätte er beinahe gesagt – wünschen.

Schönheit! rief William. Wer ist empfänglicher für Schönheit als ich? Vor mir braucht Ihr die Schönheit nicht zu rühmen! Doch es gibt etwas, das noch erhabener ist.

Und das wäre …?

Etwas Mystisches, sagte William kalt. Ich fürchte, Ihr werdet das nicht verstehen.

Ihr könnt es mir ja erklären, sagte der Cavaliere, der diesen Wortwechsel mit seinem streitbaren Verwandten und auch dieses Gefühl der Klarheit seiner eigenen Gedanken genoß. Vielleicht hatte er sie in letzter Zeit deshalb so oft schweifen lassen, weil er schon lange kein Gespräch mehr geführt hatte, das ihn forderte oder ein gelehrtes Thema berührte. Alles war Anekdote geworden. Erklärt es mir, sagte er.

So hoch zu steigen wie nur möglich, verkündete William. Dorthin. Habe ich mich verständlich gemacht?

Vollkommen verständlich. Ihr meint Euren Turm.

Ja, wenn Ihr so wollt, meine ich den Turm. Ich werde

mich in meinen Turm zurückziehen und nie mehr herunterkommen.

Damit flieht Ihr vor der Welt, der Ihr vorwerft, Euch schlecht behandelt zu haben. Aber Ihr schränkt Euch auch ein.

Wie ein Mönch auf der Suche nach –

Aber Ihr wollt doch wohl nicht sagen, daß Ihr wie ein Mönch lebt, warf der Cavaliere lachend ein.

Doch, ich werde ein Mönch sein! Ihr versteht das natürlich nicht. All dieser Luxus – William deutete mit lässiger Hand auf die Damastvorhänge und die Rokokomöbel – ist genauso ein Instrument des Geistes wie die Peitsche, die der Mönch an die Wand seiner Zelle hängt und Nacht für Nacht herunterholt, um seine Seele zu reinigen!

*

Sich mit bezaubernden und anregenden Dingen, einem Übermaß an Dingen, zu umgeben, sicherzustellen, daß die Sinne immer beschäftigt sind, die Vorstellungskraft immer in Übung ist – das konnte der Cavaliere gut verstehen. Was er sich nicht vorstellen konnte, war eine Sammlerlust, die sich etwas Höherem als der Kunst, etwas Hinreißenderem als der Schönheit verschrieb, einer Idee, innerhalb derer die Kunst, wie auch die Schönheit, nur ein mögliches Instrument war. Der Cavaliere war jemand, der nach Glück, nicht nach Glückseligkeit suchte. Bei all seinem Nachsinnen über das Glück hatte er nie die Kluft zwischen einem glücklichen und einem nach Ekstase strebenden Leben erkennen können. Ekstase stellt nicht nur, so mochte der Cavaliere wohl sagen, unvernünftige Forderungen an das Leben. Sie muß sich schließlich in Brutalität verkehren.

Wie sexuelle Gefühle, wenn sich die ganze Zuneigung oder Hingabe auf sie konzentriert und wenn sie in all ihrer Heftigkeit und Sucht ausgelebt werden, kann auch das Gefühl für Kunst (oder Schönheit) nach einiger Zeit nur als Exzeß erlebt werden, als etwas, das danach strebt, über sich selbst hinauszuwachsen, sich aufzulösen.

Etwas wirklich lieben heißt, sich wünschen, daran zu sterben.

Oder ausschließlich darin zu leben, was dasselbe ist. Aufzusteigen und niemals mehr herunterkommen zu müssen.

Das will ich haben, sagst du. Und das. Und das. Und das auch.

Verkauft, sagt der freundliche Händler.

Wenn du reich genug bist, dir alles kaufen zu können, was du haben willst, fühlst du dich möglicherweise gedrängt, deine unersättliche, deine unerfüllbare Süchtigkeit auf ein Gebäude zu verlegen – ein einzigartiges, ausgeklügeltes Haus für dich und deine Sammlungen. Dieses Haus ist die höchste Form der Vorstellung eines Sammlers von der idealen Selbstgenügsamkeit.

Also sagst du zu deinem Architekten: Das will ich haben. Und das. Und das.

Und der Architekt sorgt für das Hindernis. Der Architekt sagt: Das ist unmöglich. Oder: Das verstehe ich nicht.

Du versuchst, es zu erklären. Du benutzt das ungenaue Wort gotisch, oder was auch immer der rückwärtsgerichtete Stil des Augenblicks gerade ist. Er scheint zu verstehen. Aber im Grunde willst du gar nicht, daß er versteht. Mir schwebt der Orient vor, sagst du. Aber du meinst gar nicht wirklich den Orient, sondern ein orientalisches Dekor, das du einer Versenkung in das, was du deine Visionen und prophetischen Trancezustände nennst, immer schon dienlich gefunden hast.

Der Architekt tut, was du sagst: So schwierig du auch sein magst, bist du doch der beste Kunde, den er je gehabt hat. Aber so getreu er deine Vorstellungen auch in die Tat umsetzen mag, er kann sie doch nicht gänzlich erfüllen. Ständig bittest du um Änderungen und Ergänzungen der Konstruktion. Neue Vorstellungen kommen dir in den

Sinn. Oder besser gesagt, neue Versionen der alten Vorstellung, die dich ursprünglich dazu gebracht hat, das Haus in Angriff zu nehmen.

Ich will mehr, sagst du zu dem gequälten, unterwürfigen Architekten, der inzwischen angefangen hat, sich über einige Anweisungen seines exzentrischen Auftraggebers hinwegzusetzen oder am Baumaterial zu sparen. Mehr, mehr. Solch ein Gebäude hat die Unbegrenztheit einer Sammlung. Du denkst, du willst es fertigstellen, aber das willst du gar nicht.

✶

Nur weil es nicht fertiggestellt ist (tatsächlich wurde es nie fertiggestellt), kann er es ihnen zeigen, kann er es für sie in Szene setzen. Diesmal ist es nicht ihr Theater. Niemand, nicht einmal der Held, kann William in den Hintergrund drängen.

Er hatte angeordnet, daß über mehrere Kilometer Fakkeln in die Bäume gesteckt wurden, und hatte Musikkapellen entlang des für die Wagen frisch gemähten Weges aufstellen lassen, aber auch in größerer Entfernung, um ein feierliches Echo hervorzurufen, damit sie verzaubert würden, wenn sie bei Sonnenuntergang durch die Wälder fuhren. Als der erste Wagen auf offenes Gelände kam, war es immer noch hell genug, um die Flagge des Helden zu sehen; sie wehte von dem achteckigen Turm des ungeheuren kreuzförmigen Gebäudes, auf dem bereits Giebel, Erker und verschiedene größere und kleinere Türmchen in die Höhe ragten. Die Flagge war in diesem Theater Williams einziges Zugeständnis an die Anwesenheit des berühmtesten Mannes von England unter seinen Gästen.

Er führte sie durch einen Eingang im Westflügel in das Gebäude und dann durch die große Halle in einen Raum, der, wie er ihnen erklärte, das Empfangszimmer des Kardinals genannt wurde und in dem auf einem mit silbernem Geschirr gedeckten Refektoriumstisch ein Festmahl angerichtet war. Als sie gegessen hatten, stellte die Frau des Cavaliere in einer Pantomime eine Äbtissin dar, die in ihrem Kloster Novizinnen willkommen hieß. Es schien mir ein gutes Sujet, vertraute sie William nach der Vorstellung an.

Das Innere des Gebäudes war größtenteils von Gerüsten gesäumt, auf denen hier und da hingetupft die Schattengestalten der fünfhundert Handwerker aus dem Ort – Zimmerleute, Stukkateure und Maurer – zu erkennen waren, die für William in mehreren Schichten rund um die Uhr arbeiteten. Er kicherte nervös und verfluchte mit gequälter, schriller Stimme die Langsamkeit des Architekten und die Saumseligkeit der Arbeiter, aber dann vergaß William seinen Ärger, gab sich einer begeisterten Vision dessen hin, was einmal sein würde, und führte seine Gäste die kreuzgewölbeartigen Korridore und die von silbernen Wandleuchtern erhellten Galerien entlang, die Wendeltreppen hinauf und hinunter, die die Frau des Cavaliere, obwohl sie nur einen Monat vor der Niederkunft stand, tapfer bewältigte. Der Cavaliere lächelte angesichts der kapuzentragenden Gestalten mit den muskulösen nackten Armen, die große Wachskerzen hielten, um den Weg zu beleuchten.

Eine Kathedrale der Kunst, erklärte William seinen Gästen, in der all die heftigen Empfindungen, nach denen sich unsere beschränkten Sinnesorgane sehnen, verstärkt werden und in der all die erhebenden Gedanken, deren unser kleiner Geist fähig ist, zum Leben erweckt werden.

Er zeigte ihnen die über hundert Meter lange Galerie, in der später seine Bilder hängen sollten. Das Bibliotheksgewölbe. Und das Musikzimmer, wo er auf seinen Tasteninstrumenten all die Musik erklingen lassen würde, die es wert war, gespielt zu werden.

Einige provisorisch zur Besichtigung vorbereitete Räume waren holzgetäfelt und hatten pfauenblaue, purpurne und scharlachrote Vorhänge. Aber William schien sich immer mehr zu sorgen, daß die Besucher nicht verstehen würden, was sie sahen.

Das ist meine Kapelle, sagte er. Sie sollten sich den Raum mit goldenen Kerzenleuchtern, emaillierten Reliquienschreinen, juwelenübersäten Vasen, Kelchen und Monstranzen vorstellen. Das Fächergewölbe wird aus poliertem Gold sein.

Hier müßt Ihr Euch Portieren aus violettem Samt mit purpur- und goldfarbener Stickerei vorstellen, sagte William. Und in diesem Raum, ich nenne ihn das Allerheiligste, vergitterte Fenster wie in Beichtstühlen.

Mir ist ziemlich kalt, sagte der Cavaliere leise.

Und für alle sechzig Kamine, fuhr William unerschütterlich fort, wird es vergoldete Körbe in Filigranarbeit geben, bis obenhin gefüllt mit parfümierter Kohle.

Die Dunkelheit, die Kälte, der flackernde Lichtschein der Fackeln – der Cavaliere fühlte sich allmählich unwohl. Seine Frau wünschte sich, es gäbe einen Stuhl oder eine Betschemel für ihren schweren Körper. Dem Helden brannten vom Rauch der Fackeln die Augen.

Er zeigte ihnen seinen Offenbarungsraum, in dem es einen Boden aus poliertem Jaspis geben und in dem er begraben werden würde.

Er zeigte ihnen, was einmal der scharlachrote Salon mit dem scharlachroten Seidendamast werden würde und seinen gelben Ruhesalon mit gelbem usw.

Schließlich führte er sie in den riesigen Raum unter dem zentralen Turm.

Die achteckige Halle. Hier müßt Ihr Euch eine Eichentäfelung vorstellen und bunte Glasfenster in den hochaufragenden Bögen mit einem großen Rosenfenster in der Mitte, sagte William.

Seht nur, rief die Frau des Cavaliere. Das ist ja wie eine richtige Kirche.

Ich schätze, sie ist ungefähr vierzig Meter hoch, sagte der Held.

Ihr müßt Eure Phantasie benutzen, fuhr William gereizt fort. Aber wenn meine Abtei erst fertig ist, wird nichts mehr der Phantasie überlassen sein. Sie wird die Phantasie *sein*, der greifbare Gestalt verliehen wurde.

Er wünschte sich so sehr, daß sie das Gebäude bewunderten.

Also mußte er – denn William war nicht, wie er glaubte, einzigartig unter den Sammlern – schließlich enttäuscht sein. Von diesem Pfarrerssohn, diesem mit einer Admiralsuniform aufgetakelten Gespenst, das außer an der Frau des Cavaliere nur daran interessiert war, Menschen zu töten, erwartete er nichts. Auch von der Geliebten des Helden, die zu der beklagenswerten Sorte Menschen gehörte, die sich über alles begeistern, erwartete er nichts. Doch vielleicht hatte er etwas von ihrem Mann, Catherines Mann, erwartet, von seinem anspruchsvollen schöngeistigen Verwandten mit dem hageren Gesicht und dem geistesabwesenden Blick. Doch da war nichts. Nichts. Als ich zwanzig war, habe ich mir geschworen, immer Kind zu bleiben, dachte William bei sich; und jetzt muß ich mich damit abfinden, auch die Verletzlichkeit eines Kindes zu haben und den absurden Wunsch eines Kindes, verstanden zu werden.

Er würde nie mehr Gäste im Haus haben, sobald die Arbeiten an der Abtei weit genug vorangeschritten waren, um darin leben zu können. Es war keine Kathedrale, sondern ein Tempel, den Eingeweihten vorbehalten: denen, die seine Träume teilten und die, wie er, schwere Prüfungen und Enttäuschungen durchgemacht hatten.

Es wird sich jedoch herausstellen, daß der künftige Gebrauch solcher prunkvollen Monumente der Sentimentalität und des Eigennutzes den frommen Einschränkungen ihrer Erbauer trotzt. Von der Nachwelt für hinreißende, blindwütige Übungen in schlechtem Geschmack gehalten, ist es ihre Bestimmung, von Generationen herumreisender Touristen angestarrt zu werden, die über die

Absperrungsseile aus Samt hinweglangen, wenn die Wärter nicht aufpassen, um die kostbaren Gegenstände oder seidenen Vorhänge des Megalomanen zu betasten. Doch Williams Abtei, der einflußreiche Vorläufer all der ästhetischen Paläste des Überflusses und der Synästhesie und der theatralischen Räume, die in den beiden Jahrhunderten danach folgen sollten (sowohl die tatsächlich erbauten als auch die in Romanen heraufbeschworenen), erlebte nicht mehr das disneyhafte Schicksal von Ludwigs Neuschwanstein und D'Annunzios Vittoriale. Die stümperhaft gebaute Abtei war von Anfang an eine im Entstehen begriffene Ruine. Und da diese Kathedrale der Kunst mit all ihren prächtigen Arenen der Selbstinszenierung hauptsächlich als Ausrede diente, den Turm zu bauen, scheint es nur folgerichtig, daß das Schicksal des Turmes auch das Schicksal des Gebäudes war. Der Turm stürzte in den nächsten fünfundzwanzig Jahren zwar nicht noch einmal ein, bald darauf wurde Fonthill verkauft, aber als er dann einstürzte, riß die sich überschlagende Wolke aus morschem Stuck und Mörtel einen Großteil der Abtei mit ein. Und niemand sah einen Grund, den Rest nicht gleich mitabzureißen.

✶

Dinge verfallen, zerbrechen, verschwinden. Das ist das Gesetz des Lebens, dachte der Cavaliere. Altersweisheit. Und die wenigen Dinge, die den Wiederaufbau oder die Reparatur lohnen, werden für immer die Zeichen der ihnen angetanen Gewalt tragen.

Eines Nachmittags im Februar 1845 betrat ein junger Mann von neunzehn Jahren das Britische Museum, ging direkt zu dem unbewachten Raum, in dem die Portland-Vase, eines der kostbarsten und berühmtesten Besitztümer des Museums, seit der vierte Herzog von Portland sie im Jahr 1810 dem Haus als Leihgabe zur Verfügung gestellt hatte, in einer Glasvitrine aufbewahrt wurde, hob hoch, was später als »ein Kuriosum der Töpferkunst« bezeichnet wurde, und fing an, systematisch auf die Vase einzuschlagen. Die Vase zerbrach, zersplitterte, zersprang, wurde entzeugt. Der junge Mann pfiff leise und setzte sich vor den Scherbenhaufen, um sein Werk zu bewundern. Wachen kamen angelaufen.

Polizisten wurden gerufen, und der junge Mann wurde auf das Polizeirevier in der Bow Street gebracht, wo er einen falschen Namen und eine falsche Adresse angab; der Museumsdirektor machte sich auf den Weg, um dem Herzog die unangenehme Nachricht zu überbringen; die Mitglieder des Kuratoriums gingen auf die Knie, um all die winzigen Stücke aufzusammeln. Voller Sorge, sie könnten eines übersehen!

Der Übeltäter, ein irischer Theologiestudent, wie sich herausstellte, der nach nur wenigen Wochen Studium vom Trinity College abgegangen war, hatte viel von seiner Forschheit verloren, als er dem Richter vorgeführt wurde. Als man ihn aufforderte zu erklären, was ihn dazu getrieben habe, diesen sinnlosen Akt von Vandalismus zu begehen, gab er zur Antwort, daß er betrunken gewesen sei ... oder daß er an einer Art nervöser Erregung leide, einer andauernden Angst vor allem, was er sah ... oder daß er Stimmen gehört habe, die ihm befohlen hätten, es zu tun ... oder daß er den Schöpfer der Vase beneide ... oder daß er sich von der Gestalt der Thetis, die sich zurückneigte und ihren Bräutigam erwartete, erregt gefühlt habe ... oder daß er der Meinung gewesen sei, die Darstellung erotischen Verlangens sei ein Sakrileg, ein Angriff auf christliche Moralvorstellungen ... oder daß er es nicht ertragen könne zu sehen, wie ein so schöner Gegenstand so sehr bewundert werde, während er arm und einsam und erfolglos sei. Die üblicherweise vorgebrachten Gründe für die Zerstörung von Dingen, die einen unschätzbaren Wert haben und von jedermann bewundert werden. Es sind immer Geschichten einer Besessenheit.

Selbsternannte Außenseiter und Einzelgänger, fast immer Männer, sind schließlich oft besessen von einem erlesen schönen Gebäude, wie dem Tempel des goldenen Pavillons, oder von Darstellungen schmachtender weiblicher Schönheit, wie der Thetis auf der Portland-Vase oder der *Venus vor dem Spiegel* von Velázquez, oder idealer, nackter männlicher Schönheit, wie dem *David* von Michelangelo – fangen an besessen zu sein, sind immer mehr besessen, steigern sich in einen Zustand angestauten, ungeheuren Elends, der Umkehrung des Zieles ununterbrochener Ekstase, und sind allmählich überzeugt, sie hätten ein Recht darauf, von diesem Gefühl erlöst zu werden. Sie müssen zuschlagen, sich zerschmetternd ihren Weg da heraus bahnen. Der reizvolle Gegenstand ist da. Der Gegenstand ist unverschämt. Der Gegenstand ist, ach, und das ist das Schlimmste, gleichgültig.

Einen Tempel anzünden. Eine Vase zermalmen. Eine Venus zerschlagen. Die Zehen eines vollendeten Epheben zerschmettern.

Dann in eine von Scham geplagte, unheilvolle Erstarrung zurückfallen: Von jetzt an ist der Übeltäter wahrscheinlich nur noch für sich selber eine Gefahr. Denn dies ist kein Verbrechen, das man mehr als einmal begeht. Diese Art der Besessenheit von einem Gegenstand, der Besessenheit, ihn zerstören zu müssen, ist monogam. Wir wissen, daß Mr. *** nicht noch einmal ins Britische Museum kommen und sich an den Stein von Rosette oder an Elgins Marmorstatuen ranmachen wird – auch ist es unwahrscheinlich, daß jemand anderer es versuchen wird, denn es scheint, als gebe es auf der ganzen Welt nicht mehr als zehn oder fünfzehn Kunstwerke, die Besessenheit hervorrufen (nach jüngster, möglicherweise zu niedriger Schätzung des Kunstdezernenten der Stadt Florenz, dessen Stadt die Ehre hat, zwei dieser Kunstwerke, Michelangelos Statue und Botticellis *Geburt der Venus*, zu beherbergen). Die Portland-Vase steht nicht auf der Liste.

Mr. *** niemand kann wiederherstellen, der Richter verurteilte ihn zu einer Geldstrafe von drei Pfund oder zwei Monaten Zwangsarbeit. Da er nur neun Pennies in der Tasche hatte, brachte man ihn ins Gefängnis und entließ ihn einige Tage später, als jemand die Strafe zahlte. (Sein Wohltäter, so hieß es, sei ein mildtätiger Adliger, und zwar kein anderer als der Herzog von Portland selbst, der erklärte, er wolle nicht den Eindruck erwecken, als lasse er einen jungen Mann verfolgen, der möglicherweise wahnsinnig sei.) Aber die Vase, die in einhundertundneunundachtzig Stücken auf einem Tisch im Keller des Museums lag und die man mit Pinzette und Lupe untersuchte, wurde von seinem mutigen, geschickten Angestellten und seinem Assistenten innerhalb von sieben Monaten wieder zusammengesetzt.

Kann etwas, das zerbrochen und dann fachmännisch wiederhergestellt wird, noch dasselbe sein, dasselbe wie vorher? Ja, für das Auge ja, wenn man nicht zu genau hinsieht. Nein für den Verstand.

Diese neue Vase, die wieder in ihrer Glasvitrine steht und die weder Replik noch Original ist, war ihrer früheren Gestalt so ähnlich, daß kein Museumsbesucher bemerkte, daß sie zerbrochen gewesen und repariert worden war, es sei denn, man wies ihn darauf hin. Eine perfekte Rekonstruktion, für die damalige Zeit. Bis die Zeit ihren Tribut fordert. Transparenter Leim wird gelb und quillt hervor. läßt nahtlose Übergänge sichtbar werden. Die riskante Entscheidung, eine bessere Rekonstruktion der Vase in Angriff zu nehmen, wurde 1989 getroffen. Zunächst mußte der ursprüngliche Zustand der Zerstörung wiederhergestellt werden. Ein Expertenteam tauchte die Vase in eine auslaugende Lösung, um den alten Klebstoff aufzuweichen, löste die einhundertundneunundachtzig Fragmente eines nach dem anderen ab, wusch jedes Fragment in einer Lösung aus warmem Wasser und anionischer Seife und setzte sie mit einem neuen Klebstoff, der auf natürliche Weise hart wird, und mit Harz, das innerhalb von dreißig Sekunden mit ultraviolettem Licht getrocknet werden kann, wieder zusammen. Die Arbeit, die mit dem Elektronenmikroskop überwacht und in jedem Stadium photographiert wurde, dauerte neun Monate. Das Ergebnis ist optimal. Die Vase wird jetzt für immer halten. Das heißt, wenigstens die nächsten einhundert Jahre.

*

Manche Dinge können nie wieder repariert werden: jemandes Leben, jemandes Ruf.

In den ersten Januarwochen wurde der Held als zweiter Kommandant über die Kanalflotte eingesetzt – immer noch mußte er wegen seines tadelnswerten Benehmens während der vergangenen zwei Jahre unter dem Schatten offizieller Mißbilligung ausharren –, und ein neues Flaggschiff wurde ihm zugeteilt. Gillray feierte die Rückkehr des Helden zum Schicksal eines Helden mit einem Kupferstich mit dem Titel »Verzweifelte Dido«. Dido ist ein unansehnlicher Berg von einer Frau, die aus einem Bett steigt, ihre mächtigen Beine sind weit gespreizt, ihre riesigen Arme sind weit geöffnet, und ihre fleischigen Pranken deuten auf ein Fenster, das den Blick freigibt auf die See und ein Geschwader auslaufender Kriegsschiffe.

Ach wohin & ach wohin
ging mein tapfrer Seemann schon?
Zog in den Kampf gegen die Franzosen
für Georg auf seinem Thron,
Zog in den Kampf gegen die Franzosen,
den andren Arm, das andre Auge hinzugeben,
Und ließ mich bei dem Alten hier,
mich zu legen & zu bangen um sein Leben.

Und tatsächlich kann man in einer dunklen Ecke des Bettes den schrumpligen Kopf eines kleinen, schlafenden Ehemannes ausmachen.

Es gibt einige Leute, wie etwa den Helden, deren Leben und Ruf wie die Portland-Vase sind, schon in einem Museum und zu wertvoll, als daß man ihnen zu verschwinden erlaubt.

Er ist Soldat, der beste, den dieses kriegerische Land, das sich anschickt, das größte Imperium zu werden, das die Welt je gekannt hat, hervorbrachte. Jedermann bewundert ihn. Der Aufbau seiner Reputation ist zu weit fortgeschritten. Sie darf nicht zerstört werden.

Aber wen kümmern schon diese fette, ordinäre Frau und dieser hagere, müde, alte Mann. Sie darf man zerstören. Die Gesellschaft wird nicht der Verlierer sein. In diese beiden hat man nichts Wichtiges investiert.

Also können sie von jetzt an nichts mehr richtig machen.

Schande, Schande. Zweifache Schande.

Und für den Helden bald unsterblicher Ruhm.

Natürlich hat die Reputation des Helden einen Riß. Nichts kann ihn tilgen. Nicht der große Sieg, den er einige Monate später errang, der zweite seiner drei großen Siege, mit dem er Napoleons Herrschaft über die Ostsee beendete; auch nicht der letzte, der größte Sieg, als er, nachdem er den Rat ignoriert hatte, sich während des Gefechts auf Deck nicht mit all seinen Sternen und Orden zur Zielscheibe zu machen, von einer Musketenkugel zerfetzt wurde, die von der Spitze des Besanmastes eines nahen französischen Kriegsschiffes abgefeuert worden war. Wer die Geschichte seines Lebens erzählt, muß, was die Zeit des tadelnswerten Benehmens im Mittelmeer betrifft, Stellung beziehen, und sei es auch nur, daß er erklärt, es lohne sich nicht, darüber zu diskutieren. Man muß die richtige Erzählgeschwindigkeit einhalten, so wie man von der zertrümmerten und wieder zusammengesetzten Portland-Vase den richtigen Abstand wahren muß. Werde langsamer oder geh zwecks genauer Betrachtung näher heran, dann kannst du nicht umhin, es zur

Kenntnis zu nehmen. Werde schneller, beschreib nur das Wesentliche – dann ist es verschwunden.

*

Und was soll man tragen, um den Grund für den plötzlichen Gewichtsverlust zu vertuschen, denn das ist das Problem der Frau des Cavaliere zwei Wochen, nachdem der Held in Richtung Ostsee gesegelt ist. Glücklicherweise ist es Februar und ungewöhnlich kalt. Antwort: die voluminösen Kleider der letzten Schwangerschaftsmonate, aber ein wenig gepolstert, in der Hoffnung, daß die veränderten Umrisse, wenn die einzelnen Schichten der Polsterung allmählich fallen, als das Ergebnis einer bemerkenswert wirkungsvollen Blitzdiät erscheinen.

Und was soll man in der Nacht tragen, wenn man unter größter Heimlichkeit die einwöchige Tochter aus dem Haus in Piccadilly in einer Mietkutsche zur Little Titchfield Street bringt, wo sie bei einer Amme gelassen werden muß, bis man einen Weg gefunden hat, wie man den Säugling als Kind einer anderen ausgeben kann, von der man es dann in seine Obhut nehmen kann. Antwort: einen Pelzmuff.

Die Nachricht vom großen Sieg bei Kopenhagen ist eingetroffen, dem Sieg, den dein wahrer Gatte errungen hat, der Vater deiner entzückenden kleinen Tochter, deinem ersten Kind, soweit dein Geliebter weiß, der verrückt ist vor Kummer, weil er bei der Geburt seiner Tochter nicht dabeisein kann, verrückt vor Freude, Vater zu sein, so sagt er dir, so schreibt er dir ein- oder zweimal am Tag; du schreibst ihm drei- oder viermal am Tag. Er schreibt jetzt meist über die Kleine, daß sie getauft werden muß, daß er selbstverständlich die Vaterschaft anerkennen wird, wie besorgt er um ihre Gesundheit ist. Darüber und über seine Eifersucht. Er glaubt nicht ernsthaft, du würdest ihm untreu sein, aber er ist überzeugt, jeder Mann in London fühle sich zu dir hingezogen. Bei einigen ist das tatsächlich der Fall. Du magst nicht hoffähig sein, und Miss Knight, die man noch am Abend ihrer Rückkehr nach London darauf aufmerksam machte, daß jeder weitere Kontakt zu dir ihren Ruf schädige, hat sich nie wieder bei dir gemeldet. Aber andere tun es. Du wirst eingeladen, du empfängst Gäste, es muß Gesellschaften und musikalische Soireen geben, wenn auch nur, damit dein Mann – den du jetzt als den Vater betrachtest, den du nie gehabt hast, du warst ein Kind, als du ihn geheiratet hast, und jetzt erst bist du eine richtige Frau –, damit dein Vater-Ehemann zeigen kann, daß er immer noch wohlhabend und nicht gezwungen ist, seine Sammlungen zu verkaufen. Es gibt Pläne für eine Gesellschaft, an der der Prinz von Wales teilnehmen wird. Und ein Freund des Helden war entzückt, ihm mitteilen zu können, daß der Prinz in der Stadt herumerzählt, du sagtest seinem Geschmack zu. Er wird dir nah sein und dir süße Dinge sagen, jammert der Held. Er wird seinen Fuß neben deinen schieben! Denn ihr habt verrückte, aufgeregte Briefe gewechselt, die Trennung macht euch beide fast wahnsinnig. Du nimmst ihm das Versprechen ab, auf keinen Fall an Land zu gehen, wenn sein Schiff, egal wie lange, in einem Hafen liegt, oder Frauen an Bord zu lassen. Er hält sein Versprechen. Er nimmt dir das Versprechen ab, daß du dich auf einer Gesellschaft nie neben den Prinzen setzen läßt (dieses Versprechen hältst du nicht), aber als der Prinz sein Bein unter dem Tisch tatsächlich gegen deines preßt, hast du dein Bein schnell weggezogen und bist mit der Entschuldigung, dich auf deinen Auftritt vorbereiten zu müssen, vom Tisch aufgestanden. Das Versprechen, nicht öffentlich aufzutreten, hat er dir nicht abgenommen.

Und bei dem Galadiner, mit dem die Nachricht vom großen Sieg des Helden bei Kopenhagen gefeiert wurde, beginnst du nach einem kurzen, ernsten Cembalokonzert Tarantella zu tanzen, und dann ziehst du Lord *** zu dir heran, damit er mit dir tanze, und als es so scheint, als könne er dir nicht folgen, ergreifst du die Hand von Sir ***, und nach ein paar Minuten fällt dir ein, daß du zuerst deinen Mann hättest auffordern müssen, den armen, alten Kerl, der dann höflich ein paar Schritte mit dir tanzt, du spürst, wie seine krummen Beine zittern. Dann nickst du Charles zu, aber er lehnt ab. Und als du die Kräfte der wenigen in Frage kommenden Partner im Saal erschöpft hast, bist du immer noch nicht müde, natürlich hast du getrunken, wie solltest du sonst den Abend überstehen, vielleicht hast du auch zu viel getrunken, wie so oft, du weißt es ja. Aber du willst nicht aufhören. Du tanzt eine Weile allein weiter. Um neapolitanische Folklore zur Schau zu stellen, von der du dachtest, sie würde deine Gäste beeindrucken, hast du in Palermo die Tarantella oft getanzt, aber jetzt tanzt du sie zum ersten Mal im kalten, grauen London. Es spielt keine Rolle, die Tarantella ist in dir. Du hattest immer einen Vorwand für deine Aufführungen, du warst eine lebende Statue oder ein Malermodell, du hast die Posen und das Benehmen einer Gestalt aus Geschichte oder Dichtung wiedergegeben, du hast andere nachgeahmt oder Attitüden angenommen, wie die Leute, die dich anprangern, jetzt zu sagen pflegen, du hast gesungen, mit dem Weinen oder der Fröhlichkeit eines andern in deinem Mund. Jetzt hast du keinen Vorwand, keine Maske. Jetzt gibt es nur noch das Gefühl der Freude, zu dieser Musik in deinem Kopf hier, in London, in deinem eigenen Haus zu tanzen, während dein alter Mann da drüben sitzt, dich nicht ansieht, sondern wegsieht, aber alle anderen dich ansehen, anstarren, du machst dich zum Narren, doch es spielt keine Rolle, du fühlst dich so lebendig. Du weißt, du bist nicht mehr so anmutig wie früher, aber du bist dein wahres Selbst, das, was aus dir geworden ist, du nimmst allmählich wieder zu, deine Mutter und deine Zofen lassen wieder die Nähte aus, und du rufst nach deiner schwarzen Fatima und deiner blonden Marianne, die mit einigen anderen Dienern weit weg in einer Türöffnung stehen und den Vergnügungen der Herrschaften zusehen, du rufst sie, damit sie mit dir die Tarantella tanzen. Sie kommen beide schüchtern vor und fangen an, mit dir zu tanzen, aber Marianne ist ganz rot geworden und sagt etwas, das du nicht verstehst, und läuft weg, während Fatima genauso leidenschaftlich tanzt wie du. Vielleicht ist es der Wein, vielleicht ist es Fatimas glänzende, schwarze Haut, vielleicht ist es deine Freude über Kopenhagen, du tanzt jetzt und hältst Fatimas schwitzende, schwarze Hand – immer schneller, dein Herz rast, und deine geschwollenen, milchschweren Brüste schlagen gegen deinen Oberkörper. Jetzt hast du keinen Vorwand mehr, du hattest immer einen Vorwand für deine Aufführungen. Jetzt bist du einfach nur du selbst. Reine Energie, reiner Trotz, reine Vorahnung. Und du hörst das merkwürdige Schreien und Kreischen, das aus deinem Mund kommt, höchst eigenwillige Geräusche, das kannst selbst du hören, und du siehst, daß du einen Skandal heraufbeschwörst, deine Gäste schauen schon ganz verschreckt. Aber das wollten sie ja. Das erwarten sie ohnehin von dir. Du würdest dir gern deine Kleider herunterreißen und ihnen deinen schweren Körper, die Flekken und Schwangerschaftsstreifen auf deinem Bauch, deine fahlen, blaugeäderten riesigen Brüste, das Ekzem auf deinen Ellenbogen und Knien zeigen. Du zerrst an deinen Kleidern, du zerrst an Fatimas Kleidern. So bist du wirklich, denken sie, herumwirbelnd, schreiend, kreischend, ganz Mund, Brüste, Schenkel, ordinär, hemmungslos, unzüchtig, lüstern, fleischig, feucht. Sollen sie sehen, was sie ohnehin zu sehen meinen. Und du ziehst Fatima zu dir heran, empfängst in ihrem Atem, so stellst du dir vor, ganz Afrika, und du küßt sie auf den Mund und schmeckst die Gewürze, die Gerüche, all die fernen Orte, du möchtest überall sein, aber du bist bloß hier, etwas füllt deinen Körper aus, und du tanzt schneller, schneller. Etwas bricht aus dir hervor, beinah so wie das Kind, das aus deinem Unterleib hervorstieß, es ist beängstigend, genau wie die Geburt, du dachtest, du würdest sterben, Frauen denken immer sie sterben, wenn die Wehen in kürzeren Abständen kommen und es unmöglich scheint, daß du dieses riesige Ding aus deinem Körper hervorpressen kannst. Genau so, es ist beängstigend, aber nicht schmerzhaft, nicht so schmerzhaft wie das Leben zu gebären. Nein, es ist eine Freude, die Lebendigkeit, am Leben zu sein, du bist eine Skandalfigur geworden, aber du spürst, wie glücklich du bist, wie stolz du auf ihn bist, und dann, wie groß die Welt ist – er ist weit weg und bleibt womöglich monatelang fort, er kann verwundet werden, er kann jederzeit getötet werden, er wird eines Tages getötet, das weißt du – und wie allein du bist, und wie allein du immer bist, nicht unähnlich dieser gefügigen Fatima, dieser Fremden in der Welt wie du, eine Frau, eine Helotin, die sein muß, wie andere sie haben wollen. Und sie ist so groß, die Welt, und du hast so viel gelebt, aber jeder tadelt dich, das weißt du. Aber da ist sein Ruhm, sein Ruhm, und du sinkst auf die Knie, und Fatima folgt dir, und ihr umarmt und küßt euch noch einmal, und dann steht ihr beide auf, und Fatima stößt mit geschlossenen Augen merkwürdige, klagende Schreie aus, und sie brechen auch aus deiner Kehle hervor. Die Gäste sind höchst verwirrt, aber seit langem schon sorgst du für Verwirrung, du verwirrst die Menschen jetzt ständig. Du hast es in ihren Augen gesehen, du bist alles andere als unaufmerksam, du tust nur so, als würdest du nichts merken. Sollen sie doch alle noch verwirrter sein. Es tut so gut, zu singen und aufzustampfen und herumzuwirbeln. Warum kritisieren und verspotten sie dich? Warum stürzt du sie in Verwirrung? Manchmal müssen doch auch sie sich so fühlen, wie du dich jetzt fühlst. Warum versuchen die Leute immer, dich aufzuhalten? Du hast versucht zu sein, wie sie dich haben wollten.

*

Meine liebste Frau, schreibt der Held an die Frau des Cavaliere. Von dir zu gehen, reißt mich buchstäblich entzwei. Ich bin so niedergeschlagen, ich kann kaum den Kopf heben.

Im Februar bekam der Held drei Tage Urlaub und besuchte seine Tochter in der Little Titchfield Street. Er weinte, als er den Säugling aufnahm und gegen seine Brust preßte. Sie weinten gemeinsam, als er wieder in See stach.

Sie hatte immer vorgehabt, ihm von der anderen Tochter zu erzählen, die jetzt neunzehn war und der sie ihren eigenen Vornamen gegeben hatte. Doch nie war der richtige Augenblick gekommen, und jetzt war es zu spät. Die andere Tochter war sie selbst, während dieses Kind den Vornamen des Helden mit einem weiblichen *a* als Endung trug. So war nun dieser winzige Säugling ihr einziges Kind.

Immer wenn der Cavaliere tagsüber mit Charles ausging, ließ sie die Kleine von der Little Titchfield Street herbringen. Sie ging dann ins Bett zurück und schlief neben ihr. Es war sehr nett von ihm, nie auf die Existenz des Kindes anzuspielen, dafür war sie ihm dankbar. Er hätte ihr Vorwürfe machen können. Nein, er wird ihr keine Vorwürfe machen. Ihre Mutter gab immer ein Klopfzeichen, wenn der Cavaliere zurückkam. Ich will ihm das Kind nicht aufdrängen, sagt sie sich. Doch die Wahrheit war, daß sie das Kind nicht mit ihm teilen wollte, aber eines Tages ... sicher in nicht allzu ferner Zukunft ... wird er ... wird sie nicht mehr ... wird sie ihr Kind nicht mehr fortschicken müssen!

*

Nur des Geldes wegen machte der Cavaliere seiner Frau Vorwürfe – wegen der Kosten ihrer Gästebewirtung etwa; vor allem wegen einer Weinrechnung in Höhe von vierhundert Pfund. Aber sie war so geschäftsuntüchtig wie verschwenderisch. Sie bot an, alle Geschenke der Königin zu verkaufen, das Diamantcollier, das der Cavaliere ihr vor so vielen Jahren zum Geburtstag geschenkt hatte, und all die anderen Juwelen. Auf dem Londoner Markt gab es eine Diamantenschwemme (zu viele mittellose adlige Emigranten aus Frankreich verkauften ihre Juwelen); ihr Schmuck, der in Italien einen Schätzwert von umgerechnet dreißigtausend Pfund hatte, brachte nur etwa den zwanzigsten Teil davon ein. Aber das Geld reichte wenigstens, um das Haus in Piccadilly zu möblieren.

Jetzt mußte er verkaufen, was er zu verkaufen hatte.

Das Inventar war bereits vor zweieinhalb Jahren, vor einem ganzen Leben, aufgestellt worden, bevor sie Neapel verließen. Die wenigen Gemälde, die sie aus den Kisten genommen und in dem Haus in Piccadilly aufgehängt hatten, wurden wieder eingepackt; und die vierzehn Kisten mit Bildern und die anderen Kästen wurden aus dem Haus in Piccadilly fortgebracht und dem Auktionator übergeben.

Das wirklich Schwierige ist, sich zu entscheiden. Das behalte ich, aber das gebe ich fort. Nein, das kann ich nicht hergeben. *Das* ist schwierig.

Aber wenn man sich einmal entschlossen hat, alles wegzugeben, ist es gar nicht so schwer. Man fühlt sich sorglos, fast schwindlig. Wichtig ist, daß man nichts behält.

Eine Sammlung wird idealerweise Stück für Stück zusammengetragen – auf diese Weise ist das Vergnügen größer –, aber es wäre gar kein Vergnügen, sie auf diese Weise zu verkaufen. Anstatt eines Todes der tausend Trennungen ein einziger tödlicher Schlag. Als Mr. Christie ihn über das Ergebnis der beiden ersten Verkaufstage unterrichtete, schaute er vor lauter Begeisterung über seine Bilder gar nicht auf die Abrechnung. Er wollte nicht über die Tatsache nachdenken, daß der Veronese und der Rubens mehr als erwartet eingebracht hatten und der Tizian und der Canaletto weniger. Wichtig war, daß er mehr bekommen hatte, als er für sie bezahlt hatte, etwa sechstausend Pfund.

Obwohl er auf See war, hatte der Held einen Agenten angewiesen, für zwei der fünfzehn Porträts von der Frau des Cavaliere zu bieten. Zahlt jeden Preis. Ich muß sie haben. Und zur Frau des Cavaliere: Ich höre, Ihr steht zum VERKAUF. Wie kann er nur, wie kann er sich nur von Euren Porträts trennen? Wenn ich daran denke, daß jeder sie kaufen kann. Könnte ich sie doch nur alle kaufen! Das Bild, das der Held am liebsten ersteigert hätte, war Vigée-Lebruns wollüstige Ariadne; aber das hatte leider nie zur Sammlung des Cavaliere gehört.

Zwei weitere Verkaufstage Anfang Mai brachten noch einmal dreitausend Pfund. Dann machte der Cavaliere sein Testament, so wie er immer gedacht hatte, daß er es einmal machen würde, und das zu ändern er jetzt keinen Grund sah. Er fühlte sich erleichtert, von einer Last befreit.

*

Und was trägt man daheim, in dem Heim, das man sich immer gewünscht hat, einem richtigen Heim, das heißt einem Gutshof, einem Landsitz, durch den ein Bach fließt. Auch wenn man bei Tisch die Honneurs macht – nur einen einfachen schwarzen Anzug. Und wenn man seinen Besitz abschreitet, das Vieh begutachtet, das Beschneiden der Bäume überwacht – einen zerbeulten Hut und einen gestreiften braunen, um die Schultern geworfenen Mantel.

Die sommerliche Furcht vor der Invasion war vorübergegangen, ohne daß Napoleons Flotte sich, wie erwartet, im Kanal gezeigt hatte. Der Held hatte noch einmal einen Brief an die Admiralität geschrieben. Ich bitte Ihre Lordschaften um Erlaubnis, an Land gehen zu dürfen, denn ich möchte mich ausruhen. Und er hatte die Frau des Cavaliere gebeten, sich nach einem Haus umzusehen, in das er einziehen könnte, wenn er, wie er hoffte, im Oktober zurückkehren würde. Sie fand ein Anwesen mit zweistökkigem Haus in der unverdorbenen Landschaft Surreys, nur eine Stunde Fahrt von der Westminster Bridge entfernt. Gegen den Rat von Freunden, die das hundert Jahre alte Backsteinhaus und die Grundstücksfläche für zu bescheiden und mit neuntausend Pfund für überteuert hielten, lieh der Held sich Geld, um das Anwesen zu kaufen, und bat die Frau des Cavaliere, bis zu seiner Rückkehr alles vorzubereiten. Mit ihrer Mutter machte sie sich daran, das Haus einzurichten. Es sollte schön werden, und es mußte getüncht, gestrichen, mit Spiegeln ausgestattet und möbliert werden (weder ein Flügel noch Flaggen, Trophäen, Gemälde und Porzellan, alles Dinge, die die Siege des Helden rühmten, würden fehlen). Es sollte modern sein: Sie ließ fünf Wassertoiletten installieren und die Küchen mit neuesten Öfen ausstatten. Und es sollte ein wenig wie ein Gutshof sein, mit Schaf-, Schweine- und Hühnerställen.

Die Schafe & Schweine & Hühner machen mir genauso fiel Spas wie ich am Hof von Neapel hatte, schrieb sie dem Helden. Ich hoffe ich langweile Euch nicht mit diese Deteis.

Meine Liebste, antwortete der Held, lieber würde ich hören und lesen, was Ihr über Schweine und Hühner, Laken und Handtücher, Salzfäßchen und Schöpflöffel, Zimmerleute und Polsterer zu erzählen habt, als mir eine Rede im Oberhaus anzuhören, denn es gibt kein Thema, das Ihr mit Eurem Witz und Eurer Redegewandtheit nicht erhellt. Mit afrikanischen Papageien auf der Veranda bin ich einverstanden. Versichert Fatima, daß ich hoffe, rechtzeitig zu ihrer Taufe zu Hause zu sein. Bitte denkt daran, Mr. Morley anzuweisen, an den Bachufern und auf der Brücke Netze zu spannen, um jede Möglichkeit auszuschließen, daß unser Kind ins Wasser fällt, wenn es erst bei uns lebt. Seid bitte so freundlich, daran zu denken, daß ich im Haus nur meine eigenen Sachen haben möchte, und mich über alles zu informieren, was Ihr und Mrs. Cadogan tut. Ihr sprecht von unserem Paradies. Ich weiß nicht, wie ich unsere Trennung noch länger ertragen soll. Wie sehr sehnt sich der Eroberer danach, zurückzukehren und wieder der Eroberte zu sein.

Da seine Frau und ihre Mutter sich ständig in dem Haus in Surrey aufhielten, als der Held zurückgekehrt war, blieb dem Cavaliere nichts anderes übrig, als auch dort zu leben, obwohl er das Haus in London weiterhin behielt. Sie hatten ihn nicht vergessen. Seinetwegen waren in dem Bach, den seine Frau in »Nil« umbenannt hatte, Fische ausgesetzt worden. Aber man hatte ihm nicht erlaubt, seine Bücher oder seinen französischen Koch aus London mitzubringen. Seine Frau sagte, ihm ständen die Bibliothek und die Dienstboten im Haus des Helden zur Verfügung. Er konnte nicht erklären, warum er den französischen Koch brauchte. Er war es leid, etwas aufzugeben.

Du hast dies aufgegeben, und dies, und dies, und es kommt immer noch mehr.

Die Decke des Kutschbocks wurde von seinem Wagen gestohlen, als er in einem Gasthaus Rast machte, nachdem er den ganzen Tag im Wandle gefischt hatte. Der Cavaliere kam heraus und sah sofort, daß sie verschwunden war und der Kutscher auf seinem Sitz schlief. Tränen brannten ihm in den Augen. Auf der Rückfahrt mußte er immerzu daran denken. Sofort bei seiner Rückkehr erzählte er es seiner Frau und fand tatsächlich ihre Aufmerksamkeit. Sie sagte: Ach, die werden andauernd gestohlen.

Der Cavaliere kam sich dumm vor, weil ihm der Verlust dieser Kutschdecke soviel ausmachte. Ihr Wert war gering. Aber hier ging es nicht um Geld. Manchmal hängt man an Dingen, die überhaupt nichts wert sind. Manchmal, besonders wenn man alt ist, hängt man gerade an solchen Dingen. Der Verlust einer Schreibfeder oder einer Nadel oder eines Bandes tut weh, tut unvergeßlich weh. Er bestand darauf, wegen der gestohlenen Decke eine Annonce aufzugeben.

Es ist reine Geldverschwendung, deswegen zu annoncieren, sagte seine Frau. Es ist ja nicht wie bei dem Diamanten, den wir in Dresden verloren haben.

»Aus der Kutsche eines Gentleman abhanden gekommen, eine karmesinrote Coffoy-Hammer-Decke, mit einem Besatz aus weißer Seidenspitze, weiß und blau bestickt.«

Ihr werdet sie nie zurückbekommen, sagte die Frau des Cavaliere.

Und so war es dann auch. Er träumte noch oft von der Decke. Fast hätte er gesagt, ihr Verlust schmerze ihn mehr als der all der anderen Dinge, von denen er sich in letzter Zeit habe trennen müssen.

*

Im Bett zu liegen, der Gegenkraft einer ungeheuren Erschöpfung nachzugeben, zwischen Träumen und Wachen zu schweben, an die Vergangenheit zu denken, den Kopf leer zu haben, den Kopf voll zu haben, zu sehen, wie sich Gesichter über einen neigen, die besorgt dreinschauen, da ist meine Frau, da ist ihre Mutter. Jemand hält ihm ein feuchtes Tuch an die Lippen. Was ist das für ein merkwürdiges, röchelndes Geräusch? Jemand hier im Zimmer hat Schwierigkeiten mit dem Atmen.

Es gibt endlose Wege, die er zurücklegen muß, bis er merkt, daß er keine Gewalt mehr über seine Beine hat. Einiges ist unerledigt geblieben. Es ist Frühling, und das Fenster steht offen, da sind Stimmen. Sie stellen ihm viele Fragen. Wie geht es Euch, wie fühlt Ihr Euch, fühlt Ihr Euch besser? Bestimmt erwarten sie nicht, daß er antwortet. Er war nicht in der Lage gewesen zu sagen, obwohl er es hatte sagen wollen, daß er pissen mußte. Er wird ihnen nicht sagen, daß das Laken feucht ist. Sie könnten böse sein. Er will, daß sie so bleiben, wie sie sind, mit diesem Lächeln, diesen angespannten Gesichtern – ihr Gesicht, sein Gesicht. Sie halten seine Hände. Wie warm ihre Hände sind. Sie haben ihn in ihre Arme genommen. Er hört das Rascheln von Stoff. Das ist seine Frau zu seiner Linken. Er fühlt ihren Busen. Und das ist sein Freund auf der anderen Seite. Er liegt im linken Arm seines Freundes. Er hofft, er ist nicht zu schwer für sie. Da ist eine große, hohle Stelle in seiner Brust, wo vorher der Schmerz war.

Er ist dem Kerker der Gedanken entflohen. Er fühlt sich erhaben. Er steigt empor. Es ist ein mühseliger Aufstieg. Aber jetzt muß der Berg nicht mehr bestiegen werden. Er ist hochgestiegen. Durch eine Art Levitation. Er hat so lange hochgeschaut, und jetzt kann er von diesem hocherhobenen Ort hinunterschauen. Es ist ein großes Panorama. Das ist also der Tod, dachte der Cavaliere.

Dritter Teil

6. April 1803

Nur weil ich meine Augen geschlossen habe und ganz ruhig daliege, glauben sie, ich kann nicht hören, was sie sagen, obwohl ich alles klar und deutlich höre. Aber es ist besser so, das Zimmer ist so groß, die Vorhänge, die an den Fenstern flattern, sind von einer nervösen Unordnung befallen, man kann nicht alles mit einem Blick erfassen. Das Licht schließt meine Augen. Still, sagt jemand, es kann nicht mehr lange dauern. Und ich habe auch alles gehört, was sie vorher gesagt haben, als ich schlief, als ich nicht aufwachen wollte. Noch nicht. Aufwachen heißt überrascht werden. Ich habe mir nie viel aus Überraschungen gemacht. Tolo und meine Frau drücken sich an mich. Sie haben Frieden miteinander geschlossen, als ich krank wurde. In Neapel hat sich Tolo ihr gegenüber wie ein mürrischer Gefolgsmann benommen und hat zu Boden geschaut, sobald sie ihn ansprach, aber jetzt haben sie ruhig miteinander geredet, dann innegehalten, wie alte Freunde, und gerade eben habe ich gespürt, wie sich ihre Köpfe über meiner Brust aufeinander zubewegen und ihre Lippen sich berühren. Wie seltsam, daß mein getreuer neapolitanischer Zyklop eine Marineuniform trägt. Vielleicht hat er diese Verkleidung angelegt, um mich aufzuheitern. Er versteht mich sehr gut. Manchmal ist es vorgekommen, daß ich Angst hatte, etwa als er mich über den Lavastrom zog und mir das Herz in der Brust heftig schlug, aber ich habe es nicht gezeigt, es wäre unschicklich gewesen, Angst zu zeigen. Er denkt vielleicht, zu Unrecht, daß ich jetzt Angst habe oder niedergeschlagen bin. Er ist völlig furchtlos, dieser Tolo. Er hat viele Schlachten gewonnen. Jedermann bewundert ihn. Er ist zwar von niederer Herkunft, jetzt aber doch ein sizilianischer Herzog. Der König würde ihn gern zum Donnerzyklopen machen, der im Ätna lauert, aber ich bin sicher, daß Tolo immer noch unseren Vesuv vorzieht, so wie ich. Wir können den Ätna nicht zusammen besteigen. Für mich gab es keinen Adelstitel. Aber mich davon deprimieren zu lassen, würde nichts ändern, denn man gewinnt nichts, wenn man sich aufregt, sobald man von Furcht ergriffen ist. Es ist besser, ganz ruhig zu bleiben. Und so den Eindruck zu erwecken, daß man keine Angst hat, was die anderen beruhigt, denn es ist nötig, anderen ein Beispiel zu geben, und so selber ruhiger zu werden. Auf der Fahrt nach Palermo bebte und zitterte ich mit dem Zittern und Beben des Schiffes, und Tolo setzte sich zu mir und hielt meine Füße, und ich wünschte, er würde das auch jetzt tun, denn sie sind sehr kalt. Ich wünschte, er würde sie reiben. Und so töricht es auch gewesen sein mag, die Pistolen zur Hand zu nehmen, was habe ich bloß gedacht, daß ich mit ihnen anfangen könnte, etwa den Sturm hinrichten, aber ich konnte danach doch recht ruhig sitzen bleiben, als Tolo an Deck zurückkehren mußte, weil auch er ein Beispiel ruhiger Gelassenheit zu geben hatte. Ich saß still da und schloß die Augen, und der Sturm ließ nach. Und ich weiß, daß ich, wenn ich hier reglos liegenbleibe, keine Angst haben werde. Jetzt sagen sie etwas. Es kann nicht mehr lange dauern. Vielleicht ist Tolo so furchtlos, weil er nur die Hälfte von dem sieht, was andere sehen. Halbblind hat er seine größten Schlachten gewonnen. Und wenn ich beide Augen geschlossen halte, werde ich überhaupt keine Gefahr sehen. Wo die wirkliche Gefahr liegt, ist völlig unvorhersagbar. Meine Freunde hier haben geglaubt, ich wäre in ständiger Gefahr durch den Vulkan, und haben mir gesagt, wie ungehalten sie wären, wenn sie hören müßten, ich sei wie Plinius der Ältere bei einer Eruption ums Leben gekommen, doch sie hatten keinen Grund, sich um meine Sicherheit zu sorgen. Kein Unglück ist mir je widerfahren, jedenfalls nicht auf dem Vulkan. Der Vulkan war ein sicherer Hafen. Neapel selbst war sehr heilsam. Ich habe mich dort so wohl gefühlt. Die Luft! Jetzt fühle ich mich nicht wohl. Und das Meer. Wenn ich von meinem Boot aus geschwommen bin, das herrliche Gefühl, wie das Wasser meine Glieder trug. Ich bin froh, daß sie mich halten, denn meine Glieder sind sehr schwer. Ich stelle fest, daß etwas meine Atmung behindert. Ich wäre nicht krank, wenn ich noch immer in Neapel wäre. Die Luft war rücksichtsvoll zu Catherine. Wäre Plinius nicht fett und immer kurzatmig gewesen, wäre er beim Ausbruch des Vesuv nicht umgekommen. Er hat nicht geahnt, keiner wußte es damals, daß es ein Vulkan war. Wie überrascht müssen sie gewesen sein. Als er ein Schiff genommen hatte, um einige Opfer des Ausbruchs zu retten, ist von denen, die ihn begleitet haben, keiner ums Leben gekommen. Er allein erlag den giftigen Dämpfen des Vulkans. Vielleicht war der Vulkan schädlich für Catherine. Ich erinnere mich, daß sie sehr traurig war, sterben zu müssen, und daß sie mich gebeten hat, dafür zu sorgen, daß sie nicht begraben würde. Sie war sehr müde. Ich glaube, sie ruht sich jetzt in ihrem Zimmer aus. Viele wollen sich ausruhen. Als er die Küste erreichte, war Plinius sehr müde, und man breitete eine Decke für ihn auf dem Boden aus, damit er eine kurze Ruhepause einlegen könne, von der er sich nie wieder erholte. Man kann nie wissen, wann man sterben wird, aber man kann kluge Vorsichtsmaßnahmen treffen. Indem man unkluge Vorsichtsmaßnahmen vermeidet. Denn ich erinnere mich jetzt, warum ich die Pistolen zur Hand genommen hatte, um mich zu erschießen, sobald ich spüren würde, daß das Schiff unterging. Ich hatte mehr Angst davor, daß das Wasser in meinen Hals laufen und die Luftzufuhr beenden würde, als vor dem Metall, das meinen Kopf öffnen würde. Ich werde nicht wieder in Panik geraten. Wie sinnlos wäre es gewesen, hätte ich mich getötet, nur weil ich ein zu lautes Geräusch gehört, nur weil sich das Schiff zu sehr auf eine Seite geneigt hatte. Ein Geräusch verklingt vielleicht, ein schrägliegender Gegenstand richtet sich vielleicht wieder auf. Und dann wäre ich gestorben, bevor ich hätte sterben müssen. Tolos Mutter hat gesagt, ich würde in diesem Sturm nicht sterben, und sie hat recht behalten. Sie hat mir versichert, ich würde bis zu dem Alter leben, das ich jetzt erreicht habe, an das ich mich allerdings nicht erinnern kann, aber es fällt mir sicher jeden Moment wieder ein. Ich gebe nichts auf Weissagungen. Jede Zahl macht das Leben kürzer, als es sein sollte. Mit zweiundzwanzig, ja, da war es leichter, sich an Ereignisse aus der Jugend zu erinnern, es war der Monat September und das Jahr 1752, als der Kalender geändert wurde, ich sah eine Menschenmenge einem Schild folgen, und auf dem Schild stand: GEBT UNS UNSERE ELF TAGE WIEDER, denn die ungebildeten Leute glaubten, daß die getilgten Tage ihnen von ihrem Leben abgezogen würden. Aber nichts wird je abgezogen. Und nie wird man die Ungebildeten zu der Einsicht bringen, daß sie ungebildet sind, oder die Narren, daß sie Narren sind. Aber der Wunsch, sein Leben zu verlängern, so armselig es auch sein mag, ist nur natürlich. Es kann nicht mehr lange dauern. In Neapel werden alte Menschen Tag für Tag von den rasenden Kaleschen mit ihren unverschämten Kutschern angefahren, die jedem zuschreien, er solle ihnen aus dem Weg gehen. Einer von diesen Menschen, ich habe es selbst gesehen, war ein alter Mann, sehr alt, sehr dünn, das reinste Skelett, ein Skelett in Lumpen, der seine Füße nicht vorwärts und mit der Spitze zuerst auf den Boden brachte, sondern senkrecht und mit einer Art Aufstampfen, wobei er die ganze Fußsohle auf einmal aufsetzte. Das war nicht Furchtlosigkeit, sondern Starrsinn. Ich würde nicht gehen, wenn ich mich nicht aufrecht halten könnte. Doch indem ich hier liege, kann ich mich, auch wenn ich meine Arme und Beine nicht mehr gebrauchen kann, sondern nur noch meinen Verstand und meine Traurigkeit habe, immer noch daran freuen, Ereignisse sich entwickeln zu sehen. Wer möchte schon gern den Vorhang sich über einem Stück senken sehen, das noch nicht zu Ende ist. Wer hat gesagt, es kann nicht mehr lange dauern. Auch wenn keine Geschichte je zu Ende geht oder vielmehr eine Geschichte zur nächsten wird und die wieder zur nächsten usw. usw. usw., würde ich doch gern wissen, wann und wie der verfluchte Bonaparte seine wohlverdiente Strafe bekommt und, ach, jemand hat das Fenster geschlossen. Ich habe Wagenräder gehört. Ich glaube, sie haben vor, mich auf eine Reise mitzunehmen. Aber ich habe wenigstens noch erlebt, wie der Schwindel mit der schändlichen Revolution in England zum Erliegen kam. Die menschliche Natur ist so verdorben, daß es sinnlos wäre zu hoffen, oder gar sich zu wünschen, daß die Gesellschaft je auf eine andere, bessere Stufe gehoben werden könnte. Das Höchste, was man erhoffen kann, ist ein langsamer Anstieg. Nichts Kegelförmiges. Denn was zu hoch aufsteigt wird runterfallen. Nichts kann sich ohne Schwierigkeiten lange halten. Mein Körper verläßt mich. Ich frage mich, ob ich jetzt stehen könnte. Ich sollte Stehen üben, wenn wir auf eine Reise gehen wollen. Ich würde sie überraschen, wenn ich mit meinen kalten, schweren Beinen aufstehen würde. Tolo wird kommen, wenn dieser kleine Kerl in der Admiralsuniform weggeht, und er wird meine Beine reiben. Aber ich will, daß meine Frau bleibt. Sie muß doch nicht immer mit ihm gehen. Sie kann bei mir bleiben und mir etwas vorsingen. Für sie würde ich sogar die Augen aufmachen. Sie ist jetzt sehr nett. In letzter Zeit ist sie zu mir nicht so nett gewesen, wie ich es mir gewünscht hätte. Ich hoffe, sie ist nicht deshalb nett, weil ich krank bin, denn ich beabsichtige, wieder einigermaßen gesund zu werden. Es gibt Menschen, die nur fürsorglich werden, wenn etwas in Gefahr oder beschädigt oder fast verschwunden ist. Die unwissenden Arbeiter in Pompeji und Herkulaneum hatten keine Ahnung, was sie mit Hacke und Schaufel spalteten und begruben, bis Winckelmann die Ausgrabungen besuchte und den außerordentlichen Mangel an Methode und Sorgfalt anprangerte, mit dem die Arbeiten ausgeführt wurden, und so wurde dann eine sorgfältigere Methode angewandt. Und dann wurde er bald darauf von einem schrecklichen jungen Mann getötet, nicht, wie ich gehört habe, von einem Ganymed, sondern von einem häßlichen Scheusal mit Pockennarben, einem Kerl, den mein argloser Freund in sein Hotelzimmer einlud und dem er unvorsichtigerweise einige der Schätze zeigte, die er nach Rom bringen wollte. Ich hätte gedacht, Winckelmann würde nur Gefallen finden an jungen Männern mit Gesichtern und Körpern wie die griechischen Statuen, deren Schönheit er rühmte, doch es gibt all den eifrigen Gesetzgebern zum Trotz keinen allgemeingültigen Maßstab für Geschmack, und wenn man ermordet werden soll, wenn das das Schicksal ist, kann man nicht vorhersehen, wer der Mörder sein wird. Nie, nicht ein einziges Mal in den siebenunddreißig Jahren, die ich unter einem gewalttätigen und unbeherrschten Volk verbrachte, habe ich mich vor dem Aufblitzen eines Messers gefürchtet. Aber in der Sicherheit meines Bettes, meines England, wird es nicht mehr lange dauern, nächtliche Schrecken gehören zu den Gebrechen, die ich jetzt zu ertragen habe, doch ich nehme an, daß sie vorübergehen werden, sobald ich mich erholt habe, ich wünschte, ich würde gerade jetzt nicht an sie denken. Meine eigene Mutter kommt auf mich zu, knöpft ihr Kleid auf und macht mir unzüchtige Zeichen. Männer und Frauen sitzen im Kreis auf Leichen, an denen sie sich ergötzen, schmatzen kaum hörbar und spucken weiße Knochenstückchen aus, genau wie der Bimsstein, den ich vom Vulkan mitgenommen habe. Und ein aufgedunsener Mann treibt im Wasser, und eine Schwangere hängt an einem Galgen. In meinen Träumen hat man mich fortgebracht, um mich zu hängen, höchst unangenehm, obwohl ich beteuerte, ich könne nicht gehen, in meinen Träumen umringte mich eine Schar Männer mit Messern, während ich hilflos im Bett lag. Ich träume jetzt oft, daß man mich ermorden will. Meist beherrsche ich mich wieder, wenn ich aufwache, obwohl diese Trugbilder sich noch einige Minuten in meinen Wachzustand hineinziehen, aber wenn nötig, betätige ich den Klingelzug und lasse den alten Gaetano sich an mein Bett setzen, bis ich wieder eingeschlafen bin. Und einmal, ich glaube, es war neulich abend, habe ich mich selbst, ich fürchte, es war recht mitleiderregend, aufschreien hören, und meine Frau und mein Zyklop kamen herein und fragten, ob ich Schmerzen hätte. Nein, keine Schmerzen, antwortete ich. Es war nur ein Traum, aber es wundert mich, wie lebhaft er war. Ich will nicht näher darüber nachdenken. Ich ziehe es vor, ich habe es immer vorgezogen, über die angenehmen und glücklichen Dinge nachzudenken, und ich habe viele erlebt und kann mich jetzt an sie erinnern. Zuerst einmal meine gute Gesundheit. In all den Jahren in Neapel war ich kaum je einmal krank. Gelegentlich eine Magenverstimmung, mehr nicht. Mein hervorragender Arzt hat sich oft über meine gute Konstitution und meine starken Nerven geäußert. Ein ausgezeichneter Mann, dieser Cirillo. Ich habe immer gern zugehört, wenn er sich über jüngste Entdeckungen in der Wissenschaft von den Lebewesen ausließ. Ich mußte nur die Gaben der Natur bewahren und übermäßiges Essen und Trinken vermeiden, vor allem stark gewürzte Speisen, die die Körpersäfte dick und zähflüssig, langsam und träge werden lassen und die Kanäle verengen, durch die sie zirkulieren. Und durch Reiten, Schwimmen, Klettern und andere Arten körperlicher Übung für eine gemäßigte und kontinuierliche Stimulierung der lebenswichtigen Funktionen sorgen. Körperliche Betätigung hat mich stets wiederhergestellt. Und wenn ich im Haus war und unter Niedergeschlagenheit litt, brauchte ich nur zu lesen oder meine Geige oder mein Cello hervorzuholen, und schon war ich wieder fröhlich. Es fiel mir nie schwer, mich zu trösten. Die Natur hat mir Gelassenheit gegeben. Das Alter hat mich phlegmatisch gemacht. Nichts regt mich auf. Ich bin denen, die mich jetzt pflegen, bestimmt keine große Last. Wenn sie Simon rufen würden, damit er mich rasiert, würde sich mein Gesicht nicht so starr anfühlen. Ich habe immer Glück gehabt. Ich war von Schönheit umgeben. Ich habe mich mit Schönheit umgeben. Jede Begeisterung ein neuer Krater eines alten Vulkans. Ein Geschäft oder einen Auktionssaal oder das Allerheiligste eines anderen Sammlers betreten und überrascht sein. Aber es nicht zeigen. Es könnte mir gehören. Wenn eine Leidenschaft nachzulassen beginnt, ist es wichtig, sich sofort eine andere zu schaffen, denn die ganze Kunst, das Leben erträglich zu machen, besteht darin, sich an allem ein Interesse zu bewahren. Obwohl der König seine Leidenschaften, Billard und Angeln ausgenommen, im Übermaß betrieb und er von seiner Persönlichkeit her äußerst abstoßend war und ihm Verstand und Scharfblick völlig fehlten, war ich lieber mit ihm als mit der intelligenten Königin zusammen. Frauen sind oft unzufrieden, habe ich festgestellt. Ich glaube, viele langweilen sich. Ich langweile mich nie, solange ich nur eine Leidenschaft teilen oder beobachten kann. Ich war aufgeschlossen für jede Leidenschaft, außer für die religiöse, und als ich in Wien war, habe ich gern in der Donau geangelt. Catherine hoffte, ich würde zum Glauben finden, doch das entspricht nicht meinem skeptischen Wesen. Wenn ich auch nie leugnen würde, daß Illusionen wichtig sind, damit das Leben erträglich ist, sind doch die verdrießlichen, traurigen Geschichten der Christenheit ohne Reiz für mich. Ich will mich nicht empören. Mein Mund ist ganz trocken. Der oberste Grundsatz einer Wissenschaft vom Glück ist es, weder der Empörung noch dem Selbstmitleid zu erliegen. Oder Wasser. Ich hätte gern etwas Wasser. Sie hören mich nicht. Der Druck einer Hand. Doch die zärtlichen Gefühle streunen umher. Eine Venus kann nicht treu sein. Und ich bin kein Mars. Doch von allen Gelegenheiten, mich zu rächen, habe ich keinen Gebrauch gemacht. Ich habe meine Venus nicht verkauft. Treu ganz gegen meine Absicht, denn ich habe versucht, sie zu verkaufen. Doch ich habe nie ein Bild so geliebt wie meinen Correggio. Es wundert mich, daß Charles nicht hier im Zimmer ist, das ist nicht nett, schließlich habe ich nicht vergessen, ihn zu meinem Erben zu machen. Ich weiß, er ist sehr bedrückt, weil ich nicht mehr Geld habe. Charles ist nicht so glücklich, wie er erwartet hatte. Es hat keine Venus für Charles gegeben. Er liebt seine Edelsteine und Skarabäen und Ringfassungen. Und er ist jetzt viel älter. Ich glaube, er hat mich beneidet. Zunächst um die Kunst des Glücklichseins. Während ich meine eigenen Bedürfnisse befriedigte, war ich anderen noch nützlich. Ich habe meine Fähigkeiten nie überschätzt. Wenn es auch erhabenere Geschicke gibt, behaupte ich doch, daß es auch eine würdige Beschäftigung im Leben ist zu entdecken, was Schönheit ist und sie dann mit anderen zu teilen. Kunst muß nicht nur das Ziel fruchtloser Bewunderung sein. Ich habe das gesagt. Ein Kunstwerk muß die führenden zeitgenössischen Künstler und Kunsthandwerker inspirieren. Ich habe die Vase nach

England gebracht, die Wedgwood jetzt in so vielen Kopien herstellt. Plumpsack Dumpsack. Wer hat das gesagt. Wenn man erst einmal so alt ist wie ich, bringt man vieles durcheinander, aber ich will versuchen, es in die richtige Reihe zu bringen. Es ist nur natürlich, daß mir viele Dinge auf einmal in den Sinn kommen, denn ich habe ein sehr langes Leben gehabt. Aber ich muß sie nicht berühren oder in die Hand nehmen. Meine Arme und Beine sind schwer, und ich bin nicht sicher, wo mein Rücken ist. Das schwere Gepäck, die Last jeder Reise, kann sich nicht schwerer anfühlen als mein Körper jetzt. Etwas bedrängt mich. Alles ist ganz nah. Ein Kind war nach dem Erdbeben wochenlang unter dem Haus begraben, nach Catherines Tod. Ich frage mich, ob sie genug wußte, um zu hoffen, daß sie gerettet würde, oder ob sie glaubte, daß sie für immer lebendig begraben sei. Ich meine das Kind, das Kind, das sich die Faust ins Gesicht preßte und mit einem Loch in der Wange aus der Erde gegraben wurde. Die Menschen erkennen die Endgültigkeit einer Katastrophe nicht gern an. Pagano schrieb einen Essay, in dem er das Erdbeben in Kalabrien als Symbol für die Auflösung der Gesellschaft und für die Rückkehr zu primitiver Gleichheit sah. Ich erinnere mich nicht mehr, warum er eine solch absurde Idee vorbrachte. Er war sehr intelligent, dieser Pagano. Aber irgend etwas ist mit ihm passiert, ich weiß nur nicht mehr was. Mir ist aufgefallen, daß Autoren fähig sind, jedes Ereignis in den Rang einer Lektion oder einer Warnung oder einer Strafe zu erheben, doch meiner Meinung nach beobachtet ein vernünftiger Mann, warum werden die Stimmen leiser, ich hoffe, sie gehen nicht gerade jetzt, wo mein Mund trocken ist, meine Zunge dick wird, meiner Meinung nach beobachtet ein vernünftiger Mann den Ablauf der Ereignisse aus ruhigem, gemessenem Abstand. Selbst unter dieser Last. Wenn sich eine Katastrophe ereignet, sollte man versuchen, sich und die anderen zu retten. Dieser achtbare

Römer Plinius der Ältere fühlte sich verpflichtet zu versuchen, die Opfer des Vulkans zu retten. Er war dazu erzogen worden, ein Gentleman zu sein. Aber dann sind da noch die, die sich selbst beibringen, wie sie sich zu benehmen haben. Das war ganz üblich in der Zeit, die ich miterlebt habe, wo Begabte von den untersten Stufen im Leben aufsteigen können. Wer von niedrigem Stand ist, lernt über sich selbst hinauszuwachsen. Als der Vesuv wieder ausbrach, landete Tolo mit seinem Schiff und rettete den König und die Königin und brachte uns alle nach Palermo. Aber die Vasen hat er verloren. Es gab einen Sturm, und sie sanken auf den Meeresgrund. Ich habe den Eindruck, ich argumentiere nicht mit der Klarheit und der Gemütsruhe, die sonst so typisch für mich sind. Stimmen rufen *bella cosa è l'acqua fresca*. Tolo sollte mir erklären, warum er sich entschloß, den Admiral im Sarg zu retten, statt meiner Vasen, die viele erfreut und belehrt hätten. Meine Bankiers hatten erwartet, daß sie gerettet würden. Ein Admiral ist nicht viele Guineen wert. Ich meine den Admiral in dem Sarg, ein Mann, der sich keine große Ehre und keine großen Verdienste erworben hatte. Aber man kann sich auf See viel Ruhm erwerben. Wer rühmt nicht den unerschrockenen Kommandanten, dessen Name, den ich allerdings vergessen habe, in aller Munde ist. Nein, nicht Plinius der Ältere, ein anderer Admiral, der alles andere als korpulent ist und der nicht unter Asthma leidet. Aber das war Catherine. Nein, beide. Es ist sehr wohl möglich, daß zwei Menschen einander ähnlich sind. Wäre das nicht der Fall, wie könnten wir dann unsere Mitmenschen verstehen, denn nur durch beharrliches Vergleichen der verschiedenen Arten von, ja, dem Admiral, meinem großen Freund, dem Retter unseres Landes. So hat der König von Neapel ihm zugejubelt. Seine Worte. Aber ich meine dieses Land, England. Und diesen Admiral, der wie ein Sohn für mich geworden ist und dessen Wohlergehen und Seelenfrieden mir wichtiger sind als mein eigenes Wohlergehen und mein eigener Seelenfrieden, denn diese letzten fünf Jahre sind nicht sehr leicht für mich gewesen, ich muß gestehen, die Welt, in der ich mich zu Hause gefühlt habe, hat sich sehr verändert. Alte Bräuche sind umgestoßen. Es gibt neue Gefühle, die ich nicht verstehe und die ich nur beklagen kann, aber leider verstehe ich sie doch und darf deshalb nicht annehmen, daß ich schwer von Begriff bin, was nie typisch für mich gewesen ist. Für andere bin ich ein Narr. Man sollte sie dafür bestrafen, daß sie die anderen denken läßt, ich sei ein Narr. Kann ich etwas Wasser haben, ich frage mich, ob sie mich hören können. Ich kann sie klar und deutlich hören.

*

Ich fühle mich jetzt klarer. Der Schlaf war erfrischend. Ich kann Tolo und meine Frau nicht mehr hören, obwohl ich sie immer noch spüre. Ihre Kleider. Wenn mir nicht so kalt wäre, würde ich mich ganz wohl fühlen. Es war immer sehr kalt auf dem Gipfel des Vulkans, wenn es unten entsetzlich heiß war. Ich verstehe nicht, warum die Furchtsamen den Vulkan nicht besteigen wollten, wovor hatten sie denn Angst. Ich habe Charles nie überreden können, den Aufstieg mit mir zu machen, und Catherine war zu zart. Und Plinius zu fett. Es ist unklug, sich zu gestatten, zu dick zu werden, obwohl ich vielleicht zu dünn geworden bin. Ich hätte darauf bestehen sollen, daß sie den Berg mit mir bestiegen, es ist eine sehr belebende Anstrengung, besonders während einer Eruption. Während ich furchtlos voranschreite, werden die Bergführer sie mit Lederriemen hochziehen. Jeder sollte den Vulkan besteigen und selbst sehen, daß das Ungeheuer ganz harmlos ist. Ich rieche seinen heißen, schwefelhaltigen Atem. Und den Geruch gerösteter Kastanien. Nein, es könnte Kaffee sein, aber wenn ich um einen Löffel Kaffee bitte, werden sie es mir abschlagen, sie werden mir sagen, es würde mich wach halten. Das Licht hält mich jetzt wach. Ein Strom orangeroten Lichts. Um die Seßhaften, die Zarten und die Schwachen auf den Gipfel zu locken, werde ich ihnen nach ihren Mühen einen musikalischen Abend offerieren. Catherine wird Klavier spielen, und sie, die mich nicht mehr liebt, wird singen. Rule, Britannia. Und ich werde Cello spielen, denn die Fertigkeiten der Jugend vergißt man nicht. Nachdem ich mich davon überzeugt hatte, daß Mauern errichtet waren, damit wir vor dem Wind geschützt sind, gibt es sehr viel Wind in meinem Kopf, der Wind darf nicht heraus und Catherines Flügel umstürzen. So geschützt, so geschützt, drückt Tolo meine Hand, *al fresco*, sehr originell, alles ist da, in starken Armen, auf starken Rücken heraufgetragen, die Hänge des Berges hinauf. Alles ist an einem Ort versammelt. Ich sehe, daß die meisten meiner Gäste meine Bilder und Vasen betrachten. Einige interessieren sich wohl auch für meine vulkanischen Gesteinsproben. Und, Jack, was hältst du von alldem. Der Affe hat mir einen Blick zugeworfen, den ich für boshaft halten muß, Jack hat den Kopf zu seinem kleinen roten Schwanz hinabgebeugt, Jack flüstert mir etwas zu. Wenn auch jedes Übel eine Last ist, kann ein aufrechter Geist sie doch tragen, aber wenn die Stützen gefallen sind und den Menschen mit ihren Trümmern bedecken, ist das Elend vollkommen. Ein höchst bemerkenswertes Geschöpf. Er versteht mich sehr gut. Ich werde der Royal Society einen Bericht zukommen lassen, der bedeutendsten wissenschaftlichen Akademie Europas, deren Mitglied zu sein ich die Ehre habe. Stärke, Geduld, Ruhe und Resignation. Und ein schwaches Leuchten. Ein kalter, dumpfiger Geruch wie eine *mofetta*. Oh, paß auf. Man kann auch zu furchtlos sein. Jack ist blitzschnell hinter einen Felsen gesprungen. Jemand muß aufpassen, daß der kleine Racker nicht zu nah an den Kraterrand herangeht. Ich werde ihn retten. Er ist hier. Er sitzt auf meiner Brust. Ich spüre das Gewicht, ich rieche den Gestank seiner tierischen Eingeweide. Ich werde nicht mehr durch meine Nasenlöcher einatmen. Und wenn die Gäste gegangen sind, werde ich ins Bett zurückgehen, denn man darf sich ausruhen, wenn man sich sehr angestrengt hat, man muß nicht alt sein, um nach einer großen Anstrengung müde zu werden. Mein Atem. Ich habe immer Energie genug gehabt zu tun, was ich tun wollte. Und je mehr ich mich angestrengt habe, um so lebendiger fühlte ich mich. Das lange Liegen im Bett hat mich geschwächt. Ein Antiquitätensammler zu sein, hat mich nicht alt gemacht. Im Gegenteil, die Dinge, die ich liebte, haben mich jung erhalten. Mein hauptsächliches Interesse galt stets den außergewöhnlichen Zeiten, in denen ich lebte. Mir gefällt nicht, was man sich jetzt über mich erzählt. Die Freunde, die mich verstanden haben, sind alle tot. Selbst ihnen bin ich exzentrisch erschienen, obwohl ich vielleicht nicht exzentrisch genug war. Doch ein Mann in meiner Position verteidigt sich nicht wie ein gewöhnlicher Autor, und jeden Tag sehe ich die glücklichen Ergebnisse meiner Bemühungen um die Verbesserung des Geschmacks und die Vermehrung des Wissens im ganzen Raum. Ich habe etwas anderes gemeint. Ich meine nicht den Raum. Ich meine, bei den Leuten von Lebensart. Wie ein Schiff, das schlingert. Admiral. Adorabel. Bewundernswert. Ich war mir immer im klaren darüber, was ich bewunderte und anderen erklären wollte. Ich sah, daß es sie interessierte. Das Licht ist weiß. Sie schätzten mein Urteil. Meine Leidenschaften machten mich sichtbar, deshalb muß ich meine Augen nicht aufmachen. Man erwartete, ich würde mich Exzessen hingeben. Nur was exzessiv ist, macht einen dauerhaften Eindruck. Aber dann haben sie gelernt, mich zu verspotten. Geschmack ist launisch, wie eine Frau. Sind sie immer noch da? Der Arm einer Frau, in den mein Kopf gebettet ist. Meine Frau, denke ich, wie tröstlich. Ja, über das, wofür ich bekannt bin. Anerkennung mag schwanken, aber beträchtlichen Einfluß habe ich ausgeübt. Ich würde mir gern die Hand vor den Mund legen, die Luft verläßt meinen Kopf. Doch meine Frau, die es gut meint, drückt mich zu fest an sich. Die Luft strömt aus meinem Mund. Wollen mal sehen, ob ich ein wenig von ihr wieder zurückholen kann. Dann will ich sie festhalten. In kleinen Schlückchen. Da ist sie. Ich hatte das Glück, zur selben Zeit wie so viele berühmte Männer zu leben und deren Freundschaft und Achtung zu genießen, ich kann stolz sein auf meine Rolle der Hingabe an Energien im Namen von. Luft. Nein, Einfluß. Immer noch in meinem Mund. Ich wette, man wird sich an mich erinnern. Aber die Geschichte lehrt uns, daß man in den Köpfen der Menschen nicht immer als der fortlebt, als der man im Gedächtnis bleiben möchte. Man bemüht sich strebend, die Verdienste nehmen zu, echte Verdienste, und dann, leider, wird der eigene Name mit einer Geschichte in Verbindung gebracht, jeder hört sie, jeder erzählt sie, und das ist dann schließlich alles, woran man sich erinnert. Das war das Schicksal von Plinius dem Älteren. Ich werde jetzt ein wenig Luft hinauslassen. Er, der nie einen Augenblick vergeudet hat, der nie aufgehört hat, zu lernen und Tatsachen zusammenzutragen und seine hundert Bücher zu schreiben, was hätte Plinius gedacht, wenn er gewußt hätte, daß seine umfassenden Arbeiten überholt, verschluckt, aufgesogen würden, die Luft kommt immer noch heraus, daß sein Wissen nichts war, da das Wissen vorwärtseilt und das hart erarbeitete Wissen der Vergangenheit verschlingt und begräbt. Genug ausgeatmet. Daß man sich nur wegen einer einzigen Geschichte, wegen seines Endes, an ihn erinnern würde. Daß alle nur wegen des Vesuv seinen Namen immer noch aussprechen. Jetzt werde ich wieder ein wenig Luft zurücknehmen. Ich glaube, er wäre sehr enttäuscht. Nur wenig Luft kommt zurück zu mir, ich habe zu viel weggegeben, aber es wird schon reichen. Na ja, na ja, wenn man in der Historie nur wegen einer Geschichte, nur wegen eines Ereignisses in einem langen, dichtgedrängten Leben im Gedächtnis bleibt, dann, denke ich, gibt es schlimmere Schicksale, denn als das berühmteste Opfer eines Vulkans fortzuleben. Ich hatte mehr Glück. Der Vulkan hat mir nie etwas getan. Weit davon entfernt, mich für meine Hingabe zu bestrafen, hat er mir nur Freude gebracht. Jetzt werde ich aber keine Luft mehr aus meinem Mund fortlassen. Ich habe ein glückliches Leben gehabt. Ich hätte gern, daß man sich wegen des Vulkans an mich erinnert.

Vierter Teil

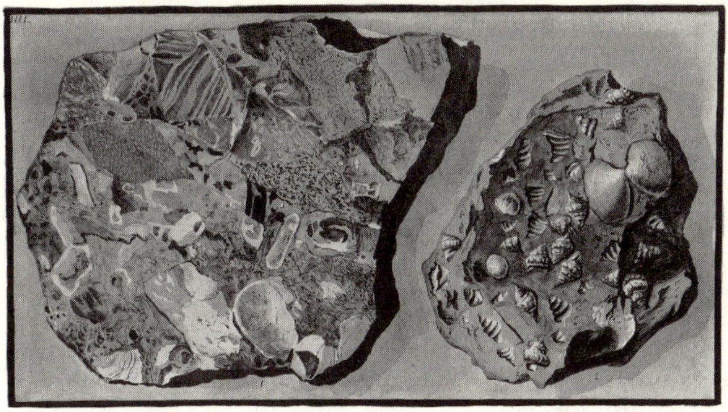

1

Ich kann über mich nicht sprechen, ohne über ihn zu sprechen. Selbst wenn ich ihn nicht erwähne, ist er in der Nichtbeachtung anwesend. Aber ich werde auch über mich sprechen.

Ich war seine erste Frau.

Ich war unscheinbar. Ich war oft krank. Ich war fromm. Ich habe Musik geliebt. Er hat mich wegen meines Geldes geheiratet. Ich habe mich in ihn verliebt, nachdem wir geheiratet hatten. Mein Gott, wie habe ich ihn geliebt! Auch er hat mich schließlich geliebt, mehr als er gedacht hatte.

Er hatte nicht viel Liebe von Frauen erfahren. Seine Mutter, Hofdame der Prinzessin von Wales und Geliebte des königlichen Gemahls der Prinzessin, war sehr streng zu ihm gewesen. Und in den Augen seines unnachsichtigen Vaters war er nur ein vierter Sohn, fast ein Fremder, weil er als Kind schon von seiner Mutter an den Hof gebracht worden war. Wie ganz anders meine eigenen lieben, guten Eltern, die mich mit Zuneigung überhäuften und Tränen vergossen, als ich fortging in ein heidnisches

Land, denn sie fürchteten, sie würden ihr einziges Kind nie wiedersehen, weil ich vielleicht von Räubern getötet oder von der Pest dahingerafft würde. Und ich undankbare Tochter war so glücklich, fortgehen zu dürfen.

Wir verließen England, wie ich schon sagte, denn mein Mann war Diplomat geworden. Er hatte gehofft, in eine bedeutendere Hauptstadt entsandt zu werden, aber wie immer hatte er beschlossen, das Beste daraus zu machen. Schon wegen des gesunden Klimas und der daraus resultierenden Besserung meines Gesundheitszustandes hätte er sich mit der Enttäuschung abgefunden. Bald nach unserer Ankunft entdeckte er an seiner neuen Situation viele weitere Vorteile, Vorteile für sich. Er konnte einfach nicht umhin, sich zu amüsieren, was auch immer er tat, und er konnte auch nicht umhin, andere zu erfreuen und zu beeindrucken. Er gestattete mir, als vollkommene Ehefrau an seinem Aufstieg teilzuhaben.

Ich wäre gern vollkommen gewesen. Ich gab eine ausgezeichnete Botschaftergattin ab. Ich war nie nachlässig oder unaufmerksam oder unfreundlich, aber genauso wenig schien ich – und das hielt man bei einer Frau nur für angemessen – wirklich Spaß am Leben zu haben, was in mir den Wunsch hätte wecken können, mehr Spaß zu haben, und zwar auf eine Weise, die mit meinen Pflichten unvereinbar gewesen wäre. Er wußte, ich würde nie unzuverlässig sein. Er haßte Unzuverlässigkeit, schlechte Laune, Kummer, alle Schwierigkeiten, und abgesehen davon, daß ich zuweilen krank war, sorgte ich dafür, daß er keinen Grund zur Klage hatte. Mir gefiel an mir am besten, daß er mich gewählt hatte und daß ich ihn nicht enttäuschte. Ihm gefiel an mir am besten, daß ich bewundeungswürdig war.

Man fand, daß ich vielen meines Geschlechts weit überlegen war – wegen meines gesetzten Benehmens, meines stumpfen Gefieders, meines Lesehungers und meiner Fertigkeiten am Klavier.

Es war eine höchst gesellige Ehe. Wir liebten beide die Musik. Ich verstand es, ihn abzulenken, wenn niederträchtige oder langweilige Geschäfte bei Hof ihn ermüdet hatten oder wenn er sich aufregte über langwierige Verhandlungen wegen Bildern oder Vasen, an die er sein Herz gehängt hatte. Er behandelte mich äußerst zuvorkommend, was dazu führte, daß ich mir ständig meine mangelnde Dankbarkeit oder meine lästige Anfälligkeit für Melancholie vorwarf. Er war kein Mann, der den Frauen das Herz schwermachte, aber ich nahm einfach alles schwer; und es war meine Schuld, denn meine Anhänglichkeit hatte unziemliche Ausmaße angenommen.

Mit ihm zu sprechen war, wie mit jemandem zu sprechen, der auf einem Pferd saß.

Ich spürte in mir ein Verlangen, von dem ich glaubte, es gelte Gott oder der himmlischen Barmherzigkeit. Ich glaube nicht, daß es einem Kind galt, obwohl es mir leid tut, nie Kinder gehabt zu haben. Ein Kind wäre eine weitere Person gewesen, die ich hätte lieben können, und das hätte es mir leichter gemacht, seine häufige Abwesenheit zu ertragen.

Ich bin dankbar für die Tröstungen des Glaubens. Nichts sonst bietet eine Antwort auf die schreckliche Dunkelheit, die wir dann und wann um uns herum wahrnehmen.

Eines meiner Lieblingsbücher als Kind, das mir mein vortrefflicher Vater gab, war Foxes *Buch der Märtyrer*. Es war schaurig, die Geschichten von der Verderbtheit der Kirche von Rom und von dem begeisternden Mut edler protestantischer Märtyrer zu lesen, die geschlagen und gegeißelt wurden, die man auspeitschte und denen man die Bastonade gab, deren Fleisch man mit rotglühenden Zangen traktierte, denen man die Nägel herausriß und die Zähne ausbrach, über deren Arme und Beine man siedendes Öl goß, bevor ihnen schließlich die Gnade des Scheiterhaufens zuteil wurde. Ich sah, wie die Reisigbündel angezündet wurden, wie die Flammen ihre Kleider umhüllten und wie sich ihre Hälse und Schultern nach hinten bogen, als wollten sie ihren Kopf gen Himmel werfen und ihren armen Körper zurücklassen, damit er unten verbrenne. Voller Schrecken und Mitleid dachte ich an das ruhmreiche Ende von Bischof Latimer, von dessen Körper das Feuer gewaltsam Besitz ergriffen hatte und dessen Blut reichlich aus seinem Herzen strömte, wie um seinen inständigen Wunsch, sein Herzensblut möge zur Verteidigung des Evangeliums vergossen werden, in die Tat umzusetzen. Ich sehnte mich danach, wie sie auf die Probe gestellt zu werden und meinen Glauben in einem heiligen Märtyrertod zu beweisen. Die Träume eines törichten, vermessenen Mädchens. Denn ich war, wie ich glaube, nicht mutig, obwohl ich nie Gelegenheit hatte, meinen Mut unter Beweis zu stellen. Ich weiß nicht, ob ich den Scheiterhaufen tapfer ertragen hätte, ich, die es nicht einmal ertragen konnte, aus sicherer Entfernung in das Feuer eines Vulkans zu schauen!

Mein Mann beschrieb mich anderen gegenüber liebevoll als Einsiedlerin. Ich habe nicht das Naturell eines Eremiten. Ich konnte meine Abneigung gegen den gemeinen und stumpfsinnigen Hof nicht überwinden, aber er war oft dienstlich bei Hofe, und ich zog seine Gesellschaft der aller anderen Menschen vor.

Meine einzige Freude war er. Was die Musik mir gab, kann man nicht als Freude beschreiben, denn sie war beschwingender als diese. Die Musik verlängerte meinen Atem. Die Musik hielt mich. Die Musik hörte mich. Mein Cembalo war meine Stimme. In seinem glasklaren Klang hörte ich meinen eigenen reinen, dünnen Klang. Ich komponierte zarte Melodien, die weder originell noch sehr ambitioniert waren. Ich war kühner, wenn ich die Musik anderer interpretierte.

Da von jedem, der in Verbindung mit dem Hof stand, ja von jeder Person von Stand, regelmäßige Besuche in der

Oper erwartet wurden, behauptete ich, die Oper würde mir gefallen, was bei ihm tatsächlich der Fall war. Ich mag das Theater nicht. Ich mag nichts, was falsch ist. Musik sollte nicht gesehen werden. Musik sollte rein sein. Von diesen Bedenken erzählte ich meinen Begleitern in der Oper nichts. Nicht einmal William, dem leidenschaftlichen, unglücklichen jungen Mann, der gegen Ende in mein Leben trat und der mich spüren ließ, was es hieß, verstanden zu werden und mich selbst zu verstehen. Mit William konnte ich von meinem Verlangen nach Reinheit sprechen; in seiner Gesellschaft wagte ich es, Neigungen einzugestehen, die mit meinem Schicksal unvereinbar waren. Oft nannte man mich ein Vorbild, einen Engel – lächerliche Komplimente –, aber wenn William diese Worte aussprach, empfand ich sie als die aufrichtigen Ergüsse eines dankbaren Herzens. Ich glaubte, er wolle damit sagen, daß er mir sehr zugetan sei. Ich war nett zu ihm gewesen. Er war mein Freund, dachte ich, und ich seine Freundin. Dann wurde mir klar, daß er mich tatsächlich als Engel sah, mich, die ich überfloß von ungebärdigen Launen. Einmal, als wir vierhändig eine Sonate gespielt hatten, stand er vom Flügel auf, setzte sich auf ein Sofa und schloß die Augen. Als ich ihn vor einer allzu sinnlichen Reaktion auf unser gemeinsames Spiel warnte, entgegnete er: Ach, es ist nur allzu wahr, daß die Musik mich zugrunde richtet – und das Schlimmste ist, es gefällt mir, zugrunde gerichtet zu werden. Ich schwieg, als ich mit meiner Moralpredigt hätte fortfahren sollen, denn ich begriff, daß ich einer ähnlich überschwenglichen Äußerung durchaus fähig war. Ich hätte nicht gesagt, daß die Musik mich zugrunde richte, sondern daß ich andere durch die Musik zugrunde richte. Wenn ich spielte, hatte selbst mein Mann aufgehört zu existieren.

Ich war jünger als mein Mann, aber wirklich jung habe ich mich nie gefühlt. Ich kann mir nicht vorstellen, daß ich ein besseres Leben hätte haben können. Die Schwäche einer Frau band mich an ihn. Meine Seele klammerte sich an die seine. Ich hatte zu wenig Selbstachtung. Es überrascht mich, daß ich mich über so vieles beschwere, denn ich bin der Überzeugung, daß es Aufgabe einer Frau ist zu verzeihen, zu vergeben, geduldig auszuharren. Wem hätte ich mein Leid entdecken sollen? Die Liebe hat mich nicht blind gemacht, sie trieb mich vielmehr dazu, ihn genau zu betrachten. Ich war nie wütend. Ich habe nie bittere oder niedere Gefühle gehabt. Es ist eine Erleichterung, solche Gefühle jetzt einzugestehen.

Ich glaube, ich muß zugeben, daß ich unglücklich oder einsam gewesen bin. Aber ich will kein Mitleid. Ich müßte mich verachten, würde ich mein Schicksal beweinen, wo es so viele wirklich unglückliche Frauen gibt, etwa Frauen, die von ihren Männern betrogen oder verlassen werden, oder Frauen, die ein Kind zur Welt gebracht haben, nur um es zu verlieren.

Ich glaube, man kann ihn als selbstsüchtig beschreiben. Es fällt mir nicht leicht, das zu sagen. Sobald ich beginne, Fehler bei ihm zu finden, denke ich daran, wie ein Mann seiner Herkunft dazu erzogen wurde, seine Vergnügungen und Verpflichtungen zu kennen, und wie ein Mann seines Naturells versuchen würde, sich ihnen hinzugeben, in all der Vielfalt, mit der sie seine Aufmerksamkeit in Anspruch nehmen, und meine alte Zärtlichkeit steigt empor und verdunkelt mein Gefühl des Kummers. Ich weiß, daß er innere Unruhe empfinden konnte, denn oft dozierte er über das Glück. Wenn ich ihn seufzen hörte, konnte ich alles ertragen.

Ich glaube, ich muß einräumen, daß er ein Zyniker war. Den Gedanken, daß man sich in dieser ehernen, vorausgeplanten Welt anders verhalten könnte, hätte er als weibliche Torheit verspottet. Vielleicht muß ich sogar einräumen, daß er grausam sein konnte, denn ich glaube, man kann wohl sagen, daß er kein Mann zärtlicher Gefühle war. Sie mögen erwidern, er war ein Mann, und zärtliche Gefühle sind die Domäne des schwachen Geschlechts, dem der Kampf mit dem widrigen Geschick erspart bleibt. Aber ich glaube nicht, daß das stimmt. Unser wehrloses Geschlecht, die meisten von uns, sind dem widrigen Geschick genauso schutzlos ausgeliefert wie jeder Mann. Und es gibt ganz sicher viele zartfühlende Männer, obwohl ich nur einem begegnet bin, meinem eigenen lieben Vater.

Eine Frau ist zuerst Tochter, dann die Hälfte eines Paares. Man beschreibt mich, ich beschreibe mich selbst, in erster Linie als eine, die mit ihm verheiratet war. Ihn würde man nicht in erster Linie als mit mir verheiratet beschreiben, wenn man auch meist – ungewöhnliches Schicksal für einen Mann – an ihn als einen denkt, der mit seiner zweiten Frau verheiratet war.

Es paßte ihm nicht, daß ich ihn verließ. Das Leid, das ich während meiner letzten Krankheit empfand, ist unaussprechlich. Und ich wußte, er würde mich mehr vermissen, als er gedacht hatte. Ich hoffte, er würde wieder heiraten. Ich habe geglaubt, er würde eine ehrbare Witwe heiraten, die ein wenig jünger, nicht unbedingt vermögend wäre und die Musik liebte. Und er würde voller Liebe an mich denken. Wir Frauen können uns nicht vorstellen, wie anders Männer doch sind. Männer spüren etwas wie einen Zwang, der selbst in den besten den Hang zu lüsternem und unzüchtigem Verhalten weckt. Er liebte mich, sosehr er überhaupt jemanden lieben konnte, und aufrichtig liebte er danach eine Frau, die so ganz anders war als ich. Aber es geschieht oft, daß eine gute Ehefrau, die abgeschieden von der Welt mit den ausdörrenden Tugenden lebt, die sie gepflegt hat, um über jeden Vorwurf erhaben zu sein, wegen einer Frau verlassen wird, die lebhafter, jünger, erregender ist. Wenigstens blieb mir diese gewöhnliche Schmach erspart, die Schmach, die die Ehefrau des Mannes erlitt, der die Liebe der zweiten Frau meines Mannes errang. Ich hatte alles, was mein Mann einer Frau wie mir geben konnte.

Ich bedaure, daß ich nicht anders konnte, als mir noch mehr von ihm zu wünschen. Wenn er mich auch zuviel allein ließ und sich allein besser amüsierte als in meiner Gesellschaft, wer benimmt sich einer Ehefrau gegenüber schon anders? Durfte ich die Leidenschaft erwarten, die er einer Geliebten bezeigt hätte? Es scheint unchristlich von mir, ihm vorzuwerfen, daß er nicht war, was er nicht sein konnte.

Ich sollte in der Lage sein, mir ein Leben ohne ihn vorzustellen, doch ich bin es nicht. Wenn ich mir nur vorstelle, er hätte vor mir sterben können, verdüstert sich schon mein Gemüt. Wir haben nie getrennt voneinander gelebt. Ich hatte das Vergnügen, ihn nah und fern in vielen hellen Räumen zu sehen, in denen er stets die strahlendste Erscheinung von allen war, und ich hatte sein Bild, das ich betrachten konnte, wenn er fortgerufen wurde, ein kleines, eher unbedeutendes Gemälde, an dem ich so sehr hing. Dieses Bild habe ich auf meinem Körper ins Grab getragen.

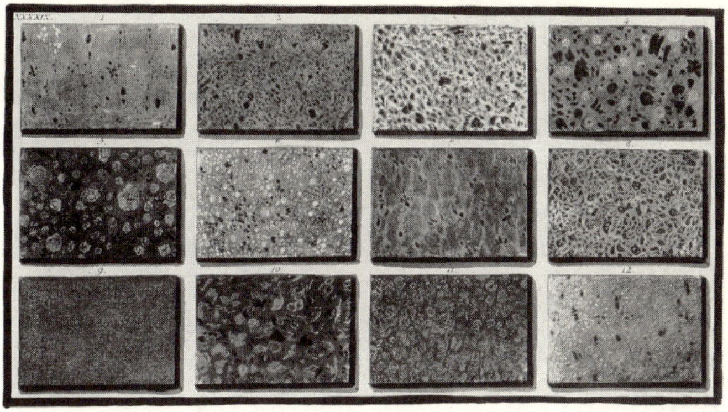

2

Ich bin ihre Mutter. Sie wissen, wen ich meine: *ihre* Mutter. Manch einer hat mich für die Zofe von Ihre Ladyschaft gehalten. Ich weiß, wie man im Hintergrund bleibt. Aber ich bin ihre Mutter.

In einer Kirche hat man mich mit dem alten Lyon verheiratet, dem Schmied, ihrem Vater, der zwei Monate nachdem mein kleiner Liebling geboren war, am Fieber zugrunde gegangen ist. Weil er Marys einziger Mann war, war sie Marys einziges Kind, also können Sie sich denken, wie vernarrt diese Mary war. Außerdem war ich noch jung und hübsch und hatte Flausen im Kopf, das haben jedenfalls die Leute im Dorf immer zu mir gesagt. Muß wohl so sein, daß sie was von ihrer Kühnheit von mir geerbt hat, wir sind ganz ähnlich, fast wie Schwestern. Ich war nur froh, wenn ich mit ihr zusammen war. Das waren wir immer.

Nach London hoch zu meinem Herzliebsten, das war Joe Hart, der Brauer, bin ich erst gegangen, nachdem sie als Kindermädchen zu Mrs. Thomas im Dorf ging. Ich denke nicht, daß das falsch gewesen ist, sie allein zu lassen, sie ist schon dreizehn gewesen, und Mutter sein, das war noch nicht alles für mich. Nur für diese Zeit hab ich sie allein gelassen und hab ohne sie mit Hart gelebt, London war wie ein andres Land, was für Feste wir gehabt haben, ich bin ja selbst noch jung gewesen. Aber gar nicht viel später ist sie auch hochgekommen, da ist sie etwa vierzehn gewesen und war tüchtig gewachsen, weil mein schlauer kleiner Liebling hat es geschafft, als zweites Hausmädchen bei einem Arzt in Stellung zu kommen, der hatte ein ganzes Haus an einem schönen Platz bei der Blackfriars-Brücke, wo als die Aufstände später in dem Jahr angefangen haben die Soldaten alle Leichen in die Themse geworfen haben. Es war ein betrunkener Pöbel gewesen, der hat eine ganze Woche lang die Häuser und Geschäfte von denen, wo es besser ging, geplündert und angezündet, aber man hat sie gerade noch aufgehalten, bevor sie das Haus vom Doktor erreicht hatten, und alle im Haus, hat sie gesagt, waren fast taub vom Musketenfeuer gewesen. Es ist schrecklich, arm zu sein. Aber noch schlimmer ist, wenn man mehr aus sich machen will, aber keinen andren Weg kennt als GEWALT.

Sie wollte nicht so gern, daß ich ihre Herrin kennenlerne, und in die Bierschenke, wo ich mit meinem Joe gewohnt hab, ist sie auch nie gekommen. Wir haben uns immer heimlich getroffen wie Liebende, haben ab und zu ein Gläschen getrunken oder sind Arm in Arm im Vauxhall-Park spazierengegangen und haben die Vögel singen hören. Ich nehm an, sie hat Doktor Budd eine Geschichte erzählt darüber, wo sie herkommt, nicht ganz so ordinär, ohne Platz für Mrs. Hart, wie ich mich damals genannt hab, und er hat ihr lesen gelernt. Aber dann eines Tages hat sie mir erzählt, der Sohn hat sie genommen. Eine Mutter ist immer traurig, solche Neuigkeiten zu hören, wenn es das erste Mal ist, aber ich hab ihr gesagt, was konnte sie erwarten, wo sie so schön ist. Ich hab sie beschworen, nicht von Doktor Budd wegzugehen, weil sie da ein gutes Leben haben könnte, aber sie hat gesagt, sie hat nie vorgehabt, ein richtiges Hausmädchen zu werden, sie will lieber Schauspielerin sein, eine berühmte Schauspielerin, sie und ihre beste Freundin, auch zweites Hausmädchen bei Doktor Budd. Und daß sie außerdem von einem andren Doktor gehört hatte, der junge Frauen suchte, aber nicht als Hausmädchen, es war mehr, daß sie Schauspielerin sein sollte, aber warum braucht ein Doktor Schauspielerinnen, hab ich gefragt. Es ist für eine Kur für Leute von Stand, hat sie gesagt. Und dann ging sie in Stellung zu Doktor Graham, bis sie Sir Harry beim Drury-Lane-Theater traf, und der hat gesagt, er will ihr helfen, eine richtige Schauspielerin zu werden, weil er ging die ganze Zeit ins Theater. Mein armer, unschuldiger kleiner Liebling, aber wer kennt sich schon mit so was aus, wenn er erst fünfzehn ist. Und er, ein richtiger Baronet mit einem Stöckchen mit Quasten dran, das ihm vom Handgelenk hing, hat sie für den Sommer über in sein Landhaus nach Sussex eingeladen. Was für eine Schicksalswende, und erst die erste! Sie wußte genug, um mitzukriegen, daß da eine ausschweifende Bande sein würde, Sir Harrys Freunde, und sie hat mich gebeten, mit ihr zu gehen. Schon richtig wie eine Lady war sie, die ihre Gesellschafterin haben wollte. Nur für den Sommer, hat sie gesagt. Und danach, hab ich gefragt. Gott wird schon helfen, hat sie fröhlich gesagt. Ich kann ihrem Lächeln nicht widerstehen. Tatsächlich sind wir bis Ende des Jahres geblieben. Also hab ich meinen Joe verlassen müssen, nur für eine Weile, aber schließlich war es für immer, Cadogan kam später, und danach hat uns keiner mehr getrennt. Sie ist mehr als eine Tochter für mich gewesen. Sie hat sich um mich gekümmert. Sie hat mir immer alles erzählt. Sie hat mich überall mitgenommen, wo sie hinging, und sie mußte gehen, wo der Mann hinging, aber sie hat mich immer mitgenommen. Und als sie mit ihrem Gentleman zusammengezogen ist, ist es meine Aufgabe gewesen, den

Haushalt zu führen, also bin ich wie ein Dienstbote gewesen, aber ich bin ihre Mutter.

Wie stolz bin ich auf sie gewesen. So eine schöne Tochter zu haben, die so viele bewundern. Noch als sie ganz klein war, hab ich gewußt, Männer würden ihr nicht widerstehen können. Aber sie war nicht dazu geboren, hohlköpfig zu sein, wie Sir Harry sie haben wollte. Er ist der erste gewesen, und er war der schlimmste, vielleicht ist das immer so. Er und seine Freunde sind den ganzen Tag draußen gewesen beim Jagen und Fischen und haben sich Rennen geliefert in Zweispännern die schlammige Straße runter, und jeden Abend immer nur Karten und Würfel und Scharaden und Krüge mit Portwein und Punsch. Die Scharaden, das hörte immer damit auf, daß einer sich auszog, und dann landete man im Bett. Aber mein kleiner Liebling hat das Beste draus gemacht und mit diesen schönen, strahlenden Augen beobachtet, was die Reichen machen und wie sie sich kleiden. Und Sir Harry hat ihr dann doch noch reiten gelernt, und sie war so hübsch und gerade auf einem Pferd. Und manchmal war Charles für eine Woche da, und sie hat sich gern mit ihm unterhalten. Und so viele Dienstboten, ich war nicht ihr Dienstbote, sondern ich blieb in unserm Zimmer. Ich war ihre Mutter.

Nach dem halben Jahr mit Sir Harry schrieb sie einen verzweifelten Brief an den andern, Charles, weil wir brauchten Hilfe. Sir Harry schien besser gewesen zu sein als Charles, weil er war reicher. Aber er hatte kaum rausgefunden gehabt, daß ein Kind unterwegs war, da hat er an nichts andres mehr denken können als uns loszuwerden. Und weil es keine Möglichkeit gegeben hat, daß wir Sir Harrys Bastard haben behalten können, wollte ich nicht, daß sie sich an ihr Baby klammert, wie eine Mutter es meist tut. Was gab das meinem Herzen für einen Stich, als mein kleiner Liebling ihre winzige Hand um meinen Finger gelegt und mich zu sich rangezogen hat. Ein Kind ist das beste Glück, das einer Frau passieren kann. Ich hab ja nichts gegen Männer, ich hab Männer gekannt und hab meinen Spaß gehabt, und manche mochten mich wirklich. Aber die Liebe von einem Kind und die Liebe, die was eine Mutter für ihr Kind fühlt, ist die beste von allen.

Wir mußten eine Weile warten, wir waren schon wieder in London und beinah am Verhungern, und ich hab gewußt, was der nächste Schritt für eine Frau ist, ach, daß mein kleiner Liebling so tief sinken sollte. Aber dann hat Charles ihren Brief beantwortet, und unsere Lage hat sich geändert. Er wollte, daß sie mit ihm lebt, aber sie wollte nicht ohne mich gehen, und da hat er nichts dagegen gehabt. Das hat lange gedauert, Jahre. Und ich hab mich gut mit ihrem Charles verstanden, es ist mir immer wichtig gewesen, mich gut mit dem Mann zu verstehen, der sie mochte, und er ist gar nicht wie Sir Harry gewesen, auch wenn er einer von Sir Harrys Freunden gewesen ist. Weil er ist nicht so reich gewesen, und er hat den Alkohol kaum angerührt, und er hat immer mit einem Buch in den Händen dagesessen. Er wollte, daß mein kleiner Liebling lernt, Bücher zu lesen und Briefe zu schreiben und Tee einzuschenken und Gäste mit ihm zu empfangen wie eine richtige Ehefrau. Und ich bin dagewesen, ich bin dagewesen, also hat er den Lohn für einen Dienstboten gespart, weil er hat nicht viel Geld gehabt, hat er gesagt. Er hat ihr gelernt, ein eigenes Buch zu schreiben, mit ordentlicher Handschrift, alle Wörter auf der linken Seite das Blatt runter, Brot, Hammelkeule, Holz, Zucker, Nadeln und Faden, Schweinefleisch, Scheuerlappen, Muskatnuß, Senf, gegossene Kerzen, Käse, ein halber Liter Porter, und so was alles, und dann ein Strich. Und auf der rechten Seite die Summen, und einmal in der Woche ist er die Beträge mit ihr durchgegangen und hat gesagt, er ist froh, wie gut sie haushalten kann. Aber danach hat er mich das für sie machen lassen, ich wollte, daß sie mehr Zeit hat, mit ihm zusammenzusein, damit sie noch mehr lernt, indem sie ihn und seine feinen Freunde nachmacht, damit sie mehr wie sie als wie ich spricht. Und einer von den Freunden hat angefangen, sich für sie zu interessieren, und hat sie gebeten, für ihn Modell zu sitzen, für ein richtiges Bild, und danach hat er gesagt, er würde kein andres Modell mehr benutzen. Mr. Romney hat sie angebetet, er hat gesagt, sie ist ein Genie, und es gibt keine Frau wie sie auf der ganzen Welt, und sie hatten nicht mal was miteinander. Meine Tochter war sehr wählerisch.

Und so hatten wir ein feines Leben, ich könnte mir kein beßres vorstellen, mit Charles in einem großen Haus, das warm war im Winter, und ich hatte mein eigenes Zimmer, und sie hat immer noch mehr dazugelernt, und ich war auch glücklich, mit ihr, das war alles, was ich wollte, außer daß ich Cadogan getroffen und mein Herz verloren hab. Er war verdammt hübsch, und nach einer Woche hab ich ihrem Charles gesagt, ich muß ins Dorf und meine Schwester besuchen, die an Skrofulose sterben würde und neun kleine Kinder hatte. Aber die Wahrheit war, wie mein kleiner Liebling wußte, ich hab nie Geheimnisse vor ihr gehabt, daß ich mit meinem Cadogan ging. Und wir sind mit einer Kutsche nach Swansea gefahren, wo sein Bruder ein Gasthaus hatte, und da hab ich sieben Monate lang geschuftet, hab auf dem Dachboden geschlafen, und dann ging er auf und davon mit so einem Flittchen, das er in dem Gasthaus kennengelernt hatte, verschwand einfach, und sein Bruder warf mich raus. Ich bin zu Fuß zurück, hab unterwegs viel Übles durchgemacht mit Männern auf den Feldern, aber was soll's, ich bin heil in London angekommen, und mein kleiner Liebling ist sehr böse mit mir gewesen, hat mir aber verziehen, sie ist so froh gewesen, ihre Mutter wiederzusehen. Wir haben Charles gesagt, daß ich mich im Dorf mit jemand verheiratet hab, weil ich gedacht hab, ich würde dableiben müssen, dann ist meine Schwester nicht gestorben, also bin ich nach London zurück, weil ich meine

Tochter so sehr vermißt hab. Was auf eine Art ja auch stimmte.

Ich weiß nicht, warum ich Cadogan als meinen ehelichen Namen ausgesucht hab, den ich Charles sagen mußte, wo es doch der Name von dem Waliser gewesen ist, der mir das Herz gebrochen hat. Ich hätte ihm erzählen können, ich hätte einen Mann namens Cooper geheiratet. Aber mein Herz war so voller Liebe. So hab ich Cadogan gesagt, und Cadogan soll es nun also sein. Wir Frauen haben immer mehr als einen Namen. Ein Mann, der seinen Namen viermal im Leben gewechselt hat, da könnte man ja denken, der hat was zu verbergen. Aber nicht so bei einer Frau. Stellen Sie sich einen Mann vor, der seinen Namen wechselt, jedesmal wenn er eine Frau heiratet oder sagt, daß er geheiratet hat. Da müßt ich lachen. Das wär ja eine verkehrte Welt.

Na jedenfalls, das war mein letzter Name, mein letzter Mann, ich war so froh, daß ich wieder zurück war. Und von da an würde diese gute alte Seele, denn wenn ich auch noch nicht alt war, gab ich mir doch den Anschein, alt zu sein, Männer wollen junge Frauen, und ich war fertig mit den Männern, würde ich nur noch an meinen kleinen Liebling denken und ihr helfen. Und nie bin ich glücklicher gewesen, weil dies ist das größte Glück. Männer sind schlecht, so, nun ist es raus. Die denken nur an ihr eignes Vergnügen, und sie können einer Frau weh tun, wenn sie betrunken sind. Ich hab nie einem weh getan, wenn ich betrunken war, und ich wette, ich hab meinen Gin so gern gehabt wie jeder Mann. Aber Frauen sind anders. Männer sind schlecht, dieses eine Mal will ich es noch sagen und dann Ruhe geben, aber wir können nicht ohne sie auskommen, und ich bin froh, daß ich nicht ohne sie auskommen mußte, wie diese armen Mädchen in Irland, die im Kloster eingesperrt werden und nie mehr rauskommen. Die Papisten sind so niederträchtig, ich hab nie verstanden, wieso mein kleiner Liebling am Ende ihres Lebens … aber das ist eine andere Geschichte, ich hab über Männer gesprochen. Und wie wir armen Frauen sie brauchen und auf sie fliegen wie das Insekt in die Flamme, wir können nichts dagegen machen, aber das beste ist das Kind. Das ist wahre Liebe, die Mutter zu einem Kind.

Auch wenn eine Mutter nicht erwarten kann, daß ihr Kind sie genauso leidenschaftlich liebt, vor allem wenn das Kind erwachsen ist, aber es reicht, daß sie mich gebraucht hat und gewollt hat, daß ich immer bei ihr bin.

Das Leben, hab ich gesagt, hätte nicht besser sein können, außer daß Charles immer miesepetrig wegen Geld war und uns jeden Pfennig zweimal umdrehen ließ. Er konnte gehen und sich ein altes Bild kaufen in einem großen Goldrahmen, das viele Guineen gekostet haben muß, aber dann schrie er mit meinem kleinen Liebling, wenn er in ihrem Buch zwischen vier Pennies für Eier und zwölf Shilling für Tee zwei Pennies für die Armen sah. Aber trotzdem war er sehr nett zu ihr, er hat sie sein liebes Mädchen genannt, und sie hat ihn schließlich verzweifelt geliebt und immer nur überlegt, wie sie ihm Freude machen kann, und er hatte sie sehr gern, das konnte ich in seinem Gesicht sehen, ich kenne die Männer. Und er hat uns Geld gegeben, damit wir zwei Wochen in ein Seebad gehen konnten wegen die Nesselsucht auf ihren hübschen Ellbogen und Knien. Und er hat eine Familie auf dem Land bezahlt, damit die ihr Kind aufzog, was nett von ihm gewesen ist, es war ja nicht seins, sondern Sir Harry seins, der nichts von ihr wissen wollte.

So war alles gut, außer daß Charles kein so feiner Charakter war, wie er schien. Weil er hat sich entschieden, dies unbezahlbare Mädchen aufzugeben, weil er wegen Geld heiraten wollte, hat aber nicht den Mumm gehabt, das zu sagen, und hat sie angelogen, und auch wenn alles zu einem guten Ende kam, mußte das Herz von meinem kleinen Liebling doch zuerst bluten, bis sie sich dran gewöhnt hatte. Weil Charles hatte einen reichen, alten Onkel, und er wollte, daß der Onkel seine Schulden bezahlte. Er schrieb seinem Onkel andauernd Briefe, und Charles sah wirklich zu ihm auf, und er war sehr groß, aber das war Charles auch, weil sie kommen beide aus derselben Familie. Sie haben sich wirklich ähnlich gesehen, beides vornehme Männer, außer daß der Onkel nicht immer so besorgt ausgesehen hat wie Charles. Er war jetzt in England, weil er hatte seine walisische Frau verloren, und mußte die Leiche der armen Frau zurückbringen, damit sie nicht in heidnischer Erde begraben wird. Und danach ist er oft zu uns auf Besuch gekommen. Ich denk nicht, daß er ein Auge auf mein schönes Mädchen geworfen hatte, ich glaub, es war allein die Idee von Charles, aber man kann nie wissen, Männer werden mitunter ganz schnell heiß. Und gleich danach war der Onkel zurückgegangen, wo er gelebt hat, wo er sehr wichtig war, hat Charles gesagt, und Charles wollte, daß wir beide zu ihm auf Besuch gehen, damit mein kleiner Liebling Italienisch und Französisch sprechen kann und Klavier spielen lernt und all das, was eine Dame macht. Und mein kleiner Liebling, die nie einer Chance hat widerstehen können, was Beßres aus sich zu machen, hat ja gesagt. Sie ist so froh gewesen, in andre Länder zu gehen und zu sehen, was in Büchern steht, aber sie hat es vor allem gemacht, damit Charles sie mehr liebt und stolz auf sie ist. Ich weiß, sie hat sich nichts dabei gedacht, aber sie hat Charles immer und immer wieder schwören lassen, daß er bald nachkommt, schon in ein paar Monaten. Ich war nicht so versessen drauf zu gehen, mir ist ein bißchen bange gewesen vor der Reise und davor, daß meine alten Knochen über so viele Straßen und hohen Berge gerüttelt werden. Ich habe gehört, daß wir über die Alpen müßten, von denen ich damals gedacht hab, das wär nur ein einziger Berg, und daß die Länder sehr gefährlich sind und daß ein Körper verhungern kann, weil er das Essen nicht ißt, das voll ist von scharfem Paprika. Aber wenn mein kleiner Liebling gehen will, hab ich gesagt, dann werde ich glücklich sein. Und sie hat mich geküßt.

Es ist eine sehr lange Reise gewesen, ich hab nicht gewußt, daß irgendein Ort so weit weg sein kann, aber sehr vergnüglich für mich, weil wir haben die ganze Zeit neue Dinge gesehen, was nur natürlich ist, denn hier waren wir ja vorher noch nicht gewesen. Mein kleiner Liebling hat den Kopf von morgens bis abends aus der Kutsche gehalten, sie war ja so vergnügt, alles zu sehen, was sie vorher noch nicht gesehen hat. Bei uns ist ein Maler gewesen, der ein Freund von Charles war und in Rom wohnte, und er ist dahin zurückgegangen, und er hat gesagt, daß alle guten Maler jetzt in Italien leben müssen. Und sie hat zu ihm gesagt, Mr. Romney will nicht in Rom leben, was ein bißchen vorlaut von ihr gewesen ist, weil sie hat gemeint, Mr. Romney ist ein beßrer Maler als Ihr, aber gesagt hat sie das nicht. Aber er hat es gewußt. Mein kleiner Liebling hat Mr. Romney so sehr geliebt, wie einen Vater. Sie war fast so traurig, Mr. Romney zu verlassen wie Charles, obwohl sie gedacht hat, es würde höchstens ein Jahr dauern, bis sie ihren Maler wiedersieht, und fünf Monate, bis sie Charles wiedersieht. Sie hat ja nicht wissen können, es würden fünf JAHRE sein.

Selbst wenn es nicht so lang gedauert hätte, diese Veränderungen und getrennt zu sein, das ist hart, wenn man wirklich verliebt ist. Was bin ich froh, daß ich nach Cadogan, Gott soll seine schwarze walisische Seele zu sich nehmen, nie mehr von meinem kleinen Liebling getrennt worden bin.

Als wir in Rom angekommen sind, hat sie die Gebäude sehen wollen, aber der Onkel hatte einen Verwalter geschickt, der uns abholen sollte, und wir haben den Rest von der Reise mit ihm in der Kutsche des Onkels gemacht. Dieser Verwalter hat uns erzählt, sein Herr hat sieben Kutschen, und diese war die einfachste. Sieben Kutschen.

Wieso braucht ein Mann sieben Kutschen, selbst wenn er ein feiner Herr ist, wo doch seine Frau nicht mehr ist, und ich nehme an, reiche Eheleute wollen getrennt reisen, aber selbst wenn seine Frau noch leben würde, würde er nicht mehr als zwei brauchen. Also was hat er mit den andern fünf gemacht? Während ich mir das Hirn zermartert habe wegen diese dumme Fragen, und es sind dumme Fragen gewesen, das sollte ich bald feststellen, weil die Reichen finden immer Verwendung für ihren Luxus, da braucht man sich keine Sorgen drum zu machen, hat mein kleiner Liebling die Aussicht bewundert, die was man vom Kutschenfenster aus sehen konnte, was übrigens aus richtigem Glas war. Sie hatte ihre Fragen und hat sie dem Verwalter Valerio gestellt, der richtig ein bißchen Englisch gesprochen hat. Sie hat ihn gefragt nach den Namen von den Blumen und den Bäumen und den Früchten dran und hat auf eine Schreibtafel geschrieben, was er ihr gesagt hat. Und sie hat ihn gebeten, ganz langsam ein paar Wörter in seiner Sprache zu sagen, guten Tag und auf Wiedersehen und bitte und danke und wie schön und ich bin so froh und was ist das. Die hat sie auch aufgeschrieben. Sie ist immer am Lernen gewesen.

Und als wir angekommen sind, wo wir hinsollten, in diesem großen Haus, wo der Onkel von Charles Botschafter drin war, das war wirklich eine Überraschung. So ein Haus hab ich noch nie gesehen, und mehr Dienstboten, wie man zählen konnte, und der Onkel hat uns vier große Zimmer gegeben und Dienstboten für meinen kleinen Liebling ganz allein. Und ich bin so froh für sie gewesen, weil ich hab gesehen, wie der Onkel sie angeguckt hat, und ich hab gedacht, warum nicht. Aber sie, armer kleiner Liebling, hat es zuerst nicht gesehen. Sie hat gedacht, er ist so nett zu ihr, weil er seinen Neffen so sehr liebt. Meine Tochter hat ein so gutes Herz gehabt, sie konnte sehr unschuldig sein. Ich hab ihr sagen müssen, was so klar war wie die Nase im Gesicht von dem Onkel, und daß Charles uns deshalb hierhergeschickt hat, und sie ist sehr wütend geworden. Es ist das erste Mal gewesen, daß mein eignes Kind gegen ihre eigene Mutter gewütet hat, und es ist kaum zu ertragen gewesen. Sie hat gedroht, sie würd mich am nächsten Tag nach England zurückschicken, damit ich mich bei ihrem lieben Charles entschuldige, daß ich ihn beleidigt hab, aber ich hab es nicht persönlich genommen. Sie hat gesagt, es wär ihre eigne Mutter, die versucht, sie an den Onkel zu verkaufen. Mr. Romney hat ihr von einem Bild erzählt gehabt mit jemand wie ich, hat sie gesagt, von einem französischen Maler, das hat einen Künstler und ein Modell und eine alte Frau in einer Ecke gezeigt, die die Mutter hätte sein können und in Wirklichkeit eine Kupplerin gewesen ist, und wie das wohl Brauch sein mag, in andern Ländern wie Frankreich und Italien, aber in England ist es nicht so gewesen. Mr. Romney zum Beispiel, sie ist so oft allein in sein Atelier gegangen, immer ohne Anstandsdame, und er ist ihr nie zu nahe gekommen. Und ihr Charles ist sein Freund gewesen und könnte nicht so gemein sein. Wie könnte ich bloß andeuten, daß Charles sie wegen Geld an seinen Onkel weiterreichen würde. Dann sag mir mal, hab ich gesagt, warum hast du nie einen Brief von ihm gekriegt, seit wir hergekommen sind, und du schreibst ihm zärtliche Briefe jeden Tag. Und dann hat sie so traurig geguckt und geweint, ach, er muß kommen, ich werde machen, daß er kommt und mich holt. Wie hab ich mir gewünscht, daß ich nicht recht hätte, aber ich hatte recht. Ich sag ja nicht, daß eine Mutter immer recht hat, aber manchmal hat sie recht, wenn sie gar nicht will.

Aber dann hat sich alles zum Besten gewendet, wie immer für meinen kleinen Liebling, schon als sie jung gewesen ist. Die schlimmste Zeit war, als sie Sir Harry gesagt hat, sie kriegt ein Kind, ich hab ihr gesagt, sie soll es ihm nicht erzählen, aber sie wollte nicht hören. Und er hat uns rausgeworfen, und wir sind nach London zurück, sie schwanger, wenn man es auch noch nicht gesehen hat, und bald hatten wir keinen Pfennig mehr, hatten Schulden in der Penne, und sie hat sich aus dem Staub gemacht und ist acht Tage weg gewesen. Wie elend hab ich mich gefühlt, als ich gewartet hab, ich hab an all die Männer gedacht, unter den Brücken, in den Gassen, Sie wissen doch, wie Männer sind. Aber als sie zurückgekommen ist, aus Rücksicht auf mich, sie hat immer an meine Gefühle gedacht, hat sie mir erzählt, es ist die ganze Zeit nur ein Mann gewesen, und ein feiner Herr, der mit seinen vornehmen Freunden im Vauxhall-Park spazierengegangen ist, obwohl es ein Ausländer gewesen ist, der ihr all das Geld gegeben hat, genug, um uns einen Monat durchzufüttern. Und gerad als das zu Ende ging, ist der Brief von Charles dagewesen, und wir sind gerettet gewesen. Und jetzt war es dasselbe mit dem Onkel von Charles, wir leben jetzt wie nie vorher, viel besser wie mit Charles.

Sein Haus kam mir jetzt so klein vor. Wie schnell sich die alte Mary dran gewöhnt hat, daß man sie bedient. Einen Tag in einer Penne, am nächsten schon in einem Palast! So ist das Leben, sag ich immer. Oder andersrum. Es ist eine hübsche Stadt gewesen, ich hab das Meer gern gesehen, auch wenn ich keinen Menschen hab verstehen können, und sie hat zu mir gesagt, du wirst die Sprache lernen müssen. Aber das hab ich nie gemacht, was wohl ein Grund sein muß, warum die Leute gedacht haben, ich wär die Zofe von meinem kleinen Liebling. Aber ich bin ihre Mutter gewesen.

Wie ich gesagt hab, der Onkel ist dort ein wichtiger Mann gewesen. Er stand sich gut mit dem König und der Königin, was der erste König und die erste Königin gewesen sind, wo wir getroffen haben, also sind wir sehr neugierig gewesen. Der König hat eine schrecklich große Nase gehabt, und die Königin hat eine große Unterlippe gehabt, was vorstand. Das ist eine Überraschung gewesen. Aber es ist trotzdem ein Wunder gewesen, sie in ihren goldenen Kutschen zu sehen.

Ich sag nicht, daß mein kleiner Liebling am Anfang glücklich gewesen ist. Sie mußte erst über den andern wegkommen, weil sie hat ein weiches Herz gehabt, und sie hat Charles so geliebt. Sie hat geweint und geweint, weil schließlich ist ein Brief von Charles gekommen, der ihr gesagt hat, daß sie mit seinem Onkel gehen soll. Ich hab nicht verstanden, warum ihr der Gedanke so zuwider gewesen ist. Der alte Mann hat ihr Französisch- und Italienischstunden gegeben, und er hat uns in seiner Kutsche mitgenommen und sie allen vorgeführt. Er hat seine Augen nicht von ihr lassen können, man konnte sehen, daß er ihr alles geben würde, aber sie hat nein gesagt. Sie mußte ihren eignen Weg finden. Aber natürlich hat sie ihn dann doch gemocht, er war ja so nett und sie so gutmütig, sie mußte einfach jedem dankbar sein, der sie liebte, und so ist schließlich alles gut geworden, und sie ist mit dem alten Mann ins Bett gegangen.

Ich hab einen Seufzer der Erleichterung ausgestoßen, weil ich gewußt hab, daß wir eine Weile bleiben können, vielleicht sogar ein Jahr länger, bevor wir nach England zurück müssen, und daß wir uns keine Sorgen drüber machen müssen, was dann passieren wird. Soll sie sich doch amüsieren, hab ich mir gesagt, schließlich ist sie ja noch jung. Sie hat einen Lehrer gehabt, der dreimal am Tag gekommen ist, um mit ihr zu singen, und in dem Nachbarzimmer hab ich manchmal nicht sagen können, wer gerade am Singen war. Als ich Valerio gefragt hab, wie ein Mann so hoch singen kann, hat er über meine Unwissenheit gelacht und gesagt, weil man dem Lehrer sein Dingsbums abgeschnitten hat, als er noch ein Junge war, und daß man das hier macht, um einen guten Sänger zu kriegen, obwohl es vom Gesetz verboten ist, aber die Kirchen haben so viel von diesen Jungens genommen, wie sie kriegen konnten. Und er hat an sein eignes Dingsbums gefaßt und sich bekreuzigt. Und als ich das meinem kleinen Liebling erzählt hab und gedacht hab, sie würde genauso überrascht sein wie ich, hat sie gesagt, daß sie das weiß und daß ich hinnehmen muß, daß wir jetzt in einem fremden Land sind, wo sie andre Sachen machen wie zu Haus im guten alten England, und daß er ein großer Sänger ist, der ihr gesagt hat, daß sie eine herrliche Stimme hat. Aber dann ist er ja kein Mann, sag ich. Ist er dann eine Frau. Nein, hat sie gesagt, er ist ein Mann, und manche von denen mögen Frauen, und die Frauen sind hinter ihnen her. Aber was macht er dann, wenn ihm da nichts steht, hab ich gefragt. Und da hat sie den Kopf geschüttelt und gesagt, sie ist überrascht zu sehen, daß ich so wenig von der Liebeskunst weiß, daß ich mir das nicht vorstellen kann. Und ich hab zugeben müssen, daß ich nie einen Mann getroffen hab, der was andres als das eine gewollt hat, und das ganz auf die Schnelle, aber sie hat mir gesagt, es gibt manche Männer, nicht so viele, die gelernt haben, eine Frau zu befriedigen, so wie eine Frau gelernt hat, einen Mann zu befriedigen. Davon hab ich noch nie was gehört, hab ich gesagt. Und sie hat gesagt, es tut ihr leid, daß ich so was nie mit einem Mann erlebt hab. Aber ich hab meinem kleinen Fräulein gesagt, daß ich eine tolle Zeit mit ihrem Vater hatte, Gott sei seiner Seele gnädig, und mit Joe, und ein paar andern, und mit Cadogan, diesem walisischen Herzensdieb. Und sie soll ihre Zunge hüten und bloß nicht so vornehm tun mit ihrer alten Mutter, jetzt wo sie wie eine feine Dame lebt, und soll lieber an die einfachen Leute denken, von wo sie stammt. Und sie hat gesagt, sie hat nie vergessen, wer sie ist, und daß sie mich bloß aufgezogen hat. Aber ich hab mich dann natürlich gefragt, welcher Mann wohl so ein toller Liebhaber gewesen ist. Sir Harry konnte es nicht gewesen sein, der ist immer betrunken gewesen, auch Charles nicht, der immer seine Hände gewaschen hat, das ist kein gutes Zeichen bei einem Mann. Und der alte Onkel, sosehr er auch in sie vernarrt ist, schien wohl kein Mann fürs Bett zu sein. Aber ich hab nicht gefragt. Wir haben uns immer alles erzählt, aber ich hab keinen großen Wert darauf gelegt, sie vor meinem inneren Auge allzu deutlich mit Männern im Bett liegen zu sehen. Für mich würde sie immer mein kleines Mädchen bleiben, mit ihrer hellen Haut und den großen, großen Augen. Ich bin froh, daß sie Männer gekannt hat, was ist schon eine Frau ohne Mann, vor allem eine Frau wie sie, die was aus sich machen will, die vorwärtskommen will im Leben. Es gibt keinen andren Weg. Und doch wünsch ich mir manchmal, in der Welt würde es umgekehrt zugehen. Ich meine, daß eine Frau nicht einem Mann zu Gefallen sein sollte, wenn sie so ein tapfres schlaues Mädchen ist wie mein kleiner Liebling. Aber das ist bloß meine Meinung.

Und ich hab sie gefragt, was meinst du, wie lange wird es dauern. Und sie hat gefragt, was, und ich hab gesagt, mit dem Onkel, und sie hat gelacht und gelacht und gesagt, für immer. Und ich hab gesagt, sei nicht blöd, du weißt doch, wie Männer sind, das wirst du jetzt wohl wissen, nach dem, was Charles dir angetan hat. Und sie hat gesagt, nein er ist anders, er liebt mich wirklich, und ich will ihn lieben und ihn so glücklich machen wie ich kann.

Ich glaube, sie ist glücklich mit dem alten Mann gewesen. Auf jeden Fall hat sie ihn sehr glücklich gemacht, und er ist mehr und mehr in sie vernarrt gewesen. Und zu mir ist er auch gut gewesen und hat mir ein kleines Taschengeld gegeben. Und ich hab immer mit ihnen gegessen und bin gebeten worden zu bleiben, wenn Gäste gekommen sind. Er hatte viele Steine und Statuen und Bilder und so was, das Haus war voll davon gewesen, überall wo man hinguckte, was bin ich froh, daß ich die nicht abstauben und putzen mußte. Und sie hat die Namen von denen gelernt und konnte alles verstehen, was er gesagt hat. Wenn er Kleider für sie hat machen lassen, waren manche so, daß sie ausgesehen hat wie eine Dame auf einer von seinen alten roten und schwarzen Vasen, und sie posierte dann immer für die Gäste, und jeder hat sie bewundert. Ich saß dann immer auf einem von den ersten Stühlen, aber die Gäste haben mit mir nicht gesprochen. Manche waren von ganz Europa auf seinen Festen, sogar von Rußland. Und wo sie auch herkamen, immer haben sie gedacht, daß mein kleiner Liebling die schönste Frau ist, die sie je gesehen haben, und der alte Mann ist so stolz auf sie gewesen. Ich hatte fast ein Gefühl, wie wenn er ihr Vater wär, auch wenn man sehen konnte, daß er ein gesunder Mann gewesen ist und kaum hat warten können, mit ihr ins Bett zu gehen, aber schließlich, so sind ja viele Väter mit ihre Töchter. Wer weiß, ob sie nicht vielleicht eine harte Zeit gehabt hätte mit dem alten Lyon, der was gestorben ist, als sie erst zwei Monate war, wenn er noch zehn Jahre gelebt hätte. Männer setzen ihren Kopf durch, und viele können eine Frau nicht in Ruhe lassen, und wenn sie auch ihr eigen Fleisch und Blut ist. Die einzige reine Liebe ist zwischen einer Mutter und einem Kind. Aber am besten ist, wenn das Kind eine Tochter ist, weil ein Sohn wird groß und ist dann wieder ein Mann. Aber eine Tochter kann dir dein ganzes Leben gehören.

Und so haben wir viele glückliche Jahre gehabt in diesem fremden Land, auch wenn es mir immer schwergefallen ist, an Glück zu glauben, aber mein kleiner Liebling hat dran geglaubt. Immer wenn es schlecht lief, hab ich schon das Schlimmste gesehen, und sie hat dann immer gesagt, nein, es wird schon wieder werden. Und sie hat immer recht gehabt, für ziemlich lange Zeit. Sie hat gesagt, sie wird eines Tages Ihre Ladyschaft sein, und ich hab zu ihr gesagt, sie ist ja blöd. Und sie hat recht gehabt, und der alte Mann hat sie tatsächlich geheiratet, und das hat diese alte Mary zu seine Schwiegermutter gemacht, und dabei ist er älter gewesen als ich. Aber er ist immer sehr anständig gewesen und hat mich bei meinem Namen genannt, Mrs. Cadogan. Ich wette, meinem Waliser würde es leid tun, daß er mich nicht behalten hat, wenn er gewußt hätte, wie gut es mir mal gehen würde.

Und als wir wieder in England waren, hat er meinen kleinen Liebling geheiratet, was seine Familie nicht so gern gesehen hat, und es war fast keine richtige Hochzeit, mit ganz wenig Leuten, aber in einer reichen Kirche. Es hat mir gutgetan, den Blick auf dem Gesicht von Charles zu sehen. Aber mein kleiner Liebling ist ihm nie böse gewesen, all die Jahre hat sie Briefe geschickt, sie ist so eine, die immer den liebt, den wo sie einmal geliebt hat, auch wenn sie schlecht behandelt worden ist, Frauen sind eben so, ich denk ja auch immer noch voller Liebe an den alten Lyon, den Vater von meinem kleinen Liebling, und, Gott steh mir bei, an meinem hübschen Cadogan. Ich denk jetzt nicht mehr an Joe Hart, der ganz aus meinem Gedächtnis verschwunden ist, also hab ich ihn vielleicht nicht so sehr geliebt.

Solang wir in England waren, bin ich zurück ins Dorf und hab die Verwandten besucht, die wo nicht gestorben sind, wie meine arme Schwester an der Skrofulose, und ich hab ihnen Geld und Geschenke von meinem kleinen Liebling gegeben. Sie hat ihre Familie nie vergessen. Sie war ganz versessen drauf, ihre Tochter zu sehen, die jetzt schon ein großes Mädchen war, und ich hab mich geärgert, daß sie mich nicht mitnehmen wollte. Ich bin überall mit ihr hingegangen, sie hat immer meine Gesellschaft gewollt, damit wir hinterher über alles sprechen konnten. Aber sie hat gesagt, dafür muß sie allein sein. Ich hab gesehen, daß ihr ein bittrer Besuch bevorstand, es hat mir leid getan, daß ich sie nicht beschützen konnte, wie ich das sonst getan hab.

Als sie zu mir zurückgekommen ist, hat sie gesagt, das Herz tut mir weh. Wir haben uns nicht gesehen, seit sie vier Jahre alt war, und jetzt hat sie mich wiedergefunden und lieben gelernt, und ich hab sie verlassen. Und die liebende Mutter hat geweint, was das erste Mal war, seit wir in das Haus von dem Onkel gekommen waren, der wo jetzt ihr Ehemann ist, als sie rausgefunden hat, daß Charles nicht kommen und sie holen wird, daß Charles sie an den Onkel verkauft hat. Es steht nicht in meinem Schicksal geschrieben, Mutter zu sein, hat sie gesagt. Ich bin jetzt vielleicht mit ihm verheiratet, aber immer noch erwartet er von mir, wie eine Geliebte zu sein. Und dann hat sie wieder geweint. Aber stell dir nur vor, hab ich gesagt, als ich ihr die Tränen getrocknet hab, stell dir nur eine Frau vor, die fünf volle Jahre lang keine einzige Träne geweint hat, wie viele Frauen können so was schon sagen, du solltest deinem Schicksal dankbar sein.

Dann sind wir zurückgegangen, und wir haben einen Ballon aufsteigen sehen in Paris, mit einem Mann drin, und mein kleiner Liebling hat die französische Königin getroffen, aber jetzt ist sie schon dran gewöhnt gewesen, Majestäten zu treffen. Und jetzt war sie Ihre Ladyschaft, und ich war Madam, die Mutter von Ihre Ladyschaft, Madam, die Mutter von der Frau von dem Botschafter. Und die Männer haben ihren Hut vor mir gezogen, auch wenn mich viele immer noch für einen Dienstboten oder ihre Anstandsdame gehalten haben. Ich hab nie Italienisch gelernt. Ich hab nicht den Verstand wie der von meine Tochter. Ich bin die Frau mit schwarzem Kleid und weißer Haube gewesen, die keiner beachtet hat, außer wenn man denen erzählt hat, wer ich bin. Ich bin ihre Mutter gewesen.

Jetzt wo mein kleiner Liebling hatte, was sie gewollt hat, konnten wir es uns bequem machen und es uns gutgehen lassen, wenn wir gegessen und getrunken und gelacht haben. Ich hab einem von den Köchen ein paar Mahlzeiten gelernt, wo wir im Dorf hatten, und die hab ich oft für sie aufgehoben, und sie ist dann spätabends in mein Zimmer gekommen, nach einem von diesen vornehmen Abenden, zu denen sie und ihr Mann gehen mußten, oder nach der Oper. Ordentlich was einfahren, haben wir das genannt, das war unser Geheimnis. Und wir haben auch ein bißchen guten englischen Gin gehabt, nichts von diesen ausländischen Weinen.

Ihr Mann hat gesagt, ich könnte immer gern mit in die Oper gehen, weil manchmal sind sie fast jeden Abend gegangen, aber nach dem ersten Mal hab ich nicht mehr vorgehabt hinzugehen. Ich hab meinem kleinen Liebling gesagt, wozu soll ich hingehen, wenn ich sowieso nicht verstehe, was die sagen, und sie hat gelacht, ich mag gern, wenn sie über mich lacht, und hat gesagt, ich bin sehr dumm und muß die Wörter gar nicht verstehen, es ist wie ein Stück, nur mit Musik. Und die Musik ist so schön. Also bin ich ein paarmal hingegangen, aber es hat mir nicht viel gebracht, aber mein kleiner Liebling und ihr Mann haben immer ganz still gesessen und zugehört. Aber schließlich haben sie ja auch beide die Sprache gesprochen, während alle um uns rum gegessen und getrunken und Karten gespielt haben, und von dem Krach, den ich gehört hab, und dem Geräusch von einem Stuhl, der umgefallen ist, wissen selbst Sie, was das zu bedeuten hat, und der König hat immer sehr laut in seiner Loge gesprochen, also was kann man von dem Rest von den Leuten erwarten. Ich hab nie verstanden, was da unten auf der Bühne vor sich ging, wo nicht mal alle an dem Stück mitgespielt haben. Mein kleiner Liebling hat es mir erklärt. Einer von denen da, hat sie gesagt, war dafür da, die Sänger zu erinnern, im Fall sie ihren Text vergessen hatten, also schätz ich mal, daß sie auch nicht verstanden haben, was sie gesungen haben. Und die Sänger durften sich auf der Bühne benehmen, wie sie wollten, genau wie die feinen Leute in den Logen. In einer Oper gab es eine fette Frau in einer Ecke und zwei fein angezogene Männer neben ihrem Stuhl, und das waren, hat mein kleiner Liebling mir gesagt, die Mutter und zwei Bewunderer von der Primadonna, mitten auf der Bühne! Die Mutter hatte einen kleinen Tisch neben ihrem Stuhl mit Essig und

Spiegeln und Süßigkeiten und Gurgelmittel und Kämme, die wo ihre Tochter vielleicht plötzlich brauchen könnte, während ein andrer eine Arie singt.

Das bin ich, hab ich zu meinem kleinen Liebling gesagt. Das ist, was ich immer für dich sein werde. Und sie hat mich umarmt, und ich hab sehen können, sie hatte ein bißchen was Feuchtes in den Augen, sie hat gewußt, wie sehr ich sie liebe. Wie sehr sie DAS LICHT MEINES LEBENS ist, wenn ich mal so sprechen darf wie die Leute im Theater. Ich würde nie von ihr weggehen, sie nie im Stich lassen. Wenn sie auch nicht immer ganz glücklich gewesen ist, sie hat sich doch gewünscht, glücklich zu sein, sie hat sich so gern amüsiert, und wir haben eine tolle Zeit gehabt, wenn wir allein gewesen sind oder mit ihren Zofen. Sie haben sie so geliebt, wie sie gelacht und gesungen und einen Schwips bekommen und unanständige Geschichten erzählt hat. Was hat sie doch für ein schönes Leben gehabt. Was bin ich froh gewesen, das mit ihr teilen zu können.

Natürlich, nichts Gutes dauert ewig, wenn dies auch eine ganz schön lange Zeit gedauert hat. Ich hab nie einen Ehemann gesehen oder gehört, der so verliebt in seine Frau gewesen ist wie der Botschafter in meine Tochter, er hat sie angebetet. Und ich hab manche Gäste gesehen, wie sie sich zugeblinzelt und zugenickt haben, wie er so ein Getue um sie macht, das war Jahre, nachdem das zwischen ihnen angefangen und sie geheiratet hatten. Sie haben ihn für einen lieben alten Narren gehalten dafür, daß er sie so geliebt hat, aber wenn es nach mir geht, hätte er sie gar nicht genug lieben können. Er ist nicht halb soviel wert gewesen wie sie, bei all seinem Sir Dies und Ritter von Das. Jeder Mann hätte sich glücklich schätzen können, von ihr geliebt zu werden. Meine Tochter ist ein Schatz gewesen.

Und er ist so viel älter gewesen, und so war es nur natürlich, daß ihr ein Mann mehr in ihrem Alter gefallen würde. Es ist gut mit ihm gewesen, und er hat es ihr behaglich gemacht, aber sie ist immer noch eine gesunde junge Frau gewesen voller Saft und Kraft, und wer konnte schon dem kleinen Admiral widerstehen, jeder hat ihm zugejubelt, wie er frisch von seinem großen Sieg in Ägypten gegen die Flotte von diesem kleinen Korsen gekommen ist, er hat all die Schiffe selbst versenkt, aber jetzt ist er schwach und krank gewesen. Da hab ich was zu tun gehabt. Denn was hab ich schon andres machen können außer rumsitzen und zugucken, wie ich alt werde, bis der alte Mann sterben würde, und dann würden wir zurück nach England gehen. Aber dann hat sich rausgestellt, daß wir in turbulenten Zeiten gelebt haben, ich bin stolz gewesen, Engländerin zu sein, was ich nie vergessen hab, und der Admiral ist gekommen und hat bei uns gewohnt, und er hat gar nicht aufhören können, meinen kleinen Liebling anzustarren. Er hat sie die ganze Zeit so heftig angeguckt, ich hätte schwören können, er hat sie auch mit seinem armen blinden Auge gesehen. Die ersten Tage war er im Bett, und ich hab meinem kleinen Liebling geholfen, ihn zu pflegen, und so deutlich wie vom Fenster den alten Vulkan hab ich gesehen, daß er sie lieben würde und daß sie ihn lieben würde und daß wir ein ganz neues Leben vor uns hätten mit dem Admiral. So würden wir früher nach England zurückgehen, als ich dachte. Weil obwohl der Admiral verheiratet gewesen ist, als er einmal rausgefunden hat, daß er in meine Tochter verliebt gewesen ist und die beste Frau auf der ganzen Welt gefunden hat, hat er natürlich nie mehr was mit seiner Frau zu tun haben wollen. So sind die Männer.

Also, ich nehm an, daß ich auch noch ein bißchen von dem Feuer in mir selbst hatte, weil ich hab es gern gesehen, daß das Herz von meinem kleinen Liebling wieder erwacht ist. Und es würde mir was zu tun geben, wenn sie erst einmal rausgefunden hatten, daß sie verliebt sind, obwohl das länger gedauert hat, als wie ich gedacht hab, weil er war da ganz anders, wer hat schon je von einem Mann gehört, der seiner Frau treu ist. Aber er war es, mein kleiner Liebling hat mir erzählt, er hat sich nur einmal einen Ausrutscher geleistet, mit irgendeiner Frau in einem andren Hafen in Italien vor ein paar Jahren, aber eine Dame und keine Hure. Von einem Seefahrer, der was ein richtiger Mann gewesen ist, hab ich so was bestimmt noch nie gehört gehabt, aber mein kleiner Liebling hat nicht mal ausdrücklich Ausrutscher gesagt. Sie hat jetzt so eine ernsthafte Phase durchgemacht, sie ist sogar manchmal in eine von den Kirchen gegangen und hat gebetet wie die Papisten. Wie ich sage, sie haben sich Zeit gelassen wie zwei unschuldige junge Mädchen, haben sich bloß angeguckt und wieder weggeguckt, aber ich hab gewußt, was da lief.

Aber dann ist alles auf einmal passiert, und die Franzosen sind gekommen, und wir mußten alles einpacken, und der alte Botschafter war ganz niedergedrückt und still, weil er sein Haus und seine Möbel verlassen mußte, wir sind mitten in der Nacht in einem fürchterlichen Sturm losgefahren. Der Freier von meinem kleinen Liebling hat uns und den König und die Königin und alle gerettet, aber die Überfahrt ist schrecklich gewesen, zu fünft oder sechst in einer Kajüte, und alle haben auf Feldbetten und Matratzen oder auf dem Boden geschlafen. Aber wir sind nie schlafen gegangen. Ich hab den König ins Bett gebracht, was für ein Riesenbaby ist er doch gewesen, er hat eine kleine heilige Glocke in der Hand gehabt und sich bekreuzigt. Und mein kleiner Liebling hat die Königin ins Bett gebracht, die Königin und sie, das waren die besten Freunde, weil sie ist jeden Tag in den Palast gegangen und hat die Königin besucht. Und dann sind wir einfach im ganzen Schiff rumgegangen und haben den Leuten geholfen, sich zu übergeben, und haben hinterher ein bißchen saubergemacht. Ich bin nicht bange gewesen, und mein kleiner Liebling ist erst recht nicht bange gewesen.

Sie war die tapferste von allen, eine richtige Heldin. Alle haben sie bewundert. Und wir haben es dann ja auch heil überstanden, auch wenn die Königin ihren kleinen Jungen verloren hat, das ist der traurigste Anblick gewesen, meinen kleinen Liebling zu sehen, wie sie das Kind an die Brust drückt und versucht, es am Leben zu halten. Ich glaube, da hab ich gewußt, daß sie doch noch Mutter werden sollte und daß sie schließlich doch noch ein Kind haben würde, das wirklich ihr gehört, von diesem kleinen Admiral, der sie so geliebt hat. Eine Mutter weiß so was.

Ich bin so froh für sie gewesen, daß ich sie so glücklich gesehen hab, so wie sie nie vorher glücklich gewesen ist. All die Jahre, die wo ich Madam, die Mutter von die Frau von dem Botschafter gewesen bin, hab ich nicht viel andres zu tun gehabt, außer ihr ihre Kämme und Süßigkeiten und Gurgelmittel zu geben wie die Mutter von dieser Primadonna auf der Bühne, aber jetzt konnte ich ihr helfen, ich konnte den alten Mann beobachten, wann er kam und ging, wenn die beiden Liebenden zusammensein wollten. Der Admiral ist bei ihr wie ein kleiner Junge gewesen. Ich hab gesehen, daß er gewollt hat, daß ich ihn mag, weil er hat seine Mutter verloren, wie er noch ein Junge war, sogar noch bevor er zur See ging, hat mein kleiner Liebling mir erzählt. Er ist nicht wie die meisten Männer gewesen. Er ist wirklich gern mit Frauen zusammengewesen und hat gern mit ihnen geredet.

So haben wir uns näher gestanden als je vorher, und die einzige Zeit, wo wir nicht zusammengewesen sind, war, als sie zurück nach Neapel mußten und die Revolution beenden, nachdem die Franzosen gegangen waren, sie haben mich nicht mitnehmen können, sie haben mich sechs Wochen lang in Palermo gelassen. Das war die längste Zeit gewesen, wo ich je von meinem kleinen Liebling getrennt gewesen bin, seit sie sechzehn war. Wir sind immer zusammengewesen, sie hat gewußt, daß sie sich auf mich verlassen kann.

Als sie zurückgekommen sind, sind wir auf sein Schiff gegangen und haben alles mögliche besichtigt und hatten eine Feier zu ihrem Geburtstag auf dem Schiff, aber sie ist diesmal kein so guter Seemann gewesen, wo sie doch ein Kind erwartet hat, genau wie ich vorausgesagt hab. Ihr Mann hat sich sehr anständig benommen, besser wie manch einer, hat nie ein Wort gesagt, aber schließlich war er ja alt, und wo hätte er eine andre Frau wie meine Tochter finden sollen. So eine Frau hat es noch nie gegeben. Das haben sie beide gewußt. Also ist der alte Botschafter nicht allzu traurig gewesen, außer daß er jetzt nicht mehr Botschafter sein konnte, und alle waren wir froh, daß es wieder zurück nach England ging, wir hatten eine schöne Reise, wenn auch all die Kutschen meine alten Knochen ziemlich durchgerüttelt haben, und auch dieses Kanonengedonner überall, wo wir hinkamen, für den Admiral, ist für meine Ohren ein bißchen viel gewesen. Und als wir heil angekommen sind, ist er auf dieselbe Art begrüßt worden, nur noch mehr, es hat drei Tage gedauert, eh wir nach London gekommen sind. Und dann war da was, was sie beide durchzustehen hatten, mein kleiner Liebling hatte mich gewarnt gehabt, wo doch die Frau vom Admiral in einem Hotel in der King Street gewartet hat. Als wir also in London angekomen sind, haben sie zuerst Miss Knight und mich in der Albemarle Street abgesetzt, wo wir bleiben sollten. Miss Knight ist lange mit uns zusammengewesen, sie hat meine Tochter wirklich bewundert. Ich bin so müde gewesen, daß ich gleich in mein Zimmer gegangen bin, aber am nächsten Morgen, als ich hab nachsehen wollen, ob Miss Knight Frühstück will, hab ich gesehen, daß sie nicht mal die Nacht da verbracht gehabt hat. Sie ist weggegangen eine Stunde, nachdem wir angekommen sind, hat der Hotelbesitzer mir erzählt, und zum Haus von einem Freund gelaufen, weil es ist wer zum Hotel gekommen und hat schlimme Geschichten über meinen kleinen Liebling erzählt, wie daß sie nicht die passende Gesellschaft gewesen ist für eine ehrbare Dame. Und so, wenn es auch schwer zu glauben ist, haben wir diese Miss Knight, zu der wir so nett gewesen sind, meine Tochter hatte drauf bestanden gehabt, daß sie zu uns gezogen ist, als ihre Mutter gestorben war, sie hat fast zwei Jahre bei uns wie eine aus der Familie gewohnt, haben wir sie nie mehr wiedergesehen.

Anscheinend sind viele in London eifersüchtig gewesen auf meinen kleinen Liebling, was ja kein Wunder war, wo doch der berühmteste Mann von allen ihr zu Füßen gelegen hat! Aber Sie können sich drauf verlassen, wir haben die alle gar nicht beachtet und haben einfach weitergemacht, und da gab's eine Menge Arbeit für die alte Mary, mit einem neuen Haus in London, und dann ist auch bald der Admiral gekommen und hat bei uns gewohnt, als seine Frau eingesehen hat, daß sie mit den Reizen von meinem kleinen Liebling nicht mithalten kann. Und dann ist das Kind zur Welt gekommen. Und ich bin dagewesen, ich hab ihre Hand gehalten, ich hab den Schmerz mit ihr ausgehalten, sie ist so tapfer gewesen, sie hat kaum geschrien, aber es war keine schwierige Geburt, es war ja ihr zweites Kind, aber von dem ersten, was wohl jetzt eine Frau war, haben wir nie gesprochen. Sie hat nicht gewollt, daß der Admiral davon weiß, weil er war so stolz gewesen, daß das erste Kind, wo sie erwartet hat, von ihm ist. Ich bin dagewesen, ich bin alles gewesen, was sie gehabt hat, denn er ist zwei Wochen vorher zur See zurückbefohlen worden. Der arme Mann hatte seine Zähne und sein Auge und seinen Arm verloren gehabt, und trotzdem konnten sie nicht ohne ihn auskommen und ließen ihn gegen die Dänen ziehen, weil er war der tapferste. Er hat meinen kleinen Liebling so vermißt, ich glaube, noch nie ist ein Mann so vernarrt gewesen in eine Frau wie er. Die Briefe, was er ihr geschrieben hat! Und im April hat seine ganze Flotte ihren Geburtstag feiern müssen und alle seine Offiziere haben Trinksprüche auf sie ausbringen müssen, und er hat sich ihr Bild um den Hals gehängt. Und in einem Hafen, als einer von seinen Offizieren seine Frau an Bord bringen wollte, hat der Admiral das nicht erlaubt, weil, hat er gesagt, er meiner Tochter versprochen gehabt hat, er würde nie eine Frau auf das Schiff lassen, aber ich glaube nicht, daß sie gewollt hat, daß er so weit geht. Aber er war so versessen drauf, ihr zu zeigen, wie sehr er sie liebt. Aber dann wollten sie ihm nicht erlauben, nach Hause zu kommen, weil das war der Sommer, wo jeder geglaubt hat, der kleine Korse würde kommen und uns alle umbringen und den Freiheitsbaum pflanzen und uns unsere englischen Freiheiten nehmen. Aber ich hatte gar keine Angst. Und meine Tochter auch nicht, wir haben ja gewußt, wer unsere Küsten bewacht, und in dem Sommer haben wir gerade nach einem Haus auf dem Land gesucht für wenn der Retter der Nation und der Herzliebste von meinem kleinen Liebling nach Hause kommen würde und seine armen Knochen würde ausruhen dürfen.

Jetzt gab es für diese Mary was zu tun. Ein feines Leben mit Dienstboten, ich sag ja gar nichts dagegen, aber ich hab mich wohler gefühlt, wenn ich Enten ausgesucht hab für den Teich vom Admiral und die Stallknechte und Gärtner beaufsichtigt hab. Und mein kleiner Liebling hat auch eine schöne Zeit gehabt, weil sie wußte alles über alles Neue, ich weiß nicht, wie sie das gemacht hat, aber sie wußte alles. Es war kein großes Haus nach allem, was wir kennengelernt haben, bloß fünf Schlafzimmer, aber das war, was er gewollt hat. Also hat sie in jedes ein Wasserklosett machen lassen und einen Waschtisch und ein Becken mit einem Bleitank und einem Wasserhahn und einer Badewanne, die wo die Dienstboten füllen sollten. War ja alles gut und schön in Italien mit den großen Palästen mit mehr Zimmer als ein Mensch zählen kann, aber jetzt sind wir wieder in England, wo es wohl keine Ruinen und Kunst gibt, aber die Leute wissen, wie sie es sich gemütlich und bequem machen können. Und der Admiral war selig, wie er gesehen hat, was wir gemacht haben, als sie ihn haben heimgehen lassen, in das Heim, wo wir ihm gemacht haben. Und der Botschafter hat auch seinen Platz gehabt, weil ich hab gesehen, er fühlt sich ein bißchen verloren wieder zurück in England. Ich nicht, es war, wie wenn ich nie weggegangen wäre, all die Jahre in Italien und eine fremde Sprache hören verblaßten allmählich. Aber der Mann vermißte seinen Ruhm, und, noch schlimmer, das Geld machte ihm Kummer. Er war immer knausrig mit jedem Penny, und als er gekommen war, um bei uns draußen auf dem Land zu wohnen, weil er ja nicht gut seine Frau da ohne ihn leben und einen Skandal machen lassen konnte, hat er angeboten, die Hälfte von den Haushaltskosten zu bezahlen. Aber ich hab lachen müssen, wenn ich die zwei großen Männer gesehen hab, den Admiral, fast blind, der all die Schlachten gewonnen hat, und diesen alten Ritter, der zusammen mit unserm König großgezogen wurde, wie sie an einem Tisch in einem von den Wohnzimmern sitzen und sich beugen über Rechnungen vom Fischhändler, vom Brauer, vom Bäcker, vom Schlachter, vom Milchmann, vom Kerzenmacher, Pfund und Shilling und Pence zusammenzählen und dann ihren erlauchten Namen unten in das Heft schreiben, nachdem sie es genehmigt haben. Männer werden so berühmt und machen, daß du das nie vergißt, aber dann muß ich lachen, wenn sie auch genau wie Frauen werden.

Es ging immer so weiter mit dem Admiral, er war ein Mann, der sich nicht ändert. Ich hab nie einen gesehen, der eine Frau so angebetet hat als wie er, er konnte immer noch nicht seine Augen von ihr lassen. Und sein Gesicht hat angefangen zu leuchten, wenn sie in ein Zimmer gekommen ist, auch wenn sie bloß einen Moment vorher rausgegangen war, aber genauso war es mein ganzes Leben lang, wenn sie in ein Zimmer gekommen ist. Aber ich bin ihre Mutter gewesen. Es gibt keine Liebe wie die, was eine Mutter ohne Ehemann für ein einziges Kind hat. Kein Mann fühlt das für eine Frau, keine Frau für einen Mann. Aber ich muß gestehen, daß der Admiral ziemlich nah dem kam, was diese alte Mutter gefühlt hat. Aber schließlich haben wir ja auch beide dieselbe Frau geliebt, die wo die feinste Frau von der ganzen Welt gewesen ist. Und ich hab das Glück gehabt, sie ihr ganzes Leben lang zu kennen, und er hat sie nur sieben Jahre gekannt.

Es ist traurig gewesen, als der alte Ehemann gestorben ist, auch wenn sie damit gerechnet hatten und drauf gehofft hatten, das war nur natürlich, denn so konnten sie ihr Kind bei sich haben, und wir konnten eine richtige Familie sein, wenn nur die Frau von dem Admiral auch sterben oder sich von ihm scheiden lassen würde. Der alte Mann hat nicht allzusehr gelitten, er hat einfach aufgehört, fischen zu gehen, das ist das erste Zeichen gewesen. Und dann hat er nicht mehr viel gesprochen, und dann im Februar hat er sich ins Bett gelegt und hat am Ende, als es schlimmer geworden ist, drum gebeten, wieder in sein Haus nach London gebracht zu werden, was ein feines Haus war, voll mit teuren Möbeln, die mein kleiner Liebling bezahlt hat, indem sie all ihren Schmuck verkauft hat. Ich hab ihn die meiste Zeit gepflegt. Er hat mir vertraut, weil ich war auch alt, wenn auch nicht so alt, und ich bin immer noch voller Saft und Kraft gewesen. Ich hab ihm die Füße gerieben. Und da ist er im April ganz friedlich gestorben, und mein kleiner Liebling und der Admiral waren da zu beiden Seiten von dem Bett und haben ihn gehalten.

Ich hab einen Schock gekriegt, als das Testament verlesen worden ist. Aber mein kleiner Liebling hat gesagt, es macht nichts, und daß sie immer schon gewußt hat, daß Charles sein Erbe ist, schon als sie noch mit Charles zusammengewesen ist, bevor sie ihn überhaupt kennengelernt hat. Aber denk doch bloß, was alles danach passiert ist, hab ich gesagt. Pst, pst, hat sie gesagt. Sie hat nicht gewollt, daß ich davon anfange. Und Charles hat uns einen Monat später aus dem Haus gesetzt. Aber wir haben ein andres gefunden, wenn es auch ziemlich klein war, und das hätte der Anfang von einem neuen Leben sein sollen, aber dann hat der Krieg wieder angefangen, und der Schatz von meinem kleinen Liebling mußte zurück auf See, und er ist anderthalb Jahre weggeblieben! Sie sind verzweifelt gewesen. Er ist überall hingeschickt worden, um den kleinen Korsen zu jagen, nach Westindien und auch wieder ins Mittelmeer, er ist sogar nach Neapel gekommen. Es hat den Anschein, mein kleiner Liebling hat mir erzählt, er hat ihr das geschrieben, daß unser altes Haus da inzwischen ein Hotel geworden ist, und noch nicht einmal ein sehr saubres. Wir sind froh gewesen, daß der alte Botschafter das nicht mehr hat hören müssen, weil das hätte ihn ziemlich deprimiert, aber uns hat es nicht allzusehr gestört, mich jedenfalls nicht. Du mußt wissen, wann du das alte Leben sein lassen und weitermachen und nicht zurückgucken und nichts bedauern sollst, sag ich immer. Sonst bist du immer traurig, weil du verlierst immer irgendwas. So ist das Leben, wenn du dich von einem Unglück zu hart treffen läßt, wirst du es nicht sehen, wenn eine neue Chance kommt. Wenn ich das nicht gewußt hätte, hätte ich kein so GUTES LEBEN gehabt. Und mein kleiner Liebling auch nicht, weil in dem Punkt ist sie einer Meinung mit mir gewesen.

Also haben wir immer weiter gehofft, und im Jahr drauf ist ihr Geliebter nach Haus gekommen und –

Aber es ist nicht so gekommen, wie wir das gehofft hatten. Mein armer, armer kleiner Liebling. Sie haben bloß achtzehn Tage zusammen gehabt, und das Haus war die ganze Zeit voll mit seinen Offizieren und den Leuten von der Admiralität.

Ich hab ihr immer wieder gesagt, daß alles gutgehen wird, er ist ja noch jedes Mal zurückgekommen, er wird auch diesmal zurückkommen. Aber diesmal, hat sie gesagt, wird es eine große Schlacht geben. Deshalb geht er ja hin. Ich hab ihr gesagt, daß er besser ist als die Franzosen, daß sie unter einem glücklichen Stern geboren ist, daß immer alles gut ausgegangen ist, aber diesmal ist es nicht gut ausgegangen.

Und als er gestorben war, Kapitän Hardy hat gesagt, mit ihrem Namen auf den Lippen, haben uns alle den Rücken gekehrt, außer die Gläubiger. Der alte Mann hat ihr was jährlich hinterlassen und dreihundert Pfund, damit sie ihre Schulden bezahlen kann, aber sie hatte viel mehr. Und wir sind in ein kleineres Haus gezogen, und dann in noch ein kleineres, wir hatten jetzt das Kind bei uns, das seinen Namen getragen hat, aber da war nichts von der Krone, keine Pension, die sie eigentlich hätte bekommen sollen, um wenigstens SEIN Kind anständig großzuziehen. Sie hat großzügig sein müssen und ein paar Vergnügungen haben müssen, was noch mehr Schulden bringt, und Dienstboten und eine Gouvernante für das Kind, und hat außerdem ein bißchen zuviel getrunken, aber das hab ich auch gemacht, was soll man denn machen, wenn alle so grausam zu einem werden. Aber ich hab zu ihr gesagt, du wirst schon sehen, das wird nicht immer so bleiben, wir haben ja uns, und irgendein Mann wird dir schon helfen. Und da war ein Nachbar auf dem Land, der hat uns Geld geschickt, ein netter Mann, ich glaube, er hat Mitleid mit uns gehabt, weil die Leute ihn auch verspottet haben. Und ich hab gesagt, was ist mit Mr. Goldsmid, und sie hat gelacht, aber jetzt war es ein bittres Lachen, und hat gesagt, Abraham Goldsmid ist sehr glücklich mit die Frau und die feine Familie, die was er hat. Und ich hab sie dran erinnert, daß ihr kein Mann widerstehen kann, egal wie fein seine Frau ist, aber ich hab ihr versprechen müssen, nie mehr was zu sagen von der Idee mit ihr und Mr. Goldsmid, und so ist nichts draus geworden. Aber der gute Mann hat uns trotzdem ab und an ein bißchen Geld geschickt, und ich hoffe, er kommt dafür in den Himmel.

Also ist es am Ende nicht mehr aufwärtsgegangen. Denn jeder hat sie verlassen, sogar der, den wo sie am meisten geliebt hat, wenn er auch nicht hat sterben wollen, aber warum mußte er auf dem Schiff in seiner Admiralsuniform und mit seinen Orden rumspazieren, damit ein französischer Scharfschütze ihn ganz leicht entdecken und umbringen konnte, wenn er wirklich hat leben bleiben und zu ihr zurückkommen wollen. Männer sind so dumm. Frauen mögen ja eitel sein, aber wenn ein Mann eitel ist, dann gleich über alle Maßen, weil ein Mann ist bereit, für seine Eitelkeit zu sterben. Alle haben meinen armen kleinen Liebling verlassen, auch ich hab sie verlassen, vier Jahre nachdem daß der kleine Admiral getötet worden war, und ich wäre so gern bei ihr geblieben und hätte mich gekümmert, sie hat so sehr jemand gebraucht, der sich um sie kümmert, und sie hat sich auf mich verlassen können. Ich will lieber nicht erzählen, was danach mit ihr passiert ist. Meine Tochter ist sehr unglücklich gewesen, als ich gestorben war.

3

Ich hatte etwas Magisches an mir. Ich merkte es an der Art, wie andere auf mich reagierten, immer schon reagiert hatten, als wäre ich etwas ganz Besonderes. Dann gibt es da all die Geschichten, die über mich erzählt werden, manche sind falsch, die meisten wahr.

Nur so kann ich mir erklären, warum ich einst so gelobt wurde, warum sich mir so viele Türen öffneten. Ich war sehr begabt, als Schauspielerin. Aber es können nicht nur meine Begabungen gewesen sein. Ich war intelligent, neugierig, aufgeweckt, und obwohl Männer von einer Frau nicht erwarten, daß sie intelligent ist, sind sie oft froh, wenn sie es doch ist, besonders wenn sie ihre Fähigkeiten auf etwas richtet, was für Männer von Interesse ist. Aber es gibt viele intelligente Frauen. Und glauben Sie nicht, daß ich die Macht der Schönheit unterschätze – wie könnte ich, da man mich so verspottete, als ich sie verlor. Aber es gibt viele schöne Frauen, und warum, so frage ich, wird eine Frau, und sei es auch nur für eine gewisse Zeit, die schönste genannt. Selbst dieser Teil meines Rufes, meine gerühmte Schönheit, zeugt davon, daß ich etwas besaß, das mehr umfaßte, das Aufmerksamkeit erzwang, wie ein Lichtkreis.

Ich kann beschreiben, zu was es mich manchmal getrieben hat. Ich erinnere mich an die Zeit, als ich noch ein kleines Mädchen war und eines Tages im Winter über die Straße meines Dorfes schlenderte, hin und her schlenderte, mich umsah und spürte, wie der Blick aus meinen Augen strömte. Er erfaßte diesen und dann jenen, alle zitterten und machten saure Gesichter in ihrer Mühsal und ihrer Nichtigkeit. Ich habe damals schon geglaubt, ich wäre anders als sie, und es kam mir in den Sinn, ich könnte sie mit meinem Blick wärmen. Also habe ich angefangen, die Straße entlangzugehen, sie zu wärmen und sie dazu zu bringen, sich zu mir umzudrehen. Das waren zweifellos die Phantasien eines törichten Kindes, und ich habe das bald sein lassen. Aber als ich erwachsen war, habe ich immer noch, wenn ich auf der Straße ging oder ein Zimmer betrat oder aus Fenstern von Häusern und Kutschen sah, gedacht: Ich muß so viele wie möglich mit meinem Blick finden.

Wohin immer ich ging, ich fühlte mich auserwählt. Ich weiß nicht, woher ich diese Gewißheit nahm. Ich kann nicht *derart* ungewöhnlich gewesen sein, und doch war ich es. Die anderen schienen sich so leicht zufriedenzugeben oder zu resignieren. Ich wollte sie aufwecken und ihnen zeigen, wie herrlich dieses Leben war. Die anderen haben meist versucht, ruhig zu bleiben. Ich wollte, daß sie ihren eigenen Wert zu schätzen wußten. Ich wollte, daß sie lieben, was sie liebten.

Es war besser, wenn sie besessen waren. Ich war nicht besessen, aber ich war immer bemüht. Auch wenn ich schön gewesen bin, war ich nie elegant. Ich habe mich nie zurückgehalten. Ich war nie ein Snob. Ich war überschwenglich. Ich habe mich nach der Verzückung leidenschaftlicher Liebe gesehnt. Ich mußte nicht umarmen. Körper mußten sich nicht aneinanderreiben und gemeinsam schwitzen. Ich habe es geliebt, mit einem Blick zu durchbohren und durchbohrt zu werden.

Ich habe den Klang meiner eigenen Stimme gehört. Sie hat die anderen umarmt, hat sie ermutigt. Aber noch geschickter war ich im Zuhören. Es gibt einen Augenblick, in dem man still sein muß. Das ist der Augenblick, in dem du die Seele des anderen anrührst. Jemand schüttet dir sein Herz aus – jemand, dem du geholfen hast, zu diesem Punkt zu gelangen, vielleicht indem du etwas von deinem eigenen Herzen offenbart hast. Und dann siehst du dem anderen tief in die Augen. Du gibst ein leises Mmmh oder Ahhh, einen ermutigenden, mitfühlenden Laut von dir. Dann hörst du einfach zu, hörst wirklich zu und zeigst, daß du mit dem Herzen aufnimmst, was du hörst. Kaum jemand tut das.

Ich habe zwar pausenlos daran gearbeitet zu werden, was ich werden konnte, aber ich hatte auch den Eindruck, daß der Erfolg leicht, erstaunlich leicht kam. Kaum ein Jahr, nachdem ich die ersten Gesangsstunden in Neapel erhalten hatte, bezahlt von dem Betrag, den meine Mutter und ich für unsere Ausgaben erhielten und der auf einhundertundfünfzig Pfund im Jahr festgesetzt war, wollte mich die italienische Oper in Madrid zu einer Gage von sechstausend Pfund für drei Jahre zu ihrer Primadonna machen. Und es gab viele solcher Vertragsangebote von europäischen Opernhäusern, die ich alle ohne Bedauern abgelehnt habe.

Wenn ich singen wollte, konnte ich gut singen. Wenn ich tapfer sein mußte, war es leicht für mich, tapfer zu sein.

Worin ich nicht gut gewesen bin, das habe ich nicht versucht, gut zu machen – manchmal weil ich eingesehen habe, daß eine bessere Leistung mich verpflichtet hätte, meinen Charakter zu ändern und dessen Überschwang einzudämmen. So war ich sehr gewandt beim Klavierspielen, aber so gut wie Catherine habe ich ganz sicher nicht gespielt. Mir fehlte die notwendige Melancholie, die Innerlichkeit. Aber ich konnte Gefühle mit meinem Körper, mit meinem Gesicht darstellen. Alle haben meine Attitüden bewundert.

Ich konnte nichts dagegen tun, daß ich schauspielerisches Talent hatte. Daß ich anderen gefiel. Was sollte ich tun, wenn ich so schnell begriff, was andere sich wünschten. Und wer hätte mich beschützt, wenn ich mich nicht darin geübt hätte, über mein Temperament zu triumphieren. Aber ich habe mein Herz benutzt, um andere für mich einzunehmen. Mehr als einmal habe ich gesehen, wie die Königin, um beim König in einer Staatsangelegenheit ihren Willen durchzusetzen, in seine Nähe getreten ist und dann ein Paar langer weißer Handschuhe auf ihren Armen glattgestrichen hat. Der König liebte die Arme von Frauen und ihre Handschuhe. Ich habe keine solchen Tricks angewandt. Das brauchte ich nicht. Es ist wirklich ganz leicht, zu gefallen. Nicht anders ist es mit dem Lernen. In der Welt, die mich genauestens beobachtete, nahm man meinen Akzent mit Mißbilligung zur Kenntnis, ebenso wie meine Rechtschreibung, die ich allerdings verbessert habe. Doch wenn ich meine Mutter nicht so sehr geliebt hätte, dann hätte ich zweifellos alle Spuren meiner ländlichen Herkunft abgeschüttelt und ein Englisch so rein wie das Mondlicht gesprochen. Wie ich sagte, eine lange Zeit konnte ich immer tun, was ich wirklich tun wollte.

Man sagte, ich hätte jedem hemmungslos geschmeichelt – meinem Mann und dann der Königin und anderen, die mir in Neapel nützlich sein könnten, und schließlich meinem Geliebten. Ich habe geschmeichelt, ja. Aber man hat auch *mir* geschmeichelt. Mr. Romney hat gesagt, ich sei ein Genie, eine Gottheit, ich müßte nur posieren und das Bild sei schon fertig; der Rest sei bloßes Abzeichnen. Mein Mann glaubte, all seine Vasen und Statuen, all die Schönheit, die er bewunderte, seien in mir zum Leben erwacht. Mein Geliebter glaubte ernsthaft, ich sei allen anderen Frauen überlegen. Er nannte mich eine Heilige und sagte jedermann, ich sei seine Religion. Meine Mutter sagte immer zu mir, ich sei die vornehmste Frau auf der ganzen Welt. Und man hielt mich für die größte Schönheit des Zeitalters.

Das konnte nicht gut für meinen Charakter gewesen sein. Aber es ist nicht meine Schuld, daß solche Dinge gesagt wurden.

Selbst als man mich noch für die Schönste hielt, hatte ich einen Fehler, oder hatte meine Schönheit diesen Fehler: das kleine, fliehende Kinn. Dann, als ich noch jung war, fing ich an, dick zu werden. Ich habe getrunken, nicht um Niedergeschlagenheit zu bekämpfen, sondern weil ich manchmal wütend war und wußte, man würde mich tadeln, vielleicht sogar verlassen, wenn ich es zeigte. Ich hatte oft Hunger. Ich habe gesehen, daß mein Kinn dick wurde. Einmal nachts, als es sehr schwül war und ich mich im Bett umdrehte, spürte ich meinen Bauch, und ich dachte, etwas ist mit meiner Taille geschehen, mein Körper verändert sich. Ohne meine Schönheit, ohne mein Schutzschild, konnte mich jeder verspotten.

Jedermann sagte, ich sei so derb und unförmig geworden. Immer dachte man, daß ich zuviel redete. Ich gebe zu, ich habe immer etwas zu sagen gehabt. Mein Leben war rasend schnell. Dann war es verbraucht. Wer mich kritisiert hat, wird sicher froh sein zu hören, daß ich am Ende recht still gewesen bin.

Jetzt habe ich nicht so viel zu sagen, wie Sie vielleicht glauben.

Wäre er am Leben geblieben, wäre ich glücklich gewesen. Aber er ist gestorben und hat den großen Sieg errungen, den man von ihm erwartet hat. Er ist mit meinem Namen auf den Lippen gestorben, und in seinem Testament hat er seine Tochter und mich seinem König und seinem Vaterland vermacht. Ich erhielt keine Pension. Ich und sein Kind sind nicht einmal zu dem Begräbnis eingeladen worden, dem prächtigsten, das je in England arrangiert wurde. Die ganze Nation vergoß Tränen. Aber ich kann mir nicht helfen, ich glaube, manche sind erleichtert gewesen, daß er auf dem Gipfel seines Geschicks gestorben ist, daß er nicht überlebt hat, um als gewöhnlicher Mensch zu leben, ein gewöhnliches Leben zu haben, mit mir, in meinen Armen, mit unserem Kind und weiteren Kindern. Denn ich hätte noch mehr Kinder bekommen, so viele wie nur möglich, seine Liebesgaben an mich, meine Liebesgaben an ihn.

Vor dem Tod meines Geliebten habe ich nie um etwas gebeten und gebettelt und mich beschwert. Dann stellte ich fest, daß niemand mehr helfen würde – daß es mein Schicksal war, für jeden nur ein Ärgernis, eine Last zu sein.

Nachdem mein Geliebter aus meinen Armen nach Trafalgar gegangen war, habe ich nie mehr einen anderen Mann umarmt. Wie müssen meine Kritiker bedauern, mich nicht der Wollüstigkeit beschuldigen zu können. Auch gab es keinen Anlaß, mich als geldgierig zu beschreiben, wenn sie auch dieses üble Gerücht gern verbreitet hätten. Ich habe mir nie etwas aus Geld gemacht, außer wenn ich es ausgeben und Geschenke kaufen konnte. Meine Gefühle waren nie von dem Wunsch geleitet, ein sorgenfreies Leben zu führen: Ich wäre bereit gewesen, mit dem Mann, den ich liebte, in bescheidenen Verhältnissen oder gar in Armut zu leben. Zuweilen denke ich an ein ganz anderes Leben, das ich geführt haben könnte. Es hätte mir nichts ausgemacht, weniger schön zu sein, solange ich nur nicht unscheinbar gewesen wäre. Es hätte mir nichts ausgemacht, eine fette, alte Frau zu sein, die am Ende eines Lebens, das gar nicht so traurig gewesen ist, die Kirchenstufen hinaufhumpelt.

Den Leuten wird es noch leid tun, daß sie so grausam von mir gesprochen haben. Eines Tages werden sie begreifen, daß sie eine tragische Gestalt beleidigt haben.

Wessen klagt man mich an? Trunksucht, Schulden, Roheit, Reizlosigkeit, des Zaubers einer Sirene. O ja, und an Mord und Totschlag mitschuldig zu sein.

Ich werde eine von den Geschichten erwähnen, die man sich über mich erzählte und die nicht wahr ist. Man sagt, ich habe mich hinterher schuldig gefühlt, weil ich nichts unternommen hatte, Doktor Cirillo zu retten, und damals schon gewußt habe, daß in Neapel unschuldiges Blut vergossen wurde. Man hat sich erzählt, ich hätte bis ans Ende meines Lebens Alpträume gehabt und hätte in manchen Nächten wie Lady Macbeth schlafgewandelt und geschrien und meine Hände gehoben, um nach dem Blut zu suchen. Ich glaube nicht, daß ich mich schuldig gefühlt habe. Weshalb hätte ich mich schuldig fühlen sollen?

Am Ende haben sich alle von mir abgewandt. Ich habe der Königin, meiner Freundin, geschrieben. Sie hat nicht geantwortet. Ich wurde ins Schuldgefängnis geworfen. Als man mir eine bedingte Entlassung gewährte, packte ich zwei Koffer mit Kleidern und einigen Juwelen und Erinnerungsstücken und buchte eine Passage auf dem Postschiff nach Calais, das vom Tower abfuhr, für mich und meine Kleine – die nicht mehr wußte, als daß sie ihres Vaters Tochter war und ich, seine Freundin, ihr Vormund. In Calais nahm ich für zwei Wochen die besten Zimmer im besten Hotel und gab die Hälfte von dem Geld aus, das ich bei mir hatte. Dann zogen wir auf einen Bauernhof einige Kilometer außerhalb der Stadt. Da es dort keine Schule für sie gab, unterrichtete ich sie, lehrte sie Deutsch und Spanisch – ihr Französisch war schon recht annehmbar – und las griechische und römische Geschichte mit ihr. Und ich bezahlte eine Frau im Dorf dafür, daß sie sie auf einem Esel reiten ließ, damit sie ein wenig Bewegung hatte.

Meine Tochter war vierzehn, als wir aus England flohen. Ich war vierzehn gewesen, als ich aus meinem Dorf nach London gekommen war, so froh und bereit, mein Leben zu beginnen und in der Welt voranzukommen. Ich stammte von einem Niemand ab. Sie war die Tochter des größten Helden und der ehemals größten Schönheit des Zeitalters. Ich hatte eine Mutter, die mich immer gelobt hat, was immer ich auch tat – eine unwissende Närrin von einer Mutter, deren Liebe mir große Freude und großen Trost gab. Meine Tochter hatte eine Mutter, die sie nie lobte, die sie ständig dazu anhielt, daran zu denken, wer ihr Vater war, die ihr sagte, daß er vom Himmel auf sie herabsehe und daß er immer nur sehen dürfe, was ihn stolz auf sie mache – eine schlaue Mutter, deren Anwesenheit sie ängstigte und erschreckte.

Niemand kam aus England herüber, um uns zu besuchen. Ich war so abstoßend häßlich geworden, daß ich nie mehr in einen Spiegel sah. Ich war orangefarben von der Gelbsucht und von Körpersäften aufgedunsen. Als ich zu krank wurde, sind wir in die Stadt zurückgekehrt und in eine schäbige Pension in ein düsteres Zimmer gezogen. Mein Bett war im Alkoven. Jede Woche habe ich das Kind zum Pfandleiher geschickt, zuerst mit einer Uhr, dann mit einer goldenen Anstecknadel, dann mit meinen Kleidern, damit sie zu essen hatte und ich weiter trinken konnte. Ich habe ihr beigebracht, mit mir Backgammon zu spielen. Ich habe die meiste Zeit geschlafen. Mein einziger Besucher war ein Priester von einer Kirche in der Nähe.

Niemand außer einem Kind war da, um eine übelriechende, weinende, schnarchende, sterbende Frau zu pflegen, niemand außer ihr, um die Bettpfanne zu leeren und die Laken auszuwaschen. Ich war recht grausam zu ihr, und sie war sehr gehorsam.

Als es zu Ende ging, bat ich meine Tochter, den Priester von der Kirche von Saint Pierre zu holen, der mir die Letzte Ölung geben sollte. Zum ersten Mal, und nur dies eine Mal, versuchte das ernsthafte, tyrannisierte Wesen, das später einmal einen Pfarrer heiraten und mit bitterer Nachsicht an die schrecklichen letzten sechs Monate in Frankreich denken sollte, sich meinem Willen zu widersetzen.

Diesen Trost wirst du mir doch wohl nicht verwehren, rief ich. Wie kannst du es wagen!

Ich werde den Priester holen gehen, wenn Ihr mir sagt, wer meine Mutter ist, entgegnete das unglückliche Mädchen.

Deine Mutter, zischte ich, ist eine bedauernswerte Frau, die ungenannt bleiben möchte. Ich werde ihr Vertrauen nicht mißbrauchen.

Sie wartete. Ich schloß die Augen. Sie berührte meine Hand. Ich zog sie weg. Ich fing an, vor mich hin zu singen. Ich spürte, wie der bittere Schwall von Erbrochenem an der einen Seite meines Mundes hinunterlief. Nichts, nicht einmal die Gewißheit, der Himmel werde mir verschlossen bleiben, hätte mich dazu bewegen können, ihr die Wahrheit zu sagen. Warum hätte ich sie trösten sollen, wo niemand da war, der mich tröstete. Ich hörte, wie die Tür zuschlug. Sie war den Priester holen gegangen.

4

Vom Fenster meiner Zelle aus konnte ich ihre Schiffe in der Bucht sehen.

Meine Freunde und ich waren bereits an Bord eines der Transportschiffe gegangen, die nach Toulon segeln sollten, als sie am 24. Juni eintrafen und den Vertrag für null und nichtig erklärten, der mit dem großen Ungeheuer unterzeichnet worden war: Sie zerrten uns von dem Transportschiff und brachten uns in die Vicaria. Als eine der wenigen Frauen im Gefängnis erhielt ich eine schäbige Zelle für mich allein, zehn mal sieben Schritt, mit einem Feldbett und ohne Ketten. Zwei meiner Freunde waren den ganzen Sommer mit Halseisen an die Wand gekettet, und andere kauerten zu fünft in einer Zelle und schliefen dicht an dicht auf dem Boden. Einige von uns erlebten die Farce von Anhörungen, die man Gerichtsverhandlungen nannte, aber unsere Schuld galt als bereits erwiesen.

Tag für Tag sah ich das schwarze Schiff auf den Wellen reiten. Ich würde ihnen keinen von Schweiß oder Tränen verschmierten Brief schicken. Ich würde nicht um mein Leben betteln.

Nachts sah ich die Laternen und die weißen Masten im Mondlicht leuchten. Zuweilen starrte ich so lange auf das Schiff, daß ich die schwingenden Maste stillstehen lassen konnte und ich das Gefühl hatte, das Gefängnis bewege sich.

Ich sah das kleine Boot hin- und herfahren, das ihnen Lebensmittel und Wein und Musiker für ihre Abendunterhaltungen brachte. Ich konnte die Rufe und das Gelächter hören. Ich erinnerte mich an die vielen üppigen Mahlzeiten an ihrem Tisch. Ich erinnerte mich an die Gesellschaften, für die der britische Botschafter und seine Frau berühmt waren. An einigen der Abende, an denen sie ihre Attitüden aufgeführt hatte, las ich meine Gedichte. In meiner Zelle schrieb ich mehrere Poeme, zwei auf Neapolitanisch, und eine Elegie an den blauen Himmel und die Möwen, die als Huldigung für meinen Lehrmeister Vergil in Latein abgefaßt war.

Wie herrlich, ein Schiff zu sein, das die dichte Sommersee durchpflügt. Wie herrlich, eine Möwe zu sein, die in die blaue Sommerluft emporsteigt. Als Kind verlieh ich mir in meinen Tagträumen oft die Fähigkeit, fliegen zu können. Aber in einem Gefängnis erwirbt der Körper Schwere. Wenn ich durch die karge Brot- und Suppenration, die mir zweimal täglich in die Zelle gebracht wurde, auch sehr abgenommen hatte, habe ich mich doch nie zuvor so erdgebunden gefühlt. Mein Geist wollte emporklettern, aber mit dem Körper, der ich geworden war, konnte ich nicht einmal in meinen Tagträumen fliegen. Ich konnte mir nur vorstellen, daß ich, wenn ich nicht länger in den Lüften schwebte – neben ihrem Schiff, ihrem Schiff –, mitten in die See stürzen würde.

Im Morgengrauen des sechsten August, als ich an mein Fenster trat, sah ich, daß das Flaggschiff nicht mehr da war. Nachdem sie ihr Werk des Befehlens und Legitimierens von Morden an den neapolitanischen Patrioten vollendet hatten, segelten sie zurück nach Palermo. Das Erhängen und Köpfen sollte bis zum kommenden Frühjahr andauern.

Ich wurde zwei Wochen später hingerichtet.

Als ich sah, daß ich der Hinrichtung nicht entgehen würde, bat ich darum, geköpft und nicht gehängt zu werden. Es war das einzige Vorrecht meiner Klasse, das ich gern in Anspruch genommen hätte. Meine Bitte wurde von der Staatsjunta mit der Begründung abgelehnt, daß ich Ausländerin sei. Und ich war in der Tat Ausländerin. Ich war in Rom geboren worden und hatte seit meinem achten Lebensjahr in Neapel gelebt. Ich war naturalisiert worden, als mein Vater einen neapolitanischen Adelsbrief erhalten und die neapolitanische Staatsbürgerschaft angenommen hatte. Ich war mit einem neapolitanischen Offizier aus dem Adelsstand verheiratet gewesen. Ja, ich war Ausländerin.

Zur Aufführung meines Todes hatte ich eine lange schwarze Robe gewählt, die an den Knöcheln enger wurde und die ich zuletzt vor vier Jahren bei der Beerdigung meines Mannes getragen hatte. Ich habe dieses Kleid nicht gewählt, um mich als jemand zu präsentieren, der um unsere zerschlagenen Hoffnungen trauerte, sondern weil meine Monatsblutung eingesetzt hatte und ich es vorzog, etwas zu tragen, das keine Flecken erkennen lassen würde, wenn ich am Fuße des Schafotts stand.

Ich verbrachte meine letzte Nacht mit dem Versuch, meiner Angst Herr zu werden.

Zuerst fürchtete ich, daß ich meine Würde verlieren könnte. Ich hatte gehört, daß Menschen, die gehängt werden, oft keine Kontrolle mehr über ihre Eingeweide hatten. Ich fürchtete, meine Knie würden nachgeben, wenn man mich über den Platz zu der Tribüne führte, auf der Galgen und Leiter standen. Ich fürchtete, ein unziemlicher Schrecken könnte mich durchfahren, sobald ich den Henker erblickte, der mit einer Augenbinde auf mich zukam, und seinen Gehilfen, der das lange Seil mit der

Schlinge hielt. Die Menge mit ihren Rufen »Lang lebe der König« hatte einige Freunde herausgefordert, »Lang lebe die Republik« zu ihren letzten Worten zu machen. Doch ich wollte schweigend in den Tod gehen.

Dann fürchtete ich auch, ich könnte ersticken, bevor sie mich hängten. Denn nachdem der Henker mir einen schmutzigen Lumpen um den Kopf gebunden hatte, würden er oder sein Gehilfe, wie ich wußte, mir die Schlinge eines schweren, haarigen Seiles über den Kopf auf die Schultern fallen lassen. Unsichtbare Hände würden sie enger zurren, und ich mußte gehen, wohin sie zog, zum Fuß der Leiter und dann hinauf – ich würde dem Seil folgen müssen. Ich stellte mir vor, die Leiter würde unter dem Gewicht von drei Personen nachgeben. Der Henker über mir, der mich am Kopf zog. Sein Gehilfe unter mir, der meine Fußgelenke umfaßt hielt und sie führte, sie von einer Sprosse zur nächsten vorwärts schob.

Dann fürchtete ich schließlich, ich würde nicht sterben, nachdem der Henker auf den Querbalken geklettert wäre, um sein Ende des Seils festzubinden, und nachdem der Gehilfe, der seinen Griff um meine Fußgelenke verstärkt hatte, sich in die Luft abgestoßen und mich mit sich genommen hätte. Könnte ich immer noch am Leben sein, wo doch zwei von uns in der Luft schwangen und sein Gewicht an meinen Füßen mich nach unten zog? Immer noch am Leben, wo doch der Henker vom Querbalken gesprungen ist, um sich rittlings auf meine Schultern zu setzen, und wir eine baumelnde, schwingende Dreierkette geworden sind?

Die Morgendämmerung kam herauf. Ich zog mich an. Ich wurde aus meiner Zelle in einen Raum nahe dem Büro des Gefängnisdirektors gebracht, und meine Freude darüber, meine Gefährten wiederzusehen – ich sollte in guter Gesellschaft gehängt werden, mit sieben meiner Mitpatrioten – erweckte in mir plötzlich den Eindruck, keine Angst vor dem Sterben zu haben.

Die Luft war schon sengend heiß. Man bot uns Wasser an. Ich bat um Kaffee. Ein Wachmann ging zum Gefängnisdirektor, und er gab die Erlaubnis. Aber mein Kaffee kam kochend an, und während ich wartete, daß er abkühlte, warteten auch die bei der Tür. Sie sagten mir, ich hätte keine Zeit mehr. Ich sagte ihnen, daß man mir erlaubt habe, zuerst meinen Kaffee zu trinken, und daß sie mir noch einige Minuten würden gewähren müssen. Es war ein Dichter unter uns, erst dreiundzwanzig Jahre alt, der diese Verzögerung nutzte, um ein Stückchen Papier hervorzuziehen und zu schreiben. Ich fragte mich, ob er wohl noch ein Gedicht schrieb oder einige Worte, die er am Fuß des Schafotts verlesen wollte. Der Kaffee verbrannte mir immer noch die Zunge, als ich versuchte, daran zu nippen. Ich setzte ihn ab und achtete nicht auf die wütenden Blicke bei der Tür. Der Dichter schrieb immer noch. Ich war froh, ihm diese wenigen zusätzlichen Worte gewähren zu können. Der Bischof hatte sich mit seinem Rosenkranz niedergekniet. Es war, als hätte ich die Zeit angehalten – und ich würde sie auch wieder weitergehen lassen. Denn mittlerweile kühlte sich mein Kaffee unerbittlich ab. In dem Augenblick, in dem ich ihn trinken würde, wäre der Zauber gebrochen, und wir würden in den Tod gehen.

Ich habe mich nicht bewegt. Jede Bewegung meinerseits, so dachte ich, hätte den Zauber gebrochen. Ich war halb verhungert und hatte ein Stück Brot, das ich vom kargen Mahl der vergangenen Nacht aufgehoben hatte, an meinem Busen versteckt. Ich hätte das Brot essen können, während ich darauf wartete, daß mein Kaffee abkühlte. Doch die Wachen hätten sagen können, ich habe die Erlaubnis, Kaffee zu trinken, nicht zu essen.

Ich hob die Schale noch einmal an die Lippen, und leider war der Kaffee inzwischen so lauwarm, daß ich ihn trinken konnte.

Ich dachte – vielleicht der Gedanke einer Frau –, daß

ich den anderen ein Wort des Trostes sagen sollte, denn ich sah, daß sie vor Verzweiflung mindestens ebenso geschwächt waren wie ich. Einige Worte aus der Äneis kamen mir in den Sinn: *Forsan et haec olim meminisse juvabit* – vielleicht wird man sich eines Tages mit Freuden hieran erinnern. Ich sah, wie ein Lächeln über das Gesicht meines jungen Dichters ging.

Wir wurden aus dem Gefängnis hinausgeführt, und bevor man uns auf den Karren stellte, band man uns die Arme fest auf dem Rücken zusammen. Da wurde mir bewußt, daß meine Arme nie wieder losgebunden würden. Wie bedauerte ich es, nicht mutiger gewesen zu sein und das Stück Brot gegessen zu haben.

Der Karren brachte uns unter den sorgenfreien, wolkenlosen Himmel; durch Straßen, die bevölkert waren von denen, die an das wiederholte, korrumpierende Spektakel des Leidens gewöhnt waren; auf den Marktplatz mit seiner Galgentribüne und den vielen Schaulustigen, die versammelt waren, um uns in der Luft tanzen zu sehen. Diese ungeduldigen Zuschauer wurden ihrerseits beobachtet, sie waren umstellt von Soldaten der regulären Truppen und von der Armee des großen Ungeheuers und von zwei Kavallerieregimentern. Wir wurden auf das Gelände der Kirche der Karmeliter gebracht, wo andere Einheiten für den Fall bereitstanden, daß es zu Tumulten kommen sollte, und wurden in ein fensterloses Wachhaus geführt.

Zuerst holten sie unseren Kavallerieoffizier. Er war vierundzwanzig Jahre alt, Sproß einer der bedeutenden Herzogsfamilien und war stellvertretender Kommandeur der Nationalgarde gewesen. Es schien nicht länger als zwanzig Minuten zu dauern. Wir horchten auf die Schreie der Menge.

Dann holten sie den dreiundsiebzigjährigen Priester, einen vornehmen und rüstigen alten Mann.

Als ich meine Freunde einen nach dem anderen gehen

sah, fragte ich mich, ob sie mich – vielleicht weil ich die einzige Frau war – bis zum Schluß aufhoben.

Als nur der junge Dichter und ich noch übrig waren, sagte ich zu ihm: Ich hoffe, ich stürze Euch durch diese Bitte nicht in Verlegenheit, doch da unsere Körper bald verstümmelt und besudelt werden, können wir vielleicht schon einige Minuten eher von den Skrupeln der Schicklichkeit entbunden werden, denen wir üblicherweise verpflichtet sind. Ich habe entsetzlichen Hunger, und in der Korsage meines Kleides ist ein kleines Stück Brot. Seid doch bitte so freundlich und versucht, es herauszuziehen. Stellt Euch vor, Ihr lehnt Euren Kopf an den Busen Eurer Mutter.

Ich lehne meinen Kopf in Ehrfurcht an eine Dichterkollegin, sagte er.

Ich hatte vergessen, wie sich das Gesicht eines Mannes an meiner Brust anfühlt. Wie herrlich es war. Er hob seinen Kopf, und er hatte das Stück Brot zwischen den Zähnen. Er hatte Tränen in den Augen, ebenso wie ich. Wir neigten unsere Gesichter einander zu, damit wir das Brot teilen konnten. Und dann holten sie ihn.

Ich hörte die Schreie der Menge. Das bedeutete, man hatte meinen Dichter erhängt. Ich wünschte, ich könnte eine Toilette benutzen. Dann war ich an der Reihe – und, ja, es war genau, wie ich es mir vorgestellt hatte.

*

Ich heiße Eleonora de Fonseca Pimentel. Das ist der Name, unter dem ich geboren wurde (mein Vater war Don Clemento de Fonseca Pimentel) und der Name, unter dem ich bekannt war (nach dem Tod meines Mannes nahm ich meinen Familiennamen wieder an) – oder wenigstens eine Variante davon. Normalerweise nennt man mich Eleonora Pimentel. Zuweilen Eleonora Pimentel Fonseca. Gelegentlich Eleonora de Fonseca. Häufig, wenn Historiker mich in Büchern und Aufsätzen ausführlich erwähnen, einfach nur Eleonora, während meine Mitstreiter in der neapolitanischen Revolution von 1799, alles Männer, niemals nur bei ihren Vornamen genannt werden.

Ich war frühreif: Wunderkinder sind keine Seltenheit unter den Privilegierten meiner Zeit. Mit vierzehn verfaßte ich Gedichte auf Latein und Italienisch, korrespondierte mit Metastasio und schrieb ein Stück mit dem Titel *Der Triumph der Tugend*, das ich dem Marquis de Pombal widmete. Die Manuskripte meiner Gedichte machten die Runde und wurden gerühmt. Anläßlich der Vermählung des Königs und der Königin im Jahr 1768 schrieb ich ein Epithalamion; da war ich sechzehn, genauso alt wie die Königin. Ich schrieb mehrere wirtschaftswissenschaftliche Abhandlungen, darunter eine über ein Projekt zur Gründung einer Staatsbank. Ich habe spät geheiratet: Ich war bereits vierundzwanzig, und mein nicht zu mir passender Ehemann war vierundvierzig. Ich setzte meine Studien auf dem Gebiet der Mathematik, Physik und Botanik fort. Mein Mann und seine Freunde hielten mich für eine merkwürdige, eine unpassende Ehefrau. Ich war mutig, für eine Frau meiner Zeit. Ich habe meinen Mann sieben Jahre später nicht einfach verlassen oder meinen Vater und meine Brüder, was üblicher gewesen wäre, gebeten, ein ernstes Wort mit ihm zu sprechen und sicherzustellen, daß er unserer Trennung zustimmt. Ich habe ihn auf gesetzliche Trennung verklagt. Es gab einen Prozeß, in dem ich über einige seiner zahlreichen Seitensprünge aussagte, und er klagte mich seinerseits an, die meiste Zeit mit Lesen zu verbringen, eine Atheistin zu sein und ein Verhältnis zu meinem Mathematiklehrer zu unterhalten und mich weiterer, eher vager Ausschweifungen schuldig gemacht zu haben. Trotz des Skandals, den ich entfesselt hatte, erlangte ich ein Scheidungsurteil. Dann stand ich allein da.

Ich habe weiterhin gelesen, geschrieben, übersetzt, studiert. Vom Hof erhielt ich ein Stipendium für meine literarischen Betätigungen. Eine Geschichte des päpstlichen Einflusses im Königreich beider Sizilien, die ich aus dem Lateinischen ins Italienische übersetzt hatte, widmete ich, als sie 1790 veröffentlicht wurde, dem König. Ich wurde Republikanerin und brach mit meinen königlichen Mäzenen. Soll ich meine Ode an die Freiheit deklamieren – die, für die ich ins Gefängnis kam? Nein. Meine Begabung als Dichterin ging nicht über das gewöhnliche Maß hinaus. Meine eindrucksvollsten Gedichte waren Jahre zuvor entstanden – Sonette auf den Tod meines Sohnes Francesco, der nur acht Monate alt geworden war.

Die Revolution explodierte, und ich explodierte mit ihr. Ich rief die wichtigste Zeitung unserer fünf Monate dauernden Republik ins Leben. Ich schrieb viele Artikel. Wenn ich mir auch praktischer wirtschaftlicher und politischer Probleme durchaus bewußt war, so glaube ich doch nicht, daß ich fehlging in der Annahme, Erziehung und Bildung seien die dringlichste Aufgabe. Was ist schon eine Revolution, wenn sie keine Änderung in Herz und Verstand bewirkt? Ich weiß, ich spreche wie eine Frau, wenn auch nicht wie jede Frau. Ich weiß, ich spreche wie eine Frau meiner Gesellschaftsschicht. Ich hatte Mary Wollstonecrafts Buch gelesen und bewundert, als es 1794 in Neapel erschien, dennoch habe ich in meiner Zeitung niemals das Thema Frauenrechte zur Sprache gebracht. Ich war unabhängig. Ich hatte meinen Verstand nicht einer oberflächlichen Vorstellung von meinem Geschlecht geopfert. In der Tat sah ich mich in erster Linie nicht einmal als Frau. Ich sah in erster Linie unsere gerechte Sache. Ich war froh, vergessen zu können, daß ich nur eine Frau war. Es war leicht, das zu vergessen, da ich bei vielen unserer Versammlungen die einzige Frau war. Ich wollte reine Flamme sein.

Sie können sich nicht vorstellen, wie niederträchtig das Leben in jenem Königreich gewesen ist. Die Verderbtheit des Hofes, das Elend des Volkes, die Verlogenheit des Benehmens. Oh, sagen Sie nicht, daß es damals herrlich gewesen ist. Herrlich war es nur für die Reichen, angenehm war es nur, wenn man nicht über das Leben der Armen nachdachte.

Ich wurde in diese Welt hineingeboren. Ich gehörte zu dieser Gesellschaftsschicht, ich erlebte die Reize dieses höchst erfreulichen Lebens, ich genoß seine grenzenlosen Möglichkeiten von Wissen und Fähigkeiten. Mit welcher Selbstverständlichkeit sich Menschen doch an Verworfenheit, an Lügen und an unverdiente Vorrechte gewöhnen. Wen Geburt oder entsprechende Formen von Ehrgeiz in den Kreis der Privilegien hineingesetzt hatten, müßte schon ein ausgemachter Eigenbrötler sein – auf lähmende Weise scheinheilig oder auf Entbehrungen versessen –, um diese Privilegien *nicht* zu genießen. Aber wen Geburt oder Empörung aus diesen Kreis hinausgeworfen haben, dorthin, wo die meisten Menschen auf dieser Erde leben, müßte schon ein stumpfsinniges oder unterwürfiges Wesen haben, um nicht zu sehen, wie schändlich es ist, daß so wenige ein Monopol sowohl auf Reichtum als auch auf Bildung haben und anderen so viel Leid zufügen.

Ich war ernsthaft, ich war schwärmerisch, ich verstand nichts von Zynismus, ich wollte, daß die Dinge für mehr als nur einige wenige besser wurden. Ich war bereit, auf meine Privilegien zu verzichten. Ich hing nicht wehmütig an der Vergangenheit. Ich glaubte an die Zukunft. Ich habe mein Lied gesungen, und die Kehle wurde mir durchgeschnitten. Ich habe Schönheit gesehen, und die Augen wurden mir ausgestochen. Vielleicht bin ich naiv gewesen. Aber ich habe mich nicht der blinden Leidenschaft ergeben. Ich bin nicht in der Liebe eines einzigen Menschen ertrunken.

Ich werde mich nicht dazu herablassen, von meinem Haß und von meiner Verachtung für den Soldaten, den

Streiter für die Macht des britischen Empire und den Retter der Bourbonenmonarchie zu sprechen, der meine Freunde getötet hat. Aber ich werde von seinen Freunden sprechen, die ebenfalls so zufrieden mit sich waren.

Was war der verehrte Sir William Hamilton anderes als ein Dilettant der Oberschicht, der in einem armen und korrupten und interessanten Land die vielen sich bietenden Gelegenheiten nutzte, Kunstschätze zu stehlen und sich damit seinen Lebensunterhalt zu verdienen und als Kunstkenner bekannt zu werden. Hat er je einen originellen Gedanken gehabt oder sich der Disziplin unterworfen, ein Gedicht zu schreiben, oder etwas entdeckt oder erfunden, was von Nutzen für die Menschheit war, oder war er auf etwas anderes begierig, für etwas anderes entbrannt als seine eigenen Vergnügungen und die mit seiner Position verbundenen Privilegien? Er war gebildet genug, um zu schätzen, was die malerischen Einheimischen an Kunstwerken und Ruinen hinterlassen hatten und was jetzt auf der Erde herumlag. Er ließ sich dazu herab, unseren Vulkan zu bewundern. Seine Freunde zu Hause müssen beeindruckt gewesen sein von seiner Furchtlosigkeit.

Was war seine Frau anderes als noch so eine talentierte, überreizte Frau, die sich für kostbar hielt, weil Männer, die sie bewunderte, sie liebten. Im Gegensatz zu ihrem Mann und ihrem Geliebten hatte sie keine ehrlichen Überzeugungen. Sie war eine Schwärmerin und hätte sich mit derselben Leidenschaft für die Sache eines jeden, den sie liebte, engagiert. Ich kann mir Emma Hamilton, hätte sie eine andere Nationalität gehabt, mühelos als republikanische Heldin vorstellen, die höchst tapfer am Fuße eines Galgens hätte enden können. Das ist die Nichtigkeit von Frauen wie ihr.

Ich werde nicht behaupten, daß ich mich eher von Gerechtigkeit als von Liebe habe bewegen lassen, denn Gerechtigkeit ist ebenfalls eine Form der Liebe. Zwar wußte ich einiges über Macht, zwar habe ich gesehen, wie diese Welt regiert wird, aber ich habe es nicht hingenommen. Ich wollte ein Exempel statuieren. Ich wollte mich nicht enttäuschen. Doch ich empfand Angst wie auch Wut auf eine Weise, die zuzugeben ich nicht stark genug bin. Darum habe ich nicht von meinen Ängsten, sondern lieber von meinen Hoffnungen gesprochen. Ich fürchtete, meine Wut könne andere verletzen, und sie würden mich dann zerstören. Bei all meiner Gewißheit fürchtete ich doch, ich könne niemals stark genug sein, um zu begreifen, was mir ermöglichen würde, mich zu schützen. Zuweilen mußte ich vergessen, daß ich eine Frau war, um das Beste, dessen ich fähig war, zu leisten. Oder ich täuschte mich selbst darüber, wie kompliziert es ist, eine Frau zu sein. So machen's alle Frauen, einschließlich der Autorin dieses Buches. Aber denen, die sich um nichts anderes sorgten als um ihren eigenen Ruhm oder ihr eigenes Wohlergehen, kann ich nicht vergeben. Sie hielten sich für zivilisiert. Sie waren verachtenswert. Verflucht seien sie alle.

Die Abbildungen in diesem Buch stammen, mit einer Ausnahme, aus Sir William Hamiltons *Campi Phlegraei, Observations on the Volcanos of the Two Sicilies.* 2 Bde. Neapel 1776. Ergänzungsband 1779. Der Künstler ist Pietro Fabris. Die Abbildung auf Seite 469 ist das Titelblatt des ersten Bandes von *Collection of Etruscan, Greek and Roman Antiquities from the Cabinet of the Hon. Wm. Hamilton* by D'Hancarville (Pierre François Hugues). 4 Bde. Neapel 1766–1767.

Mein Cavaliere ist ein Double von Sir William Hamilton und ich habe mir die Freiheit genommen, ihn mit ihm gemäßen Eigenschaften auszustatten, was ich auch bei anderen namentlich genannten historischen Personen getan habe. Anregungen und Informationen verdanke ich vielen modernen historischen Studien und Biographien wie auch zeitgenössischen Memoiren und Briefen.

Ich danke dem *Deutschen Akademischen Austauschdienst* (DAAD), der mich 1989, als ich den *Liebhaber des Vulkans* zu schreiben begann, und nochmals 1990 nach Berlin eingeladen hat; Robert Walsh und Peter Perrone; und vor allem Karla Eoff.

Susan Sontag
im Carl Hanser Verlag

Über Fotografie
Aus dem Amerikanischen von Mark W. Rien
und Gertrud Baruch
1978

Krankheit als Metapher
Aus dem Amerikanischen von Karin Kersten
und Caroline Neubaur
1978

Ich, Etc.
Erzählungen
Aus dem Amerikanischen von Marianne Frisch
1979

Kunst und Antikunst
24 literarische Analysen
Aus dem Amerikanischen von Mark W. Rien
1980

Im Zeichen des Saturn
Essays
Aus dem Amerikanischen von Werner Fuld, Karin Kersten,
Kurt Neff, Mark W. Rien, Jörg Trobitius,
Angela Wittmann-Hauser
1981

Todesstation
Roman
Aus dem Amerikanischen von Jörg Trobitius
1985

Wie wir jetzt leben
Erzählung
Aus dem Amerikanischen von Jörg Trobitius
Akzente, Heft 4, August 1987

Susan Sontag
im Carl Hanser Verlag

Wallfahrt
(Erinnerungen an Thomas Mann)
Aus dem Amerikanischen von Wulf Teichmann
Akzente, Heft 6, Dezember 1988

Aids und seine Metaphern
Aus dem Amerikanischen von Holger Fliessbach
1989